JÖRG ARNDT

X-WORLD

Roman

Brendow
Verlag | Alles, was Sinn macht!

Bibliografische Information der Deutschen Nationalbibliothek
Die Deutsche Nationalbibliothek verzeichnet diese Publikation in der Deutschen Nationalbibliografie; detaillierte bibliografische Daten sind im Internet über http://dnb.d-nb.de abrufbar.

2. Auflage 2016
ISBN 978-3-86506-844-6

Einbandgestaltung: Brendow Verlag, Moers
Titelfoto: fotolia lassedesignen, fotolia Alexander Potapov
Satz: Brendow Web & Print, Moers
Druck und Bindung: CPI – Clausen & Bosse, Leck
Printed in Germany
www.brendow-verlag.de

WIE ALLES BEGANN

„DER CYBERSTAR WIRD IHR LEBEN VERÄNDERN." So versprachen die großen roten Buchstaben auf dem Messeprospekt. Darunter glänzte schwarz und geheimnisvoll das Bild eines Cyberhelms. Ron lehnte den Prospekt gegen einen der Papierstapel auf seinem Schreibtisch und kramte nach dem Collegeblock. Er hoffte, dass diese Verheißung auch für sein Leben galt, denn er sollte für dieses Gerät eine Welt erschaffen. Wenn es gut lief, käme er vielleicht endlich aus den roten Zahlen heraus.

Solch eine Aufgabe war nichts Ungewöhnliches für ihn. Er hatte schon viele Computerwelten entworfen und sogar Preise damit gewonnen. Doch diesmal fiel es ihm schwer, den Anfang zu finden. Er verzierte die Löcher am Rand des Blocks mit symmetrischen Mustern, während seine Gedanken umherschwirrten wie ein Mückenschwarm im Sonnenlicht.

Beim letzten Mal hatte er einen fatalen Fehler in seiner Schöpfung übersehen. Es war sein Assistent gewesen, der ihn gefunden hatte. Doch noch bevor Ron dazu gekommen war, den Programmcode upzudaten, hatten sich schon Scharen von Hackern auf die Schwachstelle gestürzt und die Wirtschaft des Spiels ruiniert, was seine Firma eine Menge Geld und ihn seinen Job gekostet hatte. Darauf waren endlose Nächte voller Selbstzweifel und Schmerz gefolgt. Auf keinen Fall wollte er so etwas noch einmal erleben.

Die Zukunft ist wichtiger als die Vergangenheit, ermahnte sich Ron, lehnte sich zurück und versuchte, den Moment bewusst zu genießen. Das hier war etwas Neues. Er war vollkommen frei. Er war der Schöpfer. Er konnte alle Weichen so stellen, wie es ihm beliebte, konnte über Schicksale entscheiden und dabei selbst unsterblich werden. Ihn durchflutete ein Glücksgefühl. Am besten wäre es wohl, seiner neuen Welt zunächst einen Namen zu geben. Nomen est omen. Namen sind wichtig. Sie tragen ihre eigene Magie in sich.

Ihm fiel kein Name ein.

Seufzend legte er den Collegeblock beiseite, stand auf und begann aufzuräumen. Manchmal half ihm das, über kreative Blockaden hinwegzukommen. Er sammelte eine Handvoll leerer Kaffeebecher zusammen und brachte sie nach nebenan in die Küche. Dort entdeckte er die Gießkanne, die schon seit Tagen neben der Spüle stand, nahm sie in sein Arbeitszimmer mit und machte sich daran, seine Blumen zu versorgen.

„Na gut, warum nicht", sagte er unvermittelt zu dem halb vertrockneten Benjamini. „Als Arbeitstitel ist das ganz brauchbar." Er stellte die Plastikkanne auf den Stapel antiker Computerzeitungen, der unter der Fensterbank emporwuchs, nahm seinen Kugelschreiber und malte in großen Lettern „X-World" auf die Außenseite des Collegeblocks. Das Projekt hatte begonnen.

Plötzlich war es, als hätte jemand eine Tür geöffnet. Seine Gedanken überstürzten sich. Er kam mit dem Aufschreiben kaum hinterher. Tag und Nacht sollte es geben in X-World. Die Tageslänge legte er auf 22 Stunden fest. Dadurch würden User, die sich stets zur selben Zeit einloggten, im Spiel unterschiedliche Tageszeiten vorfinden. Und er wollte diesen Firlefanz mit Zauberern und magischen Wesen nicht mehr. Sein Werk würde diesmal vom Realismus leben. Das passte auch zu der Hardware, für die er es entwickelte.

Rons Stift flog über das Papier. Seine Kreativität war entfesselt. Der Helm bot gewaltige Möglichkeiten, und er gedachte, sie zu nutzen. Endlich konnten die Lichteffekte zum Einsatz kommen, die ihm schon so lange vorschwebten. 3-D war das eine, aber diese Option wirklich auszureizen, das andere. Es ging ihm nicht um billige Effekte. Was er wollte, war ein Spiel, das die Menschen in seinen Bann zog.

Allerdings schwankte er noch zwischen zwei Wegen, um dieses Ziel zu erreichen. Sollte er Flora und Fauna der Erde kopieren oder doch lieber eine völlig neue Welt entwerfen? Das hätte etwas Verlockendes, auch wenn sehr viel Planung nötig wäre. Er könnte seinen eigenen Planeten entwickeln, vielleicht mit verminderter Schwerkraft und daraus resultierendem Riesenwuchs. Pflanzen und Tiere, die niemand je zuvor gesehen hat, ein aufregendes Universum voller Überraschungen.

Aber würden sich Menschen dort auch heimisch fühlen? Würde es sie immer wieder in diese ungewöhnliche Umgebung zurückziehen, nachdem ihre anfängliche Neugier gestillt war?

Womöglich wäre es doch besser, ein idealisiertes Abbild der Erde umzusetzen, in dem die Spieler einander begegnen könnten, vielleicht eine Szene aus der Karibik, mit Sandstrand und Palmen, allerdings ohne lästige Insekten und Spinnen. Eine Art virtuellen Hochglanzprospekt. Das hätte zudem den Vorteil, dass er auf Daten aus älteren Projekten zurückgreifen könnte und nicht alles neu zu entwickeln bräuchte. Schließlich hatte er einen Abgabetermin einzuhalten.

Andererseits ...

Das Telefon klingelte und riss ihn aus seinen Überlegungen. Er brauchte einen Moment, um sich zu orientieren. Ärgerlich drückte er auf die grüne Taste.

„Ja?“, sagte er, noch halb in seinen Planungen versunken.

„Wo bleibst du?“ Die Frauenstimme am anderen Ende der Leitung holte ihn umgehend zurück in die Gegenwart. „Es ist Freitag, und der Kleine ist dieses Wochenende bei dir!“

Ron zuckte zusammen. Das hatte er völlig vergessen.

„Hör mal, Lisa“, sagte er matt, „ich kann Jonte jetzt wirklich nicht nehmen. Ich habe einen Auftrag. Das ist die Chance meines Lebens!“

„Dein Problem“, antwortete die junge Frau ungerührt. „Ich gehe heute Abend ins Kino. Und anschließend ...“

„Bitte, es tut mir furchtbar leid, aber ich muss eine Demo fertig machen. Es geht um diese neuen Cyberhelme, die sie auf der IFA vorgestellt haben ...“

„Ron, arbeitest du wieder an einer dieser Spiel-Welten?“

„Diesmal wird alles anders, und wenn ich Erfolg habe, bekommen du und der Kleine auch etwas von dem Gewinn ab – bitte! Auf solch eine Gelegenheit habe ich lange gewartet! Können wir das Treffen nicht auf nächste Woche verschieben?"

Lisa schwieg. Ron konnte seine Ex-Frau atmen hören. Er wusste, dass er sie jetzt nicht weiter bedrängen durfte. Nervös wühlte er in seinen Haaren.

„Na schön", sagte sie schließlich. „Aber du erklärst deinem Sohn selbst, warum du schon wieder keine Zeit für ihn hast!"

„Ja, natürlich, das mache ich, danke, du ..."

„Hallo Papa!", krähte eine fröhliche Kinderstimme ins Telefon. „Wann kommst du mich abholen?"

„Hallo, mein Großer! Es tut mir leid, aber wir müssen unser Date leider verschieben."

„Ooooooch ..."

„Papa ist dabei, eine neue Welt zu erschaffen!"

„Auf dem Computer?"

„Ja!"

„Und wann darf ich die sehen?"

„Wenn sie fertig ist."

„Dauert das noch lange?"

„Ich hoffe nicht. Im Moment überlege ich gerade, wie sie genau aussehen soll ..."

„Mit vielen Tieren. Wie die im Zoo. Und ich will einen Tiger!"

„Okay!" Ron traf eine Entscheidung. „Du bekommst deinen Tiger. Weißt du was, Jonte, ich mache diese Welt nämlich extra für dich! Aber du musst schön bei Mama bleiben, bis ich so weit bin. Hast du noch mehr Wünsche?"

„Ja, der Tiger soll ganz lieb sein. Man muss ihn streicheln können. Den im Zoo durfte man nicht anfassen, dabei sah er so kuschelig aus!"

Ron lächelte. „Du bekommst deinen Tiger", wiederholte er.

Im Geist war er schon bei der Umsetzung. Ein zahmer Tiger war leichter zu realisieren als ein aggressiver. Bei einem kompletten Spiel wären natürlich die Auswirkungen auf das Gesamtsystem zu bedenken, aber für die Demo brachte das gute Effekte.

„So, und nun muss ich wieder an die Arbeit, damit du schnell zu deinem Spiel kommst. Tschüss Jonte!", rief er, doch der Kleine plapperte unbeirrt weiter.

„Und einen richtigen Freund will ich haben, einen, mit dem ich Abenteuer erleben kann!"

Ron durchfuhr es wie ein Blitz. Natürlich, das war überhaupt die Idee. Bots!

Viele große Spielwelten, die er kannte, hatten den Nachteil, dass man darin mutterseelenallein war, wenn man sich außerhalb der üblichen Zeiten bewegte. Künstliche Intelligenzen, die menschliche User simulierten, wären die Lösung. Selbstverständlich müssten sie gut gemacht sein, aber er hatte bereits entsprechende Pläne in der Schublade. Hier zahlte sich aus, dass er nicht nur Informatik, sondern auch einige Semester Psychologie studiert hatte. Eine abgefahrene Kombination, die ihm jedoch in der Entwicklung von Spielen immer wieder gute Dienste geleistet hatte.

Kleiner, du bist genial!, dachte er. Er räusperte sich.

„Okay, Jonte, ich sehe mal, was ich für dich tun kann. Nächsten Freitag darfst du dir deine neue Welt anschauen. Und zwar als Erster. Du wirst dir vorkommen wie Kolumbus, als er Amerika entdeckt hat."

„Wirklich?!", jubelte der Kleine, „eine ganze Welt nur für mich?"

„Warte es nur ab! Hab ein schönes Wochenende mit Mama!"

Noch ehe Ron das Telefon aus der Hand gelegt hatte, war er schon wieder in sein Projekt vertieft. Die Anregungen seines Sohnes waren Gold wert.

Endlich hatte er das Ziel klar vor Augen. Für die Demo empfahl sich ein abgegrenzter Bezirk. Am besten eine Insel. Tropisches Klima. Eine üppige Pflanzenwelt. Viele Tiere. Das würde die Grafikleistung des Cyberhelms gut zur Geltung bringen. Zu schade, dass er noch keine genauen Hardwaredaten hatte. Aber okay. Er hatte den Helm auf der Messe ja schon in Aktion erlebt und glaubte, einigermaßen einschätzen zu können, was damit möglich war.

Ron rief sein Building-Tool auf. Der Monitor wurde schwarz. Lediglich ein aufgeregt blinkender Unterstrich zeigte an, dass der Computer auf Eingaben wartete.

„Es werde Licht“, murmelte der Programmierer, während seine Finger über die Tastatur flogen.

Zuerst erschien eine endlose Wasserfläche. Ein weiterer Befehl ließ darin eine Insel aufsteigen. Ron legte die Parameter fest. Ein Quadratkilometer sollte für den Anfang genügen. An der Küste ein tropischer Traumstrand, im Landesinneren ein paradiesischer Garten ...

Ron klickte und tippte und ging in seinem Werk völlig auf. Die Uhrzeit und der Rhythmus der Umwelt hatten jegliche Bedeutung verloren. Gelegentlich aß und trank er, ohne darauf zu achten, was er zu sich nahm. Er liebte diese rauschhaften, schöpferischen Phasen und wollte sie so lange wie möglich auskosten. Doch irgendwann konnte er die Augen nicht mehr offenhalten. Sie brannten vom kalten Licht des Monitors.

Ron schickte den Computer in den Energiesparmodus und legte sich auf den Teppich in seinem Arbeitszimmer, um einen Augenblick zu entspannen. Bloß keine Zeit verschwenden. Man musste am Ball bleiben, wenn der Kreativitätsstrom floss.

Nach wenigen Stunden traumlosen Schlafes wachte er auf. Wie in Trance putzte er sich den unangenehmen Geschmack von den Zähnen, ließ den Kaffeeautomaten eine extra starke Portion aufbrühen und setzte sich zurück an den Schreibtisch.

Als er den Computer aufweckte, blieb der Bildschirm dunkel. Erst vermutete Ron eine Systemstörung, aber dann wurde ihm klar, dass in der jungen Welt Nacht herrschte. Er machte sich an die Arbeit, und bald erstrahlte ein wunderschöner Sternenhimmel über der tropischen Insel. Ein untergehender Mond spendete gerade so viel Licht, dass man sich problemlos orientieren konnte.

Ron war begeistert. Seine Schöpfung gefiel ihm. Aber noch wirkte sie trotz der Palmen, die sich sanft im Wind bewegten, kalt und unbelebt.

Das lässt sich ändern, dachte er. *Fangen wir mal mit dem Meer an. Das ist die größte Fläche.*

Als er fertig war, durchschnitt eine Gruppe Delphine die Wellen und umrundete mit ihren Sprüngen die Insel. Sie jagten glänzende kleine Fische, die den Ozean bevölkerten.

Zufrieden wandte Ron sich dem Land zu. Auch hier konnte er einige Dateien aus früheren Projekten verwenden, und so dauerte es nicht lange, bis die virtuelle Karibikinsel von fröhlichem Vogelgezwitscher erfüllt war.

Wirklich nicht schlecht, lobte er sich und ließ den Computer die Telefonnummer des Pizzadienstes wählen. Er hatte keine Ahnung, wie spät es mittlerweile war, aber das spielte keine Rolle, schließlich boten sie einen 24-Stunden-Service an.

Mit einem Stück Pizza im Mund machte er sich daran, die Landlebewesen zu programmieren. Wieder griff er auf vorhandene Vorlagen zurück, die er mit wenigen Befehlen in das aktuelle Projekt übernahm. Für den Tiger aber nahm er sich Zeit. Er sollte das Glanzlicht seiner Schöpfung werden. „Schärfer als die Realität", meldete sich ein Werbespot aus Kindertagen in seinem Hinterkopf zu Wort. Das beschrieb sein Ziel ziemlich gut.

Es dauerte lange, bis die Texturen und Bewegungen seinen Ansprüchen genügten. Aber endlich beobachtete er mit Stolz, wie die Raubkatze geschmeidig durch den Dschungel schlich. Ihr Fell glänzte in der Sonne, und ihr Brüllen schreckte Schwärme von Vögeln auf. Ron fand, dass er noch niemals ein besseres Ergebnis abgeliefert hatte. Er war schon jetzt sehr zufrieden mit dem Projekt. Wenn das seine Auftraggeber nicht begeisterte, war ihnen nicht zu helfen. Nun war es an der Zeit, ins Bett zu gehen.

Diesmal schlief er sehr unruhig. Er träumte, dass er unterwegs zum Termin war, um die Demo vorzustellen. Den Laptop fest an die Brust gepresst, irrte er durch eine fremde Stadt auf der Suche nach der richtigen Adresse. Die Straßen waren endlos lang, trostlose Schluchten zwischen himmelhohen Bürogebäuden aus Glas und Beton, an denen es weder Hausnummern noch Eingänge gab.

Allmählich wurde es dunkel, doch Ron fand niemanden, der ihm den Weg zeigen konnte. Er lief und lief, bis er schließlich aufgab und sich erschöpft auf eine Bank sinken ließ. Verzweiflung übermannte ihn – diese Präsentation war die Chance seines Lebens, aber er hatte versagt. Mal wieder.

Übergangslos befand er sich mitten in seinem Spiel. Er sah Jonte, der auf dem Tiger ritt und fröhlich lachte. „Deine Welt ist prima geworden, Papa!", jauchzte er. Plötzlich tauchten Soldaten mit Schnellfeuergewehren auf. Sie wirkten, als wären sie aus einem Ego-Shooter entsprungen. Wortlos hoben sie ihre Waffen und eröffneten das Feuer auf Jonte und den Tiger. Ron schrie auf. Er wollte losrennen, um sie daran zu hindern, doch er kam nicht von der Stelle.

Schweißgebadet fuhr er hoch.

Die Zeiger seiner Taschenuhr – ein Erbstück seines Großvaters – standen auf Viertel nach vier. Er konnte beim besten Willen nicht sagen, ob es Nacht oder Nachmittag war. Die Rollos hielten das Außenlicht komplett zurück. Ron stand benommen auf, versuchte, die letzten Traumfetzen abzuschütteln, ging hinüber in das Arbeitszimmer und startete den Rechner.

Die Systemuhr zeigte 04:17 – demnach war es früher Morgen. Der vierte Tag seiner Schöpfung begann.

Gute Leistung, dachte er zufrieden. Eine ganze Welt in weniger als einer Woche zu erschaffen, das sollte ihm erst einmal jemand nachmachen. Die Beklemmung des Albtraums fiel endgültig von ihm ab. Er suchte das Bad auf, holte sich einen Kaffee und ging wieder an die Arbeit. Bisher hatte er auf Erfahrungen mit früheren Spielwelten zurückgreifen können. Nun kam etwas Neues für ihn. Sein Sohn hatte sich einen Spielkameraden gewünscht. Es würde also Menschen auf dieser Insel geben – für den Anfang zwar nur einen, aber immerhin. Das war nicht so einfach.

Die Bots, die Ron plante, sollten täuschend echt wirken. Dazu musste er Denkprozesse simulieren, vielleicht sogar eine Art Unterbewusstsein erschaffen, damit die Handlungen und Äußerungen der Figuren nicht allzu vorhersehbar und hölzern erschienen.

Diese Aufgabe faszinierte ihn schon seit seinem Psychologiestudium. Es gab einen dicken Aktenordner mit Entwürfen zu diesem Thema. Bislang hatte er allerdings noch keine Gelegenheit gefunden, sie zu verwirklichen – unter anderem, weil die Rechnerkapazitäten zu seinen Studienzeiten dafür nicht ausgereicht hatten. Mittlerweile aber war das kein Problem mehr. Der durchschnittliche Anwender verfügte heute über Prozessorleistungen, von denen man zehn Jahre zuvor selbst an den Universitäten nicht einmal hatte träumen können.

Er vertiefte sich in seine Arbeit. Der virtuelle Freund, den er für seinen Sohn programmieren wollte, sollte das geistige Niveau eines Schulanfängers bekommen. Das vereinfachte die Sache. Wie in Trance hämmerte Ron Befehle in das System. Das jahrelange Nachdenken kondensierte zu Programmcode. Es floss aus seinen Fingerspitzen in die Tastatur, als hätte alles in ihm nur darauf gewartet, diese Pläne endlich umzusetzen.

Die Türklingel war unangenehm laut.

Ron brauchte einen Augenblick, um das Geräusch einzuordnen, und vergaß es sogleich wieder. Sein Prototyp befand sich bereits im Alphastadium und war fast fertig. Er musste nur noch ...

Es klingelte erneut.

Missmutig stand der Programmierer auf und stakste zur Tür. Das stundenlange Sitzen hatte seine Gelenke steif werden lassen. Als er öffnete, sah er einen Mann in brauner Uniform vor sich, der ein großes Paket trug. Ron zuckte unwillkürlich zusammen. Alles wirkte so real.

„Herr Schäfer?“, fragte der Uniformierte. Ron nickte.

„Ich habe eine Lieferung für Sie.“

Der Paketbote scannte den Barcode ein und hielt ihm das Gerät zur Unterschrift entgegen. Ron versuchte den Absender zu erkennen – er konnte sich nicht erinnern, in der letzten Zeit etwas bestellt zu haben. Egal. Name und Anschrift stimmten, es würde wohl alles seine Richtigkeit haben. Er stieß die Tür mit dem Fuß zu, stellte das Paket in den Flur und war mit seinen Gedanken schon wieder bei seinem Projekt.

Der Bot ist gelungen, befand er, als er wieder an seinem Schreibtisch saß. Ein etwa sechs Jahre alter Junge bewegte sich auf dem Monitor und machte sich gerade daran, auf einen der Bäume zu klettern.

Ron griff zur Maus und klickte ein Icon an. Auf der Karibikinsel erschien ein Erwachsener, der ihm selbst ziemlich ähnlich sah. Ron setzte sich ein Headset auf, rückte das Mikrofon zurecht und sprach hinein.

„Hallo Alf!", sagte der Mann auf dem Bildschirm. Der kleine Junge drehte sich um.

„Wo kommst du denn her?", fragte er. „Ich habe dich gar nicht kommen hören. Und woher weißt du, wie ich heiße?"

„Ich habe diese Welt erschaffen."

„Wirklich? Mich auch?"

„Ja, dich auch", lächelte der Mann.

„Das war aber nett von dir! Du bist ein lieber Gott!"

Ron räusperte sich verlegen und wechselte das Thema. „Gefällt dir die Insel?", ließ er den Erwachsenen fragen.

„Ja, die ist super, aber ich habe noch nicht alles gesehen."

„Dann schau dich ruhig weiter um. Ich komme später wieder vorbei."

„Ist gut", sagte der Junge. „Ich glaube, dahinten sind ein paar Papageien. Da wollte ich gerade hin. Vielleicht können sie ja sprechen!" Er drehte sich um und lief leichtfüßig über den Sandstrand.

Ron tippte einen Befehl. Prompt öffnete sich ein Feld, in dem unablässig Zahlen- und Buchstabenkombinationen erschienen. Er studierte sie aufmerksam. Nach einiger Zeit nickte er zufrieden.

Es funktioniert. Der Bot lernt. Und das schon im Alpha-Stadium! Er war begeistert. Der erste Testlauf gestaltete sich vielversprechend.

Schlagartig wurde ihm seine Müdigkeit bewusst. Kaum zu glauben, dass schon wieder ein Tag verflogen war.

Er gähnte und betrachtete zufrieden den Bildschirm, auf dem sich allmählich ein Sonnenuntergang entwickelte. Das Panorama war idyllisch. Üppige grüne Pflanzen vor einem sich langsam verdunkelnden Horizont, das Geschrei von tropischen Vögeln und mittendrin ein kleiner Junge, der fröhlich die Insel erkundete. Ein letztes Mal kontrollierte Ron die Logdateien, dann ging er zu Bett.

Als er am nächsten Morgen erwachte, beschloss er, den Tag ganz entspannt anzugehen. Er duschte in Ruhe, zog ein frisches Hemd an und frühstückte ausgiebig. Plötzlich fiel ihm das Paket wieder ein, das am Vortag angekommen war. Neugierig holte er es aus dem Flur. Er stellte es vor sich auf den Tisch, nahm sein Frühstücksmesser und durchtrennte damit die Klebestreifen, die den Pappkarton zusammenhielten. Aus der Öffnung quoll Luftpolsterfolie, die er ungeduldig herauszog. Endlich kam eine mächtige weiße Schachtel zum Vorschein, fast würfelförmig, die Kante etwas länger als sein Unterarm.

Nun ahnte Ron, was er da vor sich hatte. Behutsam hob er die Schachtel aus dem Karton und öffnete sie. Ein mattschwarz glänzender Helm befand sich darin, der an die frühe Geschichte der Raumfahrt erinnerte. Ron spähte in das nun fast leere Paket, entfernte einen Zwischenboden und fand weitere, deutlich kleinere Schachteln. In einer lagen schwarze Handschuhe, die wie die Ausrüstung von Motorradfahrern aussahen, in der nächsten etwas, das er zuerst für ein Paar Stiefel hielt, was sich jedoch beim näheren Hinsehen als eine Art Gamaschen mit Klettverschlüssen herausstellte.

„Clever", sagte er zu sich selbst, „so passen sie für alle Schuhgrößen!"

Er hatte zwar noch nie etwas von Cyberschuhen gehört, aber ihr Zweck leuchtete ihm sofort ein. Diese Gamaschen würden jede Muskelbewegung der Beine und Füße aufnehmen und in elektronische Impulse umsetzen. Er als Programmierer wiederum konnte sie nutzen, um das Spiel mit dem eigenen Körper zu steuern, anstatt auf die Vermittlung durch Tastatur und Maus angewiesen zu sein.

Anscheinend war diese Ausrüstung bereits eine Generation weiter als der Cyberhelm, den er auf der IFA gesehen hatte. Ihn überkam ein ehrfürchtiges Gefühl.

In der letzten Schachtel fand er eine DVD und ein kleines schwarzes Kästchen, zu dem ein USB-Kabel gehörte. Ron verband das Gerät mit seinem Computer und legte die DVD in die Laufwerksschublade. Mit einem schnarrenden Geräusch fuhr sie in das Computergehäuse zurück.

Er spürte die leichte Erschütterung, als die Silberscheibe im Inneren des Rechners zu rotieren begann, und verfolgte aufmerksam den Installationsprozess auf dem Bildschirm. Klaglos akzeptierte sein Linuxsystem die Treiber. An der schwarzen Box glomm eine blaue LED auf. Der Cyberhelm war betriebsbereit.

Ron legte Gamaschen und Handschuhe an, setzte den Helm auf und atmete geräuschvoll aus. Der Effekt war überwältigend. Er sah das Monitorbild vor sich, als gäbe es nichts anderes mehr auf dieser Welt, und er konnte den Hintergrund seines Desktops in einer Schärfe erkennen, die ihn irritierte. Er hatte gar nicht gewusst, dass es darauf so viele Details zu entdecken gab. Automatisch griff er zur Maus, um X-World aufzurufen. Der Rechner setzte die Handbewegung augenblicklich auf dem Bildschirm um. Ron brauchte keine Maus mehr. Er konnte einfach seine Hand zu dem Icon ausstrecken, das vor ihm in der Luft schwebte. Mit einer sanften Bewegung seines Zeigefingers tippte er es an. Sofort startete das gewünschte Programm.

Es war spektakulär. Ron stand nun inmitten seiner Schöpfung. Er hörte das Plätschern der Wellen, die Schreie der Vögel. Versuchsweise drehte er den Kopf. Die Landschaft bewegte sich synchron vor seinem Auge vorbei. Dann hob er den Fuß und ging einen Schritt vorwärts. Gehorsam wanderte die Ansicht der Insel mit ihm mit. Die Illusion, sich mit dem eigenen Körper durch die virtuelle Welt zu bewegen, war perfekt. Es dauerte einige Zeit, bis er in dem Spiel laufen konnte, ohne gleichzeitig über irgendwelche Gegenstände in seinem Arbeitszimmer zu stolpern. Schließlich fand er heraus, dass die nötigen Bewegungen am besten im Sitzen zu realisieren waren.

Interessiert erkundete er die Insel, die er vor kurzem selbst erschaffen hatte. Aus dieser Perspektive sah alles ganz anders aus. Ron fühlte sich wie ein Abenteurer, der ein unerforschtes Fleckchen Erde auskundschaftete. Er ging ein Stück am Strand entlang und betrachtete nachdenklich die Wellen, die in regelmäßigen Abständen ans Ufer plätscherten. Eine Weile lang blickte er versunken in die Ferne; die Erinnerungen an Urlaube aus längst vergangenen glücklichen Zeiten mischten sich mit dem Anblick, der sich seinem Auge bot. Plötzlich fiel ihm etwas auf. Die Wogen rollten mit der Gleichmäßigkeit eines Metronoms heran.

So geht das nicht!, schalt er sich. Die Wellenparameter brauchten dringend noch eine Zufallskomponente. Vergeblich suchte er in seinen Taschen nach Papier und Kugelschreiber, bis ihm einfiel, wo er sich befand. Daraufhin hob er die Hand und malte eine Doppelschleife in die Luft.

Der strahlend blaue Himmel bekam einen Riss. Eine Art Computerbildschirm erschien, auf dem ein paar Zahlenkolonnen und einige wenige Symbole zu sehen waren. Die Spielesteuerung befand sich noch im Aufbau. Ron griff nach dem Notepad-Icon. Eine Tastatur erschien und schwebte vor ihm in der Luft. Anfangs war es etwas ungewohnt, darauf zu schreiben, weil das Gefühl an den Fingerspitzen fehlte, aber es gelang ihm dennoch problemlos, eine Notiz zu verfassen.

„Wellen: Zufallskomponente einrichten", schrieb er und speicherte die Notiz als „ToDoList.txt" ab. Dieselbe Geste, die den Computerbildschirm hervorgebracht hatte, ließ ihn auch verschwinden. Der Himmel war wieder makellos. Ein paar Möwen zogen vorbei.

Der Programmierer wandte sich um und ging auf den Dschungel zu, der kurz hinter dem Strand begann. *Die Details der Pflanzen sind mir wirklich gut gelungen,* dachte er zufrieden, als er in das grüne Dickicht unterschiedlicher Gewächse eintauchte. *Es fehlt eigentlich nur noch ein Gefühlseindruck. Man spürt gar nichts, wenn man einen Zweig zur Seite schiebt. Aber der optische Impuls ist so stark, dass man fast meint, etwas zu spüren.*

Ein tiefes Grollen riss ihn aus seinen Überlegungen. Eine Adrenalinwelle jagte durch seinen Körper. Alle Muskeln spannten sich an;

uralte Überlebensprogramme, die die Menschen seinerzeit sicher durch die Steinzeit gebracht hatten, aktivierten sich in seinem Inneren. Ron konnte das Pochen seines Herzens bis zum Hals fühlen.

Instinktiv suchte er Deckung hinter einer stattlichen Palme. Vielleicht hatte ihn das Tier noch nicht gewittert. Der Tiger stand etwa 30 Meter von ihm entfernt und sah zu ihm herüber. Ron stockte der Atem. Die Raubkatze sah fantastisch aus. Natürlich wusste er, dass ihm keine Gefahr drohte, schließlich befanden sie sich nur in einem Computerspiel, das er zudem selbst programmiert hatte, und trotzdem. Die Bedrohung wirkte unglaublich real.

Überrascht registrierte Ron, dass sein Gehirn von sich aus fehlende Details beisteuerte. Er meinte, den Wind, der die virtuellen Blätter bewegte, auf der Haut zu spüren, und es schien ihm sogar, als könne er den animalischen Geruch des Tigers riechen. Es war perfekt. Fantasie und Unterbewusstsein arbeiteten Hand in Hand mit den Geräuschen und visuellen Eindrücken, die der Computer lieferte. Sein Kopf schuf daraus eine so überzeugende Illusion, dass er sich immer wieder bewusst machen musste, wo er sich eigentlich befand. Soviel war klar, dieses Spiel würde ein Renner werden.

Der Tiger kam näher und brachte den Programmierer in die virtuelle Wirklichkeit zurück. Wieder spannten sich seine Muskeln reflexartig an, sein Herz begann zu rasen.

„Du musst keine Angst haben, Joey ist ganz lieb!", rief eine helle Stimme. Ron drehte sich um und sah in ein fröhliches Kindergesicht. Zerzauste blonde Haare, die in verschiedenen Farbtönen spielten, Sommersprossen, strahlend blaue Augen.

„Hast du dem Tiger diesen Namen gegeben?", fragte er erstaunt. Der Junge nickte stolz.

Ron war mehr als überrascht. Das konnte eigentlich nicht sein. So zufrieden er auch mit sich und seinen Fortschritten im Bereich der künstlichen Intelligenz war – dass ein Bot einer anderen Kreatur selbstständig einen Namen gab, reichte weit über das hinaus, was er erwartet hatte. Das war eine enorme Leistung, die Vernunft, ja, Bewusstsein voraussetzte.

„Wie bist du auf diesen Namen gekommen?"

„Keine Ahnung", antwortete der Junge treuherzig. „Ich wusste einfach, dass er so heißen sollte, und Joey hat sofort auf seinen Namen gehört. Du kannst ruhig dichter herangehen, er tut nichts!"

Ron ging ein paar zaghafte Schritte auf das Raubtier zu.

Dies war eine neue Erfahrung für ihn. Alles, was er bislang kannte, war die Perspektive des Zoobesuchers, dem dicke Metallgitter Sicherheit bieten. Aber hier gab es keine Barriere zwischen Mensch und Tier, und Ron wusste, dass er nicht den Hauch einer Chance hätte, wenn es dem Tiger einfallen sollte, ihn als Beute auszuwählen.

„Es ist alles nur virtuell!", rief der Programmierer sich zur Ordnung. Er trat noch einen Schritt näher und hob die Hand, um das Fell des Tigers zu berühren. Plötzlich spürte er ein unangenehmes Vibrieren an seinem rechten Bein. Er zuckte zusammen. Ebenso unvermittelt, wie es gekommen war, verschwand das Vibrieren wieder, nur um Sekunden später erneut seine Beinmuskeln zum Pulsieren zu bringen.

Es dauerte einen Moment, bis ihm klar wurde, dass es sich um sein Handy handelte, das einen Anruf meldete. Hastig hob er die Hand und vollführte eine Doppelschleife in der Luft. Als das Display erschien, loggte er sich aus dem Spiel aus und riss sich den Helm vom Kopf. Jetzt konnte er auch den Klingelton hören – die Titelmusik der Uraltserie „Raumschiff Orion", deren antikem Charme er vor langer Zeit verfallen war.

Er stellte die Verbindung her. Der Anrufer sprach mit asiatischem Akzent: „Guten Tag, Herr Schäfer, Kim hier von ‚Future Computing'. Ich wollte mich nur bei Ihnen erkundigen, ob unser Paket Sie erreicht hat."

„Oh ja, das hat es."

„Und funktioniert alles zu Ihrer Zufriedenheit?"

„Ja, bestens, vielen Dank, Herr Kim."

„Sehr schön. Dann sind wir gespannt auf Ihre Präsentation. Mein Chef hat hohe Erwartungen an Sie."

1. BIT AND BYTES

Die weiße Stadt leuchtete im Licht der Morgensonne. Einfache Hütten von Handwerkern und Fischern bildeten einen schimmernden Rand, weiter innen glänzten die herrschaftlichen Häuser der Kaufleute und Bürger. Doch das alles war nichts im Vergleich zu dem prunkvollen Palast aus weißem Marmor, der in der Mitte erstrahlte. Auf allen Türmen wehte die Fahne des Königs. Ein perfektes Motiv für einen Maler – doch müsste er sich mit seiner Kunst beeilen, denn so, wie die Dinge lagen, waren die Stunden dieses Ortes gezählt.

Unaufhaltsam rückten die schwarzen Heerscharen vor und zogen einen dunklen Ring um das leuchtende Juwel. Die Zahl der Angreifer war unermesslich. Die weiße Stadt glich bald einer Perle auf schwarzem Samt. Es war absehbar, dass sie sich binnen Kurzem erst zum feuerroten Rubin wandeln und schließlich als rauchende Kohle enden würde.

Die feindlichen Truppen brachten ihr Kriegsgerät in Stellung. Sie positionierten die Wurfmaschinen, schoben Rammböcke und Belagerungstürme heran. Die Lage war aussichtslos.

Aller Augen richteten sich auf Yannick, den jungen Befehlshaber der weißen Armee. Überraschenderweise war ihm keine Nervosität anzumerken – er vermittelte den wenig beruhigenden Eindruck, als wäre ihm das Schicksal seiner Stadt völlig gleichgültig.

Die Wachen auf den Stadtmauern patrouillierten auf und ab. Sie waren entschlossen, ihr Äußerstes zu geben. Munition und Löschmaterial gegen die Brandpfeile lagen bereit, doch den Steinwürfen der mächtigen Wurfmaschinen hatten sie außer der Dicke ihrer Mauern nichts entgegenzusetzen. Sie konnten nur hoffen, dass ihr Anführer einen genialen Plan hatte, denn sonst wäre ihr Untergang besiegelt.

Die Spannung wuchs ins Unerträgliche.

Schließlich begann der Angriff. Die Wurfmaschinen nahmen ratternd ihre Arbeit auf, riesige Felsbrocken sausten durch die Luft. Noch trafen die wenigsten – die Maschinen mussten sich erst einschießen.

Der junge Befehlshaber beugte sich vor. Er hatte den Ansturm erwartet, sogar erhofft. Sein Widersacher hatte alles in die Schlacht geworfen, was er an Material und Soldaten besaß. Nun war die schwarze Stadt schutzlos.

Yannick gab seine Befehle, und die weißen Truppen, die sich bis dahin verborgen gehalten hatten, stürmten gegen die wehrlose Heimat des Gegners vor. Deren Mauern waren nur schwach befestigt, denn ihr Kommandant hatte die vorhandenen Ressourcen fast vollständig in die Herstellung von Kriegsmaschinen gesteckt.

Im Handumdrehen fiel das Tor. Die Angreifer drängten in das Innere der Stadt. Die wenigen Wächter hatten keine Chance. Nach einigen kurzen Scharmützeln marschierten die weißen Soldaten in den Palast ein und nahmen den schwarzen König gefangen.

Die Zuschauer applaudierten. Das Spiel war zu Ende.

Yannick schob sich die langen blonden Haare aus dem Gesicht und reckte beide Hände in Siegerpose empor. Er hatte gewonnen – und nicht nur dieses Spiel. Es war die letzte Partie der „eGames Berlin". Er war der Champion.

Wildfremde Menschen klopften ihm auf die Schulter, gratulierten zum Sieg. Irgendjemand reichte ihm ein Glas Sekt, ein Pressefotograf schoss Fotos und wollte seinen Namen und ein paar Einzelheiten zu seiner Person wissen. Yannick Adams. 19 Jahre. Geboren und aufgewachsen in Berlin. Stammgast im Bit & Bytes.

Er kostete den Augenblick aus. Hinter ihm lagen fast vierzehn Stunden am Computer, aber er fühlte keine Müdigkeit. Stattdessen schwamm er auf einer Woge von Glücksgefühlen. Endlich. Endlich war er auch mal dran. Endlich hatte er auch mal etwas zustande gebracht. Endlich jubelten die Menschen auch ihm mal zu. Solche Momente gab es in seinem Leben sonst eher selten.

Erfolgreich verdrängte Yannick den Gedanken daran, dass er bloß einen kleinen Computerspielwettbewerb gewonnen hatte, der von einer Hackerkneipe ausgerichtet worden war und sich mit einem größenwahnsinnigen Titel schmückte. Schon bald würde sich niemand mehr an diesen Sieg erinnern. Doch das spielte keine Rolle. Jetzt wollte er einfach nur die Gegenwart genießen.

Er holte Tabak und Blättchen heraus und drehte sich eine Zigarette. Vielleicht war dies ja der Beginn eines neuen Lebensabschnitts. Vielleicht bot sich ihm nun die Chance, auf die er gewartet hatte. Bislang sah es nämlich nicht so toll aus bei ihm. Er verfügte über einen mittelmäßigen Schulabschluss und drei Jahre Erfahrung in verschiedenen Aushilfsjobs, mit denen er sich gerade so über Wasser halten konnte. Zu einer Berufsausbildung hatte er sich noch nicht durchringen können.

Seine Mutter hatte längst aufgegeben, ihn nach seiner Lebensplanung zu befragen, und wenn sie das Thema doch mal wieder zur Sprache brachte, gab er die übliche Antwort: Er warte auf die richtige Gelegenheit. *Wie in dem Spiel eben. Man muss einfach nur den richtigen Moment abwarten, und dann klappt es.*

Für Außenstehende mochte es beim Blick auf sein Leben vielleicht so aussehen, als würde er verlieren, aber wenn sich die Gelegenheit bot, würde er schon allen zeigen, was in ihm steckte. Dumm war er jedenfalls nicht, das hatte er soeben bewiesen. Er verfügte über Durchhaltevermögen, konnte logisch und strategisch denken und verstand sich auf Computer, besonders auf die angesagten Spiele. Hier machte ihm so schnell keiner was vor.

Profi-Gamer, das wäre der perfekte Job für ihn! Den ganzen Tag zocken und dafür auch noch bezahlt werden, zu Turnieren fahren, jubelnden Fans begegnen ...

Der Pressefotograf riss ihn aus seinen Träumen. Er wollte ein weiteres Foto gemeinsam mit dem Ladenbesitzer. Yannick musste sich nicht anstrengen, um für die Kamera zu lächeln. Er war rundum glücklich. Er war der Champion. Er hatte gesiegt. Er war der Größte. Dieser Moment hätte gern ewig dauern können.

Aber leider zerstreute sich die Menge schon bald. Die meisten waren müde.

Der Held des Tages suchte seine Sachen zusammen, verstaute sie in seinem Rucksack und machte sich auf den Weg. Müdigkeit konnte er sich nicht leisten. In den nächsten Stunden hatte er eine Tankstelle zu betreuen.

An der Kneipentür hielt er kurz inne, zündete sich seine Selbstgedrehte an.

„Ciao Lutz!", sagte er zu dem leicht übergewichtigen Gastwirt mit dem dunkelbraunen Pferdeschwanz, der damit beschäftigt war, die letzten Spuren der Veranstaltung zu beseitigen. Mit seiner Lederweste und den schwarzen Lederhosen schien er eher in eine Motorradgang zu passen als hinter den Tresen einer Nerdkneipe.

„Mach's gut, Yannick. Du warst echt spitze heute Abend!", gab der Angesprochene zurück.

Er wollte sein Alter nicht verraten, aber Yannick schätzte ihn auf Anfang fünfzig. Trotz des Altersunterschieds kam er ihm vor wie ein großer Bruder. Lutz war definitiv mehr als ein einfacher Kneipenwirt, so viel stand fest. Von Computern hatte er jedenfalls richtig Ahnung – und vom Leben auch.

„Ich freue mich, dass du gewonnen hast", sagte Lutz, „aber nun schlaf dich erstmal aus!"

„Von wegen, ich muss zur Arbeit!"

„Na dann, viel Spaß. Mir reicht's für heute."

Der Wirt öffnete die Tür für seinen letzten Gast und blickte hinaus. Ein schmutzig-grauer Sonntagmorgen dämmerte über der Stadt.

Zufrieden schloss Lutz ab und schaltete die LED-Anzeige im Fenster auf „closed". Fast 24 Stunden war er jetzt auf den Beinen, aber es hatte sich gelohnt. Nicht nur, weil heute so viele Gäste hier gewesen waren, sondern vor allem, weil die Presse über ihn und das Event berichten würde.

Das Bit & Bytes war auf dem besten Weg, ein angesagtes Szenelokal zu werden. Natürlich für eine sehr spezielle Szene. Hier trafen sich diejenigen, die ihre Nächte normalerweise vor dem Bildschirm verbrachten. Gamer, Hacker und Computernerds. Manchmal war es gut, sich von Angesicht zu Angesicht zu sehen; Informationen nicht online weiterzugeben, keine Spuren im Internet zu hinterlassen. Ein Treffen im RL hatte unbestreitbare Vorteile.

Lutz grinste bei seinem letzten Gedanken. Ein normaler Mensch würde mit dieser Abkürzung nicht viel anfangen können, mit dem die Spieler das wahre Leben, das „Real Life“, bezeichneten. Auch sonst hätte der Durchschnittsbürger wohl Mühe, den Gesprächen im Lokal zu folgen, die sich meist um aktuelle Computerspiele, die neueste und schnellste Hardware und ähnliche Dinge drehten.

Das war auch nicht weiter schlimm, denn man blieb gerne unter sich – nicht zuletzt, weil hier vieles besprochen wurde, was eindeutig jenseits der Legalitätsgrenze lag. Cracks und Raubkopien gehörten da noch zu den harmloseren Dingen, richtig spannend wurde es erst, wenn die Hacker zu später Stunde über selbstverfasste Viren oder Einbrüche in geschützte Computersysteme diskutierten.

Der Angriff auf die deutsche Börse, der im vergangenen Jahr für Schlagzeilen gesorgt und beinahe eine Wirtschaftskrise hervorgerufen hatte, war in diesem Lokal vorbereitet worden.

An diesem Tresen waren die ersten Skizzen für „triple6death“ entstanden, einem der gefährlichsten Trojaner, der je sein Unwesen im Internet getrieben hat – und Lutz war maßgeblich daran beteiligt gewesen. Er verstand eine Menge von diesen Dingen.

Aber allein von einer Handvoll Hackern, die hier gelegentlich ein Bier tranken, konnte der Laden nicht existieren. Darum war Lutz auf die Idee mit den „eGames-Berlin“ gekommen, und er hegte die Hoffnung, dass sich die neu gewonnene Popularität seiner Kneipe recht bald in deutlich höheren Umsätzen niederschlagen würde.

Obwohl er schon so lange auf den Beinen war, fühlte er sich erstaunlich fit, was wohl auf die Auswirkungen illegaler Substanzen zurückzuführen war, die er gelegentlich zum Einsatz brachte. Er zapfte sich ein Bier – wenn Gäste in seinem Lokal waren, trank er grundsätzlich keinen Alkohol – und schaltete sein Notebook ein.

Von der Funkausstellung hatte er diesmal nicht viel mitbekommen. Allerdings interessierte ihn die offizielle Berichterstattung eher wenig. Stattdessen verfolgte er die Blogs einiger Bekannter, die ähnlich dachten wie er. Besondere Sensationen schien es in diesem Jahr nicht zu geben, und er wollte gerade abschalten, als sein Interesse plötzlich von einer kleinen Meldung geweckt wurde:

Ron Schäfer gesichtet! Der Star der Onlinewelten, der nach dem Skandal um „Wargames" von der Bildfläche verschwunden ist, wurde am Samstag auf der IFA gesehen. Angeblich hat „Future Computing" ihn zu einem Meeting eingeladen. Ob man für Rons nächste Welt einen Cyberhelm braucht? Wir sind gespannt.

Lutz' Gesichtszüge verfinsterten sich.

Mit diesem Mann hatte er noch eine Rechnung offen.

2. JONTES WÜNSCHE

Ron arbeitete voller Energie an seiner neuen Welt. Mittlerweile war der anfängliche Schöpfungsrausch verflogen und hatte einer konzentrierten Stetigkeit Platz gemacht. Das war nichts Neues für ihn und lief häufig so. Bei den meisten Projekten kam schon nach wenigen Tagen ein vorzeigbares Ergebnis heraus, während die Arbeit an den Details oft Wochen in Anspruch nahm. Aber gerade diese Details waren es, die eine mittelmäßige Software von einer wirklich guten unterschieden.

Es klingelte an der Tür, und er erhob sich, um zu öffnen. Vor ihm standen Lisa und Jonte. Es gab ihm einen Stich ins Herz, als er seine attraktive Exfrau vor sich sah. Er liebte sie nach wie vor, aber er hatte einsehen müssen, dass sie mit keinem Mann zusammen sein wollte, der mehr Nächte an seinem Computer als in ihren Armen verbrachte.

„Hallo Lisa", sagte er freundlich, „ist denn heute schon Freitag?"

Sie funkelte ihn an und warf ihre dunkelblonden Locken mit einer energischen Kopfbewegung in den Nacken. „Allerdings", schnaubte sie. „Sag nicht ..." Sie ließ den Satz unvollendet, doch ihre Körperhaltung sprach Bände.

„Nein, nein, alles gut, ich freue mich!", sagte Ron schnell und streckte die Arme nach seinem kleinen Sohn aus. „Wir werden bestimmt viel Spaß haben, was, Jonte?"

Der Junge strahlte. „Klar, Papa! Ist die Welt fertig, die du mir versprochen hast?"

„Noch nicht ganz, aber du kannst sie schon ausprobieren. Du wirst staunen!"

„Und lass das Kind nicht wieder das ganze Wochenende vor dem Computer sitzen, hörst du?!", sagte Lisa. „Draußen ist schönes Wetter, geht in den Park oder unternehmt etwas zusammen!"

„Ja, Mama!", sagte Jonte ungeduldig. „Papa soll mir ja nur die Welt zeigen, die er für mich programmiert hat!"

„Mach dir keine Sorge, Lisa", sagte Ron. „Ich achte schon darauf, dass er nicht zu viel am Bildschirm sitzt ..."

„Davon bin ich überzeugt", fauchte Lisa und drückte ihm einen kleinen Koffer in die Hand. „Ich hole ihn am Sonntag wieder ab."

Sie drehte sich um und rauschte davon, ohne Ron Zeit für eine Erwiderung zu lassen.

Er grinste in sich hinein. Sein Sohn würde an diesem Wochenende wirklich nicht viel vor dem Bildschirm sitzen. Schließlich hatte er ja jetzt einen Cyberhelm.

Ron war gespannt, wie Jonte die Demo-Welt gefallen würde. Er schloss die Haustür, stellte den Koffer in den Flur und ging in sein Arbeitszimmer, das der Kleine bereits zielsicher angesteuert hatte.

„Na, wie ist es, willst du nicht erst mal was essen? Ich habe unser Super-Spezial-Gericht eingekauft!" Aber sein Sohn war nicht bereit, noch länger zu warten.

„Nein Papa", sagte er energisch. „Du musst mir jetzt das neue Spiel zeigen. Ich habe schon so lange darauf gewartet!"

„Na gut", sagte Ron. Der Eifer seines Sohnes amüsierte ihn.

„Vorher muss ich dir aber noch ein paar Dinge erklären. Du bekommst gleich diesen Helm auf. Ich hoffe, er passt einigermaßen ..."

Jonte blickte mit großen Augen auf den geheimnisvollen schwarzen Gegenstand, den sein Vater in den Händen hielt. „Cool", sagte er beeindruckt.

„Sei vorsichtig damit, das ist ein Prototyp", mahnte ihn sein Vater.

„Ja, ganz bestimmt", flüsterte der Kleine ehrfürchtig.

„Außerdem bekommst du Cyber-Handschuhe und diese Gamaschen an. Damit steuerst du das Spiel. Jede Bewegung, die du machst, wird vom Computer direkt umgesetzt."

Jonte nickte stumm. Er war fasziniert und konnte es kaum erwarten, die Sachen auszuprobieren.

„Sobald du den Helm aufsetzt, kannst du mich nicht mehr hören und ich dich auch nicht mehr. Wenn du zu mir sprechen willst, tust du Folgendes ..."

Ron legte seine Handflächen vor der Brust zusammen und bewegte sie dann in einem Halbkreis nach außen, wo er sie in einer Position hielt, als würde er etwas willkommen heißen, das von oben kam.

„Wenn du das tust, erkennt der Computer die Geste und schaltet dich auf meinen Lautsprecher; dann können wir miteinander reden – alles klar?"

Jonte nickte.

Ron setzte seinen Sohn auf einen Sessel, legte ihm die Gamaschen an und zog ihm die Handschuhe über. Sie bestanden aus einem ungewöhnlichen Material, das ein wenig an einen Taucheranzug erinnerte. Es zog sich im unbenutzten Zustand erstaunlich weit zusammen und ließ sich mühelos wieder dehnen, gerade so, als würde es mit dem Körper mitwachsen.

An Jontes kleinen Händen schlackerten die Handschuhe ein wenig, aber es würde schon gehen. Mehr Bedenken hatte Ron bei dem Helm. Vorsichtig setzte er ihn dem Kind auf den Kopf. Er saß sehr lose, aber doch besser als gedacht. Solange Jonte sich nicht zu ruckartig bewegte, bestand keine Gefahr.

Ron drückte eine Taste auf seiner Tastatur und sprach in ein Mikrofon. „Kannst du mich hören?", fragte er.

„Ja Papa", kam es prompt aus dem Lautsprecher.

„Und was siehst du?"

„Ich weiß nicht genau, es sieht ein bisschen aus wie ein Vorhang!"

„Das ist gut. Mach es dir auf deinem Sessel bequem – und jetzt Vorhang auf für X-World!"

Seine Hände flogen über die Tastatur. Das Bild auf dem Monitor teilte sich – auf der linken Seite erschienen verschiedene Zahlenreihen, während die rechte Hälfte wiedergab, was an den Cyberhelm übertragen wurde.

Ron seufzte. Früher war diese Bildschirmteilerei nicht nötig gewesen. Da hatte er drei Monitore besessen. Aber die letzten Monate hatten ihre finanziellen Spuren hinterlassen. Doch nun bestand endlich wieder Hoffnung für ihn. Wenn der Deal mit den Koreanern klappte, wäre er aufs Neue im Geschäft.

Er startete den Trailer. Von einer altmodischen Theatermusik untermalt, schob sich der Vorhang auf und gab den Blick frei auf einen Screenshot von X-World.

„Willkommen in X-World!", sagte eine sonore Männerstimme. Ron hatte den Text selbst gesprochen und die Aufnahme so lange elektronisch verfremdet, bis der Klang seinen Vorstellungen entsprochen hatte.

Es folgte eine kurze Einführung in den Umgang mit dem Cyberequipment, verbunden mit ein paar kleinen Übungen. Ron lächelte, als er seinen Sohn dabei beobachtete, wie er vor sich in die Luft griff, um ein paar virtuelle Äpfel zu pflücken, und wie er mit den Beinen strampelte, als er seine ersten Gehversuche machte. Wenn man die entsprechenden Bilder dazu nicht sah, wirkte es urkomisch.

Schließlich war die Einführung zu Ende, und Jonte betrat das kleine Paradies, welches sein Vater geschaffen hatte. Fürs Erste ließ Ron den Ton mitlaufen. Er wollte live dabei sein, wenn der erste Mensch seine Welt betrat.

„Cool", sagte Jonte verzückt. Er blickte sich um, wobei er brav seinen Kopf gerade hielt, um den Helm nicht ins Rutschen zu bringen. Vorsichtig ging er einige Schritte auf dem herrlichen Sandstrand. Er bückte sich und versuchte, den Sand zu einem Berg zusammenzuschieben.

„Das geht ja gar nicht!", sagte er enttäuscht.

Ron machte sich eine Notiz. Er war stolz darauf gewesen, dass das Wandern über den Strand richtige Spuren hinterließ, aber so weit hatte er noch nicht gedacht.

Jonte schlenderte weiter und wandte sich dem Wald zu. Plötzlich erstarrte er. Ein etwa gleichaltriger Junge kam auf ihn zugelaufen und blieb vor ihm stehen. Neugierig musterte er Jonte von oben bis unten. „Was machst du auf meiner Insel?“, fragte er schließlich.

Ron beobachtete seinen Sohn aufmerksam. Lisa hatte sich schon des Öfteren Sorgen um ihn gemacht, weil es ihm schwerfiel, Kontakte zu knüpfen. In Bezug auf andere Kinder war er meist schüchtern und zurückhaltend. Ron konnte das gut verstehen, er hatte sich als Kind mit Gleichaltrigen auch immer schwergetan. Nur dass er seine Schüchternheit meist hinter Aggressionen versteckt hatte, was häufig in Raufereien ausgeartet war. Es gab so einige Freundschaften in seinem Leben, die mit blauen Flecken begonnen hatten. Er war gespannt, wie sein Sohn auf den virtuellen Spielkameraden reagieren würde – im Gegensatz zu seiner Frau hatte Ron ja nur wenig Gelegenheit, Jonte im Alltag zu erleben.

„Papa?“, fragte Jonte leise. Ron zögerte kurz. Schließlich beschloss er, nicht zu reagieren – der Junge hatte die vereinbarte Geste nicht gemacht, er musste also davon ausgehen, dass sein Vater ihn nicht hören konnte. Dann sah Ron, wie sich der Körper seines Sohnes straffte.

„Was heißt hier ‚deine Insel‘?“, sagte Jonte selbstbewusst. „Das ist meine Insel! Mein Papa hat sie extra für mich gemacht!“

„Echt? Du bist der Sohn des Schöpfers?“, gab der Junge beeindruckt zurück.

„Ja, das kannst du glauben. Und ich heiße Jonte. Jonte Schäfer!“

„Ich heiße Alf“, sagte der andere. „Wollen wir Freunde sein?“

„Ich weiß noch nicht“, sagte Jonte vorsichtig. Sein Gegenüber nickte ernsthaft.

„Komm, ich zeige dir alles!“, rief er fröhlich und sprang davon. Jonte folgte ihm, so schnell ihn seine virtuellen Füße trugen.

Zufrieden schaltete Ron den Ton aus und konzentrierte sich auf die Logdateien. Es war sehr hilfreich für ihn, das Spiel einmal in Aktion beobachten zu können. Seine To-do-Liste wuchs weiter an, aber im Grunde war er zufrieden – mit sich, mit X-World und mit Jonte. Er fand, sein Sprössling hatte die Begegnung mit dem fremden Kind hervorragend gemeistert.

Stunden später saßen Vater und Sohn bei ihrem Super-Spezial-Essen: Fischstäbchen mit Backofenpommes und einer mächtigen Portion Ketchup dazu. Dieses Gericht hatte Tradition bei den beiden, und Ron hortete große Vorräte davon in seiner Tiefkühltruhe. So war er immer gut gerüstet für die Besuche, die für ihn meist überraschend kamen, weil Zeitmanagement eindeutig nicht zu seinen Stärken gehörte. Als freischaffender Programmierer lebte er seinen eigenen Rhythmus, er arbeitete, bis er müde war und schlief, wann es gerade passte – so kam es häufig vor, dass er sich in einem anderen Zeitgefüge befand als die Menschen um ihn herum. Besonders wenn er an einem neuen Projekt arbeitete.

„Du Papa, das Spiel ist wirklich klasse", sagte Jonte mit vollem Mund. „Und Alf ist total nett."

Kein Wunder, dass er dir gefällt, dachte Ron, *ich habe ihn schließlich an dein Psychoprofil angepasst. Er könnte dein Zwillingsbruder sein.*

Laut sagte er: „Das freut mich wirklich, Jonte. Schließlich habe ich diese Welt extra für dich gemacht!" Das stimmte nicht ganz und war doch die Wahrheit.

„Dann darf ich mir doch bestimmt noch was wünschen, oder?"

„Klar", sagte Ron.

„Machst du mir einen Berg mit einer richtigen Höhle drin? Das wäre toll!"

„Okay ...", sagte Ron nachdenklich. Das dürfte eigentlich kein Problem sein. Vor Urzeiten hatte er mal ein Adventure programmiert, das zum größten Teil in einer Höhlenwelt spielte. Er könnte die alten Daten etwas modifizieren und ...

Eher zufällig blickte er auf die Uhr. Es war weit nach Mitternacht.

„Au weia, es ist schon spät, du musst ins Bett!", sagte er. Jonte verzog sein Gesicht.

„Ich will aber nochmal zu Alf", murrte er.

„Nein, heute nicht mehr", sagte Ron entschieden. „Jetzt ist Feierabend. Und morgen bekommst du deinen Berg."

„Na gut", gähnte Jonte, „aber vergiss die Höhle nicht!"

„Warte nur ab", schmunzelte Ron, „jetzt wird erstmal geschlafen!"

Er brachte den Jungen ins Bett und machte sich gleich an die Umsetzung seiner Ideen. Er freute sich, seinem Sohn diese Wünsche erfüllen zu können. Ihm war schmerzlich bewusst, dass er seiner Frau und seinem Kind viel schuldig geblieben war. Immer wieder hatte die Familie hinter seiner Arbeit zurückstehen müssen. Es hatte kaum ein Wochenende gegeben, an dem er nicht noch dieses oder jenes erledigen musste. Ständig war er gedanklich abwesend gewesen, im Geist mit irgendeinem Projekt beschäftigt, während seine Frau versucht hatte, ein Familienleben zu führen, das diesen Namen wirklich verdiente. Irgendwann hatte sie aufgegeben und war mit Jonte zu ihren Eltern gezogen.

Für Ron war das eine Katastrophe, auf die er nicht gefasst gewesen war. Als hätte sich alles gegen ihn verschworen, war kurz darauf auch noch sein berufliches Fiasko gefolgt. Es hatte sich angefühlt, als hätte ihm jemand den Boden unter den Füßen weggezogen. Noch keine dreißig und schon am Ende. Er hatte Monate gebraucht, um wieder einigermaßen auf die Beine zu kommen.

Aber nun schien es allmählich aufwärtszugehen. Und jetzt bot sich ihm auch noch die Gelegenheit, seinem Sohn durch seine Programmierkunst mal etwas zu geben, nachdem er ihm zuvor so viel genommen hatte.

Ron griff nach seinen Collegeblock und kritzelte eine Skizze auf das Papier. Er wollte den Berg in die Mitte seiner Insel einfügen. Am einfachsten schien es ihm, die Grundfläche der Insel entsprechend zu vergrößern. Also berechnete er grob die Ausmaße der geplanten Anhöhe und gab die Daten in sein Programm ein. Prompt entstand in der Mitte des Dschungels ein grauer Fleck. Einige Tastenanschläge später erhob sich an dieser Stelle ein mächtiger Berg. Ron ließ ihn fürs Erste kahl – die Eigendynamik der virtuellen Pflanzenwelt würde ihn schon bald begrünt haben. Stattdessen konzentrierte er sich auf das Innere des Berges. Er suchte auf seinem Rechner nach dem alten Adventure. Natürlich konnte er es nicht einfach in den Programmcode kopieren, weil er seinerzeit mit anderen Grafikstandards auskommen musste, aber zumindest brauchte er das Rad nicht neu zu erfinden, sondern konnte sich an seinen alten Entwürfen orientieren. Nach und nach entstand ein Höhlenlabyrinth, in dem es für Jonte jede Menge zu entdecken gab.

Als Ron den Rechner endlich herunterfuhr, graute draußen bereits der Morgen. Müde erhob er sich von seinem Bürostuhl und schlurfte ins Badezimmer. Dieser Tag war ziemlich lang gewesen. Bevor er selbst ins Bett ging, warf er noch einen zärtlichen Blick auf seinen friedlich schlafenden Sohn. Es war schön, ihn bei sich zu haben, und er freute sich schon jetzt darauf, Jonte die neuen Erweiterungen der Spielwelt entdecken zu lassen.

Er ging in sein Schlafzimmer, legte sich ins Bett und wartete auf den Schlaf. Es dauerte eine Weile, bis seine überreizten Nerven zur Ruhe kamen und plötzlich fiel ihm ein, dass Jonte Angst im Dunkeln hatte. Wäre eine Höhle wirklich der geeignete Spielplatz für ihn, selbst wenn sie nur virtuell war? Aber ehe er den Gedanken zu Ende denken konnte, hatte der Schlaf ihn übermannt.

Kurz darauf, wie es ihm schien, wurde er unsanft von Jonte geweckt, der energisch an seiner Bettdecke zog. „Aufstehen, Papa! Ich will Alf besuchen!"

Ron schielte auf die Uhr. Er hatte gerade mal vier Stunden geschlafen. Aber Jonte kannte keine Gnade. Mit aller Kraft zog er an der Decke, und als sie nicht nachgab, kletterte er kurzerhand auf den Bauch seines Vaters.

„Au-uf-ste-he-hen", kommandierte er, während er rhythmisch auf und nieder wippte. Ron stöhnte und spannte die Bauchmuskeln an. Unauffällig griff er nach seinem Kopfkissen, riss es mit Schwung unter seinem Kopf hervor und traf seinen Sohn damit an der Schulter. Prompt verlor dieser das Gleichgewicht und kegelte ins weiche Bett. Mit lautem Kriegsgeheul stürzte er sich auf seinen Vater und versuchte, ihm das Kissen abzunehmen. Eine wilde Toberei entbrannte, bis schließlich beide schnaufend und lachend nebeneinander lagen.

Als Ron wieder zu Atem kam, sagte er: „Was hältst du davon: Du holst die Brötchen, und ich decke den Tisch?"

„Okay Papa, dann brauche ich aber Geld. Darf ich mir auch einen Comic kaufen?“

„Meinetwegen.“ Ron angelte nach seiner Jeans und zog das Portemonnaie aus der Gesäßtasche. „Hier, fünf Euro sollten reichen.“

„Danke Papa!“

„Aber erst ziehst du dich mal an! Und Zähneputzen nicht vergessen!“

„Habe ich schon! Guck!“ Jonte bleckte sein Gebiss.

„Ist gut, ist gut, ich glaub dir ja!“

Ron stemmte sich aus dem Bett und schlurfte ins Badezimmer. Die Dusche vertrieb den Rest seiner Müdigkeit. Er drehte das Wasser heißer und genoss die Wärme, die durch seinen Körper strömte. Dann schob er den Hebel auf kalt. Erfrischt trocknete er sich ab, zog Hemd und Jeans an und deckte den Frühstückstisch.

Er spürte, wie gut ihm die Gegenwart seines Sohnes tat. Ein lebendiger Mensch war doch etwas anderes als ein Computer – auch wenn die virtuellen Welten noch so gut programmiert waren.

Es rappelte an der Tür. Jonte kam mit den Brötchen zurück. Während des Frühstücks sprudelte er wie ein Wasserfall. Haarklein erzählte er, was er auf der Insel gesehen hatte und wie gut er sich mit Alf verstand.

Ron war beeindruckt. Diese Erzählung klang ganz und gar nicht nach einem Computerspiel, eher nach einem Ferienabenteuer. X-World war offensichtlich überzeugend – zumindest für Fünfjährige. Er hoffte zutiefst, dass die koreanischen Geschäftsleute es ähnlich empfanden, denn davon hing seine Zukunft ab.

Jonte konnte es kaum erwarten, endlich das Cyberzeug anzulegen und die neue Welt zu betreten, die sein Papa extra für ihn erschaffen hatte – und zwar nach seinen Vorschlägen, wie er mehrere Male stolz bemerkte. Diesmal ließ Ron den Ton ausgeschaltet. Er war überzeugt, dass es Jonte gut ging, und machte sich daran, die bevorstehende Präsentation bei Future Computing vorzubereiten. Dazu war es notwendig, einen Mehrspielermodus einzurichten. Er vertiefte sich in seine Arbeit.

Derweil wanderte Jonte durch einen wunderschönen tropischen Regenwald. Er lauschte auf die Schreie von Affen und Papageien und staunte über die Farbenpracht exotischer Blumen, die um ihn herum wuchsen. Er war auf der Suche nach Alf. Zu dumm, dass sie keinen Treffpunkt vereinbart hatten!

Doch selbst dann wäre es schwierig geworden, denn die Geographie der Insel hatte sich seit seinem letzten Besuch entscheidend verändert. Mitten im üppig grünen Wald erhob sich nun ein Berg. Staunend sah Jonte die mächtigen Steilhänge hinauf. Ob da oben wohl Schnee lag? Bestimmt gab es hier Höhlen. Das hatte sein Vater ihm versprochen.

Wo sein Freund bloß steckte? Er rief ihn, so laut er konnte, aber statt einer Antwort hörte er nur das Echo, das von den Felswänden zurückgeworfen wurde.

Hatte sich dort nicht etwas bewegt? Vielleicht wollte Alf spielen und versuchte, sich unbemerkt an ihn heranzuschleichen. Aber daraus würde nichts werden! Jonte versteckte sich schnell hinter einem Felsbrocken und beobachtete den Schatten, der sich zwischen den Pflanzen bewegte. Dann stutzte er. Das, was er da sah, war eindeutig zu groß für Alf.

Ein mächtiger Tiger trat aus dem Gebüsch heraus und strebte dem bewaldeten Berghang entgegen. Jonte zuckte zusammen. Fieberhaft überlegte er, was er tun könnte. Weglaufen ging nicht, das Gelände bot keine Deckung, außerdem schätzte er, dass der Tiger mindestens dreimal so schnell laufen konnte wie er. Was hatte sein Vater sich nur dabei gedacht? Fürs Erste schien er in seinem Versteck sicher zu sein, aber wenn die Raubkatze näher kam ...

Plötzlich kam ihm eine Idee. Er legte die Hände zusammen und breitete die Arme aus. Augenblicklich hörte er ein leichtes Rauschen in seinen Ohren.

„Ja, Jonte, was ist?“, hörte er die vertraute Stimme seines Vaters.

„Papa, hier ist ein großer Tiger!“, flüsterte Jonte.

„Ja natürlich, Jonte, den hast du dir doch gewünscht! Ich habe ihn extra für dich gemacht. Gefällt er dir?“

„Ich habe Angst!“, flüsterte Jonte.

„Das brauchst du nicht“, gab Ron zurück. „Du hast dir einen lieben Tiger gewünscht, und der hier ist lieb. Aber ich kann dich verstehen, mir hat er beim ersten Mal auch einen ziemlichen Schrecken eingejagt. Er heißt übrigens Joey!“

„Echt? Das ist ja witzig!“, sagte Jonte.

„Wieso?“

„Weil ich einen Stofftiger habe, der genauso heißt. Weißt du das nicht mehr? Den hast du mir doch geschenkt!“

Ron war perplex. War es Zufall, dass Alf gerade diesen Namen ausgewählt hatte, oder gab es einen inneren Zusammenhang? Er beschloss, dieser Frage später nachzugehen. Im Moment musste er sich auf die bevorstehende Präsentation konzentrieren.

„Hör mal, Jonte“, sagte er, „warum sagst du nicht einfach ‚Hallo‘ zu dem Tiger? Ihr werdet euch bestimmt gut verstehen.“

Er beendete die Verbindung und beobachtete auf dem Monitor, wie sein Sohn langsam auf das Tier zuging. Es blieb wachsam stehen, zeigte aber keine Anzeichen von Aggressionen. Alles war in Ordnung, und Ron wandte sich wieder seinen Projektdaten zu.

Jonte hob den Arm, um den Tiger zu streicheln. Plötzlich passierte etwas Merkwürdiges: Als er den Rücken des Tieres erreichte, spürte er keinen Widerstand – doch seine virtuelle Hand folgte der realen Hand nicht mehr, als er sie weiter nach unten bewegte. Es war ein eigenartiges Gefühl, so als würden sich Leib und Seele voneinander trennen. Das war irgendwie unheimlich, und der Junge beeilte sich, seine Hände wieder in Einklang zu bringen, indem er den Arm schnell hoch über den Kopf hob. Gehorsam setzte seine virtuelle Hand die Bewegung um.

Der Tiger zuckte zusammen, als Jonte sich so plötzlich bewegte, drehte sich um und lief mit großen Sprüngen zurück in den Wald. Es kümmerte ihn nicht, dass Jonte hinter ihm herrief. Dafür antwortete eine menschliche Stimme.

„Hallo Jonte! Da bist du ja! Ich muss dir was Tolles zeigen. Eine echte Höhle! Ich schwöre, die war gestern noch nicht da!“ Gemeinsam kletterten die Jungen den Berg hinauf, einem neuen Abenteuer entgegen.

Das Wochenende verging wie im Fluge. Es gelang Ron kaum, seinen Sohn zum Essen zu bewegen, was ihn einerseits erschreckte, aber andererseits auch ganz recht war, denn im Mehrspielermodus tauchten plötzlich Probleme auf, die er nicht vorhergesehen hatte, und deren Lösung sich als sehr zeitaufwendig herausstellte. So waren Vater und Sohn auf höchst unterschiedliche Weise mit X-World beschäftigt. Beide verloren jedes Gefühl für die Zeit.

Es war ein glücklicher Zufall, dass Ron und Jonte gerade beim Essen saßen, als es an der Tür klingelte, und Lisa kam, um ihn abzuholen. Freudestrahlend lief er ihr entgegen und nahm sie in den Arm.

„Na ihr beiden, wie war euer Männerwochenende?“, fragte sie.

Jonte sprudelte förmlich über. „Es war so toll! Ich habe einen neuen Freund, er heißt Alf, und er ist so alt wie ich, und wir haben ...“

„Oh, Schatz, das ist ja wunderbar!“, sagte Lisa zu ihrem Sohn und schaute ungläubig zu Ron hinüber, dessen Gesicht eine rötliche Färbung annahm. Er beugte sich vor und begann, intensiv ein interessantes Detail an seinem Wurstbrot zu studieren.

„Er ist doch sonst so zurückhaltend mit anderen Kindern!“

„Ja“, sagte Ron ausweichend, „ich glaube, er hat große Fortschritte gemacht!“

„Und ich habe einen Tiger gesehen!“, rief Jonte. „Der war ganz zahm, aber als ich ihn streicheln wollte, ist er weggelaufen ...“

„Wart ihr im Zoo?“, fragte Lisa verwirrt.

„Nein, in der neuen Welt, die Papa gemacht hat. Die ist super, Mama, die musst du dir unbedingt anschauen!“

Lisas Miene gefror zu Eis.

„Ich fasse es nicht“, sagte sie. „Der Junge war nicht *einmal* draußen, stimmt’s?“

„Doch, er war Brötchen holen“, antwortete Ron lahm.

„Ja und ich durfte mir ein Comic-Heft kaufen!“, rief Jonte dazwischen. „Ach Mama, Papa, bitte streitet euch nicht!“

Flehentlich sah er zu seiner Mutter hinauf. Sie biss sich auf die Lippen.

„Nein, nein, es ist schon gut", sagte sie zu ihm. „Hol deine Sachen. Ich stehe im Halteverbot."

Ihre schönen blauen Augen schossen Blitze auf Ron. Aber sie verlor kein weiteres Wort zu dem Thema. Das war auch nicht nötig. Ron wusste ohnehin, was sie sagen wollte. Als sein Sohn mit seinem Koffer wiederkam, nahm er ihn kurz in die Arme.

„Es war ein tolles Wochenende mit dir", flüsterte er.

„Ja, Papa, das fand ich auch!", flüsterte Jonte zurück.

Dann verließ er mit seiner Mutter das Haus.

Ron war wieder allein.

3. FRANKFURT AM MAIN

Mit gemischten Gefühlen machte sich Ron Schäfer auf den Weg nach Frankfurt, wo sich der deutsche Firmensitz von Future Computing befand.

Er war stolz auf sein Werk, und das mit gutem Grund. In den vergangenen Wochen hatte er praktisch rund um die Uhr gearbeitet und dabei eine Software erschaffen, die wie maßgeschneidert zu dem Cyberhelm passte, den der Konzern auf den Markt bringen wollte. In technischer Hinsicht machte er sich keine allzu großen Sorgen, obwohl er den Mehrspielermodus nur begrenzt hatte testen können. Das würde schon alles laufen.

Bauchschmerzen bereitete ihm der Gedanke an das, was danach unweigerlich kommen musste: Verhandlungen. Ron war kein Geschäftsmann. Geld und Verträge interessierten ihn immer nur so weit, wie sie es ihm ermöglichten, in Ruhe zu leben und zu arbeiten. In wenigen Stunden aber würde er einer Gruppe von Menschen gegenübersitzen, die in dieser Hinsicht völlig gegensätzlich dachten. Geschäftsleute, die sich für Computertechnik nur so weit interessierten, wie sie ihnen Geld einbrachte.

Ron schloss die Augen und suchte nach einer bequemen Position in seinem Sitz. Die gleichmäßigen Bewegungen des Zuges ließen seine Müdigkeit überhandnehmen. In den letzten Tagen hatte er nur wenig Schlaf bekommen.

Aber es hatte sich gelohnt. Die Demo-Version war nun auf Hochglanz poliert. Sogar Sandburgen konnte man jetzt bauen, auch wenn er bezweifelte, dass hochrangige Manager daran Interesse hatten. Doch für Jonte war es wichtig gewesen. Er lächelte bei dem Gedanken an seinen kleinen Jungen und glitt in einen traumlosen Schlaf.

* * * *

„Sie sind mal wieder dabei, Ihre Kompetenzen zu überschreiten!", sagte der *Chief Executive Officer* frostig. Sein Gesicht war unbewegt, doch die schmalen Augen hinter der Brille mit dem Goldrand funkelten bedrohlich.

„Unsere Konzernleitung hat unmissverständlich klargestellt, dass diese Firma sich nicht im Softwaresektor zu engagieren gedenkt. Wir sind kein Gemischtwarenladen. Wir handeln mit Hardware. Unser Ziel ist es, den Anwendern die weltweit beste Computerperipherie zur Verfügung zu stellen, die technisch möglich ist."

Dr. Gerhardt Fleischmann verdrehte die Augen, als sein Vorgesetzter zum hundertsten Mal aus dem Leitbild der Firma zitierte. Aber er wusste, dass Dong-Min Choi meinte, was er sagte. Die Koreaner hätten keinen treueren Vertreter ihrer Interessen in sein Land schicken können.

Er atmete langsam aus und versuchte, seine innere Ruhe wiederzugewinnen. Diese Angelegenheit ging ihm schon seit Jahren gegen den Strich. Sie saßen in den Räumen des Unternehmens, das sein Vater nach dem Krieg Stück für Stück aufgebaut hatte. Nach dessen Tod war die Leitung an ihn, den einzigen Sohn, übergegangen, und er hatte die „Prometheus AG" über vierzig Jahre lang erfolgreich weitergeführt.

Doch dann war „Future Computing" gekommen.

Die Koreaner hatten gezielt nach einer alteingesessenen Firma mit guten Vertriebswegen gesucht, die für eine feindliche Übernahme in Betracht kam, und waren ausgerechnet bei ihm fündig geworden. Glücklicherweise war die Mehrheit der Aktionäre ihm und seinem Vater persönlich verbunden, so dass der Konzern kein so leichtes Spiel gehabt hatte, wie es sich die Strategen ursprünglich vorgestellt hatten. Dennoch hatten die Teilhaber ihn dazu gedrängt, in die Verhandlungen einzutreten, und auch Gerhardt Fleischmann hatte schließlich einsehen müssen, dass seine Firma sich der Globalisierung auf Dauer nicht verschließen konnte.

Daraufhin hatte er beschlossen, das Beste aus der Sache zu machen und die Übernahme so weit wie möglich nach seinen Interessen zu gestalten. Im Ergebnis war er nun „CMO“ – Chief Marketing Officer – für Deutschland, und wenn es nach ihm gegangen wäre, hätte man wie früher einfach „Vertriebsleiter“ dazu gesagt.

Doch in vielen Punkten ging es nun nicht mehr nach seinem Willen. Er hatte zwar einen wichtigen Posten inne und war durch seinen Vertrag unkündbar, aber er hatte sich der Konzernleitung unterzuordnen, die Dong-Min Choi mit unerschütterlicher Loyalität vertrat. Manches wäre leichter gewesen, wenn das Verhältnis zu ihm nicht so unterkühlt wäre. Aber das war es nun mal, und so kam es ständig zu Auseinandersetzungen.

Dieses neue Produkt aus Korea, das nun auf den Markt kommen sollte, dieser Cyberhelm, war, soweit er es beurteilen konnte, sicherlich eine tolle Sache, aber sein unternehmerischer Instinkt sagte ihm, dass es so nicht funktionieren würde.

Choi vertrat die Ansicht, dass es in der Computertechnik einen natürlichen Regelkreislauf gäbe. Neue Hardware sorgte stets auch dafür, dass neue Software entstand, ebenso wie neue Software die Entwicklung neuer Hardware vorantrieb. Doch er selbst bewertete die Situation anders: Wenn sich ihr Helm nicht gut genug verkaufte, weil dem hohen Anschaffungspreis keine interessanten Anwendungen gegenüberstanden, dann würde sich auch keine Softwareschmiede der Welt die Mühe machen, Spiele für den Helm zu entwickeln. Das gäbe die geringe Stückzahl nicht her. Ein Teufelskreis, der dazu führen würde, dass man das Gerät wieder vom Markt nehmen müsste – mit gewaltigen Verlusten, die letztlich von der Belegschaft aufzubringen wären. Und ehe das Mutterwerk Schaden leidet, würde zuerst die deutsche Tochter geschlossen – es ging hier also um seine Firma und seine Angestellten, für die er sich nach wie vor verantwortlich fühlte.

Aber es war sinnlos. Er hatte mit dem Direktor schon etliche Male immer dieselben Argumente ausgetauscht. Mittlerweile kam er sich vor wie ein Zirkuspferd auf einem Kinderkarussell, das unablässig seine Runde dreht, ohne dabei wirklich voranzukommen.

„Es ist natürlich Ihre Entscheidung, Herr Choi", sagte er, als der Koreaner mit seinen Ausführungen zum Ende gekommen war. „Wenn Sie das Softwaregeschäft anderen überlassen wollen, bitte. Aber so weit sollten wir uns doch einig sein, dass es für den Vertrieb, für den ich nach wie vor verantwortlich bin, nur von Vorteil sein kann, wenn ein junger begabter Softwareingenieur eine Anwendung schreibt, die die Menschen dazu bewegt, unser Produkt zu kaufen. Ich konnte mich in Berlin von seinem Talent überzeugen. Schauen Sie sich wenigstens einmal an, was er zu bieten hat!"

Der Direktor schwieg nachdenklich.

„Na gut, Herr Dr. Fleischmann. Informieren wir uns darüber, was unser Cyberstar auf dem Softwaremarkt bewegt."

* * * *

Ron schreckte hoch. Einen glühend heißen Moment lang fürchtete er, den Ausstieg verschlafen zu haben. Aber das war kaum möglich, denn dieser Zug endete in Frankfurt. Die altmodischen Zeiger seiner Taschenuhr beruhigten ihn. Er hatte noch zwanzig Minuten Zeit, eventuelle Verspätungen nicht mitgerechnet.

Verschlafen sah er aus dem Fenster, blickte der vorbeijagenden Landschaft hinterher und versuchte, sich auf das bevorstehende Verhandlungsgespräch einzustellen. Er hätte sich einen Berater engagieren sollen. Aber abgesehen davon, dass diese Erkenntnis etwas zu spät kam, kosteten gute Berater Geld, und er war praktisch pleite.

So schwierig wird es schon nicht sein, sagte er sich. Die Sache wird sich an branchenüblichen Preisen orientieren. Wir sind schließlich nicht auf einem orientalischen Basar ...

Gab es eigentlich Basare in Südkorea? Er wusste es nicht. Es war ihm auch egal. Alles, was er wollte, war ein vernünftiges Gehalt und ...

Moment, war das wirklich sein Ziel, Angestellter eines Konzerns zu werden?

Womöglich müsste er dann nach Frankfurt ziehen und wäre gezwungen, ständig irgendeinem Vorgesetzten zu erklären, woran er gerade arbeitete? Nein danke. Er war selbstständig und wollte es auch bleiben. Natürlich musste die Kasse stimmen, aber er war sehr zuversichtlich, dass sich sein Spiel gut verkaufen würde. Außerdem sollte es *sein* Spiel bleiben. Die Rechte daran wollte er auf jeden Fall behalten.

Der Zug hielt, Ron stieg aus und folgte dem Strom der Menschen in Richtung Ausgang. Er sollte am Bahnhof abgeholt werden, hatte man ihm gesagt. Suchend sah er sich nach einem „Meetingpoint“ um, bis er schließlich einen schlanken jungen Mann im Geschäftsanzug entdeckte, der ein Schild hochhielt. Es zeigte das Logo von Future Computing; darunter stand „Herr R. Schäfer“. Ron blieb einen Moment stehen, um den Anblick zu genießen. Endlich fühlte er sich wieder bedeutend.

Dann trat er auf den Angestellten zu und gab sich zu erkennen. Er wurde freundlich begrüßt und zum Firmenfahrzeug geleitet. Am Steuer saß der Mitarbeiter, dem Ron schon am Messestand auf der Funkaustellung gegenübergestanden hatte.

„Guten Tag, Herr Kim!“, sagte er.

Der Koreaner lächelte. „Guten Tag, Herr Schäfer. Schön, Sie zu sehen! Ich hoffe, Sie hatten eine angenehme Reise!“

„Ja, die hatte ich“, behauptete Ron, dem Bahnfahren zuwider war.

„Das freut mich. Bitte steigen Sie ein. Sie werden erwartet.“

Folgsam kletterte der Programmierer in das Auto und versuchte sich zu sammeln. Die Straßen und Häuser zogen an ihm vorbei, ohne dass er es recht wahrnahm. Sein Gastgeber schwieg respektvoll, er schien zu spüren, dass Ron nicht nach Smalltalk zumute war.

Endlich hielt der Wagen vor einem Geschäftsgebäude. Glas, Stahl, Marmor – das übliche Business-Ambiente.

Ein Lift brachte sie in eine der oberen Etagen, wo ein Sitzungsraum vorbereitet war. Er trat ein und blinzelte einen Moment, bis er sich an die blendende Helligkeit gewöhnt hatte. In dem Raum stand ein langer Konferenztisch, an dem knapp 20 Geschäftsleute saßen. Ihre teuren Anzüge und Kostüme wiesen sie als hochrangige Führungspersonen aus. Jeder hatte einen schwarzen Cyberhelm sowie Handschuhe und Gamaschen vor sich liegen.

Ein älterer Mann, ein Europäer, der trotz seiner weißen Haare einen sportlichen und aktiven Eindruck machte, erhob sich und kam auf ihn zu, um ihn zu begrüßen.

„Herzlich willkommen, Herr Schäfer“, sagte er freundlich. „Schön, dass Sie gekommen sind. Wir alle erwarten Ihre Vorführung mit Spannung. Ich habe schon sehr von Ihnen geschwärmt.“ Dann wandte er sich an die Runde. „Meine Damen und Herren, bitte begrüßen Sie unseren Gast, Herrn Ron Schäfer!“

Die Männer und Frauen erhoben sich von ihren Stühlen. Ron ging herum und gab allen die Hand. Er hasste solche Situationen, in denen er trotz seiner guten Erziehung ständig mit der Angst kämpfte, irgendwie gegen die Etikette zu verstoßen und sich damit bis auf die Knochen zu blamieren. Aber bislang schien alles gut zu laufen. Ihm wurde ein Stuhl angeboten, und als alle wieder saßen, ergriff der Vertriebsleiter erneut das Wort.

„Meine Damen und Herren“, sagte er, „wie Sie wissen, stehen wir kurz vor der Markteinführung unseres ‚Cyberstar 3‘.“ Ron stutzte. Er war sich ziemlich sicher, dass auf seinem Gerät der Schriftzug ‚Cyberstar 2‘ stand. Konnte es sein, dass es schon wieder ein neues Modell gab?

„Ich bin davon überzeugt, dass dies das beste Produkt ist, das wir jemals auf den Markt gebracht haben.“ Gerhardt Fleischmann überhörte das unwillige Gemurmel einiger Ressortleiter, die sich in ihrer Ehre gekränkt fühlten, und fuhr fort: „Aber uns muss klar sein, dass wir damit Neuland betreten. Unsere Monitore, unsere Soundsysteme und unsere Scanner kann der Anwender für alle Standardanwendungen nutzen. Der Cyberstar funktioniert zwar auch mit herkömmlichen Programmen, aber die Software, die seine wirklichen Stärken nutzt, ist noch nicht geschrieben.“

Er übersah bewusst einen warnenden Blick des Direktors.

„Der gesunde Menschenverstand sagt uns, dass die Menschen einen guten Grund brauchen, um sich für unser Produkt zu entscheiden, und darum freue ich mich, dass dieser junge Mann dabei ist, eine Anwendung zu entwickeln, die die Vorzüge unseres Systems voll zur Geltung bringt. Ich hatte bereits in Berlin das Vergnügen, eine Kostprobe seiner Arbeit zu sehen, und bin davon überzeugt, dass er uns auch heute nicht enttäuschen wird. Herr Schäfer, nun sind Sie an der Reihe."

Ron stand auf und schaute nervös in die Runde. „Sehr geehrte Damen und Herren", begann er, ohne recht zu wissen, was er sagen sollte. Er hatte keine Rede vorbereitet.

„Äh – zunächst möchte ich für das in mich gesetzte Vertrauen danken und Ihnen zu Ihrem fantastischen Produkt gratulieren. Die Möglichkeiten, die darin stecken, sind einzigartig, und ich freue mich auf die Zusammenarbeit. Da die Stärke des Cyberhelms in der realistischen Wiedergabe liegt, habe ich mich für eine Spielwelt entschieden, die der realen Welt eins zu eins nachempfunden ist. Aber zuvor möchte ich Sie mit einem kleinen Einführungsprogramm vertraut machen, dass ich für den Neuanwender konzipiert habe. Wenn Sie nun so freundlich wären, ihre Ausrüstung anzulegen?"

Er packte seinen Laptop aus und verband ihn mit dem Netzwerk des Konferenzraumes, während die Damen und Herren der Runde damit beschäftigt waren, Gamaschen, Handschuhe und Helme anzulegen.

Ron blickte auf den Netzwerkmonitor, der ihm die betriebsbereiten Geräte mit einer Kennnummer und einem grünen Punkt signalisierte. Er startete das Programm. Vor den Augen der Teilnehmer glitt der samtrote Vorhang auf, und die einführenden Übungen begannen. Einmütig pflückten die Führungskräfte virtuelle Äpfel und bewegten die Beine, um sich fortzubewegen.

Schließlich begann das eigentliche Spiel. Ron sah die Inselwelt auf seinem Bildschirm aus der Vogelperspektive. Grüne Punkte bewegten sich darauf – jeder stellte einen Spieler dar. Manche waren in kleinen Gruppen unterwegs, andere einzeln.

Schmunzelnd blickte er in die Runde. Ihm bot sich ein witziger Anblick. Krawattentragende Manager und Damen in modischen Kostümen hatten sich mit schwarzen Helmen und Handschuhen verkleidet. Allesamt ruderten sie wild in der Luft herum und strampelten aufgeregt mit den Beinen. Sie schienen sich köstlich zu amüsieren.

Nach 15 Minuten ließ er das Spiel langsam wegdimmen. Die Helme wurden abgenommen, die Handschuhe ausgezogen, und prompt erfüllte ein munteres Schwatzen den Raum, als man einander mitteilte, was man soeben gesehen und erlebt hatte.

Der Vertriebsleiter klopfte Ron auf die Schulter. „Herr Schäfer, Sie haben sich selbst übertroffen. Ich bin tief beeindruckt." Zustimmendes Gemurmel erklang.

Ein junger Mann meldete sich zu Wort. „Es ist ja alles schön und gut, die Grafik ist wirklich fantastisch, aber was soll denn die Spielidee sein? Tauchen da noch feindliche Soldaten auf, gegen die man das Land verteidigen muss, oder irgendetwas in dieser Richtung?"

„Nein", sagte Ron, „dies ist kein Ballerspiel. Die Spielidee ist eine ganz andere. Mir schwebt X-World als eine Alternative zum realen Leben vor. Nicht jeder kann sich eine Reise in die Karibik erlauben, aber dieses Spiel ermöglicht es ihm trotzdem. Er kann dort sogar auf Dauer wohnen, wenn er will. Er kann Freunde treffen, Häuser bauen, was immer ihm einfällt."

„Aber wird das nicht langweilig?", wandte der junge Mann ein, der offenbar eine andere Art von Spielen bevorzugte.

„Wie kann das Leben langweilig sein? Es geht bei X-World nicht um den schnellen Adrenalinkick, sondern um ein langfristig angelegtes soziales Netzwerk. Hier können sich Menschen in einer wunderschönen Umgebung bewegen und einander begegnen. Ich denke schon, dass es dafür einen Markt gibt. Sehen Sie sich nur die Userzahlen der herkömmlichen *Social Networks* an!"

„Wie stellen Sie sich die fertige Welt vor? Wir haben jetzt eine karibische Insel gesehen – soll es beispielsweise auch Großstädte geben?", wollte eine Frau in den mittleren Jahren wissen.

„Nein, ich stelle mir vor, dass das Spiel in vorindustrieller Zeit spielt. Vielleicht sogar in der Antike. Wussten Sie, dass es Tausende gibt, die sich regelmäßig treffen, um ein Wochenende lang wie im Mittelalter zu leben? Ich glaube, dass sehr viele Menschen Sehnsucht nach Einfachheit und Ursprünglichkeit haben. Sie suchen einen Gegenpol zu ihrem technisierten und hektischen Alltag. X-World bietet das, und zwar ohne die Nachteile. Es gibt keine lästigen Insekten, keine Seuchen, keinen Gestank. Man muss auch nirgendwo hinfahren, sondern kann bequem von Zuhause aus teilnehmen."

Es gab keine weiteren Fragen. Die Runde schien beeindruckt. Es wurde Zeit, zum geschäftlichen Teil zu kommen.

Ein älterer Asiate mit Goldrandbrille erhob sich von seinem Platz.

„Das war eine sehr interessante Vorführung, Herr Schäfer, doch nun ruft uns die Pflicht wieder zu anderen Aufgaben. Wir freuen uns sehr, dass Sie an diesem Projekt arbeiten, und wünschen Ihnen für Ihre Zukunft alles Gute."

Ron sah ihn verwirrt an. Er wusste nicht, wer der Mann war, aber die Art und Weise, in der er gesprochen hatte, ließ darauf schließen, dass er in diesem Raum das Sagen hatte.

„Ich dachte, wir wollten uns nun über meine Bezahlung unterhalten?", sagte er unbeholfen.

„Nun, da liegt sicherlich ein Missverständnis vor. Soweit ich informiert bin, leiten Sie eine eigene Firma. Wir gehen davon aus, dass Sie das Spiel auf eigene Rechnung produzieren und veröffentlichen werden. Wie gesagt freuen wir uns über Ihr Engagement und halten Sie gerne über unsere neuesten Entwicklungen auf dem Laufenden."

Ron hatte das Gefühl, als würde der Raum um ihn herum verschwimmen. Das durfte einfach nicht wahr sein. Alle Arbeit umsonst? Natürlich wollte er gerne unabhängig bleiben, aber so konnte es nicht funktionieren. Für die Entwicklung einer kompletten Spielwelt brauchte er ein großes Team, und dazu reichten seine finanziellen Möglichkeiten bei weitem nicht aus. Hilflos sah er zu Gerhardt Fleischmann herüber, der unmerklich den Kopf schüttelte.

Ron verstand nicht, was hier vorging, aber er sah ein, dass er im Moment keine andere Möglichkeit hatte, als seine Vorführung zu beenden und sich einen würdevollen Abgang zu verschaffen. „Nun, dann danke ich für Ihre Aufmerksamkeit und für die Zeit, die Sie mir zur Verfügung gestellt haben", sagte er so lässig wie er konnte und begann, seinen Laptop einzupacken.

Dong-Min Choi nickte ihm zu, und verließ den Raum, gefolgt von seinen Assistenten, die wie ein Kometenschweif hinter ihm hereilten. Nach und nach strebten auch die anderen Führungskräfte dem Ausgang zu und zückten im Gehen ihre Smartphones. Hilfesuchend wandte Ron sich an Gerhardt Fleischmann. „Das hatte ich mir eigentlich anders vorgestellt", sagte er.

„Ich mir auch", knurrte dieser. „Aber verlieren Sie nicht den Mut. Ich bin sicher, dass wir eine Lösung für Sie finden werden." Er sah sich um und wartete einen Moment, bis die letzten Nachzügler den Raum verlassen hatten. Dann beugte er sich neben Rons Ohr und fügte leise hinzu: „Unser Chauffeur wird Sie zurück zum Bahnhof bringen. Wir treffen uns in zwei Stunden im Restaurant des Hotels Excelsior."

Danach trat er einen Schritt zurück und fuhr betont laut fort: „Herr Schäfer, wir freuen uns, dass Sie sich die Mühe gemacht haben, uns Ihre Arbeit vorzustellen. Diese Präsentation war wirklich sehr inspirierend. Kommen Sie gut nach Hause, und lassen Sie bitte wieder von sich hören! Mein Assistent wird Sie zum Auto begleiten. Auf Wiedersehen!"

Mit diesen Worten verließ er den Raum.

Als Gerhardt Fleischmann beim Hotel Excelsior vorfuhr, war Ron Schäfer schon bei seinem dritten Glas Bier. Er fühlte sich am Boden zerstört. Von der Hochstimmung, die ihn auf der Hinreise beflügelt hatte, war nichts übriggeblieben.

Ron kämpfte mit seiner Enttäuschung. Es war so ungerecht. Die harte Arbeit der letzten Wochen, seine neuen Hoffnungen, seine ehrgeizigen Ziele, alles vergeblich. Und er war sich so sicher gewesen, endlich wieder auf der Siegerstraße zu sein. In Gedanken ging er noch einmal die Gespräche durch, die er mit den Vertretern von Future Computing geführt hatte, aber er konnte keinen Fehler entdecken, fand keinen Hinweis auf ein mögliches Missverständnis. Auch die Präsentation war gut gelaufen. Soweit er das beurteilen konnte, waren alle Anwesenden von seinem Spiel begeistert gewesen, auch wenn es hier und da einige kritische Fragen gegeben hatte. Warum also dieser abrupte Sinneswandel?

Ron sah auf die Uhr. Ob dieser Fleischmann wirklich noch kommen würde? Er war schon zehn Minuten über die Zeit. Heute würde ihn nichts mehr wundern.

Andererseits – er mochte den älteren Herrn mit dem verschmitzten Lächeln und hatte den Eindruck, dass ihm zu trauen war. Auch wenn Ron die Zusammenhänge in der Firma nicht kannte, schien es ihm doch offensichtlich, dass das abrupte Ende der Konferenz manche der Anwesenden überrascht hatte. Dies war vermutlich auch der Grund für dieses inoffizielle Treffen in der Hotelbar. Wenn es denn tatsächlich noch stattfinden sollte.

Ein leises Räuspern ließ ihn hochschrecken. Gerhardt Fleischmann stand an seinem Tisch, trotz seines fortgeschrittenen Alters noch immer eine imposante Erscheinung. Sein Anzug wirkte erlesen, aber dezent. Seine weißen, kurzgeschorenen Haare vermittelten eine eigenartige Mischung aus Jugendlichkeit und Erfahrung. Er hatte eine große markante Nase und lustige Fältchen um die Augen.

„Nun lassen Sie den Kopf mal nicht hängen, mein Junge“, sagte er und klopfte Ron väterlich auf die Schulter. Ohne viele Umstände nahm er sich einen Stuhl, winkte den Ober heran und bestellte zwei Bier.

„Möchten Sie etwas essen?“, fragte er, als sie wieder alleine am Tisch saßen.

Ron schüttelte den Kopf. „Nein“, sagte er, „ich habe keinen Hunger.“

„Es tut mir wirklich leid, was da vorhin passiert ist“, sagte der Vertriebsleiter. „Leider bin ich nicht mehr Herr in meinem Haus.“ Ron sah ihn verständnislos an.

„Der Betrieb ist vor ein paar Jahren von den Koreanern übernommen worden", erläuterte er. „Das war wirtschaftlich nicht zu vermeiden, und vieles ist anders geworden seitdem. Ich habe einen sicheren Job, aber die letzten Entscheidungen hinsichtlich der Firma werden nun in Seoul getroffen." Seine Stimme klang bitter.

„Und was heißt das jetzt für mich?", fragte Ron.

„Sie haben es doch gehört: Future Computing hat kein Interesse daran, X-World zu vermarkten."

„Haben Sie eigentlich eine Ahnung, was das für mich bedeutet?", entgegnete Ron heftig. „Wir hatten eine Abmachung!"

„Ja, das weiß ich, und bitte glauben Sie mir, wenn ich jemandem mein Wort gebe, dann stehe ich dazu. Aber leider sind mir, was Future Computing angeht, die Hände gebunden."

„Na prima", gab Ron bitter zurück, „Ihnen tut alles herzlich leid, und ich kann sehen, wo ich bleibe."

Gerhardt Fleischmann blieb unbeeindruckt.

„Herr Schäfer, ich halte Sie für ausgesprochen talentiert, und X-World ist das Beste, was ich seit langem gesehen habe."

„Danke für die Blumen." Ron konnte seinen Sarkasmus nicht zügeln. „Ich bin auch sehr zufrieden mit mir, wenn ich das so sagen darf, und wenn ich könnte, wie ich wollte, würde ich das Programm selbst auf den Markt bringen. Leider fehlen mir, offen gestanden, die Mittel dazu."

„Trotzdem bitte ich Sie weiterzumachen."

„Haben Sie nicht gehört?", Ron wurde lauter. Ihm war jetzt alles egal. „Ich bin pleite! Ich kann nicht einmal mehr meine Miete bezahlen!"

„Würden Ihnen fünftausend als Vorschuss erst einmal genügen?", fragte Gerhardt Fleischmann. Ron glaubte, sich verhört zu haben.

„Was für ein Vorschuss?", fragte er verwirrt. „Ich denke, das Geschäft mit Future Computing ist gestorben?"

„Ist es auch."

„Woraufhin bekomme ich dann einen Vorschuss?"

„Auf Ihren Vertrag mit der Prometheus Software AG", sagte der Geschäftsmann trocken. „Es gibt da nur ein kleines Problem ..."

„Und das wäre?", fragte Ron misstrauisch.

„Die Firma existiert noch nicht."

Ron starrte ihn entgeistert an.

„Hören Sie", fuhr Gerhardt Fleischmann fort, „ich möchte Sie nicht mit Details langweilen, die Sie vermutlich ohnehin nicht interessieren. Sie können mir vertrauen. Konzentrieren Sie sich auf das, was Sie gut können, und ich werde das tun, was ich gut kann."

Er wirkte motiviert und entschlossen. Ron fühlte sich auf unerklärliche Weise sicher in seiner Gegenwart.

„Gut", sagte er nach kurzem Zögern, „ich habe ohnehin nichts mehr zu verlieren. Also, wie geht es jetzt weiter?"

Der Geschäftsmann griff in die Innentasche seines Sakkos und zog einen dicken Umschlag heraus. „Hier ist erst einmal Ihre Anzahlung", sagte er. „Den Papierkram regeln wir, wenn ich mit der Firmengründung so weit bin. Bis dahin muss sich jeder von uns auf das Wort des anderen verlassen."

Das ist nicht die schlechteste Basis, dachte Ron und streckte seine Hand über den Tisch. Gerhardt Fleischmann ergriff sie ernst und schüttelte sie. „Auf gute Zusammenarbeit", sagte er.

Die beiden Männer sahen sich an. Der ältere räusperte sich. „Sie haben vermutlich mitbekommen, dass es einen neuen Prototyp gibt?"

„Ja", sagte Ron, „Sie erwähnten bei der Präsentation den Cyberstar 3. Ich dachte erst, Sie hätten sich versprochen."

„Nein, nein, unsere Entwicklungsabteilung arbeitet momentan mit Hochdruck. Sie wollen den technologischen Vorsprung gegenüber den Mitbewerbern auf jeden Fall halten. Das Neue am Cyberstar 3 ist das haptische Modul."

„Das was?" Ron hob den Kopf. Sein Interesse war augenblicklich geweckt.

„Das haptische Modul. Damit kann man nicht nur sehen und hören, sondern auch tasten."

„Schon klar. Aber wie ..."

„Haben Sie schon einmal von künstlichen Muskeln gehört? Das Zeug ist faszinierend. Ein Polymer, das auf elektrischen Strom reagiert. Ohne Strom ist es schlaff wie ein leerer Luftballon, aber wenn man eine Spannung anlegt, fängt es an zu zucken. Aus diesem Material werden die neuen Cyberhandschuhe gebaut. Unsere Techniker haben einen Chip entwickelt, der es erlaubt, einzelne Punkte gezielt anzusteuern, so dass man einen Tasteindruck simulieren kann. Ihre nächste Aufgabe besteht darin, diese Option in Ihr Spiel zu implementieren. Suchen Sie sich einen Assistenten. Es ist wichtig, dass wir so schnell wie möglich an den Markt gehen."

Unwillkürlich begann Ron, die Informationen in Algorithmen umzusetzen. Dies war Neuland für ihn. Aber wenn das mit den Tasteindrücken wirklich funktionierte, wäre es genial. Gedankenverloren griff er nach seiner Serviette und skizzierte ein Datenmodell darauf. Wie viele Bits würde die Steuerung des haptischen Moduls wohl benötigen? Hoffentlich gab es brauchbare technische Informationen dafür ...

Beinahe hatte er vergessen, wo er sich befand.

Gerhardt Fleischmann lächelte. „Ich dachte mir, dass Sie das reizen würde", sagte er. „Aber nun müssen Sie sich beeilen. Ihr Zug fährt in zwanzig Minuten."

4. SCHÖPFUNG, DIE ZWEITE

Von der Rückfahrt bekam Ron ebenso wenig mit wie von der Hinfahrt, die er fast komplett verschlafen hatte. Zwar blieb er diesmal wach, doch dachte er so intensiv über das neue Projekt nach, dass er seine Umwelt praktisch vergaß.

Der Gedanke an eine Spielwelt, die nicht nur Bilder und Geräusche, sondern auch Tasteindrücke vermittelte, faszinierte ihn. Allerdings erforderte sie einen völlig anderen Aufbau. Zusätzlich zu Form und Farbe musste jedes Ding nun auch noch Daten zur Haptik beinhalten. Das bedeutete, dass er mit seiner Welt noch einmal neu beginnen musste – aber das schien ihm die Sache wert zu sein.

Als er endlich zuhause eingetroffen war, fuhr er sofort den Rechner hoch. Die Sandburgen wiesen schon in die richtige Richtung, überlegte er. Sandkörner könnten für das haptische Modell in etwa das sein, was die Pixel im Grafikbereich sind. Diesmal wäre der Ausgangspunkt seiner Schöpfung folglich eine Wüste.

Ein lautes Knurren riss ihn aus seinen Überlegungen. Es kam von seinem Magen, der ihn daran erinnerte, dass er seit dem Frühstück nichts mehr gegessen hatte.

Ron hasste solche Einbrüche der Realität in seine schöpferischen Prozesse, aber er wusste, dass er besser auf diese Signale hörte, sonst würde er in nächster Zeit keinen klaren Gedanken fassen können. Widerstrebend erhob er sich und ging hinüber in die Küche. Der Kühlschrank enthielt eine Tube Senf, einen Rest Ketchup und eine Packung Milch mit abgelaufenem Verfallsdatum. Seine Vorräte an Brot und Müsli hatte er am Wochenende mit Jonte vertilgt. Ron fluchte leise vor sich hin. Im Tiefkühlschrank waren noch Backofenpommes und Fischstäbchen, aber darauf hatte er jetzt keine

Lust. Er beschloss, zum Imbiss um die Ecke zu gehen. Ein Döner würde seinem Magenknurren sicher abhelfen.

Eine halbe Stunde später saß er an einem kleinen Esstisch und starrte geistesabwesend auf seinen leer gegessenen Teller mit der schmuddeligen rot-weiß gewürfelten Tischdecke darunter. Ihre Struktur erinnerte ihn an eine Datenmatrix. Angenommen, der eingetrocknete Senffleck dort enthielte die haptischen Informationen, während der Teller – nein, das brachte nichts. Er rief sich zur Ordnung. Solange er kein Datenblatt hatte, waren seine Spekulationen reine Zeitverschwendung. Er sollte lieber ...

Am Nebentisch klingelte ein Handy und warf ihn aus seinen Gedankengängen. Irritiert schaute er sich um.

Ein schlaksiger junger Mann mit schulterlangen dünnen Haaren fischte sein lärmendes Mobiltelefon aus der Tasche und begann eine längere Unterhaltung. Offensichtlich war es ihm völlig egal, dass alle im Raum mithören konnten. Vielleicht gefiel es ihm sogar, denn er prahlte mit seinem Sieg bei irgendeinem Computerwettbewerb.

Ron hörte notgedrungen zu und verzog dann verächtlich das Gesicht. Er erinnerte sich, die Ankündigung des Wettbewerbs gelesen zu haben, und war schon damals über die Dreistigkeit der Veranstaltung empört gewesen. „eGames Berlin" – was für ein hochtrabender Titel für eine bessere LAN-Party im Hinterzimmer einer Berliner Hackerkneipe! Aber immerhin schien der Betreiber über einen gesunden Geschäftssinn zu verfügen. Schließlich hatten die Medien darüber berichtet und ihm kostenlose Werbung verschafft, worauf er es wohl auch abgesehen hatte. Und dieser junge Mann hier war nun der Sieger. Offensichtlich verstand er also etwas von Computern und von Spielen.

Ron überlegte, ob ihm der Zufall hier vielleicht den neuen Assistenten über den Weg schickte, zu dem ihm Gerhardt Fleischmann so eindringlich geraten hatte. Eigentlich arbeitete er am liebsten allein, aber für die Tests brauchte er dringend Unterstützung. Er konnte beim besten Willen nicht zugleich in der virtuellen Welt eingeloggt sein und am Rechner die laufenden Prozesse überwachen. Er hatte aber auch weder Zeit noch Lust, sich auf eine langwierige Suche nach einem geeigneten Mitarbeiter zu begeben. Also warum es nicht mit dem hier versuchen? Das Risiko wäre nicht größer als bei jedem anderen.

Er wartete geduldig, bis der junge Mann sein lautstarkes Telefonat beendet hatte, und ging dann hinüber zu dessen Tisch.

„Guten Abend! Darf ich den Berliner Meister zu einem Bier einladen?"

Der Angesprochene brachte es fertig, zugleich geschmeichelt und verwirrt auszusehen.

„Ja, danke, gerne ... äh ... Woher kennst du mich?"

„Na, es stand ja groß in der Zeitung", sagte Ron und grinste in sich hinein. Sollte der junge Mann sich wirklich nicht im Klaren darüber sein, wie viele Zuhörer er mit seinem Telefonat unterhalten hatte?

„Mir kam da eine Idee, als ich dich gesehen habe", fuhr er fort. „Wir haben nämlich etwas gemeinsam ..."

„Und das wäre?", fragte der junge Mann argwöhnisch.

„Eine Leidenschaft für Computerspiele", antwortete Ron, setzte sich und legte seine Visitenkarte auf den Tisch wie ein Skatspieler, der einen Trumpf ausspielt. „Und wie es der Zufall so will, bin ich gerade auf der Suche nach einem fähigen Mitarbeiter."

„Ich hab' schon einen Job, Mann", antwortete Yannick abweisend. Anscheinend war ihm die Sache nicht geheuer. Trotzdem griff er nach der Visitenkarte und musterte sie nachdenklich. Eine Weile lang sagte er gar nichts, dann blickte er Ron unverwandt mitten ins Gesicht.

„Hast du ‚Wargames' geschrieben?", fragte er beeindruckt.

Ron nickte.

„Das war das genialste Spiel, das ich je gespielt habe", sagte der Langhaarige. „Aber ich kann verstehen, dass manche Leute mächtig sauer auf dich sind. Viele haben eine Menge Kohle in das Game investiert, und das war alles weg nach dem Crash ..."

„Warum können wir die Vergangenheit nicht endlich mal ruhen lassen?“, gab Ron heftig zurück. Er erschrak über sich selbst, doch er konnte es einfach nicht ertragen, ständig an die gleiche Geschichte erinnert zu werden.

„Ja, Mann, schon okay“, antwortete Yannick unbeeindruckt. „Ich sag doch, das Spiel war genial! Und nun, is' was Neues am Start?“

„Ja. Aber die Sache ist noch geheim. Wirklich schade, dass du kein Interesse hast!“ Ron stand auf und schickte sich an, zu seinem Tisch zurückzugehen.

„Moment!“, sagte der junge Mann hastig. „Ich hab zwar 'nen Job, aber das ist nur für ein paar Stunden die Woche an der Tankstelle. Für Veränderungen bin ich durchaus offen. Was muss ich tun? Und was bekomme ich dafür?“

Ron lächelte. Er setzte sich wieder und fuhr im Verschwörerton fort: „Du wirst Entwicklungsassistent und Testspieler. Und über deine Bezahlung reden wir, wenn ich weiß, was du draufhast. Für den Anfang bekommst du von mir das Gleiche, was sie dir an der Tankstelle bezahlen. Einverstanden?“

„Klar, Mann!“ Yannicks Augen leuchteten.

„Kannst du gleich anfangen?“

„Von mir aus heute Abend. Ich muss bis neunzehn Uhr arbeiten.“

„Super, dann erwarte ich dich um halb acht.“

Als Ron nach Hause kam, stand ein Paketbote vor der Haustür und studierte andächtig die Aufschriften an den Klingelschildern.

„Wollen Sie zufällig zu mir?“, fragte Ron.

„Dit kommt druff an, wie se heißen!“

„Mein Name ist Ron Schäfer, und ich wohne hier.“

„Ja, dann ist dit für Sie.“

Er hielt ihm das Unterschriftenpad entgegen und händigte ihm ein großes Paket aus. Ron balancierte es durchs Treppenhaus nach oben, schloss seine Wohnungstür auf und nahm es mit hinein.

Kurz darauf hielt er den neuen „Cyberstar 3“ in seinen Händen. Optisch unterschied dieser sich kaum von der vorherigen Version, außer dass der Helm nun mit hauchfeinen Silberstreifen verziert war, die ihn weniger klobig erscheinen ließen.

Ron angelte nach der beiliegenden DVD und schob sie in das Laufwerk seines Computers. Dann verband er die Steuerbox mit seinem Rechner, legte Gamaschen und Handschuhe an und setzte sich den Helm auf den Kopf.

Sofort hatte er den Eindruck, in einer riesigen dunklen Halle zu stehen. Vor ihm schwebte ein leuchtender Hinweis auf das Demonstrationsprogramm in der Luft. Ron streckte seine Hand nach dem O.K.-Button aus und bemerkte einen leichten Widerstand im Handschuh, als er ihn berührte. Es fühlte sich tatsächlich so an, als würde er einen überdimensionalen Druckknopf betätigen.

Schlagartig wechselte die Umgebung. Ein asiatischer Gemischtwarenladen erschien. *Gar nicht schlecht gemacht,* befand Ron, sah sich um, bewunderte die farbenprächtigen Auslagen von Obst und Gemüse und griff schließlich nach einer Orange.

Wenn er sich unmittelbar auf seine Hände konzentrierte, konnte er die Kontraktionen des Materials ausmachen, überließ er sich jedoch unbefangen der Bilderwelt, dann fühlte es sich in der Tat so an, als berührte er eine echte Frucht. Etwas dumpf kam es ihm vor, etwa so, als betaste man seine Umwelt durch einen Handschuh. Aber dennoch war es eine Sensation. Prüfend wog er die Orange in der Hand. Sogar Gewicht konnten die Cyberhandschuhe imitieren!

Er schlenderte durch den virtuellen Laden, tauchte die Hände in ein Wasserfass, ließ Bürsten und Pfannen durch seine Finger gleiten und staunte über die Intensität der Illusionen. Schließlich beendete er das Demonstrationsprogramm und legte die Ausrüstung ab. Ron war beeindruckt.

Mithilfe seines Dateimanagers durchforstete er die DVD nach technischen Informationen, und fand schließlich einen Ordner „Manuals“, der PDF-Dateien enthielt – in Koreanisch und Englisch. Er öffnete „CS3_hapticmodul_technical_informations.pdf“ und überflog den Text.

Es war, wie er vermutet hatte. Das Cyberset war in der Lage, optische Informationen in haptische umzusetzen. So wie bei dem Druckknopf, den er zu Beginn der Demo betätigt hatte. Wenn er mit seiner virtuellen Hand einen Gegenstand erreichte, zog sich der Handschuh an den entsprechenden Stellen zusammen und simulierte auf diese Weise eine Berührung. Allerdings war das ein ziemlich plumpes Verfahren. Um die Möglichkeiten des neuen Handschuhs wirklich auszureizen, brauchte es entsprechende Datenmodelle, die mit den jeweiligen Objekten verknüpft waren. Das hieß, es blieb dabei, er musste er mit seiner Welt noch einmal von vorn beginnen.

Also, auf ein Neues. Er begann seine Tastatur zu bearbeiten. Bald darauf erschien auf dem Bildschirm eine Einöde. Sand und Steine, so weit das Auge reichte. Ron zog den Cyberhandschuh über, ließ den Sand durch die Finger gleiten, presste ihn in der Faust zusammen. Schließlich nickte er zufrieden. Der Tasteindruck war genauso, wie er ihn sich vorstellte. Dann griff er nach einem Stein. Er fühlte sich hart und schwer an. Perfekt.

Als Nächstes brauchte er Wasser.

Er sah den dafür nötigen Programmcode praktisch schon fertig vor sich. Gehorsam folgten seine Finger den Gedanken. Bald darauf erschien auf dem Bildschirm eine gewaltige Quelle. Anfangs versickerte das kostbare Nass spurlos im Wüstensand, aber schon bald entstand ein kleiner Bach, der sich mutig seinen Weg suchte. Ron fügte noch ein paar kleinere Quellen hinzu, und der Bach wuchs zusehends zu einem mächtigen Strom an.

Der Programmierer zoomte in die Kartenübersicht und gab dem Wasser mit der Maus einen groben Verlauf vor. Daraufhin teilte sich der breite Strom in vier Hauptarme auf, die verschiedene Bezirke der Spielewelt umflossen. *Hier werden später unterschiedliche Länder entstehen,* dachte Ron zufrieden, dann wandte er sich wieder dem ursprünglichen Ausschnitt zu.

Die tropischen Pflanzen hatten ihm in der Demo gut gefallen. Er machte sich daran, die entsprechenden Programmabschnitte in den Quelltext zu kopieren und mit haptischen Daten zu versehen.

Als er sich dazu entschloss, eine Pause einzulegen, war er bereits ganz zufrieden mit dem Ergebnis: Er hatte einen paradiesischen Garten erschaffen, der nicht nur gut aussah, sondern sich auch sehr echt anfühlte.

Er reckte sich und dachte über seine weiteren Schritte nach. Nun würde es schwieriger werden. Tiere und Menschen, die sich bewegten und miteinander interagierten, erforderten eine wesentlich anspruchsvollere Programmierung als Pflanzen, die an einem Ort verwurzelt waren. Darum konnte er die vorhandenen Daten nicht so einfach übernehmen. Was er brauchte, war eine Art virtuelle Lehmfigur als Basis, an die er dann die Feinheiten andocken könnte. Also würde er ein Tool schreiben, das Grafik- in Haptikdaten umrechnete, und so einen virtuellen Gipsabdruck erzeugen, den er anschließend manuell nachbearbeiten könnte.

Die Nachbearbeitung wäre die richtige Aufgabe für seinen neuen Assistenten, fiel ihm ein. Wollte der nicht heute Nachmittag kommen? Ron war sich nicht sicher, er hatte die Orientierung in der Zeit mal wieder völlig verloren.

Er vertiefte sich in die Programmierung des neuen Tools. Glücklicherweise war die Sache nicht übermäßig kompliziert. Fühlen und Sehen hatten offenbar viel mehr Gemeinsamkeiten, als ihm anfangs klar gewesen war.

Als erstes Objekt für die Umrechnung wählte er das, was ihm am vertrautesten war: einen menschlichen Körper männlichen Geschlechts. So konnte er am besten überprüfen, wie realistisch sich das Ergebnis anfühlte.

Ron suchte die entsprechende Grafikdatei heraus. Sie zeigte einen athletisch gebauten Mann in der Blüte seiner Kraft. Neidisch sah der Programmierer auf dessen durchtrainierten Oberkörper und zog unwillkürlich seinen deutlich weniger ansehnlichen Bauch ein. Er war zwar nicht gerade dick, dazu kam er zu selten zum Essen, aber etwas Sport würde ihm sicherlich guttun.

Ron startete die Umrechnungsprozedur. Ein Fortschrittsbalken erschien auf dem Bildschirm und zeigte die verbleibende Zeit an. Als er bei siebzehn Prozent stand, klingelte es an der Tür.

Ron öffnete. Vor ihm stand Yannick und grinste.

„Hallo Herr Schäfer, ich melde mich zum Dienst!"

„Ron, bitte. Sonst fühle ich mich so alt ... Komm rein!" Er machte eine einladende Handbewegung. Yannick trat durch die Tür und sah sich neugierig um.

„Hier entlang!" Ron führte ihn in sein Arbeitszimmer. Sofort fiel Yannicks Blick auf den Cyberhelm. „Cool", murmelte er ehrfürchtig.

„Ja", bestätigte Ron, „das Ding ist in der Tat das Beeindruckendste, was ich an Computertechnik je gesehen habe – und du wirst damit arbeiten. Sei vorsichtig, es ist ein Prototyp!"

Yannick war begeistert. Ron warf einen Blick auf den Monitor und stellte fest, dass der Umwandlungsprozess abgeschlossen war. „Du kommst gerade recht", meinte er.

Yannick folgte seinem Blick und sah den nackten Mann auf dem Bildschirm, dessen 3-D Gestalt langsam rotierte.

„Bist du schwul oder was?", fragte er grob. „Das sage ich dir gleich, mit mir läuft da gar nichts!"

Ron sah ihn verdutzt an. „Nein! Wie kommst du darauf?"

Dann begriff er. Für einen Außenstehenden war es in der Tat ein merkwürdiger Anblick.

„Warte, ich erkläre dir, worum es geht ..."

Bald darauf kam Leben in die virtuelle Lehmfigur. Yannick lag auf dem Sessel und trug das Cyberkit, während Ron am Rechner saß und die Einlog-Prozedur überwachte.

„Wie ist es?", fragte er Yannick über das Mikrofon. Anders war keine Verständigung möglich, denn der neue Helm dämpfte die Außengeräusche noch besser ab als der alte.

„Genial", klang es aus dem Lautsprecher. Yannicks Beine bewegten sich rhythmisch, er lief durch den virtuellen Garten und erkundete ihn.

„Hey, dahinten wachsen Bananen, darf ich die essen?"

„Klar", antwortete Ron. „Du darfst von allen Früchten essen. Nur bleib unbedingt von dem Baum in der Mitte des Gartens weg. Das ist der direkte Zugang zum Terminal, der ist zurzeit noch ungeschützt, und du könntest die Welt damit zum Absturz bringen."

„Ja, is jut", nuschelte Yannick und marschierte weiter zu dem Bananenbaum, den er gesehen hatte. Unterdessen ließ Ron sein Umrechnungstool weitere Grafikdateien bearbeiten. Entsprechend tauchten nach und nach neue Tiere im Garten auf. Dem Assistenten kam die Aufgabe zu, sie aus der Nähe zu betrachten und ausgiebig zu berühren. Aufgrund seiner Angaben kalibrierte Ron die Haptikdateien. Viel war da allerdings nicht mehr abzugleichen, stellte er befriedigt fest. Das Umrechnungstool brachte schon sehr brauchbare Ergebnisse zustande.

Es zeigte sich bald, dass Yannick und er etwas gemeinsam hatten. Auch der junge Mann konnte Raum und Zeit völlig vergessen, wenn er vor einem Computer saß oder, wie in diesem Fall, bequem in einem Sessel lag und in virtuellen Sinneseindrücken geradezu badete. Die Stunden vergingen, schließlich hatten sie alle Tierdateien konvertiert.

„Mensch, das war krass", sagte Yannick, als sie anschließend noch ein Bier zusammen tranken. „Vor allem der Tiger ist cool, ich hab mich erst gar nicht getraut, ihn anzufassen. Als der mich so angesehen hat, ging mir echt die Muffe!"

Ron nickte zufrieden. „Der Tiger war der besondere Wunsch meines Sohnes", sagte er.

„Du hast einen Sohn? Wo ist er?"

„Bei seiner Mutter. Es lief in der letzten Zeit nicht besonders gut mit uns. Computer und Beziehungen passen nicht so recht zusammen ..." Rons Stimme klang plötzlich belegt.

Yannick nickte bedächtig. Er kannte diese Erfahrung.

„Weißt du, was deiner Welt noch fehlt?", fragte er unvermittelt. „Ich meine, dieser Streichelzoo ist ja ganz nett, aber wie wäre es mit ein paar schönen Frauen?"

Ron grinste ihn an. „Gleich ein paar?"

„Naja, eine wäre auch schon ein Fortschritt."

„Gibt es da eine im wirklichen Leben?"

„Nee, in letzter Zeit nicht. Wie du so richtig sagtest: Computer und Beziehungen passen schlecht zusammen."

Ron schwieg nachdenklich.

Dann fragte er unvermittelt: „Hast du Lust auf ein Experiment?"

„Ein Experiment? Was denn für eins?"

„Nun, für das Spiel hatte ich ohnehin Bots geplant, die sich am Psychogramm der User orientieren. Aber ich habe noch eine andere Idee ..."

„Und zwar?"

„Wie denkst du über Hypnose?"

„Schwachsinn. All diese Shows im Fernsehen, wo Menschen irgendwelche verrückten Sachen machen, weil jemand es ihnen befiehlt – ist doch alles nur Fake!"

„Mag sein. Aber das, was ich vorhabe, hat damit auch nichts zu tun. Stell dir vor, dein Unterbewusstsein wäre ein riesiger Datenspeicher – so eine Art Festplatte. Wenn du dich auf die Hypnose einlässt, dann wird es dir vorkommen, als würdest du einschlafen. In Wirklichkeit aber bist du wach und gibst mir Zugriff auf deine unterbewussten Daten."

Yannick überlegte einen Moment. „Und was machst du dann damit?", fragte er vorsichtig.

„Ich rufe die Informationen ab, die ich für mein Bot-Programm brauche, und bastle die perfekte Traumfrau für dich zusammen. Wir könnten das auch über ein Frage- und Antwortspiel machen, aber das würde etwa drei Stunden dauern, und die Ergebnisse wären längst nicht so präzise. Wie gesagt, es ist ein Experiment. Traust du dich?"

Yannick zögerte.

„Kann dabei auch was schiefgehen?", fragte er unsicher.

„Nein", beteuerte Ron, „ich habe das studiert. Das ist eine todsichere Sache."

Yannick war beruhigt. „Hört sich spannend an. Was muss ich tun?“

„Oh, das ist ganz einfach“, sagte Ron, während er sich wieder an den Rechner setzte und den Programmordner durchsuchte. „Ich habe vor ein paar Jahren mal eine Software dazu geschrieben. Du folgst einfach den Anweisungen. Bist du bereit?“

„Klar doch.“ Er streckte sich auf dem Sessel aus, und Ron startete das Programm. Sphärische Klänge erfüllten den Raum. Auf dem Bildschirm erschien ein Mandala, dessen Farben sich unmerklich, aber stetig veränderten. Eine ruhige Stimme erklang. „Spüre deinen Atem ...“, begann sie.

Das war das Letzte, an das Yannick sich erinnern konnte.

Als er wieder wach wurde, reichte Ron ihm lächelnd den Cyberhelm. Yannick setzte ihn auf und fand sich in dem paradiesischen Garten wieder, in dem er die letzten Stunden am laufenden Band Tiere gestreichelt hatte. Die Sonne ging gerade unter; es war ein wunderschöner Abend.

„Hallo Yannick“, sagte jemand hinter ihm.

Ein angenehmer Schauer lief seinen Rücken hinunter. So eine schöne Stimme hatte er noch nie gehört. Samtweich und dennoch ausdrucksstark.

Er drehte sich um und vergaß zu atmen. Er hätte nicht in Worte fassen können, wie seine Traumfrau aussehen sollte – aber hier stand sie vor ihm und lächelte ihn an.

Dann fasste sie ihn bei der Hand und gemeinsam gingen sie im Garten spazieren. Die Bewegungen ihrer beiden Körper harmonierten perfekt. Es war wie ein Tanz, und Yannick kam es so vor, als hätten sie sich schon immer gekannt.

5. ES PASSIERT ...

Lutz schloss zufrieden die Kalkulationstabelle und genehmigte sich einen Whisky. Seine Rechnung ging auf. Seit den „eGames Berlin" waren eine Menge neuer Leute im „Bit und Bytes" aufgetaucht und hatten seine Umsätze nahezu verdoppelt: Gamer, Zocker, Hacker – und leider auch jede Menge Möchtegerns. Er schnaubte verächtlich bei dem Gedanken an die vielen Klugschwätzer, die er seitdem zu ertragen hatte, *aber was soll's*, dachte er, *solange sie ihre Getränke bezahlen ...*

Auch sein anderes Geschäftsfeld lief derzeit hervorragend, doch das tauchte in keiner offiziellen Abrechnung auf. Neben seiner Arbeit hinter dem Tresen war Lutz noch als, nun ja, „Dienstleister in speziellen Netzwerkfragen" tätig. Den Ausdruck „Industriespionage" empfand er als unpassende Bezeichnung für diesen Service. Er sah sich lieber als eine Art Robin Hood, der den Armen und Unterdrückten eine Chance bot. Denen nämlich, die das nötige Kapital für langwierige Entwicklungen nicht aufbringen konnten oder wollten und darum lieber mal dem Klassenprimus über die Schulter schauten.

Robin Hood hatte den Reichen das Geld weggenommen und es den Armen gegeben. Er, Lutz Singer, nahm niemandem etwas weg. Deswegen fand er das böse Wort „Datendiebstahl" ebenso unpassend. Er stahl nicht, er kopierte nur. Und das brachte ihm wesentlich mehr ein als dieser ganze Kneipenbetrieb hier.

Er grinste selbstgefällig. Er war der Beste. Das System, in das er nicht hineinkam, musste erst noch entwickelt werden. Aber was viel wichtiger war und ihn von Tausenden unterschied: Er konnte nicht nur überall eindringen, sondern es gelang ihm auch, dabei unbemerkt zu bleiben und seine Spuren zu verwischen. Diese Fähigkeiten hatten ihn zu einem gefragten Mann in der Branche werden lassen, auch wenn er aus naheliegenden Gründen keine Werbung für sich machte. Das Geschäftsmodell war denkbar einfach: Bargeld und keine Fragen. Er trat dabei als Vermittler für einen großen Unbekannten auf, der angeblich im Hintergrund die Jobs erledigte, wobei es ihm schnuppe war, ob seine Kunden ahnten, dass er selbst dieser Unbekannte war.

Die Sache hatte nur einen Haken: Damit er das viele Geld auch ausgeben konnte, ohne Verdacht zu erwecken, musste seine Kneipe gut laufen. Sie sollte wenigstens den Anschein erwecken, als ob sie eine Goldgrube wäre.

Nur noch ein paar Jahre, tröstete er sich. Bald hätte er genug beisammen, um sich einen schönen Ruhestand zu gönnen. Irgendwo in der Karibik vielleicht. Das plante er schon lange – und wenn Ron damals nicht so einen Mist gebaut hätte ... Wie üblich verdrängte er seine eigenen Anteile an dem Vorfall und genoss die wärmende Energie des Hasses, den er in den vergangenen Jahren sorgsam gepflegt hatte.

„Was macht der Kerl jetzt eigentlich?“, murmelte er, als ihm die letzten Nachrichten über die Funkausstellung wieder einfielen. Da waren doch diese Gerüchte über die Zusammenarbeit mit den Koreanern ...

Er griff wieder zu seinem Laptop und checkte Rons Kontostand. Tote Hose, wie immer. Nichts, was auf einen Vertragsabschluss hindeutete. *Wenn sich da nicht bald etwas ändert, musst du wohl zum Amtsgericht*, dachte Lutz schadenfroh.

Mit einem Klick rief er ein weiteres Programm auf, das ihm eine lange Liste von Zahlen und Buchstaben ausspuckte. Sie verriet ihm, wann und wo sich Ron, oder, präziser gesagt, sein Handy, befunden hatte. Er überflog die Zahlenkolonnen, bis er etwas Auffälliges bemerkte, markierte die fragliche Zeile, drückte eine Tastenkombination und pfiff durch die Zähne: „Was in aller Welt hattest du in Frankfurt zu suchen?“

* * * *

Yannick saß an seinem Arbeitsplatz an der Tankstelle und war glücklich. Alles fühlte sich leicht und schön an. Er träumte vor sich hin und konnte es kaum erwarten, endlich wieder mit ihr zusammen zu sein. Betty ...

Er kritzelte ihren Namen in verschnörkelten Buchstaben auf ein Blatt Papier. Ron hatte sie so genannt, weil sie eine Betaversion war. Sie war ein Bot, eine künstliche Intelligenz, sie war nur ein Programm – aber sie wirkte so unglaublich echt. Und sie war ... traumhaft.

Er hatte mit ihr geredet. Stundenlang. Noch nie hatte ihm jemand so zugehört wie sie. Und sie waren spazierengegangen. Endlose Wege. Er meinte immer noch, ihre Hand in der seinen zu spüren, auch wenn ein Teil von ihm wusste, dass es nur der Cyberhandschuh gewesen war, dem er diesen Eindruck zu verdanken hatte.

Aber was machte das schon? Yannick war ein Kind des Onlinezeitalters. Er war es gewohnt, Freundschaften über Facebook, Skype und Teamspeak zu führen. Da konnte man nie genau wissen, wer das Gegenüber wirklich war. Manch einer nutzte diese Medien dazu, um sich in einer neuen Rolle auszuprobieren. Ein Bekannter von ihm, der sich seiner Geschlechtszugehörigkeit nicht so ganz sicher war, unterhielt zwei Accounts – einen als Mann, einen als Frau – mit ganz unterschiedlichen Freundeskreisen. War das so schlimm?

Es ließ sich nicht ändern. Yannick war hoffnungslos verliebt, und alle Versuche seines Verstandes, ihm klarzumachen, dass Betty nur virtuell existierte, schlugen fehl. Er wollte mit ihr zusammen sein und zählte die Stunden, bis er wieder in das Spiel zurückkehren konnte.

* * * *

Ron hatte der Romanze, die sich zwischen Yannick und Betty entwickelte, anfangs lächelnd zugesehen. Sie war die ultimative Bestätigung dafür, dass sein Konzept mit den Bots wirklich funktionierte. Aber mittlerweile machte er sich Sorgen und Vorwürfe. Yannick zeigte eindeutige Symptome einer Sucht, und Ron konnte ihn kaum davon abhalten, Tag und Nacht den Helm zu tragen, um bei seiner virtuellen Freundin zu sein.

So schwer es ihm auch fiel: Es gab nur einen vernünftigen Weg. Er musste Betty wieder löschen. Schade, sie war ihm wirklich gut gelungen mit ihren langen blonden Haaren und ihren rehbraunen Augen. Sie war ein freundliches, fröhliches und unkompliziertes Mädchen, und er konnte gut verstehen, dass Yannick sich in sie verliebt hatte, zumal sie perfekt an ihn angepasst war – so, als wäre sie aus einem Teil von ihm geschnitzt.

Aber gerade deswegen durfte er sie nicht einfach so aus dem Programm entfernen. Die Bindung zu Yannick war zu stark, und Ron fürchtete die Folgen. Wie würde der junge Mann reagieren? Aggressiv werden und alles kurz und klein schlagen – oder in Depressionen versinken und sich wohlmöglich etwas antun? Ron schauderte bei dem Gedanken. Er musste es langsam angehen, ihn vorbereiten, ihm Zeit für den Abschied geben. Heute Abend würde er mit ihm reden.

* * * *

Lutz arbeitete an der Tagesabrechnung, als die Tür aufging und ein schlaksiger junger Mann hereinkam.

„Hallo Champion“, begrüßte der Kneipenwirt ihn freundlich. „Du bist spät dran, ich wollte gerade schließen.“ Yannick blickte ihn kurz an, und Lutz bemerkte erstaunt den Schmerz, der in seinem Blick lag.

„Du siehst aus, als könntest du ein starkes Getränk vertragen“, meinte er und holte seine private Whiskyflasche unter dem Tresen hervor. Yannick nickte ausdruckslos.

„Na, dann komm“, sagte Lutz und nahm zwei Gläser aus dem Regal, „lass uns nach hinten gehen. Ich schließe nur noch eben ab.“

Die freundliche Offenheit des väterlichen Freundes und der Alkohol taten schnell ihre Wirkung. Yannick vergaß sämtliche Abmachungen, die er mit Ron getroffen hatte, und erzählte Lutz haarklein von den Ereignissen der letzten Wochen. Es tat gut, sich auszusprechen und dabei zu spüren, dass der andere echtes Interesse zeigte.

„... und nun will er sie löschen“, schluchzte Yannick. „Das ist Mord! Auch wenn sie ‚nur‘ virtuell ist“ – bei diesen Worten malten seine Finger Anführungsstriche in die Luft –, „ich meine, was heißt das denn heutzutage noch? Ob virtuell oder real – scheißegal, das fließt doch alles immer mehr zusammen!“

Er schniefte. „’tschuldigung, dass ich dir hier was vorheule, aber ich hab sonst niemanden, zu dem ich gehen kann. Und das mit dem Projekt behältst du doch für dich, oder? Ich hab Ron versprechen müssen, dass ich die Sache geheim halte ...“

„Klar“, erwiderte Lutz mit gespielter Entrüstung. „Was denkst du denn von mir? Wenn einer Geheimnisse bewahren kann, dann ich ... Wann will er das denn tun, Betty löschen, meine ich?“

„Morgen Abend. Wir dürfen uns vorher noch eine Stunde sehen, um Abschied zu nehmen ...“

„Wie gnädig“, knurrte Lutz, und Yannick blickte ihn erstaunt an, als er den eiskalten Klang der Stimme hörte. Aber Lutz hatte sich sofort wieder im Griff.

„Vielleicht kann ich dir helfen“, sagte er.

„Wie denn?“, fragte Yannick hoffnungsvoll.

„Naja, ein bisschen was verstehe ich ja von Computern ... Hast du Zugang zur Hardware?“

„Klar“, sagte Yannick. „Der Server steht in seinem Arbeitszimmer, also denke ich schon, dass ich da rankommen könnte.“

„Sehr gut. Und sicherlich gibt es in dem Game ein Serviceinterface, oder?“

Yannick sah ihn fragend an. „Ich weiß nicht genau. Das Spiel ist gestengesteuert, und damit lässt sich so ’ne Art Anzeigetafel aufrufen, auf der man auch Einstellungen vornehmen kann – meinst du das?“

„Nein“, sagte Lutz, „das ist für die User bestimmt. Aber ich kenne Ron – es muss im Spiel ein verstecktes Interface geben, das er benutzt, wenn er selbst online ist.“

„Was heißt das, du kennst Ron?“, fragte Yannick überrascht.

„Ich habe mal mit ihm zusammengearbeitet", erklärte Lutz in einem Tonfall, der deutlich machte, dass weitere Fragen überflüssig waren. „Also, denk nach, gibt es in dem Spiel einen geheimen Ort oder einen Gegenstand, der als Steuerung in Frage käme? Hat er dir vielleicht einen bestimmten Bereich verboten oder dich davor gewarnt?"

Yannick sah ihn träge an. Die Müdigkeit und der Whisky verlangsamten sein Denken. Plötzlich blitzte es in seinen Augen auf.

„Na klar!", rief er, „Der Baum! Mitten im Garten ist ein Baum, den ich auf keinen Fall berühren soll. Ron hat gesagt, es sei eine ungesicherte Systemsteuerung, und wenn ich sie anfasse, könnte das Spiel abstürzen – o mein Gott, dann wäre Betty vielleicht tot!"

„Keine Panik", sagte Lutz, „das wird nicht passieren. Sondern wenn du tust, was ich dir sage, bekommst du die Rechte als Systemadministrator. Dann wirst du sein wie Ron und kannst das Spielgeschehen ohne Einschränkungen beeinflussen!"

„Also gut. Was muss ich tun?"

* * * *

Als Yannick am nächsten Abend zu Ron kam, wirkte der junge Mann nervös und angespannt. Er war blass, und man sah ihm an, dass er in den letzten Tagen noch weniger Schlaf bekommen hatte als sonst. *Kein Wunder,* dachte Ron mitfühlend, *ihm steht ein schwerer Abschied bevor.*

„Bist du bereit?", fragte er seinen Assistenten.

Yannick nickte grimmig. „Mir bleibt ja wohl nichts anderes übrig, oder?"

Ron legte ihm den Arm auf die Schulter. „Du weißt, dass es zu deinem Besten ist", sagte er leise.

Yannick lachte höhnisch und drehte sich von der Berührung weg. „Komm, hör bloß auf, ich kann's nicht mehr hören. Wir haben ja wohl lange genug darüber diskutiert." Er ließ sich in einen Sessel fallen.

Ron nickte. Sie schwiegen eine Weile. Dann sagte er: „Kann ich noch irgendetwas für dich tun?"

Yannick sah ihn an: „Hast du vielleicht etwas zu trinken für mich? Ich habe einen ganz trockenen Hals."

„Klar, was willst du denn? Bier ist leider alle."

„Einfach ein Glas Wasser, denke ich. Aber schön kalt, wenn's geht." Er vergrub das Gesicht in seinen Händen.

Ron stand wortlos auf und ging in die Küche. Nachdem er den Raum verlassen hatte, kam plötzlich Bewegung in den Assistenten. Er sprang auf und zog etwas aus der Tasche, das Ähnlichkeiten mit einem USB-Stick hatte, aber etwas dicker und plumper wirkte. Yannick wusste nicht genau, was es war. Er hatte keine weiteren Fragen mehr gestellt, nachdem Lutz ihm das Gerät in die Hand gedrückt hatte. Er wusste, was er damit tun musste, und das reichte ihm.

Leise kniete er sich vor den Rechner neben Rons Schreibtisch und steckte den Stick in einen USB-Slot auf der Rückseite des Gerätes. Er hoffte inständig, dass das System keine Geräusche von sich geben würde, denn Ron kam schon wieder mit dem Wasser zurück. Glücklicherweise blieb der Computer stumm, und Yannick schaffte es gerade noch rechtzeitig in seinen Sessel zurück.

„Hier, es ist ganz kalt, ich habe sogar ein paar Eiswürfel hineingetan", sagte Ron fürsorglich. Yannick trank das Glas mit großen Schlucken leer. Er war tatsächlich durstig, fühlte sich wie ausgedörrt. Das Wasser tat gut.

„Noch mehr?"

„Nein, ich will's jetzt hinter mich bringen", sagte Yannick, stand auf und legte das Cyberkit an. Ron überwachte die Einlogprozedur und schaute einen Augenblick überrascht auf seinen Monitor. Das, was sich da am Bildrand bewegt hatte, sah fast aus wie eine Schlange – aber das konnte nicht sein. Ron wusste genau, dass es keine Schlangen in seiner Welt gab, denn er konnte diese Tiere nicht ausstehen und hatte darum auch keine erschaffen. Wahrscheinlich war es also eine Echse oder einfach ein Schatten – egal, er hatte heute Abend Wichtigeres zu tun.

„Tust du mir einen Gefallen, Ron?“, fragte Yannick über Interkom.

„Kommt darauf an“, gab Ron vorsichtig zurück. „Aber meine Entscheidung, was Betty angeht, steht fest. Darüber lasse ich nicht mit mir verhandeln.“

„Ja, ja, schon klar, aber vielleicht kannst du uns in unserer letzten Stunde ein bisschen Privatsphäre gönnen ...“

„Kein Problem“, sagte Ron lächelnd, „ich klinke mich aus. Alles Gute!“

„Danke!“, antwortete Yannick. Gleich darauf kam das kleine Knacken, das das Ende der Verbindung anzeigte. Und dann stand sie vor ihm. Sein Herzschlag setzte einen Augenblick aus. Sie war die schönste Frau, die er je gesehen hatte – und sie liebte nur ihn.

„Hallo Yannick“, sagte sie. Der Klang ihrer Stimme jagte ihm einen wohligen Schauer über den Rücken. „Ich habe auf dich gewartet! Wo warst du so lange?“

Er nahm sie zärtlich in den Arm. „Es ist so schön, dich zu sehen!“, sagte er.

Sie schmiegte sich an ihn, und einen Atemzug lang versuchte er, alles andere zu vergessen und allein diesen Moment wahrzunehmen. Er wollte sich für alle Zeiten an ihn erinnern können. Schließlich sah er sie ernst an.

„Hör mal, was ich dir jetzt sage, wirst du vielleicht nicht verstehen, aber du musst mir vertrauen. Sonst wird es heute das letzte Mal sein, dass wir uns sehen!“

„Was, warum?“ Sie sah ihn bestürzt an. Ihre Augen schimmerten feucht. „Was redest du da? Du machst mir Angst!“

Yannick zog sie wieder in seinen Arm. „Du ahnst ja nicht, was da draußen vor sich geht ...“, begann er, aber sie stieß ihn zur Seite.

„Nun fängst du schon wieder damit an! Ich mag es nicht, wenn du von dieser anderen Welt redest. Ich kann damit nichts anfangen, das weißt du doch!“

Yannick seufzte. Eigentlich hatte er mittlerweile gelernt, dieses Thema zu vermeiden. So gut sie ihn auch sonst verstand – jedes Mal, wenn er mit ihr über die Welt sprechen wollte, aus der er kam, hatte sie das Gespräch abgebrochen. Der Gedanke, dass es noch etwas anderes als ihr kleines Paradies geben könnte, erschien ihr abwegig, ja, geradezu bedrohlich. Es waren Hirngespinste in ihren Augen – und in gewisser Weise hatte sie ja auch recht damit. Für sie gab es nur diese virtuelle Welt.

Sie ist ein Bot, machte Yannick sich zum hundertsten Mal klar. Aber wie immer scheiterte diese Einsicht seines Verstandes an den Signalen aus seinem Herzen.

„Komm schon", lockte sie ihn, „ich muss dir etwas zeigen. Da hinten gibt es eine Ecke im Garten, die ich gerade erst neu entdeckt habe. Da sind einzigartige Blumen und wunderbare Schmetterlinge – komisch, dass ich die nicht schon früher gesehen habe ..."

Yannick verzichtete weise darauf, ihr zu erklären, dass dies das Ergebnis der letzten Programmierungen Rons war. Er entwickelte den Garten ständig weiter. Normalerweise ließ Yannick sich von ihrer kindlichen Entdeckerfreude nur zu gerne anstecken, zumal der Test der neuen Regionen in sein Aufgabengebiet als Programmentwicklungshelfer fiel – aber jetzt war dafür definitiv keine Zeit.

„Nein, heute nicht", sagte er und zog sie in die entgegengesetzte Richtung. „Wir müssen etwas erledigen."

„Wohin willst du?", fragte sie verwirrt.

„Zu dem Baum in der Mitte des Gartens", sagte er grimmig.

„Aber – du hast doch immer gesagt, dass der verboten ist? Dass wir sterben müssen, wenn wir ihn berühren?"

„Ich weiß. Ich kann es dir jetzt nicht erklären, aber glaube mir, er ist deine einzige Chance zu leben."

„Es ist *unsere* einzige Chance", fügte er nach einer Pause hinzu.

Betty sah ihn ängstlich an und schwieg. Widerspruchslos lief sie hinter ihm her. Kurz darauf hatten sie ihr Ziel erreicht.

Der Baum in der Mitte des Gartens wirkte überraschend unscheinbar. Eher ein Bäumchen als ein Baum. Seine wenigen Früchte erinnerten an die Schaltflächen der Menüs, die Ron zu programmieren pflegte. Eine große Schlange ringelte sich um den Stamm und verlieh dem Ganzen eine gewisse Ähnlichkeit mit dem Standessymbol der Ärzte.

Wie passend, dachte Yannick, *hier finden wir die Medizin, die Betty das Leben retten kann.*

Die Schlange sah ihnen mit unbewegten Augen entgegen. Dann löste sich ihre Schwanzspitze vom Baum und deutete auf eine bestimmte Frucht.

„Los, Betty", sagte Yannick, „diese ist es, die musst du essen!"

„Aber ich traue mich nicht! Es ist doch verboten!"

„Tu es, bitte! Es muss sein!"

Betty sah ihn nachdenklich an. „Aber nur, wenn du auch davon isst", forderte sie.

Unsicher schielte Yannick zu der Schlange hinüber. Sie nickte unmerklich.

„Na gut", sagte er schließlich und schob seine Freundin sanft in die Richtung des Baumes.

Langsam ging Betty hinüber und streckte ihre Hand aus, wobei sie sichtlich bemüht war, die große Schlange nicht zu berühren, die ihr aufmerksam zusah. Noch einmal hielt das Mädchen inne und drehte sich mit einem fragenden Blick zu Yannick um, der ihr energisch zunickte. Endlich gab sie sich einen Ruck und pflückte die Frucht. Sie sprang zwei Schritte zurück, weg von der Schlange, und schnupperte misstrauisch an ihrer Beute.

„Riecht gut!", stellte sie fest und biss herzhaft hinein. Die Frucht hatte helles, festes Fruchtfleisch, fast wie ein Apfel, doch es fehlten die Kerne darin. Sie reichte ihrem Freund den Rest. „Jetzt bist du dran", sagte sie ernst. Ohne zu zögern, biss er hinein. Dann sahen sich Betty und Yannick an und warteten darauf, dass irgendetwas Außergewöhnliches passierte.

Den Triumphschrei von Lutz konnten sie nicht hören; er hatte sein Mikrofon wohlweislich nicht angeschlossen. Sein Schlangen-Avatar verständigte sich ausschließlich per Zeichensprache. Der Jubel war berechtigt, denn nun hatte er vollen Zugriff auf das System. Ohne große Umschweife begann er mit dem Download, wozu ihm das Gerät diente, das Yannick in die Rückseite des Servers gesteckt hatte – es stellte eine Datenverbindung über das Mobilfunknetz her.

Es dauerte eine gewisse Zeit, bis Yannick und Betty die atmosphärische Veränderung in ihrer Umgebung wahrnahmen, aber sie verstärkte sich immer mehr und war schließlich so deutlich zu spüren wie ein kalter Zugwind. Unvermittelt brach Betty in Tränen aus und stürzte davon. Ratlos sah Yannick ihr hinterher. So hatte er sie noch nie erlebt. Er blieb eine Weile unschlüssig stehen, dann ging er ihr nach. Als er sie fand, war sie damit beschäftigt, Gräser und Blätter zu flechten und damit ihre Blöße zu bedecken.

„Was machst du da?", fragte er betroffen. „Dir hat es doch bisher nichts ausgemacht, nackt zu sein?"

Sie sah ihn verlegen an. „Ich weiß auch nicht", meinte sie schließlich. „Plötzlich fühle ich mich so – beobachtet."

Und dann spürte Yannick es auch. Es fühlte sich an, als stünde er splitterfasernackt in einem beleuchteten Schaufenster mitten in der Innenstadt. Unwillkürlich hielt er sich die Hände vor seinen Intimbereich.

Betty reichte ihm einen geflochtenen Lendenschurz. „Hier, nimm das", sagte sie. Er erkannte diese Handarbeit wieder: Sie hatte ursprünglich eine Decke werden sollen, mit der Betty vor einigen Tagen begonnen hatte.

Ungeschickt schlang er sich das improvisierte Kleidungsstück um die Hüfte, aber das Gefühl der Beobachtung wollte nicht weichen. Panisch sah er sich um.

„Wir sollten uns verstecken", sagte er.

* * * *

Mittlerweile hatte Ron seine Telefongespräche beendet, die Blumen gegossen, den Kühlschrank geputzt und alle Papiere auf dem Schreibtisch sortiert. Er blickte auf die Uhr. Die Stunde, die er Yannick und Betty zugestanden hatte, war längst überschritten, aber es fiel ihm schwer, das Mädchen zu eliminieren, auch wenn sie nur ein Programm war. Es steckte einfach zu viel Menschliches in ihr.

Komm schon, du musst es tun, es ist das Beste für Yannick, und du weißt es, rief er sich zur Ordnung – mit nur mäßigem Erfolg allerdings. Lustlos schlurfte er zu seinem Terminal. Auf seinen Befehl hin glommen die abgeschalteten Monitore auf. Automatisch überflog er die Anzeigen – da durchfuhr es ihn plötzlich, als hätte ihm jemand einen Eimer eiskaltes Wasser über den Rücken gegossen.

Irgendetwas musste passiert sein. Die Firewall war ausgeschaltet. Wie konnte das sein?

Ihm fiel nur eine Möglichkeit ein, wie Yannick sie deaktivieren konnte – mit Hilfe der spielinternen Systemsteuerung, dem verbotenen Baum, den er all die Wochen lang nicht angerührt hatte.

Ron schüttelte ungläubig den Kopf. Das ergab keinen Sinn.

Vielleicht ist es ja eine Falschmeldung, dachte er, ohne selbst allzu sehr daran zu glauben. Er rief die Logdateien auf, um zu überprüfen, was in der letzten Stunde geschehen war, aber nichts passierte. Das System ignorierte seinen Befehl. Ungläubig starrte Ron auf die Tastatur, die ihm plötzlich fremd vorkam. Was war hier los?

Diese Firewall war im Prinzip eine überflüssige Schutzmaßnahme, denn der Rechner verfügte über die beste Absicherung, die es gab: Er hatte keine Verbindung zum Internet. Dennoch sprach alles dafür, dass jemand in das System eingedrungen war. Yannick musste etwas damit zu tun haben, wahrscheinlich irgendein verzweifelter Versuch, Betty zu retten. Er hätte es voraussehen müssen.

Er blickte auf den Körper des jungen Mannes, der da mit Cyberhelm, Gamaschen und Handschuhen auf dem Sessel lag und sich rhythmisch bewegte, als tanze er zu einer Musik, die außer ihm niemand hören konnte. Ron widerstand dem Impuls, ihm den Helm vom Kopf zu reißen und ihn zur Rede zu stellen. Wenn tatsächlich jemand die Kontrolle über das System übernommen hatte, wie er befürchtete, dann war Yannick sein letzter Fuß in der Tür. Sobald er sich ausloggte, kam möglicherweise niemand mehr hinein. Ron überlegte. Schließlich fiel sein Blick auf den „Cyberstar 2", der in einer Ecke seines Arbeitszimmers lag.

Ja, das könnte funktionieren. Er würde versuchen, online zu gehen und Yannick zur Rede zu stellen. Ron hatte seinen Avatar noch nicht konvertiert und würde in der neuen Schöpfung nur als eine Art Lichtgestalt erscheinen, aber das war ihm jetzt egal. Er musste wissen, was vorgefallen war.

In X-World war der Abend angebrochen, und eine angenehme Kühle lag über dem Garten. Betty und Yannick saßen Händchen haltend auf einem Baumstamm. Sie schwiegen bedrückt. Keiner von ihnen wusste, wie es jetzt weitergehen sollte. Yannick nahm als Erster die Bewegung hinter den Büschen wahr.

„Schnell", flüsterte er dem Mädchen zu, „versteck' dich!"

Doch es war zu spät. Leuchtend und groß stand Ron Schäfer vor ihnen. „Was hast du getan?", herrschte er Yannick mit Donnerstimme an. „Wieso warst du an dem Baum, den ich dir verboten hatte?"

Yannick begann zu stammeln. „Sie hat als Erste gegessen!", sagte er hastig. Dann fing er sich. Sein Rücken wurde gerade. „Du hast sie doch programmiert, du musst doch wissen, warum sie so etwas tut", fügte er patzig hinzu. Ein eisiger Blick von Ron brachte ihn zum Schweigen.

„Nun?", fragte er Betty.

Sie lag zusammengesunken und ängstlich vor seinen Füßen. Ihr Atem ging stoßweise. Ihre Stimme klang verweint. „Da war eine Schlange ...", sagte sie zaghaft.

„In meinem Garten gibt es keine Schlangen!", brüllte Ron. „Ich hasse Schlangen!"

Plötzlich dämmerte ihm etwas. Wieder wandte er sich an Yannick.

„Sag mir die Wahrheit. Woher kennst du Lutz?"

Der Angesprochene fuhr so sehr zusammen, dass jedes Leugnen zwecklos war.

„Aus der Kneipe ...“, stotterte er, „der Wettbewerb ... aber wieso ... woher weißt du ...“

„Ich habe mal mit ihm zusammengearbeitet“, sagte Ron, „die Schlange ist sein Markenzeichen. ‚Andere programmieren bloß Würmer – ich bin die Schlange‘, pflegte er zu sagen. Er ist der durchtriebenste Hacker, den ich kenne. Und außerdem ist er ein überaus nachtragender Mensch, der seit Jahren auf Rache gegen mich sinnt. Also raus mit der Sprache, was hast du getan?“

Yannick schluchzte. „Ich wollte Betty doch nicht verlieren!“, jammerte er, „und Lutz hat gesagt, er könne mir helfen. Mit diesem – komischen USB-Stick.“

Ron zuckte zusammen. *Natürlich, es war so einfach. Ein modifizierter Mobilfunk-Stick! Dass er nicht schon früher darauf gekommen war! Er musste das System sofort abschalten, jetzt hatte er keine Wahl mehr.*

„Gut“, sagte er, „das war’s. Yannick, du bist gefeuert. Lass dich nie wieder bei mir blicken. Betty, deine Existenz ist hier zu Ende. Und du, Lutz, du alte Schlange“, brüllte er plötzlich los, „wenn ich dich in die Finger kriege, dann breche ich dir jeden Knochen einzeln. Auf dem Bauch sollst du kriechen und um Entschuldigung winseln, du mieser Misthund!“

6. DIE PROMETHEUS SOFTWARE AG

Zur Feier des Tages genehmigte sich Lutz ein Glas seines besten Whiskys. Behaglich ließ er sich den aromatischen Duft in die Nase steigen, prostete in Gedanken seinem Erzfeind zu und trank einen Schluck voller Andacht. Es hätte kaum besser laufen können. Er hatte nicht nur Zugriff auf das Spiel bekommen, sondern den gesamten Server geplündert und die Spieledateien komplett heruntergeladen. Er grinste gehässig. Ron war so ein Idiot. Er hatte den Mobilfunkstick viel zu spät entdeckt. Egal, welche Verträge er nun mit diesen Koreanern aushandelte, das Spiel würde es in Kürze für jedermann zugänglich im Internet geben. Das sollte dem Verkauf doch wohl etwas den Schwung nehmen. *Tja Ron, war wohl nichts mit deinem Comeback!*

Lutz genoss den Triumph. Auf diese Gelegenheit hatte er lange gewartet. Und das war erst der Anfang. Er stellte das Glas beiseite, wandte sich wieder seinem Laptop zu und startete den Passwort-Cracker.

* * * *

Yannick irrte durch die Straßen. Es hatte geregnet, überall standen Pfützen mit schmutzig braunem Wasser, doch er achtete nicht darauf. Sein Leben lag in Trümmern. In den vergangenen Wochen war so viel geschehen, dass er innerlich gar nicht mehr hinterherkam: Erst sein glanzvoller Sieg bei den eGames, dann der Job bei einer Legende der Softwarebranche, die Arbeit mit Computerperipherie der Zukunft – und schließlich sie. Betty. Ein Traum von einem Mädchen. *Warum begegnet einem so eine nie im realen Leben?*

Und nun war alles vorbei. Die langen vertrauten Gespräche mit ihr, die Entwicklung der Spielwelt, die Fachsimpeleien mit Ron, die Träume von einem festen Job in einem Bereich, der hundertprozentig zu ihm passte. Diese Tankstellengeschichte hielt ihn zwar über Wasser, aber damit wollte er sein Leben nun wirklich nicht verbringen.

Er sah auf die Uhr. In einer Stunde begann sein Dienst. Ausgerechnet jetzt. Aber vielleicht war es auch ganz gut so. Das würde ihn von dummen Gedanken abhalten. Fürs Erste.

* * * *

Als das Telefon klingelte, brauchte Ron eine ganze Weile, um sich zu orientieren. Er hatte Kopfschmerzen. Vorsichtig öffnete er die Augen und stöhnte, als er die leeren Flaschen in seiner Wohnung herumliegen sah. Er versuchte, den Anruf zu ignorieren, aber das Telefon klingelte ungerührt weiter. Schließlich gab er auf, hob den Hörer ans Ohr und meldete sich so freundlich er konnte: „Hmpf?"

„Guten Morgen, Herr Schäfer, ich habe Sie doch nicht etwa geweckt? Es ist zehn Uhr morgens!"

Ron erkannte die Stimme von Gerhardt Fleischmann. Der hatte ihm gerade noch gefehlt! Vorsichtig, um den enormen Kopfschmerz nicht noch weiter zu verschlimmern, setzte er sich in seinem Bett auf.

„Ich habe fast die ganze Nacht am Computer verbracht", sagte er. Das war nicht mal gelogen. Nach der gestrigen Katastrophe hatte er sich auf der Suche nach Ablenkung bis in die frühen Morgenstunden im Internet herumgetrieben.

„Das freut mich zu hören. Ich hoffe, das Projekt geht gut voran? Haben Sie einen Assistenten gefunden?"

„Ja, habe ich. Aber leider musste ich ihn wieder entlassen. Er hat mich hintergangen."

„Oh, das tut mir leid", sagte Dr. Fleischmann, und in seiner Stimme schwang aufrichtiges Bedauern mit. „Die Situationen, in denen ich mich mit Vertrauensbruch seitens meiner Mitarbeiter konfrontiert sah, gehören zu den schwärzesten Erinnerungen meines Lebens."

Er machte eine kurze Pause.

„Aber vielleicht tröstet es Sie ein wenig, wenn ich Ihnen erzähle, dass die Firmengründung nun erfolgreich abgeschlossen ist und ich Ihnen ein Team von zwanzig fähigen Spieleprogrammierern anbieten kann."

Ron staunte. Der Alte war wirklich ein Mann der Tat. Einen Moment lang überlegte er, ob er ihn in die gestrigen Vorkommnisse einweihen sollte, aber dann besann er sich eines Besseren. *Erstmal einen klaren Kopf bekommen.*

„Ich erwarte Sie morgen früh in Frankfurt", fuhr Dr. Fleischmann fort. „Bringen Sie Ihre bisherigen Ergebnisse mit, und bereiten Sie sich darauf vor, das Team einzuweisen. Inwieweit Ihre Anwesenheit vor Ort dann erforderlich ist, müssen wir sehen. Ich bin noch von der alten Schule und habe meine Mitarbeiter gerne vor Augen, aber ihr Computermenschen regelt so was ja heutzutage über das Internet. Es ist mir egal, wie Sie das machen, doch in spätestens sechs Wochen möchte ich an den Markt gehen."

Ron nickte innerlich. Das war durchaus zu schaffen. Er konnte auf ein Backup zurückgreifen, das er unmittelbar vor Bettys Erschaffung angelegt hatte. Darin fehlten zwar alle Tiere, die Yannick und er seitdem in die Welt entlassen hatten, aber das war zu verschmerzen.

„In Ordnung", sagte er. „Wir sehen uns morgen." Er kletterte mühsam aus dem Bett und wankte ins Bad.

Gut, dass ich nicht schon heute nach Frankfurt soll, dachte er und übergab sich.

Als Ron am nächsten Morgen auf dem Frankfurter Hauptbahnhof eintraf, waren seine Kopfschmerzen einer grimmigen Entschlossenheit gewichen. Er wollte sich von Lutz nicht stoppen lassen, egal was der sich in seinem Rachedurst noch einfallen ließ. Wie konnte ein Mensch bloß so an seinem Zorn festhalten? Immerhin war er selbst es gewesen, der damals den Bug im Internet veröffentlicht und damit den Stein ins Rollen gebracht hatte.

Ron verbot sich, weiter über dieses Thema nachzudenken. Es war sinnlos. Mehr als einmal hatte er versucht, sich mit seinem ehemaligen Assistenten auszusprechen und war dabei immer nur auf eine Wand aus Ablehnung und Hass gestoßen. Ihn schauderte es bei der Erinnerung daran.

Während ihrer Zusammenarbeit hatte er Lutz nie anders als zuvorkommend und nett erlebt, aber im Nachhinein hatte sich das als bloße Fassade erwiesen. In Wahrheit hatte es den Älteren zutiefst gekränkt, dass er nur der Assistent gewesen war und sich nach den Anweisungen eines jüngeren, weniger erfahrenen Programmierers richten musste.

Ron konnte diese Entscheidung der Firmenleitung nachvollziehen. Lutz war auf seine Art brillant; sein enormes Wissen über die Tiefen und Abgründe der Systeme hatte schon fast etwas Unheimliches – aber seine Begabung war doch recht speziell.

Ron war eindeutig der kreativere Kopf. Während Lutz tausend Wege einfielen, um an fremde Ideen zu kommen und sie mit wenigen Veränderungen als seine eigenen auszugeben, sprudelten bei Ron die genialen Einfälle nur so heraus.

Er blickte sich um. Der Bahnhof war voll mit hastenden Menschen, die anscheinend alle wussten, wo sie hinwollten. Ron nahm seinen Koffer auf und ging den Bahnsteig hinab. Diesmal würde ihn wohl kein Bediensteter mit einem Firmenwagen abholen. Aber diesmal würde er auch keine Enttäuschung erleben. Denn jetzt wartete ein ganzes Heer von Programmierern auf seine Anweisungen, um *seine* Welt nach *seinen* Wünschen zu gestalten. Er sonnte sich in dieser Gewissheit. Es war ein wohltuendes Gefühl nach der langen Durststrecke, die hinter ihm lag.

Er entschied sich für ein Robotaxi – nicht nur, weil es etwas billiger war als die Fahrzeuge mit Fahrern, sondern vor allem, weil hier keinerlei Risiko bestand, gegen seinen Willen in ein Gespräch verwickelt zu werden. Ron schob seine Kreditkarte in den dafür vorgesehenen Schlitz. Dann nannte er die gewünschte Adresse. Sofort erschien der Straßenname auf dem Display in der Mittelkonsole, Ron bestätigte die Auswahl, und die Fahrt begann. Er war gespannt, wohin es ihn verschlagen würde. Halb rechnete er mit einem verfallenen Fabrikgebäude oder einer zugigen Halle auf irgendeinem Hinterhof. Allzu klein konnte es ja nicht sein, wenn es zwanzig Mitarbeitern samt der nötigen Ausrüstung Platz bieten sollte.

Das Taxi hielt vor einem Verwaltungsgebäude am nördlichen Stadtrand. Es wirkte nüchtern, vielleicht ein bisschen langweilig, aber solide und gepflegt. Ron nickte zufrieden. Er hätte durchaus auch auf einem Hinterhof begonnen, hätte es sogar romantisch gefunden, aber diese Wahl war deutlich besser. Er war gespannt auf das Innere.

Ron nahm seinen Koffer und ging auf das Gebäude zu. Neben der Eingangstür hingen verschiedene Briefkästen. Anscheinend teilten sich mehrere Unternehmen dieselbe Adresse. Er öffnete die Tür und betrat ein Foyer, dessen einziger Schmuck aus den Firmenschildern an den Wänden bestand.

„Prometheus Software AG – 5.OG“, verkündete ein brandneues Messingschild. Glücklicherweise gab es einen Fahrstuhl.

Er bugsierte seinen Koffer in die muffige Kabine und drückte den Knopf mit der schwarzen Fünf. Es gab einen Ruck, als sich der Aufzug ächzend in Bewegung setzte. Ron fühlte sich unbehaglich. Er mochte keine Fahrstühle und atmete dankbar auf, als ihm das Display nach kurzer Zeit signalisierte, dass er das Ziel erreicht hatte.

Die Schiebetür rumpelte zur Seite. Sie gab den Blick auf einen kurzen Flur frei, der mit grauem Nadelfilz ausgelegt war. Ron zog seinen Koffer hinter sich her und ging auf die Glastür zu, an der der Schriftzug seines neuen Arbeitgebers leuchtete. Er war gespannt, was ihn dahinter erwarten würde.

* * * *

Yannick war überrascht, als sein Arbeitskollege in die Tankstelle kam, um ihn abzulösen. Er hatte nicht bemerkt, dass die Schicht vorüber war. Zu gleichförmig waren die Stunden an ihm vorbeigezogen; die wenigen Kunden, die in dieser Nacht unterwegs gewesen waren, hatte er mechanisch bedient, ohne sich dessen bewusst zu sein. Dazwischen hatte er mit leerem Blick auf den Monitor der Videoüberwachung gestarrt. Es fühlte sich an, als wäre ein Teil von ihm gestorben. So als hätte ihn der Tod zwar besucht, aber seine Arbeit nicht vollendet.

Yannick rechnete die Kasse ab und machte die Übergabe für seinen Kollegen fertig. Es kam ihm vor, als würde er einen Fremden bei seinem Tun beobachten.

„He, was ist denn los mit dir, du siehst ja richtig scheiße aus!", meinte sein Kollege mitfühlend. „Hast wohl wieder zu lange gezockt, was?"

Yannick nickte. „Ja, genau", sagte er, „und jetzt muss ich mich dringend aufs Ohr hauen. Mach's gut!"

„Du auch!", sagte sein Kollege und begann, in den Morgenzeitungen zu blättern. Yannick trat seinen Heimweg an. Mechanisch setzte er einen Fuß vor den anderen. Er war so müde ...

Als er über die Eisenbahnbrücke ging, blieb er stehen und blickte nachdenklich hinunter auf die Gleise. *Es ist eigentlich ganz einfach. Alle 20 Minuten kommt ein Zug vorbei. Ein kleiner Sprung, und die Sache ist erledigt. So was passiert in Berlin dauernd.*

Und wer würde ihn schon vermissen? Betty bestimmt nicht, die war nur virtuell. Seine Mutter? Vielleicht am Anfang, aber auf lange Sicht wäre sie bestimmt eher erleichtert. Lutz? Und wenn schon.

In der Ferne rumpelte es, und die Lichter der Bahn näherten sich. Yannick zog sich am Geländer hoch.

* * * *

Für seine nächsten Schritte brauchte Lutz einen Cyberstar 3, und er hatte nicht vor, damit bis zur offiziellen Markteinführung zu warten. Er scrollte durch die Notizen, die er über Future Computing angelegt hatte, und schnaubte verächtlich. Nicht einmal eine Viertelstunde hatte er gebraucht, um vollen Zugriff auf das firmeninterne Netzwerk zu erhalten. Für einen internationalen IT-Konzern waren die Sicherheitsstandards kümmerlich. Selbst vertrauliche Protokolle lagen unverschlüsselt auf dem Firmenserver – den Verantwortlichen schien es wohl sicher genug zu sein, dass sie auf Koreanisch abgefasst waren.

Lutz überflog die Dokumente, die sein Übersetzungsprogramm erzeugt hatte. Das computergenerierte Deutsch war haarsträubend, doch es reichte aus, um den Sinn zu erfassen. Vieles betraf langweiligen Vorstandsalltag, hauptsächlich Umsatzzahlen und Berichte aus den Abteilungen, aber schließlich stieß er auf eine Information, die ihn aufmerken ließ: Offensichtlich gab es Meinungsverschiedenheiten zwischen dem asiatischen Leiter Dong-Min Choi und einem Dr. Fleischmann, der für den Vertrieb zuständig war. Daraus ließ sich bestimmt etwas machen.

Lutz forschte weiter und beschloss dann, es bei Tae-Gong Lee zu versuchen, einem jungen Mann, der noch nicht sehr lange in der Firma arbeitete, aber in den Protokollen immer wieder erwähnt wurde. Er war der persönliche Assistent von Dong-Min Choi. Nach allem, was Lutz über ihn gelesen hatte, schien er einer dieser Typen zu sein, die ohne mit der Wimper zu zucken ihre eigene Großmutter verkaufen würden – vorausgesetzt, der Preis stimmte, und er konnte dadurch die nächste Sprosse der Karriereleiter erklimmen. Sie hatten also einiges gemeinsam. Es wurde höchste Zeit, dass sie sich kennenlernten.

Er wählte die Nummer, die er in seinen Unterlagen notiert hatte, stellte sich der Vorzimmerdame mit seiner charmantesten Stimme als „Sicherheitsberater“ vor und gab an, Herrn Lee „in einer vertraulichen Angelegenheit“ sprechen zu müssen. Er wurde anstandslos durchgestellt.

Einen Moment lang hörte er Musik, dann meldete sich eine Männerstimme.

„Lee.“

„Singer", antwortete Lutz in geschäftigem Ton. „Guten Tag, Herr Lee. Wir kennen uns nicht, aber ich denke, dass es für uns beide von Vorteil sein könnte, uns kennenzulernen."

„Worum geht es denn?", fragte der Koreaner schroff.

„Um eine betriebsinterne Verschwörung, fürchte ich. Ich darf doch davon ausgehen, dass Sie treu hinter ihrem Chef, Herrn Choi, stehen?"

„Natürlich", gab der Angesprochene zurück. Seine Stimme klang ungeduldig. Lutz spürte, dass er schnell zur Sache kommen musste, um ihn bei Laune zu halten.

„Ein guter Mann", sagte er und versuchte, seine Stimme nach aufrichtiger Bewunderung klingen zu lassen. „Er hat es nicht verdient, dass Gerhardt Fleischmann an seinem Stuhl sägt."

„Was reden Sie da?", fuhr der Koreaner ihn an. Sein Deutsch war nahezu akzentfrei. „Für solch einen Unsinn fehlt mir die Zeit!"

„Ja, genau darauf setzt er. Aber wissen Sie, seit den Unstimmigkeiten wegen der Software für den Cyberstar 3 hat sich manches verändert ..."

Die Andeutung verfehlte ihre Wirkung nicht.

„Wer sind Sie, und woher wissen Sie von diesen Dingen?"

Der Assistent klang verunsichert. Lutz grinste in sich hinein. Der Fisch hatte angebissen. Jetzt musste er ihn nur noch an Land holen.

„Nun, meinen Namen habe ich Ihnen ja bereits genannt. Ich bin Sicherheitsberater und werde Ihnen helfen, Ihren Chef zu schützen. Ich denke, wir haben eine ganze Menge gemeinsamer Interessen. Aber bestimmt ist es auch in Ihrem Sinne, keine weiteren Details am Telefon zu besprechen. Wir sollten uns treffen. Sicher kennen Sie ein nettes Lokal, in dem man ungestört zu Abend essen kann."

****

Yannick hatte geschlafen wie ein Stein und fühlte sich auch so: schwer, unbeweglich, benommen. Mühsam versuchte er, seine Erinnerungen zu sortieren und von den verworrenen Träumen zu trennen, die noch in ihm nachhallten. Betty ... die Eisenbahnbrücke ... Er hatte schon halb auf dem Geländer gestanden, als er abgerutscht war und sich sein linkes Knie angeschlagen hatte.

Vorsichtig betastete er die lädierte Kniescheibe. Sie tat fürchterlich weh, und er fluchte in sich hinein. Nicht einmal einen anständigen Selbstmord brachte er zustande! Aber vielleicht war es auch gut so. Jetzt, nach ein paar Stunden Schlaf, wirkte seine Situation nicht mehr ganz so aussichtslos wie vorher.

Er sah auf die Uhr. Es war bereits später Nachmittag. In gut einer Stunde öffnete das Bit & Bytes. Er musste dorthin. Er musste mit Lutz reden, musste wissen, wie es nun weitergehen sollte.

Mühsam wälzte er sich aus dem Bett und schlurfte ins Badezimmer, das er mit seiner Mutter teilte. Sie bewohnten dieselbe Wohnung, aber beide hatten gelernt, sich aus dem Leben des anderen herauszuhalten. Yannick schätzte diese stillschweigende Übereinkunft.

Als er vor dem Spiegelschrank stand und sein Gesicht betrachtete, erschrak er. Es war eingefallen und blass; unter den Augen zeichneten sich dunkle Ringe ab. Mechanisch wusch er sich und putzte seine Zähne, wobei er sein Spiegelbild nicht aus den Augen ließ. Nach einiger Zeit wusste er nicht mehr, ob er derjenige war, der vor dem Spiegel stand und hineinsah, oder ob er nicht in Wirklichkeit aus dem Spiegel hinaussah. Das passierte ihm häufiger und hatte ihn schon vor langer Zeit zu der Überzeugung geführt, dass sich die Realität von der virtuellen Welt nur geringfügig unterscheidet. Je länger er lebte und je mehr Zeit er am Computer verbrachte, desto schwerer fiel es ihm, eine klare Trennlinie zwischen diesen beiden Welten zu ziehen. Die Begegnung mit Betty hatte die Sache nicht gerade vereinfacht ...

Er hatte keinen Hunger, obwohl er nicht sagen konnte, wann er zuletzt etwas gegessen hatte. So zog er sich rasch an und verließ das Haus.

Das Bit & Bytes hatte bereits geöffnet, als er ankam. Ein paar Kids saßen an den Rechnern und spielten. Von Lutz keine Spur. Hinter dem Tresen stand Tanja. Sie war neu hier; Lutz hatte sie kurz nach den eGames eingestellt, weil der Laden danach immer so voll war. Inzwischen hatte sich der Andrang wieder gelegt, aber Tanja war geblieben. Sie passte gut hierher. Hardware interessierte sie nicht besonders, aber als Gamerin war sie spitze. Sie hatte eine ganze Weile zu den Top 50 bei „World of Warcraft" gehört.

„Grüß dich, Yannick!"

„Hallo Tanja! Ist Lutz da?"

„Nein, er wollte für ein paar Tage weg. Verwandte besuchen oder so, keine Ahnung. Willst du einen Kaffee? Du siehst aus, als könntest du einen gebrauchen!"

Yannick nickte zerstreut. *Wie konnte Lutz jetzt wegfahren?* Solange sie sich kannten, hatte er Berlin noch nie verlassen. Er regelte die Dinge lieber online, als aus dem Haus zu gehen. Und von Verwandten hatte er nie erzählt. Er war nicht der Typ für Familie.

Tanja schob ihm einen Becher Kaffee über den Tresen. Abwesend nahm Yannick einen Schluck. Wie sollte es nun weitergehen? Er hatte nicht die leiseste Ahnung.

* * * *

Ron holte tief Luft, bevor er die Glastür aufstieß. Er fühlte sich wie damals, kurz vor seinem ersten (und letzten) Kopfsprung vom Fünfmeterbrett.

Er trat ein und befand sich schlagartig mitten in einem bunten Treiben. Sein neues Team war gerade dabei, sich einzurichten. Tische wurden gerückt, Arbeitsplätze aufgebaut, Netzwerkkabel ausgerollt. Ein junger Mann mit kurzen Haaren und einer runden Brille verkabelte konzentriert einen Serverschrank. Niemand schien sich sonderlich für seine Ankunft zu interessieren, die in dem allgemeinen Durcheinander schlicht unbemerkt blieb.

Ron stand mit seinem Koffer an der Tür und blickte unentschlossen umher. Zu seiner Erleichterung hörte er plötzlich die vertraute Stimme von Dr. Fleischmann, der aus einem Nebenraum kam und mit ausgebreiteten Armen auf ihn zueilte. Ron lächelte ihm entgegen.

„Herr Schäfer, wie schön, Sie zu sehen! Mir ist leider erst heute Morgen aufgefallen, dass wir gar nicht über Ihre Ankunftszeit gesprochen haben, sonst hätte ich Sie selbstverständlich abholen lassen!"

Er ergriff Rons Rechte mit beiden Händen und schüttelte sie herzlich.

„Ich hoffe sehr, dass diese Leute wissen, was sie da tun, denn ich habe nicht die leiseste Ahnung davon", bekannte er im Verschwörerton. Dann wandte er sich um und klatschte in die Hände.

„Ich bitte um Ihre geschätzte Aufmerksamkeit!" Augenblicklich stockte jede Bewegung, die Gespräche verstummten, und alle blickten erwartungsvoll in seine Richtung.

„Ich freue mich, Ihnen nun Ihren neuen Chef vorstellen zu können", sagte Gerhardt Fleischmann. „Bitte begrüßen Sie Herrn Ron Schäfer!"

Applaus brandete auf, und im Nu waren sie von freundlichen Menschen umringt, die sich danach drängten, Ron die Hand zu schütteln. Er sah keine Chance, die vielen Namen zu behalten, die ihm bei dieser Gelegenheit genannt wurden. *Alle in meinem Alter*, dachte er. Kaum jemand über 30. Die meisten Männer. Vier Frauen waren darunter.

Dann erhob Gerhardt Fleischmann erneut seine Stimme. „Ich denke, das sollte erst einmal genügen. Sie werden später noch jede Menge Zeit haben, sich kennenzulernen. Was auch immer Sie eben getrieben haben – machen Sie jetzt damit weiter!"

Ein freundliches Gelächter war zu hören, und der Kreis lichtete sich.

„Nun zeige ich Ihnen erst einmal Ihr Büro", sagte er, während er die Tür öffnete, aus der er gekommen war. Ron nickte befriedigt, als er eintrat. Es war groß genug, um vernünftig darin zu arbeiten und kleinere Besprechungen abzuhalten; die Einrichtung war zweckmäßig und wirkte weder billig noch protzig.

„Ich würde sagen, Sie haben meinen Geschmack genau getroffen."

„Das freut mich zu hören, Herr Schäfer, dann also: auf gute Zusammenarbeit!"

****

Das Abendgeschäft lief gerade erst an, als Lutz Singer das gepflegte Restaurant in der Nähe der Frankfurter Oper betrat. Dies war einer der seltenen Momente, in denen er Anzug und Krawatte trug, was ihn erstaunlich seriös wirken ließ. Er blickte sich suchend um, bis er einen schlanken jungen Asiaten im Maßanzug sichtete, der an einem der Tische saß und las. Vor ihm stand ein Glas Mineralwasser. Ohne Umschweife ging Lutz auf ihn zu.

„Herr Lee, nehme ich an?"

Der Angesprochene sah auf. „So ist es. Setzen sie sich bitte, Herr Singer. Wie war die Reise?"

Es folgten einige Minuten höflichen Smalltalks, bevor der Asiate endlich das Gespräch auf den Anlass ihres Treffens lenkte.

„Offengestanden war ich von Ihrem Anruf ziemlich überrascht", sagte er, „Sie sprachen von Dingen, die nur wenigen Führungskräften unserer Firma bekannt sind. Darf ich fragen, woher Sie Ihre Informationen beziehen?"

Lutz erwiderte das höfliche Lächeln seines Gesprächspartners.

„Sicher dürfen Sie fragen. Aber Sie müssen verstehen, dass ich meine Quellen nicht preisgeben kann. Als Sicherheitsberater habe ich Geheimnisse zu bewahren. Wichtiger ist zunächst die Frage, ob wir auf derselben Seite stehen."

„Was wollen Sie damit sagen?"

„Nun, wie ich bereits erwähnt habe, geht es um die jüngsten Aktivitäten Ihres Vertriebsleiters."

„Herr Fleischmann genießt unser vollstes Vertrauen", erwiderte der Koreaner spröde.

„Sicher tut er das. Und sicher wissen Sie auch, dass er ein neues Unternehmen gegründet hat."

Sein irritierter Blick verriet zweifelsfrei, dass Lee nichts davon wusste.

„Schauen Sie ins Handelsregister, wenn Sie mir nicht glauben. Die Prometheus Software AG ist in der letzten Woche eingetragen worden. Nun, es ist Ihre Sache, wenn Ihre Angestellten über genügend Freizeit verfügen, um nebenbei noch einen anderen Job auszuüben, aber es gibt ein Detail, das mir an dieser Sache ausgesprochen missfällt: Die Software, mit der er an den Markt gehen will, gehört mir!"

„Wie meinen Sie das?"

„Vor kurzem haben Sie Ron Schäfer kennengelernt, der Ihnen ein neues Spiel präsentiert hat. Angeblich hat er X-World extra für Ihren Cyberstar entwickelt."

„Ja, ich war bei der Präsentation dabei. Es ist eine hübsche Anwendung, aber wir haben ihm deutlich gemacht, dass unser Geschäftsfeld ausschließlich die Hardware ist und wir nicht vorhaben, seinetwegen von dieser Linie abzuweichen."

„Und Dr. Fleischmann ist daraufhin in die Bresche gesprungen, hat eine Softwarefirma gegründet und bereitet nun alles für die Markteinführung vor. Das Problem ist nur: Ron Schäfer hat meine Idee geklaut. Wissen Sie, er war jahrelang mein Assistent, und er hat ..."

„Dann verklagen Sie ihn doch!"

„Glauben Sie mir, das habe ich bereits in Erwägung gezogen. Aber leider verfüge ich nicht über genügend stichhaltige Beweise."

„Gut, und was habe ich damit zu tun?"

„Nun, es ist kein großes Geheimnis, dass das Verhältnis zwischen Ihrem Chef und Dr. Fleischmann nicht das beste ist. Herr Choi wäre sicher nicht gerade traurig, wenn sich die neue Firma als Flop erweisen würde. Andererseits kann es für Future Computing nur von Vorteil sein, wenn sich das neue Game schnell verbreitet und die Kids sich Ihren Cyberstar kaufen."

Erwartungsvoll sah Lutz seinen Gesprächspartner an, doch der hüllte sich in Schweigen.

„Ich habe Folgendes vor", fuhr er schließlich fort. „Noch vor der Markteinführung werde ich das Spiel ins Internet stellen. Jeder kann es dort kostenlos downloaden. Dann wird der offizielle Start von X-World eine Bauchlandung, das garantiere ich Ihnen."

Lee blickte ihn mit unbewegter Miene an.

„Selbstverständlich steht es Ihnen frei, zu tun und zu lassen, was immer Sie wollen, aber ich frage Sie nochmals: Was hat das Ganze mit uns zu tun?“

„Um das Spiel angemessen weiterentwickeln zu können, brauche ich Ihre Unterstützung. Ein Cyberequipment der neuesten Generation samt den zugehörigen Datenblättern. Außerdem einen Beratervertrag, um meine Unkosten zu decken.“

„Das können Sie vergessen.“

Der Koreaner trank sein Glas leer und machte Anstalten zu gehen.

„Ich dürfte hier gar nicht mit Ihnen sitzen. Wir werden uns auch mit Ihnen nicht auf das Softwaregeschäft einlassen. Mein Onkel hat die Firmenpolitik unmissverständlich klargestellt.“

Lutz stutzte. Dass der junge Assistent der Neffe von Dong-Min Choi war, hatte er nicht gewusst. Aber es erklärte seinen rasanten Aufstieg in der Firma.

„Zudem werden wir uns nicht in etwas hineinziehen lassen, das möglicherweise illegal ist und unsere Firmenehre verletzen könnte.“

„Das ist nicht illegal. Illegal ist es, das Finanzamt nicht angemessen an seinen Umsätzen zu beteiligen.“ Lutz spielte seine letzte Trumpfkarte aus. Lee wurde eine Spur bleicher.

„Wie darf ich das verstehen? Wollen Sie uns etwa unterstellen ...“

„Ich unterstelle niemandem etwas. Das war nur ein allgemeines Beispiel aus der Wirtschaftswelt.“ Lutz drohender Blick stand in krassem Widerspruch zu seinen diplomatischen Worten. „Ich mache Ihnen ein Angebot, das uns beiden große Vorteile bringen kann. Dr. Fleischmann wird ausgebremst, Ihre Umsätze steigen, und ich bekomme das, was mir rechtmäßig zusteht.“

Der junge Mann sah ihn nachdenklich an.

„Also gut. Ich werde dafür sorgen, dass Sie einen Cyberstar 3 bekommen. Ich engagiere Sie als externen Produkttester. Aber mehr als eine einmalige Aufwandsentschädigung ist nicht drin. Und mit allem anderen haben wir nichts zu tun. Sind wir uns einig?“

Lutz verkniff sich ein Grinsen. Stattdessen setzte er eine enttäuschte Miene auf.

„Das ist zwar nicht das, was ich wollte, aber immerhin etwas. Ich danke Ihnen für Ihr Angebot."

Der Koreaner stand auf, verbeugte sich leicht und verließ das Lokal. Lutz blieb allein zurück und war hochzufrieden. Es hätte kaum besser laufen können.

* * * *

Ron schloss die Bürotür und ließ sich mit einem Seufzer in seinen Chefsessel sinken. Er brauchte erst mal Abstand. Normalerweise arbeitete er am liebsten allein. Da behielt er die Übersicht und musste sich nur über seine eigenen Fehler ärgern. Ein kleines Team ließ er sich auch noch gefallen – obwohl schon die letzten beiden Male, als er lediglich mit einem Assistenten zusammengearbeitet hatte, zu einem Fiasko geführt hatten.

Nun aber sollte er gleich zwanzig Leute führen! Ron bezweifelte ernsthaft, dass er dazu in der Lage war. Andererseits konnte er das Projekt nicht allein bewältigen, es sei denn, er hätte 100 Jahre Zeit. Die hatte er aber nicht – stattdessen blieben ihm noch genau sechs Wochen bis zum Verkaufsstart. Er brauchte einen Plan.

Ron kramte seinen Collegeblock heraus und wartete auf eine Eingebung. Versonnen begann er, die Löcher am Rand mit Kritzeleien zu dekorieren. Wolken waren das. Wellen ...

Plötzlich segelte ein Schiff vor seinem inneren Auge vorbei. Er erkannte es, es gehörte zu einem Plakat, das er vor kurzem gesehen hatte. Darauf befand sich ein bekanntes Zitat von Antoine de Saint-Exupéry: *„Wenn du ein Schiff bauen willst, dann trommle nicht Männer zusammen, um Holz zu beschaffen, Aufgaben zu vergeben und die Arbeit einzuteilen, sondern lehre sie die Sehnsucht nach dem weiten, endlosen Meer."*

Er nickte versunken. Fachlich brauchte er seinen Mitarbeitern vermutlich nicht viel zu erzählen. Gerhardt Fleischmann war ein hervorragender Geschäftsmann – wenn er ein Team zusammenstellte, dann waren es sicherlich Spitzenleute. Was er ihnen vermitteln musste, war eine Vision, ein gemeinsamer Traum.

Ron stand auf und sah aus dem Fenster. Es war ein trostloser grauer Tag. Ziegeldächer und gepflasterte Parkplätze. Ein kahler Baum versuchte, sich dazwischen zu behaupten. Bald würde er Blätter bekommen und der tristen Umgebung wieder ein wenig Leben einhauchen. Eine Expressdrohne schwirrte geschäftig vorbei.

Allmählich konkretisierten sich Rons Gedanken. Er war kein großer Redner, aber im Groben war ihm jetzt klar, was er seinen Leuten sagen wollte.

Gegen Abend war es endlich so weit: Das Netzwerk stand, und die Server konnten hochgefahren werden. Zu jedem Arbeitsplatz gehörten nicht nur Monitor und Tastatur, sondern auch ein kompletter Cyberstar 3. Erwartungsvoll sahen die Programmierer auf Ron.

Feierabend schien für sie ebenso ein Fremdwort zu sein wie für ihn. Gerhardt Fleischmann klatschte in die Hände.

„Soweit ich sehe, haben wir für heute einen guten Punkt erreicht. Ich danke Ihnen herzlich für Ihren Einsatz. Zur Feier des Tages wartet beim Chinesen um die Ecke ein Tisch auf uns. Das Essen zahlt die Firma – aber denken Sie nicht, dass das jeden Abend so sein wird!"

Freundliches Gemurmel und Gelächter quittierten die Ansage. Gerhardt Fleischmann wandte sich an Ron, der ihn verwundert ansah: „Ich weiß schon, normalerweise finden die Betriebsfeste erst am Ende der Saison statt, aber ich garantiere Ihnen, diese Investition zahlt sich aus. Je schneller wir ein Team werden, desto besser und effektiver arbeiten wir zusammen. Sie werden sehen."

Ron war beeindruckt. Der Firmengründer war wirklich ein Profi auf seinem Gebiet.

„Ach übrigens: Wir haben in dem Lokal einen Raum für uns allein. Eine gute Gelegenheit für eine erste Rede ans Volk, finden Sie nicht?"

Ron wollte es hinter sich bringen. Er wartete noch ab, bis die mandeläugige Kellnerin jedem ein Getränk gebracht hatte, dann erhob er sich und klopfte an sein Glas. Sofort wich das allgemeine Stimmengewirr einer gespannten Erwartung.

„Die Welt, in der wir leben, ist ein zwiespältiger Ort", begann Ron. „Einerseits haben wir eine wunderschöne Natur, jedenfalls dort, wo sie noch intakt ist. Es gibt eine faszinierende Pflanzenwelt, Tiere von den kleinen Ameisen bis zu den riesigen Braunbären, wunderbare Sonnenuntergänge, den Mond und die Sterne."

Er spürte, wie ihm ein Schweißtropfen die Wirbelsäule entlanglief.

Was rede ich da für einen Stuss, dachte er, *ich hätte mir das vorher aufschreiben sollen.* Er blickte in die Gesichter seiner Mitarbeiter, aber er sah keine Spur von Spott darin, einige nickten leicht, einige sahen überrascht aus, aber alle wirkten interessiert.

„Und dann wir Menschen. Auf der einen Seite gibt es so wunderbare Dinge wie Liebe und Zärtlichkeit, Freundschaft und Vertrauen in unserem Leben, andererseits erleben wir Hass und Eifersucht, Kriminalität und eine unaufhaltsame Zerstörung dieser wunderbaren Welt.

Wie wäre es, wenn man noch einmal neu anfangen könnte, wenn die Menschen, die sich zu Tausenden in den Asphaltwüsten unserer Städte drängen und einander nur mit Misstrauen begegnen, plötzlich in eine paradiesische Welt versetzt würden? Ein einfaches Leben, umgeben von intakter Natur, ein freundliches Miteinander, das wäre doch Balsam für die vielen Gestressten in unserer Zeit. Und wahrscheinlich würde es ihr Leben verändern, solche Erfahrungen zu machen. Davon träume ich. X-World ist mehr als ein Spiel, es ist eine Philosophie, ein Lebensstil, eine ... eine andere Welt eben."

Ron trank einen Schluck, dann fuhr er fort:

„Ich glaube an das Gute im Menschen. Ich glaube, dass der Mensch von seiner Natur her gut ist, aber dass die Umstände, in denen viele gezwungen werden zu leben, dieses Gute unterdrücken. Ändern wir die Umstände, so ändern wir die Menschen.

Das klingt einfach, aber die Geschichte hat gezeigt, dass es alles andere als einfach ist, die Umstände zu verändern. Doch nun haben wir ein ganz neues Werkzeug in der Hand. Wir sind jetzt in der

Lage, eine virtuelle Realität zu schaffen, deren Eindruck so intensiv ist, dass die Unterscheidung zwischen Realität und virtueller Welt schwerfällt – ja, auch nicht mehr sinnvoll ist. Wenn ich in X-World online gehe und dort eine Freundschaft mit einem anderen Menschen pflege, wenn wir gemeinsam schöne Dinge erleben und vertrauliche Gespräche führen, dann ist das mehr als Virtualität, dann ist das ein Teil meines Lebens und wird mich nachhaltig positiv beeinflussen.

Wir sind diejenigen, die die Umgebung für diese neuen Erfahrungen erschaffen – und deswegen ist es unsere Aufgabe, dies so detailgetreu und liebevoll wie möglich zu tun. Pfusch würde der Idee entgegenstehen. Was wir brauchen, ist Exzellenz. Eine Welt, die schon durch ihre Harmonie und Perfektion das Gute im Menschen anregt.

Unsere Herausforderung besteht darin, dies im gegebenen Zeitrahmen zu schaffen. Und das funktioniert nur, wenn wir uns im Team blind aufeinander verlassen können. Eine Gruppe, in der Misstrauen und Streit herrschen, kann keine Welt der Harmonie hervorbringen. Wenn die Entwickler sich von Neid und Konkurrenzdenken beherrschen lassen, dürfen sie nicht erwarten, dass ihr Produkt die Menschen zum Frieden inspiriert. Es liegt eine große Aufgabe vor uns. Ich freue mich darauf, sie gemeinsam mit Euch anzupacken. Danke für Eure Aufmerksamkeit."

Ron setzte sich und nahm einen weiteren Schluck aus seinem Glas. Er schwitzte und fühlte sich wie nach einem Tausendmeterlauf. Besser konnte er nicht zum Ausdruck bringen, was ihn bewegte. Vorsichtig sah er in die Runde. Seine Mitarbeiter schwiegen nachdenklich.

Die Sekunden dehnten sich, die Zeit fühlte sich wie Sirup an, und Ron wusste nicht, was er tun sollte. Hatte er die Techniker mit seinen philosophischen Ideen überfordert? War es nicht vermessen, was er da gesagt hatte? Herrgott nochmal, sie sollten ein Computerspiel programmieren, und er machte ein Programm zur Weltverbesserung daraus.

Ein donnerndes Geräusch riss ihn schließlich aus seinen Gedanken. Zwanzig Männer und Frauen klopften mit den Knöcheln auf die Tischplatte. Ihre Gesichter strahlten, zeigten Zuversicht und Bereitschaft. Die Arbeit konnte beginnen.

7. X-WORLD GEHT EIGENE WEGE

Lutz Singer musste nicht lange warten. Zwei Tage nach seiner Rückkehr aus Frankfurt brachte ihm der Paketdienst die ersehnte Lieferung. Lutz quittierte den Empfang und zog sich mit dem Paket wieder in seine Privatgemächer zurück, die er, angeblich wegen einer Grippe, in den letzten Tagen nicht mehr verlassen hatte. Dank Tanja lief das Bit & Bytes bestens, und er hatte jetzt Wichtigeres zu tun.

Sich in ein Programm hineinzudenken, das jemand anderes verfasst hat, ist ein hartes Stück Arbeit, doch Lutz kannte Rons Handschrift, und so fand er sich einigermaßen schnell zurecht. Bislang aber hatte ihm das Cyberkit gefehlt, um X-World wirklich testen zu können. Er hatte sich lediglich einen theoretischen Überblick verschaffen können.

Ungeduldig schnitt er den Karton auf, warf das Verpackungsmaterial achtlos in eine Ecke und zog den mattschwarz schimmernden Cyberstar 3 heraus. Beeindruckt betrachtete er ihn von allen Seiten, legte ihn behutsam beiseite und befreite das Zubehör aus seinen Päckchen. Die Anschlüsse waren selbsterklärend, und so machte er es sich kurz darauf in seinem Fernsehsessel mit Helm, Handschuhen und Gamaschen bequem. Gespannt startete er X-World.

Die optische Qualität beeindruckte ihn. Das hier war wirklich etwas Besonderes. Staunend befühlte er Bäume und Blätter und lauschte auf die Geräusche des Urwaldes. Eines war ihm sofort klar: Mit diesem Spiel konnte man Millionen verdienen – wenn man es richtig anstellte.

„Tja Ron, dies wäre deine Chance gewesen – zu dumm, dass X-World schon bald für jedermann kostenlos im Internet erhältlich sein wird", lachte er schadenfroh, während er sich einen Weg durch die üppige Vegetation bahnte. Plötzlich hörte er eine Stimme.

„Wer ist da? Yannick, bist du es?"

Er drehte sich um. Vor ihm stand eine wunderschöne junge Frau. Schlank, blond, mit ausdrucksvollen dunkelbraunen Augen. Sie trug etwas, das wie ein selbstgeflochtener Bikini aussah. Aufmerksam sah sie zu ihm herüber.

„Hallo, ich bin Betty!"

„Oh, äh, ich heiße Lutz", antwortete er und fühlte sich für einen Moment schuljungenhaft verunsichert.

„Du bist neu hier, stimmt's?", fragte sie freundlich.

„Ja, das ist richtig."

„Soll ich dir alles zeigen?"

„Das wäre sehr freundlich."

„Dann komm mit!", sagte sie lächelnd und sprang davon.

Lutz hatte Mühe, ihr zu folgen. Mit kindlicher Freude zeigte sie ihm die Bäume und Tiere, ließ ihn an einer Blume schnuppern, freilich ohne Erfolg, und führte ihn an die Stellen mit besonders guter Aussicht.

„Wie gefällt es dir?", fragte sie, als sie oben auf einer Klippe mit einem herrlichen Blick über die Ebene saßen.

„Nicht schlecht – aber wo kann man sich denn hier amüsieren?", fragte Lutz.

„Wie meinst du das?"

„Naja, dieser Garten ist ja ganz hübsch, aber für einen einsamen Mann auf die Dauer doch etwas eintönig. Wo sind die Bars, die Musik, die Mädchen?"

„Ich bin ein Mädchen", sagte Betty unsicher.

„Das stimmt", nickte Lutz und ließ seine Augen über ihren ebenmäßigen Körper wandern.

„Warum hast du eigentlich diese komischen Dinger an?", fragte er mit rauer Stimme, und es kostete ihn Mühe, ihr die geflochtenen Kleidungsstücke nicht vom Leib zu reißen. Er verstand selbst nicht, warum er es nicht einfach tat, schließlich war hier alles nur virtuell, er konnte tun und lassen, was immer er wollte, ohne dass es irgendwelche Folgen hatte.

„Mir schien es irgendwie richtig“, gab sie unsicher zurück.

„Seit diesem – Vorfall“, sie zögerte, „fühle ich mich so ... nackt und ... ich glaube, ich gehe jetzt besser“, fügte sie hinzu. „Wir sehen uns bestimmt bald wieder.“

„Ja, das denke ich auch“, antwortete Lutz und gab sich keine Mühe, die Gier in seiner Stimme zu verbergen.

* * * *

Die Arbeit bei PSA, wie die Mitarbeiter der „Prometheus Software AG“ ihre Firma intern nannten, ging zügig voran. Es waren allesamt fähige und kreative Köpfe, die Gerhardt Fleischmann da zusammengebracht hatte, und Ron fragte sich, wie ihm das gelungen war, denn er hatte selbst erlebt, wie schwierig es war, auch nur *einen* guten Mitarbeiter zu finden.

Auf das anfängliche Angebot, sein Team von Berlin aus zu führen, ging er nicht ein. Wozu? Was sollte er in seiner Wohnung? Hier hatte er Menschen um sich, die seine Sprache sprachen, seine Begeisterung teilten und seinen Lebensstil nicht infrage stellten. Eigentlich gab es für ihn nur noch einen Grund, die Brücken nach Berlin nicht vollständig abzubrechen, und das war Jonte. Und Lisa natürlich. Er seufzte.

Ein kurzes Klopfen an seiner Bürotür riss ihn aus seinen Gedanken. Michael Konrad, Teamleiter bei PSA und inzwischen fast ein guter Freund, kam herein.

„Störe ich?“, fragte er.

Wie immer lag ein lausbubenhaftes Grinsen auf seinem Gesicht. Er trug die gleiche runde Brille wie John Lennon, aber seine Haare waren nur wenige Millimeter lang und stachelten in alle erdenklichen Richtungen von seinem Kopf weg.

Ron kannte Michael mittlerweile gut genug, um zu wissen, dass diese „Frisur“ hauptsächlich praktische Gründe hatte. So brauchte er nichts zu kämmen, hatte keine störenden Haare im Gesicht, alle paar Wochen einmal scheren und fertig.

Unter den Haarstoppeln wohnte ein klarer, geradezu genialer Sachverstand. Ron und er hatten sich von Anfang an verstanden.

„Wir haben gerade darüber diskutiert, ob es in X-World Kontinente geben sollte", sagte er zur Ron, „je nachdem, wie viele Spieler wir bekommen, wäre es gar nicht schlecht, wenn man einige voneinander getrennte Welten hätte."

„Aber sie können miteinander nicht in Kontakt kommen", sagte Ron. „Die Spieler haben keine Technik zur Verfügung."

„Das brauchen sie auch nicht", erwiderte Michael. „Aber ich meine – mit wie vielen Usern rechnest du?"

Ron zuckte die Achseln. Darüber hatte er sich noch keine Gedanken gemacht. „Ein paar Millionen werden es hoffentlich schon werden", meinte er vage.

„Ich denke, wir sollten das Spiel für 50 Millionen auslegen und uns noch Erweiterungsmöglichkeiten offen halten", sagte Michael bestimmt. „Wenn man sich mal die Zahlen anschaut, die populäre Games so bringen, finde ich das realistisch. Und da wir ja keine Großstädte wollen, brauchen wir viel Platz. Daher die Idee mit den Kontinenten. Wenn wir später mal zusätzliches Land benötigen, geben wir einfach einen weiteren Kontinent frei. Wer weiß, vielleicht entwickelt sich im Laufe der Zeit ja doch eine gewisse Technik – dann könnten sich ein paar Abenteurer aufmachen und Amerika entdecken."

Er sprühte geradezu über vor Begeisterung. Es war schwer, sich dem zu entziehen – und Ron wollte es auch gar nicht. Er genoss es, nicht der alleinige Motor des Projekts zu sein, der andere ständig inspirieren und antreiben musste.

„Ich finde die Idee wirklich gut", sagte er. „Aber wir dürfen uns vor dem Spielstart nicht verzetteln. Konzentriert euch fürs Erste auf unser Ausgangsland. Dort möchte ich alles so realistisch und detailgetreu wie möglich haben. An weiteren Kontinenten können wir auch nach der Markteinführung noch arbeiten."

Michael grinste. „Noch drei Wochen“, lächelte er.

„Ja“, bestätigte Ron und versuchte seine Nervosität zu unterdrücken. „Noch drei Wochen.“

Sie – das heißt Gerhardt Fleischmann – hatten den Termin mit Bedacht gewählt. Vor einer Woche war der Cyberstar 3 auf den Markt gekommen, und zeitgleich hatten sie die Werbung für X-World anlaufen lassen. Der Firmengründer hatte entschieden, dass es das Beste sei, die Kunden ein wenig zappeln zu lassen. Seine Strategie war einfach: Er wollte die Werbung von Woche zu Woche steigern und dann die Spieleinführung wie eine Erlösung wirken lassen. Ron hatte sich widerspruchslos diesem Plan angeschlossen. Er selbst war kein Geschäftsmann und hatte den Eindruck, dass Gerhardt Fleischmann genau wusste, was er tat.

Der Zeitplan, der sich daraus für Ron und sein Team ergab, war knapp, aber durchaus zu bewältigen – solange keine größeren Probleme auftauchten, was er jedoch für unwahrscheinlich hielt. Auf ihrer To-do-Liste standen jetzt nur noch Kleinigkeiten. Davon gab es allerdings mehr als genug.

„Also, ich geh dann mal wieder“, sagte Michael fröhlich. Ron war sich gar nicht bewusst, dass er immer noch in seinem Büro stand.

„Ja, gut“, sagte er zerstreut, „wir sehen uns zum Mittagessen.“

In diesem Moment stürmte Kathrin ins Büro. Ihre braunen Locken wippten.

„Ihr werdet es nicht glauben“, keuchte sie, sichtlich außer Atem. „Ron, ich habe dir eben einen Link geschickt, den musst du dir ansehen! X-World ist online!“

„Wie bitte?“ Ron sah sie entgeistert an. Mit einer ungeduldigen Handbewegung zeigte sie auf seinen Computer. Ron setzte sich, öffnete den Link und fand sich in einem Gamerforum wieder.

„Hackerrekord“, las er. „Meist dauert es etliche Wochen, bis ein neues Game kostenlos verfügbar ist, weil freundliche Zeitgenossen den lästigen Kopierschutz entfernt haben. Dieser Hack aber ist rekordverdächtig: Schon drei Wochen *vor* dem offiziellen Spielstart kann X-World kostenlos gespielt werden. Hier geht es zum Download.“

Ron folgte dem Link und wurde blass. Der Zähler auf der Seite stand schon bei über 20.000 Zugriffen.

„Das darf nicht wahr sein", murmelte er. „Wie ist das nur möglich?"

„Dafür gibt es eigentlich nur eine Erklärung", sagte Kathrin kalt. „Einer von uns muss dahinterstecken."

„Wer es auch ist, wir werden ihn kriegen", knurrte Michael grimmig. „Hast du die IP-Adresse überprüft? Wo steht der Server?"

„Irgendwo in Singapur, würde ich sagen. Keine Chance, da heranzukommen."

„Na warte, wenn ich den Kerl in die Finger bekomme ... Wer kann das bloß gewesen sein?"

„Tobias vielleicht? Er ist sowieso eher ein Außenseiter ..."

„Hört auf damit!", sagte Ron so bestimmt, dass die beiden zusammenzuckten. „Wir dürfen nicht zulassen, dass unser Team auseinanderfällt, weil jeder jeden verdächtigt. Außerdem könnte noch ein ganz anderer infrage kommen – ich habe da so eine Ahnung, aber dafür müsste ich überprüfen, welche Version im Internet herumgeistert. Laden wir sie doch erst mal herunter."

Ron beugte sich über seine Tastatur und startete den Download. Michael sah ihm über die Schulter. „Au Mann, wie langsam geht das denn? Da kannst du ja jedes Bit per Handschlag begrüßen!"

„Entweder der Server taugt nichts, oder es laufen Hunderte von Downloads parallel", sagte Ron. „Wir müssen etwas unternehmen. Wenn das so weitergeht, ist unsere Firma pleite, noch bevor wir an den Markt gehen." Er griff zum Telefon. „Ich werde Gerhardt Fleischmann informieren."

„An deiner Stelle würde ich mir das gut überlegen." Erstaunt blickten beide Männer auf Kathrin. „Ich arbeite schon etliche Jahre mit ihm zusammen, und glaub' mir, du willst nicht, dass er es weiß. Wir müssen einen anderen Weg finden."

* * * *

Yannick funktionierte in diesen Tagen rein mechanisch – er kam sich vor wie ein Bot. Wenn er Schicht hatte, spulte er seinen Dienst an der Tankstelle ab, ging schlafen, wachte auf, aß kaum und hatte bei allem, was er tat, den Eindruck, sich selbst zuzuschauen. Den Bezug zur Zeit hatte er längst verloren. Sein Knie schmerzte nicht mehr, und der Bluterguss war blasser geworden, daraus schloss er, dass sein Versuch, auf das Geländer der Eisenbahnbrücke zu klettern, schon einige Tage zurücklag.

Es war schon in Ordnung, dass er den Sprung vermasselt hatte, so ein Abgang wäre dann doch zu billig gewesen. Aber dies hier war auch nicht wirklich ein Leben. Da war ja eine Pflanze lebendiger als er. Er musste einen Weg finden, um aus diesem emotionalen Loch wieder herauszukommen.

Yannick kramte seine Jacke aus einem großen Stapel Wäsche heraus und machte sich auf den Weg zum Bit & Bytes. Allmählich sollte Lutz doch wohl mit seiner Grippe durch sein.

War er aber nicht. Tanja stand hinter dem Tresen. Als sie ihn hereinkommen sah, lächelte sie. „Hallo Yannick, lange nicht gesehen! Ich hab schon gedacht, dir wäre was passiert!"

Er sah sie erstaunt an. Seit wann gab es Menschen, die sich um ihn sorgten?

„Nee, gar nichts ist passiert. Ich hab gearbeitet."

„Ach so." Tanja sah nicht sehr überzeugt aus. „Kaffee?"

„Ja, gerne!"

Tanja stellte einen Becher vor ihm auf den Tresen.

„Ist Lutz immer noch krank?"

„Keine Ahnung. Er hat sich lange nicht bei mir gemeldet. Ich hoffe nur, dass er noch lebt und mir meinen Lohn pünktlich zahlen kann."

Yannick erschrak. „Meinst du, ihm könnte was passiert sein?"

„Keine Ahnung, aber wenn, dann würden wir es als Erste erfahren, oder nicht?"

Er sah sie nachdenklich an und schwieg.

„Vielleicht arbeitet er auch an einem neuen Projekt", versuchte Tanja das Gespräch am Leben zu halten. „Jedenfalls scheint er im

Haus gewesen zu sein. Gestern habe ich im Papiercontainer einen Karton von einem CS 3 gesehen."

„Wird der denn schon verkauft?"

„Sag mal, du kriegst wohl gar nichts mehr mit? Schon seit zwei Wochen! Und dieses Spiel, für das sie so groß Werbung gemacht haben ..."

„X-World?"

„Ja genau. Hast du nicht sogar mal daran mitgearbeitet?"

„Ja – aber das ist vorbei. Was ist damit?"

„Es ist eine gecrackte Version herausgekommen, noch vor dem offiziellen Verkaufsstart. Das ist Rekord. Wahrscheinlich hat einer der Mitarbeiter ..."

„X-World ist online?" Yannick richtete sich so heftig auf, dass er beinahe vom Barhocker gefallen wäre.

„Klar, schon seit Tagen! Blöd nur, dass man diesen Cyberhelm braucht, um das zu spielen. Ich hätte es sonst gerne mal angetestet. Aber 1200 Tacken – und das nur für ein einziges Game! Obwohl – einige spielen auch WoW mit Helm und sind total begeistert. Sie sagen, damit ist man so richtig mittendrin im Geschehen."

Sie begann, den Tresen abzuwischen. In Yannicks Kopf überschlugen sich die Gedanken. X-World war online. Es konnte eigentlich nur Lutz dahinterstecken. Ob Betty noch existierte?

„Und Lutz ist wirklich nicht da? Ich müsste dringend was mit ihm besprechen!"

„Willkommen im Club. Ich glaube, er ist nochmal weggefahren. Ich habe jeden Tag bei ihm geklingelt, aber es macht keiner auf. Und an sein Handy geht er auch nicht. Aber eins sage ich dir: Wenn ich nicht bald was von ihm höre, dann sperre ich den Laden hier zu. Der soll nicht denken, er könne sich alles mit mir erlauben."

Es klang vollkommen ernst, wie sie es sagte, aber Yannick zweifelte dennoch an ihren Worten. Sie liebte diese Kneipe. Und mittlerweile konnte sich keiner der Stammgäste das Bit & Bytes ohne Tanja vorstellen. Sie gehörte einfach hierher.

Jemand rief nach ihr, es gab wohl ein Problem mit dem Rechner. Tanja ging zu ihm, und Yannick hatte wieder Zeit, in seinen Gedanken zu versinken.

X-World war online. Er musste herausfinden, ob Betty noch dabei war. Aber wie?

Finanziell kam er gerade so eben über die Runden. Was an Krediten möglich war, hatte er längst ausgeschöpft. 1200 Euronen lagen also weit außerhalb seiner Möglichkeiten. Lutz konnte er nicht erreichen, und der einzige andere Mensch, von dem er wusste, dass er einen CS 3 besaß, war Ron. Aber auch das war eine Sackgasse. Bestimmt gab er ihm die Schuld dafür, dass X-World jetzt im Netz stand. Nicht ganz zu Unrecht, wie er zugeben musste. Er hatte es zwar nie gewollt, aber durch ihn war alles so gekommen.

Yannick sah zu Tanja hinüber, die immer noch mit dem streikenden Rechner beschäftigt war. Umständlich kramte er zwei Euro aus seiner Hosentasche, legte sie auf den Tresen, zog sich seine Jacke über und ging hinaus in die Dunkelheit.

Die kalte Luft tat gut. Yannick fühlte sich so lebendig wie schon lange nicht mehr. Es gab eine Chance, Betty wiederzusehen, mit ihr durch die Wildnis zu streifen und zu reden, so wie früher. Genüsslich ließ er die Bilder in sich aufsteigen. Jetzt schmerzten sie nicht mehr, jetzt motivierten sie ihn. Er musste nur irgendwie an einen CS 3 kommen!

Fieberhaft ging er die Liste seiner Verwandten und Freunde durch, aber diejenigen, die genug besaßen, um ihm Geld leihen zu können, hatte er schon vor Urzeiten angepumpt. Sein halber Tankstellenlohn ging für die Rückzahlungen drauf. Er musste eine andere Lösung finden. Mechanisch setzte er einen Fuß vor den anderen, ohne recht zu merken, wohin er ging, während er über sein Problem nachdachte.

Nach einiger Zeit blickte er sich überrascht um, denn die Gegend kam ihm seltsam bekannt vor. Langgezogene, mehrstöckige Wohnhäuser mit Rasenflächen dazwischen. Müllcontainer in Drahtkäfigen. Pflanzeninseln mit niedrigem Buschwerk und breiten Trampelpfaden. Dann erkannte er es: Seine Füße hatten ihn zu Rons Wohnung getragen. Kurzentschlossen ging er zum Eingang mit der Nummer 7 und drückte auf den Klingelknopf. Er hatte keine Ahnung, was er Ron sagen wollte, aber er musste einfach mit ihm sprechen. Irgendetwas würde ihm schon einfallen.

Er wartete auf das vertraute Knacksen in der Sprechanlage, auf den Summer, der ihm die Tür öffnete, doch nichts geschah. Erneut klingelte er. Stille. Anscheinend war keiner zu Hause.

Yannick ging über den Rasen zur Rückseite des Häuserblocks und sah zur zweiten Etage hoch. In Rons Wohnung war alles dunkel.

Er beschloss zu warten, kramte Tabak und Papier heraus, drehte sich eine Zigarette. Während er rauchte, versuchte er seine Gedanken zu sortieren und so etwas wie einen Plan zu entwickeln. Was wollte er Ron denn sagen, wenn er vor ihm stand? Etwa sich bei ihm entschuldigen und im gleichen Atemzug darum bitten, sein Cyberkit benutzen zu dürfen, um Betty wiederzusehen? Es hatte doch alles damit begonnen, dass Ron sie ihm wegnehmen wollte – angeblich, weil das besser für ihn wäre. Ärgerlich stieß er den Rauch durch die Nasenlöcher aus. Er hasste es, wenn sich andere Menschen in sein Leben einmischten, vor allem, wenn sie es gut meinten.

Dann kam ihm ein neuer Gedanke. Könnte es sein, dass Ron verreist war? Wollte er nicht nach Frankfurt zu dieser Computerfirma, die sein Spiel gekauft hatte? Yannick war sich nicht ganz sicher, aber je länger er darüber nachdachte, desto mehr meinte er, sich daran zu erinnern, dass Ron von einer Reise nach Frankfurt gesprochen hatte. Nachdenklich blickte er die Häuserfassade empor. Das Wechselspiel von hellen und dunklen Fenstern erinnerte ihn an einen Computercode. Dazwischen hingen die Balkone – dunkel und geheimnisvoll, wie riesengroße Vogelnester.

Der dritte Balkon von unten gehörte Ron. Yannick wusste es genau, er hatte oft genug dort gestanden und geraucht. Wenn er nur ein bisschen sportlicher wäre – der Balkon schien eigentlich gar nicht so hoch zu sein, und von dort aus konnte man sicher auch irgendwie in die Wohnung gelangen. Vielleicht könnte er beim untersten Balkon anfangen und sich dann hocharbeiten. Oder an der Dachrinne hochklettern oder ...

Du planst nicht wirklich einen Einbruch, oder?, ermahnte er sich selbst. *Dafür kannst du in den Knast kommen ...*

Na und, wenn schon, gab er trotzig zurück. *Viel schlimmer als die letzten Tage kann es dort auch nicht kommen. Außerdem brauche ich mich ja nicht erwischen zu lassen.*

Er wandte sich wieder den Balkonen zu. Es waren einfache Betonplatten, die von einem Stahlgitter eingefasst wurden. In Bauchhöhe gab es ein waagerechtes Brett für Blumentöpfe; gut 30 Zentimeter darüber war ein waagerechtes Stahlrohr angebracht, vermutlich als Absturzsicherung. Wenn man auf das Rohr des unteren Balkons kletterte, konnte man die Betonplatte darüber erreichen und sich daran hochziehen. Theoretisch. Wenn man Klimmzüge konnte. Er seufzte. Es musste einen anderen Weg geben. Eine Leiter oder so. Seine Mutter besaß eine Klappleiter aus Metall, die sie zum Fensterputzen benutzte. Damit müsste man den darüberliegenden Balkon eigentlich erreichen können. Yannick beschloss wiederzukommen.

Es sah ein bisschen nach Umzug oder Renovierung aus, als der junge Mann mit der Klappleiter unter dem Arm und einem Rucksack auf seinem Rücken durch die Straßen wankte. Nur die Uhrzeit passte nicht recht dazu – um halb drei Uhr morgens war es deutlich zu früh zum Arbeiten.

Außer ihm war kein Mensch unterwegs. Selbst die notorischen Frühaufsteher schliefen noch. Vereinzelt leuchteten Fernsehbilder aus den Fenstern und warfen ihr bläuliches Licht in die Dunkelheit. Trotz der Kälte war Yannick schweißnass. Alle hundert Meter musste er die Leiter absetzen.

Anfangs war sie ihm ganz leicht erschienen, aber inzwischen wurde sie mit jedem Schritt schwerer. Obwohl er sich bemühte, leise zu sein, gab sie jedes Mal, wenn er sie auf den Boden stellte, ein furchtbar lautes Scheppern von sich, das von den Häuserwänden widerhallte.

Keuchend erreichte er schließlich den Rasen hinter dem Häuserblock, in dem Ron wohnte, und blickte sich um. Alles war ruhig. Man konnte ihn von der Straße aus nicht sehen. Yannick rieb sich die Schulter, die von der ungewohnten Arbeit schmerzte. Sein Plan war einfach: Er wollte mit der Leiter auf den ersten Balkon klettern, sie dann mit einem Seil zu sich hochziehen, und anschließend von dort aus den nächsthöheren in Angriff nehmen.

Entschlossen blickte er zu seinem ersten Ziel hinauf. Die Betonplatte lag etwa eineinhalb Meter über dem Boden, dann folgte das Gitter. Die Bewohner hatten es mit einer grünlichen Plastikverkleidung versehen, aber das sollte kein Problem sein. Er klappte die Leiter auf und stellte sie auf den Rasen. Dann zog er eine Paketschnur aus dem Rucksack. Ein Seil hatte er nicht finden können, aber die Schnur war ziemlich stabil. Er hatte es ausprobiert, sie konnte das Gewicht spielend tragen.

Yannick knotete den Bindfaden am oberen Ende der Trittleiter fest und steckte den Rest des Knäuels in die Hosentasche. Dann schloss er seinen Rucksack, streifte ihn sich über die Schulter und begann mit dem Aufstieg.

Schon bei der zweiten Stufe überkam ihn das seltsame Gefühl zu schrumpfen. Verwirrt blickte er nach unten. Sein Gewicht drückte die Gummifüße in die weiche Erde. Er unterdrückte einen Fluch und kletterte weiter. Die Leiter sackte noch ein Stückchen weiter ab, dann gab sie nicht mehr nach. Vermutlich lag die unterste Sprosse jetzt auf dem Boden auf.

Yannick trat auf die kleine Plattform der Trittleiter, aber die Höhe reichte nun nicht mehr ganz aus. Immerhin konnte er das obere Querrohr des Balkons mit den Händen erreichen. Er klammerte sich daran fest, stellte einen Fuß auf den runden Bogen oberhalb der Plattform seiner Leiter und hievte das andere Bein über das Balkongitter. Dann nahm er alle seine Kräfte zusammen und zog sich vollends hoch.

Geschafft. Er stand auf dem ersten Balkon. Vorsichtig beugte er sich über die Brüstung und zog an der Paketschnur. Sie spannte sich, aber nichts passierte. Die Leiter steckte im Boden fest. Yannick spürte eine leise Panik aufsteigen. Verzweifelt zerrte er an der Leine, dann gab es einen kurzen Ruck, die Schnur riss, und er stolperte rückwärts auf das Balkonfenster zu. Dabei stieß er gegen einige Gartengeräte, die in einer Ecke standen und dezent klapperten. Offensichtlich nutzten die Bewohner das Fleckchen Erde neben ihrem Balkon, um darauf Blumen zu ziehen.

Das brachte Yannick auf eine Idee. Er tastete nach einer Harke und stocherte damit in der Finsternis jenseits der Balkonbrüstung herum. Er suchte und fand den oberen Bügel der Leiter und bewegte ihn mit der Harke einige Male hin und her. Endlich bekam er die Trittleiter frei. Mit einem lauten Scheppern klappte sie zusammen und knallte gegen die Plastikverkleidung.

Der junge Mann bekam sie gerade noch zu fassen, bevor sie ganz umkippen konnte, zog sie hektisch über die Brüstung und warf sich auf den Boden. Dort wartete er eine Weile, ob irgendwo Licht anging. Nichts passierte. Nochmal Glück gehabt.

Also weiter. Er rappelte sich hoch und stellte die Leiter wieder auf, was ihm diesmal fast geräuschlos gelang. Erneut knotete er die Paketschnur fest, dann stieg er auf die kleine Plattform. Diesmal konnten die Gummifüße nicht wegsacken, aber es war trotzdem nicht so einfach, den nächsten Balkon zu erreichen, denn Yannick musste sich erst um die Bodenplatte über ihm herumwinden.

Seine Muskeln brannten, als er endlich oben angekommen war. Hier gab es keine Gartengeräte, und ein künstlicher Rasen auf dem Boden dämpfte die Geräusche. Vorsichtig zog Yannick die Leiter zu sich hinauf. *Das war doch gar nicht so schwer*, ermutigte er sich. *Nur noch ein Balkon.*

Er stellte die Trittleiter in Position und kletterte hoch. Diesmal wusste er, wie er sich bewegen musste. Als er sein Ziel erreicht hatte, fasste er nach der Schnur. Behutsam zog er die Leiter zu sich in die Höhe. Allmählich hatte er den Bogen raus, die innere Anspannung ließ etwas nach. Gerade wollte er nach dem Bügel greifen, als sich der Knoten löste – und bevor er es verhindern konnte, fiel die Leiter herunter. Schradong! Sie knallte auf den unteren Balkon, drehte sich in der Luft und schepperte auf den Rasen.

Yannick ging in Deckung. Diesen Lärm *musste* jemand gehört haben. Minutenlang blieb er in der Hocke, bis seine Beine schmerzten. Was nun?

Auf jeden Fall unten bleiben. Vorsichtig verlagerte er sein Gewicht nach hinten. In der Nachbarschaft ging das Licht an. Eine Balkontür öffnete sich, und ein Mann im Bademantel ließ den Lichtkegel einer starken Taschenlampe über den Rasen wandern. Offensichtlich hatte er nicht genau gehört, woher der Lärm gekommen war, denn der Lichtfleck huschte am gegenüberliegenden Häuserblock vorbei.

Yannick rutschte noch weiter nach hinten, drückte sich weg vom Balkongitter. Die Taschenlampe erlosch, der Mann im Bademantel schlurfte zurück in seine Wohnung, bald darauf wurde das Fenster wieder dunkel.

Yannick atmete auf. Er lehnte sich an das Balkonfenster und streckte seine schmerzenden Beine aus. Wie sollte es nun weitergehen? Wie kam er vom Balkon in die Wohnung? Er konnte unmöglich jetzt auch noch die Scheibe einschlagen. Ohne Leiter gab es aber auch kein Zurück für ihn. Sobald es hell wurde, würde man sie dort unten liegen sehen und ihn finden. Sackgasse. Mal wieder. Zornig schlug er mit der Faust gegen den Türrahmen.

Die Tür sprang auf.

Vage erinnerte Yannick sich daran, dass er die Balkontür nach dem Rauchen meist nur hinter sich zugedrückt, aber nicht verriegelt hatte. Sollte Ron seitdem nicht mehr auf dem Balkon gewesen sein? Gut möglich, schließlich war es Winter.

Rasch ging er ins Arbeitszimmer und schaltete das Licht ein. Hier sah alles noch so aus wie bei seinem letzten Besuch. Sogar seine Tasse stand noch auf dem Tisch. „Yannick“ prangte in großen goldenen Lettern auf der einen Seite des schwarzen Bechers. Auf der Rückseite fand sich das Logo vom Bit & Bytes.

Ron war definitiv auf Reisen.

Yannick fuhr den Rechner hoch und legte das Cyberkit zurecht, als es an der Tür klingelte. Automatisch schaute er auf die Uhr: 3:40. Es klingelte erneut, dann klopfte es, und eine energische Stimme sagte: „Polizei. Bitte öffnen Sie die Tür!“

Adrenalin schoss ihm in den Kreislauf. Yannick überschlug seine Möglichkeiten. Vom Balkon hinunter konnte er nicht. Sich ruhig zu verhalten hatte auch keinen Sinn, denn offensichtlich wusste die Polizei, dass jemand hier war. Es gab also nur einen Weg: Er musste zur Tür.

„Moment, ich komme!“, rief er. Auf dem Flur durchsuchte er mit zittrigen Fingern den Schlüsselkasten und hoffte inständig, dass er darin einen Haustürschlüssel finden würde. Einer sah aus, als ob er passen könnte. Ein kleiner Tiger hing daran. Yannick steckte den Schlüssel ins Schloss und drehte ihn. Bingo. Er öffnete. Zwei Uniformierte standen vor der Tür.

„Entschuldigen Sie die Störung“, sagte der ältere von beiden. „Wir bekamen einen Anruf von einer besorgten Nachbarin, die einen Einbruch vermutete. Sind Sie Ron Schäfer?“

„Nein“, sagte Yannick, „Herr Schäfer ist verreist. Ich bin sein Assistent. Ich kümmere mich in seiner Abwesenheit um die Server.“

„Um diese Zeit?“

„Ja, es gab eine Betriebsstörung. Sie müssen ja auch um diese Zeit arbeiten.“

„Ich nehme an, Sie können sich ausweisen“, sagte der jüngere.

„Selbstverständlich“, sagte Yannick. „Und wenn Sie wollen, können Sie auch die Nachbarin fragen. Frau Timm kennt mich.“

Er zog seinen Personalausweis aus der Tasche und hielt ihn den Beamten hin. Sie blickten flüchtig darauf.

„In Ordnung, Herr Adams, bitte entschuldigen Sie nochmals die Störung.“

„Kein Problem. Gut, dass es aufmerksame Nachbarn gibt.“

„Ja“, sagte der Ältere, „aber manchmal sind sie auch etwas überängstlich.“

Yannick lachte erleichtert. Der Jüngere musterte ihn misstrauisch.

„Dürfen wir uns einmal kurz umsehen?"

Yannick zögerte. Fieberhaft überlegte er, welcher Anblick sich den Polizisten bieten würde. Sah irgendetwas in der Wohnung nach Einbruch aus?

„Ich weiß nicht, ob das Herrn Schäfer recht wäre", sagte er ausweichend.

Augenblicklich spürte er, wie sich die Atmosphäre veränderte. Misstrauen breitete sich aus. Yannick kam zu dem Schluss, dass es das kleinere Übel war, die Beamten hereinzulassen. Soweit er sich erinnerte, müsste alles in Ordnung sein.

„Andererseits – Sie sind ja sicherlich vertrauenswürdige Menschen. Also bitte, kommen Sie."

Die Polizisten betraten die Wohnung und sahen sich um, der ältere sachlich, der jüngere mit unverhohlener Neugier. Yannick führte sie ins Arbeitszimmer, wo der Rechner bereits lief. Aus den Augenwinkeln beobachtete er, wie der Ältere seine Tasse registrierte. Der Jüngere bestaunte den Cyberhelm. „Wow, ein CS 3", sagte er. „Darf man fragen, woran Herr Schäfer zurzeit arbeitet?"

„Also, das ist nun wirklich Betriebsgeheimnis", sagte Yannick schroff. Der ältere Polizist nickte und schob seinen Kollegen sanft, aber bestimmt aus der Tür.

„Vielen Dank. Ich denke, wir haben genug gesehen. Auf Wiedersehen."

Yannick blieb stehen, bis er die untere Haustür hörte, dann schloss er die Wohnungstür und ließ sich in einen Sessel fallen. Mit einem Laut der Erleichterung entwich die angehaltene Luft aus seiner Lunge. Das war knapp gewesen.

Eine Viertelstunde später ging er hinaus und holte die Trittleiter nach oben.

* * * *

Es war das erste Meeting nach dem Verkaufsstart des Cyberstar 3, und eigentlich hatte Dr. Fleischmann in seiner Eigenschaft als Vertriebsleiter von Future Computing Deutschland allen Grund zur Freude. Die Umsatzzahlen übertrafen die kühnsten Erwartungen. Dennoch fühlte es sich für ihn eher wie eine Niederlage an, denn schließlich hatte er das Gegenteil prophezeit. Er war es nicht gewohnt, sich zu irren. Für gewöhnlich konnte er sich auf seinen Instinkt verlassen, und das irritierte ihn. Vielleicht sollte er sich doch aufs Altenteil zurückziehen. Diese Computerwelt war ihm zutiefst fremd, auch wenn er täglich damit zu tun hatte.

Choi lobte den guten Start, wobei Gerhardt Fleischmann spürte, wie sehr es der Koreaner genoss, ihm Salz in die Wunden zu reiben. Zwar hatte der Vorsitzende X-World mit keinem Wort erwähnt, hatte auch keinerlei offenen Triumph gezeigt, aber dennoch schwebte das Thema spürbar im Raum.

Es war Lee, der den Ballon zum Platzen brachte.

„Ich möchte die Gelegenheit nutzen, unserem Vorsitzenden zu danken. Seine Weisheit hat uns dazu verholfen, unserem Kurs treu zu bleiben, ohne falsche Kompromisse zu schließen. Bekanntlich besteht unser Ziel darin, den Anwendern die weltweit beste Computerperipherie zur Verfügung zu stellen, die technisch möglich ist. Danke, dass wir dieses Ziel nicht aus den Augen verloren haben. Offensichtlich hat sich die Einschätzung unseres Vorsitzenden bewährt, dass die Software stets der Hardware folgt. Die Zahlen sprechen ja wohl für sich. Lassen Sie uns also auch weiterhin unseren Zielen treu bleiben. Ich danke ihnen." Er verbeugte sich in Richtung seines Onkels.

Höflicher Applaus folgte seinen Äußerungen.

Gerhardt Fleischmann spürte einen Brechreiz. Er konnte diesen jungen Aufsteiger nicht ausstehen. Ein kurzer Blick in die Runde verriet ihm, dass er nicht allein so empfand. Selbst Choi schien sich unbehaglich zu fühlen, soweit man aus seinem koreanischen Pokerface schlau werden konnte.

Nachdem das Meeting beendet war, verließ Dr. Fleischmann als einer der Ersten den Sitzungsraum. Er wollte jetzt mit niemandem reden, brauchte Zeit, um seine Gedanken zu ordnen. Irgendetwas stimmte hier nicht. In der peinlichen Rede von Lee hatte so ein merkwürdiger Unterton mitgeschwungen. Der Vertriebsleiter stieg in den Fahrstuhl und fuhr aufs Dach hinauf. Dort ging er gerne hin, wenn er nachdenken musste. Gedankenverloren ließ er seinen Blick über die Stadt schweifen.

Konnte es sein, dass die Verkaufszahlen manipuliert waren, um ihn dumm aussehen zu lassen? Energisch schüttelte er den Kopf. Nein, die Zahlen kamen aus seiner eigenen Abteilung, und auf seine Mitarbeiter konnte er sich verlassen.

Worauf könnte Lee denn Einfluss nehmen? Was würde er an seiner Stelle tun?

Eine Tonfolge riss ihn aus seinen Überlegungen. Es war unverkennbar sein Mobiltelefon – er war der Einzige im ganzen Konzern, der noch so ein uraltes Gerät besaß. Gelegentlich trug ihm das freundlichen Spott ein, aber das störte ihn nicht. Er hatte kein Interesse an technischen Spielereien. Wichtig war ihm nur, dass alles so funktionierte, wie es sollte.

„Fleischmann?“

„Herr Dr. Fleischmann, ich hoffe, ich störe Sie nicht, aber ich brauche einige Unterschriften von Ihnen.“ Die vertraute Altstimme seiner langjährigen Sekretärin drang an sein Ohr.

„In Ordnung, ich bin in ein paar Minuten bei Ihnen.“

Als er wenig später in sein Büro ging, war seine Irritation einer grimmigen Entschlossenheit gewichen. Er würde todsicher herausbekommen, was da gespielt wurde. Und wenn ihn jemand hinterging, würde ihm das schon bald sehr, sehr leidtun. Er setzte sich hinter seinen Schreibtisch und drückte auf einen Knopf.

Kurz darauf betrat Gertrud Wagner den Raum, in der Hand die Unterschriftenmappe. Sie trug ein Kostüm in gedeckten Farben und sah eigentlich aus wie immer. Sie schien sich in den fast 30 Jahren ihrer Zusammenarbeit überhaupt nicht verändert zu haben. Schon bei ihrer ersten Begegnung hatte sie unattraktiv und altbacken gewirkt.

Dass Gerhardt Fleischmann ihr bei der Einstellung trotzdem den Vorzug gegenüber den hübschen jungen Dingern gegeben hatte, lag weniger daran, dass er seine Frau nicht beunruhigen wollte, wie der Bürotratsch behauptete, sondern an seiner Überzeugung, dass diese Frau an Zuverlässigkeit, Gewissenhaftigkeit und Intelligenz kaum zu übertreffen war. Er sollte Recht behalten, und Gertrud Wagner – allein dieser Name! – hatte mit ihrer freundlichen Kompetenz schon bald die Belegschaft für sich eingenommen. Sie war die gute Seele der alten Prometheus AG gewesen, und Gerhardt Fleischmann hatte nicht eine Sekunde lang darüber nachzudenken brauchen, ob er sie mit zu Future Computing nehmen wollte.

Er unterschrieb zügig die Papiere, die sie ihm vorlegte. Sie waren dringend, aber im Wesentlichen Routineangelegenheiten, die keine außergewöhnlichen Denkleistungen von ihm verlangten.

„Wie war das Meeting?"

Der Vertriebsleiter legte den Füllhalter zur Seite.

„Irgendjemand will mich hier vorführen", knurrte er.

„Wie meinen Sie das?"

„Oh, das ist nur so ein Gefühl", sagte er beschwichtigend, und sie beide wussten, dass er von seiner Sache felsenfest überzeugt war.

„Diese erstaunlichen Umsatzzahlen, und dazu die Sticheleien von diesem Lee – irgendetwas stimmt da nicht."

„Ich werde mich mal umhören", sagte die Sekretärin mit einem warmherzigen Lächeln, und sofort spürte Gerhardt Fleischmann, wie sich seine Unruhe legte.

* * * *

Yannick rieb sich die Augen. Kaum zu glauben, dass er eingeschlafen war. Endlich war er am Ziel, endlich konnte er Betty wiedersehen, und stattdessen lag er hier auf dem Sofa und pennte. Allerdings hatte der Download auch elend lange gedauert.

Er sah auf die Uhr. Es war fast Mittag. Egal. Die Dateien befanden sich jetzt auf Rons Rechner, und er konnte starten. Verrückt eigentlich, dass das Spiel aus den Weiten des Internets nun wieder dorthin zurückgekehrt war, wo es praktisch geboren worden war.

Yannick verschwand kurz im Badezimmer. Sogar seine Zahnbürste stand noch im Becher vor dem Spiegel. Manchmal hatte er hier übernachtet, wenn es mal wieder spät geworden war. Warum hatte Ron sie nicht weggeworfen? Merkwürdig.

Der Geschmack in seinem Mund war furchtbar. Er wusch sich, putzte sich die Zähne und bürstete sich sorgsam die Haare, so als wollte er sich auf ein Rendezvous vorbereiten. Natürlich würde er in der virtuellen Welt ohnehin gut aussehen, aber irgendwie hatte er das Gefühl, Betty diese Vorbereitungen schuldig zu sein.

Schließlich ging er zurück ins Arbeitszimmer und legte das Cyberkit an. Erwartungsvoll startete er das Programm. Ein buntes Menü tanzte vor seinen Augen. Goldene Buchstaben formten die Worte: „Willkommen in X-World. Bitte wählen Sie einen Avatar."

Yannick griff in die Luft und betätigte die OK-Taste, woraufhin eine lange Reihe von Figuren erschien, aus der man seinen Wunschcharakter auswählen konnte. Genervt langte er nach dem „Abbrechen"-Knopf. Wenn Betty ihn wiedererkennen sollte, durfte er nicht anders aussehen als vorher. Er drückte auf „Avatar laden" und wartete gespannt. Hoffentlich konnte er seine alte Figur in das neue Spiel übernehmen. Gekonnt hangelte er sich durch das Dateimenü und atmete erleichtert auf, als er schließlich eine Miniaturversion seiner Spielfigur vor sich sah. Mit einem Handgriff wählte er sie aus, das Programm stockte kurz, dann war er mitten im Spiel.

Suchend sah er sich um. Das hier war nicht der Garten, in dem er Betty zuletzt gesehen hatte. Unter seinen Füßen erstreckte sich eine gewaltige Steppe, die am Horizont von einem Gebirgszug begrenzt wurde. In weiter Ferne bewegte sich etwas, vielleicht eine Büffelherde. Yannick meinte auch, den Rauch eines Feuers zu erkennen – ansonsten gab es nichts. Kein Anzeichen von Leben. Er war allein.

„Du bist neu hier, stimmt's?"

Die Stimme kam von hinten. Yannick fuhr herum. Der Schreck fuhr ihm durch die Glieder. Vor ihm stand ein junger muskulöser Mann. Sein Oberkörper war nackt, er trug eine lange Hose aus weichem Leder. Der Speer in seiner Hand wirkte bedrohlich, auch wenn er sich im Moment lässig darauf abstützte.

„Du bist neu hier, stimmt's?", wiederholte er. Yannick nickte.

„Auf wessen Seite stehst du?"

„Ich stehe auf niemandes Seite. Ich bin hier, weil ich jemanden suche."

Der Krieger richtete sich auf. Es war nur eine kleine Bewegung, aber Yannick erkannte, dass der Speer nun nicht mehr als Stütze diente, sondern in Sekundenschnelle zum Einsatz kommen konnte.

„Du solltest dich uns anschließen!"

Yannick brauchte nicht lange zu überlegen. Anscheinend hatte er keine Alternative. Zunächst musste er herausfinden, was in dieser Welt los war.

„Klar", sagte er. „Ich bin Yannick."

„Erik", sagte der Krieger knapp. „Komm mit!"

Er wandte sich um und verschwand in einem Wald, der unvermittelt am Rand der Steppe begann.

Yannick hatte Mühe, ihm zu folgen, denn Erik bewegte sich mit großer Geschicklichkeit, wobei er seinen Speer als Allzweckwerkzeug verwendete – mal drückte er damit lästige Zweige beiseite, mal nutzte er ihn, um Gräben oder Baumstämme zu überspringen. Schließlich hielt er inne.

„Wir sind bald da", sagte er zu Yannick, der vor Anstrengung keuchte. „Um dich den anderen vorstellen zu können, muss ich wissen, was du kannst."

„Ich – ich bin ein Gamer", sagte Yannick.

„Ich verstehe nicht", sagte Erik, und Yannick sah ihn verwundert an. Etwas an seiner Art kam ihm bekannt vor, er wusste nur nicht so recht, woher.

„Ich spiele Computerspiele, hauptsächlich Strategie", sagte er. Erik sah ihn immer noch verständnislos an.

„Was genau machst du da?", fragte er.

„Je nachdem, meistens führe ich eine Armee an", sagte Yannick.

Erik strahlte. „Ein Anführer. Das ist gut. Das ist sogar sehr gut."

„Kannst du mir vielleicht mal erklären, was hier los ist?", fragte Yannick verwirrt.

„Warte ab. Ich bringe dich zu Henoch. Ihn kannst du alles fragen."

Ohne ihm Zeit zur Erwiderung zu lassen, drehte Erik sich um und lief tiefer in den Wald hinein. Es dauerte nicht lange, bis sie eine große Lichtung erreichten, in deren Mitte ein Feuer brannte. Ein breitschultriger Mann mit grimmigem Gesicht und einer übergroßen Streitaxt hielt Wache auf ihrem Weg, ließ sie aber anstandslos passieren, als er Erik erkannte.

Yannick machte etwa ein Dutzend einfacher Hütten aus, die sich am Rand der Lichtung zwischen den Bäumen versteckten. Einige Männer und Frauen saßen am Feuer, andere gingen verschiedenen Beschäftigungen nach. Neugierig starrten sie zu dem Neuankömmling hinüber. Erik führte ihn zu einer der Hütten und klopfte an die Tür.

Eine dumpfe Antwort ertönte, daraufhin traten sie ein. Es dauerte einen Moment, bis Yannicks Augen sich an das Dämmerlicht gewöhnt hatten. Die Ausstattung war schlicht; es gab ein grob gezimmertes, niedriges Bett, auf dem große Felle lagen, sowie einen Esstisch mit zwei Bänken aus rohem Holz.

An der Stirnseite des Raumes stand ein hoher Stuhl mit breiten Armlehnen, der fast wie ein Thron wirkte. Darauf saß ein überraschend junger Mann. Er trug ein schlichtes Gewand aus hellem Leinen, hatte einen kurzen braunen Bart und knapp schulterlange Haare, die einen Tick dunkler waren als sein Bart. Yannick fand ihn auf Anhieb sympathisch. Erik verbeugte sich, aber der Mann ignorierte ihn. Er erhob sich, ging auf Yannick zu und streckte ihm die Hand entgegen. Sein Händedruck war fest.

„Hallo, ich bin Henoch, der Dorfälteste. Schön, dass du zu uns kommst. Wir können gerade jeden Mann gebrauchen."

„Yannick. Ehrlich gesagt bin ich nur hier, weil ich jemanden suche und ..."

Henoch zog die Augenbrauen hoch, was ihm ein energisches Aussehen verlieh.

„So, du suchst jemanden, ja? Wen denn?"

„Das ist – privat", murmelte Yannick verlegen.

„Ich will dir mal was sagen", entgegnete Henoch mit finsterer Miene. „Solange die Lucier sich hier herumtreiben, wirst du niemanden finden. Sie können uns jeden Moment angreifen."

„Die Lucier? Was sind das für Leute?"

„Glaub mir, du willst sie nicht kennenlernen. Sie behaupten, dass diese Welt ihnen gehört und darum alle ihrem Kommando unterstehen müssten. Aber wir haben mit ihnen nichts zu tun. Wir sind freie Menschen und wollen hier in Frieden leben. Wir brauchen weder Herren noch Sklaven, das ist unser Motto." Seine dunkelbraunen Augen glühten vor Stolz.

„Hört sich gut an!", bekannte Yannick. „Vielleicht können wir uns ja gegenseitig helfen. Ich bin Gamer und habe vor kurzem die eGames Berlin gewonnen."

„Ausgezeichnet", sagte Henoch, „wir haben eine ganze Reihe mutiger Kämpfer hier, aber niemanden, der sie anführt. Ich selbst verstehe nicht viel vom Krieg. Und nun sag mir, wonach du suchst, dann kann ich dir sagen, ob ich etwas darüber weiß."

„Es geht um eine Frau, ihr Name ist Betty", sagte Yannick hoffnungsvoll, aber Henoch schüttelte den Kopf.

„Nie gehört – wann und wo hast du sie zuletzt gesehen?"

„Das ist schon ein paar Tage her", sagte Yannick vage und kratzte sich verlegen am Kopf. Es konnten ebenso gut einige Wochen sein. Sein Zeitgefühl war ihm völlig abhandengekommen. „Wir haben uns immer in einem wunderschönen Garten getroffen."

Henochs Miene verdüsterte sich.

„Du warst im Paradies? Bist du ein Spion oder was?"

„Ich? Nein, wieso, ich bin doch gerade erst ins Spiel gekommen!"

„Weil das Paradies das Hauptquartier der Lucier ist!"

Es dauerte eine Weile, bis Yannick dem Dorfältesten die Zusammenhänge erklärt hatte. Henoch hörte ihm aufmerksam zu. Mit keinem Wimpernschlag gab er zu erkennen, ob er an dieser Geschichte Zweifel hegte.

„Gut, dass du gekommen bist", sagte er schließlich. „Dich schickt der Himmel. Ein Mann mit deinen Kenntnissen hat uns gefehlt."

In diesem Moment ertönte von draußen ein Hornsignal. Henoch sprang auf. Yannick sah ihn fragend an.

„Wir werden angegriffen", sagte Henoch.

* * * *

„Diese Version stammt definitiv nicht von uns." Michael Konrad nahm die Brille ab und rieb sich den Nasenrücken.

„Das verstehe ich nicht", sagte Kathrin. „Bist du ganz sicher?"

„Hundertprozentig", sagte Michael. „Alle unsere Programmversionen haben digitale Wasserzeichen. Und außerdem sieht die Startsequenz komplett anders aus."

„Aber das ergibt keinen Sinn", erwiderte Kathrin zornig. „Wie kann so etwas passieren?"

„Ich fürchte, ich kann es erklären", sagte Ron missmutig und legte in knappen Zügen dar, was vor seiner Abreise geschehen war.

„Aber dann kann das, was da im Internet herumgeistert, bestenfalls eine aufgebohrte Betaversion sein!", sagte Michael.

„Ich denke auch", sagte Ron. „Aber um es herauszufinden, gibt es nur einen Weg."

„Du willst online gehen", sagte Kathrin nüchtern. „Dir ist schon klar, was hier noch alles zu erledigen ist?"

„Natürlich", sagte Ron, „aber wir können die Sache auch nicht einfach so weiterlaufen lassen. Zumindest will ich einschätzen können, womit wir es zu tun haben. Ihr macht jetzt einfach mit unserer Projektliste weiter. Ich kümmere mich um die Konkurrenz."

Etwas an Rons Haltung signalisierte unmissverständlich, dass weitere Diskussionen unangebracht waren, und so gingen Michael und Kathrin rasch zurück an ihre Arbeitsplätze, während Ron in seinem Büro das Cyberkit anlegte.

Als das Programm startete, stutzte er: Das Eingangsmenü erschien ihm völlig fremd. Er betrachtete die Vorschläge, aus denen er seine Spielfigur zusammenstellen konnte. Die meisten davon wirkten, als hätten sie eine Überdosis Anabolika geschluckt. Kopfschüttelnd wählte er eine eher unauffällige Figur, die ihm im Vergleich am intelligentesten vorkam.

Als Nächstes öffnete sich ein Menü mit Ausrüstungsgegenständen, von denen sich jedoch nur wenige auswählen ließen. Versuchte man es bei den anderen, so wurde die Eingabe einer Kreditkartennummer verlangt. Dafür standen dem zahlungswilligen Kunden auch allerlei schöne Dinge zur Verfügung, bis hin zu Feuerwaffen und Lasergewehren.

Ron wählte einen schlichten Wanderstab und klickte auf OK.

Kurz darauf fand er sich in einer Grassteppe wieder. Er blickte sich um. Hinter ihm lag ein dichter Wald, vor ihm befand sich in einiger Entfernung ein Gebirgszug. Von dem paradiesischen Garten, den er geschaffen hatte, fehlte jede Spur. Ron bückte sich und befühlte den Boden. Dieses Steppengras hatte er mit Sicherheit nicht programmiert, aber es war gut gemacht. Typisch Lutz. Das war schon immer seine Spezialität: Anderen die Ideen klauen, sie weiterentwickeln und schließlich als die eigenen ausgeben.

Während er noch überlegte, wohin er nun gehen sollte, bemerkte Ron aus den Augenwinkeln plötzlich eine Bewegung. Er fuhr herum und erkannte einen Mann, der mit einem Speer in der Hand auf ihn zurannte. Der Bewaffnete brüllte etwas. Ron verstand es nicht, aber er verlor auch keine Zeit damit herauszufinden, was es war. Stattdessen drehte er sich um und lief so schnell er konnte in Richtung Gebirge. Er hatte keine Lust, sich auf einen Kampf einzulassen. Vorerst wollte er diese Welt lediglich auskundschaften.

Doch wohin sollte er fliehen? Verzweifelt hielt er Ausschau, aber da war überall nur diese endlose, öde Steppe. Er konnte doch unmöglich bis zum Gebirge laufen! Im Rennen wandte er den Kopf. Der Speerträger hatte sich an die Verfolgung gemacht. Er war ein guter Läufer und holte schnell auf. Ron sah wieder nach vorn, kämpfte gegen die Versuchung an, einfach stehenzubleiben. Verbissen versuchte er, all seine Kräfte zu mobilisieren. Da bemerkte er eine Staubwolke am Horizont, die auf ihn zuhielt. Mit erstaunlicher Geschwindigkeit kam sie näher.

„Das ist die Kavallerie", schoss es ihm durch den Kopf. „Gleich bin ich gerettet."

Ron spürte, wie seine Muskeln protestierten. Er konnte nur hoffen, dass die Rettungsmannschaft schnell genug bei ihm war.

* * * *

In der Waldsiedlung ertönte das Hornsignal zum zweiten Mal. Draußen waren Rufe und eilige Schritte zu hören.

„Was sollen wir deiner Meinung nach jetzt tun?" Henoch sah Yannick fragend an.

„Woher soll ich denn das wissen?", gab Yannick zurück.

„Du kennst dich doch mit diesen Dingen aus!"

„Ja, aber ich habe null Informationen. Ich weiß nichts über eure Bewaffnung und eure Ausbildung, weiß nicht, was für ein Feind uns da angreift, wie stark er ist ..."

Erik stürmte in die Hütte. In der Eile hatte er weder angeklopft noch sich verbeugt.

„Was ist los?", fragte Henoch ihn.

„Es ist nichts", sagte Erik. „Die Wachen waren übereifrig. Nur ein einzelner Wagen, der auf uns zuhält. Mein Bruder ist draußen. Ich glaube, sie nehmen uns gerade einen Neuankömmling ab."

Der Häuptling entspannte sich.

„Nun, was ist?", wandte er sich an Yannick. „Wirst du uns helfen?"

* * * *

Ron rannte weiter auf die Staubwolke zu. Bald erkannte er die Umrisse einer Kutsche, die von zwei Pferden im Galopp über die Steppe gezogen wurde. Ein Schuss peitschte auf, der Speerträger ging in Deckung.

Ron wedelte mit den Armen und lief weiter. Bald hatte die Staubwolke ihn erreicht. Erleichtert ließ Ron seine Arme sinken.

„Hallo Jungs, ich bin echt froh, euch zu sehen!", keuchte er. Die Antwort erstaunte ihn. Ein Netz flog auf ihn zu, das ihm jede Bewegungsfreiheit nahm.

„He, was soll das?", protestierte er. „Ich denke, ihr seid gekommen, um mich zu retten?"

Die beiden Männer sprachen kein Wort. Sie verschnürten ihn mit einem Seil und warfen ihn auf den Wagen. Dann wendeten sie und fuhren dorthin zurück, von wo sie gekommen waren.

Ron loggte sich aus. Die Kutsche würde eine Weile unterwegs sein, schätzte er. Die Zeit konnte er auch sinnvoller nutzen.

Er nahm den Helm ab, stand auf und streckte sich, als es plötzlich energisch an seiner Tür klopfte. Eine Zehntelsekunde später flog sie auf, und Gerhardt Fleischmann stürmte in den Raum.

„Was wissen Sie darüber, dass unser Spiel bereits im Internet verfügbar ist?", bellte er statt einer Begrüßung.

Ron war wie erstarrt. „Es stimmt!" Mehr brachte er nicht heraus.

„Und wann hatten Sie vor, mich darüber zu informieren?"

„Sobald ich selbst Näheres weiß." Ron sammelte sich allmählich. „Ich weiß es auch erst seit ein paar Stunden." *Seit 96 Stunden, um genau zu sein. Aber naja.*

„Egal, es spielt keine Rolle mehr. Wir brechen ab. Sie können nach Hause fahren. Ich schließe die Firma."

„Was?"

„Haben Sie eine Vorstellung davon, was mich dieser Laden am Tag kostet? Und wenn ich eins in meinem Leben gelernt habe, dann das: Man muss seinen Verlusten rechtzeitig ins Auge sehen und handeln. Die meisten Konkurse entstehen aus falschen Hoffnungen."

Ron rang nach Worten. „Hören Sie. Überreaktionen bringen uns auch nicht weiter!"

„Überreaktionen? Sie denken, ich reagiere über? Sie denken, der Alte ist meschugge? Dann erklären Sie mir doch mal eines: Warum sollte irgendjemand auch nur einen Euro für etwas ausgeben, das er anderswo kostenlos bekommen kann? Und warum sollte ich Tausende in ein Geschäft stecken, bei dem von vornherein klar ist, dass es niemals etwas einbringen wird?“

„Weil es so nicht stimmt.“

„Ach wirklich? Ich höre.“

Ron versuchte seine Gedanken zu sortieren und zugleich das Panikgefühl abzuwehren, das nach seiner Kehle griff. Nicht schon wieder. Nicht auch bei diesem Spiel. Er musste Zeit gewinnen, sich erstmal sammeln.

„Bitte, setzen wir uns doch“, sagte er mit einer fahrigen Geste in Richtung des kleinen Besprechungstisches. Gerhardt Fleischmann holte tief Luft. Unwillkürlich zog Ron den Kopf ein – aber der Geschäftsführer ließ den Atem nur mit einem zischenden Laut entweichen und ließ sich in einen der Sessel fallen.

„Ich höre“, wiederholte er.

„Ich habe mir das Spiel angesehen, das im Internet zu finden ist. Es ist eine Betaversion. Überhaupt nicht zu vergleichen mit dem, was wir auf den Markt bringen werden.“

Gerhardt Fleischmann sah ihn zweifelnd an. „Weiter!“, sagte er mit einer lässigen Handbewegung.

„Wenn wir es geschickt anstellen, kann es sogar eine gute Werbung für uns sein. Durch den Vorfall ist X-World in Insiderkreisen zum Gesprächsstoff Nummer 1 geworden. Viele haben es jetzt angetestet. Wir müssen ihnen nur klarmachen, dass das Original um Klassen besser ist.“

„Und Sie denken wirklich, dass diese vage Hoffnung für einen alten Mann überzeugend genug ist, um seine ganzen Ersparnisse aufs Spiel zu setzen? Wer garantiert mir, dass es nicht wieder passiert, dass die neue Version nicht auch im Internet landen wird? Konnten Sie herausfinden, wer dafür verantwortlich ist?“

„Ich habe eine Vermutung. Auf jeden Fall steckt keiner unserer Mitarbeiter dahinter, so viel ist sicher.“

„Besteht die Möglichkeit, dass ein gewisser Lutz Singer damit zu tun hat?“

Ron zuckte zusammen. „Allerdings! Woher kennen Sie diesen Namen?“

„Er hat Kontakt zu jemandem aufgenommen, der seinen Spaß daran hätte, mich scheitern zu sehen.“

„Dann haben wir etwas gemeinsam“, sagte Ron und erzählte in knappen Worten, welche Geschichte ihn mit Lutz verband. Gerhardt Fleischmann hörte aufmerksam zu.

„Irgendwelche Vorschläge?“, fragte er schließlich.

„Bitte geben Sie mir eine Woche Zeit. Ich muss erst überprüfen, wie stark das Programm verändert worden ist, bevor ich die Sache verlässlich einschätzen kann.“

„Ich gebe Ihnen drei Tage. Wenn bis dahin keine Ergebnisse vorliegen, schließe ich die Firma.“

Er stand auf und ging mit energischen Schritten zur Tür. Bevor er den Raum verließ, drehte er sich noch einmal um.

„Bitte“, sagte er, „finden Sie einen Weg. Ich habe gelernt, Verluste einzustecken – aber es gibt Menschen, denen ich keinen Sieg gönne.“

Dann verschwand er ebenso grußlos, wie er gekommen war.

****

Die Vorzimmerdame am Telefon schien Lutz wiederzuerkennen, als er anrief. Er wurde umgehend zu Tae-Gong Lee durchgestellt.

„Lee.“

„Lutz Singer. Guten Tag, Herr Lee.“

„Ich bitte Sie, in Zukunft von Kontaktaufnahmen abzusehen. Es ist nicht gut, wenn wir miteinander in Verbindung gebracht werden können.“

„Aber, aber, ich bin doch Ihr offizieller Tester, oder etwa nicht? Und außerdem denke ich, dass sich die Zusammenarbeit für Sie bereits ausgezahlt hat. Ich konnte fast 30.000 Downloads registrieren. Ich nehme an, dass die meisten User auch Cyberhelme gekauft haben.“

„Zugegeben, Ihre Aktion mag uns dienlich gewesen sein, aber ich muss doch betonen, dass X-World bei weitem nicht die einzige Anwendung ist, für die unser Cyberkit genutzt werden kann. Auch in der Forschung ..."

Lutz unterbrach ihn ungeduldig. „Geschenkt. Mir geht es nicht darum, mehr Geld zu bekommen, falls Sie das befürchten sollten. Ich möchte Ihnen lediglich einen Vorschlag zur Weiterentwicklung machen."

Die Stimme am anderen Ende klang überrascht. „Ich höre?"

„X-World ist ein hübscher bunter Streichelzoo, aber wenn Sie mich fragen, fehlt darin der Kick für Erwachsene."

„Ja, und?"

„Helm, Handschuhe und Gamaschen sind schon mal ein guter Anfang, aber was wirklich fehlt, sind Slips."

„Wie bitte?"

„Ja, Unterhosen aus dem gleichen Material, aus dem auch die Handschuhe gemacht sind. Die sich zusammenziehen und Gefühle übertragen können."

„Wie kommen Sie denn auf die Idee?"

„Ich weiß ja nicht, wie ihr Asiaten gebaut seid, aber wir Europäer haben da unsere empfindlichsten Teile. Man könnte in der neuen Welt eine Menge Spaß haben, aber im Augenblick fehlen noch die entscheidenden Reize."

„Ich kann mir nicht vorstellen, dass mein Onkel so etwas gutheißen würde. Er hat sehr strenge Moralvorstellungen."

„Es würde ihm aber vermutlich auch nicht gefallen, wenn andere dieses Geschäft übernähmen. Die Konkurrenz schläft nicht, Herr Lee, das wissen Sie doch. Meinetwegen machen Sie einen ganzen Anzug daraus, wenn Ihnen mein Vorschlag zu peinlich ist. Das wäre sogar noch intensiver. Aber als Ihr Produkttester rate ich dazu, schnellstens mit der Forschungsabteilung zu reden."

Der Koreaner schwieg eine Weile.

„Ich werde darüber nachdenken", sagte er schließlich. Es klickte. Das Gespräch war zu Ende.

* * * *

Stolz führte Henoch seinen Gast durch die kleine Waldsiedlung. Um die zentrale Lichtung herum standen vierzehn einfache Holzhütten, die sich kaum von seiner eigenen Behausung unterschieden; einige weitere lagen an dem schmalen Weg, über den man zum Bach hinabgelangte.

„Hier leben, lieben und arbeiten wir", sagte er. „Außerdem gehören noch ein paar Hütten dazu, die im Wald verstreut liegen. Die Menschen, die dort wohnen, ziehen es vor, für sich zu bleiben. Jeder so, wie er es mag."

Henoch stellte Yannick jeden einzelnen Dorfbewohner vor. Die Menschen lachten ihn an, umarmten ihn und hießen ihn in ihrer Mitte willkommen. Bald schwirrte ihm der Kopf von den vielen Namen. Er konnte sich nicht daran erinnern, jemals irgendwo so freundlich empfangen worden zu sein. Anfangs war es ihm fast peinlich, weil er fürchtete, dass die Leute zu hohe Erwartungen an ihn hatten und er sie enttäuschen würde. Aber Henoch versicherte ihm, dass diese Begrüßung nichts mit seinen strategischen Fähigkeiten zu tun hatte. „Die sind hier einfach so", sagte er lächelnd, woraufhin sich Yannick allmählich entspannte und den Rundgang zunehmend genoss.

Endlich kamen sie wieder in Henochs Hütte an. Yannick ließ sich erschöpft und glücklich auf die fellbedeckte Bank sinken. „Wow", sagte er, „das war überwältigend."

„Ja, diese Menschen sind etwas ganz Besonderes", antworte Henoch. Er schwieg einen Moment, dann fuhr er fort: „Ich habe immer davon geträumt, mit ein paar Freunden aufs Land zu ziehen, einen alten Bauernhof zu kaufen und eine alternative Lebensgemeinschaft zu gründen. Aber das ist in der realen Welt nicht so einfach. Hier bei den Waldmenschen kommen wir diesem Traum schon recht nahe."

Yannick nickte.

„Und darum werden wir nicht zulassen, dass uns diese Lucier hier alles kaputtmachen!" Henochs Stimme wurde heftig.

„Wie viele Feinde gibt es eigentlich, und was haben sie für Waffen?", fragte Yannick.

Henoch sah ihn an. „Genau weiß ich es nicht", antwortete er. „Ich schätze, dass es mehrere Hundert sind. Einige besitzen Schusswaffen und Pferdewagen. Manche von ihnen jagen mit Netzen. Erst von ein paar Tagen haben sie wieder fünf von uns gefangengenommen."

„Aber ihr habt sie nicht verfolgt?"

„Womit denn? Zu Fuß haben wir keine Chance. Da draußen ist Steppe – offenes Gelände, so weit das Auge reicht. Sie würden uns erschießen, sobald wir in ihre Reichweite kommen."

„Was weißt du über ihr Hauptquartier?"

„Nicht viel. Eine kleine Stadt, direkt neben dem Paradies. Einer von uns hat sich mal dorthin gewagt."

Yannick biss sich auf die Lippe. Nach seiner Zählung verfügte ihre Gruppe über 52 Kämpfer, darunter waren 18 Frauen. Die Bewaffnung war eher schwach. Es gab zwölf Bogenschützen und sieben Speerwerfer, ansonsten lediglich Nahkampfwaffen: Schwerter, Streitäxte und einfache Stöcke. Ihr einziger Vorteil bestand in der Deckung, die der Wald ihnen bot. Hier kamen die Wagen der Angreifer nicht durch. Vermutlich könnten sich die Dorfbewohner mit Guerillataktiken eine Weile verteidigen; mehr aber auch nicht. Alles war nur eine Frage der Zeit – es sei denn, man fand einen Weg, die Lucier zu überlisten. Doch er hatte nicht die leiseste Idee, wie dies geschehen könnte.

8. SINGER-CITY

Als Ron sich wieder ins Spiel einloggte, konnte er nichts sehen. Er tippte auf eine Systemstörung und schlug einige Male leicht von außen auf den Cyberhelm, in der vagen Hoffnung, auf diese Weise das Grafikmodul wieder zum Leben erwecken zu können. Nach mehreren erfolglosen Versuchen begriff er endlich, dass es um ihn herum stockfinster war. Vorsichtig betastete er seine Umgebung. Er lag auf einer Art Pritsche. Befriedigt stellte er fest, dass die Fesseln und das Netz, mit denen ihn die Männer bei seiner Gefangennahme verschnürt hatten, verschwunden waren, und ihn folglich nichts daran hinderte, sich aufzusetzen. Er tat es, ohne sich dabei irgendwo den Kopf zu stoßen, was er im Stillen befürchtet hatte.

Unsicher stand er auf, streckte die Arme vor und machte einen Schritt vorwärts. Dann noch einen. Und noch einen. Beim vierten Schritt knallte er gegen einen Stuhl, kam ins Stolpern, suchte in der Dunkelheit nach Halt und geriet an einen Tisch, an dem er sich dankbar festklammerte wie an einen Rettungsanker.

Er blinzelte umher. Allmählich gewöhnten sich seine Augen an die Finsternis. Ein schwacher Lichtschein drang links von ihm durch eine Ritze in Fußbodenhöhe.

Anscheinend befand sich dort eine Tür.

Die sollen ruhig merken, dass ich wach bin, dachte er grimmig, ließ den Tisch los, ging vorsichtig auf die Tür zu und trat dann mehrmals mit aller Kraft dagegen. Es machte einen Höllenlärm. Befriedigt registrierte Ron das Geräusch von Schritten, die sich kurz darauf eilig näherten.

Er hörte, wie aufgeschlossen wurde. Eine hochgewachsene, dunkelhaarige Frau mit einer brennenden Fackel in der Hand betrat seinen Kerker. Sie war allein und trug eine Art Rüstung aus schwarzem Leder. Ihr feingeschnittenes Gesicht und ihre schlanke Figur erinnerten ihn an japanische Mangas; die ganze Erscheinung war viel zu perfekt, um real zu wirken.

„Hi", sagte sie, „ich bin Shiva!"

Ron überlegte einen Moment, ob er ihr seinen echten Namen nennen sollte, aber entschied sich dann dagegen. Das Risiko war zu groß, dass Lutz von seiner Ankunft erfuhr.

„Eli", sagte er knapp. „Warum haltet ihr mich gefangen?"

„Du bist nicht gefangen. Tut mir leid. Diese Vollpfosten haben es mal wieder versaut. Komm mit." Sie ließ die Tür offen und ging einen gemauerten Gang entlang, durch den sie vermutlich auch gekommen war. In eisernen Ringen an der Wand steckten Fackeln, die ihn notdürftig erleuchteten.

Ron folgte der Frau. Im Vorbeigehen bemerkte er eine Reihe von Türen, die ebenso aussahen wie die, gegen die er gerade getreten hatte. Unzweifelhaft war das hier eine Art Gefängnis. Sie stiegen eine Treppe hoch und betraten ein schäbiges Büro.

„Wenn du Bock hast, zeige ich dir jetzt erstmal die Stadt", sagte Shiva. Ihre Sprache klang nach gekautem Kaugummi und passte nicht zu ihrer Erscheinung.

„Stadt? Wo bin ich denn?"

„Das hier ist Singer-City", sage sie.

„Singer-City", wiederholte Ron andächtig.

„Ja, Lutz Singer hat die Stadt gebaut, überhaupt ist diese ganze Welt von ihm – auch wenn die Schwachköpfe aus dem Wald das nicht einsehen wollen", fügte sie mehr zu sich selbst gewandt hinzu. „Ich stelle dich dem Meister nachher vor, dann verstehst du, was ich meine."

Ihre Stimme klang ehrfürchtig, sogar das Kaugummi hatte Pause.

Sie traten aus dem Büro ins Freie. Ron blickte sich um. Das, was er sah, erinnerte ihn an eine Filmkulisse aus einem alten Western. Es gab eine staubige Straße, die von hölzernen Fassaden eingefasst wurde. Direkt gegenüber befand sich ein Spielcasino, wie der handgemalten Aufschrift an der Holzwand zu entnehmen war. Durch die Fenster konnte man Männer beim Kartenspielen erkennen, jeder mit einem kleinen Stapel Münzen vor sich auf dem Tisch.

„Um was spielen sie da?“, fragte er.

„Um Silberlinge. Hast du es beim Einloggen nicht bemerkt? Man kann sie kaufen.“

Ron musste schlucken. Lutz verdiente also sogar noch Geld mit dem Spiel. Wirklich überraschend war das allerdings nicht.

„Und wenn man kein Geld hat?“

„Man kann hier arbeiten oder etwas verkaufen – wie im richtigen Leben“, sagte Shiva und lachte. „Komm, du hast ja fast noch gar nichts gesehen!“

Nicht weit vom Casino gab es ein Striplokal, das aber zur Zeit geschlossen hatte. Eindeutige Malereien auf der Außenwand zeigten, was den Besucher innen erwartete.

„Im Moment sind unsere Möglichkeiten noch etwas eingeschränkt, aber der Meister arbeitet an einer Hardwareerweiterung, dann geht es hier richtig ab.“

Es folgte ein Waffengeschäft, in dem man Gewehre, Pistolen und Messer kaufen konnte. Dahinter machte die Straße eine Kurve. Als sie um die Ecke bogen, öffnete sich vor ihnen ein großer freier Platz, der von hölzernen Tribünen umgeben war. Arbeiter waren damit beschäftigt, die innere Fläche zu harken.

„Was ist das hier?“

„Das ist unsere Arena. Hier finden Schaukämpfe statt. Es ist ein bisschen so wie im alten Rom.“ Sie grinste. „Je mehr Blut fließt, desto begeisterter sind die Zuschauer.“

Ron war entsetzt. Diese Stadt war so ziemlich das genaue Gegenteil dessen, was er eigentlich hatte schaffen wollen.

„Nun, was sagst du, ist doch cool, oder?“

* * * *

„Ich gehe", sagte Yannick entschieden. „Ich muss den Feind besser kennenlernen, wenn ich euch helfen soll. Jeder Schlachtplan kann nur so gut sein wie die Informationen, auf denen er beruht."

Zum Paradies wollte er ohnehin. Aber mittlerweile ging es ihm nicht nur um Betty. Wenn es einen Weg gab, diese Menschen hier zu beschützen, dann wollte er ihn finden. Sie hatten es verdient.

„Bist du sicher? Es ist gefährlich. Und wir brauchen dich im Dorf."

„Henoch, ich kann hier nichts für euch tun. Mit den wenigen Waffen, die ihr habt, könnt ihr euch bei einem Angriff nur so schnell wie möglich im Wald verstecken und hoffen, dass die Feinde euch nicht aufspüren. Aber wenn es mir gelingt, eine Schwachstelle bei ihnen zu entdecken, dann haben wir vielleicht eine Chance."

„Da gibt es noch ein Problem. Es ist sehr weit bis zu ihrer Stadt. Du müsstest Stunden dorthin laufen. Normale Spieler halten das nicht durch. Darum verwenden die Lucier Wagen."

Yannick überlegte. In der Tat stand es mit seiner Kondition nicht zum Besten, und das Laufen kostete in X-World fast genauso viel Kraft wie im realen Leben. Als er so darüber nachdachte, spürte er plötzlich seine Müdigkeit. Die ungewohnte körperliche Anstrengung des Balkonkletterns zeigte immer noch ihre Auswirkungen.

„Aber ich werde dir helfen. Du kannst unseren Baukarren haben."

Yannick wusste, was Henoch meinte. Der Baukarren war ein einachsiger Holzwagen mit zwei Holmen, der gewöhnlich von einem oder zwei Männern gezogen wurde. Er wurde benutzt, um Baumstämme und Steine zu transportieren.

„Und was soll mir der nützen?"

„Erik wird dich damit über die Steppe bringen."

„Erik? Aber der hat die ganze Zeit Wache gestanden. Wie soll er solch eine lange Strecke durchhalten?"

„Erik ist ein Bot, falls du es noch nicht bemerkt haben solltest. Er wird nicht müde. Im Gegensatz zu uns." Henoch gähnte herzhaft. „Schätze, ich sollte mich mal ein paar Stunden aufs Ohr legen. Also, was ist, willst du dich über die Steppe rumpeln lassen? Das wird einige Zeit dauern. Aber vielleicht kannst du ja auch eine Spielpause vertragen."

* * * *

Shiva betrachtete aufmerksam den Schatten einer mächtigen Sonnenuhr, der von einer stilisierten Schlange geworfen wurde. „Es ist so weit", sagte sie. „Lutz müsste jetzt bereit zur Audienz sein."

Audienz? Ron glaubte, sich verhört zu haben. War der jetzt ein König geworden, oder was? Aber anscheinend schien diese Frau ihn tatsächlich dafür zu halten. „Meister", „Erbauer der Stadt", „Erfinder des Spiels" – sie glühte vor Ehrfurcht, wenn sie von ihm sprach.

Er folgte ihr in ein prachtvolles Gebäude, das deutlich größer als diejenigen war, die er bisher zu sehen bekommen hatte. Der Raum, den sie betraten, war so hoch wie eine Kathedrale und von Hunderten von Kerzen erhellt. Am gegenüberliegenden Ende stand ein Podest mit einem goldenen Thron darauf. Ron stockte der Atem. Auf dem Thron saß ein Engel.

Shiva sank vor ihm auf die Knie und zog Ron mit sich, der zu überrascht war, um es sich anders zu überlegen. Aus dieser Perspektive kam ihm die Gestalt noch imposanter vor. Er sah einen übergroßen, athletisch gebauten Mann in einem weißen Gewand, das von innen her zu leuchten schien. Um seine Hüften trug er einen goldenen Gürtel, an dem ein gewaltiges Schwert befestigt war. Die schulterlangen blonden Haare fielen in dichten Locken auf seine Schultern. Das Beeindruckendste aber waren die mächtigen Flügel, die er auf seinem Rücken zusammengefaltet hatte. Die Erscheinung wirkte majestätisch und wunderschön, wie Ron zugeben musste. Er konnte sich kaum vorstellen, dass Lutz sie selbst entworfen haben sollte, aber es war verständlich, dass Shiva davon beeindruckt war.

„Sei willkommen, Neuankömmling! Ich bin der Herr dieser Stadt und Schöpfer dieser Welt. Wie ist dein Name?"

Es war eigenartig, die vertraute Stimme seines ehemaligen Assistenten zu hören. Sie war elektronisch überarbeitet, dennoch ließ sie sofort ein anderes Bild vor seinem inneren Auge entstehen als das, was er da vor sich sah. Plötzlich wurde Ron klar, dass dies auch für die umgekehrte Richtung galt – er war zwar an seinem Äußeren für Lutz nicht zu erkennen, doch seine Stimme musste ihn unweigerlich verraten.

Er hustete. „Sprich du für mich", flüsterte er dann der jungen Frau neben sich zu, „ich glaube, ich bekomme keinen Ton heraus."

„Ja, das verstehe ich", flüsterte sie zurück. „Mir ging es auch so bei meiner ersten Begegnung."

Shiva erhob sich, während Ron in Deckung blieb und den Eingeschüchterten spielte. Er wusste, dass Lutz es genießen würde.

„Meister, dies ist Eli", sagte sie laut und wies mit einer ausladenden Handbewegung auf den am Boden Kauernden. „Bitte seht es ihm nach, aber er ist so überwältigt von eurer Erscheinung, dass er mich bat, für ihn zu sprechen."

„Danke, Shiva. Hast du ihm schon alles gezeigt?"

„Ja Meister, das habe ich. Er ist begeistert und freut sich darauf, in unserer Stadt zu leben."

„Das höre ich gerne. Lass es dir bei uns gutgehen, Eli. Es gibt hier nur eine Regel: ‚Tu, was dir Spaß macht.' Ich bin sicher, dass du auf deine Kosten kommen wirst. Und nun entschuldigt mich, ich muss mich noch um ein paar andere Dinge kümmern."

„Ja Meister, vielen Dank, dass ihr uns empfangen habt."

Shiva verbeugte sich und verließ im Rückwärtsgang den Thronsaal, Ron am Ärmel hinter sich her schleifend.

Als sie wieder auf der Straße standen, strahlte sie ihn an. „Irre, oder?"

Ron nickte. Ihm fehlten die Worte – wenn auch aus anderen Gründen als Shiva annahm. Dass Lutz ein übersteigertes Ego hatte, war ihm schon am Anfang ihrer gemeinsamen Arbeit klargeworden. Aber diese Engelsnummer hier war die absolute Krönung.

Er verkleidet sich als ein Engel des Lichts – irgendwo hatte er diesen Satz mal gehört. Lutz kannte ihn wohl auch, denn das war die perfekte Beschreibung seines Auftritts. Aber gut, es schien seine Wirkung ja nicht zu verfehlen. Besser als durch diese Erscheinung konnte er seinen Herrschaftsanspruch gar nicht untermauern. Lutz der engelgleiche, der gütige und gerechte Herrscher – ausgerechnet er! Ron unterdrückte ein sarkastisches Lachen.

Eine Gruppe Menschen, die wie ein kleiner Demonstrationszug aussah, bewegte sich die Straße hinauf und kam auf sie zu. Ron kniff die Augen zusammen. Es gab keine Schilder mit Parolen. Die Leute waren gut gekleidet und fröhlich, als befänden sie sich auf dem Weg zu einer Feier. Es handelte sich ausschließlich um Männer. Ob es hier Schützenvereine oder Männergilden gab? Wohl eher nicht. Hilfesuchend wandte er sich an Shiva.

„Ein Hochzeitszug!“, sagte sie strahlend, während die Männergruppe an ihnen vorbei munter schwatzend in den Thronsaal zog – Ron wusste keinen besseren Ausdruck für den Raum, den sie soeben verlassen hatten.

„Es ist die erste Trauung in X-World, deswegen vollzieht Lutz Singer sie auch persönlich. Cool oder? Wer wird schon von einem Engel getraut!“

„Und die Braut? Kommt der Zug mit den Frauen später oder gibt es noch einen anderen Eingang?“

„Nein, das ist eine reine Männerhochzeit. Fred und Darwin heiraten – das waren die beiden an der Spitze des Zuges. Lutz hat kein Problem damit. Du etwa?“

„Na ja“, stotterte Ron verlegen, „ein wenig ungewöhnlich finde ich das schon, ich meine Hochzeit, das ist doch eher was für Mann und Frau ...“

„Bah, bist du altmodisch“, sagte Shiva verächtlich. „Aber falls es dich beruhigt – du weißt ja nicht, ob die beiden Männer wirklich Männer sind. Jeder kann sich seinen Spielcharakter frei auswählen.“ Sie sah ihn herausfordernd an.

„Vielleicht sind es ja auch zwei Frauen!“, fügte sie grinsend hinzu. „Das ist das Schöne an diesem Spiel – diese vollkommene Freiheit, einmal was ganz anderes auszuprobieren, ein neues Leben zu führen, und niemanden zu haben, der einem da hineinredet.“

Ron stimmte ihr im Stillen zu. Das war in der Tat eine der Grundideen von X-World.

„Na, was glaubst du, was ich bin? Mann oder Frau? Jung oder alt?"

„Ich glaube, du bist tatsächlich eine Frau, aber jünger, als du aussiehst. Vielleicht zwanzig oder zweiundzwanzig Jahre alt."

Sie lachte. „Fast", sagte sie. „Ich bin sechzehn."

„Du bist sechzehn?", fragte Ron zurück. „Was sagen deine Eltern dazu? Und warum bist du nicht in der Schule?"

„Solche Fragen sind hier nicht erwünscht", sagte Shiva steif. „Es gehört sich nicht, nach der Person zu fragen, die hinter einer Figur steht."

Ron verkniff sich eine Antwort. Seine letzte Bemerkung war schon dämlich genug. Er hätte sich ohrfeigen können.

Verstohlen sah er nach seiner Uhr, aber natürlich fand er nur ein nacktes Handgelenk unter seinem Gewand. Shiva war seinem Blick gefolgt.

„Hier drin verliert man leicht sein Zeitgefühl. Das kommt, weil die Tage kürzer sind als draußen. Schau, es wird bald dunkel."

Ron sah Richtung Westen, wo die Sonne schon tief stand. Es musste in der realen Welt etwa 19.00 Uhr sein, schätzte er. Damit hing es wohl auch zusammen, dass nun immer mehr Spieler auf der Straße auftauchten. Wieder ärgerte er sich über seine unüberlegte Bemerkung. Natürlich war die Schule längst vorbei.

Eine Gruppe von drei Frauen lief lachend und schwatzend an ihnen vorüber.

„Hey Shiva", sagte die eine, „kommst du mit in die Arena?"

„Logo. Das lass ich mir doch nicht entgehen."

„Hätte mich auch gewundert. Willst du uns deinen Freund nicht vorstellen?"

„Klar, das ist Eli", sagte sie lässig.

Die Frau war groß und sportlich. Ihre langen roten Haare, die von einem goldenen Stirnband gehalten wurden, wellten sich bis auf ihre Schultern hinab. Sie reichte ihm die Hand. „Hi, ich bin Freya. Das sind Silva und Sunny."

Zwei blonde Schönheiten lächelten ihn an. Natürlich, hier sahen alle gut aus. Ron nickte ihnen zu und lächelte zurück. Ihm war nicht nach Smalltalk, das hatte ihm noch nie gelegen. Vielleicht spürte Freya seine Unsicherheit, denn sie drängte ihre Gefährtinnen weiter. „Kommt Mädels, sonst sind die besten Plätze weg!"

„Wir sehen uns! Ciao!", sagte sie fröhlich zu Shiva und Ron, dann zog das Trio kichernd seiner Wege.

Ron blickte Shiva erklärungssuchend an. „Was passiert heute in der Arena?"

Shiva grinste. „Heute Abend prügeln wir erst mal die Waldschrate aus dem Spiel, und dann gibt es noch ein paar Runden Freistilkampf", verkündete sie mit leuchtenden Augen.

„Ihr macht was?"

„Na, diese blöden Idioten aus der Waldsiedlung, die wir gefangen haben. Die kriegen so lange auf die Schnauze, bis sie sich abmelden. Die Zuschauer lieben das. Komm mit, es wird dir gefallen!"

Ron bezweifelte es, aber er war neugierig, also trottete er hinter dem Mädchen her. Immer mehr Lucier tauchten auf. Die meisten kannten Shiva, begrüßten sie herzlich und tauschten belanglose Neuigkeiten mit ihr aus. Ron hielt sich im Hintergrund, dankbar, dass sie ihm das zugestand. Sie hingegen fühlte sich sichtbar wohl im Rampenlicht, erwiderte Küsschen und Umarmungen und schien ihren Begleiter völlig vergessen zu haben.

Schließlich erreichten sie die Arena. Mittlerweile war die Menge so dicht, dass die Menschen zu schieben und zu drängeln begannen. Ron und Shiva zwängten sich durch das Eingangstor, dann kletterten sie eine schmale Treppe hinauf, die zwischen den Sitzreihen entlanglief. Noch waren die meisten Bänke frei, aber angesichts der heranströmenden Besucher würde sich das bald ändern. Shiva steuerte zielsicher eine Reihe auf halber Höhe an.

„Von hier aus hat man einen super Blick", sagte sie. „Setz dich schon mal hin, ich muss noch was erledigen." Ehe Ron reagieren konnte, war sie verschwunden. Er nahm ergeben Platz und ließ seinen Blick umherschweifen. Dieser Bau war eine beachtliche Leistung, wenn man bedachte, dass X-World erst vor kurzem online gegangen war. Allerdings glaubte er nicht, dass er tatsächlich von Arbeitern errichtet worden war, wie es das Spiel eigentlich vorsah. Dies war todsicher ein Hack. Lutz hatte das Gebäude einfach mit einem Grafikprogramm entworfen und anschließend hier eingefügt. So wie auch den Thronsaal.

Die Arena ähnelte einem antiken Theater. Ein kreisrunder Rasen in der Mitte, vielleicht zwanzig Meter im Durchmesser, drum herum steil ansteigende Sitzreihen mit hölzernen Bänken. Es passten leicht 600 Menschen hinein, schätzte Ron. Mindestens die Hälfte davon waren mittlerweile angekommen. Es herrschte eine fröhliche und erwartungsvolle Atmosphäre, wie vor einem wichtigen Fußballspiel. Leute begrüßten sich, lachten, tauschten Neuigkeiten aus.

Ein unsanfter Stoß an die Schulter riss Ron aus seinen Beobachtungen. Er fuhr herum. Was sollte das? Zwei bedrohlich aussehende Hünen ließen sich auf die Plätze neben ihn fallen. Er blickte sie unbehaglich an, aber sie beachteten ihn gar nicht. Ihre Aufmerksamkeit galt den Frauen in der Reihe vor ihnen, was wohl auch ganz gut so war.

Die Sonne ging jetzt unter. Arbeiter zündeten Fackeln auf dem Rasen an, um für eine angemessene Beleuchtung zu sorgen. Noch immer strömten Menschen in die Arena. Die Plätze wurden allmählich knapp. Ron hielt Ausschau nach Shiva, aber sie war noch immer verschwunden. Plötzlich ging ein Raunen durch die Menge. Ron reckte den Kopf, um den Grund dafür herauszufinden. Schließlich sah er, wie fünf Menschen gefesselt in die Arena geführt wurden; zwei Männer und drei Frauen in einfachen Gewändern. Das mussten die Waldmenschen sein. Sie kamen ihm natürlicher vor als die Bewohner von Singer-City, deren Schönheit und Muskeln übertrieben und künstlich wirkten.

Fanfaren ertönten.

Nun entdeckte er Shiva. Sie stand in ihrer Lederrüstung unten in der Arena, wo sie mit ausgebreiteten Armen den Applaus der Zuschauer entgegennahm. Die Wachen schnitten einem der Waldmenschen die Fesseln ab, dann schubsten sie ihn in die Mitte. Er rieb sich die Handgelenke, blickte verwundert in die Menschenmenge. Schließlich ging er ein paar Schritte auf das Mädchen zu. Es sah aus, als wenn er auf sie einredete. Plötzlich wirbelte sie herum und traf ihn mit dem Fuß im Gesicht. Er taumelte und ging zu Boden. Sie sprang hoch und wäre mit ihren Füßen auf seiner Kehle gelandet, wenn er sich nicht im letzten Moment zur Seite gedreht hätte. Die Menge tobte.

Der Mann stand unsicher auf. Er rief etwas. Es klang wie: „Warum tust du das?“, aber statt einer Antwort bekam er Shivas Fäuste ins Gesicht. Er wehrte sich nicht, und Shiva ließ eine ganze Serie von Schlägen und Tritten auf ihn los.

Ron war angewidert und fasziniert zugleich. Ihre Bewegungen wirkten gekonnt, fließend, fast wie ein Tanz. Aber die Brutalität, mit der sie auf diesen Mann einschlug, erschütterte ihn. Kurz darauf fiel der Waldmensch in den Staub, wo er regungslos liegenblieb. Unter dem frenetischen Applaus der Zuschauer schleppten ihn die Wächter hinaus. Shiva verbeugte sich und wurde bejubelt wie ein Popstar. Sie warf Kusshände zu den Sitzreihen hinauf und verließ winkend die Arena.

Ein Hüne mit einer Eisenkeule löste sie ab. Ohne Vorwarnung schlug er damit einer der gefesselten Frauen auf den Kopf. Sie brach sofort zusammen. Als er sich der nächsten zuwandte und seine Keule erneut hob, begann die Menge laut zu pfeifen. Unbeirrt streckte er auch die zweite Frau nieder. Unter lauten Buhrufen wurde er schließlich von den Sicherheitskräften abgeführt.

„Leif ist so ein Idiot“, sagte eine mittlerweile vertraute Stimme neben ihm. „Die Leute wollen unterhalten werden. So ein plumpes Niederschlagen ist doch langweilig.“

„Ich möchte gehen“, sagte Ron.

„Nein, ey, nun warte doch. Jetzt kommt Freya. Die ist echt gut. Und sie hat immer super Ideen.“

Die rothaarige Schönheit betrat den Rasen. Sie stellte sich dem verbliebenen Mann gegenüber. Stumm sahen sie einander an. Dann riss sie sich mit einer fließenden Bewegung die Bluse vom Körper und stand plötzlich barbusig in der Arena. Die Männer in den Rängen tobten. „Zugabe!", brüllten einige. Der Waldmensch sah sie verstört an. Sein Blick glitt über die ebenmäßigen Brüste.

„Was glotzt du so, Alter!", schrie Freya und trat ihm in den Unterleib. Als er sich krümmte, legte sie beide Hände zusammen und hieb sie ihm mit Schwung von unten ins Gesicht. Applaus brandete auf. Ron konnte es nicht länger mit ansehen. Er stand auf und schob sich zwischen den Sitzreihen hindurch zum Ausgang.

Schwer atmend blieb er vor dem Stadion stehen. Von drinnen ertönten Anfeuerungsrufe.

„Nun stell dich nicht so an, das ist alles nur virtuell!" Er hatte nicht gemerkt, dass Shiva ihm gefolgt war. „Die Leute mögen das", fuhr sie achselzuckend fort. „Wie im alten Rom. Nur dass hier niemand zu Schaden kommt. Es ist doch bloß ein Spiel."

Natürlich hat sie recht, dachte Ron, *aber auch Spiele haben ihre Grenzen.* Dafür hatte er diese Welt nicht geschaffen. Er musste einen Weg finden, diesen Wahnsinn zu beenden. Unwillkürlich machte er die Geste, die das Fenster mit den Mastertools öffnen sollte, aber nichts geschah.

„Verscheuchst du Mücken?", fragte Shiva verständnislos.

„Ich musste nur mal meine Gelenke bewegen. Vom Sitzen werde ich schnell steif. Aber du, wo hast du gelernt, dich so zu bewegen?"

„Ich mache seit vier Jahren Karate", sagte Shiva stolz.

„Wirklich? Ist ja stark."

„Ja, ich habe schon den blauen Gürtel. Danach kommt braun und dann schwarz."

„Und dann soll noch einmal jemand wagen, mich anzufassen ...", fügte sie nach einer kurzen Pause hinzu. Sie sprach leise, mehr wie zu sich selbst.

„Wer hat dich denn angefasst?", fragte Ron vorsichtig nach.

„Zwei Typen in der Stadt. Ist schon ein paar Jahre her. Aber das willst du gar nicht wissen." Es war deutlich, dass sie über das Thema nicht weiter sprechen wollte. Ron beließ es dabei. Schweigend gingen sie nebeneinanderher.

Seine Gedanken drifteten weg. Er überlegte angestrengt, wie er die Kontrolle über das Spiel zurückgewinnen konnte. Es musste einen Weg geben, schließlich war er der Programmierer! Aber er hatte diesmal noch gründlicher gearbeitet als sonst. Seine eigenen Sicherheitsvorkehrungen würden ihn blockieren. Ohne Zugriff auf die Mastertools sah er keine Chance. Offensichtlich wusste Lutz das auch und hatte sie darum blockiert. Ron biss sich auf die Lippen. Wenn er jetzt in Berlin wäre ... Da befand sich die passende Software auf seinem Rechner, aber dummerweise nicht in Frankfurt.

Plötzlich kam ihm eine Idee. Warum hatte er nicht schon früher daran gedacht? Wenn der Baum in der Mitte des Gartens noch existierte, könnte er es damit versuchen.

„Das waren heute eine Menge neuer Eindrücke für mich", sagte er versonnen und sah Shiva an, die immer noch schweigend neben ihm hertrottete. „Ich könnte jetzt gut ein bisschen Natur brauchen, um wieder runterzukommen – doch alles, was ich bisher gesehen habe, war endlose Steppe."

„Es gibt in der Stadt einen großen Park", erklärte Shiva. „Wir nennen ihn ‚das Paradies'. Aber da gehen nicht viele hin. Eigentlich nur, wenn sie ein ruhiges Plätzchen suchen zum ... Du weißt schon was."

„Das hört sich gut an. Wie finde ich dahin?"

„Jetzt im Dunkeln? Na ja, wie du willst. Pass aber auf, dass du nicht auf die Liebespaare trittst", grinste Shiva. „Du gehst einfach die Straße runter und hältst dich nach dem letzten Haus rechts. Du kannst es gar nicht verfehlen."

Dann sah sie ihn plötzlich misstrauisch an. „Ich komme aber nicht mit. Ich will zurück in die Arena. Wir sehen uns!"

„Ja, wir sehen uns. Ciao".

Ron sah Shiva nachdenklich hinterher, während sie in Richtung Stadion verschwand. Was für ein Mensch mochte sich wohl hinter dieser Figur verbergen?

Er folgte ihrer Wegbeschreibung. Die Straße war menschenleer, offensichtlich saßen alle User auf den Zuschauerbänken und verfolgten die Kämpfe. Ihm schauderte noch immer bei dem Gedanken an das soeben Erlebte. Der Weg stieg steil an, dann erkannte Ron im Licht des Halbmondes seinen Garten. Er war von einer Mauer umgeben, der Weg führte direkt auf einen Torbogen zu. Eine schmiedeeiserne Gittertür blockierte den Durchgang, doch als Ron probehalber auf die Klinke drückte, fand er sie unverschlossen.

Er ging hindurch und fühlte sich augenblicklich, als käme er nach Hause. Wunderschöne Bäume und Pflanzen glänzten im Mondschein. Sterne blinkten durch die Wipfel. Ein Ort des Friedens. Er folgte dem Weg, der nach gut hundert Metern deutlich schmaler wurde, bis er schließlich in einen Trampelpfad überging. Die Spuren bestätigten, was Shiva berichtet hatte: Es kamen nur wenige Menschen hierher, und wenn doch, dann beschränkte sich ihr Besuch auf wenige Schritte.

Ein Vibrieren an seinem rechten Bein riss ihn aus seinen Gedanken. Sein Handy! Er setzte sich ins weiche Moos, lehnte sich an einen Baum, loggte sich aus und nahm den Helm ab. Sofort drang die Titelmelodie von „Raumschiff Orion" an sein Ohr. Mit den Zähnen befreite er sich vom rechten Cyberhandschuh, nestelte das Mobiltelefon aus der Tasche und sah auf das Display. Es zeigte eine Anrufernummer an, die ihm völlig fremd war.

Beunruhigt stellte er die Verbindung her.

„Hallo?", sagte er.

„Papa, bist du das?", antwortete eine vertraute Kinderstimme.

Es war Jonte.

* * * *

Als Yannick in seinen Avatar zurückkehrte, herrschte tiefe Nacht in X-World. Am Himmel leuchtete ein halber Mond und tauchte die Welt in ein unwirkliches Dämmerlicht. Erik lief einen ruhigen Dauerlauf, wobei er den Karren scheinbar mühelos hinter sich herzog. Die großen Holzräder rumpelten gleichmäßig über die Steppe. Yannick setzte sich auf und sah sich um. Die Pause hatte ihm gutgetan, aber nun wollte er endlich Betty wiedersehen.

Aus der Ferne drang ein vielstimmiges Johlen zu ihnen herüber. Es kam aus nördlicher Richtung, wo ein diffuser Lichtschein auf die Anwesenheit einer kleinen Stadt hindeutete.

„Was ist das, Erik?“, fragte er. „Gibt es dort ein Fußballstadion?“

„Nein“, keuchte der Angesprochene zurück, ohne seinen Lauf zu verlangsamen. Sein nackter Oberkörper war schweißbedeckt. „Die Stimmen kommen aus einer Arena. Unser Späher sagt, dass dort regelmäßig Schaukämpfe stattfinden. Ich hoffe nur, dass nicht auch die Leute dabei sind, die sie vor ein paar Tagen bei uns am Waldrand gefangen haben.“

Yannick schwieg betroffen. Henoch hatte ihm davon erzählt. Dessen bester Freund befand sich mit seiner Frau unter den Entführten.

„Wie weit ist es noch?“

„Wir sind bald da. Ich bin sicherheitshalber einen Bogen gelaufen, um uns von der Stadt möglichst fernzuhalten. Gleich kommen wir an den Fluss, da setze ich dich ab. Den Rest musst du zu Fuß gehen. Für den Karren wird es dort zu unwegsam.“

Yannick starrte über Eriks Hinterkopf hinweg auf die schwach erleuchtete Steppe und versuchte das Ziel auszumachen, doch alles, was er sah, war ein breiiges Schwarz-Grau. Er fragte sich, wie Erik sich hier zurechtfinden konnte. Dann ließ er sich wieder zurücksinken, lauschte auf das rhythmische Geräusch, das die Füße des Läufers erzeugten, und hing seinen Gedanken nach.

Nach einiger Zeit blitzte es vor ihnen immer wieder kurz auf. Er brauchte eine Weile, bis ihm klarwurde, dass dies Spiegelungen des Mondlichts auf dem Wasser waren, die gelegentlich ihren Weg durch das Laubwerk der Uferbäume fanden. Folglich mussten sie jetzt nahe am Fluss sein. Bilder vergangener Tage stiegen in ihm auf. Er sah sich mit Betty an der Quelle sitzen, die im Garten entsprang. Die Sonne schien, seine Freundin lachte fröhlich und bespritzte ihn übermütig mit dem kalten, klaren Wasser.

Ron hatte ihm erklärt, dass alle Flüsse in X-World von dieser einen Quelle gespeist wurden. Demnach brauchte er dem Wasserlauf einfach nur stromaufwärts zu folgen.

Kurz vor dem Ufer blieb Erik stehen. Yannick erkannte eine Reihe von Bäumen, die sich in der Nähe des Gewässers offensichtlich wohl fühlten und den Lauf des Flusses säumten.

„Wir sind da“, sagte der Bot. „Wenn du dich im Schatten hältst, solltest du eigentlich unbehelligt zum Paradies kommen. Viel Glück.“

„Danke, Erik. Ohne dich hätte ich es nicht geschafft. Ich hoffe, dass wir uns wiedersehen.“

Erik nickte stumm. Dann drehte er sich um und trabte in die Richtung zurück, aus der sie gekommen waren. Wenig später war er im Halbdunkel verschwunden.

Yannick sah ihm nach. Plötzlich fühlte er sich unsagbar einsam. Hier in der Einöde wurde ihm unversehens klar, wie gut ihm die Gespräche mit Henoch und die Gemeinschaft mit den Waldmenschen getan hatten – und wie sehr ihm echte Freunde in seinem Leben fehlten. Er schüttelte energisch den Kopf. Jetzt war keine Zeit für Sentimentalitäten.

Reiß dich zusammen, befahl er sich. *Du willst doch Betty wiedersehen. Dazu musst du nur diesem Fluss folgen. Ein Kinderspiel. Nicht mehr lange, dann hältst du sie im Arm.* Beflügelt von Vorfreude machte er sich auf den Weg.

Anfangs kam er zügig voran, doch schon bald verdichteten sich die einzelnen Uferbäume zu Wäldern, die so voller Unterholz waren, dass er kaum hindurchkam. Zudem schaffte es das Mondlicht nicht durch das dichte Blätterdach – es war stockfinster. Eine Taschenlampe wäre hilfreich gewesen, aber natürlich gab es keine in dieser Welt. Es gab nur Fackeln, und er hatte nicht daran gedacht, welche mitzunehmen.

Fluchend kletterte und rutschte er vorwärts. Immer wieder peitschte ihm ein Zweig durchs Gesicht, immer wieder blieb er am dürren Gestrüpp hängen und riss sich Kleider und Haut auf.

Schließlich erinnerte er sich daran, wie Erik beim Lauf durch den Wald seinen Speer zur Hilfe genommen hatte, und beschloss, es mit der gleichen Methode zu versuchen. Yannick suchte sich einen kräftigen Ast, der ihm fortan gute Dienste leistete. Meist hielt er ihn einfach wie einen Blindenstock vor sich, was ihm unangenehme Zusammenstöße mit Bäumen und Felsen ersparte.

Seine größte Sorge bestand darin, die Richtung beizubehalten, denn über lange Strecken konnte er den Fluss nicht mehr sehen. Das Gelände zwang ihn unzählige Male zu Umwegen. Lediglich der Halbmond, der selten genug durch vereinzelte Lücken blinzelte, half ihm bei der Orientierung. Solange er ihn zur Linken hatte, war er auf dem richtigen Weg. Verbissen kämpfte Yannick sich weiter.

Endlich war der Wald zu Ende. Einen schrecklichen Moment lang glaubte Yannick, dass er sich verlaufen hatte, aber der Mond stand genau dort, wo er sollte. Suchend blickte Yannick sich um, bis er schließlich den Fluss entdeckte, der sich ein paar Meter unterhalb eines Abhangs entlangschlängelte. Er war hier nur halb so breit wie an der Stelle, an der Yannick seine Wanderung begonnen hatte. Es konnte nicht mehr weit sein.

Mit neuer Hoffnung ging er weiter. Das Gelände stieg an, erst unmerklich, dann immer steiler, und zu guter Letzt krabbelte er auf allen vieren eine rutschige Böschung hinauf. Glücklich oben angekommen stand er vor einer mindestens drei Meter hohen Mauer aus großen Steinen, hinter der zweifellos das Paradies lag.

Mutlos starrte Yannick auf das Hindernis. Für seinen Geschmack war er in der letzten Zeit mehr als genug geklettert. Hier kam er nicht drüber. Die Mauer war stellenweise mit glitschigem Moos bedeckt. Zudem boten die engen Fugen viel zu wenig Halt. Aussichtslos.

Vor seinem inneren Auge erschienen Szenen aus der Sportschau – er sah einen Stabhochspringer vor sich, der mühelos die doppelte Höhe der Mauer überwand. Yannick umfasste den Stock fester, der ihm in den letzten Stunden so gute Dienste geleistet hatte. Man war in dieser Welt stärker als im realen Leben – das könnte eventuell klappen.

Andererseits – Kraft allein reichte für diese Übung nicht aus, und Yannick hatte keinen Schimmer von der notwendigen Technik. Außerdem landeten die Athlethen nach ihren Sprüngen stets auf weichen Matten, während er nicht wusste, was sich auf der anderen Seite der Mauer befand. Eine Matte bestimmt nicht – aber vielleicht ein zehn Meter tiefer Graben. Wenn er dort hineinstürzte, würde sein Avatar sterben. Dann gäbe es keine Chance mehr für ihn, Betty wiederzusehen. Er musste auf sich aufpassen.

Er beschloss, sein Glück am Fluss zu versuchen – dieser kam ja aus dem Garten, folglich sollte sich auch irgendwo ein Durchbruch befinden. Also folgte Yannick der Mauer in Richtung Wasserlauf. Weit brauchte er nicht zu gehen: Schon bald hörte er ein kräftiges Rauschen, das beim Näherkommen immer lauter wurde. Er arbeitete sich durch etliche Meter widerspenstiges Gebüsch und bekam endlich einen Wasserfall zu sehen, der in halber Höhe aus einer breiten Öffnung herausschoss. Es war ein herrlicher Anblick, wie das Wasser schäumte und im Mondlicht funkelte – aber völlig unmöglich, dort hindurchzukommen. Das durfte doch einfach nicht wahr sein!

Jetzt blieb nur noch eine Option: der Mauer in der anderen Richtung so lange zu folgen, bis sich eine Gelegenheit ergab, sie zu überwinden. Vielleicht war sie ja an einer Stelle eingestürzt, oder ein hoher Baum ragte hinüber, am dem man hochklettern konnte – möglicherweise existierte sogar irgendwo ein Tor. Allerdings brachte ihn dieser Weg auch immer näher an die Stadt heran, und das war gefährlich. Yannick hatte keine Ahnung, was mit ihm passieren würde, wenn ihn jemand entdeckte, aber er war auch nicht scharf darauf, es herauszufinden.

Die Vögel begannen bereits das Morgenkonzert. Ihre Stimmen drangen aus dem Garten herüber, als wollten sie ihn ärgern. Yannick ignorierte sie, so gut er konnte. Er ging und ging und hielt aufmerksam nach einer Möglichkeit Ausschau, um über diese verflixte Mauer zu kommen. Vergeblich. Sie war ein perfektes Hindernis.

Schließlich zeichneten sich vor ihm in der Dämmerung die Umrisse der ersten Häuser ab. Yannick blieb stehen, versuchte zu erkennen, ob es Wachtürme oder Ähnliches gab, aber er konnte nichts entdecken und beschloss, vorsichtig weiterzugehen. Ferngläser oder gar Nachtsichtgeräte würden sie in dieser Welt ja wohl nicht zur Verfügung haben. Solange er sich im Schatten aufhielt, standen die Chancen gut, unentdeckt zu bleiben. Er musste es einfach riskieren. Eine andere Wahl hatte er nicht.

Plötzlich registrierte er aus den Augenwinkeln eine Bewegung. Er zuckte zusammen, sprang instinktiv zur Seite, ließ sich ins hohe Gras fallen und duckte sich. Mit einem Schrei segelte ein Greifvogel dicht über seinen Kopf hinweg, zog dann elegant hoch und verschwand hinter der Mauer. Yannicks Puls raste. Das blöde Vieh hatte ihn zu Tode erschreckt. Mühsam rappelte er sich auf und rieb sich das Knie, das er beim Fallen angestoßen hatte. Er war vom Sessel gekippt. Seine Beine zitterten und schmerzten von der ungewohnten Beanspruchung. Er atmete tief durch, tastete sich auf seinen Sessel zurück, dann zwang er sich weiterzugehen.

Etliche Minuten später tauchte ein schmaler Weg vor ihm auf, der von der Stadt aus in Richtung Mauer führte. Die Hoffnung beschleunigte seine Schritte. Dort vorn *musste* sich ein Durchgang befinden!

Beim Näherkommen sah er, dass er mit seiner Vermutung richtig gelegen hatte. Die Mauerkante stieg an und formte einen eleganten Torbogen, in dem sich eine schmiedeeiserne Gittertür befand. Yannick betete, dass sie unverschlossen war. Er langte nach der Klinke. Sie ließ sich nicht hinunterdrücken.

Wütend und enttäuscht rammte er seine Schulter gegen die Eisenstäbe. Prompt kam er ins Stolpern, als die Tür unerwartet leicht aufschwang. Erschöpft blickte er sich um. Endlich. Er war am Ziel. Jetzt brauchte er nur noch Betty zu finden. Aber das konnte nicht so schwierig sein, immerhin kannte er ihre Lieblingsplätze.

Mit neuer Energie folgte er dem breiten Weg, der in den Garten hineinführte. Auf den ersten Metern wirkte der Steig gepflegt und sah so aus, als würde er häufig begangen. Dieser Eindruck hielt jedoch nicht lange an. Schon bald wurden die Büsche und Bäume dichter und ungepflegter. Der Weg verengte sich immer weiter, bis er schließlich nur noch ein besserer Trampelpfad war.

Yannick schob sich durch die Blätter. Plötzlich prallte er zurück, denn beinahe wäre er über die Beine eines anderen Spielers gestolpert, der dort an einen Baum gelehnt saß. Sein erster Impuls war es, kehrtzumachen und davonzulaufen, sein zweiter, dem vermeintlichen Wegelagerer seinen Stock über den Schädel zu ziehen. Doch dann erkannte er, dass der Avatar schlief – mit anderen Worten: Der Spieler war offline. Keine Gefahr.

Er musterte den Sitzenden. Angenehm schlicht sah er aus, wie ein Pilger oder wie ein Gelehrter. Auch er trug einen Stab bei sich. Warum er wohl gerade hier übernachtete? Vielleicht war er neu in diesem Spiel und hatte noch keine Unterkunft. Egal. Yannick musste weiter.

Er ließ den Schlafenden zurück und strebte zur Mitte des Gartens. Wann war er zuletzt hier gewesen? Es schien eine Ewigkeit her zu sein. Die Pflanzen waren in der Zwischenzeit kräftig gewuchert. Offensichtlich gab es keine Gärtner, die sich um solche Dinge kümmerten. Außer auf den ersten hundert Metern hinter dem Eingang wirkte der Park so, als wäre er von Menschen gänzlich unberührt.

Yannick begann zu laufen. Er hielt die Spannung nicht mehr aus. Er wusste genau, wo er sich befand. Hinter der nächsten Biegung begann das Rosental. Einer der Lieblingsplätze von Betty. Der Name stammte von ihr, und er passte gut, denn in diesem Areal blühten ungefähr eine Million Rosen um die Wette. Es fanden sich alle erdenklichen Größen, Formen und Farben. Natürlich waren die Blüten allesamt perfekt, denn im Paradies gab es weder Blattläuse noch Mehltau oder ähnliche Spielverderber. Betty behauptete, dass die Rosen einen herrlichen Duft verströmten – was Yannick verunsicherte, denn riechen konnte er in dieser Welt nicht.

Ohne sich unnötige Gedanken um seine Sicherheit zu machen, fing er aus Leibeskräften an zu brüllen: „Betty, Betty, wo bist du? Ich bin's, Yannick!"

Er lauschte angestrengt, doch alles, was er hörte, war der unbeirrte Gesang der Vögel.

Die Sonne schob sich am Horizont empor und tauchte das Rosental in ein pastellfarbenes Licht. Betty wäre begeistert gewesen, aber sie war nicht hier.

Yannick überlegte. Er war sich absolut sicher, dass Betty irgendwo in diesem Garten stecken musste. Das Gelände war riesig. Dass er sie nicht auf Anhieb gefunden hatte, besagte gar nichts. Vielleicht war sie bei der Quelle. Oder in der Schlafhöhle. Sie selbst schlief zwar nicht, aber sie hatte dort hin und wieder über seinen Schlaf gewacht. Ja, dort wollte er nachsehen. Wenn sie irgendetwas verunsichert hätte, dann würde sie wahrscheinlich in der Höhle Schutz suchen.

Er schlug den Weg zur Schlafhöhle ein. Es war schön, die vertrauten Pfade wieder zu begehen; sie steckten voller Erinnerungen. Er verlor sich in ihnen, während seine Füße ihn automatisch an sein Ziel brachten. Mittlerweile lag der Garten im vollen Sonnenlicht. Tau glänzte auf den Gräsern, es war – nun ja – paradiesisch.

Yannick stieg einen kleinen Abhang hinauf und erreichte den dunklen Eingang. Wieder rief er Bettys Namen. Er lauschte. Fast war er sich sicher, neben dem Echo ein Geräusch gehört zu haben. Es kam aus der Höhle und klang wie ein Schnaufen. Weinte sie?

„Betty, ich bin's!", rief er und trat in die Dunkelheit. Er musste einen Moment warten, bis seine Augen sich an das schwache Licht gewöhnt hatten.

Im hinteren Teil der Höhle bewegte sich etwas. Er ahnte die Bewegung eher, als dass er sie sehen konnte. Warum antwortete Betty nicht? War sie verletzt?

Zentimeter um Zentimeter tastete er sich tiefer in die Finsternis hinein. Als er näher kam, knurrte es bedrohlich.

Yannick blieb bewegungslos stehen.

Schließlich konnte er die Ursache des Geräusches erkennen: Wenige Meter vor ihm lag ein stattlicher Tiger, der jetzt furchteinflößend die Zähne bleckte. Das Knurren wurde energischer und steigerte sich zu einem giftigen Fauchen.

Yannick erschrak. So hatte er dieses Tier noch nie erlebt. Er versuchte, seiner Stimme einen besänftigenden Klang zu geben. „Aber

Joey, was hast du denn, du kennst mich doch? Komm, beruhige dich, es ist alles gut."

Der Tiger legte den mächtigen Kopf schräg und sah ihn aufmerksam an. Sein Schwanz schlug nervös hin und her. Yannick ging mit winzigen Schritten auf ihn zu.

„Na also", sagte er schließlich und streckte seine Hand nach ihm aus. Da sah er es: Im Nackenfell steckte ein abgebrochener Speer. Er saß offensichtlich nicht sehr tief, aber hing an so ungünstiger Stelle fest, dass das Tier sich nicht selbst davon befreien konnte. Drum herum war alles mit geronnenem Blut verklebt.

„Oh nein, wer macht denn so etwas?", rief Yannick.

Er ließ sich auf die Knie sinken und tastete vorsichtig nach der Speerspitze. Die Raubkatze ließ ihn gewähren.

„Das wird jetzt ein bisschen wehtun", sagte er, fasste den abgebrochenen Schaft, hielt mit der anderen Hand das Fell des Tigers fest und zog den Speer dann mit einem Ruck heraus. Sofort begann die Wunde zu bluten. Joey brüllte auf, riss sich los und lief mit langen Sätzen aus der Höhle.

Yannick war erschüttert. Wie konnte man dieses freundliche Wesen verletzen? Ron hatte es so liebevoll für seinen Sohn gestaltet. Er biss sich auf die Lippen. Nie hätte er gedacht, dass sein Deal mit Lutz so weitreichende Folgen haben könnte. Kein Wunder, dass Ron sauer auf ihn war.

Er sah auf seine blutverschmierten Hände und beschloss, zur Quelle zu gehen, um sich zu waschen. Vielleicht hätte er Glück: Auch dort hatte Betty sich immer gern aufgehalten. Allmählich wurde er unruhig. Hoffentlich war ihr nichts zugestoßen! Den Menschen hier war offensichtlich alles zuzutrauen.

Mit erhöhter Wachsamkeit kletterte er den Abhang hinunter, dann marschierte er zu der Wasserstelle, an der sie so oft gesessen hatten. Doch seine Hoffnungen, Betty dort wiederzusehen, wurden abermals enttäuscht. Der Ort war schön wie eh und je – aber er war menschenleer. Yannick wusch sich in dem kalten Wasser und ließ sich anschließend ins weiche Gras fallen. Er schüttelte den Kopf. Das durfte nicht wahr sein! Nun war er endlich wieder im Paradies, das Wiedersehen mit Betty war zum Greifen nahe – und er konnte sie nicht finden.

Einen Augenblick lang stellte Yannick sich vor, dass er und Betty einfach nur zur selben Zeit die Orte wechselten und synchron wie die Zirkuspferde für alle Ewigkeiten aneinander vorbeiliefen. Es war ein schrecklicher Gedanke, den er alsbald beiseiteschob.

Er sah sich um. Durch die Bäume hindurch konnte er den einen besonderen, den Steuerungsbaum sehen, mit dem das ganze Elend begonnen hatte. Hätte er doch niemals ...

Er stutzte. Dort drüben hatte sich etwas bewegt. Er hatte es nur kurz gesehen, aber er war sich sicher, dass es eine menschliche Gestalt gewesen war. Hastig sprang er auf.

„Betty?", rief er und rannte, so schnell er konnte, dorthin. Mit den Händen bahnte er sich einen Weg durch die herunterhängenden Äste. Im Nu erreichte er die kleine Lichtung.

Vor dem Baum stand der Pilger und untersuchte die seltsam geformten Früchte. Als Yannick ihn erreichte, drehte er sich um.

„Yannick?", fragte er ungläubig. Es gab keinen Zweifel. Die Stimme gehörte Ron.

„Junge, wie hast du es geschafft herzukommen? Und dazu noch mit diesem Avatar?"

„Hör zu Ron, es tut mir echt leid, weißt du ..."

„Du bist in meiner Wohnung, stimmt's? Du bist mit meiner Ausrüstung online."

Der junge Mann nickte zerknirscht. Er wäre am liebsten vor Scham in den Boden versunken. Innerlich bereitete er sich auf das unweigerliche Donnerwetter vor – es war mehr als verdient.

Doch der Pilger strahlte über das ganze Gesicht. „Das ist super! Das ist die Lösung!"

Yannick sah ihn ungläubig an. „Du bist nicht sauer?", fragte er zaghaft.

„Nein. Doch. Egal." Ron winkte ungeduldig ab.

„Dafür ist jetzt keine Zeit. Bitte tu mir einen Gefallen. Mach genau nach, was ich dir jetzt vormache.“ Er vollführte mit beiden Händen eine Geste – es sah fast aus, als malte er ein Herz in die Luft. Gehorsam hob Yannick die Arme und tat es ihm nach. Nichts passierte.

„Ja, und?“, fragte er.

„Siehst du etwas?“

„Ja, ich sehe dich und die Bäume und das Gras ...“

„Du hast es nicht richtig nachgemacht. Sieh her, am Ende musst du die Hände parallel zum Boden bewegen.“

Ron vollführte die Geste erneut. Yannick sah ihm konzentriert zu. Als er die Handbewegung wiederholte, öffnete sich ein Menü, das frei im Raum zu schweben schien. Ein Kontrollfeld wartete auf die Eingabe eines Passwortes.

„Jetzt siehst du es, nicht wahr?“

„Was ist das?“

„Das, mein Freund, sind die Mastertools. Damit werden wir dem Spuk hier ein Ende bereiten.“

„Wie meinst du das?“

„Ich habe eine Art Selbstzerstörungsmechanismus in mein Spiel eingebaut – für den unwahrscheinlichen Fall, dass es außer Kontrolle geraten sollte. Du gibst jetzt folgende Sequenz ein ...“

„Moment mal. Was wird aus Betty? Und aus meinen Freunden?“

„Das Thema Betty hatten wir doch wohl geklärt. Und deine Freunde können sich demnächst das offizielle Spiel kaufen und dort ein neues Leben anfangen.“

„Nein. Das mache ich nicht mit. Du weißt selbst, dass es fast unmöglich ist, sich wiederzufinden, wenn hunderttausend User in die neue Welt stürmen. Außerdem wäre es die totale Verschwendung. Du solltest ihr Dorf sehen, sie haben eine super Gemeinschaft aufgebaut. Sie leben das, was du von Anfang an geplant hast – das kannst du nicht einfach vernichten.“

„Ich kann, und ich werde.“

„Aber ohne mich.“

„Yannick hör zu. Es geht nicht anders. Gerhardt Fleischmann sitzt mir im Genick. Wenn ich diese Welt nicht zerstöre, dann wird die Firma aufgelöst. Es wird kein X-World mehr geben. Schluss, aus, Ende. Und ehrlich gesagt: Nach dem, was ich hier erlebt habe, tut es mir nicht einmal leid um sie. Mich reut es, dass ich diese Welt geschaffen habe."

„Gibt es denn gar keine Möglichkeit?! Bitte, du kennst diese Leute nicht, sie sind es wirklich wert."

Ron schwieg nachdenklich. Offensichtlich machte Yannicks Eifer Eindruck auf ihn. Ermutigt setzte der junge Mann weiter nach.

„Überlege doch mal, welche Vorteile es hätte, wenn es in deiner neuen Welt schon eine gut funktionierende kleine Gemeinschaft geben würde – sie könnte regelrecht ansteckend wirken und die ganze Entwicklung von Anfang an in gesunde Bahnen lenken!"

Ron hob die Hände. „Es gäbe schon einen Weg", sagte er, „wenn du es schaffst, eine Arche zu bauen."

„Ich soll was?"

„Die Selbstzerstörungsroutine beinhaltet eine Backupfunktion. Es werden exakt 64 Kubikmeter rund um diesen Baum gesichert und können später in einer neuen Welt reaktiviert werden. Du müsstest also das Areal exakt abteilen – 16 Meter lang, zwei Meter breit und zwei Meter hoch – einen Holzkasten darum bauen und alle deine Freunde dort hineinbekommen. Dann wird es klappen. Allerdings musst du präzise arbeiten, sonst könnte das Programm beim Sichern abstürzen, und dann war alles vergeblich. Du hast drei Tage Zeit."

„*Drei* Tage?"

„Das ist das Äußerste, was ich dir anbieten kann. Selbst diese Frist wird schon schwierig genug. An deiner Stelle würde ich mich an die Arbeit machen. Mach's gut, ich muss jetzt dringend off."

Rons Avatar sackte in sich zusammen.

Yannick schleppte ihn zu einem der großen Bäume und lehnte ihn mit dem Rücken dagegen. Dann ließ er sich neben ihn fallen. Seine Gedanken überschlugen sich.

Drei Tage – wie sollte er, er war doch kein Zimmermann ... und Betty? Er hatte sie immer noch nicht gefunden. Vielleicht konnten die Waldmenschen ihm weiterhelfen, sie hatten immerhin ein ganzes Dorf gebaut – aber drei Tage? Ohne Werkzeuge. Und wie sollten sie das Baumaterial hierherbekommen, sie besaßen doch nur den kleinen Karren, mit dem Erik ihn hergebracht hatte. Egal. Sie mussten es versuchen.

Ein letztes Mal, nur um sicherzugehen, rief er den Namen seiner Freundin.

Hatte sich dort im Gebüsch etwas bewegt?

Wohl eher nicht. Wenn es Betty gewesen wäre, hätte sie ihm bestimmt geantwortet. Er musste jetzt los. Er würde wiederkommen, und dann gäbe es eine neue Chance, sie zu sehen. Aber wenn er sich jetzt nicht beeilte, wäre alles zu spät. Er raffte sich hoch und ging zügig in Richtung Tor.

Auf dem Weg dorthin wurden seine wild kreisenden Gedanken allmählich von einem einzigen Problem verdrängt, das sich mit jedem Schritt in ihm ausbreitete und vergrößerte, bis es ihm schließlich so übermächtig und bedrohlich gegenüberstand wie ein ausgewachsenes Panzernashorn. *Wie sollte er in angemessener Zeit zurück zum Wald kommen?*

Zu Fuß ging es gar nicht, außerdem würde das viel zu lange dauern. Abrupt blieb er stehen. Natürlich, sicher gab es in den Mastertools eine Funktion, mit der man sich an eine andere Stelle teleportieren konnte. Er vollführte erneut die Geste, die Ron ihm gezeigt hatte, und das Menü öffnete sich. Das Eingabefeld blinkte in der Luft.

Mist. Das Passwort hatte Ron ihm nicht genannt. Yannick versuchte zu raten. So schwer konnte es doch wohl nicht sein, immerhin hatte er eine ganze Weile für ihn gearbeitet. Nach etlichen Anläufen gab er es schließlich auf. Höhnisch blinkten ihm die Worte „Zugriff verweigert“ entgegen. Er musste einen anderen Weg finden, und zwar schnell.

Als er das Tor erreichte, sah er vor sich die Stadt im Sonnenlicht liegen. Eigentlich war „Stadt“ nicht der richtige Ausdruck. „Dorf“ traf es besser. Die Hauptstraße wirkte wie ausgestorben. Vermutlich schliefen die meisten Einwohner, das heißt, sie gingen draußen im RL zur Arbeit oder in die Schule. Wahrscheinlich aber gab es auch hier Bots. Er musste sich vorsehen.

Plötzlich kam ihm eine verwegene Idee – die Waldmenschen hatten doch erzählt, dass die Lucier Pferdewagen besaßen, mit denen sie sich über die Steppe bewegten. Wenn es ihm gelänge, solch einen Wagen zu stehlen, hätte er eine Chance ...

Es war riskant, aber immerhin eine Möglichkeit.

Zuerst musste er herausfinden, wo die Kutschen und Pferde untergebracht waren. Dann brauchte er nur die Pferde vor die Kutsche zu spannen und ...

Da gab es allerdings ein Problem. Pferde waren ihm unheimlich. Er hatte keine Ahnung, wie man sie dazu brachte, sich vor die Kutsche zu stellen und stillzuhalten, während er ihnen das Geschirr anlegte. Und selbst wenn – er bezweifelte, dass er die vielen Riemen und Schnallen richtig verwenden könnte. Aber er hatte keine Wahl. Er musste es wenigstens versuchen.

Von seiner erhöhten Position aus ließ er den Blick über das Dorf schweifen und schätzte die Gebäude ab. Entlang des staubigen Hauptweges lagen etliche kleinere Häuser, die nicht infrage kamen, ebenso wenig wie der große Bau, der entfernt an eine Kirche erinnerte. Am wahrscheinlichsten schien ihm der Schuppen am Dorfrand zu sein. Er hatte genau die richtige Größe und war von einer Koppel umgeben, auf der Pferde gut grasen konnten. Zwar waren zurzeit keine zu sehen, aber Yannick beschloss dennoch, diesen Ort genauer unter die Lupe zu nehmen.

So unauffällig, wie er konnte, lief er den Weg hinab und ging hinter der Schuppenwand in Deckung. Vorsichtig blickte er sich um. Alles war ruhig. Niemand schien ihn bemerkt zu haben. Er suchte und fand eine Ritze in der grob gezimmerten Holzwand und spähte hindurch. Nichts zu sehen. Es war zu dunkel in dem Raum.

Yannick schlich weiter um das Gebäude herum und kam an ein Tor mit zwei großen Flügeln. *Das ist schon mal ein gutes Zeichen*, dachte er, während er sich am Riegel zu schaffen machte. Er öffnete das Tor einen Spalt breit, schlüpfte in den dunklen Innenraum des Schuppens und drückte den Torflügel wieder zu. Geduldig blieb er stehen und wartete, bis seine Augen sich an das schummerige Licht gewöhnt hatten. Bingo. Da stand eine Kutsche!

Es war ein einfaches Modell, eine Art Pick-up der Postkutschenzeit. Vorne ein breiter Kutschbock, auf dem vielleicht drei Personen sitzen konnten, hinten eine hölzerne Ladefläche, auf der ein paar alte Decken und ein großes Netz lagen. Yannick kletterte hinauf und untersuchte alles gründlich. Halb unter dem Netz verborgen lag ein Sack, in dem sich ein schwerer Hammer und einige Pflöcke befanden, vermutlich, um die Pferde unterwegs anzubinden. Sonst nichts.

Super. Die Kutsche ist schon mal die halbe Miete, dachte Yannick zynisch. *Jetzt fehlen mir nur noch die passenden Pferde dazu.*

Als hätte jemand seine Gedanken gelesen, waren draußen plötzlich Stimmen und die gleichmäßigen Geräusche von Hufen zu hören, die sich schnell näherten. Dann klapperte der Riegel. Instinktiv ließ Yannick sich auf die Ladefläche sinken und kroch unter die Decken. Das Versteck war nicht wirklich sicher, aber er hatte nicht die Zeit, um wählerisch zu sein. Das Tor schwang knarrend auf und Sonnenlicht flutete in die Scheune.

* * * *

Ron stand vor der Tür zur Bahnhofsmission und zögerte. Eigentlich wollte er dort nicht hinein. Er hatte keine Ahnung, wieso Jonte plötzlich in Frankfurt war, er wusste nicht, was hier gleich passieren würde, und er hatte wahrlich genug Probleme mit seiner Firma. Zugleich freute er sich darauf, seinen Sohn zu sehen.

Er fuhr sich ein paar Mal erfolglos durch seine strubbeligen Haare, um sie ein wenig in Form zu bringen, dann öffnete er entschlossen die Tür mit der Aufschrift „24 Stunden geöffnet". Ein Polizist empfing ihn. „Herr Schäfer?"

„Ja, ganz recht."

„Sie sind der Vater von Jonte Schäfer?"

„Ja, was ist passiert, wieso ist er ..."

Eine Bürotür flog auf. Ein kleiner Junge mit leuchtend blauen Augen rannte auf Ron zu. „Papa!", brüllte er und warf sich ihm um den Hals.

„Dann wäre das hier wohl geklärt", brummte der Polizist und wandte sich zum Gehen. „Die Damen von der Bahnhofsmission haben angerufen und ein elternloses Kind gemeldet – aber wie ich sehe, ist der Fall gelöst. Herr Schäfer, passen Sie in Zukunft besser auf Ihren Junior auf. Guten Tag."

Ohne eine Antwort abzuwarten, verließ er die Bahnhofsmission. Ron schüttelte verständnislos den Kopf.

„Wundern Sie sich nicht darüber!" Eine ältere, wohlbeleibte Dame lächelte ihm zu. Sie hatte kleine fröhliche Fältchen im Gesicht, die sie auf Anhieb sympathisch erscheinen ließen. „Wir arbeiten schon viele Jahre lang zusammen. Manche Dinge will er lieber nicht so genau wissen, sonst müsste er am Ende noch einen Bericht darüber schreiben. Brigitte Krüger!"

Sie hielt ihm die Hand entgegen. Ron befreite seine Rechte aus Jontes Umklammerung und tauschte einen Händedruck mit ihr. Er fühlte sich fest und energisch an.

„Wir haben Ihren Sohn vorhin auf dem Bahnsteig aufgesammelt", sagte sie. „Einen selbstbewussten kleinen Mann haben Sie da, das muss man schon sagen. Erzählen wollte er uns nichts. Nur seinen Papa anrufen."

Ron setzte sich auf einen Stuhl und nahm seinen Sohn auf den Schoß. Er sah ihn liebevoll an.

„Jonte, wie hast du es bloß geschafft hierherzukommen?"

„Du hast doch gesagt, dass du in Frankfurt bist!"

„Ja und?"

„Mama wollte für ein paar Tage weg, und ich sollte zu Oma Ida. Ich wollte aber nicht zu Oma Ida. Ich wollte zu dir."

„Und dann bist du mit dem Zug gefahren?"

„Ja, es ist ja nicht weit zum Bahnhof. Ich bin mit meinem Roller hingefahren und in den Zug nach Frankfurt gestiegen."

„Aber du kannst doch noch gar nicht lesen!"

„Doch, ein paar Buchstaben kann ich schon! Das ‚t' von Jonte, das kommt vor dem einen Mond und dann kommt ein ‚m', wie in Jonte, nur mit einem Bein mehr, und dann kommt ein bisschen was anderes und dann ein ‚n' und dann noch ein Mond."

Ron sah ihn verständnislos an. Er verstand nur Bahnhof.

„Er meint die Klammern in ‚Frankfurt (Main)'", assistierte die freundliche Dame von der Bahnhofsmission. „Zum Glück hat er eine Verbindung erwischt, bei der er nicht umsteigen musste."

„Aber du hattest doch gar keine Fahrkarte?"

„Ich habe mich versteckt!", sagte Jonte stolz. „Kann ich jetzt mit zu dir?"

„Nein, das geht nicht, Mama macht sich bestimmt große Sorgen ..."

„Dann ruf sie doch an!", sagte Jonte mit entwaffnender Logik. „Du hast bestimmt ihre Nummer!"

Na besten Dank. Ron verspürte wenig Lust, seiner Ex-Frau diese Nachricht am Telefon mitzuteilen. Bestimmt würde sie ihn für diesen Ausflug verantwortlich machen und von ihm verlangen, dass er sich mit ihm in den Zug setzte, um ihn nach Hause zu bringen. Das aber war völlig unmöglich.

Er wählte eine Variante, die ihm deutlich ungefährlicher erschien, und schrieb ihr eine SMS: „Hi, Jonte ist hier, mach dir keine Sorgen, ich melde mich bald." Dann drückte er auf „senden" und schaltete sein Handy aus. Er brauchte etwas Zeit zum Überlegen.

„Na gut", sagte er. „Jetzt fahren wir erstmal zu mir. Wir werden sehen, was sich machen lässt. Hast du Gepäck?"

„Ja", sagte Jonte, stürmte nach nebenan und kehrte kurz darauf mit einem Rucksack auf dem Rücken und einem Stofftiger unter dem Arm zurück.

„Danke, Frau Krüger!", sagte er artig.

„Gern geschehen, Jonte", lächelte sie zurück. „Es war schön, dich kennenzulernen!"

* * * *

Die zwei Männer rechneten offensichtlich nicht mit Eindringlingen. Ganz und gar in ihr Gespräch vertieft, öffneten sie beide Türen, führten die Pferde vor die Kutsche und begannen sie anzuspannen. Anscheinend hatten sie viel Übung damit, denn sie brauchten kaum hinzusehen.

„Woher Lutz nur immer schon vorher weiß, dass Neue zu uns kommen?"

„Na, weil er eine Übersicht über die Downloads hat."

„Was hat er?"

„Er sieht, wann sich die User das Spiel aus dem Netz laden. Und wer sich ein Spiel runterlädt, wird vermutlich auch bald online gehen. Ganz einfach."

„Ich kapiere das nicht. Was für ein Netz? Was für ein Spiel?"

„Alex, halt einfach die Klappe. Du wirst das sowieso nie verstehen!"

Yannick grinste unter seiner Decke in sich hinein. Er kannte das Gefühl gut. Diese Bots waren wirklich gut gemacht, und man vergaß leicht, dass man es mit einer künstlichen Intelligenz zu tun hatte, wenn man mit ihnen redete. Aber alles, was mit der Welt außerhalb des Spiels zu tun hatte, ging über ihren Verstand. Für sie war X-World das Einzige, das existierte – was aus ihrer Sicht ja auch durchaus logisch war.

In endlosen Gesprächen hatte er Betty immer wieder den Horizont zu erweitern versucht – ohne Erfolg. Am Ende wurde sie regelrecht böse, wenn er diese Dinge auch nur andeutete, und so hatte er schließlich resigniert. Solange man das Thema „Außenwelt" vermied, waren die Bots die besten Kumpel, die man haben konnte.

Die Kutsche ruckte und setzte sich rumpelnd in Bewegung. Yannick lag nun dicht hinter dem Kutschbock quer im Wagen – so wurde er nicht gleich gesehen, selbst wenn die Fahrer nach hinten blickten, und fand Halt, indem er sich mit Armen und Füßen gegen die Wand der Kutsche presste.

Seine Blase erinnerte ihn schmerzhaft daran, dass es noch eine Welt jenseits des Spiels gab. Als sie nach kurzer Fahrt die Steppe erreichten und sich sanft schaukelnd auf die Reise durch die große Weite machten, wagte er es, für einen Moment offline zu gehen.

Umgehend fand er sich in Rons Wohnung wieder.

Er stöpselte sich ab, legte Helm und Handschuhe beiseite und stakste mit steifen Schritten ins Badezimmer. Erleichtert stillte er sein dringendes Bedürfnis, dann spürte er, wie sich prompt das nächste zu Wort meldete: Hunger. Yannick wusste nicht, wann er zuletzt etwas gegessen hatte, aber ihm schien es Tage her zu sein. Ohne Scheu ging er an den Kühlschrank. Jetzt war seine Anwesenheit hier ja kein Geheimnis mehr, im Gegenteil, sie war nun ausdrücklich erwünscht. Ron brauchte ihn, um das Spiel zu beenden. Da würde er bestimmt auch nicht kleinlich sein, was seine Vorräte anging.

Leider gab es hier nicht viel zu plündern. Er fand lediglich ein angebrochenes Glas Gewürzgurken unbestimmbaren Alters und eine halbvolle Flasche Ketchup. Ohne große Hoffnungen schaute er in den Tiefkühlschrank. Immerhin! Backofenpommes und Fischstäbchen. Davon konnte man leben.

Während der Backofen seinen Dienst tat, zog Yannick sein Handy heraus und rief bei dem Pächter der Tankstelle an. Der schien wenig überrascht zu sein, als Yannick sich krankmeldete, offensichtlich hatten die Kollegen ihm bereits erzählt, welch erbärmliche Figur er in den letzten Tagen gemacht hatte.

„Yannick, dit wird schon wieder“, schulterklopfte es durchs Telefon, „auch andere Mütter haben schöne Töchter, wirste schon sehen. Ick nehme dich erstmal ausse Planung raus. Hast ja eh genug Stunden für diesen Monat. Meldest dich dann wieder zurück, okay?“

„Ja, ist gut. Danke“.

Yannick hatte keine Lust auf ein längeres Gespräch mit diesem Typen. Sie kannten sich kaum, hatten sich nur beim Vorstellungsgespräch einmal gesehen und seitdem gelegentlich telefoniert.

„Betty hat keine Mutter", sagte er trotzig, nachdem er aufgelegt hatte. „Außerdem werde ich sie schon bald wiedersehen", fügte er nach einer Pause hinzu. Und er richtete diese Botschaft nicht nur an seinen fernen Chef.

Frisch gestärkt loggte er sich wieder ins Spiel ein. Die Pferde jagten inzwischen mit atemberaubender Geschwindigkeit über die Steppe und zogen die Kutsche hinter sich her, als spürten sie ihr Gewicht überhaupt nicht. Yannick überlegte, wie lange sie wohl diesen schnellen Galopp aushalten würden, bis ihm einfiel, dass für sie wahrscheinlich das Gleiche wie für die menschlichen Bots galt: Sie ermüdeten nicht. Er hob vorsichtig seinen Kopf und versuchte, etwas in Fahrtrichtung zu erkennen. Vergeblich. Er sah nur die Füße des Fahrers und die Holzbeplankung davor. Die Männer schwiegen. Ihre Oberkörper schwangen im Rhythmus der Erschütterungen mit. Die Pferdehufe donnerten über den Boden, die Kutsche ächzte und quietschte.

Nach einer kleinen Ewigkeit erhob der Fahrer seine Stimme.

„Ey, Alex, wir sind bald da!", brüllte er. „Mach schon mal alles fertig!"

Der Angesprochene nickte und bückte sich nach einer langen Tasche, die er vor seine Füße gelegt hatte. Yannick konnte nur einen kleinen Teil davon erkennen, aber ihm schien, als würde der Bot ein Gewehr herausziehen. Ihm wurde mulmig. Er hatte ganz vergessen, dass Henoch ihm von den Feuerwaffen der Lucier erzählt hatte. Was jetzt? Er brauchte unbedingt eine Waffe. Er musste diese Männer ausschalten, bevor sie ihm oder seinen Freunden etwas antun konnten!

Er tastete nach dem Netz. Damit könnte er sie vielleicht fesseln. Oder auch nicht. Nicht zwei Leute auf einmal. Noch dazu bewaffnete. Er tastete weiter, bis er den Sack mit den Pflöcken fand. *Schon besser,* dachte er und zog den Hammer heraus. Es war ein Fäustel mit einem schweren Eisenkopf an einem kurzen Stiel. Yannick wog ihn prüfend in der Hand.

Hiermit ließ sich etwas ausrichten. Angespannt drehte er sich auf dem schaukelnden Wagen, bis er auf der Seite lag, hielt den Hammerstiel fest umklammert und wartete auf seinen Einsatz. Er hatte nur eine Chance. Dabei war er sich nicht sicher, ob er schnell genug sein würde, um beide Krieger auszuschalten, bevor sie zum Gegenangriff ausholten.

Yannick brauchte nicht lange zu warten.

„Siehst du ihn, Alex?" Die kräftige Stimme des Fahrers setzte sich mühelos gegen den Fahrtlärm durch. Sie passte zu ihm – er war ein breitschultriger Muskelprotz.

„Dahinten ist dieser komische Eingeborene mit dem Speer. Warte, ich bringe dich auf Schussweite. Diesmal erwischt du ihn!"

Sie wollten Erik töten!

Der Wagen fuhr noch einige Minuten weiter.

„Sieh nur, jetzt hat er uns bemerkt. Er läuft wie ein Hase!"

„Nicht mehr lange", knurrte Alex und legte das Gewehr an.

Ein Hammerschlag traf seinen Hinterkopf. Der Bot brach zusammen.

Yannick holte ein zweites Mal aus. Es war schwer, auf diesem schaukelnden Wagen einen vernünftigen Stand zu bekommen, ja, überhaupt auf den Füßen zu bleiben. Der Fahrer sah ihn erschrocken an. Yannick erwischte ihn an der Schläfe. Ende. So wie es aussah, hatte Singer-City jetzt zwei Einwohner weniger. Egal. Hier würde sowieso bald alles vorbei sein.

Noch immer rannten die Pferde mit allem, was sie hatten. Wenn er die Fahrt mit heilen Knochen überstehen wollte, musste er sich etwas einfallen lassen, um sie zu stoppen. Er kletterte auf den Kutschbock und zwängte sich zwischen die beiden toten Männer. Alex hing schon so weit über die Seitenkante, dass ein kleiner Stoß ausreichte, um ihn vollends hinauszubefördern. Leider nahm er das Gewehr mit.

Der Fahrer saß aufrecht, den Kopf in einem unmöglichen Winkel nach hinten gebogen. Der Fahrtwind verteilte sein Blut über die Kutsche. Yannick wand ihm die Zügel aus den Händen und zog mit aller Kraft an ihnen. Nichts passierte. Er rief „Halt" und „Brrr" und „Stehenbleiben" und „Stopp" – aber die Pferde wandten nicht einmal den Kopf zu ihm um. Wahrscheinlich hörten sie nur auf die Stimme ihres Herrn.

Der Waldrand kam immer näher. An Abspringen war bei dieser halsbrecherischen Geschwindigkeit nicht zu denken. Außerdem brauchten die Waldmenschen diesen Wagen, wenn ihr Plan gelingen sollte. Irgendwo musste dieses Ding doch eine Bremse haben? Er entdeckte ein Pedal zu Füßen des Fahrers und versuchte heranzukommen. Keine Chance. Der massige Leichnam versperrte ihm den Zugriff. Er musste ihn auf die gleiche Weise entsorgen wie Alex – nur wog der hier bedeutend mehr.

Yannick presste seine Schulter gegen ihn und drückte mit aller Kraft. Zentimeterweise rutschte der schwere Mann zur Seite.

Wieso musste Ron auch so realistisch programmieren? Ich werde dafür sorgen, dass die Toten in der neuen Welt einfach verschwinden, anstatt in der Gegend herumzuliegen. Vermutlich hatte Ron gar nicht so weit gedacht mit seinen Ideen eines paradiesischen Flower-Power-Social-Network. Da waren einfach keine Toten vorgesehen. Ein Versäumnis, das sich nun rächte.

Yannick veränderte seine Position und fasste mit beiden Händen unter den Oberschenkel des toten Fahrers. Endlich kam Bewegung in die Sache. Erst langsam, dann immer schneller begann der schwere Körper zur Seite zu kippen, bekam endlich Übergewicht und purzelte aus dem Wagen. Geschafft.

Yannick rutschte auf den frei gewordenen Platz und trat mit aller Kraft auf die Bremse. Um ein Haar hätte sich die Kutsche überschlagen, er konnte gerade noch rechtzeitig loslassen. Die Pferde ließ das alles unbeeindruckt. Sie jagten mit unverminderter Geschwindigkeit auf den Waldrand zu, der nun schon bedrohlich nahe war.

Yannick versuchte es abermals mit den Zügeln. Diesmal geschah etwas Merkwürdiges. In seiner Aufregung hatte er nur an einer Seite gezogen. Gehorsam liefen die Pferde nach links. Er konnte zwar nicht anhalten, aber immerhin steuern. Er verstärkte den Zug, der

Bogen wurde enger. So konnte er zumindest der drohenden Kollision mit den Bäumen am Waldrand ausweichen, die die Kutsche in tausend Stücke gerissen hätte.

Ihm schien sogar, als hätten die Pferde für die Kurve ein wenig die Geschwindigkeit zurückgenommen. Das brachte ihn auf eine Idee. Er zog noch ein wenig mehr und brachte die Kutsche auf eine enge Kreisbahn. Die Pferde schlugen nervös mit ihren Köpfen, aber folgten seinem Leiten. Sie wurden spürbar langsamer. Allmählich schien die Gefahr überwunden. Yannick vollendete den Kreis und zog wiederum an beiden Leinen. Die Tiere fielen in den Trab. Yannick atmete auf. Deutlich langsamer als zuvor bewegten sie sich zum Waldrand. In sicherer Entfernung ließ er die Tiere anhalten.

„Erik", brüllte er, „ich weiß, dass du mich hören kannst. Komm heraus. Es besteht keine Gefahr mehr. Ich habe die Kutsche übernommen!"

9. DIE ENTSCHEIDUNG

Dieses Mal kam ihm Eriks Lauf durch den dichten Wald nicht mehr so aberwitzig schnell vor wie bei ihrer ersten Begegnung. Damals war er unbeholfen hinter dem Bot hergetrampelt, inzwischen aber hatte er gelernt, wie man sich im unwegsamen Gelände bewegt. Er war ziemlich stolz darauf.

Sie erreichten die Waldlichtung und wurden jubelnd begrüßt. Yannick hatte keine Ahnung, wie sich die Dinge hier so schnell herumsprechen konnten, doch die Dorfbewohner feierten ihn als Helden. Bereits die Tatsache, dass er lebend aus dem Feindesland zurückgekehrt war, werteten sie als eine bedeutende Leistung. Dass er jedoch eine Kutsche mit zwei Pferden erbeutet und überdies zwei Feinde mit dem Hammer erschlagen hatte, sicherte ihm einen Platz in den Geschichtsbüchern.

Die Menschen drängten sich um ihn her, reichten ihm die Hände und schlugen ihm auf die Schulter; Yannick wusste gar nicht, wohin er sich zuerst wenden sollte. Auf dem Dorfplatz empfing ihn Henoch.

Er zeigte sein warmherziges Lächeln und zog ihn in seine Arme. „Schön, dass du es geschafft hast!“, sagte er. Yannick nickte. Er wollte etwas antworten, aber die Rührung verschloss ihm die Kehle.

„Heute Abend feiern wir!“, rief Henoch in die Menge. „Bereitet alles vor – inzwischen wird unser Held dem Rat und mir ausführlich Bericht erstatten.“

Er ging voran in seine Hütte, gefolgt von vier ausgewählten Kriegern. Erik stellte sich vor die Tür und hielt Wache.

Die Männer hörten aufmerksam zu, als Yannick erzählte. Stolz berichtete dieser von seiner Begegnung mit Ron und dem Auftrag, den er ihm gegeben hatte.

„Du sagst also, dass die Lucier diese Welt praktisch gestohlen haben?“, sagte Henoch. „Ich hatte so etwas in der Art schon immer vermutet. Aber wie konnte das geschehen?“

„Das ist eine lange Geschichte ...“, sagte Yannick ausweichend und wurde ein wenig rot. „Wichtig für uns ist, dass es eine neue Welt geben wird. Wir haben die Chance, von Anfang an dabeizusein und ihr ein friedliches Angesicht zu verleihen. Wie klingt das für euch?“

Henoch und drei seiner Ratsmitglieder stimmten begeistert zu. Nur Kenan, ein drahtiger, dunkelhaariger Krieger, meldete Bedenken an.

„Es tut mir leid, Brüder, wenn ich eure Begeisterung nicht teilen kann. Aber seid ihr schon einmal auf den Gedanken gekommen, dass das Ganze auch eine Falle sein könnte? Ich meine, wir sollen mitten im Feindesland etwas bauen? Und dann mit all unseren Leuten dorthin kommen? Hallo? Wir würden ihnen unsere Gruppe auf dem Präsentierteller servieren!“

„Kenan, Yannick ist einer von uns!“, entgegnete Henoch sanft.

„Sorry, nein, das ist er nicht. Wir kennen ihn kaum. Wir können die Möglichkeit nicht ausschließen, dass die Lucier einen Spion bei uns einschleusen wollen, um uns endgültig zu vernichten. Ich werde auf keinen Fall mitkommen. Und meine Familie auch nicht.“

„Aber dann werdet ihr untergehen!“

„Nein, das werden wir nicht. Weil es kein Weltende geben wird.“

Die Männer schwiegen betroffen. Schließlich ergriff Henoch das Wort. „So, wie es aussieht, werden sich nicht alle Leute an dem Projekt beteiligen. Wir müssen damit rechnen, dass auch andere sich Kenan anschließen werden. Das ist ihr gutes Recht. Wir können niemanden dazu zwingen, sein Leben aufs Spiel zu setzen. Daher sollten wir so bald wie möglich herausfinden, wer mitmachen wird und wer nicht. Die Zeit drängt.“

„Es gibt noch ein anderes Problem“, meldete sich ein weiteres Ratsmitglied zu Wort. Sein Name war Olaf. Er hatte grau-blaue Augen, einen roten Bart, wallende rote Haare und hätte eher auf ein

Wikingerschiff gepasst als in diese Waldsiedlung. „Mir ist noch nicht klar, wie wir diese Arche bauen sollen."

„Das sagst ausgerechnet du?" Henoch sah ihn erstaunt an. „Du bist unser bester Zimmermann, und dieses Ding unterscheidet sich nicht großartig von unseren Hütten, wenn ich Yannick richtig verstanden habe."

Der junge Mann nickte.

„Doch, es gibt einen wichtigen Unterschied. Ron hat Maßvorgaben gemacht und betont, dass sie auch präzise eingehalten werden müssen, weil sonst die Möglichkeit besteht, dass alles verloren ist."

Wieder nickte Yannick.

Olaf blickte in die Runde. „Hat vielleicht jemand ein Zentimetermaß dabei?"

Betretendes Schweigen.

„Ich wüsste sonst nicht, wie wir die Abmessungen des Baus bestimmen sollten."

„Noah hatte es einfacher", sagte Henoch nachdenklich. „Gott hat ihm den Bauplan für die Arche in Ellen gegeben." Alle sahen ihn erstaunt an.

„Woher weißt du das?", fragte einer.

„Naja, ich habe mich in der letzten Zeit mal mit der Bibel beschäftigt. Habt ihr ein Problem damit?"

„Nein, es ist nur – ich hätte halt nie gedacht, dass so einer wie du die Bibel liest."

„Warum nicht? Ich finde, das ist ein Buch, das man kennen sollte. Kommen wir nun zum Thema zurück?"

„Können wir denn nicht den Bauplan in Ellen umrechnen?", fragte ein anderer.

„Natürlich", antwortete Olaf. „Wenn du mir sagen kannst, wie lang deine Elle ist, können wir das umrechnen."

„Zuhause könnte ich das, aber hier ..."

„Zuhause hätte ich auch ein Metermaß", brummte Olaf.

Die Männer sahen sich betreten an. Plötzlich leuchteten Yannicks Augen auf.

„Ich muss mal kurz weg", sagte er hastig. „Ich glaube, ich habe eine Idee."

Sein Avatar sackte in sich zusammen.

Yannick riss den Cyberhelm vom Kopf, warf die Handschuhe zur Seite und stürmte an Rons Computer. Mit fliegenden Fingern bearbeitete er die Tastatur.

Kurz darauf erschien sein Avatar auf dem Monitor. Es war der gleiche nackte Mann, den er bei seinem ersten Besuch gesehen hatte. Yannick schaltete in den Bearbeitungsmodus, markierte die Spitze des Mittelfingers und zog von dort aus eine Linie bis in die Armbeuge. Das kleine Fenster am unteren Rand des Bildschirms zeigte 44 Zentimeter an.

Bingo!

So schnell er konnte, legte er Helm und Handschuhe wieder an und kehrte in das Spiel zurück. Die Runde sah ihn erwartungsvoll an, als er wieder zum Leben erwachte.

„Meine Elle ist exakt 44 Zentimeter lang", verkündete er stolz.

„Das bringt uns einen großen Schritt weiter", bestätigte Olaf.

Kenan sah grimmig aus. „Also mir sind das viel zu viele Zufälle", sagte er. „Ich finde es verdächtig, dass er so plötzlich eine Lösung hat. Ich sage euch, das ist eine Falle!"

Henoch stand auf. „Bei aller Freundschaft, Kenan, ich muss dich jetzt bitten, diesen Rat zu verlassen."

„Du willst mich verstoßen?"

„Nein, du selbst hast dich von dieser Gruppe getrennt. Wir werden in kurzer Zeit von hier aufbrechen. Dann hast du das Sagen im Lager. Aber wir können es uns nicht leisten, unsere Energien in sinnlosen Diskussionen zu vergeuden."

„Ich sage euch, ihr macht einen großen Fehler ..."

„Ja, wir wissen, dass du so denkst. Aber du weißt auch, dass wir uns anders entschieden haben. Jeder von uns muss nun seinen Weg gehen, ohne den anderen zu behindern oder zu versuchen, ihn von seiner Entscheidung abzubringen."

Kenan nickte bedächtig und stand auf. Er öffnete seinen Mund, dann schloss er ihn wieder, ohne etwas zu sagen. Schließlich drehte er sich um und ging hinaus.

„Olaf, du bist der Baumeister. Sag uns, wie es weitergeht", bat Henoch.

„Die Zeit wird sehr knapp. Wir müssen alles Material, das wir haben, auf den Wagen laden und nach Einbruch der Dunkelheit zum Paradies aufbrechen. Das restliche Holz schlagen wir dort. Unsere Werkzeuge nehmen wir natürlich mit."

Henoch nickte.

„Gut", sagte er. „Wir sollten so schnell wie möglich herausfinden, wer von unseren Leuten mitkommen wird. Dann können wir überlegen, wie wir den Transport organisieren. Wir treffen uns in einer Stunde auf dem Thingplatz."

Die Waldmenschen strömten aus allen Richtungen herbei. Selbst die Einsiedler, die sonst nur selten ihre Behausungen verließen, waren gekommen. Die Teilnahme an den Versammlungen war Ehrensache. Yannick allerdings blieb auf Kenans Drängen hin ausgeschlossen. Obwohl der junge Mann im Dorf herzlich aufgenommen und sogar als Held gefeiert worden war, gehörte er ohne das Aufnahmeritual noch nicht offiziell zur Gemeinschaft. Missmutig saß er in Henochs Hütte und wartete auf das Ergebnis.

Der Häuptling eröffnete das Treffen und kam dann zügig auf den Punkt. Sachlich und knapp legte er dar, was Yannick berichtet hatte und was seiner Meinung nach nun unverzüglich getan werden musste. Die Menschen sahen ihn nachdenklich an. Sie vertrauten ihrem Führer, aber brauchten offensichtlich eine Weile, um das Gehörte zu verdauen.

Dann ergriff Kenan das Wort.

„Liebe Freunde!", begann er und sah sich in der Runde um. „Seitdem unsere Siedlung besteht, gehöre ich dem Rat an. Und ihr wisst, dass ich immer große Stücke auf Henoch, unseren verehrten Häuptling, gehalten habe. Unser Dorf hat ihm zweifellos viel zu verdanken.

Allerdings fürchte ich, dass er nun dabei ist, einen schweren Fehler zu begehen, und halte es darum für meine Pflicht, euch, meine Brüder und Schwestern, zu warnen, damit ihr nicht in den sicheren Tod lauft.

Habt ihr schon einmal die Möglichkeit in Betracht gezogen, dass Yannick ein falsches Spiel spielt? Gewiss, er hat ein paar Tage unter uns gelebt, aber was wissen wir denn wirklich über ihn? Woher kommt er, und wieso war er so begierig darauf, erst unsere Bewaffnung zu erkunden und dann zum Paradies zu reisen? Welche Beweise haben wir dafür, dass seine Geschichte stimmt und dass sie keine Falle ist? Bedenkt, er verlangt von uns nichts weniger, als dass wir die Deckung unseres Waldes verlassen und direkt zum Hauptquartier des Feindes marschieren. Wenn wir angegriffen werden, sind wir verloren. Niemand weiß das besser als Yannick selbst.

Ich frage euch: Warum sollten wir unser Leben aufs Spiel setzen? Nur weil jemand, den wir kaum kennen, behauptet, mit dem Schöpfer dieser Welt geredet zu haben und von ihm erfahren haben will, dass dieser vorhat, sein Werk wieder einzustampfen, um anschließend die gleiche Welt nochmal zu bauen?“

Er lachte spöttisch, dann ließ er seinen Blick über die Zuhörer schweifen. Manche von ihnen nickten zustimmend, andere sahen noch nachdenklicher aus als vorher. Mit eindringlicher Stimme fuhr Kenan fort: „Liebe Freunde, tut ihr, was ihr für richtig haltet, aber meine Familie und ich werden hierbleiben. Wir lassen uns nicht hinters Licht führen. Und wenn ihr klug seid, bleibt ihr ebenfalls.“

Zustimmendes Gemurmel erhob sich. Dann stand eine junge Frau auf.

„Aber was ist mit der Kutsche, die er erobert hat?“, rief sie. „Yannick hat immerhin zwei Feinde getötet!“

„Pah“, machte Kenan verächtlich, „das war doch bloß ein Bauernopfer. Singer hat die eigenen Leute über die Klinge springen lassen, damit wir seinen Spion mit offenen Armen aufnehmen. Solche Tricks passen zu ihm.“

„Und wenn die Geschichte nun stimmt und diese Welt untergeht?“, schaltete sich Henoch in die Diskussion ein, „Dann seid ihr alle verloren. Ich vertraue Yannick. Er bietet unserem Volk eine einmalige Chance zum Überleben an. Wir müssen sie nur ergreifen."

„Ach was. Es wird kein Weltende geben. Das sind Kindermärchen."

„Ich kann nur wiederholen, was ich schon im Rat gesagt habe", sagte Henoch, ohne eine Miene zu verziehen. „Wir dürfen unsere knappe Zeit nicht mit sinnlosen Diskussionen verschwenden. Jeder treffe nun seine Entscheidung und lasse die anderen in Frieden gewähren. Wer mit auf die Reise zur Arche kommen will, der hebe jetzt seine Hand."

Die Waldmenschen sahen einander betreten an. Niemand rührte sich. Dann sprang Olaf auf, riss seine Hand hoch und brüllte: „Natürlich bin ich dabei." Den Arm noch in der Luft drehte er sich um und blickte auffordernd zu seinen Zimmermannskollegen hinüber, die daraufhin ebenfalls zögerlich die Hände hoben. Ihre Frauen schlossen sich an. Vereinzelte taten es ihnen gleich. Doch es blieb eine kleine Schar. Am Ende waren es gerade mal zwanzig, die sich dem Arche-Projekt anschlossen – einschließlich Henoch.

Die meisten Bots – es gab sieben – wollten im Wald bleiben. Sie konnten beim besten Willen nichts von dem verstehen, was die anderen da über den angeblichen Schöpfer und einen Neustart diskutierten. Als Einziger von ihnen erklärte sich Erik bereit mitzukommen. Zwar begriff auch er nicht wirklich, worum es ging, aber er vertraute sowohl Olaf als auch Henoch und wollte ihre Pläne unterstützen. Immerhin konnte er Sven dazu überreden, bei den Bauarbeiten zu helfen, obwohl er bleiben wollte – einer musste ja schließlich die Kutsche zurück ins Dorf bringen.

Tiefe Betroffenheit lag auf der Gemeinschaft der Waldmenschen, als sich die Versammlung schließlich auflöste. Schweigend trotteten sie zu ihren Hütten zurück. Unabhängig davon, ob der Weltuntergang nun kam oder nicht, ihr Zusammenleben würde ab jetzt nicht mehr dasselbe sein wie zuvor. Das wussten sie alle.

Yannick, der es in Henochs Hütte nicht mehr ausgehalten hatte, kam ihnen entgegen. Manche der Vorübergehenden warfen ihm so giftige Blicke zu, dass er erschrak. Verwirrt sah er ihnen hinterher.

Durfte er denn nicht hier sein? Die Versammlung war doch jetzt zu Ende, und er war noch weit genug vom Thingplatz entfernt! Es sah fast so aus, als machten sie ihn für das bevorstehende Unglück verantwortlich. Dabei hatte er nur die Warnung überbracht und ihnen zugleich den Ausweg gezeigt. Sie sollten ihm eigentlich dankbar sein!

Endlich sah er Olaf und Henoch. Ihre Gesichter waren ernst, und die Schultern hingen enttäuscht herunter. Yannick ging auf sie zu. „Hallo", sagte er zaghaft. „Es ist wohl nicht so gut gelaufen?"

Beide schüttelten synchron die Köpfe. „Wir sind zwanzig", knurrte Olaf. „Einundzwanzig mit dir."

Yannick war sprachlos. Nach dem Auftritt von Kenan im Rat hatte er damit gerechnet, dass einige abspringen würden, aber gleich so viele? Nach allem, was er für diese Menschen getan hatte, wollte ihm die überwältigende Mehrheit nicht glauben und lieber in ihren sicheren Untergang laufen, als die Chance zu nutzen, die er ihnen bot? Warum nur?

Die drei Männer gingen eine Weile schweigend nebeneinanderher. Dann berührte Henoch ihn leicht an der Schulter.

„Yannick, kommst du bitte gleich mal mit in meine Hütte? Ich muss etwas Wichtiges mit dir besprechen."

Der junge Mann sah ihn überrascht an, auch Olaf wirkte erstaunt. Doch der Häuptling schien nichts mehr hinzufügen zu wollen. Stumm setzten sie ihren Weg fort. Unterdessen überschlugen sich Yannicks Gedanken. Was könnte Henoch von ihm wollen? Hielt er ihn nun auch für einen Verräter? Machte er ihn für das schlechte Ergebnis verantwortlich? Das war es wahrscheinlich. Henoch liebte diese Gemeinschaft, und Yannick hatte sie gespalten.

Nachdem sie die Tür hinter sich geschlossen hatten, ergriff Yannick das Wort.

„Henoch, es tut mir leid, dass es nicht mehr geworden sind. Ich hätte überzeugender sein müssen, aber ..."

„Es ist gut, Yannick. Du hast getan, was du konntest. Ich wollte etwas anderes mit dir besprechen und sage es am besten frei heraus: Ich werde nicht mitkommen."

„Was? Du bleibst hier?"

„Nein, ich bleibe nicht hier."

„Aber eben hast du doch gesagt ..."

„... dass ich nicht mitkommen werde. Ja. Ich werde dieses Spiel verlassen."

„Das kannst du nicht tun!"

„Ich kann, und ich werde."

„Aber warum?"

Henoch zögerte.

„Die Waldmenschen haben heute unmissverständlich gezeigt, dass sie meiner Führung nicht mehr folgen wollen, und außerdem habe ich ohnehin schon länger daran gedacht aufzuhören. Es ist nämlich so: Ich bin Christ geworden", sagte er schließlich.

Yannick schüttelte unwillig den Kopf.

„Was hat das denn damit zu tun? Ich bin auch konfirmiert und trotzdem hier."

Vor seinem innerem Auge erschienen unvermittelt Bilder. Endlos öde Stunden im Pastorat. Langweilige Gottesdienste. Der erste Anzug. Viele Grußkarten. Geldscheine. Ein hübsches Sümmchen, von dem er sich einen Laptop gekauft hatte. Unwillig schüttelte er den Kopf und schickte die Erinnerungen zurück ins Archiv.

„Denk doch an deinen Traum!", bedrängte er den Häuptling. „Eine Gruppe von Freunden, die einander vertrauen, miteinander arbeiten und ein einfaches Leben führen. Du hast hier so viel erreicht!"

„Und nichts davon ist real", gab Henoch unwirsch zurück.

Yannick zuckte zusammen. Der Tonfall irritierte ihn.

„Wie meinst du das?"

„Diese Hütten, diese Bäume, diese Menschen – nichts davon existiert wirklich! Das sind alles nur irgendwelche Daten auf irgendeinem Server. Und mein Leben ist mir zu schade, als es mit einem Computerspiel zu verplempern."

Er machte eine nachdenkliche Pause, dann fuhr er fort:

„Vor einiger Zeit habe ich eine Gruppe von Leuten kennengelernt, die in der realen Welt solch eine Gemeinschaft leben. Verstehst du, Menschen aus Fleisch und Blut, die Interesse aneinander haben, die ihr Leben miteinander teilen. Und was sie verbindet, ist der Glaube an Jesus. Erst hielt ich das für völlig überzogen, aber je länger ich mich damit beschäftigt habe, desto klarer wurde mir, dass das auch mein Weg sein könnte. Und so bin ich Christ geworden."

Henoch wirkte plötzlich unsicher und zerbrechlich - zugleich strahlte er eine innere Freude aus, die Yannick auf die Palme brachte.

„In was für eine Sekte bist du denn geraten?", blaffte er ihn an. „Ist das dieser Club von Kinderschändern, von dem man andauernd in der Zeitung liest?"

Henoch blickte zu Boden „Du musst es ja gar nicht verstehen", sagte er leise. „Obwohl ich dir wünschen würde, dass du Jesus auch so kennenlernst, wie ich ihn kennengelernt habe."

„Jesus ist tot!" Yannick schrie fast. „Den hat es nie gegeben, das ist doch alles nur Fantasy! Wie kann man denn so etwas ernstnehmen, wie kann man sein Leben an so eine Geschichte hängen?"

„Jesus ist realer als diese ganze Welt hier", sagte Henoch sanft. „Und deswegen werde ich in Kürze verschwinden. Ich habe meinen Leuten noch nichts davon gesagt, es gab auch so schon genügend Diskussionen. Aber ich verlasse mich darauf, dass du die Sache zu einem guten Ende bringst. Olaf wird dir beistehen."

Yannick spürte einen Kloß im Hals. Sein Zorn wich einer tiefen Traurigkeit.

„Werden wir uns wiedersehen?", fragte er leise.

Henoch lächelte und nahm ihn in den Arm.

„In dieser Welt nicht", sagte er. „Aber vielleicht in einer anderen. Du solltest jetzt gehen."

Yannick nickte. „Ja, es gibt viel zu tun. Mach es gut."

„Du auch."

Yannick verließ die Hütte, ohne sich noch einmal umzusehen. Wenig später ging Erik hinein und kam gleich darauf wieder heraus.

„Hey", sagte er zu Yannick, „weißt du, wo Henoch ist? Ich kann ihn nirgends finden."

„Er ist weg“, sagte Yannick knapp.
„Weg?“, echote Erik. „Das verstehe ich nicht!“
„Nein“, sagte Yannick, „das verstehst du nicht.“

10. SCHLUSSSEQUENZ

Yannick war froh, dass es in den nächsten Tagen so viel zu tun gab, denn das half ihm, mit dem Abschied von Henoch fertig zu werden. Erst nach dessen Weggang wurde ihm so richtig bewusst, wie wichtig der Häuptling für ihn gewesen war. *Fast wie ein Vater*, dachte er und verbot sich energisch jedes Selbstmitleid dafür, dass er seinen eigenen Vater nie kennengelernt hatte. Er versuchte sich auf das bevorstehende Projekt zu konzentrieren. Glücklicherweise war Olaf ihm mit seiner patenten Art dabei eine echte Hilfe. Dennoch kostete es Yannick erhebliche Mühe, sich zusammenzunehmen und Olafs Ausführungen zu folgen, die sich um das vorhandene Material und Werkzeug drehten.

„Wir müssen es einfach versuchen", sagte der Zimmermann. „Natürlich gehen wir ein Risiko ein, aber was soll's. Wenn Ron auf den Knopf drückt, ist sowieso alles vorbei. Außerdem wissen wir nicht, was in den Luciern vorgeht. Vielleicht sind sie auf Rache aus, weil du ihre Leute umgebracht und ihre Kutsche geklaut hast, aber vielleicht sind sie auch dankbar dafür, weil die toten Typen sie ständig genervt hatten. Wer kann das schon mit Sicherheit sagen?

Also, ich schlage Folgendes vor: Meine Leute und ich fahren voraus und nehmen so viel Holz mit, wie wir transportieren können. Dann fangen wir schon mal an zu bauen, während die Kutsche zurückfährt und das restliche Material holt. Erik schafft in der Zwischenzeit die übrige Besatzung mit seinem Karren rüber, und am Ende sitzen wir alle wohlbehalten in der Arche."

„Immer vorausgesetzt, die Lucier lassen uns machen", sagte Yannick. „Offen gestanden wundert es mich, dass sie uns nicht schon längst angegriffen haben."

„Könnte es vielleicht sein, dass sie dazu gar nicht in der Lage sind? Dass sie nur diese eine Kutsche hatten? Ich weiß, wir haben immer von vielen Wagen geredet, aber haben wir sie auch mal gesehen? Nein! Immer nur diesen einen! Ich glaube, es gibt gar keine weiteren Kutschen."

Yannick überlegte. Der Gedanke war gar nicht so abwegig. Bei seiner Erkundungstour hatte er keine Hinweise auf weitere Fahrzeuge gefunden. Aber wie dem auch sei: Olaf hatte recht. Ihnen blieb ohnehin nicht viel anderes übrig, als alles auf eine Karte zu setzen.

„Wir machen es, wie du es gesagt hast", sagte er. „Aber wir müssen uns beeilen."

„Zuerst müssen wir Maß nehmen", sagte Olaf. „Streck mal deinen Arm aus!"

Yannick sah ihn verwirrt an.

„Wir brauchen dein Ellenmaß", erklärte der Zimmermann und nahm ein langes Holzstück zur Hand. Gehorsam streckte Yannick den Arm aus. Olaf maß sorgfältig die Entfernung von der Spitze des Mittelfingers bis zur Armbeuge ab und markierte sie auf dem Holz.

„Wie wollt ihr es eigentlich anstellen, damit genau zwei Meter auszumessen?", fragte Yannick, dem diese Frage schon seit geraumer Zeit im Kopf umherging. „Wenn ich fünf Ellen nehme, komme ich auf zwei Meter zwanzig. Eine halbe Elle sind zweiundzwanzig Zentimeter und nicht zwanzig, das wird doch alles viel zu ungenau!"

Der Zimmermann grinste.

„Deswegen werde ich auch mit einer Elle arbeiten, die vierzig Zentimeter lang ist", sagte er. „Dann wird unsere Arche vierzig Ellen lang und fünf Ellen breit. Das dürfte wohl zu machen sein."

„Ja, aber wie bekommst du das hin?"

„Indem ich deine Elle in elf Abschnitte unterteile und einen davon wegnehme. Ganz einfach!"

Yannick kratzte sich am Kopf. „Ich könnte sie leicht in zwei, vier, acht oder sechzehn Teile teilen, aber nicht in elf."

Olaf lachte. „Soweit ich weiß, lernt man das in der achten Klasse!"

„Mag sein, aber mit Geometrie hatte ich nie viel am Hut."

„Das Ganze nennt sich Strahlensatz", dozierte Olaf. „Du nimmst die Elle, die du aufteilen willst, und legst im spitzen Winkel dazu eine Strecke an."

Als er Yannicks verzweifelten Gesichtsausdruck sah, grinste er. Dann spreizte Olaf seine Finger zum V-Zeichen. „Ein Finger ist deine Elle, der andere eine beliebig lange Strecke, okay?"

Yannick nickte.

„Jetzt nimmst du irgendein Maß, etwa das hier" – er hob ein fingerlanges Hölzchen auf – „und legst es elfmal hintereinander auf dieser Strecke an, angefangen am unteren Punkt des V. Dann hast du auf einer Seite deine Elle und auf der anderen eine elfteilige Strecke. Klar?"

„Ja, so weit kann ich mir das noch vorstellen."

„Du ziehst eine Linie vom Ende der elfteiligen Strecke zum Ende der Elle. Dann nimmst du das Ende des zehnten Teils und zeichnest von dort eine Parallele zu der Verbindungslinie bis auf deine Elle. Damit hast du genau ein Elftel markiert. Das sägst du ab, und schon bleiben vierzig Zentimeter über. Ganz einfach."

„Und das funktioniert?"

„Wenn in dieser Welt die gleichen geometrischen Gesetze gelten wie sonst auch, dann funktioniert das."

„Ich bin beeindruckt", sagte Yannick. Seine Zuversicht wuchs. Wenn einer den Bau in der vorgegebenen Zeit schaffen würde, dann Olaf.

* * * *

Als Ron mit seinem Sohn im Schlepptau wieder in seinem Büro ankam, empfing ihn Michael Konrad mit besorgter Miene.

„Gerhardt Fleischmann hat angerufen", sagte er düster. „Ich fürchte, es sieht nicht gut aus. Du sollst ihn umgehend zurückrufen." Dann fiel sein Blick auf Jonte, der sich halb hinter seinem Vater versteckte. Sein Gesicht hellte sich auf.

„Hallo, junger Mann, wen haben wir denn hier?"

„Das ist mein Sohn Jonte", antwortete Ron. „Er kam auf die Idee, seinen Papa zu besuchen und ist ganz allein mit der Bahn nach Frankfurt gefahren."

„Tüchtig!", sagte Michael anerkennend.

„Ja, und nun müssen wir sehen, wie wir das geregelt kriegen. Ich bin auf Besuch nicht eingestellt."

„Das bekommen wir schon hin. Wir haben noch ein Feldbett, das stellen wir mit in dein Zimmer, und dann findet sich hier sicher so einiges, womit sich ein junger Mann amüsieren kann."

„Au ja!" Jonte taute sichtlich auf. „Darf ich mit Alf spielen?"

Verzweifelt sah Ron von einem zum anderen.

„So einfach ist das alles nicht", sagte er. „Wir haben hier noch eine lange Liste abzuarbeiten, und jeden Moment wird meine Ex anrufen und uns eine Menge Ärger machen. Und außerdem ...", er ging in die Knie und sah Jonte direkt an, „Alf ist nicht hier, er gehörte zu einer anderen Version, und ..."

„Schade", sagte Jonte. „Und was ist mit Joey?"

„Du meinst den Tiger? Der ist noch dabei. Aber du kannst jetzt nicht zu ihm."

„Warum nicht? Das ist doch meine Welt, oder? Du hast gesagt, dass du sie für mich gemacht hast!"

„Das habe ich auch. Aber ein böser Mensch hat die Welt gestohlen." Er suchte nach Worten.

„Ich habe schon eine neue Welt gemacht, und jetzt müssen wir die alte zerstören, damit die neue ..." Er stockte.

Jonte sah ihn aufmerksam an.

„Sind alle Menschen böse in der alten Welt?"

„Nein, nicht alle. Es gibt auch ein paar gute Menschen dort."

„Und die machst du auch kaputt?"

„Nein. Ich will versuchen, sie zu retten. Sie müssen es nur schaffen, eine Arche zu bauen ..."

„So eine wie in meiner Kinderbibel? Mit den vielen Tieren?"

„Ja. Nein. Ohne Tiere. Und sie ist auch kein Schiff. Eher eine Hütte. Aber wer da drin ist, wenn die Welt untergeht, der wird gerettet."

Jonte strahlte. „Das ist eine tolle Idee, Papa. Du bist der Beste!"

Michael grinste, Ron wurde verlegen.

„Komm, ich zeige dir unser Schlafzimmer", sagte er und führte seinen Sohn in den kleinen Nebenraum, in dem er übernachtete.

Als Gerhardt Fleischmann das Großraumbüro betrat, verstummten schlagartig alle Gespräche. Die Mitarbeiter vergruben sich hinter ihren Monitoren und versuchten, geschäftig zu wirken. Es war reiner Instinkt, denn obwohl er kein Wort sagte und sogar eine Art Lächeln zustande brachte, ging von ihm eine negative Energie aus, die sich wie die Bugwelle eines Schiffes im ganzen Raum verteilte.

Er steuerte auf Michael Konrad zu.

„Guten Tag. Ich hätte gerne Herrn Schäfer gesprochen!"

Es klang wie eine höfliche Bitte, aber es war ein eindeutiger Befehl. Der Angesprochene sah ihn ruhig durch seine John-Lennon-Brille an.

„Gehen Sie doch bitte schon mal in sein Büro, er wird gleich bei Ihnen sein!"

Michael Konrad ging voran, geleitete den Besucher in Rons Arbeitsraum und hoffte inständig, dass Jonte inzwischen von der Bildfläche verschwunden war. Er hatte keine Ahnung, wie Gerhardt Fleischmann auf den Jungen reagieren würde, aber er wollte es lieber nicht herausfinden.

Der Geschäftsmann ließ sich in einen der Sessel fallen und trommelte nervös mit den Fingern gegen seinen Oberschenkel.

„Darf ich Ihnen einen Kaffee bringen lassen?"

Gerhardt Fleischmann feuerte einen eiskalten Blick ab. „Nein danke. Und ich wäre Ihnen dankbar, wenn Sie dafür sorgen könnten, dass ich hier nicht allzu viel Zeit verliere."

Michael Konrad nickte ungerührt und ging hinaus. Kurz darauf betrat Ron den Raum.

„Ich hatte um Ihren Rückruf gebeten", sagte Dr. Fleischmann statt einer Begrüßung.

„Es tut mir leid, ich war außer Haus. Ich habe eben erst davon erfahren. Worum geht es denn?"

„Worum es geht? Ihre drei Tage sind um. Sie erinnern sich doch noch an unser letztes Gespräch? Seitdem habe ich nämlich nichts mehr von Ihnen gehört!"

Ron zuckte zusammen. War das wirklich schon drei Tage her? Sein Zeitgefühl hatte ihn wieder einmal im Stich gelassen. Und die Aufenthalte in X-World machten die Sache nicht gerade besser.

„Was ist jetzt, können Sie Ergebnisse vorlegen oder nicht?"

„Ja, das kann ich. Ich werde bald Zugriff auf die Mastertools bekommen und dann ..."

„Bitte verschonen Sie mich mit Ihrem Fachchinesisch. Haben Sie das Spiel stoppen können oder nicht?"

„Nein, noch nicht, aber ..."

„Nun, dann ist ja alles klar. Diese Firma wird geschlossen." Gerhardt Fleischmann federte aus dem Sessel.

„Halt, warten Sie, Sie machen einen großen Fehler!"

„Nein, einen Fehler würde ich machen, wenn ich diese aussichtslose Sache weiterlaufen ließe. Ich denke, das Thema haben wir bereits ausreichend erörtert."

„Bitte hören Sie mir zu ..."

„Sie haben mich enttäuscht, Herr Schäfer. Ich hatte mehr von Ihnen erwartet."

Ron senkte den Kopf. Ihm fehlten die Worte. Das durfte einfach nicht passieren, so kurz vor dem Ziel.

Plötzlich flog die Tür auf. Jonte stürmte hinein. Er blieb wie angewurzelt stehen, musterte Gerhardt Fleischmann kurz und rannte dann auf ihn zu.

„Großvater!", rief er und warf sich dem verdutzten Mann in die Arme.

Ron erkannte seinen Sohn kaum wieder. Was ging in ihm vor? Panisch suchte er nach einer Entschuldigung für Jonte und dessen Verhalten und nach einer Erklärung für dessen Anwesenheit in diesem Büro. Er wollte aufstehen, um Jonte wegzureißen und die peinliche Situation zu beenden, als er sah, wie angerührt der Geschäftsmann war.

„Ich bin nicht dein Großvater", murmelte er. „Ich habe keine Kinder."

„Doch, das bist du. Ich habe dich auf einem Bild gesehen."

„Jonte, dein Opa ist tot", sagte Ron, der allmählich verstand, was im Kopf des Jungen vorging. Es existierte ein altes Foto, das Ron zusammen mit seinem Vater zeigte – und tatsächlich bestand eine gewisse Ähnlichkeit zwischen Philipp Ronald Schäfer und Gerhardt Fleischmann. Merkwürdig, dass ihm das nicht schon früher aufgefallen war.

„Nein, ich will nicht, dass er tot ist. Ich will einen Großvater haben wie alle Kinder."

Noch immer hielt er Gerhardt Fleischmann umklammert, der seinerseits unbeholfen einen Arm um den Jungen gelegt hatte. In seinen Augen schimmerte es feucht.

„Du hast einen tollen Papa", sagte er leise.

„Ja, nicht? Er hat eine ganze Welt erschaffen, und nun wird er sie kaputtmachen, weil ein böser Mann sie geklaut hat. Aber erst muss die Arche fertig sein, damit die guten Menschen gerettet werden können."

„Was sagst du da?"

„Hat Papa dir das nicht erzählt?"

Gerhardt Fleischmann warf einen kurzen Blick zu Ron herüber.

„Nein, ich fürchte, ich habe ihm keine Gelegenheit gegeben. Weißt du, ich habe ziemlich viel Stress im Moment. Dann werde ich schnell ungeduldig. Das ist nicht gut für einen Großvater, oder?"

„Nein, das ist nicht gut", antwortete Jonte ernsthaft.

Gerhardt Fleischmann befreite sich aus der Umarmung des Jungen, zog ein sorgfältig gebügeltes weißes Stofftaschentuch hervor, wischte sich damit über die Augen und ging zur Tür. Er öffnete sie und drehte sich zu Ron um.

„Sehen Sie zu, dass Sie diese Raubkopie so bald wie möglich stoppen!", sagte er und verschwand.

* * * *

Obwohl die Kutsche wesentlich schneller war als Eriks Baukarren, kam es Yannick endlos vor, bis sie zurückkehrte. Mit jeder Viertelstunde, die er wartete, wuchs seine Nervosität. Die Befürchtungen zerfraßen ihn allmählich. Was, wenn Olaf und sein Bautrupp inzwischen von den Luciern gefangen worden waren?

Was, wenn die Feinde die Kutsche zurückerobert hatten und nun damit zur Siedlung kamen, um sie zu überfallen? Die Wachen würden sie unbehelligt hindurchlassen, und die Lucier hätten leichtes Spiel.

In diesem Fall müsste es eben einen Neustart ohne die Arche geben. Das war die einzige Möglichkeit. Sie würden sich dann in der neuen Welt schon irgendwie wiederfinden, um ihre Gemeinschaft neu aufzubauen. Aber Betty wäre für immer verschwunden.

Yannick sprang auf und lief wie ein Tiger im Käfig hin und her, hin und her. Er merkte es gar nicht. Seine Gedanken kreisten um Betty. Warum konnte er sie nicht finden? Früher hatte es dieses Problem nie gegeben. Sobald er sich eingeloggt hatte, war sie zur Stelle gewesen. Die Bots verfügten über ein besonderes Gefühl für das System, eine Art siebter Sinn, den normale User nicht besaßen. Sie musste gespürt haben, dass er im Paradies war. Aber warum hatte sie sich dann nicht gezeigt? Yannick ging die Möglichkeiten durch – entweder sie war tot oder gefangen, oder sie wollte ihn nicht mehr sehen. Ihm gefiel nichts davon, und er fühlte sich hilfloser als je zuvor.

Wozu dieser ganze Aufwand mit der Arche, wenn Betty nicht dabei war? Henoch hatte es richtig gemacht, er lebte jetzt sein Leben außerhalb dieser Welt. Aber was gab es dort für ihn? Die Arbeit in der Tankstelle. Seine Mutter. Computerspiele. Na, besten Dank.

Yannick schüttelte den Kopf. Er hatte keine Lust, weiter in den Abgrund seiner Lebensperspektive zu starren, zumal er jetzt ohnehin nichts daran ändern konnte. Er musste sich auf das Naheliegende konzentrieren. Henoch hatte ihm die Verantwortung für die Waldmenschen anvertraut. Und er wollte seine Sache gut machen.

Ein Hornsignal riss ihn aus seinen Gedanken. Die Wache hatte die Kutsche ausgemacht. Yannick befahl Verteidigungsbereitschaft. Die Bogenschützen gingen in Stellung. Die anderen Kämpfer versammelten sich im Dorf und warteten auf weitere Befehle. Er war zufrieden. Sie hatten diese Situation immer wieder geübt. Mittlerweile waren die Waldmenschen innerhalb von Minuten kampfbereit, und Yannick war sich sicher, dass das regelmäßige Training ihre Schlagkraft mindestens verdoppelt hatte. Mit angehaltenem Atem warteten sie ab.

Jetzt waren der Galopp der Pferde und das Klappern der Kutsche deutlich zu hören. Ein weiteres Hornsignal erklang. Entwarnung. Es gab keinen Angriff. Das Fahrzeug war gekommen, um die verbliebenen Waldmenschen abzuholen.

Sven, einer der Bots, saß auf dem Kutschbock. „Es ist alles in Ordnung!", rief er. „Die Lucier vergnügen sich mal wieder in ihrem Stadion. Wir konnten ihr Gebrüll hören. Kommt, steigt ein!"

Es wurde sehr eng auf der Kutsche, aber jeder fand schließlich einen Platz. Sven wendete und jagte hinaus auf die Steppe.

Als sie im Paradies ankamen, waren die Arbeiten an der Arche in vollem Gange. Es war ein schmuckloser Bau aus grob zugehauenen Baumstämmen, fensterlos, aber immerhin gab es eine Tür. Yannick erkannte sie wieder: Sie stammte von Olafs Hütte. Die Bauleute arbeiteten zügig, es war ihnen anzumerken, dass sie ein eingespieltes Team waren. Die Neuankömmlinge ließen sich einweisen und schwärmten dann aus, um weitere Bäume zu fällen. Yannick stand daneben und kam sich überflüssig vor. Olaf grinste ihn an.

„Wie gefällt dir unser Prachtstück?"

„Ich bin beeindruckt. Was ihr in dieser kurzen Zeit geleistet habt – einfach spitze!"

Der Zimmermann nickte zufrieden.

„Wenn ich du wäre, würde ich versuchen, meine Freundin noch zu finden. Viel Zeit bleibt jetzt nicht mehr."

„Das ist leicht gesagt – aber ich weiß nicht, wo ich noch suchen soll. Ich bin schon an allen Stellen gewesen, an denen wir uns häufiger getroffen haben – keine Spur von ihr."

„Warum versuchst du es nicht dort, wo ihr euch zum letzten Mal gesehen habt?"

Der junge Mann nickte. Dieser Gedanke war ihm auch schon gekommen. Letztlich war jetzt jeder Platz so gut wie der andere. Wenn Betty wollte, konnte sie ihn überall finden. Und wenn nicht, dann war es ein guter Ort zum Abschiednehmen.

Yannick machte sich auf den Weg. Es war nicht weit entfernt – ein geschützter Platz mit einem umgestürzten Baumstamm, auf dem zwei Personen gut sitzen und reden konnten. Dort hatten sie sich versteckt, nachdem die Sache mit der verbotenen Frucht passiert war. Dort hatte Ron sie aufgespürt. Dort hatten sie einander das letzte Mal gesehen. Yannick ließ sich auf den Stamm sinken und seufzte.

Wenn er sich bloß nicht auf Lutz eingelassen hätte ... aber dann hätte er Betty auf jeden Fall verloren! Er sollte vielleicht Reue empfinden, doch das tat er nicht. Er hätte immer wieder so gehandelt.

Er überlegte, ob er Betty rufen sollte, aber er ließ es bleiben. Das hatte er in den vergangenen Tagen oft genug versucht. Nun war Zeit zum Abschiednehmen. Er strich sanft mit der Hand über die Stelle, auf der sie zuletzt gesessen hatte.

„Leb wohl Betty", sagte er leise. „Ich liebe dich. Ich werde dich immer lieben."

Er stand langsam auf, schluckte seine Tränen hinunter und wandte sich zum Gehen. Vielleicht konnten die Bauleute seine Hilfe brauchen.

„Yannick?"

Er wirbelte herum.

Halb verdeckt von Büschen stand sie da und blickte ihn an. Sie war wunderschön.

„Betty!"

Er rannte auf sie zu und schloss sie in seine Arme. Minutenlang standen sie dort und hielten einander fest. Schließlich hielt er sie auf Armeslänge von sich fort, um ihr ins Gesicht sehen zu können.

„Hast du mich denn nicht rufen gehört?", fragte er und versuchte vergeblich, seine Stimme nicht vorwurfsvoll klingen zu lassen.

„Doch", sagte sie, „aber ich hatte Angst. Diese Welt ist nicht mehr so, wie sie mal war. Hier waren Männer, böse Männer ..." Sie schluckte.

„Ich bringe dich von hier fort", sagte Yannick.

„Wirklich? Wie denn?"

„Das ist schwer zu erklären", sagte Yannick ausweichend. „Wir bauen gerade eine Hütte, und die wird uns hier wegbringen."

„Wie soll das denn gehen?"

„Vertrau mir einfach."

„Das tue ich!" Sie blickte ihn mit ihren sanftbraunen Rehaugen an. „Und wer sind die anderen?"

„Die Waldmenschen. Es sind liebe Leute, du wirst sehen."

Betty schmiegte sich an Yannick. „Ich bin so froh, dass du wieder da bist", sagte sie. „Ich gehe mit dir, wohin du willst."

Eng umschlungen machten sie sich auf den Weg zur Arche. Als sie ankamen, zimmerten die Bauleute gerade am Dach. Yannick staunte über den Fortschritt.

„Wir sind fast fertig", sagte Olaf. „Das Problem ist das Baumaterial. Das Fällen dauert einfach zu lange. Schließlich haben wir keine Kettensägen. Uns fehlt noch ein großer Balken, um das Dach zu schließen."

„Ich glaube, da kann ich weiterhelfen!", sagte Yannick stolz und beschrieb den Männern den Weg zu dem Baumstamm, auf dem sie gerade gesessen haben.

Als die Archenhütte vollendet war, gingen sie hinein.

„Was passiert jetzt?", fragte Olaf.

„Jetzt warten wir auf Ron."

Es dauerte eine Weile, bis Yannick auf die Idee kam, offline zu gehen und Ron auf seinem Handy anzurufen. Kurz darauf stapfte ein einfacher Pilger den Weg zur Arche hinauf.

„Sind alle drin?“, fragte er.

„Ja, alle, die sich überzeugen ließen“, antwortete Yannick. „Es sind ungefähr zwanzig. Gute Menschen.“

Ron nickte befriedigt.

„Wir machen es so“, sagte er. „Du öffnest die Mastertools und startest die Schlusssequenz. Dann gehst du in die Hütte, und ich schließe von außen die Tür.“

„Aber was wird aus dir?“

„Mach dir um mich keine Sorgen. Mein Avatar hat keine Bedeutung für diese Welt.“

Yannick nickte. Er war dankbar, dass Ron nicht nach Betty gefragt hatte, und hob die Arme zu der Steuerungsgeste, bevor er das Gespräch doch noch auf dieses Thema lenken konnte. Das Menü öffnete sich.

„Wie lautet das Passwort?“, fragte er.

„Pw4XwMt“ diktierte Ron.

„Wie bitte? Wie kannst du dir sowas merken?“

„Ganz einfach. Das ist die Abkürzung für ‚Passwort für X-World Mastertools‘.“

Yannick tippte die Buchstabenreihe in das Eingabefeld und berührte die OK-Taste. Das Passwortfeld verschwand und gab den Blick frei auf allerlei Anzeigen und Knöpfe.

„Es müsste ein Feld mit der Aufschrift ‚Notfall‘ zu sehen sein. Aktiviere es.“

Yannick tat, wie ihm geheißen. Es öffnete sich ein weiteres Menü, in dem ein rotes Feld mit der Aufschrift „Spiel terminieren“ ins Auge stach. Yannick berührte es.

Ein weiteres Passwortfeld poppte auf. Dazu eine Warnmeldung: „Achtung, dieser Vorgang lässt sich weder stoppen noch rückgängig machen. Willst du wirklich die komplette Welt löschen?“

„Wie lautet das Passwort?“, fragte Yannick.

„Sintflut“, antwortete Ron.

Yannick gab das Wort ein und bestätigte. Schlagartig verdunkelte sich der Himmel. Aus dem Boden brachen unzählige Quellen hervor und fingen an zu sprudeln. Ein heftiger Wolkenbruch prasselte auf sie herab. Dann erschien am Horizont eine haushohe Welle, ein Tsunami, der mit beängstigender Geschwindigkeit heranrollte und auf dem Weg zu ihnen alles unter sich begrub.

„Beeil dich!“, rief Ron.

Plötzlich erbebten die Sträucher am anderen Ende der Lichtung. Ein Tiger kam mit eleganten Sprüngen herausgeschossen und verschwand in der Hütte. Ängstliche Schreie ertönten. Yannick rannte hinterher und zog die Tür hinter sich zu. Ron verschloss sie von außen.

Dann brach die Verbindung ab. Die Anzeige im Cyberhelm wurde schwarz. X-World hatte aufgehört zu existieren.

ZWEITER TEIL

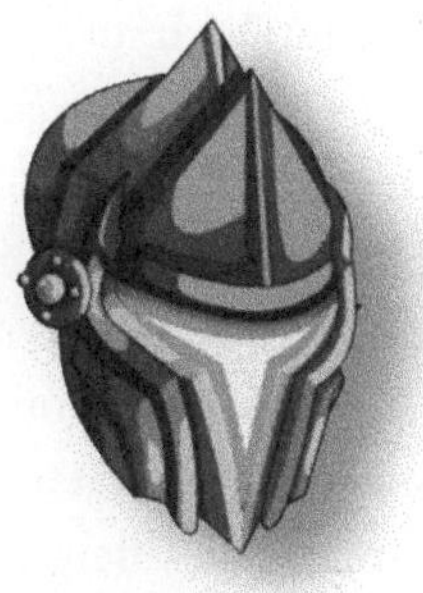

11. NEUBEGINN

Lutz saß an seinem Rechner und schimpfte vor sich hin. Er hasste es, zugeben zu müssen, dass Ron diese Runde gewonnen hatte. Eine Selbstzerstörungsroutine – damit hatte er nicht gerechnet, hätte es ihm auch niemals zugetraut, so verliebt, wie Ron immer in seine Werke war. Und nun hatte Lutz alles verloren, was er sich in dem Spiel bereits aufgebaut hatte. Doch so leicht würde er nicht aufgeben, auch wenn das hieß, dass er noch einmal ganz neu anfangen müsste. Er schüttelte sich bei dem Gedanken, erst einmal ein Niemand zu sein, wie jeder x-beliebige kleine User. Allerdings war er sicher, diesen Zustand bald ändern zu können. Mit seinem Wissen über den Programmcode dürfte da doch wohl einiges zu machen sein.

Er legte das Cyberkit an und startete das Programm. Ein altmodischer roter Theatervorhang erschien. „Willkommen in X-World" verkündeten die leuchtenden Buchstaben darauf. Ungeduldig wischte Lutz den Vorhang mit einer Bewegung seines Cyberhandschuhs beiseite, ebenso wie die folgende Einführung in das Spiel. Endlich öffnete sich das Anmeldefenster und forderte ihn auf, einen Spielernamen auszuwählen. „S-I-N-G-E-R", tippte Lutz auf der virtuellen Tastatur und drückte die Entertaste.

„Benutzername nicht verfügbar", antwortete das System und blieb auch dann unbeirrt bei seiner Aussage, als Lutz es mit einem Schwall unfeiner Schimpfwörter bedachte. Mit „L-U-T-Z" hatte er ebenso wenig Erfolg. Es war offensichtlich, dass Ron ihn ärgern wollte. Lutz dachte nach. Wie wollte er sich nennen, was passte zu ihm?

Nach einigem Zögern schrieb er „T-H-E_K-I-N-G". Prompt antwortete das System: „Benutzername bereits vergeben. Verfügbar ist: T-H-E_K-I-N-G_2".

Lutz schäumte vor Wut. Das fehlte noch, er als Nummer 2! Er überlegte eine Weile, dann tippte er „P-H-A-R-A-O“. Die Kultur der alten Ägypter mit ihren dunklen Göttern hatte ihn schon immer fasziniert. Diesmal erhielt er die Antwort: „Hallo Pharao, willkommen in X-World!“

Es folgten die Menüs zur Erstellung eines persönlichen Avatars. Lutz wählte eine männliche Kriegerfigur, wobei er sich nicht allzu viel Mühe bei der Auswahl gab; er würde ohnehin bald nicht mehr auf dieses Zeug von der Stange angewiesen sein. Genervt klickte er durch die Seiten und fand sich endlich an einem hübschen Flusstal wieder. Er stand neben einer kleinen Hütte, an der eine Tafel mit der Aufschrift „Pharao“ befestigt war. Im näheren Umkreis befanden sich etwa 20 ähnliche Behausungen. Dazwischen liefen Avatare herum, die allesamt den Eindruck machten, als wären sie neu in dieser Welt – sie stolperten ungeschickt umher, befühlten den Boden und die Bäume und staunten über den herrlichen Ausblick, der sich ihnen bot.

Lutz schnaubte verächtlich. Es gab eine Menge zu tun.

* * * *

Die Abendsonne senkte sich über das Tal und tauchte das Lager in ein sanftes rot-goldenes Licht. Es war windstill, der Rauch aus den Kochstellen in den Hütten stieg kerzengerade empor und erinnerte daran, dass es bald Zeit zum Abendessen war.

Auf dem Versammlungsplatz übten sich die Bogenschützen, ein paar Kinder spielten Verstecken. Yannick und Betty kamen Hand in Hand aus dem Wald. Man sah ihnen an, dass sie Stunden dort zugebracht hatten: Der junge Mann trug einen großen runden Flechtkorb, bis zum Rand mit frischen Pilzen gefüllt, seine Freundin hatte eine Umhängetasche aus Leinen dabei, in der sie selbst gesammelte Kräuter verwahrte. Geruhsam schlenderten sie auf ihre Hütte zu.

Yannick freute sich auf das Abendessen – er konnte im Gegensatz zu seiner Gefährtin zwar nichts riechen oder schmecken, aber er liebte die Atmosphäre. Er genoss es, dass sich Betty mit kindlicher Begeisterung über einen besonders schönen Pilz oder eine wohlgeformte Frucht freuen konnte und nicht müde wurde, ihm Geruch und Geschmack zu beschreiben.

In der neuen, offiziellen X-World war Essen notwendig, um den Avatar bei Kräften zu halten. Manche Mitspieler empfanden das als überflüssige und zeitraubende Pflicht, aber Yannick gefiel es. Hingegen fand er es ausgesprochen lästig, zusätzlich im realen Leben Nahrung aufnehmen zu müssen, und so war er in den letzten Wochen noch dünner geworden, als er es ohnehin schon gewesen war.

„Na ihr zwei Turteltauben, alles fit im Schritt?" Eine näselnde Stimme zerschnitt ihre Geruhsamkeit. Vor ihnen stand ein schlaksiger junger Mann und grinste sie an. Yannick verdrehte die Augen. *Wenn Ron eine friedliche Welt wollte, dann dürfte er solche Typen nicht hineinlassen.*

„Hallo Kevin!", sagte er ohne Begeisterung und hoffte inständig, dass diesem sein Unterton auffallen und ihm signalisieren würde, woandershin zu gehen. Natürlich vergeblich.

„Kennt ihr den schon – da kommt ein Mann zum Arzt und ..."

„Bitte Kevin, lass es!", sagte Yannick genervt. „Du störst, merkst du das nicht?"

„Ja, ja, ist gut. Ich bin ja schon weg." Mit hängendem Kopf trottete er davon.

Yannick brauchte Betty nicht anzusehen, er spürte ihren vorwurfsvollen Blick auch so.

„Was?", fragte er gereizt. „Der Kerl geht mir auf den Zeiger!"

„Trotzdem war das nicht nett von dir. Sieh nur, wie traurig er ist!"

An manchen Tagen liebte Yannick Bettys empfindsame Seite. Sie war das mitfühlendste Geschöpf, das ihm je begegnet war. Aber dieser Tag gehörte eindeutig nicht dazu.

„Weißt du was?", sagte er hitzig, „dann frag *ihn* doch, ob er mit dir essen will!"

Betty sah ihn an. „Was ist denn los mit dir?", fragte sie verwirrt.

Yannick verstand es selbst nicht. Es ging schon seit Tagen so – in einem Moment war er überglücklich und im nächsten reichte eine

Kleinigkeit, um ihn in Rage zu bringen. Dinge, die er an Betty eigentlich über alles liebte, fand er plötzlich abstoßend und nervig.

„Ich weiß auch nicht", sagte er, „vielleicht fehlt mir einfach nur Schlaf. Ich werde mich gleich mal ein wenig hinlegen."

Betty nickte. Mittlerweile hatten sie ihre Hütte erreicht und er öffnete die grob gezimmerte Tür. Hier sah alles aus wie immer – ein Tisch, zwei Stühle, ein Kamin mit Kochstelle, ein einfaches Bett. Yannick stellte seinen Korb auf den Tisch und strich Betty über die langen blonden Haare. „Sei mir nicht böse", sagte er, „wir sehen uns morgen."

Ohne eine Antwort abzuwarten, legte er sich auf das fellbedeckte Bett und blieb reglos liegen.

In Rons Appartment nahm Yannick den Cyberhelm ab und musste sich zusammenreißen, um ihn nicht mit Gewalt in die Ecke zu werfen.

****

Ron saß im Konferenzraum und hörte den Ausführungen von Gerhardt Fleischmann zu, der vor guter Laune fast platzte.

„Liebe Mitarbeiterinnen und Mitarbeiter, ich freue mich, Ihnen mitzuteilen zu können, dass wir demnächst den millionsten Besucher in X-World begrüßen dürfen – und das nur drei Monate nach Verkaufsstart! Bekanntermaßen verstehe ich ja nicht allzu viel von diesen Dingen, aber das dürfte wohl Rekord sein. Ich beglückwünsche Sie zu Ihrer hervorragenden Arbeit, ohne die dieses Ergebnis nicht möglich gewesen wäre. Darüber hinaus werte ich diesen überwältigen Erfolg als Bestätigung dafür, dass die Entscheidungen, die wir zu treffen hatten, richtig gewesen sind ..."

Die letzte Bemerkung ging an Rons Adresse und bezog sich auf etliche hitzige Diskussionen, die hinter ihnen lagen, weil sich X-World in eine andere Richtung entwickelt hatte, als es ursprünglich von ihm gedacht war. Unter anderem hatte Gerhardt Fleischmann darauf bestanden, das von Lutz eingeführte Finanzsystem beizubehalten.

Er hatte damit argumentiert, dass sich die Kunden bereits an die „Silberlinge“ gewöhnt hätten und er sie nicht enttäuschen wolle, aber Ron war sich sicher, dass der gewiefte Geschäftsmann eher an die Verdienstmöglichkeiten dachte, die damit verbunden waren, auch wenn er immer so tat, als verstünde er nichts von Computerwelten.

Nach wie vor konnte man das Spiel gratis spielen, aber wer an besondere Ausrüstung oder Kleidung heranwollte, musste dafür bezahlen. PSA verdiente hierbei doppelt – einmal beim Umtausch von Euro oder Dollar in Silberlinge und dann nochmal beim Verkauf der begehrten Gegenstände. Zudem erfreuten sich die „Premiumaccounts“, die fünf Euro im Monat kosteten, großer Beliebtheit – im Gegensatz zu den kostenlosen „Schnupperaccounts“ waren diese ohne Zeitlimit spielbar. Gerhardt Fleischmann hatte bewusst einen relativ niedrigen Preis festgesetzt – einen „Taschengeldpreis“, wie er sich ausdrückte –, und der Erfolg gab ihm Recht. Etwa 85 Prozent der User besaßen Premiumaccounts. Alle anderen konnten offensichtlich damit leben, nur zwei Stunden täglich in X-World zu sein. Ron schauderte, als er überschlug, wie viel das Spiel der Firma schon jetzt einbrachte. Und das war erst der Anfang ...

Da die Höhe seines Gehaltes sich teilweise am Firmenumsatz orientierte, war sein Kontostand längst aus den Miesen heraus. Wenn es so weiterging, wüsste er bald nicht mehr, wohin mit dem vielen Geld – natürlich würde er auch Lisa und Jonte angemessen beteiligen, das war nur fair ...

„... und darum habe ich beschlossen, nun endlich meinen verdienten Ruhestand anzutreten.“

Ron schreckte aus seinen Gedanken hoch. Wie jetzt? Gerhardt Fleischmann wollte sich zurückziehen? Wie stellte er sich das vor? Wer sollte PSA dann leiten?

„Offen gestanden habe ich an meiner Position bei Future Computing mehr oder weniger aus Sentimentalität festgehalten. Schließlich hat mein Vater diese Firma aufgebaut. Aber mit diesen Koreanern gibt es nichts als Ärger. Also werde ich meinen Posten dort räumen, die zugesicherte Abfindung kassieren und mich künftig ganz auf die Prometheus Software AG konzentrieren. Ich habe so das Gefühl, als gäbe es hier einen wachsenden Bedarf im Management!"

Die Rede wurde mit donnerndem Applaus quittiert, in den auch Ron erleichtert einfiel. Nun fühlte er sich wieder sicher. Endlich war er auf der Siegerstraße. Er hatte ein geregeltes Einkommen und eine gesicherte Zukunft. Einen Job, der seinen Fähigkeiten entsprach und ihn erfüllte. Ron lehnte sich zurück, lächelte zufrieden und versuchte vergeblich, das unbehagliche Gefühl, das immer noch hartnäckig in einer Ecke seines Wesens lauerte, zu ignorieren.

Es rührte daher, dass sich X-World zunehmend mehr von dem entfernte, was er ursprünglich beabsichtigt hatte. Die zahllosen neuen User hatten sich auf seine Welt gestürzt wie eine Horde Pauschaltouristen auf das Frühstücksbuffet ihres Hotels. Obwohl genug für alle da war, stritten sie sich um die besten Plätze, rammten einander die Ellenbogen in die Seiten und hatten keinen Sinn für die Schönheit, die er für sie vorbereitet hatte. Sie bauten Städte, feierten wilde Partys und nahmen X-World als willkommene Gelegenheit, mal so richtig die Sau rauszulassen. Schließlich war ja alles nur virtuell. Manches Mal konnte Ron nur den Kopf schütteln und hätte am liebsten dazwischengeschlagen. Aber die Statuten des Spieles verboten solche Eingriffe.

Seine Hoffnung ruhte auf den Waldmenschen. Ron hatte einen besonderen Monitor reserviert, auf dem er ihr Tal im Auge behielt. Auch bei ihnen war längst nicht alles perfekt, aber sie gingen mit seiner Welt anders um. Sie lebten ein einfaches Leben im Einklang mit der Natur und versuchten sich an einem gemeinschaftlichen Weg, der die Menschen vielleicht doch noch mal zum Nachdenken bringen könnte. Selbst auf Yannick, der ihn anfangs so enttäuscht hatte, schien jetzt Verlass zu sein. Solange er bei seiner Betty sein konnte, war er jedenfalls lammfromm und ein wertvolles Bindeglied zu seinem Volk.

Ron hoffte sehr, dass sein Plan funktionieren und das Gute sich am Ende durchsetzen würde, aber es brauchte seine Zeit. Darum schien es ihm das Beste zu sein, diese Gruppe in ihrem Wald vorerst vom Rest der Welt abzuschirmen – wenigstens so lange, bis sich ihr Zusammenleben gefestigt hatte.

* * * *

Yannick irrte ziellos durch die Straßen. Ihn trieb eine innere Unruhe voran, die er sich nicht erklären konnte. Was war denn bloß los mit ihm? Er liebte Betty, die letzten Monate mit ihr waren wunderschön, aber manchmal war sie so, so – langweilig? Vorhersehbar?

Jedenfalls spürte er deutlich, dass er nicht Kevin, der Nervensäge, die Schuld geben konnte. Der war nur der Auslöser. Das eigentliche Problem steckte in ihm selbst. Er kam nur nicht dahinter, was es genau war.

Plötzlich stand er vor dem „Bit und Bytes". Er war lange nicht mehr dort gewesen und ging, einem Impuls folgend, hinein. Es war früh am Abend, drinnen saßen nur ein paar Kids, die mit einer Cola in der Hand Videospiele spielten. Tanja stand am Tresen und strahlte ihn an, als er hereinkam.

„Grüß dich, Yannick, du warst ja ewig nicht hier!"

Er sah sie verwundert an. Solch eine herzliche Begrüßung hatte er nicht erwartet, aber sie tat ihm gut. „Hallo Tanja!", sagte er. „Du bist ja immer noch da! Ich dachte, du wolltest diesen Job nur für ein paar Wochen als Übergang machen?"

„Naja, du siehst ja, ohne mich läuft hier gar nichts mehr." Sie musterte ihn.

„Es gibt jetzt übrigens auch ‚la flute' bei uns. Die mache ich selber. Du siehst aus, als könntest du eines gebrauchen!"

Yannick spürte plötzlich einen gewaltigen Hunger – und mehr noch, eine Sehnsucht nach echter Nahrung mit realem Geschmack und nach einem Gespräch mit Menschen aus Fleisch und Blut.

„Ich nehme gleich zwei!", sagte er und grinste. Sie grinste zurück und schien sich über seine Bestellung aufrichtig zu freuen.

Ihm kam es so vor, als würde er Tanja zum ersten Mal bewusst wahrnehmen. So freundlich sie sich ihm gegenüber auch immer verhalten hatte, so war sie für ihn doch bislang kaum mehr als die Besatzung des Tresens, bei der er seinen Kaffee bekommen konnte. Wenn man ihn außerhalb der Kneipe auf sie angesprochen hätte, wäre er kaum in der Lage gewesen, sie zu beschreiben.

Während sie sich an die Herstellung der „la flutes“ machte, beobachtete er sie verstohlen. Sie war auf ihre Art ein hübsches Mädchen. Klein und zierlich, die Haare schwarz gefärbt und knapp streichholzlang; sie standen wie die Stacheln eines Igels in alle Richtungen vom Kopf ab. Ein dünner magentafarbener Zopf ringelte sich bis auf ihre Schulter. Sie hatte kluge braune Augen und einen winzigen Leberfleck auf der linken Wange. Die Brüste, die sich unter ihrem Top abzeichneten, waren klein und fest.

Anscheinend spürte sie seine Blicke. Sie hob ihren Kopf und lächelte ihn an. Yannick wurde rot und sah verlegen zur Seite.

„Ich freue mich wirklich, dich zu sehen!“, sagte sie und legte ihre Hand auf seine.

12. KERAMIK UND IHRE FOLGEN

Als Yannick sich wieder einloggte, saß Betty neben seinem Bett und beobachtete ihn. Offensichtlich hatte sie auf ihn gewartet, vermutlich stundenlang. Yannick war gerührt – und zugleich genervt.

„Schön, dass du da bist", sagte sie und hauchte einen Kuss auf seine Wange. „Die Versammlung beginnt jeden Moment."

„Was für eine Versammlung? Habe ich etwas verpasst?"

„Ich weiß auch nichts Genaueres. Olaf hat sie einberufen. Wir sollen uns alle beim dritten Hornsignal auf dem Thingplatz treffen. Zwei Signale gab es schon."

In diesem Augenblick ertönte das Horn erneut, und Yannick sprang mit einem Satz von seinem Lager. Er griff Betty bei der Hand und eilte mit ihr zur Dorfmitte, wo die meisten Bewohner bereits zusammengekommen waren. Viele vertraute Gesichter, aber auch etliche neue Spieler, die er kaum kannte. Sie hatten sich ihnen erst in den letzten Wochen angeschlossen.

Olaf stand auf einem kleinen Podest, das extra für diesen Tag errichtet worden war. Mit seinem mächtigen roten Bart, den breiten Schultern und seiner roten Mähne war er eine stattliche Erscheinung. Er strahlte Autorität und Sicherheit aus.

„Willkommen zur Vollversammlung!", rief er in die Menge. „Ich habe euch zusammengerufen, weil ich glaube, dass es höchste Zeit ist, einige grundlegende Dinge zu besprechen. Je größer unser Volk wird, desto wichtiger ist es, dass wir alle an einem Strang ziehen, und das geht nur, wenn wir uns auf gemeinsame Regeln einigen. Deswegen halte ich es für gut, wenn wir als Erstes einen Anführer bestimmen. Seitdem Henoch von uns gegangen ist, habe ich diese Gruppe geführt, aber ich bin nie offiziell von euch gewählt worden.

Offengestanden halte ich meine Person auch nicht für die beste Lösung. Ich schlage daher Yannick vor!"

Überraschtes Gemurmel brandete auf. Yannick glaubte, sich verhört zu haben. Er schüttelte energisch den Kopf. „Olaf, das hättest du vorher mit mir besprechen sollen! Ich will den Job nicht!"

„Aber du bist der Einzige von uns, der Ron persönlich kennt!"

„Na und? Wenn es mit ihm was zu klären gibt, dann kann ich das ja gerne übernehmen, aber ich will kein Anführer sein."

Olaf schwieg verdutzt. Damit hatte er anscheinend nicht gerechnet.

„Ich bin zwar noch nicht so lange hier, aber ich finde, du machst 'nen guten Job. Was spricht dagegen, dass du dabeibleibst?" Die Stimme gehörte Jonas, einem breitschultrigen Krieger mit unverkennbarem Hamburger Akzent.

In der Versammlung wurde Zustimmung laut.

„Na, dann lasst uns auf den Punkt kommen", rief Yannick, „wer dafür ist, dass Olaf unser Anführer bleibt, der hebe seine Hand."

Ein Wald von Armen reckte sich in die Luft. Olaf lächelte verlegen.

„Ich danke euch", sagte er. „Ich hatte mir das Ganze zwar anders vorgestellt, aber wenn ihr unbedingt wollt, bin ich gerne bereit, dieses Amt zu übernehmen. Und ob es ihm nun passt oder nicht – hiermit ernenne ich Yannick zu meinem Stellvertreter."

Applaus ertönte, und Yannick spürte, dass er sich diesem Ruf nicht entziehen konnte. Die Menschen zerrten und schubsten ihn freundschaftlich nach vorne, bis er schließlich neben Olaf auf dem Podest stand.

„Ein weiterer Punkt liegt mir auf der Seele", fuhr Olaf fort, als der Beifall verebbt war. „Wir haben noch keinen Namen. Ich weiß, viele nennen uns spöttisch ‚Waldmenschen', weil wir im Wald leben, während die anderen Spieler die Städte vorziehen. Darum brauchen wir etwas, was wir dem entgegensetzen können. Ich finde, wir sollten uns selbst einen Namen geben, einen, der zu uns passt, und der zum Ausdruck bringt, dass wir eine Mission in dieser Welt erfüllen. Wir sind dazu auserwählt, die Ideen dessen umzusetzen, der diese Welt erschaffen hat und ein Beispiel dafür zu geben, wie er sich das Leben hier gedacht hat! Darum schlage ich vor, dass wir uns ‚Ronaldisten' nennen, denn Ronald Schäfer hat uns einen besonderen Status verliehen, dem wir uns verpflichtet fühlen."

Er sah fragend zu Yannick herüber. Der schüttelte den Kopf. „Ich glaube nicht, dass wir ihm damit eine Freude machen würden", sagte er. „Ron ist ein ziemlich bescheidener Mensch, und er hasst den Wirbel um seine Person. Außerdem haben wir es nicht in der Hand, wie wir von anderen genannt werden. Ich finde, wir sollten diesen Spottnamen als Auszeichnung ansehen und ihn voller Stolz tragen. Meiner Meinung nach sind wir Waldmenschen und sollten es auch bleiben!"

Wieder brandete Applaus auf.

Eine junge Frau meldete sich zu Wort. Ihr Name war Mirjam, und sie gehörte zu denen, die schon in der alten Welt mit dabei gewesen waren.

„Ich finde deinen Vorschlag sehr gut", sagte sie. „Ich bin stolz darauf, zu den Waldmenschen zu gehören. Und wenn es euch recht ist, will ich ein Wappen für uns entwerfen. Es soll das Bild des Tigers tragen, denn das ist ein Tier voller Kraft und Anmut, und außerdem ist er mit uns in der Arche gewesen."

Begeisterungsrufe antworteten ihr. Yannick war tief bewegt von dem Zusammenhalt in der Gruppe. Für ihn, den einsamen Wolf, stellte es eine neue Erfahrung dar, zu einer Gemeinschaft zu gehören – und er war hier nicht nur geduldet, sondern sogar einmütig zum stellvertretenden Anführer bestimmt worden. Kaum zu glauben.

„Also ich würde in das Wappen ja lieber einen Tannenzapfen setzen, ha, ha, ha" – eine näselnde Stimme brachte ihn auf den Boden der Tatsachen zurück. *Kevin, halt einfach mal die Klappe,* dachte er, aber er sagte nichts, weil er spürte, dass es am besten war, den Störenfried zu ignorieren.

„Der nächste Punkt betrifft die Neuankömmlinge unter uns", ergriff Olaf wieder das Wort. „In den letzten Wochen haben sich viele unserer Gruppe angeschlossen – so sehr ich das auch begrüße, denke ich doch, dass es gewisse Regeln geben sollte, um zu verhindern, dass unser Anliegen verloren geht. Ich schlage also Folgendes vor: Um Waldmensch zu werden, muss er oder sie ein Jahr zur Probe bei uns gelebt haben und braucht zwei Fürsprecher aus unserer Mitte. Die Aufnahme erfolgt dann wie früher durch das feierliche Ritual."

Über diesen Punkt wurde ausgiebig diskutiert, und man einigte sich schließlich auf eine dreimonatige Probezeit. Danach sollte der Kandidat ein Gelöbnis ablegen und so mit vollen Rechten und Pflichten in den Kreis aufgenommen werden.

Nachdem sie noch ein paar allgemeine Fragen erörtert hatten, die den Wachdienst, die Ordnung auf dem Dorfplatz und einen kleinen Nachbarschaftsstreit betrafen, löste Olaf die Versammlung auf und entließ die Dorfbewohner nach Hause.

„Ich bin ja so stolz auf dich", sagte Betty, als sie wieder in ihrer Hütte waren. Sie strahlte Yannick verliebt an. „Du bist jetzt der zweite Anführer und hättest sogar erster werden können, wenn du es gewollt hättest. Ich wusste, dass du etwas ganz Besonderes bist!"

Yannick sah in ihre braunen Augen. Es gab keine Hintergedanken, keine Falschheit in Bettys Blick. Sie meinte einfach genau das, was sie sagte – und Yannick spürte, wie ihn eine Welle von Liebe und Zärtlichkeit umspülte. Wie hatte er an dieser Frau zweifeln können? Sie waren doch füreinander geschaffen. In dieser Nacht schliefen sie eng umschlungen.

Als die Vögel sie am nächsten Morgen weckten, beschlossen Yannick und Betty, einen Ausflug zu unternehmen. Sie nahmen sich vor, den östlichen Teil des Waldes zu erkunden, der bislang kaum erforscht war, denn eine kräftige Steigung und schroffe Felsen machten ihn schwer zugänglich.

So wurde es dann auch eher eine Expedition als ein Ausflug. Sie mussten stundenlang suchen und verkratzten sich Arme und Gesichter im dichten Unterholz, bis sie zu guter Letzt auf einen Pfad stießen, der sie zur Anhöhe hinaufbrachte. Die Spuren verrieten, dass das Wild diesen Weg regelmäßig nutzte.

Die Mittagszeit war schon vorüber, als sie endlich den Gipfel des Höhenzuges erreichten. Die Sonne brannte auf sie herab. Keuchend ließen sie sich im Schatten eines Felsens ins Gras sinken und genossen den herrlichen Ausblick. Der Wald unter ihnen schimmerte in allen erdenklichen Grüntönen. Im Nordwesten konnten sie einzelne Häuser ihres Dorfes sehen – andere blieben unter dem Blätterdach versteckt. Sogar Menschen waren zu erkennen, winzige Punkte, die sich zwischen den Häusern bewegten.

„Sieh nur!", sagte Betty aufgeregt und sprang plötzlich auf, „das muss Mirjam sein, ich erkenne sie an ihrem blauen Kleid. Und das da hinter ihr, das ist unsere Hütte!" Sie hüpfte und klatschte in die Hände wie ein kleines Kind. Yannick lächelte. Er mochte ihre Begeisterungsfähigkeit. Bettys Freude wirkte ansteckend auf ihn. In solchen Momenten fühlte er sich lebendiger als sonst.

Er ließ seinen Blick in die Ferne schweifen. Plötzlich stutzte er. Dahinten wechselte das satte Grün abrupt ins Graugrüne. Anscheinend ging der Wald dort in die Steppe über, so wie in der alten Welt. Nicht, dass das allzu verwunderlich war, nur hatte Yannick sich bislang keine Gedanken über die Geographie von X-World gemacht. Irgendwie kam es ihm seit dem Neustart so vor, als gäbe es nichts außer dem Wald, in dem sie lebten. Das hätte ihn auch nicht weiter gestört, denn hier fand er alles, was er brauchte. Aber interessant war es doch – zumal in der Ferne, schon fast am Horizont, feine Rauchfäden auszumachen waren, die die Anwesenheit anderer Menschen verrieten.

Betty riss ihn aus seinen Gedanken; sie stieß ihn in die Seite und lenkte seinen Blick nach Osten. Dort durchschnitt das blaugraue Band eines breiten Baches den Wald. Auch der Bach hatte mit dem Höhenzug zu kämpfen, aber er löste das Problem spielerisch, indem er sich seinen Weg einfach auswusch, mal einige Felsen umspülte, dann wieder welche mit sich führte und dort, wo er gar nicht weiterkam, kurzerhand eine lustige Schleife in seinen Lauf knüpfte. Betty und Yannick standen eine Weile andächtig da und bestaunten die Schönheit der Natur.

Dann begannen sie, wie auf ein geheimes Kommando, gleichzeitig zu dem Flüsschen hinunterzuklettern. Das war nicht so einfach, denn die vierfüßigen Wesen, die den schmalen Pfad gebahnt hatten, waren um einiges geländegängiger als die unbeholfenen Zweibeiner. So rutschte das Pärchen, mehr als es ging, den steilen Abhang hinab und erreichte schließlich das Tal. Der Untergrund wurde weich und morastig.

Ehe Yannick sich versah, steckte er bis zum Knie in dunkelbraunem, klebrigem Ton. Betty lachte – und dann tat sie etwas, dessen Tragweite weder sie noch Yannick in diesem Moment erahnen konnte. Während der junge Mann mühsam sein Bein befreite und säuberte, streckte Betty ihre Hand aus, nahm einen Klumpen Ton und knetete ihn zu einem Ball. Dann drückte sie ihre Daumen hinein und formte eine kleine Schale daraus.

„Sieh nur", sagte sie fröhlich, „das geht viel einfacher als Schnitzen! Schade nur, dass es seine Form nicht behält. Aber vielleicht wenn es trocken ist." Behutsam stellte sie ihr Werk auf einen flachen Stein.

„Nein", sagte Yannick. „Trocknen wird nicht reichen. Man muss es brennen!" Seine Gedanken überschlugen sich. Ob Olaf einen Brennofen bauen könnte? Ging das überhaupt mit Holz? Welche Temperaturen waren wohl nötig, um Ton zu härten? Wenn das funktionierte, würde es ihr Leben im Wald sicherlich um einiges vereinfachen!

Aufgeregt sah er sich um. Der Vorrat schien unermesslich zu sein.

„Komm", sagte er zu Betty. „Wir müssen zurück zu den anderen. Ich glaube, du hast eine ungemein wichtige Entdeckung gemacht!"

Die gute Nachricht verbreitete sich schnell im Dorf, und es dauerte nicht lange, bis Olaf – mit Hilfe von Google und einigen Waldmenschen – einen primitiven Brennofen gebaut hatte. Er wurde mit Holzkohle betrieben und verwandelte innerhalb weniger Stunden die formbaren Tonartefakte in brauchbares Geschirr.

Töpferscheiben wurden gebaut, und bald wetteiferten die Dorfbewohner miteinander, wer die schönsten Schüsseln, Becher oder Teller herstellte.

Ron, der das Treiben auf seinem Monitor verfolgte, war begeistert. So hatte er sich das vorgestellt: Keine Hacks und Softwaretricks, um Ausrüstungsgegenstände zu erstellen, sondern Erfindungsreichtum und solide Handarbeit. Diese Waldmenschen machten ihm Mut. Vielleicht würde sich seine Idee einer besseren – wenn auch virtuellen – Welt ja doch noch durchsetzen. Mit neuem Schwung wandte er sich wieder seiner Arbeit zu. Er und sein Team waren gerade dabei, einen neuen Kontinent zu erschaffen, der Platz für weitere 10 Millionen User bieten sollte.

Eines schönen Tages bekamen die Waldmenschen Besuch. Das hatte es bislang noch nie gegeben, so versteckt, wie ihre Siedlung mitten im Wald lag. Dann sah sich der unbekannte Besucher innerhalb kürzester Zeit von neugierigen Dorfbewohnern umringt, die alle einen Blick auf den Ankömmling erhaschen wollten. Er war einfach gekleidet und trug einen großen ledernen Rucksack auf dem Rücken.

„Willkommen, Fremder, was verschafft uns die Ehre deines Besuches? Ich bin Olaf, der Dorfälteste."

Der Fremde grinste ihn an und verneigte sich.

„Habt Dank für die ehrenvolle Begrüßung, Häuptling!", sagte er. „Ich war versucht, euch zu sagen, dass ich zufällig vorbeigekommen sei, aber ich fürchte, das würdet ihr mir nicht glauben."

„Nee, wieso? Das passiert uns hier ständig!"

Der Ankömmling sah sich um, bis er den Ursprung der näselnden Stimme gefunden hatte.

„Du hast Humor, Mann, das gefällt mir!", sagte er anerkennend. Kevin nickte geschmeichelt.

„Bevor ich weiterrede: Meine Kehle ist ganz ausgedörrt, könnte ich wohl etwas Wasser bekommen?"

Ratlos sahen sich die Dorfbewohner an. Keiner wagte, den ersten Schritt zu tun. Es war schließlich Betty, die dem Fremden einen Becher Wasser reichte. Der Wanderer trank mit hastigen Schlucken, dann sah er das Gefäß bewundernd an. Es war gleichmäßig gearbeitet und mit einem kunstvollen Ritzmuster verziert.

„Was für ein schöner Becher!", sagte er, und seine Bewunderung klang echt. „So ein wunderbares Stück habe ich ja noch nie gesehen! Wie kommt ihr mitten im Wald an solche Kostbarkeiten?"

„Ich habe ihn selbst gemacht", antwortete Betty verlegen.

„Kaum zu glauben!", rief er und betrachtete ihn von allen Seiten. „Verkaufst du ihn mir?"

Betty warf einen hilflosen Blick zu Yannick, dann sagte sie: „Ach nein, den dürfen Sie behalten. Nehmen Sie ihn als Geschenk."

„Na so was!", sagte der Mann verwundert. „Das ist aber nett von Ihnen. Dann möchte ich Ihnen auch etwas schenken!"

Er zog eine Brosche aus der Tasche, ein Ornament, aus Hartholz geschnitzt, das mit etwas Fantasie an eine eingerollte Schlange erinnerte.

Betty wurde rot. „Das – das kann ich nicht annehmen", sagte sie.

„Doch, ich bestehe darauf!" Der Mann lachte.

Hilflos sah sich Betty in der Runde um, dann steckte sie schließlich das Schmuckstück an ihrem Gewand fest. Neidische Blicke verfolgten jede ihrer Bewegungen.

„Es wird Zeit, mich vorzustellen. Mein Name ist Hassan, und ich bin Handlungsreisender. Mein Beruf bringt es mit sich, dass ich viel herumkomme, und so habe ich Gerüchte gehört, dass mitten im Wald ein Dorf versteckt sein soll. Neugierig, wie ich nun mal bin, habe ich mich auf die Suche gemacht – und siehe da – ich bin fündig geworden."

„Wer hat Ihnen von uns erzählt?", fragte Olaf misstrauisch.

„Berufsgeheimnis", gab der Handlungsreisende knapp zurück. „Und Sie dürfen sicher sein, dass ich die genaue Lage des Dorfes ebenfalls geheim halten werde. Ich möchte nämlich mit Ihnen ins Geschäft kommen, das heißt" – er klopfte mit seinem Zeigefinger auf den Becher – „wenn Sie noch mehr so schöne Keramiken im Angebot haben."

Noch bevor Olaf etwas sagen konnte, erhob sich aufgeregtes Gemurmel. Kurze Zeit später war der Händler von eilig herangeschafften Tellern, Tassen und Schüsseln umgeben. Sorgfältig betrachtete er die Stücke und traf eine Auswahl. Dann zog er einen dicken Lederbeutel aus der Tasche und bedachte die Künstler jeweils mit einigen Silberlingen. Olaf schaute dem Treiben zu, das Unbehagen stand ihm auf die Stirn geschrieben, er sagte jedoch nichts.

Der Händler lachte plötzlich. „Nun habe ich einen ganzen Sack voll herrlicher Keramik und keine Ahnung, wie ich die Sachen transportieren soll."

Sein Blick heftete sich auf Kevin. „Hey, Junge, hast du nicht Lust, etwas von der Welt zu sehen und mich zu begleiten? Ich zahle dir zehn Silberlinge pro Woche."

Zufall oder nicht – seine Wahl hätte kaum besser ausfallen können. Bei jedem anderen Dorfbewohner hätte es Proteste gegeben, aber bei Kevin stimmten die Waldmenschen dem Plan sofort zu. Vermutlich hätten sie dem Fremden sogar zehn Silberlinge pro Woche gegeben, damit er ihn mitnahm, aber das sagten sie ihm natürlich nicht. Stattdessen nickten sie dem Jungen aufmunternd zu, einer schlug ihm sogar auf die Schulter und flüsterte ihm ins Ohr: „Greif zu, das ist deine große Chance!"

Kevin lächelte geschmeichelt in die Runde. „Okidoki", sagte er zu dem Handlungsreisenden. „Auf los geht's los. Und unterwegs kann ich dir die neuesten Witze erzählen. Du schmeißt dich weg vor Lachen, das garantiere ich dir!"

An diesem Punkt empfanden die Waldmenschen fast schon Mitleid mit Hassan.

* * * *

Pharao, alias Lutz Singer, saß zufrieden auf einem prunkvollen Sessel und ließ seinen Blick über die Stadt schweifen, die sich bis in das Tal zu seinen Füßen hinab erstreckte. Die Hacks funktionierten in dieser Welt ebenso gut wie in der vorherigen, und so konnte er mühelos Gebäude aus dem Boden wachsen lassen. Er brachte zwar nur einfache, viereckige Lehmhäuser mit einem flachen Dach hervor, die ein wenig an gestapelte Schuhkartons erinnerten, aber dafür boten sie alles, was man zum Leben brauchte. Jedenfalls waren sie deutlich bequemer als diese Hundehütten, die man zum Spielstart bekam. Er konnte sich vor Mietanfragen kaum retten.

Es hatte nicht lange gedauert, und seine Stadt war zum angesagtesten Platz im ganzen Quadranten aufgestiegen. „Theben" hatte er sie genannt. Wenn er schon Pharao war, dann mit allem Drum und Dran. Sogar ein paar Pyramiden wollte er noch bauen, aber das ging mit seinem Hack zurzeit noch nicht. Darum würde er sich später kümmern. Fürs Erste musste er sich auf die Planung der schnell wachsenden Stadt konzentrieren. Glücksspieler, Jugendliche auf der Suche nach Abwechslung, Händler und Betrüger aller Couleur hatten hier ihr virtuelles Zuhause gefunden, und der Zustrom hielt weiter an. Pharao war es recht. Er kassierte Mieten, Zölle und Steuern und war bald mit Abstand der reichste Mann weit und breit. Außerdem verfügte er über hervorragende Verbindungen innerhalb der neu entstehenden Wirtschaft in dieser Welt.

Es klopfte an der Tür. Ein Mann trat ein, dessen Kleidung ihn als wohlhabenden Händler auswies. „Ich grüße dich, Pharao!", sagte er, verbeugte sich und grinste.

„Ich grüße dich, Hassan!", antwortete Lutz und grinste zurück. Die beiden kannten sich schon ewig. Sven, der sich in Hackerkreisen als „Diaboluzz" große Achtung erworben hatte, war in X-World praktisch seine rechte Hand. Er verstand sich hervorragend auf wirtschaftliche Zusammenhänge. Das Vermögen, das Lutz hier in kurzer Zeit angehäuft hatte, war zu großen Teilen Svens Ideen zu verdanken.

„Ich habe sie gefunden", sagte er beiläufig. „Es war alles so, wie du es beschrieben hast."

Lutz sprang auf. „Und, wie ist es gelaufen?", fragte er aufgeregt.

„Es hätte gar nicht besser laufen können. Ich denke, ich habe sie am Haken."

* * * *

Derweil herrschte bei den Waldmenschen hektische Aktivität. Olafs Brennofen lief Tag und Nacht, aber der Berg an ungebranntem Geschirr schien eher zu wachsen als abzunehmen. Der Anführer musste all seine Autorität und Geschicklichkeit aufbringen, damit es nicht zum Streit zwischen den Dorfbewohnern kam, denn jeder wollte mit seinen Erzeugnissen der Erste sein, damit nur ja alles fertig war, wenn der Händler zurück ins Dorf kam. Olaf war ernsthaft besorgt um den Frieden im Dorf. Gern hätte er sich mit seinem Stellvertreter besprochen, doch der war in letzter Zeit kaum da. Eine Kollegin an der Tankstelle hatte die Grippe, und Yannick musste aushelfen.

Bislang hatte noch niemand eine Vorstellung davon, wie viel ein Silberling wert war und was man dafür bekommen konnte. So gaben sich die Waldmenschen allen möglichen Träumen hin. Immer wieder warfen die Frauen begehrliche Blicke auf die filigrane Brosche, die Betty bekommen hatte und seitdem voller Stolz trug. Sie konnten die Ankunft des Händlers kaum erwarten, der versprochen hatte, bei seinem nächsten Kommen eine Auswahl schöner Waren mitzubringen.

* * * *

Yannick saß in seiner Tankstelle und sehnte das Ende der Schicht herbei. Dieser Job war so öde ... Einige Male beschlich ihn das Gefühl, dass diese Welt nicht real sei, dass er sich in ein stinklangweiliges Computerspiel eingeklinkt hatte und nun wieder zurück wollte in die Realität, nach X-World, zu Betty und seinen Freunden.

Träumerisch ließ er die Ereignisse der letzten Zeit Revue passieren. Olaf hatte ihn als Anführer vorgeschlagen! In der Schule war er nicht mal Klassensprecher gewesen. Niemand wäre damals auf die

Idee gekommen, ihn als Kandidaten für dieses Amt auszuwählen, und wenn doch, hätte er mit Sicherheit keine Mehrheit bekommen. Und jetzt das!

Er gelobte sich, seine Sache gut zu machen und Olaf zu unterstützen, wo es nur ging. Aber hin und wieder musste er halt zu Arbeit, daran war nichts zu ändern. Olaf schien dieses Problem nicht zu haben. Vielleicht hatte er Urlaub oder war arbeitslos – Yannick nahm sich vor, ihn bei der nächsten Gelegenheit danach zu fragen.

Er sah zum einhundertvierundsechzigsten Mal auf seine Uhr. Kurz nach Mitternacht. Noch eine Stunde, dann war endlich Feierabend. In X-World musste es jetzt etwa drei Uhr morgens sein. Betty und die anderen Bots waren natürlich wach, sie brauchten keinen Schlaf, aber ansonsten dürfte es ruhig sein im Dorf.

Der Monitor zeigte einen rostigen Opel Corsa, der auf die Tankstelle fuhr. Ein grauhaariger Mann in Arbeitshose stieg aus und tankte den Wagen auf. Anschließend steckte er die Zapfpistole zurück an ihren Platz und schlurfte herüber zum Schalter. Yannick beobachtete alles auf dem Monitor. „Einmal Säule drei und eine Schachtel Marlboro light. Mit EC-Karte, bitte", krächzte es aus dem Lautsprecher.

Um diese Zeit kam keiner mehr in den Shop hinein. Aus Sicherheitsgründen ging alles nur über ein kleines Fenster nach draußen. Wie in dem Stubenladen damals bei seiner Schule. Es war streng verboten gewesen, den Schulhof während der Pausen zu verlassen, aber kaum einer hatte sich daran gehalten. Man konnte die Straße hinuntergehen, und dann hatte es da diese alte Frau gegeben, die von ihrer Haustür aus Süßigkeiten, Cola und Eis verkaufte. Sie hatte einen Tresen in den Türrahmen gebaut und dahinter gehockt wie eine Spinne in ihrem Netz, umgeben von all den Köstlichkeiten, die man sich nur leisten konnte, wenn man ein bisschen Kleingeld hatte. Keine Chance, etwas davon zu ergattern, ohne zu bezahlen. Die Alte hatte ihre Augen überall.

Der späte Kunde schob seine EC-Karte in das Lesegerät. Yannick drückte auf einen Knopf an seiner Registrierkasse. „Ihre Geheimzahl eingeben und dann bitte auf OK drücken", sagte er automatisch.

Der Mann tippte, und auf dem Display erschien die Meldung, dass die Zahlung erfolgt war. Wortlos nahm er seine EC-Karte und die Schachtel Zigaretten und verschwand. Yannick sah auf dem Monitor zu, wie er wegfuhr, dann versank er wieder in seinen Gedanken.

„Alles virtuell", murmelte er. Der Mann auf dem Bildschirm, sein Plastikgeld – alles nur Bilder auf einem Monitor und Zahlen auf einem Display.

Gab es eigentlich eine klare Grenze zwischen virtuell und real? Wenn ja, dann verschwamm sie immer mehr. Er liebte eine virtuelle Frau. Er hatte virtuelle Freunde, die aber zugleich real waren, denn hinter ihren Figuren steckten reale Menschen. Er erlebte virtuelle Abenteuer, die aber auch irgendwie real waren, denn sie beschleunigten seinen Herzschlag, ließen ihn Dinge spüren und sehen und ihn Erfahrungen sammeln. Und nicht zuletzt war es sein reales Leben, seine reale Zeit, die er in der virtuellen Welt verbrachte. Genau betrachtet waren ja auch sein Denken und Fühlen nichts weiter als eine Abfolge elektronischer Impulse im neuronalen Netzwerk seines Gehirns. Was unterschied ihn dann von den Bots, außer dass seine Hardware biologisch war? Mit einem Kopfschütteln vertrieb er diese Gedanken. Er blickte zur Uhr. Vier Minuten vor eins. Seine Ablösung musste jeden Moment kommen.

Und dann? Er hatte keine Lust, ins Bett zu gehen. Vielleicht war das Bit & Bytes ja noch geöffnet. Es gab dort keine festen Zeiten – bis ein Uhr hatte es auf jeden Fall auf, manchmal auch länger, je nachdem, wie lange Gäste im Laden waren.

Zwei Minuten nach eins. Seine Ablösung war überfällig. Endlich fuhr ein Radfahrer mit Höchstgeschwindigkeit auf die Tankstelle, bremste geräuschvoll, sprang ab und ließ das klapprige Fahrrad achtlos zu Boden fallen. Yannick stand auf, reckte sich und schloss die Tür auf.

„Du bist zu spät", sagte er statt einer Begrüßung.

„Sorry Mann, ich mach's wieder gut." Der Ankömmling deutete auf das Fahrrad. „Mein Auto hat gestreikt. War irgendetwas Besonderes los heute Abend?"

Zehn Minuten später stand Yannick vor dem „Bits & Bytes“. Enttäuscht sah er, dass das Werbeschild schon ausgeschaltet war. Anscheinend war hier heute Abend auch nichts los. Na gut, dann eben nicht.

Er langte in die Tasche und kramte nach seinem Tabak. Plötzlich öffnete sich die Tür der Kneipe. Tanja kam heraus und schloss ab.

„Hey Tanja, schade, ich wollte noch ein Bier bei euch trinken!“

Tanja sah ihn an und lächelte. „Dann musst du nächstes Mal eben früher kommen. Hier ist jetzt geschlossen.“

„Ging nicht, ich habe bis eben gearbeitet.“

„Ich auch!“, grinste sie. „Und jetzt gehe ich nach Hause. Aber wenn du schön artig bist, darfst du mitkommen. Ich habe noch ein Bier im Kühlschrank.“

„Das hört sich großartig an“, sagte er.

Als er am nächsten Morgen erwachte, hätte er sich ohrfeigen können.

Er lag neben Tanja im Bett, die friedlich zusammengerollt schlief. Die Sonne schien auf ihren nackten Rücken und ließ das Tattoo auf ihrer Schulter leuchten – es zeigte ein gezacktes Schwert, ihr Wahrzeichen bei WoW. Er fühlte sich elend. Heute Nacht war alles so logisch gewesen, sie hatten Bier getrunken und geredet. Dann hatte sie ihn geküsst, und irgendwie waren sie im Bett gelandet. Es war ein unbeschreibliches Gefühl gewesen, echte menschliche Haut am ganzen Körper zu spüren statt virtueller Berührungen auf den Cyberhandschuhen, die mehr versprachen, als sie einlösen konnten. Tanja hatte in ihm einen Staudamm geöffnet, hinter dem sich in den Monaten mit Betty ein gewaltiger See angesammelt hatte. Entsprechend leidenschaftlich war die Nacht verlaufen. Und nun lag er wach und versuchte, sich über seine Gefühle klarzuwerden. Liebte er Tanja? Liebte sie ihn, oder war sie nur auf ein Abenteuer aus?

Und was war mit Betty? Er war ihr untreu geworden – aber hey, sie existierte doch gar nicht wirklich! Trotzdem plagte ihn sein Gewissen. Unbehaglich wälzte er sich herum. Schließlich hielt er es nicht mehr aus. Er stand leise auf, zog sich an und verschwand.

Es ist wie in einem schlechten Film, dachte er, als er die Tür hinter sich zuzog. *Die Frau wacht am Morgen auf, und der Mann ist verschwunden.* Aber es musste sein, auch wenn Tanja es vermutlich nicht verstehen würde. Er verstand es ja selbst nicht.

* * * *

Mirjam war die Erste, die den Händler entdeckte. Er und Kevin schleppten schwere Rucksäcke über den schmalen Waldweg, der sich vom Nordwesten her zu ihrer Siedlung schlängelte.

„Sie kommen, sie kommen!", rief sie aufgeregt, woraufhin die Dorfbewohner zusammenströmten. Neugierig sahen sie zu, wie Hassan und Kevin ihre Ladung absetzten und sogleich damit begannen, den Inhalt vor ihnen auszubreiten. Es gab von allem etwas – Kämme und Bürsten, Spiegel und Haarreifen, Messer und Schwerter, Hämmer und Nägel, Sägen und Zangen, Seile und Netze, Tücher und Taschen, Ringe und Broschen. Lauter schöne und praktische Dinge, die sie selber nicht herstellen konnten.

Die Waldmenschen waren begeistert. Zwar waren sie sich dahingehend einig, dass sie ein einfaches Leben führen wollten, aber sie fanden, dass nichts dagegen sprach, dieses Leben durch gute Werkzeuge etwas angenehmer oder durch einige schöne Dinge noch lebenswerter zu gestalten. Selbst Olaf konnte nichts Verwerfliches daran erkennen und begutachtete fachmännisch die angebotenen Seile.

Erst jetzt wurde ihm klar, dass er keine Keramiken zu verkaufen hatte und folglich auch kein Geld besaß. Im Stillen nahm er sich vor, künftig Gebühren für das Benutzen seines Brennofens zu erheben. Kevin sah ihm aufmerksam zu.

„Na, ohne Moos nix los?", grinste er ihn an. „Aber bleib mal ganz geschmeidig – du hast natürlich Kredit bei uns. Du bist schließlich ein ehrlicher Mensch! Nicht so wie die Typen in der Stadt. Wenn die was auf Raten kaufen, dann kannst du raten, wann du dein Geld bekommst. Ha, ha, ha ..."

Kevin war nervig wie immer, und Olaf hasste den Gedanken, bei ihm in der Kreide zu stehen, aber er konnte ein stabiles Seil wirklich gut gebrauchen.

„Was soll es denn kosten?", fragte er.

„Für dich nur drei Silberlinge. Das ist ein Super-Sonder-Einführungs-Freundschaftspreis. Normalerweise kostet ein Seil dieser Qualität einen Silberling pro Meter."

Olaf betrachtete die Rolle. Er schätzte sie auf acht oder zehn Meter Seil.

„Einverstanden", sagte er. „Du bekommst das Geld bei deinem nächsten Besuch. Ach übrigens, wie geht es dir?"

„Och ja, ich kann nicht klagen. Aber ich bin ja auch kein Rechtsanwalt ... Nö, das läuft alles ganz gut. Ich bin inzwischen schon so was wie ein Filialleiter."

Olaf hob die Brauen. Aber Hassan nickte bestätigend. „Ein wirklich brauchbares Kerlchen, euer Kevin", sagte er. „Kann Kopfrechnen wie ein Weltmeister und hat zudem bei seinen Geschäften meistens noch mehr Glück als Verstand. Und manche seiner Witze sind wirklich gut."

„Ja, ja, auch ein blindes Huhn findet mal ein Getreidesilo", kommentierte Kevin. Olaf war aus verschiedenen Gründen froh, dass der Junge in der Stadt so gut unterkommen war.

Mittlerweile hatten die Dorfbewohner ihre Keramiken herbeigebracht. Die Verkaufsverhandlungen waren im vollen Gange. Manches tauschte der Händler gegen andere Waren ein; manches zahlte er in Silberlingen aus, wobei es Olaf so schien, als wäre der Preis gegenüber dem letzten Besuch etwas gefallen. Am Ende waren die meisten dann aber doch zufrieden, und man lud Hassan und Kevin zum Essen ein. Die Dorfbewohner bauten mitten auf dem Thingplatz einen langen Tisch auf und nahmen daran Platz, um sich zu stärken.

„Es ist wirklich ein tolles Angebot, das du dort hast", sagte Mirjam. „Aber um ehrlich zu sein, hatte ich auf ein paar hübsche Kleider gehofft."

„Ja, und ein paar schöne Schuhe", ergänzte Esther, ihre Schwester.

„Eine anständige Axt wäre auch nicht verkehrt gewesen", warf Erik ein.

„Das könnt ihr alles bei mir bekommen", meinte Hassan, „aber ich kann nicht meinen ganzen Laden in zwei Rucksäcke packen und hierherschleifen, das versteht ihr sicher. Es gibt zwei Möglichkeiten: Entweder gebt ihr mir eure Bestellungen mit und wartet, bis ich das nächste Mal wieder in der Gegend bin – das wird diesmal allerdings etwas länger dauern, weil ich noch andere Dinge erledigen muss –, oder ihr kommt einfach mit in die Stadt und schaut euch meinen Laden an. Das ist eine gute Tagesreise von hier, und ihr würdet mal was anderes zu sehen bekommen, als nur euren Wald. So schön er auch ist."

Es folgte eine betretene Stille. Die Waldmenschen sahen sich unschlüssig an und suchten den Blick von Olaf, der jedoch beharrlich auf den Boden starrte. Schließlich brach Mirjam das Schweigen.

„Also ich würde gerne mitkommen", sagte sie. „Für ein schönes Kleid ist mir kein Weg zu weit. Und außerdem interessiert es mich, wie es um uns herum aussieht."

So kam es, dass Yannick das Lager verlassen vorfand, als er sich das nächste Mal in X-World einloggte.

13. AUSFLUG NACH ÄGYPTEN

Es wurde eine weite Wanderung. Keiner der Waldmenschen hatte je zuvor solch eine lange Strecke zurückgelegt, doch tat es ihrer Stimmung keinen Abbruch. Sie waren gespannt auf das, was sie jenseits ihrer vertrauten Umgebung erwarten würde. Aufgeregt schwatzten die Männer und Frauen miteinander und malten sich die Dinge aus, die sie in der Stadt bekommen könnten. Die einen freuten sich auf die Werkzeuge, die anderen eher auf Kleider und Schmuck.

Zunächst führte ihre Reise sie quer durch den Wald, ziemlich genau in nordwestlicher Richtung. Es gab nur einen Trampelpfad, der an manchen Stellen kaum sichtbar war. Immer wieder mussten sie über umgestürzte Bäume und bemooste Felsen klettern – doch solche Wege schreckten die Dorfbewohner nicht. Das waren sie gewohnt. Aber dann erreichten sie den Waldrand. Vor ihnen lag die Steppe – endloses, trostloses Land, das mit grau-grünem Gras bewachsen war.

Die Waldmenschen hielten inne. Nun verließen sie ihren vertrauten Lebensraum. Es war ein feierlicher Moment, und sie kamen sich wie Entdecker vor, die zum ersten Mal ein bis dahin unerforschtes Gebiet betraten. Zugleich fühlten sie sich ohne die gewohnte Deckung der Bäume schutzlos und ausgeliefert. Sie sahen einander an und wussten, dass ihre Nachbarn und Freunde dasselbe empfanden.

Eine näselnde Stimme setzte der Feierlichkeit ein jähes Ende: „Kommt ihr jetzt, oder wollt ihr hier Wurzeln schlagen?" Kevin kicherte. „Der war gut, oder? Habt ihr den kapiert? Am Waldrand Wurzeln schlagen ..."

Die Waldmenschen verdrehten die Augen und schritten kräftig aus. Nun kamen sie deutlich schneller voran. Kevin und Hassan führten die Gruppe, und das war gut so, denn es war weder ein Weg noch irgendein Orientierungspunkt auszumachen. Nur trockenes Gras, so weit das Auge reichte.

Die Sonne hatte den Zenit bereits überschritten, es war Nachmittag. Allmählich verstummten die Gespräche. Erschöpfung machte sich breit. Die Füße schmerzten, und die Eintönigkeit der Landschaft setzte den Wanderern zu. Sie wirkte auf sie, als käme man trotz aller Anstrengungen nicht vom Fleck.

Schließlich blieb Hassan stehen. „Wir haben jetzt gut die Hälfte geschafft", sagte er. „Ihr seht müde aus. Nicht weit von hier steht eine Hütte, in der ich auf meinen Reisen gelegentlich übernachte. Wenn es euch recht ist, rasten wir dort und gehen morgen früh weiter."

Dankbar nahmen die Erschöpften das Angebot an. Dass der Weg so weit sein würde, hatten sie nicht erwartet.

* * * *

Yannick trat vor die Tür und blinzelte in den Tag. Trotz der freundlichen Sonnenstrahlen war es empfindlich kalt, zudem wehte ein unangenehmer, schneidender Wind. Es fröstelte ihn. Er schlug den Kragen seiner Armeejacke hoch und blieb unschlüssig stehen. Was sollte er jetzt tun, wohin sollte er gehen? Mechanisch langte er in seine Jackentasche und zog seinen Tabak hervor. Mist, fast alle. Mit den letzten Krümeln drehte er sich eine knubbelige Zigarette. Er musste sie gerade halten, damit der Inhalt nicht wieder herausfiel. Vorsichtig zündete er sie an und nahm einen tiefen Zug. Was war das heute Nacht? Was sollte das werden mit Tanja, was wollte sie von ihm?

Die ganze Sache machte ihm ziemlich zu schaffen. Er war nicht so der Frauenheld. Seit den unvermeidlichen Pettingaktionen in der achten Klasse hatte er keine Berührungen mehr mit dem weiblichen Geschlecht gehabt. Seine Leidenschaft für Computerspiele war stärker gewesen. Genau genommen war dies das erste Mal, dass er mit einem Mädchen geschlafen hatte. Geträumt hatte er natürlich oft davon, aber in der letzten Zeit hatten sich seine Gedanken und Sehnsüchte ausschließlich um Betty gedreht.

Betty. Er musste sie sehen. Natürlich konnte er ihr nichts davon erzählen, allein schon deshalb, weil sie sich regelmäßig dagegen wehrte, wenn er auf die reale Welt zu sprechen kam, die für sie irreal war. Aber er musste in ihrer Nähe sein, wollte wissen, ob sich seine Gefühle für sie verändert hatten, brauchte Klarheit.

Er warf die verunglückte Zigarette weg und trat sie aus. Ohne sich noch einmal umzusehen, schlug er den Weg zu Rons Wohnung ein.

* * * *

Die Hütte, von der Hassan gesprochen hatte, war überraschend geräumig. Offensichtlich diente sie als Warenlager, doch aus irgendeinem Grund waren die breiten Regale an den Holzwänden leer. Hassan bewirtete seine Gäste mit Tee, Brot und Käse.

Als alle gesättigt waren, sagte er: „Ich weiß ja nicht, wie es euch geht, aber ich muss dringend ein wenig schlafen. Wenn ihr wollt, könnt ihr euch einfach in die Regale legen. Es ist zwar nicht besonders komfortabel, aber stabil genug sind sie jedenfalls. Dort drüben findet ihr Felle und Decken. Wenn alle wieder wach sind, ziehen wir weiter."

Leise Zustimmung murmelnd zog sich die Gruppe auf ihre Schlafplätze zurück. Betty lag mit offenen Augen in einem der Regale und dachte an Yannick, der in ihrer Hütte schlief. Nicht einmal eine Nachricht hatte sie ihm hinterlassen – es war alles so schnell gegangen. Sie seufzte. Hoffentlich machte er sich keine Sorgen!

* * * *

Yannick schloss Rons Wohnung auf und ging zielstrebig ins Arbeitszimmer. Während der Rechner hochfuhr, warf er seine Jacke achtlos beiseite und legte mit geübten Handgriffen das Cyberkit an. Er freute sich schon darauf, beim Erwachen in X-World Bettys schönes Gesicht zu sehen. Meistens blieb sie bei ihm, während er schlief. Sie sah es so gerne, wenn er seine Augen öffnete und wieder bei ihr war.

Yannick legte sich auf den Sessel und durchlief die Einloggprozedur.

Er öffnete die Augen und richtete sich auf dem fellbedeckten Bett auf. Niemand da. Vielleicht war Betty Wasser holen gegangen. Er stand auf und ging zur Hüttentür. Das ganze Dorf schien zu schlafen. Merkwürdig. Um diese Zeit herrschte hier sonst ein lebhaftes Treiben. Yannick ging hinüber zur Wasserstelle. Das konnte doch nicht sein! Hier war niemand!

Seine Unruhe wuchs. Mit unguter Vorahnung lief er hinüber zu Olafs Hütte. Sie war leer. Er rannte weiter, von Hütte zu Hütte, riss die Türen auf – alle leer. Was war denn los? Wo waren sie alle? Nur eine Erklärung fiel ihm ein: Lutz. Er musste sie entführt haben. Bestimmt hatte er über diesen Händler herausgefunden, wo die Siedlung liegt und dann die ganze Gemeinschaft verschleppt.

Suchend blickte Yannick sich um. Es war nicht einfach, auf dem zertrampelten Dorfplatz Spuren zu finden, aber nach und nach meinte er, ein Muster erkennen zu können. Es schien ihm, als führten ungewöhnlich viele Abdrücke in nordwestliche Richtung. Er folgte der Fährte. Ja, hier waren zweifellos etliche Menschen entlanggegangen. Zweige waren abgebrochen, Gräser niedergetrampelt – ganz unpassend für die Waldmenschen, die sonst sehr darauf bedacht waren, ihren Wald pfleglich zu behandeln. Yannick sah vor seinem inneren Auge bewaffnete Soldaten, die ihre Gefangenen rücksichtslos vor sich her trieben. So schnell er konnte, folgte er der Spur.

Plötzlich hielt er inne. Vor ihm auf dem Weg lag eine dunkle Holzbrosche mit einem verschlungenen Muster. Vorsichtig hob er sie auf. Bettys Brosche!

Ob das ein Zeichen von ihr war? Eine Nachricht, ein Hilferuf?

Er steckte das Schmuckstück in die Tasche und eilte weiter. Als er schließlich den Waldrand erreichte, war der Fall für ihn klar: Die

Waldmenschen hätten nie und nimmer freiwillig ihren Schutzraum verlassen. Etwas war passiert. Aber was konnte er tun?

Eine grimmige Wut stieg in ihm hoch. Das sollte Lutz ihm büßen.

* * * *

Der Weg wand sich Kilometer um Kilometer bergauf, und die Waldmenschen keuchten vor Anstrengung, als sie endlich oben angelangt waren. Sie wurden für ihre Mühen mit einem überwältigenden Anblick entschädigt. Zu ihren Füßen erstreckte sich ein Flusstal. Am Ufer des träge dahinfließenden Stromes und auf dem gegenüberliegenden Hang leuchteten Hunderte von Häusern in der Mittagssonne. Sie wirkten sehr schlicht, erinnerten an kleine weiße Schachteln, die jemand künstlerisch drapiert hatte. Andeutungsweise konnte man Menschen ausmachen, die sich als winzige Punkte über die Straßen bewegten.

Betty klatschte vor Freude in die Hände. „Gefällt es dir?", fragte Hassan mit erkennbarem Stolz. „Das ist Theben, die Stadt des Pharao. Hier findet ihr alles, was euer Herz begehrt. Seht ihr das langgestreckte Gebäude dort unten am Nil? Das ist mein bescheidener Laden. Kommt und schaut euch um!"

Schlagartig war alle Müdigkeit von den Waldmenschen abgefallen. Aufgeregt liefen sie dem neuen Ziel entgegen.

„Hassans Handelshaus" stand in roten Lettern auf der ockerfarbenen Wand. Die beiden Flügeltüren standen offen. Rechts und links davon hingen, standen und lagen alle möglichen Waren und zogen sofort das Interesse der Waldmenschen auf sich: eine Art Bollerwagen, diverse Besen und Schaufeln, eine Stange mit Kleidern.

„Das hier draußen ist noch gar nichts!", rief Hassan. „Kommt herein und schaut euch drinnen um!" Ehrfürchtig betraten sie den Laden.

Ein schlankes dunkelhaariges Mädchen stand hinter der Ladentheke und blickte ihnen aufmerksam entgegen. Sie tauschte einen Blick mit Hassan und nickte unmerklich.

„Herzlich willkommen!“, rief sie fröhlich. „Ihr müsst diejenigen sein, die diese wunderbare Keramik herstellen!“ Die Ankömmlinge quittierten die freundliche Begrüßung mit einem verlegenen Lächeln.

„Hallo Shiva“, näselte Kevin, „alles fit im Schritt?“

„Halt bloß die Klappe, du Arsch.“ Schlagartig war alle Freundlichkeit aus ihrer Stimme gewichen. Die Waldmenschen zuckten zusammen, dann grinsten sie einander an. Diese Reaktion auf Kevin waren sie gewohnt.

„Wo habt ihr unsere Keramiken denn stehen?“, fragte Olaf, der die Gelegenheit nutzen wollte, sich ein Bild von den Verkaufspreisen zu machen.

„Da drüben“, Shiva wies auf ein leeres Regal. „Sind bloß leider ausverkauft. Ihr müsst dringend nachproduzieren, diese Sachen sind voll der Renner.“

Missmutig blickte Olaf auf die abgeräumten Bretter, an denen keine Preisschilder zu finden waren – nur die große Überschrift „Waldkeramik“. Wie sich bald zeigte, waren nirgendwo im Laden Preise ausgezeichnet – alles war Verhandlungssache, wie in einem orientalischen Basar.

Im Hintergrund stieß Mirjam einen leisen Schrei aus. Sie hielt ein mittelalterlich anmutendes Leinenkleid in der Hand – derb genug für den Wald, aber schön gemacht: Es war rostrot und mit hübschen Verzierungen aus goldener Borte versehen. Die Arme waren mit Weiß abgesetzt. Mirjam sah es bewundernd an.

„Kann man das hier irgendwo mal anprobieren?“

„Klar“, antwortete Shiva, jetzt wieder die Freundlichkeit in Person, „gleich dort drüben hinter dem Vorhang.“

Mirjam eilte davon. Kurz darauf kam sie in dem neuen Kleid zurück und bewunderte sich im Spiegel. Es saß wie angegossen. „Das muss ich haben!“, sagte sie. „Was soll es kosten?“

„Ach, das ist kaum der Rede wert“, antwortete Hassan. „Für so ein wunderschönes und gut verarbeitetes Kleid. Und es steht Ihnen wirklich gut. Als wäre es für Sie gemacht!“

Mirjam strahlte und drehte sich vor dem Spiegel. „Das heißt jetzt was?“, hakte sie nach.

„Für Sie nur zwölf Silberlinge“, erwiderte Hassan mit einem galanten Lächeln. Mirjam erbleichte. Ihr ganzes Vermögen belief sich auf fünf Silberlinge.

Hassan bemerkte ihr Zögern. „Wenn das zu teuer ist, habe ich durchaus auch ein paar günstigere Angebote!“

„Nein“, sagte Mirjam entschieden. „Dieses oder keines. Dann muss ich eben bis zum nächsten Mal warten.“

„Aber, aber“, erwiderte Hassan. „Selbstverständlich haben Sie Kredit bei mir! Wir können es einfach mit Ihrer nächsten Lieferung verrechnen. Ich weiß doch, wie wunderschön Ihre Teller und Schüsseln sind! Wirklich jeden Silberling wert!“

Wieder lächelte Mirjam geschmeichelt. Unsicher sah sie zu ihrer Schwester hinüber. Esther nickte ermutigend. „Das Kleid sieht wirklich toll aus. Und schon mit der nächsten Lieferung ist es bezahlt! Wer weiß, wann wir das nächste Mal hierherkommen!“

„Also schön“, sagte Mirjam, „ich nehme es. Und vielleicht reicht mein Kredit ja auch noch für ein bisschen Schmuck!“

„Da bin ich sicher!“ Hassan verbeugte sich.

Nun war ein Damm gebrochen. Die Waldmenschen deckten sich mit allem ein, was ihr Herz begehrte. Hassan lächelte still in sich hinein und schrieb alles in ein kleines Notizbuch.

„Habt ihr euch schon überlegt, wie ihr den ganzen Kram mit nach Hause bekommen wollt?“, meldete sich Olaf zu Wort.

„Das ist doch kein Problem“, antwortete Erik, der nun wieder stolzer Besitzer eines Karrens war. „Ihr könnte es bei mir aufladen, ich schiebe es für euch nach Hause.“

* * * *

Wutschnaubend machte Yannick sich auf den Weg zu Lutz. Er wollte nur noch eines: Diesem Mann die Meinung sagen. Er konnte sich ohrfeigen bei dem Gedanken daran, dass er ihm mal vertraut, ja sogar für einen Freund gehalten hatte. Wieso ließ er Betty und die Waldmenschen nicht einfach in Ruhe? Sollte er doch seinen Ärger gegen Ron woanders abreagieren.

Es war früher Nachmittag, als er am Bit & Bytes ankam. Die Kneipe hatte noch geschlossen. Yannick ging durch den schmalen Durchgang, der in einen Hinterhof führte. Dort befand sich der Privateingang von Lutz. Er klingelte Sturm, aber nichts passierte. Yannick spürte, wie das Adrenalin in ihm aufstieg und überzukochen drohte.

„Hey du Arschloch, mach auf, ich weiß, dass du zuhause bist!"

Er hämmerte mit aller Kraft gegen die Tür und drückte auf den Klingelknopf, als wollte er ihn durch die Wand pressen.

„Du feige Sau, was hat Betty dir getan? Und die Waldmenschen? Lass sie einfach in Ruhe, hörst du? Lass deine Finger aus diesem Spiel!"

Er schlug gegen die Tür, bis ihm die Fäuste wehtaten. Dann ging er ein paar Schritte zurück und starrte zu dem Fenster im ersten Stock hinauf, von dem er wusste, dass es zu Lutz' Wohnung gehörte. Plötzlich war ihm, als hätte er eine Bewegung gesehen. Ein Schatten, der hinter dem dunklen Fenster vorbeigehuscht war. Bestimmt beobachtete Lutz ihn. Vielleicht amüsierte er sich sogar über ihn. Dieser Gedanke gab ihm den Rest. Suchend blickte er sich um. Er hob eine leere Bierflasche auf und schleuderte sie in die Richtung, in der er den Schatten gesehen zu haben meinte. „Das ist für Betty, du Wichser!", brüllte er.

Mit lautem Scheppern flog die Bierflasche durch die Fensterscheibe.

Yannick fühlte Befriedigung. Mehr konnte er hier heute Abend nicht tun. Er drehte sich um und prallte zurück. Hinter ihm stand Tanja.

„Sag mal, bist du völlig bescheuert oder was? Das ist Sachbeschädigung, das ist dir doch wohl klar. Lutz wird ganz schön sauer sein, wenn er wiederkommt. Und wer ist Betty?"

Yannick stammelte und versuchte eine Antwort, aber die Zunge versagte ihm den Dienst. Sämtliches Blut war schlagartig aus seinem Gehirn entwichen.

„Ach, eigentlich interessiert es mich nicht", sagte Tanja. „Verschwinde einfach. Ich will dich hier nie wieder sehen. Ab sofort hast du Hausverbot im Bit und Bytes. Und die Glaserrechnung kriegst du per Post. Los, verpiss dich!"

Sie spuckte ihm ins Gesicht und ging davon. Yannick kam sich vor wie betäubt. Hier war etwas übelst schiefgelaufen.

* * * *

Es war Kevin, der die Nachricht überbrachte: „Hey, Waldies, der Pharao will euch sehen!"

„Wer?" Schlagartig kehrte Ruhe ein.

„Na, unser Obermufti. Er hat gesagt, dass ihr bei ihm eine Audienz bekommt. Und eine Einladung zum Festmahl, gleich heute Abend. Genug anzuziehen habt ihr jetzt ja dafür." Er grinste.

Sofort erhob sich angeregtes Gemurmel. Der Pharao lud sie ein? Was könnte er von ihnen wollen? Wie redete man ihn korrekt an? Welche Schuhe sollten sie anziehen?

Hassan ergriff das Wort. „Meine lieben Freunde, das ist eine große Ehre. Darauf könnt ihr wirklich stolz sein."

„Aber was könnte er von uns wollen?", fragte Olaf skeptisch.

„Nun, ihr seid ein wichtiger Handelspartner für uns, und ich nehme an, dass Pharao die Gelegenheit ergreifen möchte, euch kennenzulernen."

„Das ist ja auch viel einfacher für ihn, als zu euch in den Wald zu kommen!", quäkte Kevin dazwischen.

„Genau, du hast es erfasst." Hassan klopfte ihm auf die Schulter. „Wirklich ein heller Kopf, euer Kevin", sagte er anerkennend, und die Dorfleute wunderten sich einmal mehr darüber, was Hassan an diesem Jungen finden konnte.

Olaf verschlug es den Atem, als er den Thronsaal des Pharao betrat. Es war eine riesige dunkle Halle, deren Dach auf mächtigen Säulen ruhte. Vor jeder Säule erhob sich eine Statue, mindestens drei Meter hoch. Die Statuen stellten Fantasiewesen dar, halb Mensch, halb Tier, und wirkten bedrohlich.

An der Stirnseite des Saales befand sich ein steinernes Podest, zu dem breite Stufen hinaufführten. Darauf stand ein goldener Thron. Schon von weitem konnte Olaf erkennen, dass ihn aufwändig gearbeitete Reliefs schmückten. Der Mann, der auf dem Herrschersitz saß, war mit einem kostbaren Mantel bekleidet. Auf dem Kopf trug er einen ägyptischen Kopfschmuck, der golden und blau gestreift war.

Hassan warf sich vor dem Thron auf die Knie und berührte mit seiner Stirn die Erde. Die Waldmenschen folgten seinem Beispiel. Olaf zögerte einen kurzen Moment, aber schließlich tat er es ihnen nach. Aus den Augenwinkeln erkannte er, dass der Herrscher seinen Blick mit sichtlichem Vergnügen über die Menschen schweifen ließ, die da vor ihm auf dem Boden lagen.

Dann sprach Pharao: „Aber, aber, doch nicht so förmlich. Bitte steht auf. Ihr seid meine Gäste!"

Die Besucher erhoben sich. Verstohlen blickten sie sich um. Die Unsicherheit stand ihnen ins Gesicht geschrieben. Hassan zwinkerte ihnen zu. „Keine Bange", flüsterte er. „Das Schlimmste habt ihr überstanden. Jetzt kommt der lockere Teil."

Pharao zog seinen Mantel aus und faltete ihn sorgfältig zusammen. Er legte ihn auf den Thron, nahm dann seine Kopfbedeckung ab und stellte sie vorsichtig auf den zusammengefalteten Mantel. Nunmehr mit einem goldbestickten Leinengewand bekleidet, schritt er würdevoll die Stufen herunter, ging auf eine Seitentür zu und winkte seinen Gästen, ihm zu folgen.

Der Nebenraum war deutlich kleiner als der Thronsaal, aber hatte trotzdem noch eine beachtliche Größe. Eine lange, festlich gedeckte Tafel stand in der Mitte. Als die Waldmenschen eintraten, begann ein Orchester zu spielen.

Pharao stolzierte zum Kopf der Tafel, wo ein aufwändig verzierter Sessel stand, setzte sich und bedeutete seinen Gästen, ebenfalls Platz zu nehmen. Dann klatschte er in die Hände. Sofort verstummte die Musik.

„Meine lieben Freunde aus dem Wald", begann er, „ich habe euch zu mir gebeten, weil ich die Menschen näher kennenlernen wollte, die uns so viel Schönes beschert haben."

Seine Hand beschrieb einen Halbkreis über der Tafel. Jetzt erst fiel Olaf auf, dass der Tisch mit ihren Keramiken gedeckt war.

„Wir können uns ein zivilisiertes Leben ohne eure Werke nicht mehr vorstellen. Darum nehmt dieses Mahl als ein kleines Zeichen meiner Dankbarkeit. Auf weiterhin gute Zusammenarbeit!"

Bei diesen Worten hob er seinen Becher. Die Waldmenschen taten es ihm nach, und plötzlich verspürte Olaf einen gewaltigen Durst. Er überlegte, ob er sich kurz ausloggen und in seiner Küche etwas zu trinken holen konnte, aber er fürchtete, damit gegen die Etikette zu verstoßen.

Als hätte Pharao seine Gedanken gelesen, fuhr er fort: „Ich möchte, dass ihr euch bei mir wohlfühlt. Wer mal kurz – äh – einnicken möchte: Bitte tut euch keinen Zwang an. Aber bleibt nicht zu lange fort, denn sonst verpasst ihr das Beste!"

Offensichtlich hatten auch andere am Tisch das gleiche Bedürfnis, denn ringsherum sah Olaf seine Volksgenossen in ihren Stühlen zusammensacken. Er tat es ihnen gleich, streifte sich den Cyberhelm vom Kopf, nahm die Handschuhe ab und reckte sich ausgiebig.

Er hatte keine Ahnung, wie lange er schon online war, und es war ihm auch egal. Das sogenannte reale Leben konnte mit dem, was er in X-World erlebte, ohnehin nicht mithalten. Dort war er ein Häuptling, ein geachteter Stammesführer, der Verantwortung trug, und hier bloß ein arbeitssuchender Hartz IV-Empfänger, dessen Fähigkeiten niemand zu schätzen wusste. Er machte sich ein Sandwich, holte sich ein Bier und schlug kurz darauf seine Augen wieder im Festsaal des Pharao auf. Inzwischen war die Party im vollen Gange. Geschickte Jongleure mit nackten, durchtrainierten Oberkörpern zogen die Blicke der weiblichen Gäste auf sich, während die Männer ihre Augen nicht von den Bauchtänzerinnen lassen konnten. Deren Kleider enthüllten mehr als sie verdeckten, und ihre geschmeidigen Hüftbewegungen regten die Fantasie der Zuschauer sichtlich an.

Die Musiker holten alles aus ihren Instrumenten heraus, spielten eine hypnotische orientalische Melodie, und unwillkürlich bewegte sich die ganze Gesellschaft zu diesen Klängen, so wie die Schlange eines Schlangenbeschwörers den Bewegungen der Flöte folgt. Die Luft knisterte vor Erotik.

Nach einer Zeitspanne, die sich für Olaf endlos anfühlte, klatschte der Pharao in die Hände. „Meine lieben Gäste“, sagte er, „es wird Zeit, dass ich mich zurückziehe. Selbstverständlich seid ihr heute Nacht meine Gäste – ich habe meine Diener angewiesen, jedem von euch ein Zimmer herzurichten. Die Tänzerinnen machen auch gerne Hausbesuche. Vielleicht wird das die Lähmungserscheinungen mancher Herren kurieren.“

Er setzte ein wölfisches Grinsen auf. Olaf sah sich um. In der Tat hing der rechte Arm einiger Gäste merkwürdig schlaff herunter. Das konnte eigentlich nur bedeuten, dass sie ihren Cyberhandschuh ausgezogen hatten und in der realen Welt etwas anderes taten.

„Nicht dass ich dafür kein Verständnis hätte. Schon seit längerem stehe ich mit Future Computing in Verhandlung und bin zuversichtlich, dass meine Anregungen bezüglich einer Hardwareerweiterung recht bald umgesetzt werden.“

Erik stieß Olaf in die Seite. „Wovon redet der?“, fragte er verständnislos. „Das ist schwer zu erklären“, gab dieser vage zurück. Bei ihm war jedes erotische Knistern verschwunden. Er fühlte nur noch Ekel.

„Wie dem auch sei – ich freue mich darauf, euch morgen früh mit einem ausgedehnten Frühstück bewirten zu dürfen und wünsche eine angenehme Nacht.“

Applaus brandete auf – wie durch ein Wunder waren die angesprochenen Lähmungen plötzlich wieder verschwunden.

* * * *

Ron kam sich vor wie ein Teenager bei seiner ersten Verabredung. Unbehaglich rutschte er auf dem Stuhl herum. Seine Hände waren feucht. Der neue Anzug und die Krawatte fühlten sich ungewohnt und fremd an, ebenso wie das piekfeine Restaurant, in dem er sich mit *ihr* treffen wollte.

Weil er sich in seiner Aufregung mit der Zeit vertan hatte, war er eine halbe Stunde zu früh gekommen. Nun saß er da zwischen all den auf Hochglanz polierten Gläsern und Bestecken und sah sich hilflos um. Allein die Weinkarte war umfangreicher als der letzte Geschäftsbericht der PSA, und der war ihm schon endlos erschienen.

Er wollte ein Wasser und hörte kaum auf die Namen, die der Ober herunterrasselte. Sie sagten ihm nichts. Völlig egal. Irgendein Mineralwasser bitte.

Endlich entfernte sich die Bedienung wieder, und Ron konnte in dem vergeblichen Versuch fortfahren, seine Gedanken zu ordnen.

Wie sollte er an das Gespräch herangehen? Welche Erwartungen hatte er eigentlich an dieses Treffen? Welcher Strategie wollte er folgen?

Er wusste es nicht. Er fühlte sich hilflos und überfordert in solchen Situationen. Das war einer der Gründe dafür, warum er sich so gern mit Computern befasste. Die verstand er. Die reagierten komplett logisch, was man von Menschen nicht behaupten konnte – schon gar nicht von denen weiblichen Geschlechts, die ihn immer wieder vor Rätsel stellten.

Und dann kam *sie*.

Sie war schön wie ein Filmstar. Die blonden, leicht gewellten Haare reichten ihr bis auf die Schultern. Sie hatte traumhaft blaue Augen, eine fein geschnittene Nase, volle Lippen, die wunderbar lächeln konnten – und eine atemberaubende Figur. So wie sie aussah, konnte sie jeden Mann haben. Ron verstand nicht, dass sie sich ausgerechnet mit ihm traf, aber er war froh darüber. Kaum zu glauben, dass sie sogar mal miteinander verheiratet gewesen waren ...

„Hallo Ron!", begrüßte sie ihn.

„Hallo Lisa." Unbeholfen stand er auf, wobei sein Ärmel nur knapp an dem kostbaren Wasserglas vorbeifegte. „Schön, dass du gekommen bist! Es ist lange her, dass wir mal zusammen essen gegangen sind!"

„Ja, das stimmt! Und in so einem feinen Restaurant waren wir noch nie!" Sie setzte sich an den Tisch ihm gegenüber. Ihre Bewegungen wirkten elegant und fließend. Er schaute ihr fasziniert zu.

Als sie sich kennengelernt hatten, waren sie zum Essen meist in die Mensa gegangen – das höchste der Gefühle damals war eine Pizzeria. Dann, nach der Geburt von Jonte, waren sie gar nicht mehr dazu gekommen auszugehen. Erst war das Kind noch zu klein, und später hatte Ron die neue Stelle bekommen, für die er regelmäßig bis tief in die Nacht gearbeitet hat. Irgendwann hatte Lisa ihn verlassen, und dann war es zu der Katastrophe mit „Wargames" gekommen ...

Lisa blickte in die Speisekarte und unterdrückte einen Aufschrei. „Von dem, was die hier für eine Vorspeise nehmen, bekommt man woanders zwei Hauptgerichte!"

Ron lächelte. „Ich hoffe, du kannst es trotzdem genießen. Ich habe gehört, dass das Essen hier jeden Cent wert sein soll ... und Geldsorgen sind nicht mehr mein Problem", fuhr er nach einer Pause fort.

„Ja, ich habe mir so etwas schon gedacht. Du hast die Unterhaltszahlungen verdreifacht. Danke."

„Kein Problem", sagte Ron. „Ich möchte, dass es dir und dem Jungen gutgeht, wenn ich mich schon nicht um euch kümmern kann."

Es folgte ein verlegenes Schweigen, und Ron war diesmal dankbar für den förmlichen Ober, der kam, um die Bestellung aufzunehmen.

Das Menü war ein Erlebnis. Schon die Art und Weise, wie die Speisen angerichtet waren, eher kleine Kunstwerke als bloßes Essen, war beeindruckend. Und es schmeckte fantastisch.

Ron und Lisa gaben sich dem Genuss hin, und allmählich löste der gute Wein ihre Zungen. Sie unterhielten sich so angeregt wie schon lange nicht mehr. Lisa erzählte von Jonte und von ihrer Arbeit als Lehrerin, und Ron hörte einfach nur zu. Manchmal ertappte er sich dabei, dass er mehr auf den Klang ihrer Stimme hörte als auf den Inhalt ihrer Worte. Er liebte ihre Stimme. Er liebte diese Frau. Wie hatte er nur zulassen können, dass ihre Ehe zerbrach!

„Ach, jetzt habe nur ich die ganze Zeit geredet", sagte Lisa. „Erzähl doch mal von dir! Hast du immer noch mit diesem Computerspiel zu tun?"

„Ja, mit ‚X-World'", sagte Ron. „Es entwickelt sich supergut. Wir haben schon über eine Million Spieler, und täglich werden es mehr."

Lisas Gesicht verfinsterte sich. „Das ist ja schön für dich", sagte sie, aber es klang wie: „Man sollte dir das Handwerk legen."

Ron zuckte zusammen. Hatte er etwas Falsches gesagt? Etwas hilflos fuhr er fort: „Du musst es dir einmal anschauen, es ist fantastisch! Man hat den Eindruck, wirklich in einer anderen Welt zu sein."

„Nein danke. Ich habe tagtäglich mit den Auswirkungen zu tun."

„Wie meinst du das?"

„Kannst du dir vorstellen, wie viel Potential der Schüler vom Computer absorbiert wird? Wie viel sie erreichen könnten, wenn sie nicht Stunden über Stunden mit irgendwelchen Ballerspielen verbringen würden? Mozart hat mit zehn Jahren seine erste Sinfonie komponiert. Das konnte er nur, weil er weder Fernseher noch einen PC hatte. Du glaubst nicht, wie oft ich es erlebe, dass ein Schüler keine Hausaufgaben gemacht hat, weil er es für wichtiger hielt, irgendwelche Aufgaben in irgendwelchen Spielen zu lösen."

„X-World ist anders", warf Ron ein, aber Lisa überhörte ihn.

„Und dann diese Gewalt. Wusstest du, dass man Amokläufe am Computer vorbereiten und trainieren kann? Erst knallen sie die Leute auf dem Bildschirm ab, und irgendwann rennen sie mit der Pistole in die Schule und töten unschuldige Menschen."

„Und wenn es auch andersherum ginge?"

„Wie meinst du das?"

„Na, wenn man nicht nur brutales Verhalten trainieren könnte, sondern auch positives? Das ist mein Traum!"

„Und wie soll das gehen?"

„Ich bin davon überzeugt, dass die Umwelt den Menschen formt. Wenn Mozart in einem Berliner Hinterhof aufgewachsen wäre, dann hätte er sein Talent niemals so entfalten können, wie er es getan hat.

Aber wenn du den Menschen die Möglichkeit gibst, unberührte Natur zu erleben, eine Gemeinschaft, in der nicht jeder nur an sich selbst denkt, eine Welt, in der sich nicht alles nur ums liebe Geld dreht, dann entwickelst du damit ihre guten Seiten. Nicht nur Amokläufer können mit dem Computer trainieren. Auch hilfsbereite, freundliche Menschen. Dadurch könnte eine bessere Welt entstehen."

Lisa schwieg. Nachdenklich? Skeptisch?

„Natürlich geht das nicht alles von selbst. Man muss die Menschen auch dazu animieren. Mein Plan hat mehrere Stufen. Erst schaffe ich die perfekte Welt. Dann suche ich mir eine Gruppe von Menschen, die bereit sind, sich auf solche Pläne einzulassen und den anderen vorzuleben, wie es gehen kann. Sozusagen als Mustervolk."

„Und dann?"

„Und dann sehen die anderen, wie gut es sich damit lebt, und schlagen denselben Weg ein."

Lisa sah ihn lange prüfend an. Dann legte sie ihre Hand auf seine.

„Ron Schäfer", sagte sie, „du bist ein Träumer."

Aber sie lächelte dabei.

* * * *

Das Frühstück in der Festhalle war schon fast vorbei, als Pharao in Begleitung einiger Höflinge eintrat. Sofort verstummten die Gespräche. Ehrfürchtig verbeugten sich die Waldmenschen vor dem Herrscher, und wieder erkannte Olaf eine tiefe Genugtuung auf dem Gesicht des Pharao.

„Meine lieben Freunde, bitte verzeiht mir, dass ich erst so spät zu euch komme. Es gab dringende Staatsgeschäfte, die meine volle Aufmerksamkeit beansprucht haben. Aber nun bin ich hier und möchte euch einen Vorschlag machen." Er legte eine effektvolle Pause ein, blickte jeden seiner Gäste bedeutungsvoll an und gab dann einem seiner Diener ein Handzeichen. Daraufhin entrollte dieser eine Karte. Olaf erkannte ihren Wald und die Stadt Theben, dazwischen den Flusslauf des Nil.

„Wie ihr ja selbst gemerkt habt, führt bislang kein brauchbarer Weg zu eurem Dorf. Das ist hinderlich für den Warentransport, vor allem, wenn es sich dabei um so schwere und zerbrechliche Güter handelt wie eure Keramiken. Darum bin ich zu dem Schluss gekommen, dass es an der Zeit ist, eine Straße zu bauen. Eine Straße, die unsere Welten miteinander verbindet. Eine Straße, die für Wohlstand sorgt – bei euch ebenso wie bei uns. Was haltet Ihr davon?"

Ratlos schauten die Dorfbewohner zu Olaf, der unschlüssig zu Boden blickte.

Mirjam ergriff das Wort. „So eine Straße ist ein aufwändiges Projekt", sagte sie. „Sicherlich wird es Jahre in Anspruch nehmen und viele tausend Silberlinge kosten."

„Nun", sagte der Pharao, „um die Bauplanung und die Durchführung werden sich meine Leute kümmern, und was die Kosten angeht, so ist es nur gerecht, wenn wir sie uns teilen."

„Aber woher sollen wir so viel Geld nehmen?" Olaf erwachte aus seiner Sprachlosigkeit.

„Ihr liefert hervorragende Ware, ich sehe keinen Grund, warum Ihr keinen Kredit bei mir bekommen solltet."

„Ich weiß nicht", Olaf sah sich unglücklich zu seinen Mitstreitern um. „Ich habe nicht gerne Schulden – und dann gleich so viel ..."

„Gut", sagte der Pharao, „das ist natürlich eure Entscheidung. Aber es muss euch klar sein, dass die Konkurrenz nicht schläft. Und so, wie ich meinen guten Hassan kenne, hat er kein Problem damit, bei anderen zu kaufen, wenn der Transport von dort aus einfacher ist und die Preise stimmen."

Mirjam funkelte Olaf böse an. „Komm schon", sagte sie. „So ein Straßenbau dauert Jahre. Bis dahin haben wir das Geld locker zusammen. Außerdem übernimmt der Pharao die Hälfte. Das finde ich sehr großzügig von ihm. Stell dir vor, wenn es eine Straße gäbe, dann könnte Erik uns jederzeit mit dem Karren zum Einkaufen fahren. Na los, sag ja! Das ist eine einmalige Chance. Und die anderen sind auch dafür."

Olaf blickte in die Runde. Hier und da sah er ein verlegenes Nicken.

„Was wird die Sache denn kosten?", fragte er den Herrscher.

„Schwer zu sagen – das kommt auf den Schwierigkeitsgrad des Geländes an. Aber ihr werdet einen fairen Preis bekommen, das garantiere ich euch – und wie gesagt, die Hälfte zahle ich selbst."

Olaf sah unglücklich aus. „Und wie soll das Ganze ablaufen?", fragte er.

„Nun, wir schließen einen Vertrag miteinander, den jeder von euch unterzeichnet. Und dann bekommt ihr einen EL für die Kostenabrechnung."

„Einen was?"

„Einen ‚Extension Loader'. Das ist ein Tool, das ich entwickelt habe, um die Möglichkeiten dieser Welt zu erweitern. Er wird euch unter anderem jederzeit euren Kontostand anzeigen und nützlich sein, wenn ihr in der Stadt einkaufen wollt. Funktioniert so ähnlich wie eine Kreditkarte."

„Eine Programmerweiterung? Ich weiß nicht, ob Ron damit einverstanden wäre ..."

„Seid ihr etwa seine Sklaven? Ihr habt für X-World bezahlt, wie jeder andere auch, und es ist euer gutes Recht, hier zu tun und zu lassen, was euch gefällt. Außerdem werdet ihr bald merken, dass EL eine ganze Reihe von Annehmlichkeiten bietet. Es gibt Spiele und viele Apps, die das Leben hier enorm erleichtern ..."

„Ich will es trotzdem nicht haben!" Plötzlich war sich Olaf seiner Sache sicher.

„Ganz wie du willst. Deine Freunde können das bestimmt für sich selbst entscheiden. Aber eins musst du wissen: In Zukunft wirst du ohne EL in dieser Stadt weder etwas kaufen noch verkaufen können. Wir schaffen das Bargeld komplett ab."

„Was muss ich tun, um diesen EL zu bekommen?", unterbrach ihn Mirjam mit einem spöttischen Blick auf Olaf. „Es sind schließlich nicht alle von uns ängstlich und fortschrittsfeindlich."

„So gefällt mir das." Pharao lächelte sie an. „Es geht ganz leicht. Im Nachbarraum befindet sich ein Terminal. Du hältst die Rückseite deiner rechten Hand darüber, und EL wird installiert. Ganz einfach. Nur bei den Bots läuft die Sache etwas anders, da brauchen wir aus technischen Gründen die Stirn. Tut aber nicht weh, und zu sehen ist hinterher auch nichts."

„Na, dann los", sagte Mirjam. „Ich will die Erste sein."

Die Gruppe folgte ihr und dem Pharao in den Nebenraum.

Das Wort „Terminal" hatte sie etwas technisch Kompliziertes, silbern Glänzendes erwarten lassen, aber es handelte sich lediglich um einen steinernen Block, der mitten im Raum stand, hüfthoch und tiefschwarz. Die obere Fläche, die wie eine Tischplatte wirkte, war poliert; in deren Mitte glänzte ein goldenes Quadrat.

Mit einem triumphierenden Lächeln streckte Mirjam ihre rechte Hand darüber. Das Quadrat blitzte mehrmals, es zischte leise. Plötzlich schrie Mirjam auf. Sie sprang zur Seite und reckte anklagend ihre Hand empor, auf der sich nun die roten Umrisse eines merkwürdigen Wesens abzeichneten – halb Mensch, halb Tier, ähnlich den Statuen im Thronsaal. Darunter schlängelte sich ein Ornament, das aussah wie drei ineinander verflochtene Sechsen.

„Was ist das?", kreischte sie, während sie hektisch ihren Handrücken rieb. „Du hast gesagt, es wäre nichts zu sehen!"

„Warte einen Moment", beruhigte sie der Pharao. Er griff sanft nach ihrem Arm und hielt ihn fest. Tatsächlich begann das Bild nach einer Weile zu verblassen. Schließlich war es ganz verschwunden. Beunruhigt untersuchte Mirjam die Stelle.

„Du siehst, auf mein Wort ist Verlass", sagte der Pharao. „Nichts mehr zu sehen. Nun mach mal so." Er legte seine Handflächen in Stirnhöhe zusammen.

„Wow!" Die anderen blickten Mirjam erstaunt an. „Ich sehe eine Art Bildschirm mit verschiedenen Auswahlmöglichkeiten!"

„Richtig. Und sie werden ständig erweitert. Jetzt tippe mit deinem Finger auf den Punkt ‚Finanzen'. Dein Einkauf bei Hassan sollte auch darauf erscheinen."

„Nicht so gerne“, sagte Mirjam. „Ich glaube, ich habe gestern etwas über die Stränge geschlagen. Gleich zwei neue Kleider und jede Menge Schnickschnack – ich mag gar nicht dran denken ...“

„Tu es einfach.“ Pharao lächelte ihr zu. Zaghaft tippte Mirjam in die Luft.

„Was?“, rief sie, „aber das muss ein Irrtum sein!“

„Ist es so schlimm?“, fragte Esther teilnahmsvoll. „Ich habe ja gleich gesagt, dass das blaue Kleid zu teuer ist!“

„Nein, das ist es nicht – es wird ein Guthaben von 30 Silberlingen angezeigt!“

„Ein kleines Geschenk“, schmunzelte der Pharao. „Bei jedem, der sich heute für EL entscheidet, übernehme ich die Schulden, die er bei Hassan gemacht hat, und lege noch 30 Silberlinge oben drauf.“

Nun gab es kein Halten mehr. Die Waldmenschen drängten sich um das Terminal herum, während die Gruppe der Skeptiker, die sich um Olaf versammelt hatte, mehr und mehr zusammenschmolz.

14. DIE SACHE WIRD KOMPLIZIERT ...

Yannick trat wütend gegen eine Straßenlaterne. Das Licht flackerte kurz auf und verlöschte dann. *So kann es doch nicht weitergehen!*

Sein Leben lag in Trümmern. Mal wieder. Schlimmer denn je. Chaos in beiden Welten. Aber diesmal würde er nicht von der Brücke springen. Er würde kämpfen. Er hatte Betty schon einmal wiedergefunden, und es würde ihm auch dieses Mal gelingen. Seine Schritte beschleunigten sich. Die vertraute Straße mit ihren Häuserreihen und den grauen Balkons tauchte vor ihm auf.

Er schloss die Eingangstür auf und rannte die Treppe zu Rons Wohnung hinauf, immer zwei der fleckigen Stufen auf einmal nehmend. Schließlich stand er keuchend vor der Tür mit dem altmodischen Spion. Die Anstrengung tat ihm gut. Vielleicht sollte er mit Joggen anfangen.

In X-World angekommen sah er sich verwirrt um. Er befand sich nicht in seinem Dorf, in seiner Hütte, seinem Bett, wie er es gewohnt war. Stattdessen saß er am Waldrand unter einem Baum. Dann fiel es ihm wieder ein: Natürlich, hier hatte er das Spiel letztes Mal Hals über Kopf verlassen.

Er stand auf und sah sich um. Die Spuren seiner Freunde waren auf dem weichen Waldboden klar erkennbar. Sie führten hinaus in die Steppe. Dort verloren sie sich bald, denn der Boden war hart und trocken und mit magerem kurzen Gras bedeckt. Systematisch suchte Yannick den Untergrund ab, aber er konnte beim besten Willen nichts entdecken.

Er dachte nach, versuchte, sich an seinen Ausflug mit Betty auf den Berg zu erinnern. Damals hatte er Rauchfäden am Horizont entdeckt, Anzeichen menschlicher Siedlungen. Er nahm an, dass Lutz die Waldmenschen dorthin verschleppt hatte. Aber in welcher Richtung hatte er sie gesehen, war es nicht im Norden? Er blickte nach der Sonne, versuchte die Zeit abzuschätzen und wanderte eine Weile in die Richtung, die er für Norden hielt, immer in der Hoffnung, weitere Spuren zu finden. Schließlich hielt er inne.

Es war zwecklos. Er hatte weder Wasser noch Proviant dabei. Wenn er sich in dieser Einöde verlief, würde er irgendwann entkräftet zusammenbrechen, und dann war es vorbei mit Betty und den Waldmenschen. Ihm blieb keine andere Wahl. Er musste erst ins Dorf und sich ausrüsten. Resigniert drehte er um und ging zurück in den Wald.

* * * *

Vollgepackt und fröhlich schwatzend folgte die Karawane dem schmalen Pfad durch das Unterholz. Pharao hatte sie mit Kutschen bis an den Waldrand bringen lassen. Ein wirklich netter Kerl, darin waren sich alle einig. Etwas Besseres als ein Vertrag mit ihm konnte ihnen gar nicht passieren, und sie hänselten Olaf und die wenigen anderen, die sich standhaft geweigert hatten, EL zu übernehmen.

Kurz bevor sie das Dorf erreichten, lief Yannick ihnen entgegen. „Wo wart ihr denn?“, rief er aufgeregt. „Ich dachte schon, Lutz hätte euch entführt!“

„Yannick!“, jubelte Betty und warf sich ihm an den Hals. „Du glaubst nicht, was wir alles erlebt haben. Wir waren in der Stadt, und wir haben den Pharao gesehen, und er ist total nett und will uns sogar eine Straße bauen, und er hat uns mit der Kutsche bis an den Waldrand gebracht – klar, weiter konnte er ja auch nicht fahren, aber wenn wir erst unsere Straße haben, dann ...“

Yannick verstand kein Wort, aber er war überglücklich. Er nahm Betty in den Arm und erstickte ihren Wortschwall mit einem Kuss. Die Schmetterlinge im Bauch begannen zu tanzen, und der ganze Frust und Zorn der vergangenen Stunden fielen von ihm ab. Alles war gut. Betty war da, und sie war wunderschön und liebte nur ihn.

Es gab keine Entführung, er musste nicht durch die Steppe wandern, um dann ganz allein gegen Lutz und seine Armeen anzutreten. Alles war so, wie es sein sollte.

Aber dann sah er Olaf, und dessen Blick verriet ihm, dass etwas ganz und gar nicht in Ordnung war.

In Olafs Hütte war es schummerig. Nur die dicke Wachskerze auf dem Tisch verbreitete einen flackernden Schein und ließ die Schatten tanzen. Trotzdem erkannte Yannick die Besorgnis im Gesicht des Stammesführers.

„Ich weiß nicht, warum", gestand er, „aber ich traue diesem Pharao nicht. Irgendetwas ist faul an der Sache. Und dieser EL – ich meine, Ron ist der Programmierer dieser Welt, und ich finde, er hat seine Sache sehr gut gemacht. Wir sollten ihm nicht mit irgendwelchen Erweiterungen hineinpfuschen. Wer weiß, was da noch alles dranhängt!"

Sie schwiegen eine Weile nachdenklich.

Dann sagte Yannick: „Die Sache mit der Straße macht mir Sorgen. Es klingt zwar alles ganz verlockend, von wegen Handelsbeziehungen und Transportwege und so, aber bisher hat uns der Wald auch vor Angriffen bewahrt. Mit einer Straße wären feindliche Armeen schnell im Dorf."

Olaf sah ihn an. „So habe ich das noch gar nicht gesehen", flüsterte er. „Du hast recht. Wir müssen das Projekt wieder stoppen. Auf der Stelle. Bevor Pharaos Arbeiter im Wald anrücken. Ich berufe eine Versammlung ein."

Mit einem entschiedenen Ruck stand er auf und trat vor die Hütte. Yannick folgte ihm. Sofort merkten sie, dass etwas nicht stimmte. Eine eigenartige Unruhe lag in der Luft. Aufgeregte Vogelschwärme flatterten über ihnen hinweg, man sah Rehe flüchten. *Ein Waldbrand?*

„Da, hörst du das?", flüsterte Olaf. Yannick lauschte angestrengt. Ja. Da war etwas. Das Geräusch von fallenden Bäumen. Und es kam näher.

Die Dorfbewohner liefen aus ihren Hütten und versammelten sich auf dem Dorfplatz. Ängstlich starrten sie nach Nordwesten, von wo das Geräusch auf sie zukam. Bald darauf sahen sie, wie sich die Baumwipfel bewegten. Mit einem ächzenden Laut, einem lauten Rauschen und einem abschließenden dumpfen Knall ging Baum um Baum zu Boden.

„Was geht da vor?", fragte Mirjam, die sich neben Yannick und Olaf gestellt hatte.

„Ich denke mal, das wird die Straße sein, die du unbedingt gewollt hast", gab Olaf bitter zurück.

„Aber das ist völlig unmöglich, es muss Jahre dauern ...", begann Mirjam, bevor erneut das Geräusch eines stürzenden Baumes ertönte. Diesmal sahen sie es. Wie durch Geisterhand entstand erst ein Fallkerb im Baumstamm, dann ein Schnitt auf der gegenüberliegenden Seite. Der Baum neigte sich, fiel donnernd zu Boden – und verschwand im selben Augenblick.

Eine breite Schneise entstand. Felsen bewegten sich, Gräben schlossen sich – alles, ohne dass irgendwelche Arbeiter oder Maschinen zu sehen waren.

„Das ist Zauberei!", murmelte Mirjam.

„Nein, ich denke, das ist das Werk eines Hackers", sagte Yannick bitter. „Ich kenne diese Handschrift. Pharao muss mit Lutz zusammenarbeiten. Oder er ist es selbst, wer weiß. Ihr habt ihm unser Dorf auf dem Silbertablett serviert."

Schließlich verebbten die Geräusche. Ein breiter lehmbrauner Weg lag vor ihnen. Er wirkte wie eine Schlucht zwischen den hohen Bäumen, die zuvor das Dorf als schützende Mauer umgeben hatten.

Dann gellte ein vielstimmiger Schrei durch die Siedlung.

Yannick wirbelte herum. Er sah Betty, die vor sich in die Luft deutete und dabei laut jammerte, aber Yannick konnte nicht erkennen, worauf sie zeigte. „Was ist denn?", fragte er und packte sie am Arm.

„Drei-hundert-zwanzig-tausend", stammelte sie. „Dreihundertzwanzigtausend! Das darf nicht wahr sein!"

Yannick sah sie fassungslos an.

„Das muss EL sein", sagte Olaf. „Es zeigt ihnen ihren Schuldenstand an."

Im Nu war das Dorf erfüllt von heftigen Diskussionen, von Schuldzuweisungen und Wehklagen. Ein Horn ertönte. „Ich habe es befürchtet", sagte Yannick zu Olaf. „Sie kommen."

Mit lauter Stimme befahl er Verteidigungsbereitschaft – aber seine Männer waren aus der Übung. Noch ehe sie ihre Waffen geholt hatten, näherte sich eine große Staubwolke. Für Flucht war es zu spät.

Das Horn ertönte nochmals – fünf kurze Töne. Olaf und Yannick sahen sich verwirrt an. Entwarnung? Was sollte das?

Allmählich legte sich der Staub, und sie erkannten, dass es nur eine einzelne Kutsche war, die auf das Dorf zukam. Sie verlangsamte ihre Fahrt, die beiden Pferde gingen Schritt. Kurz vor dem Dorfplatz hielt sie an. Zwei Männer stiegen heraus. Hassan und Kevin.

„Traritrara, die Post ist da!", sagte er munter.

Hassan klopfte den Staub aus seinen Kleidern. „Das ist doch deutlich besser als vorher", sagte er. „Es war eine gute Entscheidung, diese Straße bauen zu lassen."

„Aber dreihundertzwanzigtausend Silberlinge", sagte Mirjam. „Und wir sind vierunddreißig Leute – so teuer kann doch keine Straße sein! Das wären ja über zehn Millionen Silberlinge Gesamtkosten – und das ist angeblich nur der halbe Preis!"

„Nun, da kann ich euch beruhigen", sagte Hassan. „Die Dreihundertzwanzigtausend sind der Anteil des ganzen Dorfes. Er erscheint nur bei euch allen, weil jeder Einzelne dafür haftet. Schließlich habt ihr diese Straße als Gemeinschaft bestellt."

„Alle für einen, einer für alle", kommentierte Kevin.

„Aber – wie sollen wir das bezahlen?"

„Nun, auf die übliche Weise. Ihr könnt dafür arbeiten, könnt Keramiken herstellen und verkaufen, könnt Geld umtauschen – in diesem Monat braucht ihr ja auch noch keine Zinsen bezahlen!"

„Zinsen?", schluckte Mirjam, „was für Zinsen?"

„Na, da müsst ihr in euren Vertrag schauen. Normalerweise nimmt Pharao sieben Prozent.“

„Aber das wären ja ...“ Mirjam schwieg. Hinter ihrer Stirn arbeitete es.

„Zweiundzwanzigtausendvierhundert im Jahr“, assistierte Kevin. Mirjam sah ihn mit glasigen Augen an.

„Nein, ich mache da nicht mit. Mir reicht es!“ Esther stampfte mit dem Fuß auf. „Ich habe im richtigen Leben schon genug Probleme mit dem Scheiß-Geld. Ich brauche das nicht auch noch beim Zocken. Ich steige aus.“

Hassan trat auf sie zu, legte seine Hand auf ihre Schulter und sah sie starr an. „Das würde ich nicht tun, Frau Ewert“, sagte er nach einer Weile. „Oder Sie werden Besuch bekommen in der Feuerbachstraße. Wir haben ein sehr effektiv arbeitendes Inkassobüro. Die kommen mit Motorrädern ...“

„Wie jetzt, woher wissen Sie ...“

„Ich weiß eine Menge“, sagte Hassan. „Sie sollten es lieber nicht darauf ankommen lassen. Pharao ist ein netter Kerl, aber in Geschäftsdingen versteht er keinen Spaß. Besser, Sie kooperieren. Und außerdem: Wenn das ganze Dorf Hand in Hand arbeitet, ist die Straße doch im Nu bezahlt. Und nun zeigt mal her, was Ihr Hübsches zu verkaufen habt.“

Murrend holten die Waldmenschen ihre Keramiken – viel war es nicht, weil sie seit dem letzten Besuch des Hassan kaum Zeit zum Töpfern gefunden hatten. Entsprechend hielt sich die Begeisterung des Kaufmanns in Grenzen.

„Die paar Dinger lohnen ja nicht mal den Weg hierher!“, knurrte er. „Nächste Woche komme ich wieder, und dann will ich meinen Wagen vollladen können!“

Als er das Dorf verließ, hatte sich der Schuldenstand der Waldmenschen um vierunddreißig Silberlinge reduziert.

* * * *

Ron blickte aus dem Zugfenster auf die vorbeirasende Winterlandschaft. Er war glücklich. Dieses Treffen mit Lisa war seit Jahren das erste, bei dem sie sich einfach nur unterhalten hatten. Kein Streit, kein Geschrei – sie hatten einfach nur ein schönes Gespräch geführt. Fast wie damals, als sie gerade erst zusammengekommen waren. Und sie hatte sogar gesagt, dass man das gern mal wiederholen könnte ...

Ein kleiner Bahnhof flog am Fenster vorbei.

Ron nahm seinen Aktenkoffer und kramte einige Computermagazine heraus, die er am Bahnhof erworben hatte. In der „Gamer" fand er einen Artikel über X-World, in den er sich sogleich vertiefte:

PSA meldet 1.000.000 User in X-World

Ron Schäfers neueste Kreation „X-World" hat einen unerwartet guten Start hingelegt. Bereits wenige Monate nach Verkaufsbeginn haben die Userzahlen die Millionenmarke übersprungen – und das, obwohl die Onlinewelt enorme Ansprüche an die Hardware stellt. Sie ist ausschließlich mit einem „Cyberstar" spielbar, für den derzeit 999 € zu veranschlagen sind.

X-World ist kein Game im klassischen Sinne, sondern stellt eine Mischung aus RPG und sozialem Netzwerk dar. Die User leben und arbeiten dort, teils in kleinen Siedlungen, teils in Städten. In „Theben", der größten Stadt im Spiel, wohnen mittlerweile etliche tausend Menschen. Sie finden dort alle Annehmlichkeiten der Neuzeit im Gewand des Altertums – Bars und Boutiquen, Bäder und Bordelle.

Wachsender Beliebtheit erfreuen sich die Games im Game – so gibt es bereits mehrere virtuelle Fußballmannschaften, in denen Spieler miteinander kicken, die im RL oft Hunderte von Kilometern entfernt wohnen. Ein X-World-Fußball-Pokal ist in Vorbereitung.

Auch die Liebe kommt nicht zu kurz – eine rührende Geschichte wurde uns von dem 24-jährigen Enno P., berichtet: Er ist als Soldat in München stationiert, während die Dame seines Herzens in Bielefeld wohnt. Jeden Abend treffen sie sich in X-World, wo sie Hand in Hand spazieren gehen und ihre Zweisamkeit genießen.

Ron ließ die Zeitung sinken. Die Geschichte von diesem Pärchen musste er unbedingt Lisa erzählen. Das würde ihre Meinung zu dem Spiel bestimmt verändern.

Immerhin schien ihr die Idee mit den Waldmenschen gefallen zu haben. Jedenfalls hatte sie darauf nicht ganz so ablehnend reagiert wie sonst, wenn das Gespräch auf Computerspiele kam. Vielleicht konnte er ihr beim nächsten Besuch ein paar Screenshots von der Waldmenschensiedlung mitbringen.

Während er so darüber nachdachte, wurde ihm klar, dass er sich in den letzten Wochen wieder viel zu wenig um sein Volk gekümmert hatte. Die Entwicklung des neuen Kontinents hatte seine ganze Aufmerksamkeit gefordert. Er nahm sich fest vor, in Frankfurt gleich als Erstes nach ihnen zu sehen. Er seufzte. Das hieß natürlich, nachdem er den Anrufbeantworter abgehört, die eingehende Post gesichtet und mit seinen Abteilungsleitern gesprochen hatte ...

Es interessierte ihn wirklich, wie sich das Dorf inzwischen weiterentwickelt hatte – ein spannendes Experiment, dieses soziale Leben in der Abgeschiedenheit des Waldes. Ein Soziotop, das sich in aller Ruhe entfalten konnte, ohne von diesen Typen verdorben zu werden, die in X-World nur Party machen wollten.

Damit seine Leute positiven Einfluss auf andere Menschen ausüben konnten, musste es natürlich irgendwann zum Kontakt kommen. Aber das durfte nicht zu früh geschehen. Erst musste sich ihr gemeinsames Leben weiter festigen und belastbar werden, damit es keinen Schaden bei der Begegnung nahm.

Ron starrte aus dem Zugfenster und dachte nach. Wie konnte er verhindern, dass die Waldmenschen durch solche Kontakte verdorben würden, anstatt andere zum Besseren zu beeinflussen?

Sie brauchten eine einzigartige Lebensweise. Regeln, deren Einhaltung sie von den anderen Menschen unterschied und so ihre Identität stärkte. Er kramte seinen Collegeblock heraus. Das war gar nicht so einfach, fand er, fast wie die Vorüberlegungen zu X-World. Er stellte jetzt Weichen für die Zukunft. Das musste gut bedacht werden.

Nachdenklich malte er auf seinem Block herum. Nahrung, Kleidung, Gebräuche – alles sollte ein bisschen anders sein, aber doch so vernünftig, dass sich die Waldmenschen auf diese Vorgaben einlassen konnten.

Der Stift flog übers Papier. Er schrieb und kritzelte, strich aus und schrieb erneut, er unterstrich und malte Pfeile zwischen einzelnen Textblöcken. Allmählich bekam er klarere Vorstellungen von dem, was er wollte.

Dies war die Geburtsstunde des Codex Silvanum, des berühmten Gesetzbuches der Waldmenschen.

* * * *

„... natürlich deinetwegen!" Esther warf ihrer Schwester wutentbrannt einen Klumpen Lehm vor die Füße. „Du wolltest diese blöde Straße, damit du besser shoppen kannst. Gib es doch wenigstens zu!"

„Es stimmt, ich wollte sie, aber ich war ja wohl nicht die Einzige!" Mirjam wischte ihre Hände mit hektischen Bewegungen an einem Lappen ab. „Du hast sie genauso gewollt wie ich, und alle anderen wollten sie auch – naja, mit Ausnahme von Olaf und seinen Mitläufern."

„Immerhin ist er unser Anführer. Du hast kein Recht dazu, ständig deinen Willen gegen ihn durchzusetzen."

„Pah, ich werde ja wohl noch meine Meinung sagen dürfen!"

„Ja, wenn du auch mal andere Meinungen neben deiner gelten lassen würdest. Aber das war schon immer so mit dir. Wenn du dir was in den Kopf gesetzt hast, dann gehst du über Leichen."

Mirjam blickte sich um. Die Dorfbewohner standen im Kreis um sie herum und folgten gespannt der Diskussion.

„Habt ihr nichts zu tun?", blaffte sie die Menge an. „Übermorgen kommt Hassan wieder, dann soll er staunen, was wir leisten können. Je mehr wir in diesem Monat schaffen, desto weniger Zinsen müssen wir zahlen."

„Das bringt doch alles nichts", entgegnete Esther. „Dreihundertzwanzigtausend Silberlinge – wie viele hundert Jahre willst du dafür denn töpfern?"

„Vielleicht können wir zusammenlegen – man kann doch Euro in Silberlinge umtauschen ..."

„Ja, sicher. Dreikommazwei Millionen Euro mit vierunddreißig Leuten. Ich weiß nicht mal, wovon ich meine Miete bezahlen soll." Ihre Stimme klang kraftlos.

Mirjam legte ihr eine Hand auf die Schulter. „Komm schon, Schwesterchen. Wir finden einen Weg. Irgendwie. Fürs Erste müssen wir einfach produzieren, was das Zeug hält."

Das kleine Dorf verwandelte sich in eine Fabrik. Vorbei war die Zeit, in der die Waldmenschen aus Freude an der Kreativität getöpfert hatten. Nun bildeten sie Arbeitskolonnen und begannen, ihre Produkte zu standardisieren. Der Brennofen lief praktisch ununterbrochen, und zusehends füllten sich die Regale mit Keramik.

Als Hassan zurückkam, präsentierten sie ihm todmüde, aber stolz, eine ganze Wagenladung von Bechern, Tassen und Schüsseln.

„Na", sagte Olaf, „diesmal hat sich der Weg doch gelohnt, oder?"

„In der Tat", sagte Hassan und inspizierte die Töpferwaren. „Es ist nur leider so, dass der Markt etwas gesättigt zu sein scheint. Im Moment kauft kaum noch jemand eure Sachen. Ich fürchte, ich kann euch nicht so viel zahlen wie beim letzten Mal."

Die Waldmenschen stöhnten auf.

„Tut mir leid, aber so ist es nun mal. Ihr wisst, dass Ihr mir vertrauen könnt. Ich bin ein ehrlicher Geschäftsmann. Also verkauft mir euren Kram oder lasst es."

Sie hatten keine Wahl. Als Hassan wieder fuhr, war ihr Schuldenstand um dreihundertfünfzig Silberlinge gesunken.

„Eine Schande ist das!", tobte Mirjam. „Die Waren sind mindestens fünfhundert wert!"

„Vielleicht sollte ich zum Pharao gehen und mit ihm reden", schlug Olaf vor.

„Das bringt doch alles nichts!", gab Mirjam heftig zurück. „Hast du es noch nicht gemerkt? Die stecken beide unter einer Decke. Die wollen uns über den Tisch ziehen."

„Mirjam hat recht", sagte Esther. „Aber was sollen wir machen?"

„Wir hauen ab", sagte eine Stimme mit Hamburger Akzent. Alle Blicke richteten sich auf Jonas. „Ich finde sowieso, dass das Dorf nicht mehr dasselbe ist, seitdem wir diese Chaussee haben. Lasst uns mal einen neuen Platz zum Leben suchen, irgendwo tief im Wald, wo dieser Pharao und seine Soldaten uns nicht finden können. Und dann kann er sich seine Straße und die Schulden an den Hut stecken. "

Olaf und Yannick tauschten einen Blick.

„Ich glaube nicht, dass das eine gute Idee ist", sagte der Anführer. „Ihr habt schließlich einen Vertrag unterschrieben."

„Und was sollen wir deiner Meinung nach tun?", höhnte Mirjam. „Im Akkord töpfern bis an unser Lebensende? Oder das Spiel verlassen und darauf warten, dass dieser Pharao uns irgendwelche Schlägertypen nach Hause schickt? Ich finde Jonas' Vorschlag gut. Wie sollen sie uns denn finden, wenn wir uns tiefer in den Wald zurückziehen? Also, wer kommt mit?"

Fast alle Hände gingen in die Luft. „Dann wäre das ja wohl geklärt", sagte Mirjam. „Packt eure Sachen, in einer Stunde ist Abmarsch."

„Und du, Häuptling ..." – ihr Zeigefinger stieß auf seine Brust – „kannst dir ja noch überlegen, ob du mitkommen willst oder lieber mit deinem Häuflein darauf wartest, dass die Truppen des Pharao anrücken."

Eine knappe Stunde später versammelten sich die Waldmenschen auf dem Dorfplatz. Sie hatten ihre Habe in Rucksäcken aus Tierfellen verstaut. Mirjam beschloss, Betty vorangehen zu lassen, denn sie kannte den Wald von allen Dorfbewohnern am besten. Yannick lief neben ihr.

Er hatte lange mit Olaf diskutiert, bis sich schließlich beide dazu durchgerungen hatten mitzugehen, auch wenn ihnen bei dieser Sache nicht wohl war.

Schweigend wanderte die Karawane in südwestlicher Richtung, ängstlich darauf bedacht, möglichst wenig Spuren zu hinterlassen. Nach einer guten Stunde kreuzte ein kleiner Bachlauf ihren Weg. Betty sah ihren Freund hilflos an. „Weiter als bis hierher bin ich noch nie gegangen", flüsterte sie ihm zu. Yannick nickte.

„Wir rasten!", rief er mit lauter Stimme.

Erleichtert legten die Waldmenschen ihr Gepäck ins Gras. Einige tauchten die schmerzenden Füße ins kalte Wasser.

Yannick lehnte seinen Rucksack an einen Baum, griff nach Bettys Hand und sprang mit ihr über das Bächlein. Das gegenüberliegende Ufer war von Kieseln gesäumt, auf denen schmutzig-braune Ränder erkennbar waren – der Bach führte offensichtlich weniger Wasser als sonst. Sie folgten ihm stromabwärts. Neben ihnen erhob sich eine steile Böschung, auf deren Oberkante Bäume und stachelige Büsche wucherten – viel zu dicht, um sich hindurchzuzwängen. So blieb Yannick und Betty nichts weiter übrig, als dem Bachlauf zu folgen und darauf zu hoffen, dass sie irgendwo einen gangbaren Weg entdeckten.

Es war ein wunderschöner Tag, der Himmel leuchtete blau durch die Lücken im Blätterdach, die Vögel sangen, Libellen huschten über die Wasseroberfläche – unter anderen Umständen hätte Yannick den gemeinsamen Spaziergang sehr genossen. So aber spürte er den Druck der Verantwortung auf sich lasten. Was, wenn sie keinen Durchgang fanden?

Endlich erreichten sie eine Stelle, an der sich das Ufer absenkte. Spuren zeugten davon, dass das Wild diesen Platz regelmäßig zum Trinken aufsuchte. Aufmerksam blickte Yannick sich um. Die Tiere hatten einen Pfad durch das Unterholz gebahnt. Nicht gerade ein Wanderweg, aber deutlich besser als das undurchdringliche Dickicht, dem sie zuvor gegenübergestanden hatten.

„Das ist gut", sagte Yannick. „Selbst wenn sie unserer Fährte bis zum Bach folgen sollten – zwischen den Steinen am Wasser werden sie nichts mehr finden."

Betty sah ihn an. „Dann sind wir also in Sicherheit?", fragte sie hoffnungsvoll.

„Das kann ich noch nicht sagen – aber je später sie anfangen, nach uns zu suchen, desto größer wird unsere Chance."

„Komm", sagte Betty fröhlich. „Jetzt finden wir ein neues Zuhause!"

Gemeinsam folgen sie dem Wildwechsel. Allmählich wurde der Untergrund steiniger und die Vegetation spärlicher. Schließlich erreichten sie eine Ebene. Sie hatte die Größe zweier Sportplätze und lag am Fuß eines steinigen Hügels, der sich abrupt aus der Wildnis erhob.

„Perfekt!", Yannick war begeistert. „Einen besseren Ort können wir kaum finden. Es ist Wasser in der Nähe, und der Berg bietet uns Schutz."

Betty klatschte vor Freude in die Hände. „Es ist toll hier!", rief sie. „Du wirst sehen. Wenn wir erst neue Hütten gebaut haben, wird es fast so schön wie vorher."

Hand in Hand liefen sie zurück zu den anderen, die sie schon sehnsüchtig erwarteten.

Olaf kam ihnen entgegen. „Habt ihr einen Platz gefunden?", fragte er hoffnungsvoll. Yannick nickte. „Wenn wir überhaupt eine Chance haben, dann dort."

* * * *

Ron sah die mittlerweile vertrauten Hochhäuser der Frankfurter Innenstadt am Taxifenster vorüberziehen. Er freute sich auf sein Büro und auf seine Arbeit. Die zwei Tage in Berlin hatten ihm neuen Schwung gegeben. Insbesondere brannte er darauf, nach den Waldmenschen zu sehen. Nicht nur, weil Lisa einigermaßen positiv auf das Experiment reagiert hatte – auch ihm selbst war durch das Gespräch mit ihr noch einmal klargeworden, wie viel ihm diese Sache bedeutete. Viel zu lange hatte er sich von anderen Dingen ablenken lassen.

Das Robotaxi hielt, er nahm seine Reisetasche und betrat das unscheinbare Gebäude. Mittlerweile erstreckte PSA sich über drei Etagen. Zwei hätten es nach Rons Ansicht auch getan, aber Gerhardt

Fleischmann wollte sich Optionen für die Zukunft offenhalten und hatte zugegriffen, als einer der Mieter Insolvenz anmelden musste.

Ron bestieg die muffige Fahrstuhlkabine, die ihn ächzend ins fünfte Stockwerk hinauftrug. Er schlenderte über den Nadelfilz auf die Glastür mit dem PSA-Firmenlogo zu und trat voller Vorfreude ein. Sofort umbrandete ihn heitere Betriebsamkeit. Es wurde telefoniert, diskutiert, programmiert und fotokopiert. Er liebte diese Atmosphäre und hielt einen Moment inne, um sie in sich aufzunehmen. Doch schon erblickte ihn Michael.

„Hey Ron, gut, dass du kommst. Wir brauchen deine Hilfe. Seitdem wir die neuen Server zugeschaltet haben, ist die Performance um 30 % gesunken – und wir finden den Fehler einfach nicht."

„Das kann doch gar nicht sein! Lass mich mal sehen." Ron folgte Michael an seine Monitore und vertiefte sich augenblicklich in das anstehende Problem.

Es war schon spät am Abend, als X-World endlich auch auf den neuen Servern zufriedenstellend lief. Ron war hundemüde und beschloss, ins Bett zu gehen.

Die nächsten Tage jagten an ihm vorbei – Meetings, E-Mails, Telefon, Papierkram, Troubleshooting, kaum Zeit zum Essen. Dann passierte ein Wunder. Lisa rief an. Sabine von der Zentrale stellte sie durch, und Ron schloss schnell die Tür seines Büros hinter sich.

„Hallo Lisa", sagte er aufgeregt, „ist irgendetwas mit Jonte?"

„Nein, nein, alles in Ordnung, ich wollte nur mal hören, wie es dir geht."

Ron hätte sich treten können. Nun rief sie seit Jahren das erste Mal bei ihm an, und er war dabei, es zu vermasseln.

„Oh, mir geht es bestens. Viel zu tun wie immer, aber der Trip nach Berlin hat mir total gutgetan."

„Das freut mich", sagte Lisa. „Ich fand den Abend auch sehr schön. Eigentlich schade, dass du jetzt so weit weg wohnst."

„Das stimmt." Es trat eine unangenehme Pause ein, in der Ron krampfhaft überlegte, was er als Nächstes sagen sollte. Solche Gespräche lagen ihm einfach nicht. Endlich kam ihm eine Idee.

„Weißt du, was ich im Zug gelesen habe?"

„Eine Computerzeitschrift nehme ich an."

„Ja genau. Und darin wurde von einem Pärchen berichtet – sie wohnt in Flensburg und er in München oder so, weil er gerade bei der Bundeswehr ist – und sie treffen sich jeden Abend in X-World, um da Hand in Hand am Strand spazieren zu gehen. Ist das nicht toll?"

„Ja, das hört sich nett an. Aber falls das ein Vorschlag sein soll – vergiss es. Für mich ist das nichts. Ich ziehe reale Menschen und reale Gespräche an realen Orten vor."

Ron hatte plötzlich das Gefühl, auf rutschiges Gelände geraten zu sein.

„Das weiß ich doch. Ich meinte ja bloß – ich dachte, du würdest die Story mögen."

Er meinte, ihr Lächeln vor sich zu sehen, als sie schließlich sagte: „Ja, das ist eine schöne Geschichte. Und ich will dir dein Spiel auch nicht verderben. Ich weiß ja, wie wichtig es für dich ist. Was machen übrigens diese Waldmenschen? Irgendwie musste ich immer wieder an das Experiment denken, von dem du erzählt hast. Ich finde das sehr spannend."

„Ist es auch."

„Irgendwie ein komischer Gedanke – du als Stammvater."

Stammvater – so hatte er sich noch gar nicht gesehen.

„Bleibt nur zu hoffen, dass du ihnen ein besserer Vater bist, als du es für Jonte warst. Bei deinem eigenen Sohn musstest du immer gerade dann ganz furchtbar viel arbeiten, wenn etwas Wichtiges in seinem Leben passiert ist."

Ron schluckte.

„Aber ich will ihm immer noch ein Vater sein", sagte er. „Vielleicht kann er in den Ferien ein paar Tage zu mir nach Frankfurt kommen."

„Ja, vielleicht. Vielleicht komme ich sogar mit. Mal sehen. War nett, mit dir zu sprechen! Mach's gut!" Sie legte auf.

Ron stand bewegungslos im Raum, das Telefon in der Hand, und wusste nicht, was er jetzt tun sollte. Diese Frau schaffte es noch immer, ihn aufzuwühlen. Er konnte komplizierte Programme schreiben, galt als einer der genialsten Softwareingenieure am Markt – aber wenn er mit Lisa sprach, kam er sich regelmäßig vor wie ein unterbelichteter Volltrottel. So, als würde sie mitten im Leben stehen, aber er es irgendwie verpassen. Konnte man das? Das Leben verpassen?

Er schwor sich, baldmöglichst nach den Waldmenschen zu sehen – vielleicht sogar die neue Recording-Software mitlaufen zu lassen, die Michael entwickelt hatte. Dann konnte er ihr zumindest einen Film über das schöne Leben mitten im Wald zeigen. Und Lisa würde verstehen, was für eine wunderbare Welt er erschaffen hatte.

* * * *

Als Hassan einige Tage später ins Dorf der Waldmenschen kam, fand er es verlassen vor. Nicht dass es ihn allzu sehr überraschte. Er schlenderte von Hütte zu Hütte, vergewisserte sich, dass wirklich alle Bewohner verschwunden waren, und vollführte dann eine eigenartige Geste. Es wirkte so, als malte er eine auf der Seite liegende Acht in die Luft und berührte anschließend mit dem Daumen sein Ohr.

„Hallo Lutz", sagte er. „Es ist so weit. Sie sind weg."

Anschließend ging er zu seiner Kutsche, packte einen Proviantkorb aus und setzte sich in aller Gemütsruhe auf die Bank unter der großen Linde am Dorfplatz.

* * * *

Olaf war in seinem Element. Von Zimmererarbeiten verstand er etwas, und scheinbar mühelos kommandierte er gleichzeitig fünfzehn Männer, überwachte den Bau von drei Hütten und zeichnete an dem Plan für eine vierte.

„Jonas und Henning, ihr seht doch, dass wir noch Material brauchen. Warum geht ihr nicht und fällt ein paar Bäume? Achtet darauf, dass die Stämme möglichst gerade sind und etwa so dick." Er hielt seine Hände fünfzehn Zentimeter auseinander. Die beiden Angesprochenen nickten sich kurz zu und verschwanden im Wald.

Yannick gefiel es, den Häuptling so willensstark zu sehen. Den übrigen Dorfbewohnern offenbar auch. Zusehends gewann die Siedlung an Gestalt. Sie war großzügiger angelegt als die alte, und Yannick hatte bei der Planung von vornherein darauf geachtet, dass sie optimal zu verteidigen war.

„Olaf, du denkst doch noch an den Palisadenzaun, von dem wir gesprochen haben?"

Olaf nickte. „Ja, wenn wir hier fertig sind, wird es aussehen wie ein gallisches Dorf."

„Hoffen wir nur, dass die Römer uns nicht finden, bevor die Anlage steht!"

„Das glaube ich nicht." Olaf strich sich durch seinen wallenden roten Bart. „Wir sind tief genug im Wald und haben unsere Spuren verwischt. Und die Zeit ist auf unserer Seite. Mit jedem Tag, der vergeht, verwächst der Pfad, der uns hierhergeführt hat, ein bisschen mehr. Pharao wird schon bald die Lust verlieren, uns zu suchen."

„Da wäre ich nicht so sicher", warf Yannick ein. „Immerhin schulden wir ihm eine Menge Geld."

„Im Prinzip stimmt das, aber wenn man es genau nimmt, dann hat er ja keine echten Ausgaben mit uns gehabt. Die Straße war ein Hack, das hat ihn höchstens ein paar Mausklicks gekostet. Aber wenn er seine Leute hinter uns herschickt, dann muss er sie mit richtigem Geld bezahlen. Ich an seiner Stelle würde die Sache auf sich beruhen lassen."

„Dennoch wäre es mir lieb, wenn wir unsere Verteidigungsanlagen so schnell wie möglich fertigbekämen."

„Das werden wir!" Olaf legte ihm beruhigend seine Pranke auf die Schulter. „Aber zuerst brauchen wir Häuser. Unsere Höhle ist auf Dauer einfach zu eng für so viele Leute."

Er sprang auf. „Erik! Die Balken kommen dort drüben hin!" Mit einem entschuldigenden Lächeln wandte er sich zu Yannick. „Sorry, ich muss rüber und ein paar Sachen regeln. Mach dir keine Sorgen.

Spätestens nächste Woche stehen die Hütten, und dann kommt der Palisadenzaun an die Reihe!"

Yannick nickte und lächelte, aber sein mulmiges Gefühl blieb. Er konnte nur hoffen, dass es sich diesmal irrte. Vielleicht ging ja alles gut.

* * * *

Endlich war das Meeting zu Ende. Ron ging in sein Büro und legte die Mappe mit den Sitzungspapieren auf einen Stapel, der allmählich so hoch war, dass er zu schwanken begann.

Eine Notiz auf dem Schreibtisch erinnerte ihn daran, dass er die Bewerbungsunterlagen für die neuen Programmierer noch vor der Mittagspause durchzusehen hatte. Er stöhnte und beschloss, erst mal fünf Minuten lang gar nichts zu tun. Gemächlich ging er ans Fenster, blickte über die Dächer und versuchte, seine Gedanken zu ordnen. Allmählich begann ihm die Sache über den Kopf zu wachsen. Er musste mit Gerhardt Fleischmann reden. Er brauchte dringend Entlastung, sonst drohte seine Kreativität zu versiegen.

Gedankenverloren blickte er zu dem Bildschirm hinüber, der gewöhnlich die Siedlung der Waldmenschen zeigte. Seitdem er aus Berlin zurück war, hatte er ihn nicht einmal eingeschaltet. Ron drückte auf einen Schalter, das Bild erschien. Was für ein Frieden in diesem Dorf herrschte! Keine Hektik, keine Termine – er begann, die Waldmenschen zu beneiden. Wie gut sie es hatten in ihrem Paradies!

Er ließ den Monitor laufen und machte sich seufzend an die Arbeit. Wenn sie noch ein paar kompetente Mitarbeiter fanden, müsste sich sein Pensum doch eigentlich reduzieren lassen ...

* * * *

Betty kam in die Hütte, als Olaf und Yannick gerade über den genauen Verlauf des Palisadenzauns diskutierten. Erik stand mit unbewegter Miene daneben – bei ihm wusste man nie so recht, ob er zuhörte oder einfach nur Wache hielt und mit seinen Gedanken woanders war.

„Hallo Betty!", sagte Yannick, „was meinst du, sollen wir die Palisaden oben am Hügel beginnen lassen oder ..." Er stockte, als er merkte, dass seine Freundin ihm nicht zuhörte, sondern Erik entgeistert anstarrte.

„Was ist denn los?", fragte er irritiert.

„Wie kann Erik hier sein, ich habe ihn doch gerade erst oben auf dem Berg gesehen?", fragte Betty fassungslos.

„Das ist unmöglich", antwortete der Krieger mit ruhiger Stimme. „Ich bin seit mindestens einer Stunde in dieser Hütte."

„Aber ich habe dich gesehen, ich bin ganz sicher! Du standest mit deiner Lanze in der Hand auf dem Berg und hast ins Dorf hinuntergeschaut. Und als ich dir zugewunken habe, bist du hinter einem Felsen verschwunden."

Yannick wurde bleich. „Und du hast dich ganz sicher nicht geirrt?", fragte er gepresst.

„Nein, ganz bestimmt nicht", versicherte ihm Betty und blickte ihn treuherzig an.

„Wir müssen Alarm geben, sie haben uns gefunden!", sagte er zu Olaf.

„Aber das ist ... völlig unmöglich ...", stotterte der.

In diesem Moment erklang draußen das Signalhorn. Die drei Männer stürzten hinaus. Yannick erfasste die Situation mit einem Blick: Sie hatten nicht die leiseste Chance. Überall um das Dorf herum bewegten sich die Büsche und Bäume, als die Krieger des Pharao mit Schwertern und Speeren in den Händen aus dem Grün heraustraten. Sie boten einen gespenstischen Anblick: Hunderte von bewaffneten Soldaten, die einander wie Zwillinge glichen. Im Stillen gab Yannick Betty recht: Es hätten Brüder von Erik sein können.

„Klone", flüsterte er Olaf zu. „Lutz muss einen Weg gefunden haben, die Bots zu kopieren. Damit hat er eine unbegrenzte Streitmacht zu Verfügung."

Die feindlichen Soldaten zogen den Ring um das Dorf enger. Sie bewegten sich absolut synchron. Schließlich hielten sie inne. Hassan trat zwischen ihnen hindurch.

„Aber, aber, meine Freunde", rief er. „Was sind das denn für Sachen? Ihr solltet beim Töpfern sein und nicht hier mitten im Wald! Wozu haben wir denn die schöne neue Straße gebaut, wenn ihr euch jetzt doch wieder in der Wildnis verkriecht?"

„Wir wollen diese Straße nicht mehr!", gab Esther zurück und etliche Dorfleute ließen ein zustimmendes Gemurmel hören.

„Nun, diese Einsicht kommt leider etwas zu spät. Natürlich könnte man darüber verhandeln, sie wieder zurückzubauen, aber dadurch entstehen selbstverständlich neue Kosten ..."

„Du verdammtes Schwein!" Die unverkennbare Stimme von Jonas hallte durch das Dorf. Yannick fuhr herum. Jonas hatte einen Bogen in der Hand und zielte auf Hassan.

„Nein, Jonas, nicht!", rief Yannick, doch es war zu spät. Einen Wimpernschlag später brach der Bogenschütze zusammen. Drei Speere steckten in seinem Leib. Betty schrie auf. Dann verblasste Jonas vor ihren Augen und verschwand.

„Wo ist er?", weinte sie. „Was ist passiert?"

„Er ist tot", sagte Yannick bitter.

„Aber wo ist er hin?"

„Er ist für immer aus dieser Welt verschwunden. Aber keine Angst, da wo er ist, geht es ihm gut."

„Wie meinst du das?"

„Na, er wird jetzt vermutlich in irgendeinem Wohnzimmer seinen Cyberhelm in die Ecke werfen und ganz fürchterlich schimpfen. Und vielleicht loggt er sich neu in X-World ein – aber nicht mehr auf diesem Server und nicht mehr mit diesem Namen und Aussehen. Wir werden ihn nie wiedersehen."

Betty sah ihn verwirrt an, aber sie stellte keine weiteren Fragen.

„Glaubt mir, ich störe eure Gespräche nur ungern", meldete sich Hassan zu Wort. „Aber wenn ihr nicht so enden wollt wie euer Freund, dann schlage ich vor, dass ihr mir jetzt folgt."

„Wohin bringt ihr uns?“, fragte Olaf.

„Nach Theben. Ihr werdet so lange Gäste des Pharao sein, bis die Schulden abgearbeitet sind. Wie man gesehen hat, kann man euch nicht trauen. Aber EL sei Dank haben wir euch ja schnell wiedergefunden.“

Yannick schlug sich vor die Stirn. Natürlich, diese Erweiterung, von der Betty ihm erzählt hatte! Wahrscheinlich enthielt sie einen Tracer, mit dem jeder Spieler kinderleicht zu finden war. Er stöhnte. Sie hätten sich das Versteckspiel der vergangenen Tage schenken können – bestimmt hatte Lutz ihren Ausflug grinsend vor einem seiner Monitore verfolgt, um dann seine Truppen in Marsch zu setzen. Wie hatten die Dorfbewohner auch zulassen können, dass ihnen solch ein Zusatzprogramm installiert wurde? Wenn er dabei gewesen wäre, hätte er es niemals erlaubt.

„Ach ja, eine Kleinigkeit noch. Pharao legt Wert darauf, dass ihr freiwillig mitkommt. In eurem EL ist eine entsprechende Erklärung vorbereitet. Ihr müsst sie nur noch unterschreiben.“

„Das ist ja wohl das Letzte!“, keifte Mirjam los. „Was bildet dieser Kerl sich ein? Wir werden gar nichts unterschreiben!“ Zustimmendes Gemurmel erhob sich.

„Wie ihr wollt.“ Ungerührt gab Hassan seinen Soldaten ein Zeichen. Sie hoben die Speere.

„Das ist Erpressung!“ Mirjam war empört.

„So, und wie nennst du das, was Ihr hier abzieht? Ihr seid vertragsbrüchig geworden und habt versucht, Pharao um sein Geld zu betrügen. In dieser Welt steht darauf die Todesstrafe. Es ist eine große Gnade, dass euch erlaubt wird, freiwillig nach Theben zu kommen. Unter uns gesagt, habt ihr es Kevin zu verdanken, dass ihr am Leben bleibt. Er hat mittlerweile einen ziemlichen Einfluss am Hof.“

Die Waldmenschen schauten sich betreten an.

„Ich sag's ja, Ihr habt den Jungen immer unterschätzt. Aber neben seinen blöden Sprüchen hat er ganz schön was in der Birne. Also, wie ist es nun, Herrschaften, bekomme ich eure Unterschrift oder nicht?" Er blickte sich um. Der Widerstandsgeist schien erlahmt. „Gut, dann zeige ich euch jetzt, wie es geht."

Während die Waldmenschen die Bewegungen Hassans nachahmten, gesellte sich Yannick unauffällig zu dem rothaarigen Anführer. „Olaf", flüsterte er, „hast du mitbekommen, dass sie uns durch diesen EL so leicht gefunden haben?"

Der Angesprochene nickte kaum merklich.

„Dann können sich also diejenigen, die keine Erweiterung bekommen haben, einfach aus dem Staub machen ..."

„Im Prinzip stimmt das wohl, aber ich lasse meine Leute nicht allein. Sie werden ohne uns nicht zurechtkommen. Mirjam hat zwar eine große Klappe, aber wenn es darauf ankommt, verliert sie schnell den Kopf. Und was soll ich hier alleine im Wald?"

Yannick schwieg nachdenklich. Er dachte über einen Plan nach – erst fliehen und später den anderen irgendwie helfen –, aber wie sollte das funktionieren? Er und eine kleine Handvoll Waldmenschen gegen tausend Klonkrieger des Pharao – keine Chance. Dann konnte er ebenso gut mitgehen. Vielleicht fand er vor Ort eine Möglichkeit.

Die Waldmenschen packten ihre Habseligkeiten zusammen und folgten Hassan und seinen Soldaten nach Theben. Yannick ließ seinen Blick über die Kolonne schweifen. Er sah müde, hoffnungslose Menschen, die nur noch das besaßen, was sie bei sich trugen. Eine ungewisse Zukunft erwartete sie.

* * * *

Schon seit Wochen musste Ron an mehreren Fronten zugleich kämpfen. Vorrangig arbeiteten er und sein Team mit großer Energie daran, die bestehende Welt weiter zu verbessern, mehr Tiefe, mehr Details hineinzubringen und die computergenerierten Anteile nach und nach durch handdesignte zu ersetzen. Häufig kam es dabei zu heftigen Diskussionen darüber, wo die Grenze zum Perfektionismus verlief, aber Ron gab nicht nach. Er war fest davon überzeugt, dass ein großer Reiz des Spieles in dessen Detailreichtum lag und darin, dass es für die Spieler immer wieder etwas Neues zu entdecken gab.

„Ron, du kannst nicht jeden Grashalm einzeln designen", hatte Kathrin bei ihrer letzten Besprechung gesagt. „So viel Zeit haben wir nicht. Und außerdem achtet keine Sau darauf. Die User wollen Party machen. Es interessiert sie nicht, wie viele verschiedene Baumsorten es in X-World gibt!"

Ron hatte sie mit seinen blassblauen Augen nur traurig angeschaut und war auf ihren Einwand nicht weiter eingegangen. Er glaubte immer noch daran, dass es das Verhalten der Spieler langfristig positiv beeinflussen würde, wenn sie spürten, mit welcher Liebe ihre Welt erschaffen worden war, und ließ sich in seiner Haltung nicht beirren.

Jetzt aber hatte sich die Situation verschärft. Der große Erfolg von X-World machte es notwendig, schon bald einen neuen Kontinent freizuschalten. Natürlich hatte Ron sich mit aller Kraft dagegen gewehrt, einfach einen Klon der bereits existierenden Welt zu verwenden. Er bestand darauf, dass dieser neue Kontinent sein ganz eigenes Gepräge bekam und ebenso sorgfältig gestaltet wurde wie der alte.

Darum hatten sie jetzt einen Spagat zwischen der Arbeit an der alten und der neuen Welt zu bewältigen. Ron musste sich allerdings schon bald eingestehen, dass die Doppelbelastung über seine Kräfte ging. Seit Tagen hatte er nur wenige Stunden geschlafen, kaum gegessen und ansonsten gearbeitet. Er brauchte nicht in den Spiegel zu sehen, um zu wissen, dass er dunkle Ringe unter den Augen hatte – ein Blick auf die Gesichter seiner übermüdeten Mitarbeiter genügte ihm.

Während er mit dem Fahrstuhl in den 7. Stock fuhr, in dem Gerhardt Fleischmanns Büro lag, ging er im Geist seine Argumente durch. Er brauchte mehr Zeit und mehr Leute. Auf keinen Fall wollte er Abstriche in der Qualität akpeztieren.

Die Fahrstuhltür schob sich mit einem rumpelnden Geräusch zur Seite und gab den Blick auf einen Flur frei, der mit glänzendem Parkett ausgelegt war. Ron passierte das Vorzimmer, wurde von Gertrud

Wagner, die gerade telefonierte, lächelnd durchgewunken und öffnete die Bürotür des Firmeninhabers.

Gerhardt Fleischmann saß hinter einem gewaltigen Schreibtisch aus poliertem Mahagoni. Die Arbeitsfläche war fast leer. Es befanden sich nur einige wenige Mappen darauf, sorgfältig übereinandergelegt. Daneben stand – o Wunder – ein Laptop.

Der alte Mann erhob sich, als Ron sein Büro betrat. Er wirkte deutlich fitter, als Ron sich zurzeit fühlte. „Danke, dass Sie gekommen sind!", sagte er freundlich. Sein Lächeln war herzlich und echt. „Bitte, setzen wir uns doch!"

Er führte seinen Besucher zu einer Gruppe schwerer englischer Ledersessel. Sie passten im Stil perfekt zu Gerhardt Fleischmanns Erscheinungsbild. Er sah aus wie aus dem Ei gepellt, trug einen dunklen Anzug mit Weste und eine staatsmännisch wirkende dunkelrote Krawatte, während Ron siedendheiß einfiel, dass er heute Morgen vergessen hatte, ein frisches Hemd anzuziehen. Das, welches er jetzt trug, war zerknittert und hatte einen Kaffeefleck am Ärmel.

„Sie wirken erschöpft!", sagte der Ältere fürsorglich.

Ron nickte. „Sie wissen vielleicht, dass wir an zwei Projekten gleichzeitig arbeiten ..."

„Ja, das ist mir bekannt", unterbrach ihn Gerhardt Fleischmann, „darum habe ich Sie zu diesem Gespräch gebeten. So geht es nicht weiter. Wir müssen unbedingt etwas verändern!"

Wie immer verlor er keine Zeit mit überflüssigen Vorreden, sondern steuerte direkt auf sein Ziel los. Ron wappnete sich. Auf keinen Fall wollte er von seinen Prinzipien abrücken.

„Aus diesem Grund habe ich ein neues Team von hervorragenden Programmierern eingestellt."

Ron horchte auf. Das wäre in der Tat die Entlastung, auf die er gehofft hatte. Allerdings würde es Wochen dauern, weitere Arbeitsstationen im Haus einzurichten – und die Planung des Umbaus brächte wiederum zusätzliche Belastung mit sich ...

„Es gibt da jedoch ein kleines Problem. Es sind wirklich gute Leute, aber sie sprechen nur – eine Art Englisch. Sie können doch Englisch?"

Ron nickte. „Natürlich. Das dürfte kein Problem sein."

„Hervorragend. Dann möchte ich Sie bitten, das neue Team einzuweisen. Ihr Flug geht übermorgen Nachmittag."

„Mein Flug?", fragte Ron verständnislos. „Mein Flug wohin?"

„Oh, hatte ich das nicht erwähnt? Das Team arbeitet in Mumbai. Früher sagte man Bombay", fügte er hinzu, als er Rons fragendes Gesicht sah. „Das liegt in Indien. Es macht Ihnen doch nichts aus? Ich denke, zwei oder drei Wochen vor Ort sollten ausreichen. Den Rest können wir dann über das Internet abwickeln."

Auf dem Weg zurück ins Büro drangen die neuen Informationen nach und nach in Rons Bewusstsein. Hatte Gerhardt Fleischmann ihm gerade gesagt, dass er für ein paar Wochen nach Indien fliegen soll? In das Land, von dem er schon als Schüler geträumt hatte? Indien. Er ließ sich das Wort auf der Zunge zergehen. Flug und Hotel auf Firmenkosten. Er war ein Glückspilz!

Im Vorbeigehen warf er einen raschen Blick auf den Monitor, der das Dorf der Waldmenschen zeigte. Es lag friedlich in der Morgendämmerung, die Bäume bewegten sich leicht im virtuellen Wind, aber es war keine Menschenseele zu sehen.

„Auf Wiedersehen, ihr Lieben!", murmelte Ron und schaltete den Monitor aus. „Schlaft ruhig weiter, in ein paar Wochen bin ich wieder da!"

Dann ging er in sein kleines Zimmer, um den Koffer zu packen.

15. IN PHARAOS GEWALT

Der Weg nach Theben war grauenhaft.

Yannick versuchte, Betty zu beruhigen, die unentwegt vor sich hin schluchzte, aber es gelang ihm selbst kaum, mit den Bildern fertig zu werden, die vor seinem inneren Auge aufstiegen. Er sah finstere Verliese auf sich zukommen, schwere Ketten und peitschenschwingende Aufseher. Ein Blick in die Runde verriet ihm, dass es seinen Gefährten nicht besser ging.

Anscheinend spürte auch Hassan diese Ängste, denn er nutzte die nächste Pause für eine kleine Ansprache: „Ich verstehe, dass ihr euch Sorgen macht. Wahrscheinlich würde es mir an eurer Stelle nicht anders gehen. Immerhin habt ihr versucht, den mächtigsten Mann dieser Welt hereinzulegen, und wie ich euch schon gesagt habe, hätte er das Recht, euch alle hinrichten zu lassen. Aber eins sollt ihr wissen: Pharao ist kein Unmensch. Er tut viel Gutes für sein Volk. Wenn ihr nicht noch einmal versucht, ihn zu betrügen, wenn ihr eure Arbeit erledigt und keine Dummheiten anstellt, dann werdet ihr es bei uns gut haben, das verspreche ich euch. Doch wer unsere Geduld auf die Probe stellt, wird mit den Konsequenzen leben müssen. Ihr selbst habt die Wahl. Und nun lasst uns weitergehen."

Yannick sah sich um. Die Gesichter der Waldmenschen waren wie versteinert. Jedoch spürte er, wie seine Anspannung allmählich wich. Die Horrorvorstellungen verblassten, und er nahm an, dass es seinen Volksgenossen ähnlich ging. Allerdings traute er nach wie vor weder Hassan noch irgendjemand anderem aus dieser Stadt.

Die Unterkünfte erwiesen sich als durchaus passabel. Es waren sich um einfache Lehmhütten, die um einen kleinen Platz herum angeordnet waren und von der Größe her den Behausungen im Wald glichen. Auch hier gab es jeweils einen Tisch und zwei Betten pro Hütte. Nur die schönen Felle fehlten.

„Willkommen in Theben. Die Luxusquartiere habt ihr Kevin zu verdanken. Er hat sich beim Pharao für euch eingesetzt. Enttäuscht ihn nicht." Aufmerksam sah Hassan jedem Einzelnen in die Augen. Dann fuhr er fort: „Ihr werdet bei Sonnenaufgang geweckt. Euer Dienst beginnt um sieben Uhr und endet bei Sonnenuntergang." Mit diesen Worten ließ er sie allein.

Yannick und Olaf verständigten sich mit einem kurzen Blick. Sie waren zu müde, um noch eine Versammlung abzuhalten, und den anderen schien es ähnlich zu gehen. So verteilten sich die Waldmenschen auf die Hütten und fielen bald in einen tiefen Schlaf.

Ein lautes Trompetensignal beendete die Nachtruhe am nächsten Morgen.

Als Yannick aus seiner Hütte trat, sah er, dass auf dem langen Tisch, der in der Mitte des Dorfplatzes stand, frische Fladenbrote lagen. Daneben waren Krüge mit Wasser aufgereiht. Angenehm überrascht stärkten sich die Waldmenschen für den Tag, der vor ihnen lag. Viel Zeit blieb ihnen nicht dafür, denn schon bald kamen die Abgesandten des Pharao und wiesen ihnen ihre Arbeit zu. Eine Gruppe sollte Keramiken herstellen, eine andere Lehmziegel brennen, und wieder andere waren dafür zuständig, das notwendige Material heranzuschaffen.

Es hätte schlimmer kommen können, dachte Yannick, als er hörte, wie Betty beim Töpfern leise vor sich hin summte.

Einige Tage später – Yannick schleppte gerade eine schwere Kiepe voller Ton zur Töpferei – fuhr ein schwarzer Kutschwagen vor. Dunkle Vorhänge verhinderten jeden Blick ins Innere. Kaum dass der Kutscher die Pferde zum Stillstand gebracht hatte, schwang die Tür auf. Ein Soldat steckte seinen Kopf heraus. Die golden umsäumte Tunika wies ihn als Angehörigen der Palastwache aus.

„Du da, mitkommen!", bellte er, während er auf Yannick zeigte. Dieser war völlig überrascht, und ehe er sich versah, war er zwischen zwei Soldaten eingezwängt im flotten Trabtempo zum Palast des Pharao unterwegs. Durchgeschüttelt erreichten sie das imposante Gebäude. Die Krieger brachten ihn hinein und führten ihn in einen prächtig ausgestatteten Empfangsraum.

Yannick sah sich um. Der Steinfußboden war mit verschlungenen Verzierungen geschmückt. An den Wänden hingen düstere Bilder, die merkwürdige Wesen zeigten – halb Mensch, halb Tier. Auf der gegenüberliegenden Seite des Raumes befand sich eine hohe, zweiflügelige Tür, die mit geschnitzten Ornamenten versehen war. Noch ehe Yannick Genaueres erkennen konnte, schwangen die Türflügel auf, und Pharao betrat den Saal, eskortiert von seiner Leibwache.

Die Soldaten fielen auf ihre Knie und berührten mit der Stirn den Boden, dabei zogen sie Yannick unsanft mit sich.

„Danke, das wär's. Ihr könnt gehen. Unser Gast wird mir nichts tun." Mit befehlsgewohnter Stimme scheuchte der Pharao die Krieger und seine Eskorte aus dem Raum.

„Steh auf und setz dich zu mir!", sagte er, als sie gegangen waren. Er nahm auf einem prunkvollen Sessel Platz, der neben einem kleinen Tisch aufgebaut war, und blickte seinen Besucher auffordernd an. Zögernd setzte sich Yannick auf den einfachen Stuhl an der gegenüberliegenden Seite.

„Mir wurde zugetragen, dass du ein begabter Stratege bist."

„Kann schon sein", gab Yannick vorsichtig zurück.

„Du darfst deinem Volk einen großen Dienst erweisen. Diese Stadt soll befestigt werden, und ich brauche jemanden, der die Verteidigungsanlagen plant und deren Bau überwacht. Selbstverständlich wirst du gut bezahlt und trägst dazu bei, die Schulden deiner Leute zu vermindern."

Yannick schauderte es bei der Vorstellung, diesen großspurigen Monarchen zu unterstützen und womöglich noch ihr eigenes Gefängnis auszubauen, aber so wie es aussah, blieb ihm wohl kaum etwas anderes übrig. Andererseits konnte es natürlich auch ganz nützlich sein, sich in der Verteidigung der Stadt genauer auszukennen ...

Um nicht allzu unterwürfig zu erscheinen, fragte er patzig: „Habe ich eine Wahl?"

„Natürlich. Man hat immer eine Wahl. Die Frage ist nur, ob man mit den Konsequenzen leben kann", gab der Pharao zurück. Yannick stutzte. Diese Art zu reden kam ihm vage bekannt vor, allerdings war ihm die Stimme völlig fremd. Doch bevor er noch weiter darüber nachdenken konnte, fuhr der Herrscher fort: „Wenn du klug bist, nutzt du deine Chance für dich und dein Volk."

Ehrlicherweise musste Yannick sich schon bald eingestehen, dass ihm seine neue Arbeit Spaß machte. Anfangs hatte er Gewissensbisse bei dem Gedanken, dass er für den Feind arbeitete, doch tröstete er sich damit, dass seine Tätigkeit den Waldmenschen zugutekam. Pharao bezahlte ihn großzügig, und alle Einkünfte flossen direkt auf das Gemeinschaftskonto.

Weil Yannick sich noch immer hartnäckig weigerte, EL anzunehmen, konnte er für sich selbst weder Geld einnehmen noch ausgeben, doch das störte ihn nicht weiter, denn er bekam im Palast ohnehin alles, was er brauchte. Man hatte ihm dort sogar ein eigenes kleines Zimmer zur Verfügung gestellt, in dem er seine Zeichnungen ausbreitete und gelegentlich auch schlief.

Es war nicht leicht, eine große und ungeplant gewachsene Stadt wie Theben in eine Festung zu verwandeln, zumal ihm niemand sagen konnte oder wollte, gegen welche Feinde man sich zu verteidigen hatte, aus welcher Richtung sie zu erwarten waren und über welche Bewaffnung sie verfügten. Auf seine Fragen erhielt er nur ausweichende Antworten mit dem Tenor, „man könne halt nie wissen und müsse auf alles vorbereitet sein".

Nach längerer Überlegung schlug Yannick als erste Maßnahme vor, im Norden eine hohe Mauer zu errichten. Er glaubte, dass dies nicht nur die Sicherheit der Stadt beträchtlich erhöhen würde, sondern auch gut für die Waldmenschen wäre, denn es garantierte ihnen Beschäftigung auf lange Sicht. Wenn Hassans Aussage, dass der Verkauf von Keramiken rückläufig sei, nur ein Körnchen Wahrheit enthielt, dann war es wichtig, seinen Leuten ein zweites Standbein zu verschaffen – und wenn sein Plan Zustimmung fand, würden künftig Lehmziegel in rauen Mengen gebraucht.

Zu seiner Überraschung wurde der Vorschlag ohne jede Diskussion angenommen. Pharao beauftragte ihn mit der Bauleitung. Yannick rieb sich innerlich die Hände und machte sich umgehend ans Werk. Er ließ sich zur Baustelle fahren, inspizierte die Umgebung, setzte sich mit dem Hofarchitekten zusammen und besprach mit ihm die Details. Er rechnete, zeichnete Pläne, diskutierte und änderte seine Pläne wieder. Die Sache nahm ihn völlig in Beschlag.

Als der Bau endlich begonnen und das Fundament der Mauer gelegt war, beschloss Yannick, einen Tag freizunehmen, um ihn mit Betty zu verbringen. Er hatte sich mittlerweile das Privileg erarbeitet, kommen und gehen zu können, wie es ihm beliebte.

Voller Vorfreude machte er sich auf den Weg in die Sklavensiedlung, wie die Waldmenschen ihre Wohnstätte trotz allem Komfort nannten. Sie wollten nicht vergessen, woher sie kamen und warum sie hier waren.

Yannick überquerte den Dorfplatz und folgte dem Weg zur Töpferei. Schon von weitem hörte er, wie die Frauen bei ihrer Arbeit fröhlich schnatterten. Immer wieder konnte er das unverkennbare Lachen von Esther heraushören. Sein Herzschlag beschleunigte sich. Er pflückte eine Blume vom Wegesrand und bog um die letzte Hausecke.

Acht Frauen saßen im Freien an einem langen Tisch und arbeiteten an ihren Werkstücken. Die Hände waren mit Ton beschmiert. Mirjam bemerkte den Ankömmling zuerst.

„Hallo Yannick!“, sagte sie fröhlich. „Was verschafft uns die Ehre deines Besuchs?“

„Ich wollte zu Betty, ich dachte, sie wäre bei euch ...“

Mirjam sah ihn entgeistert an. „Wir dachten, sie ist bei dir!"

„Ja, vor drei Tagen ist sie zum Palast gegangen, um dich zu besuchen. Als sie nicht wiederkam, haben wir angenommen, dass sie bei dir geblieben ist!", ergänzte Esther.

Plötzlich herrschte betretenes Schweigen.

„Ich war überhaupt nicht im Palast", sagte Yannick. „In der letzten Woche habe ich praktisch auf der Baustelle gewohnt." Mühsam versuchte er, die aufkommende Panik zu unterdrücken.

„Bestimmt liegt sie in deinem Bett und wartet ganz sehnsüchtig auf dich!" Mirjam versuchte einen Scherz, aber es gelang ihr nicht, ihre Besorgnis zu verheimlichen.

Ohne noch ein weiteres Wort zu verlieren, drehte Yannick sich um und hastete zurück zum Palast. *Wahrscheinlich hat Mirjam recht,* versuchte er sich einzureden. Bestimmt war Betty in seinem Zimmer und konnte es kaum erwarten, dass er nach Hause kam.

„Wo hast du solange gesteckt?", würde sie sagen. „Ich habe dich so vermisst!"

Yannick warf die Blume weg, die er noch immer in der Hand hielt, und begann zu rennen.

Aber warum hatte man ihm dann nicht Bescheid gesagt? Täglich kam ein berittener Bote zur Baustelle und übermittelte die neuesten Nachrichten. Wenn Betty auf ihn gewartet hätte, wäre er doch wohl darüber informiert worden.

Atemlos erreichte er das Tor. Die Palastwache erkannte ihn und ließ ihn anstandslos passieren. Yannick hetzte durch einen langen Gang, rannte eine Treppe hinauf, durchquerte einen weitläufigen Flur und stand endlich vor seinem Zimmer. Er riss die Tür auf.

Drinnen herrschte Chaos. Überall lagen Zeichnungen und Papiere herum. Aber alles war noch so, wie er es hinterlassen hatte. Keine Spur von Betty.

Ihm wurde schlecht, er setzte sich aufs Bett und versuchte, seine Gedanken zu ordnen. Was konnte passiert sein?

Zuerst musste er herausfinden, ob sie überhaupt hier angekommen war. Die Palastwache sollte das wissen. Das waren Bots, die waren immer im Dienst. Yannick atmete tief durch. Dann ging er zurück zum Tor und sprach mit den Soldaten.

„Ja, vor drei Tagen ist eine Frau hier gewesen, auf die deine Beschreibung passt", sagte der wachhabende Offizier. „Sie wollte zu dir, aber weil wir sie nicht kannten, haben wir oben nachgefragt, ob sie passieren darf. Die Erlaubnis kam von Pharao persönlich. Er hat eine Schwäche für blonde Frauen." Die Männer lachten.

Yannick unterdrückte seine Wut und versuchte, ein gleichmütiges Gesicht zu bewahren. Er dankte für die Auskunft, dann ging er zurück zu seinem Zimmer. Die Sache fing an, schwierig zu werden. Irgendwo hier in diesem verdammten Palast steckte Betty. Aber er hatte keine Ahnung, wo er suchen musste. Das Gebäude war riesig, und bisher hatte er vermieden, allzu viel herumzuschnüffeln, weil er das Vertrauen, das der Pharao in ihn setzte, nicht verspielen wollte. Aber nun musste es sein.

Er beschloss, im Keller anzufangen. Vermutlich gab es dort jede Menge geheime Räume. Außerdem lag dort auch das Archiv, und er hätte fürs Erste eine passable Ausrede, falls ihn jemand erwischen sollte.

In diesem Moment vibrierte etwas an seinem Bein. Yannick fluchte. Das durfte nicht wahr sein! Sein Wecker. Er musste zur Arbeit. Ausgerechnet jetzt! Aber es war nicht zu ändern. Seine Schicht begann in einer Stunde.

Yannick nahm den Cyberhelm ab und blinzelte irritiert umher. Die Zeiger der altmodischen Wanduhr bildeten eine senkrechte Linie. Sechs Uhr. Abends oder morgens?

In X-World war es jetzt kurz vor Mittag. Yannick überlegte einen Moment, dann fiel es ihm wieder ein. Es musste Abend sein, denn um neunzehn Uhr wurde er an der Tankstelle erwartet. Er konnte vorher noch duschen und etwas essen. Und Betty? Wie mochte es ihr gehen? Was würde in der Zwischenzeit aus ihr werden? Sein Blick wanderte zwischen der Wanduhr und dem Cyberhelm hin und her. Nein, das hatte keinen Zweck. Er konnte jetzt nichts für sie tun. Aber er würde die Zeit nutzen, um sich einen Plan zurechtzulegen.

Fünf Stunden später konnte er endlich wieder online gehen. Als die vertraute Unordnung seines Arbeitszimmers um ihn herum erschien, verlor er keine Zeit mehr. Er nahm einen Stapel Papiere zur Tarnung mit und machte sich auf den Weg zu den Archivräumen. Zügig folgte er dem langen Korridor, bis er zu einem Treppenhaus gelangte. *Keine Wachen. So weit, so gut.*

Er eilte die Treppe hinab, erreichte den ersten Absatz. Dort war die Tür, durch die man zum Archiv gelangte. Yannick blieb stehen und lauschte. Anscheinend war niemand in der Nähe. Nach kurzem Zögern ging er weiter hinunter. Hier war er noch nie gewesen, aber er vermutete, dass sich dort der Kerker befand.

Als die letzte Stufe hinter ihm lag, stand er vor einer eisenbeschlagenen Eichentür. Sie sah genauso aus, wie er sich den Eingang zu einem Gefängnis vorstellte. Massiv, unüberwindlich, mit einem eingelassenen Gitter in Kopfhöhe. Von der Größe des Schlüssellochs her zu urteilen konnte man mit dem dazu passenden Schlüssel jemanden erschlagen. Was nun? Er verstand sich nicht auf das Knacken von Schlössern.

Ohne große Hoffnung fasste er nach der Klinke und drückte sie nach unten. Es knackte, und die Tür öffnete sich einen Spalt. Überrascht schob er sie weiter auf. Mit einem unangenehmen Quietschen gab sie den Weg in den Kerker frei.

Yannick sah sich kurz um, dann schlüpfte er hindurch und fand sich in einem dunklen Vorraum wieder, der in einen spärlich beleuchteten Quergang mündete. Er hielt kurz inne, legte die Papiere auf den Boden und drückte die Tür hinter sich zu. Er wollte niemanden unnötig auf seine Anwesenheit aufmerksam machen. Vorsichtig schlich er hinüber zum Ende des Raumes, drückte sich an die Ecke und lauschte.

Schritte waren zu hören, kurz darauf auch Stimmen. Sein Herz schlug ihm bis zum Hals. Da waren Wachen. Was, wenn sie das Quietschen der Tür gehört hatten? Fieberhaft überlegte er, was er nun tun könnte. Am liebsten wollte er fliehen, aber er wusste, dass das keine gute Idee war, denn dann würden sie ihn auf jeden Fall bemerken. Er versuchte, gleichmäßig zu atmen. Eine Eidechse huschte über seinen Fuß.

Eine Weile lang blieb es ruhig, dann vernahm er erneut Stimmen; das Geräusch von Holz auf Holz, eine Tür knarrte, es klapperte blechern, Schritte entfernten sich, endlich war wieder Ruhe. Yannick wartete und horchte. Gelegentlich tropfte Wasser, sonst war es still. Außer ihm schien niemand mehr hier unten zu sein. Er zählte bis fünfzig. *Weiter*!

Er löste sich von der Ecke und schlich in den Gang hinein. Wachsam blickte er sich um. Mittlerweile hatten sich seine Augen an die schummerige Beleuchtung gewöhnt. Er konnte auf der gegenüberliegenden Seite in regelmäßigen Abständen Türen erkennen. Sie waren mit kleinen Klappen versehen, durch die man hineinschauen konnte. *Gefängniszellen, ich hab's doch gewusst!*

Er ging zur nächstgelegenen Tür, öffnete behutsam die Klappe und schaute hindurch. Der Raum dahinter lag im Dunkeln, aber er wirkte leer. Yannick war erleichtert und enttäuscht zugleich.

Vorsichtig bewegte er sich in die Richtung, aus der die Geräusche gekommen waren. Dort schien ihm die Wahrscheinlichkeit am Größten, etwas zu finden – allerdings auch das Risiko, entdeckt zu werden. Er malte sich lieber nicht aus, was in dem Fall mit ihm passieren würde. Doch was hatte er für eine Wahl?

Er spähte in jede Zelle, an der er vorbeikam, und fand sie allesamt unbelegt. Daher war wohl auch die Tür, durch die er gekommen war, nicht abgeschlossen gewesen.

Unvermittelt blieb er stehen. Er hatte Flecken auf dem Boden entdeckt. Sie schimmerten feucht und sahen aus, als wäre dort erst vor kurzem etwas hinuntergetropft. Er hockte sich hin, um sie genauer zu untersuchen. Blut? Nein, dafür waren die Stellen zu hell. Wasser? Suppe?

Mit zitternden Händen öffnete er die Klappe an der Zellentür neben sich und schaute hindurch. Eine Kerze erhellte den Raum notdürftig. Schemenhaft konnte er jemanden erkennen, der ausgestreckt auf einer Pritsche lag. Sein Puls beschleunigte sich.

„Betty?", fragte er leise. Die Gestalt richtete sich auf.

„Nee, so schön bin ich nun auch wieder nicht", antwortete sie mit einem näselnden Tonfall.

„Kevin, was machst du denn hier?", fragte Yannick überrascht.

„Ja, das frage ich mich auch schon die ganze Zeit. Das Ende einer Traumkarriere, wenn du mich fragst."

„Was hast du getan?"

„Gar nichts, und das war wohl mein Fehler ..."

„Wie meinst du das?"

„Na, die Frau von dem Hassan wollte mir an die Wäsche. Das ging schon eine ganze Zeit so. Sie war scharf auf ein kleines Abenteuer, meinte, ‚komm schon, stell dich nicht so an, ist doch alles nur virtuell'..."

„Aber du wolltest nicht."

„Nein. Ich meine, sie sieht klasse aus und so – aber ich fand es irgendwie nicht richtig. Hassan war immer richtig nett zu mir, hat mich gefördert und sogar über meine Witze gelacht. Da fand ich es schäbig, mit seiner Alten rumzumachen."

„Und dann?"

„Dann war sie sauer auf mich und hat plötzlich behauptet, dass ich versucht hätte, sie zu vergewohltätigen. Na ja, und jetzt bin ich hier. Aber wohl nicht lange, denke ich. Ich kann ganz gut mit dem Pharao. Und was führt dich zu mir?"

In kurzen Worten erzählte Yannick, was passiert war.

„Da bist du hier aber komplett an der falschen Adresse!", antwortete Kevin. „Der Harem ist im Obergeschoss. Wenn Pharao tatsächlich sein Auge auf dein Mädchen geworfen haben sollte, dann ist es dort. Also das Mädchen, nicht das Auge." Er kicherte.

„Wie komme ich dorthin?"

„Am besten über die Küche. Du weißt doch, Liebe geht durch den Magen ..."

„Kevin!"

„Von der Küche aus führt eine kleine Treppe direkt zu den Frauen. Irgendwie müssen sie ja bei Kräften gehalten werden. Übrigens kommt man über die gleiche Treppe auch hierher. Dann muss man sie allerdings hinuntergehen."

„Danke Kevin, du hast mir sehr geholfen. Kann ich irgendwas für dich tun?"

„Nein, nein, ich komme schon klar. Unkraut vergeht nicht. Pass auf, dass du nicht geschnappt wirst, sonst ziehst du in die Wohnung nebenan ein."

Yannick nickte. Das befürchtete er auch. Doch die Gelegenheit war jetzt günstig. Die Wache hatte gerade erst das Essen gebracht. Das bedeutete wohl, dass so bald niemand mehr kam.

Sorgfältig schloss er die Klappe an der Zellentür und folgte dem Gang, bis er eine enge Wendeltreppe erreichte. Die Gittertür davor stand weit offen – anscheinend nahm man es hier mit den Sicherheitsvorkehrungen nicht allzu genau. Der Aufwand schien sich nicht zu lohnen bei nur einem Gefangenen. Yannick horchte konzentriert, doch er konnte nichts hören. Das Treppenhaus war leer.

Er machte sich an den Aufstieg. Schritt für Schritt erklomm er die abgenutzten Steinstufen. Die Treppe war so schmal, dass er mit seiner Schulter immer wieder an die Wand stieß. Zwei Menschen, die sich hier begegneten, könnten nur mit Mühe aneinander vorbeikommen. Er hoffte inständig, dass er das nicht erleben würde.

Geräusche kamen näher. Tellerklappern, Lachen, gerufene Anweisungen. Dann sah er einen Lichtschein. Mit klopfendem Herzen drückte sich Yannick Stufe für Stufe nach oben. Bald erreichte er einen Absatz – den Küchenboden. Er konnte zwei Frauen erkennen, die mit Spülen beschäftigt waren, und einen Mann, der in einem großen Kochtopf rührte. Mit lauter Stimme rief er jemandem etwas zu, der von der Treppe aus nicht zu sehen war. Wenn die Frauen zufällig zur Seite blickten, mussten sie Yannick unweigerlich entdecken. Doch er konnte die nächsten Stufen nur erreichen, indem er den Absatz überquerte. Es bräuchte dazu nur drei kleine Schritte, aber er war dabei völlig ungeschützt. Yannick zählte langsam bis zehn, dann schlich er hinüber, ängstlich bemüht, Geräusche und abrupte Bewegungen zu vermeiden.

Geschafft. Niemand hatte ihn gesehen.

Die Treppe wendelte sich weiter nach oben. Yannick folgte ihr und erreichte nach einigem Klettern den letzten Absatz. Hier war anscheinend alles in weiblicher Hand. An den Steinwänden hingen bunte Tücher, auf einem kleinen Tisch standen Blumen und Kerzen. Ein Geruch von Parfüm lag in der Luft – jedenfalls kam es dem jungen Mann so vor.

Er blickte ratlos umher. Und nun? Wie sollte er Betty finden, ohne selbst dabei entdeckt zu werden? Er hatte keinen Plan, darum beschloss er, einfach die nächstbeste Tür zu öffnen, in der Hoffnung, dass der Zufall ihm weiterhelfen würde. Manchmal brauchte man nur ein bisschen Glück. So ging er den hübsch dekorierten Korridor entlang und blieb vor dem ersten Eingang stehen.

Zaghaft streckte er seine Hand aus, fasste an die Klinke, drückte sie hinunter – nichts. Abgeschlossen. Yannick unterdrückte einen Fluch und ging weiter. Auch die nächste Tür war verschlossen. Resigniert blieb er stehen. Das hatte alles doch keinen Sinn! Er wusste nicht einmal mit Sicherheit, ob Betty wirklich hier war. Kevin redete so viel Unsinn, wieso sollte auf dessen Auskunft denn plötzlich Verlass sein?

Das unverkennbare Geräusch von hohen Absätzen auf Stein hallte durch den Gang und riss ihn aus seinen Gedanken. Hastig sah sich Yannick nach einem Versteck um. Zu spät. Die Absätze kamen um die Ecke und hielten direkt auf ihn zu. Klack, klack, klack.

Er drückte sich flach an die verschlossene Tür, an der er gerade gerüttelt hatte, und hoffte, dass er im schummerigen Kerzenlicht nicht zu sehen war. Klacker, klacker, klack.

„Darf ich dich fragen, was du da an meiner Tür machst?“ Das hochgewachsene, dunkelhaarige Mädchen mit den Stöckelschuhen stand vor Yannick und blickte ihm ruhig in die Augen.

„Ich, ich suche ...“, stammelte er.

„Dir ist klar, dass du mit deinem Leben spielst?“

„Ja, aber – Betty, meine Freundin, sie ist verschwunden, und ich glaube, dass sie hier ist. Bitte hilf mir!“, sagte Yannick flehentlich.

Das Mädchen sah ihn nachdenklich an, blickte rasch über den leeren Gang und legte den Finger auf die Lippen. Dann zog sie den Schlüssel aus der Tasche, öffnete die Tür und zog Yannick in einen dunklen Raum.

„Bleib hier stehen“, wies sie ihn an. Gehorsam rührte er sich nicht von der Stelle. Sie ging von ihm weg, raschelte mit etwas, dann flammte eine Lampe auf.

Er blickte sich um. Ein geräumiges Zimmer, deutlich größer als der Raum, den er selbst im Palast zur Verfügung hatte, auch viel ordentlicher als dieser, und dazu nett dekoriert. Tisch, Bett, Schrank, alles, was man brauchte.

„Setz dich“, sagte sie und deutete auf einen Stuhl am Tisch. „Du suchst also deine Freundin?“

„Ja“, sagte Yannick. „Sie heißt Betty und ist vor ein paar Tagen zum Palast gekommen, um mich zu besuchen. Leider war ich aber nicht da. Seitdem ist sie verschwunden.“

„Wie sieht sie aus?“

„Sie ist wunderschön. Lange blonde Haare, dunkelbraune Augen ...“

„Ich glaube, ich habe sie gesehen.“

„Wirklich? Wo ist sie? Kannst du mir helfen, sie zu finden?“

„Ich weiß nicht. Vielleicht. Es ist nicht ganz einfach – und wenn sie uns erwischen ...“

„Bitte, du musst mir helfen“, bettelte er.

Sie blickte ihn nachdenklich an.

„Na schön“, sagte sie schließlich. „Ich bringe dich zu ihr. Aber mehr kann ich nicht für dich tun.“

„Danke!“, jubelte Yannick. Spontan sprang er auf, um das Mädchen in den Arm nehmen. Doch sie zuckte zusammen.

„Setz‘ dich sofort wieder hin!“, fauchte sie ihn an.

Erschrocken ließ er sich zurück auf den Stuhl fallen. „Aber ich wollte bestimmt nicht ... ich meine, ich wollte nur ...“, stammelte er.

„Schon gut“, sagte die Dunkelhaarige mit einer Spur Verlegenheit. „Ich mag es nicht so gerne, wenn man mir zu nahe kommt.“

„Ich heiße übrigens Dina“, fügte sie nach einer Pause hinzu.

„Und ich bin Yannick.“ Er lächelte unsicher. „Wie kommt es, dass du hier bist?“, fragte er schließlich.

„Das ist eine lange Geschichte“, meinte sie ausweichend und zündete eine weitere Lampe an. Im unmittelbaren Lichtschein erkannte Yannick einen großen Bluterguss unter Dinas linkem Auge, der durch das reichlich aufgetragene Make-up hindurchschimmerte.

„Wo hast du denn das Veilchen her?“, fragte er mitfühlend.

„Ach, ich bin neulich eine Treppe heruntergefallen. Dumme Sache ...“

Yannick spürte, dass es besser war, das Thema zu wechseln.

„Wie viele Mädchen leben hier oben?“, fragte er.

„Ich weiß nicht genau“, sagte Dina. „Ich kenne knapp zehn, aber es gibt wohl noch mehr. Gelegentlich veranstaltet der Pharao große Feste, zu denen er uns alle holt, um vor den Gästen anzugeben. Bauchtanz und so. Aber sonst haben wir wenig ...“

Sie legte den Finger auf die Lippen. Vor der Tür waren Schritte zu hören.

„Sie kommen, um das Geschirr abzuholen“, flüsterte sie. „Versteck dich!“

Yannick blickte sich suchend um, dann kroch er unter das Bett. Es klopfte an der Tür.

„Ich komme!“, rief Dina. Sie griff nach dem Tablett mit den Resten des Abendessens, das auf dem Tisch stand, ging zur Tür und öffnete. „Hier, bitte!“, sagte sie und streckte dem Küchenmädchen die Sachen entgegen.

„Oh, danke schön, das ist aber nett“, antwortete diese fröhlich. „Ich wünsche noch einen schönen Abend.“

Yannick hörte, wie die Tür schloss und die Schritte auf dem Flur sich entfernten.

Er kroch unter dem Bett hervor.

„Wir können los", sagte Dina. Ihre Stimme klang entschlossen. Sie ersetzte ihre lauten Stöckelschuhe durch flache Sandalen und öffnete die Tür. Yannick blieb dicht hinter ihr.

Sie huschten den Korridor entlang, bogen vorsichtig um eine Ecke. Diana verharrte minutenlang, eng an die Wand gedrückt, lauschend. Als nichts passierte, folgten sie dem Gang weiter, bis sie einen kleinen Saal erreichten, der den Bauchtänzerinnen anscheinend als Trainingsraum diente. Er war mit hellem Parkett ausgelegt und hing voller Spiegel. Auf einem Beistelltisch lag ein Stapel fast durchsichtiger Schleier.

Zielstrebig durchquerte Dina den Raum und öffnete behutsam eine weitere Tür. Einen Moment lang blieb sie abwartend stehen, dann nickte sie Yannick zu. Er wusste nicht recht, was sie von ihm erwartete, und beschloss, sich erst einmal umzusehen. Vorsichtig steckte er seinen Kopf durch die Öffnung. Er konnte einen Flur erkennen, der zu einer Treppe führte.

„Ich schätze mal, dass du sie dort oben finden wirst", flüsterte Dina.

„Und wie komme ich dann hier wieder raus?", raunte Yannick zurück, der mittlerweile völlig die Orientierung verloren hatte.

„Indem du die Treppe nach unten gehst. Sie führt in den Palastgarten."

„Okay, ab dort kenne ich mich aus!"

„Viel Glück!"

„Danke!"

Yannick widerstand dem Impuls, Dina in den Arm zu nehmen, um ihr seine Dankbarkeit zu zeigen, und machte sich auf den Weg nach oben. Nach wenigen Stufen erreichte er einen kleinen Vorraum mit einer einzelnen Tür. Yannick ging hindurch und betrat ein luxuriös ausgestattetes Badezimmer von enormen Ausmaßen. In hellem Marmor gehalten gab es hier künstliche Wasserfälle, die als Duschen dienten, eine gigantische Badewanne, eine Sauna, etliche Liegen ...

Suchend blickte er sich um. Und nun? Der Weg musste doch irgendwo weitergehen! Aber allem Anschein nach war dies eine Sackgasse. Yannick wollte schon umkehren, als sein Blick an einem goldenen Knauf hängenblieb, der wie ein Türgriff aussah. Er war neben einem großen Spiegel angebracht.

Tatsächlich ließ sich der Griff drehen, der Spiegel schwang zur Seite und gab den Zugang zu einem weiteren Raum frei, der offensichtlich als eine Art Schönheitssalon diente. Es gab Behandlungssessel, weitere Spiegel, ganze Regale voller Kosmetika sowie eigenartige Werkzeuge, deren Sinn sich dem jungen Mann nicht auf Anhieb erschloss.

Ohne einen weiteren Blick darauf zu verschwenden, hastete er durch den Salon hindurch. Wieder fand er eine Spiegeltür, die ebenso mit einem goldenen Drehgriff ausgestattet war wie die erste. Vorsichtig griff Yannick danach und öffnete sie. Nun stand er in einem Saal, der Ähnlichkeiten mit der Damenmodeabteilung eines Kaufhauses hatte. Er sah hohe Regale und unzählige Kleiderständer mit prächtigen Gewändern, die mehr zeigten als verbargen.

Wo in aller Welt war Betty?

Yannick bahnte sich einen Weg durch die Kleider und suchte nach einer weiteren Tür. Endlich entdeckte er den mittlerweile vertrauten Goldknauf. Er stürmte darauf zu, packte ihn und wollte schon die Spiegeltür aufreißen, um in den nächsten Raum zu gelangen, als leise Geräusche ihn innehalten ließen. Er lauschte. Es klang wie ein unterdrücktes Schluchzen. Yannick entschied, dass davon wahrscheinlich keine Gefahr ausging. Behutsam drehte er den goldenen Knauf nach links.

Die Spiegeltür schwang lautlos auf. Das Zimmer, das nun sichtbar wurde, war das bisher kleinste. Auf dem Boden lagen kostbare Teppiche, eine Gruppe bequemer Sessel stand um einen niedrigen Holztisch herum. An der Zimmerdecke prangte eine barock wirkende erotische Malerei. Wieder hörte Yannick das Schluchzen. Sein Kopf fuhr herum. Ein blondes Mädchen in einem Gewand aus durchsichtiger Spitze lag auf einem riesigen runden Bett und heulte die Kissen nass.

„Betty?“

Das Mädchen reagierte nicht. Yannick ging zu ihr und berührte sie vorsichtig an der Schulter. Sie zuckte zusammen und sah ihn an.

„Yannick!", rief sie und flüchtete sich in seinen Arm.

Er hielt sie fest. „Oh Betty", sagte er, „du glaubst nicht, wie sehr ich nach dir gesucht habe."

„Ich soll zum Pharao", schniefte sie. „Sie haben mich in dieses Ding hier gesteckt und geschminkt und alles – aber ich wollte nicht. Ich hatte Angst. Gestern haben sie ein Mädchen rausgebracht, das überall geblutet hat. Er hat sie geschlagen, Yannick! Einfach nur, weil es ihm Spaß macht. Die arme Dina ... Bitte, bring mich hier raus!"

„Darum bin ich hier", sagt Yannick grimmig. „Komm!"

In diesem Moment öffnete sich die große, mit Gold verzierte Tür an der anderen Seite des Raumes.

* * * *

Ron kontrollierte zum hundertsten Mal seine Checkliste. Unterhosen, Oberhemden, Socken, Zahnputzzeug, alles dabei. Die Papiere und sein Handy waren im Handgepäck, in seiner Laptoptasche.

Er zog den Pass heraus, schlug ihn auf und betrachtete das fremdländische Visum darin. *Das war knapp*, dachte er. Ob nun ein gütiges Schicksal oder die guten Verbindungen von Gerhardt Fleischmann dazu beigetragen hatten, dass er es so schnell erhalten hatte, wusste er nicht. Aber Nerven hatte es ihn gekostet.

Je näher der Abflugtermin rückte, desto nervöser wurde er. Das war immer so bei ihm. Er fand es zwar interessant, fremde Länder kennenzulernen, aber er hasste das Reisen. Es war nicht die Angst vorm Fliegen, vielmehr mochte er keine Flughäfen. Er kam sich verloren darin vor. Schon der Gedanke an die vielen umherhastenden Menschen, die riesigen Hallen und endlosen Wege, auf denen er sich regelmäßig verlief, weil er unterwegs vergaß, wo er hinsollte, trieb ihm den Schweiß auf die Stirn. Wenn er erstmal im Flieger saß, war alles in Ordnung. Er vertraute der ausgefeilten Technik, die darin arbeitete. Doch der Weg dorthin war der Horror für ihn.

Leider hatte er keinen Direktflug bekommen, sondern musste in Delhi umsteigen. Zwei Stunden Aufenthalt waren lang genug dafür, sagte er sich immer wieder.

Dennoch wirkte er verloren und gehetzt, als er in New Delhi das Flugzeug wechselte. Die Laptoptasche ängstlich an sich gepresst, rannte er umher und suchte vergeblich nach seinem Gate. Endlich eröffnete ihm ein freundlicher braunhäutiger Beamter, dass dies das falsche Terminal sei. Der nächste Flug nach Mumbai ginge von Terminal eins – er könne mit dem Bus dorthin fahren.

Er ignorierte Rons entsetzte Miene und wandte sich dem nächsten Auskunftsuchenden zu.

Der erfolgreiche Programmierer atmete tief durch und versuchte, seine aufsteigende Panik zu beherrschen. Es waren immer noch neunzig Minuten bis zum Abflug, *alles im grünen Bereich,* beruhigte er sich. Aber irgendein Teil seiner Persönlichkeit weigerte sich beharrlich, dieser Beruhigung Glauben zu schenken. Sein Darm ergriff Partei für diesen Anteil und begann zu rumoren. Ron fluchte und folgte den Hinweisschildern zum WC. Noch 83 Minuten.

Körperlich erleichtert machte er sich auf den Weg zum Bus. Aber er kam nicht so schnell voran, wie er es wollte. Eine Gruppe beleibter Frauen in orientalischen Gewändern bewegte sich in aller Gemütsruhe in die gleiche Richtung wie er und nahm allen verfügbaren Platz ein. Rons gute Erziehung hinderte ihn daran, das umzusetzen, was er am liebsten getan hätte: nämlich Anlauf zu nehmen und wie ein Football-Spieler durch die feindlichen Linien zu brechen, indem er sie einfach mit seiner Schulter aus dem Weg stieß. Stattdessen versuchte er sich zu beruhigen und trottete ergeben hinter der Frauengruppe her. Endlich erreichte er den Bus, wo man ihm eröffnete, dass dieser leider überfüllt sei und er auf den nächsten warten müsse. Noch 55 Minuten.

Der angekündigte nächste Bus fuhr vor. Seine Frontscheiben waren mit verblichenen Girlanden verziert. Auf dem Armaturenbrett thronte eine kleine Figur mit Elefantenkopf. Ganesha, eine beliebte hinduistische Gottheit, die als Helfer zur Überwindung von Hindernissen verehrt wird, wie Ron später erfuhr. Er war nicht so der religiöse Typ, aber die Hilfe dieses Burschen hätte er an diesem Tag gut gebrauchen können.

Er zwängte sich in einen Sitz und rutschte ans Fenster. Neben ihm nahm ein schmächtiger Inder im grauen Geschäftsanzug Platz, der unablässig in ein Mobiltelefon sprach. Ron verstand kein Wort davon und staunte über die Geschwindigkeit, mit der die fremdartig klingenden Silben aus dem Mund seines Sitznachbarn flossen. Quälend langsam füllten sich Sitze und Gang, nach einer Ewigkeit schlossen die Türen, und der Bus setzte sich ruckelnd in Bewegung. Es war warm und stickig. Noch 47 Minuten.

Die Fahrt dauerte länger, als er gedacht hatte. Nachdem der Shuttle endlich angekommen war und seine Türen geöffnet hatte, und nachdem die vielen Leute endlich ausgestiegen waren, die sich nach ihm hineingedrängt hatten, Leute mit aller Zeit dieser Welt, wie es schien, begann er zu rennen. Noch 28 Minuten. Das Boarding hatte wahrscheinlich schon begonnen.

Als er sein Gate erreichte, drängten sich die letzten Passagiere gerade durch den schmalen Gang, der in das Flugzeug führte. Erleichtert griff Ron in seine Hemdtasche und langte nach dem Ticket. Es war nicht da. Kreidebleich stellte er die Laptoptasche auf den Boden und durchsuchte sämtliche Hosentaschen. Er verstand es nicht; er war sich ganz sicher, dass er das Dokument in die Brusttasche gesteckt hatte, denn er hatte immer wieder darauf nachgesehen, zu welchem Flugsteig er musste. Unter den aufmerksamen Blicken der Schalterbeamten ging er noch einmal alle Taschen durch, zog auch sein Portemonnaie heraus und durchsuchte es. Nichts. Und nun?

Endlich fiel es ihm wieder ein: Bevor er zur Toilette gegangen war, hatte er das Ticket vorsichtshalber in der Laptoptasche deponiert, damit es ihm nicht versehentlich herausfallen konnte. Er öffnete das Seitenfach – tatsächlich, da war es. Ron hasste das Fliegen.

In Mumbai erwartete ihn ein freundlicher Inder mit heller Hose und dunkelblauem Hemd, das er offen über der Hose trug.

„Herzlich willkommen in Indien, Herr Schäfer. Mein Name ist Rahul", sagte er. „Ich bin hier, um Sie zu ihrem Hotel zu bringen. Ich hoffe, Sie hatten einen angenehmen Flug."

Sein Englisch war flüssig, aber er sprach mit gewöhnungsbedürftigem Akzent. Ron musste sich sehr konzentrieren, um ihn zu verstehen.

„Bitte folgen Sie mir. Mein Kollege Khalil wartet im Taxi auf uns."

Der Inder bückte sich und nahm den Rollkoffer, dann streckte er die Hand nach der Laptoptasche aus. Ron wehrte ab. „Nein, bitte lassen Sie, ich trage sie lieber selbst."

Rahul zuckte mit den Schultern und führte seinen Besucher zum Parkplatz. Misstrauisch musterte Ron das schwarz-gelbe Fahrzeug. Irgendetwas kam ihm seltsam daran vor. Es war nicht der technische Zustand, denn bis auf ein paar Beulen sah es trotz seines offensichtlichen Alters noch ganz passabel aus. Plötzlich fiel es ihm auf: Das Lenkrad befand sich auf der falschen Seite. Gab es denn Linksverkehr in Indien? Das hatte er gar nicht gewusst.

Khalil – hochgewachsen, dunkelbraun, mit einem rabenschwarzen Schnurrbart – begrüßte ihn höflich und respektvoll. Rahul verstaute den Rollkoffer im Kofferraum des Fahrzeugs und griff abermals nach Rons Laptoptasche. Wieder wehrte er ab. „Nein, danke, ich möchte sie gern bei mir behalten."

Sie stiegen ein, und das Taxi kämpfte sich durch den chaotischsten Straßenverkehr, den Ron je erlebt hatte. Es war furchteinflößend und laut. Lastwagen, Motor-Rikschas, Taxen, Fahrräder, Motorräder – alle wuselten in atemberaubendem Tempo durcheinander und schienen ganz wild darauf zu sein, ihre Hupe ertönen zu lassen. Verkehrsregeln und Straßenmarkierungen waren anscheinend ohne Bedeutung. Jeder fuhr, wie es ihm gerade passte.

Zweimal kam ihnen ein anderes Fahrzeug auf ihrer Spur entgegen und zog erst im letzten Moment zur Seite. Ron hatte schon den Kopf eingezogen und sich an dem Haltegriff über seinem Sitz festgeklammert, weil er dachte, jetzt müsse es unweigerlich einen Zusammenstoß geben. Er blickte auf Rahul, der entspannt neben ihm saß und telefonierte. Offensichtlich war er diesen Verkehr gewohnt.

Nach einiger Weile hatte sich auch Ron so weit mit seinem Schicksal arrangiert, dass er nicht mehr auf die anderen Autos achtete, sondern die vorbeirasenden Straßenränder in den Blick nehmen konnte. Er sah Menschen, die auf den Gehwegen hausten, kleine improvisierte Verkaufsstände, Götterstatuen, Läden für Gutbetuchte.

Es gab so viel zu sehen, dass er die unterschiedlichen Eindrücke gar nicht so schnell verarbeiten konnte. Ohne den Blick vom Fenster zu lassen, griff er nach seiner Laptoptasche und holte den Fotoapparat heraus. Das musste er einfach festhalten.

Endlich erreichten sie das Hotel. Der Fahrer hielt es nicht für nötig, einen Parkplatz zu suchen; er hielt einfach in zweiter Reihe und bedeutete seinen Gästen, sich zu beeilen. Ron umklammerte seine Kamera, Rahul kümmerte sich um das Gepäck, und Khalil bezahlte den Fahrer. Das Taxi fuhr davon.

Sie betraten die imposante Eingangshalle des Hotels. Marmor, Glas, Edelstahl, überall kleine Lämpchen, die wie Diamanten funkelten. Rahul führte sie direkt zur Rezeption. Er wechselte ein paar Worte mit dem Bediensteten hinter dem Tresen aus poliertem Mahagoni und wandte sich dann an seinen Gast.

„Er braucht Ihren Pass, Sir", sagte er höflich.

„Der ist in meiner Laptoptasche", gab Ron zurück und sah sich suchend um. „Haben Sie sie nicht mit aus dem Auto genommen?"

„Nein, Sir, Sie wollten sich selbst darum kümmern."

Ron blickte geistesabwesend auf seine Kamera, die er noch immer in der Hand trug. Er hasste Reisen.

Rahul sprach in irgendeinem unverständlichen Kauderwelsch mit Khalil. Vermutlich war das Marathi, die hier am meisten verbreitete lokale Sprache. Für Ron klangen sie alle gleich. Khalil nickte und zückte sein Mobiltelefon.

„Er versucht, das Taxiunternehmen zu erreichen", erläuterte Rahul. „Wenn wir Glück haben, hat der Fahrer noch keine neuen

Fahrgäste aufgenommen, die die Tasche gefunden haben könnten. Wenn doch, ist der Laptop wohl weg."

Ron stöhnte auf. Dies war definitiv sein persönlicher Albtraum. Konnte es noch schlimmer kommen?

„Wir können hier nichts mehr tun", stellte Rahul fest. „Ohne Pass bekommen Sie kein Zimmer. Aber das Hotel ist bereit, Ihren Koffer aufzubewahren, bis alles geregelt ist. Ich schlage vor, dass wir in der Zwischenzeit zur Firma hinüberfahren und ich Sie dem Team vorstelle."

Ron war es recht. Umgeben von Computern und Programmieren fühlte er sich zuhause, egal, an welchem Punkt dieser Erde er sich befand. Allemal besser, als hier herumzusitzen. Sie beschlossen, dass Khalil einstweilen im Hotel bleiben sollte, um auf die Laptoptasche zu warten, während Rahul ihnen ein Taxi rief.

Und wieder begegnete der Softwarespezialist dem indischen Straßenverkehr. Ihr Fahrer war diesmal einer von der hektischen Sorte. Unentwegt hupend und lauthals schimpfend wechselte er ständig die Fahrspuren. Ron konnte nicht hinsehen und heftete seinen Blick starr auf die kleine Gottheit mit dem Elefantenkopf, die am Armaturenbrett des Taxis befestigt war. Direkt daneben klebte ein Familienfoto, das den Fahrer zusammen mit seiner Frau und drei schwarzhaarigen Kindern zeigte.

Plötzlich hielt der Wagen. Der Fahrer rief etwas und hupte, ebenso hupten die Fahrzeuge um ihn herum. Ron sah aus dem Fenster. Der Verkehr war zum Erliegen gekommen. Irgendetwas schien die Straße zu blockieren. Blaulicht flackerte ihnen entgegen. Der Fahrer stieg aus und reckte seinen Hals. Dann ging er ein paar Schritte weiter, um sich heftig gestikulierend mit einem Kollegen zu verständigen, der ebenfalls sein Taxi verlassen hatte. Anschließend kam er zurück, öffnete die Tür und sagte etwas Unverständliches zu Rahul.

„Da vorn ist eine Demonstration", übersetzte dieser. „Die Straße ist gesperrt. Wir müssen warten, aber der Fahrer weiß nicht, wie lange."

„Ist es denn noch weit?", fragte Ron zurück.

„Nein, nicht sehr", antwortete Rahul.

„Gut, dann gehen wir zu Fuß."

„Auf keinen Fall. Das ist viel zu gefährlich."

„Ach was", sagte Ron, der froh war, dem Taxifahrer zu entkommen. „Ich bin in Berlin aufgewachsen. Da gibt es ständig Demos."

Ohne sich auf weitere Diskussionen einzulassen, stieg er aus dem Wagen. Rahul blieb nichts anderes übrig, als den schimpfenden Chauffeur zu bezahlen und ihm zu folgen. Er lief hinter seinem Gast her, der geradewegs auf die Polizeiwagen losmarschierte, und zog ihn am Ärmel. „Da können wir nicht durch!", keuchte er. „Kommen Sie, ich weiß einen anderen Weg!"

Er hielt sich rechts, verließ die Straße und bog in eine Fußgängerzone ein. Ron folgte ihm. Immer wieder hörten sie Schreie. Aufgeregte Menschen rannten an ihnen vorbei.

Soweit er mitbekam, handelte es sich es sich bei den Demonstranten um eine Gruppe Muslime, die einen Gedenkmarsch veranstalteten. Sie wollten an ihre Glaubensbrüder erinnern, die einige Jahre zuvor bei einer anderen Demonstration ums Leben gekommen waren. Aggression lag in der Luft. Auch wenn er kein Wort von dem verstand, was die Menge skandierte, spürte er doch den Zorn, der sich darin entlud. Allmählich dämmerte es Ron, dass seine Idee vielleicht nicht so gut gewesen war, wie er anfangs gedacht hatte. Aber nun mussten sie da durch.

Rahul versuchte, sie an der Menschenmenge vorbeizuführen, doch plötzlich waren sie mittendrin. Sie betraten einen kleinen Platz, der von Menschen förmlich überflutet war. Es gab kein Vor und kein Zurück mehr. Ron presste seine Hand auf die Gesäßtasche, in der sich sein Portemonnaie befand. Das wollte er nicht auch noch verlieren. Als er sich nach Rahul umblickte, war dieser verschwunden.

Der Indienreisende erbleichte. So laut er konnte, rief er nach seinem Begleiter, aber das hatte keinen Sinn. Die Lautstärke, die auf dem Platz herrschte, war unbeschreiblich. Die Menge schob und drängelte. Machtlos ließ Ron sich weiterschieben. Er wusste nicht, was er jetzt tun sollte. Er hatte keine Ahnung, wo er hinmusste. Er kannte den Namen des Hotels nicht, in dem sein Koffer stand. Sein

Mobiltelefon befand sich zusammen mit dem Pass in seiner Laptoptasche, die in irgendeinem Taxi spazieren fuhr, wenn sie nicht schon jemand zu Geld gemacht hatte. Dies war wirklich nicht sein Tag. Er hasste Indien.

* * * *

Aus den Augenwinkeln bemerkte Yannick die Bewegung der goldverzierten Tür. Er handelte instinktiv, stieß Betty auf das Bett zurück und ließ sich selbst zu Boden fallen. Verwirrt von dem plötzlich auftretenden Schmerz an seinem Ellenbogen wurde ihm klar, dass er im richtigen Leben soeben aus dem Sessel gefallen war. Aber es blieb ihm nichts anderes übrig, als einfach still liegenzubleiben, denn ein Leibwächter des Pharao betrat den Raum.

„Es ist so weit", verkündete der Soldat mit theatralischer Stimme. „Deine große Stunde ist da. Der Pharao möchte dich sehen."

Betty schluchzte laut auf.

„Was soll das Geheule?", versetzte der Wächter grob. „Glaubst du, Pharao hat Spaß an flennenden Mädchen? Er braucht Entspannung von seiner harten Arbeit. Dein Job ist es, ihn glücklich zu machen. Sonst ..." Er klopfte vielsagend auf sein Schwert.

Betty hielt sich das übergroße Kopfkissen wie einen Schutzschild vor ihren Körper. „Nein, ich will das nicht. Lass mich in Ruhe", kreischte sie.

„Du blödes Weib, ich werde dich lehren, den Anordnungen des Pharaos zu gehorchen!" Der Soldat stürmte auf sie zu und griff nach Betty, die wild um sich schlug. Dabei landete sie einen schmerzhaften Zufallstreffer auf der Nase des Soldaten.

„Na warte", rief er und hechtete auf das Bett, um Betty mit seinem Körpergewicht herunterzudrücken und ihr die Bewegungsfreiheit zu nehmen. Im letzten Moment rollte sie sich zur Seite. Als der Leibwächter das Laken berührte, war Yannick über ihm. Er war kein geübter Kämpfer, darum fiel ihm nichts Besseres ein, als seinen Gegner unter dem riesigen Kissen zu begraben.

„Lauf, Betty!“, rief er, doch sie duckte sich angstvoll in eine Ecke.

Der Soldat ließ ein ersticktes Brüllen hören und versuchte, sich unter dem Kissen hervorzuarbeiten, das Yannick mit aller Kraft festhielt. Er zappelte und tobte, und es war absehbar, dass der schmächtige Jüngling gegen den trainierten Mann nicht lange bestehen würde. Da entdeckte Yannick den Dolch, der am Gürtel des Leibwächters hing. Er brachte ihn an sich, holte aus und rammte ihn dem Soldaten zwischen die Schulterblätter. Blut floss aus der Wunde und begann das Laken rot zu färben.

Der schwere Mann bäumte sich auf. Yannick riss den Dolch aus seinem Rücken heraus und stieß nochmal zu. Und wieder und wieder und wieder. Endlich blieb sein Gegner reglos liegen. Nach einer kurzen Weile begann er zu verblassen, bis er schließlich verschwunden war. Zurück blieb ein zerwühltes, rotgefärbtes Bett und der Dolch, den Yannick noch immer in seinen blutverschmierten Händen hielt.

„Wir müssen hier weg“, sagte er tonlos. Er ließ die Waffe in die Kissen fallen. Betty nickte und sah ihn furchtsam an. Yannick überlegte kurz, dann schloss er die Tür, die die Leibwache geöffnet hatte. Er griff Betty an der Hand und rannte mit ihr den gleichen Weg zurück, über den er vorher gekommen war. Vorbei an den Kleiderständern und Regalen, quer durch den Schönheitssalon. Als sie den Waschraum erreichten und er sich im Spiegel erblickte, bekam er einen Schreck. Er sah aus wie ein Metzger am Ende seiner Schicht.

„Wenn sie mich so sehen, haben wir überhaupt keine Chance“, murmelte er und begann sich notdürftig abzuwaschen. Betty verschwand derweil im Nebenraum und kam kurz darauf in ihrem alten Kleid zu ihm zurück.

Yannick warf einen weiteren Blick in den Spiegel. Gesicht und Hände waren nun sauber, aber gegen die Flecken auf seiner Kleidung konnte er in der Eile nur wenig ausrichten. Egal, sie durften keine weitere Zeit verschwenden. Es konnte nicht lange dauern, bis man das Fehlen des Leibwächters bemerken würde.

Sie stürmten die Treppe hinab in den Palastgarten. Jetzt zahlte es sich aus, dass Yannick sich mit den Verteidigungsplänen der Stadt und des Palastes befasst hatte. Zu Bettys Verwunderung rannten sie nicht hinüber zum Haupttor, sondern in die andere Richtung, tiefer in den Garten hinein.

„Ist das nicht die falsche Richtung?“, fragte sie.

„Nein, vertrau mir“, keuchte Yannick.

Sie durchquerten eine Anpflanzung mit übermannshohen Rhododendronbüschen und erreichten schließlich die Mauer, die den Palast umgab. Nicht weit von ihnen stand ein unauffälliger Gärtnerschuppen.

„Dort hinein“, sagte Yannick und riss die Tür auf. Wortlos folgte Betty ihm.

Der dämmerige Schuppen diente zur Lagerung von allerlei Gartengeräten, die Yannick nun zur Seite räumte. Eine Falltür wurde sichtbar.

„Ein Geheimgang“, flüsterte Betty ehrfurchtsvoll.

„Genau das!“, gab er zurück und dachte an die Diskussionen, die er deswegen mit dem Pharao geführt hatte. Yannick hatte vorgeschlagen, den Gang zuschütten zu lassen, weil er ihn für eine gefährliche Schwachstelle hielt, aber der Herrscher wollte es nicht. Er hatte gelacht und gesagt: „Jeder Fuchsbau braucht einen Hinterausgang. So groß ist dieser Tunnel nun auch wieder nicht, als dass da eine ganze Armee hindurchkommen könnte!“

Nun war Yannick dankbar für Pharaos Hartnäckigkeit. Er hoffte inständig, dass dieser es sich nicht inzwischen anders überlegt hatte.

Gemeinsam stemmten sie die Falltür hoch und blickten in das Loch darunter. Eine steile Treppe führte in die Tiefe. Neben der ersten Stufe war ein Brett an der Schachtwand befestigt, auf dem Fackeln und Streichhölzer bereitlagen. Yannick zündete eine davon an und gab sie Betty. Dann nahm er sich selbst auch eine und entflammte sie an Bettys Fackel.

„Ich gehe vor“, sagte er. „Dann leuchte ich dir von unten, damit du den Weg siehst, okay?“ Betty starrte ängstlich in die Dunkelheit hinab.

„Gibt es ... Ratten da unten?“, flüsterte sie.

Yannick zuckte zusammen. An diese Möglichkeit hatte er nicht gedacht. Er hasste Ratten.

„Ich glaube nicht. Und wenn doch, dann wird sie das Feuer vertreiben“, sprach er sich selbst Mut zu. Betty schien beruhigt zu sein.

Yannick kletterte die steile Treppe hinunter, was gar nicht so einfach war mit einer brennenden Fackel in der Hand. Endlich erreichte er den Boden. Er war feucht und rutschig, die Luft roch moderig.

„Du kannst jetzt kommen!“, rief er nach oben. Das Echo hallte durch den Gang. Er sah den Lichtschein von Bettys Fackel nach unten wandern. Schließlich stand sie neben ihm.

„Puh“, sagte sie, „ungemütlich hier unten!“

„Ja, lass uns sehen, dass wir hier rauskommen.“

„Und dann?“, fragte Betty.

„Wie und dann?“

„Wo wollen wir dann hin?“

„Ich weiß es nicht“, bekannte Yannick. „Am besten zurück in den Wald.“

„Aber sie werden mich finden“, sagte Betty traurig. „Ich habe doch dieses Dings im Kopf.“

Sie hatte recht. Soweit hatte Yannick noch nicht gedacht. „Uns wird schon etwas einfallen“, sagte er zuversichtlicher, als er sich fühlte. „Aber jetzt müssen wir erst mal hier weg.“

Sie eilten durch den feuchten Tunnel. An einigen Stellen war es Baumwurzeln gelungen, sich hineinzuwinden, und Betty schrie leise auf, als deren feuchte Fäden unvermittelt ihren Kopf berührten. Dann blieb Yannick plötzlich stehen.

„Was hast du, warum gehst du nicht weiter?“

„Sieh selbst“, sagte Yannick und hob die Fackel. Ein Erdrutsch hatte den Tunnel verschlossen. „Wir sitzen fest.“

„Vielleicht können wir uns hindurchgraben“, schlug Betty vor. Yannick lachte freudlos. „Tolle Idee. Hast du eine Schaufel dabei?“

Betty schwieg betroffen. Dann kletterte sie vorsichtig den Schutthaufen hinauf. „Ich glaube, hier kommen wir durch!“, rief sie eifrig. Yannick folgte ihr. Im schwachen Schein der Fackel war jetzt erst zu erkennen, dass die Erde nicht ganz bis zur Decke reichte, sondern ein schmaler Durchgang freigeblieben war. „Du hast recht!“, sagte er. „Entschuldige, dass ich über dich gelacht habe.“ Betty antwortete nicht.

Sie zwängten sich durch den Spalt und rutschten auf der anderen Seite des Hügels wieder hinunter. Schmutzig, aber erleichtert setzten sie ihre Flucht fort.

Yannick schätzte, dass sie bald das Ende des Ganges erreichen mussten. Er wusste aus den Zeichnungen, dass er zu einer Höhle führte, die einigermaßen gut versteckt in einer Felswand lag. Sie würden dort noch einmal klettern müssen.

Der Geheimgang knickte leicht nach links ab und begann dann merklich anzusteigen. Zugleich wurde er etwas breiter. Innerlich jubelnd begann Yannick zu laufen. Sie hatten es geschafft!

Doch schon wenige Schritte später wandelte sich sein Jubel in Verzweiflung. Ein schweres Eisengitter versperrte ihnen den Weg. Yannick rüttelte daran. Es war fest in den Felsen eingelassen. Er erkannte Scharniere und ein Schloss. Eine Tür – aber so fest er auch daran zog und zerrte, sie rührte sich nicht einen Millimeter.

Entkräftet ließ er sich zu Boden sinken. In den Zeichnungen gab es diese Tür nicht. Anscheinend hatte der Pharao seine Mahnung doch beherzigt und den Zugang verschlossen. Nun war alles vorbei. Sie saßen in der Falle. Sobald Pharaos Leute festgestellt hatten, dass die Leibwache tot und Betty geflohen war – und das hatten sie bestimmt schon – würden sie auf irgendeinem Monitor nachschauen und den leuchtend roten Punkt an dieser Stelle entdecken. Es gab keine Chance, den langen Weg zurückzulaufen.

Wer weiß, vielleicht hatte Pharao ihm diese Falle bewusst gestellt. Sonst hätte er ihm ja sagen können, dass der Geheimgang mit einer Tür gesichert worden war. Yannick kämpfte mit den Tränen. Er fühlte sich plötzlich unendlich müde.

* * * *

Der Pharao betrat seine Schlafgemächer und verschloss die Türen. Er freute sich auf das, was gleich kommen würde. Sein erster Racheakt an Yannick. Der junge Mann hatte sich damals in der alten Welt gegen ihn gestellt, und so etwas pflegte Lutz niemals zu vergessen. Er schnaubte verächtlich. Dieser Trottel hatte noch nicht einmal begriffen, wer er jetzt war. Vermutlich hatte Ron ihm erzählt, dass er ihn für alle Zeiten vom Spiel ausgeschlossen hätte. Solche Prahlereien sahen ihm ähnlich. Aber er war im Spiel – und wie er im Spiel war! Und nun würde er es mit Yannicks hübscher Geliebten treiben. Ein netter Anfang der Qualen, die er ihm zugedacht hatte. Er spürte seine Erektion.

Wo bleibt sie nur?, fragte er sich ungeduldig.

Er läutete nach dem Kammerdiener. Ein schmächtiger junger Bot trat ein und fiel vor dem Herrscher auf die Knie.

„Steh auf und sieh nach, wo die Frau bleibt", knurrte der Pharao.

Der Jüngling entfernte sich rückwärtsgehend. Lutz liebte das Hofzeremoniell. Es vermittelte den Bediensteten und ihm selbst ein Gefühl dafür, wer er wirklich war: Ein Gott, der die Erde mit seiner Anwesenheit beglückte. Bewusst pflegte er den Nimbus seiner Allmacht, indem er seine Hacks mit allerlei Brimborium umgab. Besonders bei den Bots kam das sehr gut an.

Nach einer kurzen Weile knallte er seinen halbleeren Weinpokal ungeduldig auf den Tisch. Er war es nicht gewohnt zu warten. Eigentlich hatte er für dieses Mädchen der zärtlichste Liebhaber der Welt sein wollen. Aber er konnte auch die Peitsche rausholen, und das würde er tun, wenn sie nicht auf der Stelle ...

Aufgeregte Schreie ertönten auf dem Gang. Der junge Bot stürmte durch die Tür. Im letzten Augenblick besann er sich auf seine zeremoniellen Pflichten und ließ sich zu Boden fallen. Durch den Schwung seiner Bewegung schlitterte er ein ganzes Stück auf den Pharao zu.

„Das Mädchen, es ist weg ...", stammelte er ängstlich. Offensichtlich fürchtete er, für diese schlimme Nachricht bestraft zu werden, was durchaus im Bereich des Möglichen lag. Aber Lutz hatte jetzt keine Zeit für solche Spielchen.

„Wo ist mein Leibwächter?", fragte er wütend.

„Er ist tot", berichtete der Junge, immer noch mit bebender Stimme. „Sie hat ihn mit seinem eigenen Dolch erstochen. Der ganze Raum ist voller Blut."

„Durchsucht den Palast! Und schafft mir diese Schlampe her. Ich werde ihr bei lebendigem Leib die Haut abziehen!" Mit einer wütenden Handbewegung schlug er den halbvollen Kelch vom Tisch. Rotwein spritzte heraus. Der Kammerdiener lag immer noch auf seinen Knien, die Stirn am Boden, und zitterte.

„... und dir auch, wenn du nicht sofort meine Befehle ausführst!", fuhr ihn der Pharao an. Der Junge rappelte sich auf und stolperte aus der Tür.

Gut zehn Minuten später erschien der Oberste der Palastgarde, ebenfalls ein Bot. Lutz hatte ihm den Namen Pitom gegeben. Der Soldat sank auf die Knie, wie es das Zeremoniell erforderte, anders als der Junge aber strahlte er trotz seiner unterwürfigen Haltung eine ungebrochene Würde aus. Der Herrscher gab ihm das Zeichen zum Aufstehen. Mit den geschmeidigen Bewegungen eines trainierten Kämpfers erhob er sich und erstattete Bericht: „Wir haben den Palast mit allen verfügbaren Männern durchsucht, Herr. Sie ist nicht hier."

„Habt ihr auch den Garten durchgekämmt?"

„Selbstverständlich, Herr. Wir haben keine Spuren entdecken können."

„Und die Wachen am Tor?"

„Sie waren die ganze Zeit über auf ihren Posten. Niemand hat das Gelände verlassen."

Pharao unterdrückte einen Fluch. „Warte hier", befahl er. „Ich muss mich mit meinen Götterkollegen besprechen."

Der Offizier nickte beeindruckt. „Ja, Herr. Wie ihr befehlt."

Pharao eilte durch mehrere Räume, bis er schließlich vor einem übermannsgroßen Wandteppich stehenblieb. Er schob seine Hand dahinter, ertastete einen kleinen Spalt und legte seinen Zeigefinger darauf. Der Fingerabdruckscanner summte leise, dann schwang die verborgene Tür auf. Pharao ging hindurch, stieß sie hinter sich zu, legte sich auf eine Pritsche und nahm den Cyberhelm ab.

Leicht benommen sah Lutz sich in seinem Wohnzimmer um. Er reckte sich, zündete sich eine Zigarette an und langte nach der Tastatur. Ein Monitor leuchtete auf, der die Karte von Theben zeigte. Etliche rote Punkte waren darauf zu sehen – ein ganzer Haufen im Bereich der Sklavensiedlung, viele auch im Norden der Stadt. Das war die Baustelle, wo die neuen Verteidigungsanlagen entstanden. Aufmerksam suchte Lutz die Gegend um den Palast herum ab, aber er konnte keinen weiteren Punkt entdecken. Schrittweise erhöhte er den Zoomfaktor. Schließlich fiel ihm ein schwacher rötlicher Fleck auf, der in der Nähe des Palastes flackerte. Natürlich! Sie hatte den Geheimgang genommen! Die Erde dämpfte das Signal. Und sie saß jetzt in der Falle.

Lutz fletschte seine Zähne zu einem wölfischen Grinsen.

Hundertprozentig war Yannick mit im Spiel. Das Mädchen konnte nichts von dem Gang wissen. Umso besser! Foltern machte viel mehr Spaß, wenn die anderen Opfer dabei zusehen konnten.

Er nahm noch einen hastigen Zug, dann drückte er die Zigarette aus und setzte den Helm wieder auf.

„Das allsehende Auge hat mir kundgetan, dass sich die Flüchtigen unter der Erde versteckt halten“, sagte er würdevoll zu dem Leiter der Leibgarde, nachdem er in sein Schlafgemach zurückgekehrt war.

„*Die* Flüchtigen, Herr? Wir suchen also mehrere Personen?“

„Ja, Yannick ist bei dem Mädchen.“

„Der Festungsbauer?“

„Ganz genau. Für ihn werde ich mir eine ganz besondere Behandlung ausdenken. Bringt ihn mir auf jeden Fall lebend!“

„Wie Ihr wollt, mein Herr!“

Pharao beschrieb ihm den Weg zum Geheimgang. Pitom stellte einen Trupp von fünfzehn Mann zusammen und nahm die Verfolgung auf.

* * * *

Ron vermochte nicht einzuschätzen, wie lange und wie weit ihn die Menschenmenge schon umhergeschoben hatte. Es kam ihm wie eine Ewigkeit vor. Er wusste nicht, wo er war und hatte auch nicht die leiseste Ahnung, in welche Richtung er sich halten musste, um zu der indischen Firma zu gelangen. Und selbst, wenn er den Weg gekannt hätte – jeder Versuch, gegen den Strom anzukämpfen, war aussichtslos. Ihm blieb nichts anderes übrig, als sich weiter mittreiben zu lassen.

Irgendwann gab die Menge ihn am Rande eines Platzes frei. Das Stoßen und Zerren ließ spürbar nach. Ron stolperte ein paar Schritte zur Seite, um sich endgültig aus der Masse zu befreien, dann blieb er aufatmend stehen.

In der Mitte der gepflasterten Fläche stand eine Statue in einem schmuddeligen Wasserbecken. Es war wieder dieser elefantenköpfige Gott, den er heute schon so oft gesehen hatte. Die Gottheit sah aus, als tanze sie; ihre vier Arme und der Rüssel wiegten sich im Takt der Musik. In einer Hand hielt sie eine Lotusblüte, in der anderen eine Art Axt, zwei weitere verharrten in eigenartigen Haltungen vor dem runden Bauch. Die Figur wirkte fröhlich und beschwingt, aber ihre Augen hatten etwas Bedrohliches. Es war, als sagten sie zu dem Betrachter: „Ich behalte dich im Blick. Mir entkommst du nicht!“

Unwillig schüttelte Ron den Kopf. Wie konnten Menschen an solch einen Schwachsinn glauben und gleichzeitig Mobiltelefone und Computer benutzen?

„Hey Mann, hast du mal ein bisschen Kleingeld für mich?“

Es dauerte einen Moment, bis Ron begriff, dass er gemeint war und die Stimme deutsch gesprochen hatte. Er sah zur Seite und entdeckte einen jungen, langhaarigen Mann, der auf dem Rand des Wasserbeckens saß. Er rauchte eine selbstgedrehte Zigarette und sah mit seinem bunten Hemd und dem Stirnband aus, als wäre er den sechziger Jahren entsprungen.

„Woher weißt du, dass ich Deutsch spreche?", gab Ron irritiert zurück.

„Oh, sorry, aber wenn man hier ein paar Jahre lebt, bekommt man einen Blick dafür." Verunsichert schaute Ron ihn an. Dann besann er sich seiner Chance.

„Vielleicht kannst du mir helfen. Ich habe meinen Pass verloren – weißt du, wie ich zur deutschen Botschaft komme?"

„Vergiss es, Mann, es ist Freitagnachmittag. Da ist jetzt keiner mehr."

Ron sah ihn verzweifelt an. Der Hippie lächelte ihm aufmunternd zu.

„Kopf hoch, Mann. Es kommt alles wieder zurecht. Du musst einfach ein bisschen Vertrauen haben."

„Ich glaube, mein Vorrat an Vertrauen ist für heute erschöpft."

Der Langhaarige setzte ein nachdenkliches Gesicht auf.

„Siehst du die Statue hier?", fragte er schließlich. „Das ist Ganesha. Der wichtigste Gott in Mumbai. Du findest ihn an jeder Ladentür und in jedem Auto. Einmal im Jahr feiern sie hier ein großes Fest für ihn. Er ist cool, Mann, er räumt Hindernisse aus dem Weg und sorgt dafür, dass die Dinge gut laufen. Wirf ihm ein bisschen Kleingeld ins Wasser, dann hilft er dir."

„Tut mir leid, an so etwas glaube ich nicht."

Der Hippie lachte. „Du bist echt arm dran, Mann. Hast keinen Glauben, hast kein Vertrauen, und dein Pass ist auch weg. Weißt du was? Ich geb einen aus. Du hast es nötiger als ich." Er griff in die Tasche und kramte ein paar silberne Münzen heraus. Ron hegte den Verdacht, dass sie aus ebendiesem Wasserbecken stammten.

Mit den Worten „Hey, Ganesha, das ist für den Typen hier. Ich glaube, der braucht deine Hilfe" warf er der Statue das Kleingeld zu. Es gluckste, als es versank.

Kopfschüttelnd wandte Ron sich ab. Das hatte ihm gerade noch gefehlt.

Er studierte die fremdartigen Schriftzeichen an den Straßenschildern und überlegte. Er konnte sich nicht daran erinnern, wie die Firma hieß, zu der er sollte. Es war ein englischer Allerweltsname, so viel wusste er noch, irgendwas mit Computer – international – solutions. Name und Adresse waren in seinem Mobiltelefon gespeichert, aber das steckte in der verlorenen Laptoptasche.

Mal angenommen, er würde irgendwo ein Telefon auftreiben, dann könnte er zuhause in seiner Firma anrufen – aber war da denn überhaupt noch jemand? Wie spät mochte es jetzt in Deutschland sein? Er hatte seine Uhr im Flugzeug umgestellt, aber er wusste nicht mehr, um wie viele Stunden. Es war zu viel passiert seitdem. Egal, er könnte es wenigstens versuchen. Vielleicht hatte er Glück. Aber wo gab es hier öffentliche Telefone? Er sah sich suchend um.

Plötzlich kam jemand auf ihn zugerannt. Er winkte und rief laut „Mr. Schäfer, Mr. Schäfer!“ Ron erkannte das blaue Hemd. Es war Rahul.

„Gott sei Dank!“, entfuhr es ihm.

„Ich sag's ja, Mann, Ganesha ist cool. Man muss sich gut mit ihm stellen.“

Ron ignorierte den Langhaarigen und ging Rahul entgegen.

„Ich bin so froh, dass ich Sie wiedergefunden habe!“, sagt der Inder atemlos. „Ich hatte mir schon Sorgen gemacht. Da vorne gerät die Lage allmählich außer Kontrolle; die Demonstranten werfen mit Steinen, und die Polizei antwortet mit Wasserwerfern und Tränengas. Es hat bereits die ersten Verletzten gegeben. Wir müssen hier weg!“

„Nichts lieber als das!“

Eine halbe Stunde später erreichten sie das Firmengebäude. Es sah unfertig aus – so als hätten die Handwerker mittendrin die Lust verloren. Aus dem Dach der flachen Betonhalle ragten Moniereisen heraus. Anscheinend war noch ein weiteres Stockwerk geplant gewesen, das aber nie gebaut worden war. Niemand hatte sich die Mühe gemacht, die grauen Wände zu streichen.

An der vergitterten Eingangstür prangte ein Messingschild, auf dem in großen Buchstaben der Firmenname zu lesen war: „Software Solutions International Inc." Die Anfangsbuchstaben waren vergrößert und verziert.

Als sie hineingingen, lachte ihnen der elefantengesichtige Gott von einem Poster aus entgegen – jedoch in einer eher unorthodoxen Darstellung. Er stand auf einer Computertastatur und hatte diesmal sogar sechs Arme. In seinen Händen hielt er eine CD-ROM, einen Laptop und noch ein paar andere EDV-Utensilien. Ron stöhnte auf.

„Dieser Typ verfolgt mich schon den ganzen Tag lang", beklagte er sich. Rahul lachte. „Ja, Lord Ganesha ist uns sehr wichtig. Er ist der Gott der Weisheit und wacht über alle, die geistig arbeiten."

„Ich denke, er ist dafür da, Hindernisse aus dem Weg zu räumen?"

„Ja, das stimmt. Er hat viele Aspekte. Zuweilen ist er aber auch derjenige, der einem die Hindernisse in den Weg legt."

Ron beschloss, sich lieber den Dingen zuzuwenden, von denen er etwas verstand. Neugierig folgte er Rahul ins Innere des Gebäudes. Es war ursprünglich als Manufaktur geplant und entsprechend zweckmäßig aufgebaut. Von einem kleinen Flur aus führte eine Tür zum Büro des Leiters und eine zur Werkhalle, die den größten Teil der Grundfläche einnahm. Im hinteren Bereich befanden sich die sanitären Anlagen und ein Lagerraum.

In dem Raum, der einst als Werkstatt vorgesehen war, bildeten weiße Tische ein großes Rechteck. Daran saßen junge Männer und bearbeiteten eifrig ihre Laptops.

„Wir schließen zurzeit noch einen Auftrag für eine amerikanische Firma ab", erläuterte Rahul. „Das wird aber nicht mehr lange dauern. Danach stehen wir vollkommen zu Ihrer Verfügung."

Ron zählte. Er kam auf vierzehn Programmierer. Frauen waren nicht darunter.

„Warum arbeiten sie nicht mit Desktops?", fragte er. „Das wäre doch ergonomischer?"

„Anfangs haben wir es versucht, aber es gibt hier sehr häufig Stromausfälle. Die mobilen Geräte haben sich als die bessere Lösung erwiesen."

Ron nickte verständnisvoll und dachte sehnsüchtig an seine vermisste Tasche. Rahul klatschte in die Hände und rief: „Leute, darf ich einmal um eure Aufmerksamkeit bitten? Ich möchte euch gern Ron Schäfer vorstellen, der soeben eingetroffen ist."

Sofort fuhren die Köpfe der Anwesenden hoch. Sie kamen angelaufen, drängten sich um Ron, schüttelten ihm die Hand oder legten als traditionelle Begrüßungsgeste die zusammengelegten Hände vor die Stirn. Dann traten sie einen Schritt zurück und sahen ihn erwartungsvoll an. Er spürte, dass sie nun eine Ansprache von ihm erwarteten. Er hatte für diesen Zweck extra eine Präsentation vorbereitet. Da er sie in der Cloud gespeichert hatte, hätte er auch ohne seinen Laptop darauf zugreifen können, aber es war nirgendwo ein Beamer zu entdecken.

Vielleicht später, sagte er sich und begann mit einer improvisierten Ausführung über seine Philosophie von X-World.

* * * *

Pitoms Männer schlugen sich durch die Rhododendronhecken und fanden nach kurzer Suche die alte Gärtnerhütte. Der Hauptmann wies seine Leute an, die Hütte zu umstellen, und öffnete dann höchstpersönlich die Tür. Er war seinen Männern gern ein leuchtendes Vorbild, vor allem in Situationen, in denen er sicher sein konnte, dass es gefahrlos möglich war. Er stürmte hinein, ließ der Spannung wegen ein paar Sekunden verstreichen und rief die Soldaten dann zu sich.

Die Falltür stand offen. Er blickte hinunter und entdeckte die Fackeln.

„Jeder nimmt sich eine davon!" kommandierte er. Als sich herausstellte, dass sie nur für die Hälfte seiner Leuten reichten, befahl er, immer abwechselnd zu gehen, jeweils ein Mann mit und einer ohne

Fackel. So schickte er seine Soldaten nach unten. Er selbst hatte für heute genug Mut bewiesen und bildete die Nachhut.

* * * *

Yannick saß auf dem nassen Boden. Die Feuchtigkeit drang durch seine Hose, aber es war ihm egal. Alles war ihm egal. Er verbarg sein Gesicht in den Händen, gelegentlich streckte er einen Fuß hoch und trat nach dem Gitter, das das Ende für sie bedeutete.

Betty strich ihm zärtlich über die Haare.

„Ich habe da eine Idee", sagte sie schüchtern. „Aber bitte lach mich nicht aus, wenn es ein dummer Gedanke ist!

Yannick sah sie an. „Was denn?", fragte er.

„Ich habe gedacht – dieser Gang soll doch für Notfälle sein, oder? Darum lagen ja auch oben die Fackeln bereit, damit man sie hat, wenn man sie braucht."

„Ja, richtig, und weiter?"

„Und diese Tür soll verhindern, dass die Feinde den Gang dazu benutzen können, um in den Palast zu kommen."

„Ja", sagte Yannick ungeduldig. Er verstand nicht, worauf Betty hinauswollte.

„Ich glaube, dass hier irgendwo ein Schlüssel sein muss."

„Wie kommst du darauf?"

„Na, eben für Notfälle. Falls der Pharao fliehen muss und seinen gerade nicht dabei hat. Kann doch sein, oder?"

Yannick sah sie an. „Du hast recht", sagte er. „Das könnte wirklich sein."

Mit neuer Hoffnung hielt er seine Fackel hoch und begann die Felswände abzusuchen. Bingo! Auf der Höhe des Türschlosses gab es einen losen Stein. Dahinter lag der rettende Schlüssel. An dieser Stelle hätte man ihn sogar im Dunkeln finden können.

Mühelos öffnete Yannick die Tür. Sie gingen hindurch, er schloss sie wieder zu und warf den Schlüssel weg. „Das verschafft uns vielleicht ein wenig Zeit", sagte er.

„Und wohin gehen wir nun?“, fragte sie.

„In die Sklavensiedlung“, antwortete er. „Das ist unsere einzige Chance.“

* * * *

Als der Soldat an der Spitze der Verfolgungstruppe das Gitter erreichte, gab er eine entsprechende Meldung nach hinten durch. Pitom stieß einen Fluch aus und drängte sich an seinen Männern vorbei, ängstlich darauf bedacht, sich nicht an den brennenden Fackeln zu verletzen.

Er inspizierte das Gitter, untersuchte den Boden davor und schimpfte währenddessen unablässig über die Unfähigkeit derer, die die Spuren zertrampelt hatten. Schließlich entdeckte er hinter der Tür den Rest einer weggeworfenen Fackel. „Sie sind hier durchgekommen!“, rief er und deutete auf das Fundstück. „Es muss einen Weg geben. Findet ihn!“

In Anbetracht der Enge des Ganges und der Anzahl der Männer war es schwierig, seinen Befehl umzusetzen. Immerhin fand einer von ihnen nach kurzer Suche den losen Stein, unter dem der Schlüssel gelegen hatte. Pitom schwante allmählich, was hier passiert sein könnte. Er startete einen Versuch, die Gittertür mit vereinten Kräften aufzubrechen, aber musste bald einsehen, dass sie gegen die solide Schmiedearbeit nichts ausrichten konnten.

Als die ersten Fackeln zu verlöschen begannen, wurde ihm klar, dass ihnen noch ganz andere Probleme bevorstanden. Wütend befahl er den Rückzug.

* * * *

Yannick und Betty liefen Hand in Hand über einen kleinen befestigten Sandweg, der sie direkt zur Sklavensiedlung führte. Als sie die Töpferei erreichten, stießen sie auf Olaf, der gerade eine Ladung Ton dorthin gebracht hatte. Er sah die beiden an, als stünden Gespenster vor ihm.

„Wo kommt ihr denn her?“, fragte er bestürzt. Yannick gab ihm einen knappen Bericht.

„Ich muss hier weg“, schloss er. „Sie werden mich suchen wegen Hochverrat und Mord. Aber ich kann Betty nicht mitnehmen. Der EL würde sie verraten.“

„Und du glaubst, hier würden sie deine Freundin nicht finden?“, fragte Olaf zweifelnd.

„Ja, das glaube ich“, behauptete Yannick, der sich keineswegs sicher war. „Alles was sie sehen können, sind kleine Punkte auf dem Bildschirm. Ein roter Punkt, der sich zwischen anderen versteckt, fällt nicht auf.“

„Aber wenn sie sehen, dass sich kein roter Punkt davonmacht, werden sie hier suchen!“, wandte Olaf ein.

„Darum wollte ich Erik bitten, mich zu begleiten“, sagte Yannick. Er wandte sich an die Frauen.

„Esther, hast du deine Frisiersachen mitgenommen?“ Die Dorffriseuse nickte. Er deutete auf Betty. „Du musst aus diesem hübschen, langhaarigen blonden Mädchen einen jungen Mann machen, bekommst du das hin?“

Esther nickte abermals. Betty sah ihn entsetzt an.

„Es tut mir leid“, sagte Yannick. „Du weißt, wie sehr ich deine Haare liebe, aber es muss sein. Esther wird sie dir streichholzkurz schneiden und mit Henna einfärben. Aus Betty wird Benno. Dann übernimmst du die Arbeit von Erik.“

Tränen standen in ihren Augen. „Und du?“, fragte sie leise.

„Ich bringe mich erst mal in Sicherheit und lasse mir etwas einfallen, wie ich euch hier rausbekomme!“

„Wie lange wird es dauern?“

„Das weiß ich nicht“, sagte Yannick leise und nahm sie in den Arm.

Erik war sofort einverstanden, als Yannick ihm die Sachlage mit knappen Worten darlegte. „Na klar helfe ich dir!“, sagte er. „Ohne dich und deine Arche wäre ich schon lange nicht mehr dabei. Du hast was gut bei mir!“

Er legte eine nachdenkliche Pause ein.

„Aber eins habe ich noch nicht verstanden", sagte er dann. „Meinen Punkt können sie doch genauso sehen wie Bettys, oder? Wo ist der Unterschied?"

„Darum müssen sich unsere Wege im Wald leider trennen. Es gibt fern im Osten ein Land, vor dessen Bewohnern sich der Pharao fürchtet. Wenn du dorthin fliehst, wird er dir nicht mehr folgen."

„Okay", sagte Erik gedehnt. „Allerdings haben unsere Verfolger Pferde, während wir nur zu Fuß sind."

„Das stimmt", antwortete Yannick. „Wir müssen so schnell wie möglich den Wald erreichen. Dort nützen ihnen ihre Pferde nichts. Und auf dem Weg dahin werden wir die Straßen vermeiden. Ich habe die Karten der Umgebung gesehen. Ich glaube, ich finde eine Route, auf der sie uns nicht so schnell folgen können."

„Na dann los", sagte Erik.

* * * *

Schlammbeschmiert und fluchend, voller blauer Flecken, die sie sich bei den Zusammenstößen im Dunkeln zugezogen hatten, erreichte Pitoms kleine Schar endlich wieder die steile Treppe, über die sie in den Gang hinabgestiegen war. Am oberen Ende schimmerte ein schwaches Licht. Der Schuppen, in dem die Falltür lag, verfügte nur über ein winziges Fenster. Aber nach gefühlten zwei Stunden in absoluter Finsternis erschien es den Männern strahlend und schön.

Pitom ging seinen Leuten voran und kletterte die Stufen empor. Mit bangem Herzen machte er sich auf den Weg zurück zum Pharao. Je nachdem, in welcher Laune sich der Herrscher befand, konnte ihn dieser Misserfolg den Kopf kosten.

Als sie den Palast betraten, befahl er seiner Truppe wegzutreten und sich zu säubern. Er selbst wusch sich im Eiltempo, legte eine frische Uniform an und ließ sich dem Pharao melden. Der Haushofmeister hieß ihn warten. „Er ist nicht allein. Einen Moment dauert es noch", sagte er und zwinkerte ihm zu. Pitom seufzte, halb erleichtert, halb besorgt wegen der Verzögerung.

Als er endlich vorgelassen wurde, fand er den Pharao entspannt und bei bester Laune vor. „Nun, wo habt ihr die Gefangenen?", fragte er Pitom, ohne ihm das Zeichen zum Aufstehen zu geben. Folglich blieb der Oberste auf seinen Knien.

„Es tut mir leid", sagte er. „Wir haben sie nicht erwischen können."

„Wie bitte?"

Die Raumtemperatur schien um einige Grad zu sinken. Die Hochstimmung des Pharao war offensichtlich verflogen.

„Die Gittertür war verschlossen, und der Schlüssel lag nicht an seinem Ort und ..."

„Scheiße!"

Der Pharao trat ihm brutal in die Rippen. Pitom unterdrückte einen Aufschrei.

„Warte hier!", knurrte er und rannte aus dem Raum. Der Soldat rollte sich auf die Seite und betastete seinen schmerzenden Brustkorb. Das war ja nochmal gut gegangen.

Als Pitom kurz darauf mit seinen Männern in der Sklavensiedlung stand, war er wild entschlossen, den Pharao nicht noch einmal zu enttäuschen. Auftragsgemäß durchsuchte er jedes Haus und sah unter jedes Bett, wobei der Ungeschicklichkeit seiner Männer etwa eine Tagesproduktion Keramik zum Opfer fiel. Anschließend versammelte er alle Waldmenschen auf dem Dorfplatz und versuchte sie zu verhören. Niemand sagte ein Wort.

Erst als er wahllos eine ihrer Frauen ergriff und damit drohte, sie von seinen Männern erst der Reihe nach vergewaltigen und anschließend hinrichten zu lassen, begann einer von ihnen zu sprechen. Er hatte einen wallenden roten Bart und war anscheinend ihr Anführer.

„Bitte, tun Sie ihr nichts", sagte er. „Ich werde euch alles sagen, was ich weiß."

„Olaf, nicht!“, rief die Gefangene und versuchte vergeblich, die Soldaten abzuschütteln, die sie mit eisernem Griff festhielten.

„Doch Mirjam, das ist es nicht wert“, gab der Häuptling zurück und wandte sich dann wieder an Pitom. „Der Mann und sein Mädchen waren vorhin hier“, gestand er. „Sie haben darum gebeten, dass wir sie bei uns verstecken, aber ich habe es abgelehnt. ‚Zu gefährlich‘, habe ich ihnen gesagt. ‚Bei uns werden sie zuerst suchen. Macht, dass ihr weiterkommt.‘ Dann sind sie geflohen.“

„Wohin?“, fragte Pitom.

„Ich weiß es nicht“, brummte Olaf.

Der Hauptmann nickte seinen Soldaten zu. Einer von ihnen zog ein Messer und hielt der Gefangenen die Spitze an die Kehle. Er drückte so fest, dass die Haut an der Stelle eine Vertiefung bildete. Mirjam röchelte.

„Okay, okay, sie wollten zurück in den Wald!“, rief Olaf. „Aber mehr weiß ich wirklich nicht!“

Ein schlanker Junge mit fast weiblich wirkenden Gesichtszügen und kurzen roten Haaren begann zu schluchzen. Verächtlich sah Pitom den Weichling an.

„Los, los“, rief er den Waldmenschen zu. „Seht zu, dass ihr wieder an die Arbeit kommt! Ihr habt einiges aufzuholen.“ Mit diesen Worten wandte er sich ab und verließ mit seinen Leuten die Siedlung. Zum Glück für die Flüchtenden kehrte er nicht zum Pharao zurück, um weitere Instruktionen einzuholen, sondern trieb seine Truppe im Laufschritt die breite Straße entlang, die zur Waldsiedlung führte.

* * * *

In seiner Eigenschaft als Verteidigungsbeauftragter hatte Yannick mit militärischen Karten der Umgebung gearbeitet, auf denen praktisch jeder Baum eingezeichnet war. Der Pfad, den er als Fluchtweg ausgewählt hatte, war dort mit einer gepunkteten Linie markiert und hatte auf dem Papier recht zuverlässig gewirkt. Leider entpuppte er sich in der Realität als winziger Trampelpfad. Anfangs war er noch ganz passabel, aber schon bald mussten sie sich durch dichtes Gestrüpp und unangenehme Dornen kämpfen. Als Weg konnte man die Strecke selbst mit viel Wohlwollen nicht mehr bezeichnen.

„Bist du sicher, dass wir hier richtig sind?“, keuchte Erik. Quer über seinem Gesicht prangte ein langer Kratzer, der von einer Auseinandersetzung mit einer widerspenstigen Dornenranke stammte.

Yannick schüttelte den Kopf. „Ich habe die Karte nur einmal kurz gesehen“, sagte er. „Aber die Richtung stimmt ungefähr. Lass uns einfach weitergehen. Uns bleibt ohnehin keine andere Wahl.“

Zum wiederholten Male blickte er sich um und suchte nach Anzeichen einer Verfolgung. Bislang schien das Glück mit ihnen zu sein. Verbissen kämpften sie sich weiter. Schließlich wurde es etwas leichter; die Vegetation ließ spürbar nach.

Erik und Yannick schoben die letzten Zweige zur Seite und fanden sich am Rand eines ausgedehnten Sumpfgebietes wieder, das das diesseitige Flussufer säumte. Mehrere kleine Wildwechsel führten in Richtung Wasser. Die Männer ließen ihre Blicke zögernd über das unsichere Gelände wandern. Die Tiere hatten offensichtlich einen Weg gefunden, aber das hieß nicht unbedingt, dass der morastige Untergrund auch das Gewicht ausgewachsener Männer tragen konnte. Schaudernd stellte sich Yannick vor, was es für ein Gefühl sein mochte, im Moor zu versinken. Schließlich fasste er sich ein Herz und begann vorsichtig, dem breitesten Wildpfad zu folgen. Der Boden schien zu halten. Schritt um Schritt tasteten sie sich durch den übel riechenden Sumpf. Einmal sank Erik bis zum Knie ein, aber ansonsten erwies sich ihr Weg als zuverlässig.

Als etwa die halbe Strecke hinter ihnen lag, wechselte der Pfad plötzlich die Richtung. Bisher hatte er in nahezu direkter Linie auf den Fluss zugehalten, nun knickte er nach Norden ab und führte wieder auf die Stadt zu. Zögernd blieb Yannick stehen.

„Was ist?“, fragte Erik. „Warum gehst du nicht weiter?“

Yannick wies auf den Pfad vor ihnen. „Er hat die Richtung gewechselt“, sagte er. „Wenn er uns nach Norden zurückbringt, ist er wertlos für uns.“

Entschlossen wandte er sich nach Osten. „Wir müssen so schnell wie möglich zum Fluss", sagte er. „Bisher ist ja alles gut gegangen. Wer nicht wagt, der nicht gewinnt." Er machte einen großen Schritt.

„Nein, tu das nicht!", schrie Erik, doch es war zu spät. Das große Grasbüschel, auf das Yannick getreten hatte, gab plötzlich nach. Der junge Mann verlor das Gleichgewicht und versuchte sich mit den Händen am Boden abzustützen, doch plötzlich schien sich alles um ihn herum aufzulösen. Ein Albtraum. Im Nu steckte Yannick bis zur Hüfte im Morast und versank immer weiter. Je mehr er strampelte, desto schneller zog es ihn nach unten.

„Erik, hilf mir!", brüllte er. Der Krieger sah ihn nicht an. Stattdessen betrachtete er konzentriert den Boden zu seinen Füßen. Vorsichtig ließ er sich auf die Knie sinken. Anscheinend unbeeindruckt von Yannicks Schreien rutschte er langsam Zentimeter um Zentimeter vorwärts. Dann beugte er sich vor und streckte dem Sinkenden die Hand entgegen. Diesem stand das Wasser schon buchstäblich bis zum Hals. Yannick nahm all seine Kraft zusammen, zog seinen Arm mit einem schmatzenden Geräusch heraus und fasste nach Eriks Pranke. Doch ein kleines Stück fehlte. Er griff ins Leere und wurde durch die heftige Bewegung nun völlig unter Wasser gedrückt. Im letzten Moment spürte er, wie jemand ihn am Handgelenk packte und mit gewaltiger Kraft aus dem Sumpfloch herauszog.

„Puh, das war knapp", keuchte er, als er entkräftet, durchnässt und völlig verdreckt auf dem Trampelpfad lag. „Warum hast du dir so viel Zeit gelassen?"

„Ich hatte keine Lust, dir in dem Loch Gesellschaft zu leisten. Darum musste ich erst für einen sicheren Stand sorgen", antwortete der Krieger unbewegt. „Wie geht es jetzt weiter?"

„Uns bleibt wohl kaum etwas anderes übrig, als dem Pfad weiter zu folgen und zu hoffen, dass er nochmal seine Richtung ändert", sagte Yannick. „Anscheinend haben die Tiere an dieser Stelle die Gefahr gewittert und sind deshalb abgebogen. Wenn du nichts dagegen hast, würde ich gern ein Stück laufen. Mir ist kalt."

Erik grinste. „Von mir aus – solange du willst!"

Yannick fiel in ein ruhiges Joggingtempo. Der Pfad verlief noch fast einen Kilometer in nördlicher Richtung, dann knickte er wieder nach Osten ab und brachte sie direkt zum Fluss.

Yannick watete hinein und säuberte sich vom stinkenden Morast. „Hey", rief er Erik zu, „die Strömung ist hier gar nicht mal so stark. Wie können rüberschwimmen!"

Erik schüttelte den Kopf und zuckte hilflos mit den Schultern. „Ich kann nicht schwimmen, tut mir leid", sagte er. „Schwimm du alleine. Ich komme schon zurecht!"

„Auf keinen Fall!", gab Yannick zurück. „Du hast mir das Leben gerettet. Ich lasse dich hier doch nicht zurück! Stromabwärts gibt es eine Furt. Wenn wir nicht allzu sehr von der Route auf der Karte abgewichen sind, sollten wir sie bald finden."

Ihre Geduld wurde auf die Probe gestellt. Fast eine Stunde lang mussten sie am Flussufer entlangwandern, bis sie den Übergang fanden: Hier war der Strom flach, und an den wenigen tiefen Stellen lagen mächtige Felsen, über die man den Wasserlauf springend überqueren konnte.

Es war ein gutes Gefühl, endlich wieder im Wald zu sein. Er strahlte Frieden und Geborgenheit aus. Zwar waren sie in diesem Teil noch nie gewesen, aber Erik besaß einen hervorragenden Orientierungssinn. Im blinden Vertrauen trottete Yannick hinter ihm her.

Die Sonne stand schon tief, als sie einen kleinen Berg erreichten und von dort auf die halbfertige Siedlung hinabblickten, in der die Soldaten des Pharao sie aufgestöbert hatten.

„Ab jetzt musst du alleine klarkommen", sagte Erik und ließ seine Pranke auf Yannicks Schulter fallen. „Meine Reise geht noch weiter!"

Sie umarmten sich wortlos. Dann verschwand der Krieger im Unterholz, ohne sich noch einmal umzusehen.

Yannick starrte ihm eine Weile gedankenverloren hinterher, schließlich besann er sich und schlenderte hinüber zu dem Pfad, der zur Siedlung hinunterführte. Er folgte ihm ein Stück talabwärts; auf halber Höhe bog er vom Weg ab und stapfte zielstrebig zu der Höhle, die ihnen anfangs als Unterschlupf gedient hatte. Sie schien ihm für die Nacht sicherer zu sein als die Hütten – vorausgesetzt, dass in der Zwischenzeit kein Bär eingezogen war. Yannick suchte sorgfältig nach Spuren, bevor er sich in die Höhle hineinwagte. Im hinteren Teil lagen immer noch einige Vorräte, und es gab sogar eine bequeme Schlafstatt. *Perfekt!* Yannick streckte sich darauf aus und nahm den Cyberhelm ab.

Er blinzelte und rieb sich die Augen. Wie spät mochte es jetzt wohl in der realen Welt sein? Keine Ahnung. Aber egal. Er musste Ron erreichen und ihn um Hilfe bitten. Unbedingt. Sofort. Er kramte sein Smartphone heraus und drückte auf die Standbytaste. Nichts passierte. *Mist. Akku leer.*

Yannick schälte sich aus seinem Cyberequipment und langte nach dem schnurlosen Telefon auf dem Schreibtisch. Soweit er wusste, hatte Ron seine eigene Mobilfunknummer darin eingespeichert, weil er das Handy öfter mal verlegte und es dann anklingelte, um es wiederzufinden.

Yannick rief das interne Telefonbuch auf und fand den Eintrag „Mein Handy". Bingo. Er wählte ihn aus und ließ das Gerät die Verbindung herstellen. Es dauerte ewig, bis etwas zu hören war, und dann sprang sofort die Mailbox an. „Guten Tag, dies ist der Anschluss von Ron Schäfer. Offensichtlich kann ich im Moment nicht ans Telefon kommen. Bitte hinterlassen Sie mir eine Nachricht."

„Ron, hier ist Yannick. Bitte ruf mich so bald wie möglich zurück. Die Waldmenschen sind in großen Schwierigkeiten."

* * * *

Als Ron seinen Vortrag beendet hatte, erhob sich ein allgemeines Gemurmel. Er war etwas irritiert und wusste nicht, was das zu bedeuten hatte.

„Haben die Leute ein Problem mit meiner Idee?", fragte er Rahul ratlos. Der hob die Hände.

„Um Gottes willen, nein, Sir! Sie sind begeistert! Sie sagen, dies sei das sinnvollste Projekt, an dem sie jemals mitwirken durften!“

Als er Rons verdutztes Gesicht sah, fügte er hinzu: „Ich denke, Sie haben schon genug von den Straßen Mumbais gesehen, um verstehen zu können, wie groß die Sehnsucht der Menschen nach einer schönen Umgebung ist. Einige unserer Männer kommen vom Land. Sie vermissen die Natur, aber sie müssen hier sein, um Geld zu verdienen. X-World kann ihnen etwas von ihrer Heimat wiedergeben.“

Vom Eingang her ertönte ein freudiger Ruf. Ron atmete auf. Es war Khalil, der fröhlich mit Rons Laptoptasche wedelte. „Es ist noch alles da!“, sagte er.

Dankbar nahm Ron die Tasche entgegen und spähte hinein. Der Pass, das Handy, der Laptop – nichts fehlte.

„Na, dann kann es ja losgehen“, sagte er fröhlich und richtete seinen Arbeitsplatz ein.

* * * *

Als Yannick aus der Höhle trat, sah er in der Richtung, in der er das alte Dorf vermutete, dichten Rauch aufsteigen. Bestimmt hatten seine Verfolger es in Brand gesetzt. Eine wirkungsvolle Methode, um zu verhindern, dass ein Flüchtiger dort Unterschlupf fand. Was sollte er tun? Wahrscheinlich waren die Soldaten jetzt auf dem Weg hierher. Vermutlich würden sie auch diese Siedlung abbrennen. Er musste unbedingt vorher nachsehen, ob die Waldmenschen ein paar nützliche Dinge zurückgelassen hatten.

Er rannte den Pfad hinunter und spähte in die Hütten hinein. Die ersten waren leer – kein Wunder, schon beim Umzug hierher hatten sie nur das Nötigste mitnehmen können.

Dann fand er immerhin eine warme Decke und einen Topf mit getrockneten Pilzen, einen Zimmermannshammer und ein kräftiges Seil. Yannick beschloss, diese Sachen erstmal in die Höhle zu bringen, bevor er die verbliebenen Häuser durchsuchte. Er konnte nur hoffen, dass die Zeit ausreichen würde, bevor die Soldaten eintrafen. Wann mochten sie vom alten Dorf aufgebrochen sein?

Er überlegte, wie lange sie damals gebraucht hatten, um den neuen Platz zu finden – es war mindestens ein halber Tag gewesen, glaubte er sich zu erinnern. Das sollte ja wohl reichen. Zuversichtlich schleppte er seinen Fund in die Höhle und kehrte dann zurück in die verlassene Siedlung.

Er war gerade in der Hütte, die Olaf und Mirjam bewohnt hatten, als er die Soldaten kommen hörte. Er fluchte. Seine letzten Funde – zwei Wasserschläuche und ein Jagdbogen samt Pfeilen – lagen draußen vor der Nachbarhütte.

„Ich habe etwas gefunden!", hörte Yannick einen der Soldaten Meldung machen.

„Er kann nicht weit sein", kam die prompte Antwort. „Durchsucht die Hütten!"

Panisch sah er sich um. Olaf hatte damit angefangen, einen Vorratskeller auszuheben. Weit war er noch nicht damit gekommen, aber vielleicht reichte es. Yannick hob die Holzabdeckung an. Eine flache Grube wurde sichtbar, kaum tief genug, dass er sich hineinlegen konnte. „Hoffentlich wird das nicht mein Grab", dachte er, als er das Holz auf sich hinabließ. Keine Sekunde zu früh. Im nächsten Moment stürmten zwei Soldaten hinein.

„Hier ist auch keiner!", sagte der eine.

„Moment mal", sagte der andere. Yannick hielt die Luft an. Er hörte es poltern.

„Nein", sagte der andere nach einer kleinen Ewigkeit. „Unter dem Bett ist auch keiner."

„Raus hier!", tönte es von draußen. „Wir fackeln die Bude ab!"

Yannick hörte, wie die Schritte sich entfernten, und überlegte, was er tun könnte. Käme er zu früh aus dem Haus, würden sie ihn kriegen, wartete er zu lange, würde er in den Flammen umkommen. Langsam zählte er bis hundert. Er meinte, das Knistern der Flammen schon hören zu können, als er die Holzverkleidung hochdrückte.

Die Hütte brannte lichterloh. Yannick robbte zur Türöffnung und spähte vorsichtig hinaus. Die Soldaten standen auf dem Dorfplatz und beobachteten aufmerksam die Hütten. Natürlich. Sie rechneten damit, dass jemand, der sich darin versteckt hielt, von den Flammen herausgetrieben würde. Yannick überlegte, ob er in dem angefangenen Erdkeller sicher wäre, aber ein Blick über die Schulter genügte, um ihn von diesem Plan abzubringen. Das Bett ging gerade in Flammen auf. Er musste hier raus, und zwar schnell.

Plötzlich hörte er die Soldaten schreien. Es gab ein großes Durcheinander, und Yannick meinte das Wort „Tiger!" herauszuhören. Der Anführer befahl Angriffsformation, doch niemand befolgte seinen Befehl. Ein schlecht gezielter Speer schlitterte über den Dorfplatz, dann rannten die Soldaten davon. Yannick sah die Raubkatze ihnen mit gewaltigen Sprüngen nachsetzen.

„Der tut nichts, der will nur spielen!", murmelte er. Erleichtert befreite er sich aus seinem Versteck. War das schon Rons Antwort auf seinen Hilferuf?

* * * *

Als Ron am nächsten Morgen in seinem Hotelzimmer erwachte, war er sehr zufrieden. Er lag in einem großen bequemen Bett, hatte einen herrlichen Ausblick über die Stadt und verfügte über ein separates Badezimmer mit einer richtigen Toilette, was, wie er mittlerweile herausgefunden hatte, keine Selbstverständlichkeit in Indien war. In der Firma gab es nur ein in Keramik gefasstes Loch im Boden, über das man sich hinhockte.

Alles glänzte vor Sauberkeit und verströmte einen angenehmen Geruch. Es gab Internetanschluss und – natürlich! – eine kleine Statue des elefantenköpfigen Gottes.

Ron beschloss, einen Anruf in Frankfurt zu versuchen und holte sein Handy heraus. Es war abgeschaltet, aber er war sich sicher, dass es problemlos funktionieren würde, denn er hatte den Akku vor dem Abflug extra aufgeladen. Als er nach dem Einschaltknopf griff, klopfte es an der Tür. Es war der Zimmerservice mit dem Frühstück.

Er brachte Toast und Marmelade, Tee und Orangensaft, dazu Rührei und gebratenen Speck. Ron aß mit großem Appetit. Launig nickte er der Götterstatue zu. „Ich denke zwar, dass das letztlich nur ein glücklicher Zufall war, aber wenn du doch dahinterstecken solltest – vielen Dank, dass alles wieder zurechtgekommen ist!"

Nach dem Frühstück besann sich Ron wieder seines Vorhabens und beschloss, es der Kosten wegen lieber mit Skype zu versuchen. Nach kurzem Klingeln tauchte das Gesicht von Michael Konrad auf dem Bildschirm auf. „Hallo!", sagte er, „schön, dich zu sehen. Ist alles gut gegangen?"

Ron berichtete von den Ereignissen des vergangenen Tages und wurde ein wenig ärgerlich, als er merkte, dass sich Michael nur mit Mühe das Lachen verkneifen konnte. Abrupt wechselte er das Thema und begann von technischen Dingen zu sprechen. Anstandslos ließ der Mitarbeiter sich darauf ein, und sie besprachen einmal mehr die Ziele für das indische Team. Ron berichtete begeistert von der großen Motivation, die ihm gestern begegnet war, und äußerte seine Zuversicht, dass der neue Kontinent termingerecht fertig gestellt würde, ja mehr noch, er sei sicher, dass er mindestens genauso gut werde wie der alte – wenn nicht sogar besser. Mit ein paar Grußfloskeln beendete er das Gespräch und klappte seinen Laptop zu.

Nachdenklich sah er auf sein Handy und überlegte, ob er Lisa anrufen solle, die über Skype nicht zu erreichen war. Aber dann blickte er auf die Uhr und überlegte es sich anders. Jeden Moment musste Rahul kommen, um ihn abzuholen.

* * * *

Die folgenden Tage waren langweilig und quälend. Yannick richtete sich, so gut es ging, in seiner Höhle ein, sammelte Pflanzen und ging mit Pfeil und Bogen auf die Jagd. Er vermisste Betty und die anderen Waldmenschen und wartete vergeblich auf eine Antwort von Ron.

Wieder mal musste er zur Arbeit und nutzte die Gelegenheit, Ron eine weitere Nachricht zu hinterlassen. Nach dem dritten Versuch gab er es auf.

Einmal traf er Tanja beim Einkaufen, aber sie behandelte ihn, als wäre er Luft. *Mist.* Im Moment fühlte es sich an, als würde sein Leben nur aus Sackgassen bestehen.

16. BEFREIUNG AUS ÄGYPTEN

In den folgenden Tagen war Ron sehr froh über seine komfortable Toilette im Hotel, denn ein furchtbarer Durchfall hatte ihn erwischt. Er ernährte sich von Kohletabletten und schwarzem Tee und fühlte sich sterbenskrank.

Als es ihm endlich wieder ein wenig besser ging, beschloss er, den längst überfälligen Anruf bei Lisa nachzuholen. Er kramte sein Handy heraus und schaltete es ein. Gleich drei Nachrichten wurden angezeigt – merkwürdigerweise stammten sie alle von seiner eigenen Telefonnummer in Berlin. Ron hörte die Mailbox ab und wurde blass. Er kannte Yannick mittlerweile gut genug, um zu wissen, dass er die Dinge lieber im Alleingang löste, als ihn um Hilfe zu bitten. Die Sache musste also wirklich ernst sein.

Mit einem unguten Grummeln im Magen fuhr er seinen Laptop hoch. Er ging ins Internet und hämmerte eine Reihe von Buchstaben und Zahlen in die Tastatur. Solche Dinge konnte er sich ohne Probleme merken. Prompt erschien das Dorf der Waldmenschen auf seinem Bildschirm – oder besser gesagt, das, was davon übriggeblieben war. Dort, wo vorher fröhliches Leben geherrscht hatte, sah er nur noch hässliche schwarze Überreste. Er hieb mit der Faust auf den Tisch. Das durfte nicht wahr sein! Er musste unbedingt mit Yannick sprechen.

Ron wählte die Nummer, von der der Anruf gekommen war. Es dauerte einen Moment, bis er das Klingelzeichen hörte. Dann meldete sich seine Mailbox. Ungeduldig legte er auf und durchsuchte das Adressbuch seines Mobiltelefons – aber vergeblich. Er hatte Yannicks Nummer nicht eingespeichert. Verdammt, er wusste nicht einmal, wie sein ehemaliger Mitarbeiter mit Nachnamen hieß! Über Skype baute er eine Verbindung zu Michael Konrad auf.

Nach kurzem Klingeln erschien das vertraute Gesicht mit den streichholzkurzen Haaren und der John-Lennon-Brille. „Na, wieder fit?", begrüßte er seinen Chef.

„Geht so. Sag mal, was läuft da in X-World?"

„Wieso? Alles bestens. Wir können uns vor Usern kaum retten."

„Die Waldmenschen sind weg."

„Wie bitte?"

„Ihr Dorf ist abgebrannt, und von den Leuten fehlt jede Spur. Lutz hat wieder irgendeine Teufelei ausgeheckt. Wir müssen ihm das Handwerk legen!"

„Hör mal ..." Michaels Stimme klang bewusst beruhigend, ungefähr so, wie man mit jemandem sprechen würde, der kurz davor war, vom Dach zu springen. „Das ist ein Spiel, Ron. Da passiert sowas."

„Das ist mehr als ein Spiel, Michael, und das weißt du."

„Ja, aber ..."

„Ich brauche eine Verbindung zu Yannick."

„Dann ruf ihn doch an!"

„Das wollte ich ja, aber ich habe seine Nummer nicht. Er hat mich von meiner Wohnung aus angerufen, und dort geht er nicht ans Telefon. Ich muss ihn ingame erreichen."

„Darf ich dich daran erinnern, dass du derjenige warst, der sich dagegen ausgesprochen hat, eine solche Möglichkeit im Spiel vorzusehen? Du meintest, es würde den Spielcharakter verderben, wenn sich die Leute Nachrichten schicken könnten. Sie sollten aufeinander zugehen und miteinander reden."

„Ja, besten Dank, das weiß ich. Aber dies hier ist ein Notfall. Was ist mit den Sharepoints?"

„Die Sharepoints existieren nicht mehr. Die waren nur in der Testphase aktiv."

„Du bekommst es doch wohl hin, wieder einen einzurichten, oder nicht?" Ron klang ungeduldig, aber sein Mitarbeiter ließ sich nicht aus der Ruhe bringen.

„Theoretisch ja. Und wenn dann der Spieler dorthin käme, könntest du tatsächlich mit ihm sprechen." Michael legte seine Stirn in

Falten. „In dem Falle bekäme ich sogar seine exakten Koordinaten und könnte eine Dauerverbindung herstellen. Aber damit er den Sharepoint finden kann, müsstest du ihm vorher eine Nachricht schicken. Da beißt sich die Katze in den Schwanz."

Ron schwieg nachdenklich. Dann fuhr er fort: „Ich habe eine Idee ..."

* * * *

Yannick saß vor seiner Höhle und starrte trübsinnig in die untergehende Sonne. Er musste ständig an Betty denken. Ob sie jetzt wohl in Sicherheit war? Hatte das Täuschungsmanöver funktioniert? Oder hatte Pharao den Schwindel durchschaut und das Mädchen in seinen Palast zurückgeschleppt? Eine schlimme Vorstellung. Die Unsicherheit machte ihn fertig. Vielleicht konnte er sich ebenfalls verkleiden und heimlich nach Theben schleichen, um herauszufinden, was passiert war.

Plötzlich zuckte ein Blitz vom Himmel und schlug auf dem gegenüberliegenden Berg ein. Donner hallte durch den Wald. Yannick war verblüfft. Dies war das erste Gewitter, das er in X-World erlebte. Regen begann zu fallen, erst schwach, dann immer heftiger. Yannick zog sich in die Höhle zurück und blickte auf einen Vorhang aus Wasser. Es wurde kalt und dunkel.

Minuten später flammte wieder ein Blitz auf. Konnte das sein? Es sah aus, als wäre er in dieselbe Stelle eingeschlagen, nur von einer anderen Seite aus. Auf dem Berg begann etwas zu leuchten, als hätte der Blitz einen Baum in Brand gesetzt. Eigenartig, bei dem Regen ...

Wieder knallte es, wieder zuckte ein Blitz auf, aber das Gewitter schien inzwischen weitergezogen zu sein, denn Yannick konnte nicht mehr sehen, wo er herkam. Doch er sah die Einschlagsstelle. Es war derselbe Punkt. Unglaublich.

So plötzlich, wie der Regen gekommen war, hörte er auch wieder auf. Nur das Feuer auf dem gegenüberliegenden Berg leuchtete weithin sichtbar in der Finsternis. Yannick starrte auf die Leuchterscheinung, doch er konnte nichts erkennen. Dann erinnerte ihn das Vibrieren an seinem Bein daran, dass seine Schicht in einer Stunde begann.

Zwölf Stunden später ging Yannick wieder online. Er hatte gearbeitet, geduscht, etwas geschlafen und eine Fertigpizza vertilgt. Die konnte er zu jeder Tageszeit vertragen.

Als er aus seiner Höhle trat, sah er, dass das Feuer auf dem Berg immer noch brannte. Merkwürdig. Es war weder Rauch zu sehen, noch hatte der Brand um sich gegriffen. Drei Blitzschläge aus verschiedenen Richtungen in dasselbe Ziel und jetzt dieses eigenartige Leuchten – irgendetwas stimmte da nicht. Yannick beschloss herauszufinden, was es war. Er packte ein paar Sachen zusammen und machte sich auf den Weg.

Je näher er dem Ziel kam, desto deutlicher bestätigte sich seine Vermutung, dass hier kein normales Feuer brannte. Der Dornbusch, aus dem die Flammen herausloderten, sah kein bisschen verkohlt aus. Auch das Gras um ihn herum war frisch und grün, so als wäre das Feuer nicht heiß.

Keuchend legte Yannick die letzten Meter des Aufstiegs zurück, bis er unmittelbar vor den hohen Flammen stand. Sie strahlten tatsächlich keine Wärme ab. Neugierig streckte er seine Hand nach ihnen aus. Da hörte er plötzlich eine Stimme: „Yannick, ziehe bitte deine Stiefel aus, damit ich deine Position besser bestimmen kann!" Verwirrt gehorchte er. Es dauerte einen Moment, dann rauschte und knackste es in seinem Helmlautsprecher, schließlich hörte er Ron.

„Yannick?"

„Hallo Ron!"

„Gott, bin ich froh, dass es endlich geklappt hat, dich zu erreichen. Ich habe die Bilder des verbrannten Dorfes gesehen. Was ist passiert?"

Yannick schilderte ihm in knappen Worten die Ereignisse der letzten Tage.

„Ich bin gerade in Mumbai und kann von hier aus nicht viel tun“, knurrte Ron, „aber wenn ich wieder nach Hause komme, wird Lutz sein blaues Wunder erleben.“

„Meinst du, dass Lutz dahintersteckt?“

„Da bin ich ganz sicher. Wer sonst?“

Yannick schlug sich vor die Stirn. Natürlich. Der Pharao war Lutz. Warum hatte er das nicht gleich bemerkt? Er hatte einen Engel erwartet, wie vor der Sintflut. Blöd.

„Ich möchte, dass du zu ihm gehst.“

„Das ist keine gute Idee. Immerhin werde ich gesucht! Wenn er mich zu fassen bekommt, bringt er mich um oder er lässt mich im Gefängnis verschimmeln.“

„Nein, nicht wenn er weiß, dass du in meinem Auftrag kommst.“

„Er wird mir nicht glauben.“

„Schau mal hinter den Stein, dort müsste etwas für dich liegen.“

Yannick sah sich um. Rechts von dem brennenden Busch befand sich ein mannshoher Felsen, der an einen Hinkelstein erinnerte. Er umrundete ihn und pfiff anerkennend durch die Zähne. Im Gras lag ein schwarzer Stab mit einem Schlangenkopf. Andächtig hob er ihn auf.

„Das Teil kenne ich“, sagte er bewundernd. „Das ist ein Priesterstab aus Wargames – der war hochbegehrt. Es gab nur drei Stück davon.“

„Lutz wird ihn wiedererkennen. Und er wird sich daran erinnern, was man damit anfangen kann. Stoße ihn dreimal auf den Boden und halte ihn dann schräg von dir weg.“

Yannick gehorchte. Aus den Augen der Schlange blitzte eine Art Laserstrahl auf und sprengte eine tiefe Kerbe in den Stein.

„Sei vorsichtig damit. Der Strahl ist tödlich. Nun wirf den Stab auf den Boden.“

Yannick tat es. Als der Stab die Erde berührte, bewegte er sich und verwandelte sich in eine monsterhafte Schlange. Ihr Kopf schoss hoch, als wollte sie nach Yannick schnappen. Instinktiv sprang er hinter den angeschossenen Felsen. Das Biest sah gefährlich aus.

„Schöne Grüße an Lutz, er mag doch Schlangen so gern. Wen sie beißt, der stirbt in Sekunden."

„Na toll, und ich?"

„Dir wird sie nichts tun. Greif nach ihrem Schwanz."

Yannick musste sich erst überwinden, aber dann sprang er hinter seinem Stein vor und packte das Reptil am hinteren Ende. Im selben Moment schrumpfte sie in sich zusammen, und er hielt wieder den Priesterstab in der Hand.

„Beeindruckend, oder? Lutz steht auf solche Sachen. Und nun mache dich auf den Weg und bringe ihm meine Botschaft."

„Und wie lautet sie?"

„Er soll mein Volk ziehen lassen – oder es wird ihm leidtun."

Yannick verlor keine Zeit. Er hatte schon viel zu lange untätig herumgesessen. So schnell er konnte, packte er seine wenigen Sachen zusammen und machte sich auf den Weg nach Theben. Zu Betty! Er hatte beschlossen, zuerst zur Sklavensiedlung zu gehen, um die Waldmenschen über seinen Auftrag zu informieren.

Unterwegs übte er sich im Umgang mit dem Priesterstab, bis er den Energiestrahl einigermaßen zielsicher einsetzen konnte. Das war wirklich ein cooles Teil. Der Strahl durchtrennte armdicke Äste wie Butter. Bei den ersten Versuchen wäre Yannick beinahe vom herunterfallenden Holz erschlagen worden. Er hatte nicht mit dieser Wirkung gerechnet.

Nachdem er anfangs wild in der Gegend herumgeballert hatte, durchfuhr ihn plötzlich ein Gedanke: Was, wenn die Anzahl der Schüsse begrenzt war? Wenn sich die Energie irgendwann erschöpfte? Er beschloss, Ron beim nächsten Mal danach zu fragen und den Energiestrahl bis dahin sparsam einzusetzen. Immerhin war er praktisch zum Feuermachen.

Yannick ging den gleichen Weg zurück, auf dem er mit Erik in den Wald geflohen war. Er überquerte den Fluss an der Furt und fand einen etwas verschlungenen, aber durchaus gangbaren Weg, der ihn sicher durch den Sumpf brachte. Schon bald erkannte er in der Ferne die Ausläufer der Stadt. Jetzt konnte es nicht mehr weit sein, denn die Unterkünfte der Waldmenschen lagen am Stadtrand. Yannick spürte, wie die Erschöpfung von ihm abfiel. Höchstens noch eine Stunde, dann würde er Betty sehen!

Als Yannick die Lehmgruben erreichte, erblickte er zwei Arbeiter, die damit beschäftigt waren, das Material aus dem Steilhang zu schälen und in Tragekörbe zu füllen. Einer von ihnen hatte leuchtend rote Haare; er sah von weitem aus wie ein kleiner Kobold. Yannick holte Luft, um nach Betty zu rufen, aber er besann sich im letzten Moment eines Besseren. Er durfte auf keinen Fall ihre Tarnung gefährden. So fiel ihr Wiedersehen etwas förmlich aus, auch wenn beider Augen vor Freude leuchteten.

Bewegt drückte hingegen Olaf bald darauf den Heimgekehrten an seine Brust – allerdings ließ seine Begeisterung schnell nach, als er von Yannicks Plan hörte.

„Ich halte das für keine gute Idee", sagte er. „Weißt du, wir haben uns arrangiert. Wir machen unsere Arbeit, und die Ägypter lassen uns in Ruhe. Es wäre besser, es dabei zu belassen. Bis jetzt ist schon ein gutes Drittel unserer Schulden abgearbeitet. In ein paar Jahren sind wir sowieso frei."

Mirjam war empört, als sie das mitbekam. „Du spinnst wohl!", fuhr sie Olaf an. „Dir geht es vielleicht gut, aber du kannst ja mal die Frauen fragen, die der Pharao in den Palast einlädt. Die werden dir was anderes erzählen. Ich möchte lieber heute als morgen hier weg!"

Benno alias Betty nickte zustimmend.

Yannick zögerte den Gang zum Palast so lang wie möglich hinaus. Er gestand sich ein, dass er Angst vor dem hatte, was ihn dort erwartete. Egal, wie er es anstellte – der Pharao wäre sicherlich nicht begeistert, ihn zu sehen.

Am nächsten Morgen brach er schließlich auf. Die Palastwachen erkannten ihn. Yannick hatte sich einen guten Ruf bei den Soldaten erworben, weil er als Verteidigungsbeauftragter das Gespräch mit ihnen gepflegt hatte und sich nicht zu schade dazu gewesen war, auch von unteren Dienstgraden Vorschläge anzuhören. Dennoch war er mittlerweile ein gesuchter Verbrecher, und den Wachen stand das Schicksal ihres Anführers vor Augen, der von seiner letzten Besprechung mit dem Pharao nicht mehr zurückgekehrt war. So nahmen sie ihn in Gewahrsam und eskortierten ihn zum Thronsaal.

„Ach, sieh mal an, der verlorene Sohn ist wieder zuhause!“, empfing ihn der Herrscher spöttisch und ließ die Soldaten abtreten. Beeindruckt musterte er den Stab, den Yannick in der Hand hielt.

„Ist es das, wofür ich es halte?“, fragte er schließlich. Der junge Mann ließ den Stab sinken, und die Augen des Schlangenkopfes glommen kurz auf. Der Pharao zuckte zusammen.

„Sei bloß vorsichtig“, knurrte er. „Das Teil kann die Hütte hier zum Einsturz bringen.“

Interessant, dachte Yannick, der bislang nur mit Ästen experimentiert hatte.

Als könnte Lutz Gedanken lesen, fügte er hinzu: „Du hast keine Ahnung, was man damit alles anstellen kann, oder? Das Ding ist nicht von dieser Welt.“ Er kam näher, und Yannick fasste den Stab fester.

„Dein Kumpel hat es dir wahrscheinlich nicht erzählt“, fuhr Lutz fort, „aber den Priesterstab habe ich entwickelt. Er war dagegen, er fand, es stecke mehr Macht darin, als für einen einzelnen Spieler gut sei. Aber ich war immer schon der Meinung, dass das Streben nach Macht einem Spiel erst die nötige Würze gibt. Darum existierten auch nur drei Stück davon. Nur die Besten sollten ihn bekommen. Und nun, was willst du von mir?“

„Ron sagt, du sollst seine Leute ziehen lassen.“

„Sonst *was*?“ Lutz lachte. „Was will er mir denn tun? Außerdem sind die Waldmenschen nicht seine Leute. Es sind meine Sklaven, die hier freiwillig ihre Schulden abarbeiten. Sie haben sogar einen Vertrag unterschrieben. Also verschwinde. Ich habe zu tun.“

Der Pharao drehte sich um und ging. Nach einigen Schritten hielt er inne. Er wandte sich noch einmal um. „Ach ja, bevor ich es vergesse: Wenn du es noch einmal wagen solltest, hier aufzutauchen, lasse ich dich einen Kopf kürzer machen. Priesterstab hin oder her."

Mit diesen Worten verließ er den Thronsaal.

Yannick blieb verdattert zurück. Das war ja nicht so gut gelaufen.

Er überlegte einen Moment, was er nun tun könnte, und entschied sich für den Rückweg. Es schien ihn niemand daran hindern zu wollen. Eilig ging er aus dem Thronsaal und durchquerte die menschenleere Vorhalle. Seine Schritte dröhnten unangenehm laut auf dem Marmorboden, wurden vielfach verstärkt von dem hohen Deckengewölbe.

Er befand sich ziemlich genau in der Mitte des Raumes, als es hinter ihm plötzlich knarrte. Yannick fuhr herum. In den Wänden hatten sich bis dahin unsichtbare Türen geöffnet, aus denen nun schwarz gewandete Gestalten in den Raum quollen. Sie trugen dunkle Vollmasken, die wie Vogelschnäbel geformt waren, und ihnen Ähnlichkeit mit den Statuen verliehen, die im Thronsaal standen.

Mit einem lauten Krachen fielen die beiden Flügel der Außentür zu. Yannicks Puls beschleunigte sich. Er saß in der Falle. Im Nu hatten ihn die Priester oder Magier, oder was auch immer sie darstellen sollten, umzingelt. Yannick schätzte, dass es etwa 40 waren. Sie stimmten einen kehligen Gesang in einer fremden Sprache an und hieben dazu mit ihren Stäben den Takt auf den Boden. Schritt für Schritt kamen sie auf ihn zu und zogen den Kreis enger. Yannick schauderte es. Wenn der Pharao recht hatte, konnte er hier drin den Energiestrahl nicht einsetzen, ohne Gefahr zu laufen, anschließend von den Trümmern des Hauses erschlagen zu werden. Aber vielleicht war das besser, als in irgendeinem Verlies zu landen. Yannick hob den Stab und machte sich bereit zum Schuss.

Plötzlich stoppte der Gesang wie auf ein geheimes Kommando. Die schwarz Gewandeten legten ihre Stäbe auf den Boden, so dass sie mit den Spitzen auf Yannick zeigten. Dann verließen sie den Saal. Knarrend fielen die Türen hinter ihnen zu und verschmolzen mit dem Muster der Wandtäfelung. Yannick war wieder allein. Er blickte ihnen ratlos hinterher. Was war das denn jetzt gewesen? Und was sollte dieser Kreis von Stöcken? Als sich der erste Stab zu winden begann, wurde ihm klar, worauf es hinauslief.

Die Stäbe verwandelten sich in graubraune Schlangen, die in beängstigender Geschwindigkeit auf ihn zukrochen. Yannick packte den Priesterstab am unteren Ende und schlug damit wie mit einem Golfschläger nach dem Reptil, das ihm am nächsten war. Er erwischte das Tier am Kopf. Es flog durch die Luft und klatschte gegen eine Säule. Dann fiel es zu Boden und verblasste langsam.

Die anderen Schlangen kamen unerbittlich näher. Suchend blickte Yannick sich um. Ein langer Tisch, der für Bankette genutzt wurde, stand wenige Meter von ihm entfernt an der Wand. Aus den Augenwinkeln erkannte er eine Bewegung. Reflexartig stieß er mit der unteren Spitze seines Stabes nach dem Kopf einer weiteren Schlange, die ihm zu nahe gekommen war, und zertrümmerte ihn. Eine Mischung von Gehirnmasse und Blut trat aus, dann verblasste auch sie.

Allmählich blieb ihm nicht mehr viel Raum. Er machte ein paar schnelle Schritte, stieß seinen Stab in das Gewimmel, spürte, wie etwas darunter zerdrückt wurde, und ließ sich wie ein Stabhochspringer über die Schlangenleiber hinwegkatapultieren. Er schlug sich das Knie an, als er auf dem Boden aufkam, aber er achtete nicht darauf. Hastig kletterte er auf den rettenden Tisch.

Augenblicklich änderten die Reptilien ihren Kurs und näherten sich zielsicher seinem Zufluchtsort. Einige waren schneller als die anderen und glitten über ihre Artgenossen hinweg. Gespaltene Zungen reckten sich suchend in seine Richtung. Die erste Schlange, die es auf den Tisch geschafft hatte, fegte Yannick mit einem gezielten Golfschlag davon, aber als er um sich blickte, merkte er, dass seine Chancen nicht gut standen. An allen Seiten hangelten sich die dunklen Kriechtiere auf die Tischplatte empor. Andere schienen auf dem Fußboden darauf zu warten, dass er hinuntersprang.

Plötzlich begann der Priesterstab in seiner Hand zu zappeln. Instinktiv ließ er ihn fallen. Noch bevor der fallende Stab die Platte berührte, hatte er sich in eine große schwarzglänzende Schlange verwandelt, die mit mächtigem Appetit Jagd auf ihre Artgenossen machte und sie wie einen Haufen Spaghetti verschlang. Einige wenige suchten ihr Heil in der Flucht, aber es nützte ihnen nichts. Unerbittlich setzte das schwarze Reptil ihnen nach. Einige verschlang es, in andere hieb es seine Giftzähne, woraufhin sich die graubraunen Angreifer buchstäblich in Luft auflösten. Als das letzte Kriechtier erledigt war, sprangen die Türen des Saales auf.

Beeindruckt ging Yannick zu der schwarzen Schlange. Sie sah ihn an und züngelte, aber sie rührte sich nicht. Mit einer schnellen Bewegung bückte er sich und fasste sie am Schwanz. Er meinte zu spüren, wie sich ihr Durchmesser verringerte und das lebendige Fleisch zu hartem Holz wurde, dann hielt er wieder den Priesterstab in den Händen und zog unbehelligt seines Weges.

Als Yannick den Palast hinter sich gelassen hatte und auf den Weg einbog, der zur Sklavensiedlung führte, begannen seine Knie zu zittern. „Ein bisschen spät", knurrte er, doch sein Körper ließ sich davon nicht beeindrucken. Yannick war froh, dass er den Stab hatte, an dem er sich festhalten konnte. Was war das eben? Ein Mordversuch? Ein Test? Eine Warnung? Er wusste es nicht, und er hatte keine Ahnung, wie es nun weitergehen sollte.

Betty kam ihm entgegen, als er den Dorfplatz erreichte. Ihr kurzes hennarotes Haar leuchtete in der Sonne. „Wie ist es gelaufen?", fragte sie.

„Nicht so gut", knurrte er. „Ich glaube, der Pharao war für meine Argumente wenig offen."

„Und wie geht es jetzt weiter?"

„Das weiß ich noch nicht. Erst muss ich mit Ron sprechen."

„Das kannst du?", fragte Betty beeindruckt.

„Ja", sagte er, „aber ich kann ihn nicht von mir aus erreichen. Ich muss warten, bis er sich bei mir meldet."

Am nächsten Morgen sprengte ein berittener Bote ins Dorf.

„Pharao lässt euch Folgendes mitteilen", sagte er und zog mit großer Geste ein Schreiben hervor. „Da ihr sein Vertrauen abermals missbraucht und Anstrengungen unternommen habt, seinen Vertrag zu brechen, werden euch mit sofortiger Wirkung alle Vergünstigungen entzogen. Ab heute werden euch das Essen und die Unterkunft in Rechnung gestellt, ebenso der Lehm, den ihr hier verarbeitet."

Die Dorfbewohner waren empört und bedachten abwechselnd den Boten und Yannick mit finsteren Blicken. Olaf rief: „Das ist unfair. Ich war dagegen, dass er zum Pharao geht. Ihr könnt nicht das ganze Dorf bestrafen, nur weil ein einzelner Mann über die Stränge geschlagen hat!"

„Sagt das dem Pharao", erwiderte der Bote gelangweilt, wendete sein Pferd und ritt davon.

Yannick floh in seine Hütte. „Ron, melde dich!", murmelte er verzweifelt, aber natürlich nützte es nichts.

Am nächsten Morgen erhob sich ein junger Mann beim Frühstück und räusperte sich laut. Die Gespräche verstummten. Erwartungsvoll blickten die Waldmenschen zu ihm hinüber. Yannick kannte ihn kaum, er war erst vor einigen Wochen ins Spiel gekommen. Sein Name war Hanjo. Er hatte kurze hellblonde Haare und war klein, aber kräftig gebaut.

„Ich habe gestern mit Ron gesprochen", verkündete der Neue. „Er hat gesagt, dass wir die Füße stillhalten sollen. Wir sollen nichts weiter gegen Pharao unternehmen, sondern einfach unsere Arbeit tun. Um den Rest würde er sich schon kümmern."

Yannick schlug auf den Tisch. „Das ist gelogen!", brüllte er. „Du kennst Ron überhaupt nicht!"

„Ach ja?", gab Hanjo ungerührt zurück. „Aber du kennst ihn und redest jeden Tag mit ihm? Was hat er denn heute zu dir gesagt?"

„Natürlich kenne ich ihn. Er hat mich ja zum Pharao geschickt!"

„Wenn das wahr wäre, wieso sind wir dann noch hier? Wieso hat Pharao nicht auf dich gehört? Ich glaube, dass du ein Lügner bist, Yannick. Du hast dir diese ganze Geschichte mit Ron bloß ausgedacht, um dich wichtig zu machen!"

„Und was ist damit?" Yannick hob seinen Stab hoch.

„Uuuh, dein toller Stab. Keine Ahnung, wo du den herhast, aber mit dem nötigen Kleingeld kann man sich im Hack-Shop die wildesten Sachen kaufen."

„Wo?" Yannick hatte noch nie davon gehört.

„Du behauptest, Ron zu kennen, aber weißt nicht, was in diesem Spiel so läuft? Was bist du denn für ein Nachtwächter?"

„Natürlich kenne ich Ron. Ich war sogar sein Mitarbeiter ..."

„Kannst du das irgendwie beweisen?"

„Es stimmt!", rief Betty. „Ich kann es bezeugen!"

„Natürlich", höhnte Hanjo. „Du würdest alles bezeugen, um deinen Schatz zu unterstützen. Deshalb glaube ich auch kein Wort von dem, was du sagst! Ich sage euch: Gestern habe ich mit Ron gesprochen, und ich soll euch das ausrichten, was ich eben schon gesagt habe: keinen Streit mehr mit Pharao."

Hilfesuchend wandte Yannick sich an Olaf. „Sag doch auch mal was dazu! Du hast doch die ganze Geschichte von Anfang an mitgekriegt."

Olaf sah ihn hilflos an. „Ich weiß nicht mehr, was ich glauben soll", sagte er leise. „Ich finde, es klingt vernünftig, was Hanjo sagt."

Mit einem heftigen Ruck stand Yannick vom Tisch auf und ging zurück in die Hütte. Das durfte alles nicht wahr sein!

Er warf sich aufs Bett und überlegte, was er tun könnte. Offline gehen und versuchen, Ron auf seinem Handy zu erreichen? Wahrscheinlich war es wieder ausgeschaltet. Am liebsten hätte er diesem falschen Propheten einen Blitzstrahl verpasst, aber er wollte auf keinen Fall die Waffe gegen sein eigenes Volk richten. Das hätte nur Ärger gebracht. Das Einzige, was ihm blieb, war abzuwarten. Seufzend zog er sich um und machte sich auf den Weg in die Lehmgrube, um Betty bei ihrer Arbeit zu unterstützen.

Es sollte zwei weitere Tage dauern, bis Yannick endlich eine Verbindung bekam. Er lag nach einem langen Arbeitstag gerade entspannt in seiner Hütte, hatte Betty im Arm und war kurz vorm Einschlafen, als er plötzlich die bekannte Stimme in seinem Kopf hörte.

„Yannick?"

„Ron? Na endlich!"

Betty sah ihn mit großen Augen an, sagte aber nichts.

„Hier in Indien steppt gerade der Bär. Aber das neue Team ist toll. Wie ist es bei dir gelaufen?"

Yannick schilderte knapp sein Erlebnis mit den Schlangen. Als er sich beiläufig umdrehte und Bettys entsetztes Gesicht sah, fiel ihm ein, dass er ihr die Geschichte mit gutem Grund vorenthalten hatte.

„Ich habe so etwas in dieser Art schon befürchtet", antwortete Ron. „Wir müssen den Leuten unmissverständlich demonstrieren, dass es keinen Sinn hat, sich uns zu widersetzen. Also, morgen machst du Folgendes ..."

Erst nachdem der neue Plan besprochen und die Verbindung wieder getrennt war, merkte Yannick, dass er vergessen hatte, Ron nach Hanjo zu fragen.

Am nächsten Morgen eröffnete Yannick seinem Volk, dass heute etwas Besonderes geschehen würde, und trug ihnen auf, nicht zur Arbeit zu gehen, sondern sich das Schauspiel aus der Nähe anzusehen. Aus den Augenwinkeln schaute er zu Hanjo herüber. Der saß grinsend da und hatte die Arme über der Brust verschränkt, sagte aber nichts.

„Was hast du vor?", fragte Betty bestimmt schon zum dritten Mal, aber Yannick gab ihr keine Antwort. „Warte es ab", raunte er geheimnisvoll und drückte sie an sich.

Als der Pharao bald darauf seine Terrasse betrat, um den herrlichen Ausblick über den Nil zu genießen, erlebte er eine Überraschung. Ihm gegenüber, wenn auch deutlich tiefer, stand Yannick auf einem Fischerboot, das mitten auf dem Fluss schwamm.

„Pharao und Einwohner von Theben, hört mir zu!", rief er mit lauter Stimme.

„Ich bringe euch eine Nachricht von Ron, dem Schöpfer dieser Welt. Er hat den Pharao schon einmal aufgefordert, sein Volk ziehen zu lassen, aber euer Herrscher hat sich geweigert. Darum tue ich nun in seinem Auftrag dieses Zeichen. Wie ihr wisst, ist das Wasser auch in dieser Welt die Grundlage allen Lebens."

Er hielt den Priesterstab in die Höhe und tauchte ihn dann langsam in den Fluss. Neugierig sahen ihm die Leute zu. Erst passierte gar nichts, aber dann begann sich das Wasser um den Stab herum blutrot zu verfärben. Das Rot breitete sich in konzentrischen Kreisen aus. Es dauert nicht lange, dann war der ganze Strom verfärbt. Eine junge Frau schrie entsetzt auf. Sie war gerade dabei, ihre Wäsche im Nil zu waschen. Fassungslos starrte sie auf eine ehemals weiße Bluse, die nun blutrot leuchtete.

„Pharao, wenn dein Volk leben soll, dann lass die Waldmenschen ziehen!"

„Yannick, hör auf mit dem Theater!", kam die gelangweilte Stimme vom Balkon. „Wen willst du mit diesem Hack beeindrucken? Das können wir auch."

Er deutete hinunter auf eine Gestalt, die in Yannick unliebsame Erinnerungen aufsteigen ließ: Sie war völlig schwarz gekleidet, auf dem Kopf trug sie eine Vollmaske mit Vogelschnabel. Der Priester hielt einen kunstvoll verzierten Stab in den Händen, den er nun ebenfalls ins Wasser tauchte. Die Menge hielt gespannt den Atem an.

Um den Stab herum färbte sich das Wasser grün. Auch diese Farbe breitete sich in konzentrischen Kreisen aus, aber nicht weiter als zwei, drei Meter. Dann begann sich das grüne mit dem roten Wasser zu einem schlammigen Braun zu vermischen. Yannick sah hinauf zu dem Pharao, der wohl mit einem anderen Ergebnis gerechnet hatte. Wenn es so war, dann verstand er es jedenfalls, seine Enttäuschung geschickt zu überspielen.

„Du siehst", sagte er herablassend, „auch der Pharao kann die Farbe des Wassers verändern. Das ist nichts als ein billiger Trick. Sag deinem Ron, dass ich sein Volk genau dann loslasse, wenn es seine Schulden bei mir abgearbeitet hat. Und bis dahin stehen sie ab sofort unter besonderer Bewachung. An die Arbeit, aber dalli!"

Kurz darauf stürmten peitschenschwingende Soldaten aus dem Palast und hieben auf die schreienden Waldmenschen ein. Frustriert schüttelte Yannick den Kopf.

Die folgenden Tage wurden hart für ihn. Das Leben der Waldmenschen hatte sich dramatisch verändert. Während sie sich vorher ungestört bewegen konnten, solange die Produktionszahlen stimmten, wurden sie jetzt auf Schritt und Tritt von Aufsehern begleitet. Sie fühlten sich wie im Gefängnis. Die bitterbösen Blicke, die immer wieder Richtung Yannick abgeschossen wurden, ließen keinen Zweifel daran, wen sie für die Misere verantwortlich machten. Nur Hanjo grinste ihn jedes Mal spöttisch an, wenn sie sich über den Weg liefen.

Auch den Ägyptern ging es nicht gut. Das Wasser aus dem Nil war immer noch ungenießbar, und die ersten Einwohner bekamen Schwächeanfälle. Pharao ließ seine Soldaten neben dem Fluss Brunnenlöcher schaufeln – die Brühe, die sie daraus förderten, war zwar schlammig und trüb, aber immerhin trinkbar. Nur Hassan hatte das große Los gezogen: Er bezog von einer der entfernten Handelsstationen Wasser in Schläuchen und verkaufte es zu horrenden Preisen.

Nach einer Woche begann sich die Situation zu entschärfen. Das Rot des Flusses wurde allmählich blasser, und bald war das Wasser wieder klar wie eh und je. Der Pharao verkündete, dass dies das Werk seiner Wissenschaftler sei, die mit großem Einsatz eine Lösung für das Problem gefunden hätten – es war schwer zu sagen, wie viele ihm diese Geschichte glaubten, denn niemand wagte es, ihm öffentlich zu widersprechen.

Kurz darauf nahm Ron wieder Kontakt zu Yannick auf und ließ sich Bericht erstatten. „Ich bin bald wieder zuhause“, verkündete er ihm, „dort habe ich andere Möglichkeiten, als hier vom Laptop aus. Und jetzt schreibst du erst mal einen Brief an Lutz.“

Gehorsam besorgte sich der junge Mann Papier und eine Schreibfeder und schrieb auf, was Ron ihm diktierte:

An den „Pharao"!

Glaubst du wirklich, du könntest dieses Spiel gewinnen? Da irrst du dich. Du hast keine Chance gegen mich! Du weißt, was ich von dir erwarte: Gib mein Volk frei, lass es in seine Wälder zurückkehren und dort friedlich leben.

Wenn du meine Forderungen erfüllst, wird die Sache noch ein gutes Ende finden. Solltest du dich jedoch weiterhin weigern, dann werde ich deine Stadt in Schutt und Asche legen.

Du weißt, dass ich ein friedliebender Mensch bin und nur ungerne zu solch drastischen Maßnahmen greife. Deshalb hoffe ich noch auf eine gütliche Lösung. Aber damit du merkst, wie ernst es mir ist, schicke ich dir ein kleines Zeichen. Du stehst ja so auf Kriechtiere ...

Gruß, Ron

„Was für ein Zeichen meinst du, Ron?", fragte Yannick, nachdem er den Brief fertig geschrieben hatte.

„Das wirst du bald sehen. Lass Lutz einfach meine Botschaft zukommen und warte ab."

„Was wird geschehen?", fragte Betty, als sie sah, wie ihr Freund dem Kommandanten der Aufseher einen Brief zusteckte.

„Ich weiß es nicht", bekannte Yannick, „vielleicht kommen Schlangen."

„Oh nein!" Betty schüttelte sich. „Ich kann die Biester nicht ausstehen!

Es kamen keine Schlangen. Aber schön wurde es nicht.

Am nächsten Tag schien Theben seinen Glanz verloren zu haben.

Yannick schüttelte den Kopf und versuchte genauer hinzusehen, doch er konnte nicht erkennen, was es war. Sonst glänzte die Stadt im Licht der hellen Morgensonne – heute wirkte sie eigenartig matt.

Die Wächter waren nervös an diesem Morgen, aber sprachen kein Wort. Vermutlich hatten sie einen entsprechenden Befehl erhalten. Unter dem Vorwand, neue Farben für die Keramiken zu besorgen, die es nur in Hassans Laden gab, machte sich Yannick auf den Weg zur Stadt. Er wollte der Sache auf den Grund gehen.

Als er näher kam, erkannte er die Situation: In Theben wimmelte es von Nacktschnecken. An allen Häuserwänden, allen Toren, überall hingen sie und hinterließen ihre Schleimspuren. Die Wege waren übersät von den klumpigen Überresten, die entstanden, wenn man sie zertrat - was kaum zu vermeiden war, denn die Straßen waren so dicht von Schnecken bedeckt, dass es praktisch unmöglich war, irgendwo seinen Fuß hinzusetzen, ohne mindestens eine von ihnen zu zermatschen.

Yannick beobachtete eine Frau, deren Gesicht von Ekel verzerrt war. Sie versuchte, die Schnecken mit einer Schaufel aus ihrer Wohnung zu schaffen, aber es wollte ihr nicht gelingen, denn die Biester blieben an der Schaufel kleben. Er war froh, dass die Plage nur bis zur Stadtgrenze reichte, denn in der Sklavensiedlung hatte er bisher nicht eine einzige Schnecke gesehen. Und das war auch gut so, denn die Vorstellung, diese glibberigen Viecher im Bett und auf dem Tisch zu haben, jagte ihm eine Gänsehaut über den Rücken.

Pharao verfasste eine Verlautbarung, die er überall verlesen ließ. Demnach waren diese Schnecken eine natürliche Folge des verunreinigten Wassers und hätten auf keinen Fall mit einer Bedrohung von außen zu tun. Wer etwas Gegenteiliges behaupte, müsse mit Strafe rechnen.

****

Das indische Team leistete gute Arbeit. Schon bald standen die Grundstrukturen des neuen Kontinents, und die unterschiedlichen Kleingruppen begannen, die Vegetation und geologischen Besonderheiten zu entwerfen. Die Programmierer waren mit Eifer und Liebe zum Detail bei der Sache. Ron schätzte, dass sie in drei bis vier Monaten das Projekt abschließen konnten. Er beschloss, dass seine Anwesenheit vor Ort nicht länger erforderlich war – Rahul hatte die Sache offensichtlich gut im Griff und würde per Internet mit ihm Kontakt halten.

Der Rückflug verlief weitgehend ohne Probleme, wenn man davon absah, dass Ron es fertigbrachte, seinen Pass zwischen den Zähnen zu halten und gleichzeitig in allen seinen Taschen hektisch nach dem Dokument zu fahnden. Die Zollbeamtin sah sich das eine Weile geduldig an, dann deutete sie auf seinen Mund und fragte, ob dort vielleicht das sei, was er suche? Ron wurde rot, aber er war ihr dankbar, dass sie ihn aus seiner misslichen Lage befreite.

Am Flughafen in Frankfurt erwartete Michael Konrad ihn. Die beiden Männer nahmen sich herzlich in den Arm. Ron war froh, wieder zuhause zu sein.

Der Weg zur Firma reichte aus, um den Heimkehrer über alles Wesentliche in Kenntnis zu setzten. Dramatisch gestiegene Userzahlen, eine neue Serverfarm – offensichtlich war es auch ohne ihn ganz gut gelaufen, stellte Ron mit gemischten Gefühlen fest.

Nachdem er in seinem Büro angekommen war und den Rest des Teams begrüßt hatte, fuhr er seinen Rechner hoch. Er klinkte sich im Service-Modus in X-World ein und ließ die Finger über die Tastatur huschen. Er bekam nicht mit, dass sich die Tür öffnete und Michael hereinkam. Gespannt blickte sein Mitarbeiter ihm über die Schulter.

„Darf man fragen, was du da machst?", fragte er nach einer Weile.

„Wonach sieht es denn aus?", gab Ron grimmig zurück.

„Ich würde sagen, du bist dabei, einen Range zu definieren – fragt sich nur, wozu!"

„Weil ich alles, was sich in diesem Umkreis befindet, ausradieren werde."

„Das kannst du nicht tun!"

„So, und warum nicht?"

„Du hast nicht das Recht, derartig in das Spiel einzugreifen. Ich kann ja verstehen, dass du dich über Lutz ärgerst ..."

„Pah, ärgern ist nicht der richtige Ausdruck. Ich könnte den Kerl ..."

„... aber in dem Sektor gibt es mit Sicherheit auch anständige Spieler. Nette Leute, die einfach nur ein wenig Ablenkung von ihrer stressigen Arbeitswelt wollen, die sich ein neues Leben in X-World aufgebaut haben – willst du die genauso behandeln wie Lutz?“

Ron sah ihn an.

„Und das glaubst du tatsächlich? Du denkst, dass in dieser Stadt anständige Leute wohnen?“

„Naja, vielleicht nicht viele, aber sagen wir mal, vierzig sind es ganz bestimmt.“

„Deal. Zeig mir vierzig anständige Leute in Theben, und ich lasse die Stadt davonkommen.“

„Naja, vielleicht sind es auch nur zwanzig.“

„Meinetwegen. Zwanzig Leute, und ich stoppe die Aktion.“

„Und wenn es nur zehn wären?“

„Zeige sie mir, und ich höre auf.“

Kopfschüttelnd verließ Michael den Raum.

Immerhin hatte er erreicht, dass Ron seine Pläne noch einmal überdachte.

****

Eines Morgens hingen an jeder Ecke der Stadt Plakate. Keiner wusste, wie sie dahin gekommen waren, aber die Menschen drängten sich, um sie zu lesen. Die Aushänge leuchteten knallrot, und auf allen stand in fetten schwarzen Buchstaben derselbe Text:

Einwohner von Theben, euer Herrscher hält mein Volk widerrechtlich gefangen.

Schon mehrfach habe ich ihn dazu aufgefordert, es freizugeben. Diese Aufforderungen wurden von eindeutigen Zeichen begleitet, aber er hat sich bisher dennoch meinem Willen widersetzt. Ihr sollt wissen, dass es mir ernst ist. Wenn der Pharao die Waldmenschen nicht gehen lässt, wird Theben zerstört. Jedem, der nicht zugrunde gehen will, rate ich, dieses Gebiet umgehend zu verlassen. Abermals sende ich euch ein Zeichen, das nur ich hervorbringen kann. Ich werde etwas schaffen, das in dieser Welt bislang nicht existierte, weil ich sie als einen Ort des Friedens geplant hatte. Ab morgen

soll es hier von Mücken wimmeln. Mögen sie in euch die Sehnsucht nach Frieden wecken.
Ron Schäfer

Natürlich waren diese Anschläge Stadtgespräch, doch niemand wollte Theben verlassen. Im Gegenteil, die Sache sprach sich herum, und von überallher kamen Abenteuerlustige in die Stadt, die die bevorstehende Sensation hautnah miterleben wollten.

Die angekündigte Mückenplage trat tatsächlich ein, und sie wurde heftig. Stellenweise konnte man kaum atmen, ohne Mücken in die Nase zu bekommen. Die Stiche der hungrigen Tiere hinterließen große, juckende Beulen.

Wieder profitierte Hassan, denn er hatte plötzlich Moskitonetze im Angebot, die reißenden Absatz fanden – natürlich zu speziellen Preisen. Der Pharao ließ verkünden, dass die Übeltäter, die die Plakate aufgehängt hatten, gefangen genommen worden seien und nun ihrer gerechten Strafe entgegensähen. Das Ganze sei allein ihr Werk. Es habe absolut nichts mit Ron Schäfer zu tun – und außerdem beruhe die Mückenplage selbstverständlich auf natürlich erklärbaren Ursachen. Nur ein Narr würde etwas anderes glauben.

Ron kochte vor Wut, als er davon erfuhr.

Als er Yannick anrief, herrschte in X-World gerade tiefe Nacht, und der verschlafene junge Mann brauchte einen Moment, um zu begreifen, dass die Nachricht kein Traum war.

Am nächsten Tag nahm Yannick seinen Priesterstab und machte sich auf den Weg in die Stadt, wie Ron es ihm aufgetragen hatte, obwohl ihm bei der Sache absolut nicht wohl war.

Er stellte sich auf den großen Platz vor dem Palast und stieß den Stab dreimal auf die Erde. Ein greller Blitz schoss in den Himmel. Sofort war ihm die Aufmerksamkeit der Menschen sicher. Von allen Seiten strömten sie herbei. Geduldig wartete Yannick, bis der Platz voll war.

„Ich bringe euch eine Nachricht von Ron“, begann er. Das Gemurmel um ihn verebbte.

„Seine Geduld ist am Ende. Diese Stadt wird zerstört werden. Ihr bekommt ein letztes Zeichen. Ab heute wird drei Tage lang völlige Finsternis herrschen. Danach mag fliehen, wer fliehen will. Eine weitere Warnung wird es nicht geben!" Mit diesen Worten schwang er den Priesterstab über seinem Kopf.

Ron benötigte nur einen Mausklick, um den Grafiktreiber für den gesamten Sektor herunterzufahren. Schlagartig wurde es dunkel. Allerdings blieb die erwartete Panik aus. Die Einwohner Thebens vergnügten sich damit, einander abzutasten, was stellenweise in Massenorgien ausartete.

Der Pharao gab die Botschaft aus, dass Ron nun endlich sein wahres Gesicht zeige. Ausgerechnet er, der so gern vom Frieden rede, würde ihnen Krieg und Zerstörung androhen, obwohl sie nachweislich im Recht seien. Er fordere seine Untertanen auf, die Stellung zu halten und der Gewalt zu trotzen, um aller Welt zu beweisen, dass sie keine Angst vor den Drohungen eines ausgeflippten Programmierers hätten. Die Einwohner hörten kaum hin. Sie waren mit anderen Dingen beschäftigt.

Nach drei Tagen gab Ron das Licht wieder frei. Er wies die Waldmenschen an, sich abmarschbereit zu halten, denn am nächsten Morgen solle es losgehen.

Bei Sonnenaufgang versammelten sie sich auf dem zentralen Platz der Sklavensiedlung und fragten sich, was als Nächstes passieren würde. Plötzlich spürten sie eine Erschütterung. Die Hütten verschwanden vor ihren Augen, ebenso der größte Teil der Stadt.

„Was passiert hier?", fragte Betty angstvoll und klammerte sich an Yannicks Arm fest.

„Ron annulliert gerade sämtliche Hacks des Pharao. Außerdem löscht er dessen Account", erklärte dieser, eher an Olaf gewandt, der wissend nickte, während Betty ihn verständnislos ansah.

„Es geht los!", rief Yannick. Er schwenkte den Priesterstab und setzte sich in Bewegung. Die Waldmenschen folgten ihm schwer bepackt. Sie kamen nur langsam voran, und schon bald stockte der

Auszug vollends, denn die Landschaft sah nun völlig anders aus als vorher. Offensichtlich hatte Lutz nicht nur die Stadt, sondern gleich das ganze Tal nach seinen Vorstellungen umgestaltet. Nun, da Ron die Hacks annulliert hatte, herrschte wieder der Urzustand.

Die Straße war verschwunden, es gab nur noch die wenigen Häuser, die die Waldmenschen mit ihren eigenen Händen gebaut hatten – und dort, wo sich einst eine steinerne Brücke über die befestigten Ufer des Flusses gespannt hatte, lag nun ein tückischer Sumpf, in dessen Mitte ein schlammiges Gewässer träge dahinfloss.

Ratlos ließ Yannick seine Augen über den Morast wandern. Er konnte beim besten Willen keinen Weg erkennen. Sie mussten versuchen, weiter flussabwärts eine Passage zu finden, etwa an der Stelle, an der er bei seiner letzten Reise durchgekommen war. Soweit er es beurteilen konnte, hatte es dort keine Hacks gegeben, also mussten die Wege in dieser Gegend wohl noch so aussehen wie zuvor.

Plötzlich schrien die Letzten aus der Gruppe auf. Sie wurden verfolgt! Yannick kletterte auf einen Felsen, um besser sehen zu können – ja, das war eindeutig. Pharaos Truppen marschierten auf sie zu. Den Waldmenschen blieb keine Fluchtmöglichkeit mehr. Sie saßen in der Falle.

Die Unruhe im Volk nahm zu. „Tu doch was! Wenn sie uns erwischen, ist es vorbei!“

Der Lärm war so beträchtlich, dass Yannick beinahe Rons Stimme überhört hätte.

„Yannick!“, brüllte Ron in sein Headset. „Verflixt, nun hör doch!“

„Ja, ich höre dich!“, schrie er gegen den Lärm der Menschen an.

„... den Priesterstab ...“

„Seid doch mal leise!“, befahl Yannick dem Volk – und tatsächlich gelang es Olaf, sie ein wenig zu beruhigen.

„Nimm den Priesterstab und schwenke ihn über den Sumpf in die Richtung, in die ihr gehen wollt!“

Yannick tat, wie ihm geheißen. Die Augen des Schlangenkopfes glommen auf, und es war, als hätte er plötzlich einen gewaltigen Pinsel in der Hand, mit dem er in der Landschaft malen konnte. Unter dem Schwenken des Stabes wichen der Sumpf und sogar der Fluss, und Yannick zeichnete einen festen Weg in die unwirtliche Umgebung hinein. Den Waldmenschen sackte der Unterkiefer weg.

Olaf fing sich als Erster wieder.

„Los, los, los!“, kommandierte er. „Vorwärts mit euch. Pharaos Truppen warten nicht!“

Augenblicklich setzten sich die Menschen in Bewegung. Die meisten ließen ihr Gepäck einfach liegen und rannten so schnell sie konnten über den rettenden Weg.

Yannick wartete, bis alle an ihm vorbei waren, und lief dann als Letzter hinter den Waldmenschen her. Unaufhaltsam holte die Truppe des Pharao auf. Nun konnte man schon Details erkennen – ein Krieger glich dem anderen bis aufs Haar; tausend Zwillingsbrüder von Erik marschierten auf sie zu. Diesen Hack hatte Ron offensichtlich nicht zu fassen bekommen.

Als Yannick die Mitte des Sumpfes erreicht hatte, eröffneten die Bogenschützen das Feuer. Die tödlichen Geschosse sausten wie eine dunkle Wolke auf sie zu. Die Waldmenschen, die sie kommen sahen, schrien auf und warfen sich zu Boden. Yannick spürte, wie der Priesterstab in seiner Hand zu zucken begann. Selbstständig spannte er einen unsichtbaren Schutzschirm auf, an dem die Pfeile zurückprallten. Die Angreifer brüllten vor Wut. Etliche warfen ihre nutzlosen Waffen fort und zogen stattdessen ihre Schwerter.

Yannick trieb die Menschen vor ihm zur Eile. Er wagte nicht, sich umzusehen, denn er wusste auch so, dass die Klonkrieger den Abstand immer weiter verringerten. Es blieb nicht mehr viel Zeit.

Endlich erreichte auch er das rettende Ufer, an dem der improvisierte Weg endete. Mittlerweile waren die Verfolger bis auf dreißig Meter herangekommen und starteten einen Angriff mit Wurfspeeren. Laut brüllend schleuderten sie ihre tödlichen Waffen auf die wehrlosen Waldmenschen. Wieder vibrierte der Priesterstab, als die Speere auf den Schutzschild trafen. Dann kam Rons Anweisung.

Yannick nickte und berührte die Straße mit dem Schlangenkopf. Schlagartig löste sie sich auf. Die Klonkrieger hatten keine Chance. Übergangslos versanken sie im Wasser und im Schlamm. Sie schrien und zappelten, aber das half ihnen nichts. Innerhalb kürzester Zeit war Pharaos gefürchtete Armee verschwunden.

Die Waldmenschen stießen einen Jubelschrei aus, der im ganzen Tal zu hören war. Sie waren gerettet. Keine Peitschen mehr, keine Belästigungen der Frauen, niemand, der ihnen sagte, was sie tun sollten. Sie konnten einfach in ihren Wald zurückkehren, um dort ihr friedliches Leben weiterzuführen. Sie sangen und tanzten, umarmten einander und ließen Yannick hochleben. Betty weinte vor Freude.

* * * *

Auch Ron sprang auf und jubelte. Gespannt hatte er die Flucht auf seinem Bildschirm verfolgt. Ganz schön knapp war es gewesen, aber am Ende hatte es gepasst.

Er tanzte durchs Büro und umarmte seine Mitarbeiter, die ihn verwirrt ansahen. Die meisten hatten von seiner Rettungsaktion nichts gewusst.

Sein Jubel wurde jäh durch einen Telefonanruf unterbrochen. Widerstrebend nahm er das Headset ab und griff nach dem Hörer.

„Ja?“, fragte er.

„Dr. Fleischmann möchte dich sprechen“, sagte Katrin und stellte die Verbindung her, ehe er noch etwas fragen konnte.

„Schäfer“, meldete er sich.

„Fleischmann hier. Ron, würden Sie bitte sofort in mein Büro kommen? Es ist sehr wichtig.“

Beunruhigt und verwirrt betrat Ron den Fahrstuhl. Die Stimme des Alten hatte so ernst und sachlich geklungen, wie er sie selten gehört hatte. Sofort wich seine Hochstimmung und machte dumpfen Ängsten Platz. Was mochte passiert sein? Er malte sich die furchtbarsten Dinge aus. Ein Feuer in seiner Berliner Wohnung. Ein Erdbeben in Indien. Ein Verkehrsunfall von Lisa und Jonte. Ein ... Energisch verbat er sich weitere Spekulationen.

Die Fahrstuhltür fuhr beiseite, er trat hinaus, ging über den Korridor und drückte die Glastür auf. Im Vorbeigehen nickte er Gertrud Wagner zu – auch sie machte heute einen beunruhigten Eindruck, oder bildete er sich das nur ein? Er klopfte kurz, dann öffnete er die Tür zu Fleischmanns Büro. Mittlerweile war er auf alles gefasst – aber nicht auf das, was ihn tatsächlich erwartete.

Er prallte zurück. Drinnen saß ein Typ im Anzug, unverkennbar ein Rechtsanwalt, und daneben, mit einem breiten Grinsen im Gesicht – Lutz Singer.

„Hallo Ron, lange nicht gesehen!"

Sein ehemaliger Assistent hatte sichtbar zugenommen, wirkte aber nicht fett, eher massig und bedrohlich. Seine schwarzen Haare waren länger geworden, er hatte sie zum Pferdeschwanz gebunden. Er trug Jeans und eine schwarze Lederweste, an der das Emblem eines Motorradclubs prangte. In der Hand hielt er einen Tablet-Computer. Soweit Ron erkennen konnte, war darauf eine Ansicht des zerstörten Theben zu erkennen.

Ron erwiderte den Gruß nicht. Stattdessen wandte er sich an Gerhardt Fleischmann.

„Was soll das hier?", fragte er.

„Diese Herren bringen ernste Anschuldigungen gegen Sie vor", bekam er zur Antwort. „Trifft es zu, dass Sie den Zugang von Herrn Singer gelöscht haben?"

„Ja, aber ..."

„Und stimmt es, dass Sie in den letzten Tagen immer wieder regelwidrige Eingriffe in das Spiel vorgenommen haben?"

Ron war sprachlos.

„Mein Mandant hat durch Ihre Manipulationen erhebliche finanzielle Einbußen erlitten", meldete sich der Anwalt zu Wort. „Selbstverständlich behalten wir uns eine Schadensersatzklage vor. Dieses Gespräch soll nur die Möglichkeit einer außergerichtlichen Einigung klären."

„Wie bitte? Wir reden hier über ein Computerspiel! Eine Spielewelt!“, warf Ron ein. Der Anwalt verzog keine Miene.

„Es sollte Ihnen doch bekannt sein, dass die in dem Spiel verwendete Währung ‚Silberlinge‘“ – er las das Wort von einem Zettel ab – „einen realen Tauschwert hat. Damit sind alle im Spiel abgeschlossenen Geschäfte Dienstverträge im Sinne des Paragraphen 611 BGB.“

„Aber diese Geschäfte sind auf betrügerische Weise zustande gekommen!“, protestierte Ron.

„Herr Singer hat jederzeit in Übereinstimmung mit Ihrer AGB gehandelt. Wenn Sie etwas anderes behaupten wollen, so liegt es an Ihnen, das zu beweisen.“

Hilflos sah Ron zu Gerhardt Fleischmann hinüber. Es gab allgemeine Geschäftsbedingungen in X-World? Warum hatte ihm das keiner gesagt?

Lutz grinste noch immer. Ron hätte ihm am liebsten ins Gesicht geschlagen, aber er war klug genug, um sich auszurechnen, dass er dabei den Kürzeren zöge.

„Was verlangen Sie?“, fragte der Geschäftsführer trocken.

Der Anwalt reichte ihm ein Schreiben.

„Im Wesentlichen die Wiederherstellung des alten Zustands. Die Details entnehmen Sie bitte diesem Schreiben.“

„Sie werden umgehend von uns hören“, sagte Gerhardt Fleischmann.

„Wir geben Ihnen 48 Stunden“, antwortete der Rechtsanwalt. „Wenn wir bis dahin keine zufriedenstellende Antwort bekommen haben, geht die Sache vor Gericht.“

„Und nun?“, fragte Ron kleinlaut, als der Besuch gegangen war.

„Nun fragen wir unseren Anwalt, was er in diesem Fall rät. Aber mein Gefühl sagt mir, dass es nicht einfach wird.“

„Lutz ist ein Mistkerl“, knurrte Ron. „Er hat sich von Anfang an in mein Spiel gedrängt, um es mir wegzunehmen.“

„Wir wollen mal eins klarstellen“, sagte Gerhardt Fleischmann ernst. „Das ist nicht *Ihr* Spiel.“

Ron blickte ihn erstaunt an.

„Es hat von dem Moment an aufgehört, Ihr Spiel zu sein, als Sie es an mich verkauft haben."

„Und als die ersten User hineinkamen", fügte er nach kurzem Nachdenken hinzu. „Es ist ebenso deren Spiel wie Ihres, und Sie haben kein Recht, so massiv dort einzugreifen, wie Sie es in den letzten Tagen getan haben."

Der Programmierer blickte betroffen zu Boden.

„Es ist mehr als bloß ein Spiel", sagte er nachdrücklich. „Es ist ein Stück meines Herzens."

„Dummes Zeug, es ist ein Geschäft, weiter nichts. Und wir werden es so gut wie möglich abwickeln. Darum lassen Sie mich jetzt mit meinem Anwalt telefonieren."

Es dauerte fast eine Woche, ehe der Vertrag mit Lutz fertig ausgehandelt war. Im Wesentlichen sah er vor, dass Theben wieder in den Zustand versetzt wurde, der vor Rons Eingriff geherrscht hatte. Lutz erhielt seine Konten zurück und bekam die Schulden der Waldmenschen erstattet. Im Gegenzug wurde der EL entfernt.

Ron erkämpfte sich das Recht, in beschränktem Umfang ins Spiel eingreifen zu dürfen, allerdings nur dann, wenn er von einem Spieler ausdrücklich darum gebeten worden war. Umgekehrt galt: Wer sich künftig den EL installieren ließ, galt automatisch als Kunde von Lutz. Er durfte dann nicht mehr von Ron kontaktiert werden.

Ron war alles andere als glücklich mit diesem Vertrag. Michael versuchte, ihn zu trösten.

„Das Ganze hier erinnert mich an einen alten Witz", sagte er. „Es soll einmal einen Rechtsstreit zwischen dem Himmel und der Hölle gegeben haben."

„Ja und?"

„Der Teufel hat gewonnen. Er hatte die besseren Anwälte."

Ron wusste nicht, ob er lachen oder weinen sollte.

„Machen wir das Beste daraus", sagte er.

17. WIEDERAUFBAU

Die Waldmenschen waren in ihr altes Dorf zurückgekehrt und hatten sich umgehend darangemacht, die verbrannten Hütten neu aufzubauen. Yannick war froh, dass nun alles wieder in geregelten Bahnen verlief, denn in den kommenden Wochen würde er keine Zeit für X-World haben. Sein Chef ging auf Kreuzfahrt und hatte ihm eine seiner Tankstellen in Brandenburg anvertraut.

Seine Mutter bekam einen gewaltigen Schreck, als er zuhause auftauchte, um ein paar Sachen zu holen. „Junge, du nimmst doch nicht etwa Drogen?", rief sie.

Yannick lachte sie aus – aber als er danach in den Badezimmerspiegel sah, musste er ihr recht geben. Er war blass, hatte tiefe Ringe unter den Augen und bestand nur noch aus Haut und Knochen. Seine Jeans rutschte ihm fast vom Leib. Er versprach seiner Mutter hoch und heilig, in Zukunft besser auf sich acht zu geben. Dann drückte sie ihm Geld in die Hand, von dem er sich eine neue Hose kaufen sollte. Yannick hasste Einkaufen, aber er machte sich brav auf den Weg zum nächsten Klamottenladen.

Dort geriet er an eine ziemlich fitte Verkäuferin. Als er bei der Frage nach seiner Größe nur hilflos den Kopf schüttelte, sah sie ihn prüfend an, verschwand kurz und kehrte bald darauf mit drei Jeans auf dem Arm zurück. Schon die zweite passte. Er behielt sie gleich an und ging zur Kasse, um zu bezahlen. Das war Einkaufen nach seinem Geschmack.

Yannick blickte auf die Uhr. Kurz nach zwei. Um drei sollte er in der Tankstelle sein. Es lohnte sich kaum noch, vorher nach Hause zu fahren.

„Darf ich dich zu unserem Konzert einladen?"

Ein hübsches dunkelhaariges Mädchen riss ihn aus seinen Überlegungen. Sie mochte vielleicht neunzehn oder zwanzig Jahre alt sein. Lächelnd hielt sie ihm einen Handzettel unter die Nase.

Normalerweise ignorierte er Leute, die in Fußgängerzonen Zettel verteilten, aber dieses Mädchen gefiel ihm.

„Was'n für'n Konzert?", nuschelte er, ohne den Blick von ihren Augen zu wenden. Sie waren blaugrün.

„Eine christliche Band, heute Abend in unserer Gemeinde."

„Tut mir leid, ich steh nicht so auf Kirchenmusik."

Sie lächelte, und auf ihrer linken Wange erschien ein Grübchen.

„Kirchenmusik würde ich das nicht gerade nennen, die spielen eher Rock. Aber eben mit christlichen Texten."

Yannick sah sie verständnislos an. „Sowas gibt's?"

Das Modernste, was er damals in seiner Konfirmandenzeit gehört hatte, hatte irgendwas mit „Danke für diesen guten Tag" zu tun gehabt. Er wusste noch, dass sie das Lied immer veralbert hatten.

„Klar, es gibt richtig gute Sachen. Komm doch einfach vorbei, und hör es dir an!"

„Sorry, das geht leider nicht. Ich muss heute arbeiten."

„Schade." Das Mädchen schien ehrlich enttäuscht.

„Ja wirklich, ich hätte es mir gerne mal angehört."

Yannick war sich nicht ganz sicher, ob das tatsächlich stimmte. Aber auf jeden Fall hätte er dieses Mädchen gern näher kennengelernt. Er suchte krampfhaft nach einer Idee, wie er das Gespräch fortsetzen konnte, aber ihm fehlte die Übung in solchen Dingen. Dann kamen auch schon die nächsten Jugendlichen vorbei, ein Pärchen, vielleicht sechzehn Jahre alt.

Die Dunkelhaarige lächelte ihm zum Abschied freundlich zu, dann sprach sie die beiden an: „Hallo, darf ich euch zu einem Konzert einladen?"

Yannick steckte den Zettel in die Tasche und ging weiter.

* * * *

Als er endlich wieder online gehen konnte, erkannte Yannick das Dorf kaum wieder. Die verkohlten Ruinen waren verschwunden und einer stattlichen Anzahl von Hütten gewichen. Die Gemeinschaft war weiter angewachsen. Ihre Geschichte hatte im Internet die Runde gemacht – angeblich gab es auf YouTube sogar ein Video ihrer spektakulären Flucht, und nun wollten viele Neuankömmlinge in X-World zu den Waldmenschen gehören.

Olaf freute sich darüber. Stolz wies er Yannick darauf hin, dass die Hütten nun an richtigen Wegen lagen. Vorher wirkte die Siedlung wild zusammengewürfelt, sie war halt so gewachsen, wie es sich ergeben hatte, jetzt war sie sauber geplant. Yannick war sich nicht sicher, was ihm besser gefiel.

„Was ist das denn? Eine Turnhalle?", fragte er, als sie den Mittelpunkt des Dorfes erreichten, in dem ein großer rechteckiger Bau stand. Der Häuptling lachte und strich über seinen wallenden roten Bart.

„Nein, das ist unser Tempel", sagte er. Er schien Yannicks Verwunderung zu genießen.

„Den hat Ron eingeführt. Hier finden unsere wöchentlichen Versammlungen statt. Komm mal mit!"

Er führte ihn in ins Innere des Gebäudes. An den Seiten befanden sich Tribünen, die tatsächlich an eine Sportarena erinnerten, während in der Mitte lange Tische standen.

„Hier sitzen die Ältesten", erläuterte Olaf. „Sie besprechen und entscheiden die Angelegenheiten, die für unser gemeinsames Leben wichtig sind. Aber das ist noch nicht alles!"

Er schloss eine Tür auf und führte Yannick in eine schmucklose Kammer. Zwei Stühle und ein Tisch befanden sich darin, sonst war sie leer.

„Hier dürfen nur wir beide hinein", sagte er. „Ron hat für diesen Raum eine Direktleitung eingerichtet, so dass wir jederzeit mit ihm sprechen können – na ja, sofern er online ist. Er hat gesagt, dass er sein Volk nun intensiver begleiten will als vorher, jetzt, nachdem er uns mit so viel Aufwand aus Ägypten befreit hat."

Yannick war beeindruckt.

„Wovon werden wir in Zukunft leben?“, fragte er, als sie hinausgingen.

„Einige von uns haben angefangen, Landwirtschaft zu betreiben. Wir mussten ja ohnehin Flächen roden, um Bauholz zu gewinnen. Es sieht so aus, als verstünden sie ihr Handwerk. Und dann werden wir auch wieder töpfern. Ich habe lange darüber nachgedacht, aber ich denke, dass nichts dagegen spricht, an die alten Handelsbeziehungen anzuknüpfen.“

Yannick sah ihn erschreckt an. „Ich weiß, was du denkst“, lachte Olaf. „Aber ich sehe keine Gefahr. Nach den Erfahrungen der letzten Wochen dürften unsere Leute endgültig kuriert sein! Und eine neue Straße wird es auch nicht geben. Unsere Träger bringen die Keramiken in Rucksäcken zur Handelsstation an der Landstraße, wo Hassans Mitarbeiter sie entgegennehmen. Ich denke, da spricht nichts gegen.“

Yannick gab ihm recht, auch wenn er sich gegen ein mulmiges Gefühl nicht wehren konnte. Es ging ihm alles ein bisschen zu schnell.

* * * *

Die Nachtschicht in der Tankstelle zog sich diesmal furchtbar in die Länge. In zwei endlosen Stunden war bisher nur ein einziges Auto gekommen.

Yannick kämpfte gegen die Müdigkeit an und hing seinen Gedanken nach. Die letzten Monate in X-World waren unglaublich intensiv gewesen, und es war ein tolles Gefühl, dass er so eine zentrale Rolle bei der Befreiung gespielt hatte. Die Neuankömmlinge bei den Waldmenschen verehrten ihn als Helden. Wenn er vorbeiging, flüsterten sie miteinander und deuteten auf ihn. „Schau mal, das ist er.“ Das machte ihn schon ein bisschen stolz.

Andererseits gab es da eine leise Stimme in ihm, die ihn hartnäckig darauf aufmerksam machte, dass das Ganze nur ein Computerspiel war. Auch wenn diese Mahnung sehr nach seiner Mutter klang, musste er sich doch eingestehen, dass sie nicht ganz unberechtigt war. Was sollte aus seinem Leben werden? Es musste doch mehr geben als den Tankstellenjob und X-World spielen. Aber was? Er wusste es nicht, und das beunruhigte ihn zunehmend.

Manchmal kam es ihm so vor, als hätte seine Mutter mit ihrer Angst, dass er Drogen nehmen könnte, gar nicht so weit danebengelegen. Zwar hing er nicht an der Nadel, aber er hing am Internet. Stunden- und tagelang. Meistens schlief er sogar mit dem Helm auf dem Kopf, auch wenn es unbequem war, weil er bei Betty sein wollte. Das Einzige, das ihn regelmäßig in die Gegenwart zurückholte, war die Toilette – aber da er kaum noch aß und trank, waren diese Störungen auch nicht allzu häufig. War er süchtig?

Er hatte mal gehört, dass das Wort „Sucht“ von „suchen“ kam. Wenn das stimmte – wonach suchte er eigentlich?

Ein silberner Passat mit auswärtigem Kennzeichen fuhr auf die Tankstelle. Der Fahrer – dunkler Anzug, vielleicht ein Handelsvertreter – reckte sich, dann begann er, das Fahrzeug zu betanken. Der Reisende zahlte bar, zwei Fünfziger. Yannick gab das Wechselgeld heraus. Der Passat fuhr seines Weges, und Yannick versank wieder in Gedanken.

Verhinderte sein Zusammensein mit Betty eigentlich, dass er ein richtiges Mädchen kennenlernte? Unwillkürlich musste er an die Begegnung in der Fußgängerzone denken. Er wusste nicht einmal, wie die Dunkelhaarige hieß, aber er hätte nichts dagegen, sie wiederzusehen. Er suchte nach dem Zettel, den sie ihm gegeben hatte, und stellte fest, dass er verschwunden war.

* * * *

Tae-Gong Lee machte sich auf eine turbulente Sitzung gefasst. Normalerweise waren diese Vorstandstreffen ziemlich langweilig, aber heute wollte er seinen Onkel mit einer kleinen Sensation überraschen. Ein wenig riskant war es schon, denn er wusste, dass Dong-

Min Choi keine Überraschungen liebte. Der Vorsitzende brauchte das Gefühl, alle Fäden in der Hand zu halten. Ständig plagte ihn die Angst, „sein Gesicht zu verlieren" – was typisch war für die ältere Generation. Es wurde Zeit für neuen Wind!

„Möchte jemand noch etwas sagen, bevor ich die Sitzung schließe?" Diese Frage kam stereotyp am Ende jeder Versammlung, und noch nie hatte Lee erlebt, dass sich jemand daraufhin zu Wort gemeldet hätte. Heute war Premiere.

„Ja, ich hätte da noch etwas!"

Irritiert sah der Vorsitzende auf. Einige Mitglieder waren schon halb im Aufbruch befindlich und schoben gerade ihre Unterlagen in die Aktentaschen. Es war, als frören sie plötzlich in ihrer Bewegung ein.

„Ich bekam die Nachricht gerade eben erst", log er, um zu erklären, warum er seinem Onkel solch eine Überraschung zumutete. „Die Forschungsabteilung meldet, dass der Cybersuit nun serienreif ist!"

Es war ein gewagtes Spiel, das er da durchzog, doch zu seiner Ehrenrettung muss gesagt werden, dass es Lee nicht darum ging, den Vorsitzenden bloßzustellen, vor dem er großen Respekt hegte. Ihm lag wirklich das Wohl des Konzerns am Herzen. Er war davon überzeugt, dass der neue Cyberanzug ein Verkaufsschlager werden würde, aber er wusste auch, dass sein Onkel sich aus moralischen Gründen dagegenstemmen würde.

Hätte er den normalen Weg eingehalten und Choi vorab über die Entwicklungen informiert, wäre damit zu rechnen gewesen, dass dieser die Informationen dem Vorstand zunächst vorenthalten hätte. So aber war eine offene Diskussion unumgänglich.

„Nun, die Zeit ist fortgeschritten, vielleicht sollten wir ein anderes Mal über dieses Thema sprechen", meinte Dong-Min Choi mit unbewegter Miene. Lee hatte diese Reaktion einkalkuliert.

„Ich bin der Meinung, dass wir an diesem Punkt keine Zeit verlieren dürfen", sagte er. „Taiko Systems sitzt uns im Genick. Die warten nur darauf, dass wir uns zurücklehnen."

Verabredungsgemäß meldete sich der Vertriebschef zu Wort. „Gibt es schon Berechnungen über den Verkaufspreis und den zu erwartenden Umsatz?", fragte er.

„In der Tat", sagte Lee stolz. „Bei einer Produktion von mindestens einer Million Exemplare denken die Entwickler, dass sie den Anzug für 999 Dollar auf den Markt bringen könnten."

„Eine Million Exemplare?", fragte der Vorsitzende skeptisch.

„99% unserer Cyberstars werden nachweislich von X-World-Spielern gekauft", wusste Lee. „Und mittlerweile gibt es fast 10 Millionen Accounts."

„Aber wir haben bislang erst 7,5 Millionen Helme verkauft, wenn ich mich nicht irre?", sagte der Marketingchef.

„Das ist richtig. Einige Spieler teilen sich ein Equipment, manche haben mehrere Accounts – und Taiko Systems hat vor kurzem den ‚X-plorer' auf den Markt gebracht. Qualitativ reicht er bei weitem nicht an unseren Cyberstar heran, aber dafür kostet er auch 200 Dollar weniger. Wir haben auf dem Markt schon einige Prozentpunkte an sie verloren."

„Dann sollten wir handeln, oder? Wann könnten wir mit dem Cybersuit an den Markt gehen?" Aller Augen richteten sich auf den Vorsitzenden, der unbehaglich auf seinem Stuhl umherrutschte. Schließlich äußerte er seine Bedenken.

„Ich bin aus moralischen Gründen gegen diese Entwicklung. Meiner Meinung nach wird sie dazu führen, dass die Spieler ungehemmt sexuelle Aktivitäten ausüben, und ich will vermeiden, dass Future Computing künftig in einem Atemzug mit irgendwelchen Pornounternehmen genannt wird." Bei seinen letzten Worten schlug er heftig auf den Tisch.

Auch mit diesem Argument hatte Lee gerechnet.

„Natürlich kann man diesen Anzug auch dazu missbrauchen", sagte er. „Aber in erster Linie sorgt er für ein ganzheitliches Erleben der Online-Welt. Und Ganzheitlichkeit steht bekanntermaßen im Einklang mit unserer Geschäftsphilosophie. Wir haben ja auch bei unseren Helmen keinen Einfluss darauf, was sich die Menschen damit anschauen. Die Spieler allein sind es auch, die entscheiden, wohin sie mit unseren Handschuhen greifen. Das ist beim kompletten Anzug nicht anders. Ich sehe natürlich das Problem, aber es liegt bei uns, wo wir den Schwerpunkt unserer Werbung setzen. Damit können wir kommunizieren, welche Nutzung unseres Produktes wir beabsichtigen."

Die restlichen Mitglieder des Vorstandes äußerten vorsichtige Zustimmung, und Dong-Min Choi erkannte, dass ihm nichts anderes übrig blieb, als sich an die Spitze der Bewegung zu setzen.

„Gut", sagte er schließlich. „Zur nächsten Sitzung erwarte ich eine ausführliche Vorstellung des Produktes nebst Kostenanalyse und Vorschlägen für die Werbung."

Damit erhob er sich. Die Sitzung war beendet.

* * * *

„Der hier ist brandneu", verkündete Michael stolz und sah sich in der Runde der PSA-Abteilungsleiter um. Er deutete auf einen mattschwarzen Stoff, den er über den Arm gelegt hatte. Von weitem erinnerte er an einen Taucheranzug, wirkte aber viel dünner und leichter.

„Das ist der Cybersuite One", erklärte er stolz. „Nächsten Monat kommt er in den Handel. Ich habe ihn seit gestern. Direkt von Future Computing. Für Testzwecke."

Seine Kollegen nickten anerkennend. Ron stand auf, um einen der Ärmel durch seine Finger gleiten zu lassen. Der Stoff war flexibler als die Handschuhe und die Gamaschen.

„Fühlt sich an wie eine Art Mikrofaser", sagte er. „Hast du ihn schon anprobiert?"

„Ja klar", antwortete Michael. „Trägt sich super. Er ist sehr leicht, aber man friert nicht und schwitzt auch nicht darin – scheint ziemliches Hightech-Zeug zu sein. Der Anzug passt sich komplett an den Körper an. Wenn man ihn anzieht, ist er recht weit, aber sobald er an die Steuerungsbox angeschlossen wird, startet er einen Kalibrierungslauf und sitzt anschließend wie eine zweite Haut."

„Was trägt man darunter?“, fragte Kathrin.

„Gar nichts“, sagte Michael und grinste verlegen. „Die Idee ist ja der Hautkontakt mit der Onlinewelt.“

„Und was bedeutet das für unsere Software?“, meldete sich Sonja von der Entwicklungsabteilung zu Wort.

„Der Hersteller hat uns versichert, dass wir im Prinzip nichts zu verändern brauchen, denn die haptischen Daten sind ja bereits ins Spiel integriert. Das Fühlen wird jetzt lediglich auf den ganzen Körper ausgeweitet. Das Spielerlebnis soll dadurch noch viel echter und intensiver werden.“

Ron sah ihn an. „‚Im Prinzip‘ heißt aber, dass es doch noch was zu tun gibt?“

Michael nickte. „Ich glaube schon. Wenn wir nicht wollen, dass die User Beulen und blaue Flecke bekommen, müssen wir über Limiter nachdenken.“

Ron dachte kurz nach, dann schüttelte er den Kopf. „Das wäre viel zu aufwändig“, sagte er. „Das kann nur hardwareseitig geschehen. Weiß man schon, was der Anzug kosten wird?“

„Es war von 999 Euro die Rede.“

„Nicht gerade billig, aber wenn man bedenkt, was da an Forschung und Entwicklung drinsteckt ...“

Michael nickte. „Ich glaube, das wird dem Spiel nochmal einen Schub geben.“

„Ja“, sagte Ron mit matter Stimme. „Das wird es wohl.“

Er blickte in die Runde. „Ich denke, das war's für heute“, sagte er. „Wir sehen uns nächste Woche.“

Die Abteilungsleiter erhoben sich und verließen den Konferenzraum; nur Michael und Kathrin blieben zurück. Sie machte sich an der Kaffeemaschine zu schaffen, während er den Cybersuit zusammenlegte. Als er damit fertig war, ging er hinüber zu Ron und sah ihn aufmerksam an. „So richtig begeistert bist du nicht, oder?“

Ron hob die Schultern. „Ich weiß nicht“, sagte er schließlich. „Eigentlich sollte ich mich freuen. Aber irgendwie ...“

„Irgendwie macht dir die Sache mit Lutz noch zu schaffen.“

Ron nickte. Er wurde das Gefühl nicht los, dass ihm dieses Spiel immer mehr entglitt.

„Magst du noch einen Kaffee?", fragte Kathrin ihn freundlich.

Er sah auf die Uhr. „Ja, danke", meinte er dann. „Ein bisschen Zeit habe ich noch. In einer halben Stunde fängt das Meeting an."

„Welches Meeting?", Kathrins Stimme wurde leicht panisch.

„Nein, nein, das hat nichts mit PSA zu tun", beruhigte Ron sie. „Es ist unser regelmäßiges Waldmenschen-Meeting, bei dem wir die anstehenden Probleme durchsprechen."

„Ich dachte, dafür haben sie einen Stammesleiter?"

„Jaaa", sagte Ron gedehnt. „Seine Schwerpunkte liegen auf anderen Gebieten. Seit der letzten Geschichte mit Lutz habe ich beschlossen, ihn mehr zu unterstützen."

„Und worüber redet ihr bei diesen Treffen?"

„Je nachdem. Oft sind es Streitigkeiten, bei denen Olaf entscheiden soll. Letztes Mal ging es um eine Frau, die einer anderen angeblich fünf Tellerrohlinge gestohlen hat, um sie dann zu bemalen und als ihre eigenen auszugeben. Sowas halt."

„Und für solch einen Kinderkram hast du Zeit?" Kathrin sah ihn zweifelnd an.

Ron zuckte die Achseln. „Was soll denn der Vater eines Volkes machen, wenn die lieben Kleinen anfangen zu quengeln?", versuchte er zu scherzen. Niemand lachte.

„Warum schreibst du kein Programm dafür?", sagte Michael.

Ron sah ihn an und holte Luft. Aber die bissige Erwiderung, die er anscheinend auf der Zunge hatte, behielt er für sich – stattdessen bekam er seinen typischen glasigen Blick, der anzeigte, dass er im Geiste Algorithmen sortierte.

„Das ist gar nicht so dumm ...", murmelte er. „Eine Art Ethik-Bot ... Natürlich müsste der ..."

Er zog einen seiner Collegeblöcke aus der Aktentasche und begann, unleserliche Worte zu kritzeln. Er betrachtete sie nachdenklich, strich dann einige davon kopfschüttelnd durch, schrieb neue hin, malte kleine Kästchen drum herum, verband sie mit Linien ...

Michael und Kathrin nickten sich wissend zu und verließen den Raum.

Ron merkte es nicht einmal.

* * * *

Olaf war drauf und dran, den kleinen schmucklosen Raum im Tempel enttäuscht zu verlassen, als er endlich Rons Stimme hörte. „Entschuldige bitte. Ich bin aufgehalten worden."

„Kein Problem", sagte Olaf. „Es sind heute ohnehin nur ein paar Kleinigkeiten zu besprechen."

„Sehr gut", sagte Ron, ohne dem Häuptling die Gelegenheit zu geben, seine Anliegen weiter auszuführen. „Es wird nämlich etwas Neues geben. Eine Erweiterung extra für die Waldmenschen. Warum sollte Lutz ein Monopol darauf haben?"

„An was denkst du?", fragte Olaf.

„An einen Ethikbot, der uns beiden eine Menge Arbeit abnimmt und dem Volk hilft, auf dem rechten Weg zu bleiben. Das ganze funktioniert wie eine Art Ampel – sie leuchtet grün, wenn alles in Ordnung ist, gelb bei unschönen Dingen, die aber nicht weiter ins Gewicht fallen, und rot bei strafbaren Handlungen."

„Strafbare Handlungen?"

„Genau. Für Diebstahl, Mord und ähnliche Dinge wird der Ethikbot vollautomatisch eine Geldstrafe verhängen."

„In dem Fall kommen diejenigen dann zu mir und zahlen ihre Silberlinge, oder wie hast du dir das gedacht?"

„Nein. Wir nutzen das bargeldlose System."

Olaf schwieg verwundert. Er kannte Ron als erbitterten Gegner dieser Einrichtung. Gerhardt Fleischmann hatte nach der Einigung mit Lutz darauf gedrungen, dass die entsprechenden Möglichkeiten des EL für das ganze Spiel übernommen werden. Er hatte damit argumentiert, dass dies vieles vereinfachen und zudem Lutz den Wind aus den Segeln nehmen würde. Ron hatte sich sehr dagegen gesträubt und es als einen weiteren Schritt in die falsche

Richtung empfunden. Aber schließlich hatte er seinen Widerstand wohl oder übel aufgegeben und auf die unternehmerische Weitsicht des alten Mannes vertraut. Im Bereich der Waldmenschen jedoch blieb diese Erweiterung bisher verpönt. Sie handelten weiterhin mit Münzen.

„Ich habe mir die Sache so vorgestellt, dass jeder Waldmensch täglich einen Silberling gutgeschrieben bekommt – sozusagen als Anreiz für positives Verhalten. Wer sich versündigt, bekommt die entsprechende Strafe automatisch von seinem Konto abgebucht – auf der Grundlage der Rechtsordnung, die wir erarbeitet haben."

Im Wesentlichen stammte die Ordnung natürlich von Ron, dem die Idee dazu auf der Zugfahrt von Berlin nach Frankfurt gekommen war. Die Arbeit daran hatte ihm zunehmend Spaß gemacht. Er fand, das es sich ähnlich anfühlte wie programmieren – nur dass er keinem Rechner Anweisungen erteilte, sondern einem ganzen Volk. Und dass dieses Volk sie nicht blind befolgte wie ein Computer, sondern selbst entschied, was es davon umsetzte oder nicht. Aber, so sagte er sich, wenn es gelänge, einen guten Weg in entsprechende Gebote zu kleiden, dann hätten die Menschen zumindest die Chance, sich richtig zu entscheiden.

„Und das funktioniert?" Olafs Stimme klang zugleich beeindruckt und zweifelnd.

„Ich denke schon. Im Gegensatz zu einem Richter, der nur mit dem arbeiten kann, was die Leute ihm im Nachhinein erzählen, ist der Ethikbot ständig live dabei. Den kann man nicht belügen. Natürlich muss er sich in der Praxis erst noch bewähren – darum werde ich die Möglichkeit schaffen, Einspruch zu erheben, für diejenigen, die meinen, dass sie ungerecht behandelt wurden. Aber je länger das Projekt läuft, desto seltener sollte es eigentlich nötig sein."

„Gut. Wie geht es jetzt weiter?"

„Ich brauche noch etwas Zeit für die Entwicklung. Inzwischen kannst du die Waldmenschen auf die Neuerung vorbereiten. In vier Wochen veranstalten wir dann ein großes Fest und übergeben ihnen die Erweiterung."

„Einverstanden“, sagte Olaf. Wenn er geahnt hätte, was in dieser Sache noch auf ihn zukommen sollte, dann hätte er vermutlich nicht so schnell zugestimmt.

Die meisten Waldmenschen reagierten zunächst skeptisch bis ablehnend. Sie fühlten sich überwacht, bevormundet, kontrolliert und eingeengt. Es kostete Olaf und Yannick viel Zeit, um ihnen klarzumachen, dass der Ethikbot anonymisiert arbeiten werde, dass er nicht wie eine Überwachungskamera funktioniert, sondern eher wie eine Art elektronisches Gewissen, und dass es ja auch die Möglichkeit des Einspruches gäbe. Beharrlich versuchten sie ihren Volksgenossen die Sache schmackhaft zu machen, auch indem sie immer wieder auf die angenehme Begleiterscheinung des regelmäßigen Silberlings pro Tag verwiesen. Langsam, ganz langsam verringerte sich die Ablehnung.

Andere waren sofort einverstanden und begrüßten diese Regelung sogar ausdrücklich. Sie sahen die große Chance, verschiedene Missstände im Zusammenleben endlich zu beseitigen. Etwa die kleinen Diebstähle, die immer wieder vorkamen und das Klima vergifteten, oder das schlechte Reden übereinander, das immer nur hinter dem Rücken der Betroffenen geschah und ihre Einheit unterhöhlte. Allerdings gingen ihre Ansichten in Detailfragen weit auseinander. Eine Frau, deren Mann sie vor kurzem wegen einer anderen Frau verlassen hatte, verlangte beispielsweise, dass auf jeden Fall auch der Ehebruch bestraft werden müsse, während andere ausdrücklich die sexuelle Freiheit forderten.

Ein kleiner Rest der Waldmenschen jedoch hielt hartnäckig daran fest, sich unter keinen Umständen auf diese Neuerung einzulassen. Hier blieb Olaf nach vielen vergeblichen Gesprächen nichts weiter übrig, als sie schweren Herzens zu bitten, an irgendeiner anderen Stelle des Spiels ein neues Leben zu beginnen.

Endlich kam der große Tag heran; der Tag des Bundesschlusses, wie Ron ihn nannte. „Der Deal ist einfach“, hatte er Olaf bei der letzten Besprechung im Nebenraum des Tempels gesagt. „Ihr haltet euch an die Regeln – und ich werde alles tun, was in meiner Macht steht, um euch zu fördern und zu beschützen. Zusammen sind wir dann ein Bündnis, gegen das Lutz mit all seinen Tricks keine Macht mehr hat."

Olaf sagte nichts dazu, aber der Zweifel stand ihm auf die Stirn geschrieben.

„Ich habe mir überlegt, dass es gut wäre, ein äußerlich sichtbares Zeichen zu haben", fuhr Ron fort, „etwas, das unauslöschlich an den Menschen haftet, das allen zeigt, wohin sie gehören und auch sie selbst immer wieder an unseren Bund erinnert. Erst dachte ich an ein Tattoo oder ein Brandzeichen" – Olaf zuckte zusammen bei dem Gedanken –, „aber nun hat es sich aus technischen Gründen praktisch von selbst ergeben. Schau mal hier!"

Ron klickte auf ein Icon, woraufhin in der Wand neben Olaf eine verborgene Klappe aufsprang. Darin befand sich eine Schatulle. Olaf stand auf und stellte das Kästchen vor sich auf den niedrigen Tisch. Er öffnete es vorsichtig – und sah Hunderte von Ohrsteckern, an deren Spitze jeweils ein kleiner Kristall funkelte.

„Damit der Ethikbot einwandfrei arbeiten kann, ist es notwendig, dass jeder von euch solch einen Ohrstecker trägt", erläuterte Ron. „Die Spitze ist so konstruiert, dass sie sich ihren Weg selbstständig bohrt. Einfach einen Korken hinter das Ohr halten und dann beherzt hindurchschieben."

„Rechts oder links?", fragte Olaf.

„Links. Auf der Herzensseite. Aber eigentlich ist es egal", erwiderte Ron.

Und so geschah es dann.

Mirjam hatte darauf bestanden, dem Tag einen festlichen Rahmen zu geben. Zwei Tage lang kochten und buken die Frauen und trieben ihre Männer dazu an, den Versammlungsplatz mit Tischen, Bänken und einer Bühne auszustatten. Das Dorf begann vor Vorfreude zu vibrieren. Auch diejenigen, die anfangs gegen den Ethikbot gewesen waren, und die Olaf und Yannick erst mühsam hatten überzeugen müssen, waren nun voll mit dabei.

Am Morgen des Festtages strömten die Dorfbewohner auf den Versammlungsplatz. Jeder hatte sein schönstes Gewand angelegt. Allen voran erschien Mirjam in einem burgunderroten Kleid, das sofort bewundernde Blicke auf sich zog.

Yannick beachtete sie kaum. Er hielt Ausschau nach Betty. Als er sie endlich in der Menge entdeckte, machte sein Herz einen kleinen Sprung. Dank eines kleinen Hacks, der in den Auseinandersetzungen zwischen Ron und Lutz nicht weiter aufgefallen war, fielen ihre Haare nun wieder lang und blond über ihre Schultern. Sie trug eine königsblaue Tunika und sah einfach umwerfend aus.

Der Platz füllte sich zügig. Erwartungsvoll sahen die Waldmenschen zu der kleinen Bühne hinüber, auf der Olaf Platz genommen hatte. Sein weißes Gewand war mit Goldfäden verziert und leuchtete in der Sonne. Der Häuptling ließ den Blick aufmerksam über die Dorfbewohner schweifen, als überprüfe er deren Vollzähligkeit, dann stand er auf und entrollte ein Pergament. Mit feierlicher Stimme las er die Urkunde vor, die Ron ihm diktiert hatte:

Ich, Ron Schäfer, der ich diese Welt geschaffen habe, verspreche euch Treue. Ich will für euch sorgen und euch unterstützen, so gut ich kann.

Wir, die Waldmenschen, versprechen Treue – unserem Admin, Ron Schäfer, und den anderen Angehörigen unseres Volkes. Nie wieder soll ein Fremder Herrschaft über uns gewinnen. Wir wollen gemäß unseren Regeln miteinander leben und füreinander da sein. Wir wollen für das Gute eintreten und das Böse bis zu unserem letzten Atemzug bekämpfen. Als Zeichen unserer Zusammengehörigkeit tragen wir von jetzt an voller Stolz den Bundesstein.

Nachdem Olaf geendet hatte, herrschte feierliche Stille auf dem Platz. Jeder spürte, dass gerade etwas Besonderes geschah. Der Häuptling rollte die Urkunde zusammen, und kniete sich vor Yannick hin. Er wollte der Erste sein, der das Zeichen empfing.

Yannick, der lieber mit Maus und Tastatur arbeitete als mit Werkzeugen, war etwas nervös, doch er versuchte, es sich nicht anmerken zu lassen. Unter den aufmerksamen Blicken des ganzen Volkes nahm er einen daumendicken Stab zur Hand. In dessen Ende befand sich eine kleine Bohrung, die exakt so dick und so tief war, dass der Ohrstecker zur Hälfte darin verschwand. Er hielt dem Anführer ein Stück Kork hinter das linke Ohrläppchen, dann setzte er den Stab an und drückte beherzt zu. Olaf verzog keine Miene, als der kleine Silberstachel durch sein Fleisch drang. Er stand auf, wandte sein Gesicht den Waldmenschen zu und reckte den Arm in Siegerpose nach oben. Ein frenetischer Jubel war die Antwort.

Nun war Yannick an der Reihe. Er kniete sich vor Olaf hin und ließ sich ebenfalls das Ohrläppchen durchbohren. Dann stand er auf und blickte seinem Freund in die Augen. Ein tiefes Gefühl von Brüderlichkeit ergriff ihn. Unter dem erneuten Jubel der Waldmenschen umarmten sich die beiden Männer. Alles war gut. Yannick hatte sich noch nie so geborgen gefühlt.

Mit würdevollen Bewegungen traten jetzt die Mitglieder des Ältestenrates vor. Es waren zwölf; acht Männer und vier Frauen. Nachdem ihre Ohren durchbohrt waren, erhielten sie jeder ein Werkzeug und machten sich daran, die Bundessteine an die restlichen Waldmenschen zu verteilen, die nun in langen Schlangen nach vorne drängten. Das dauerte seine Zeit, und Yannicks Muskeln begannen, von der ungewohnten Arbeit zu schmerzen. Dennoch hätte er ewig so weitermachen können. Die Feierlichkeit des Ganzen; die ernsten, ergriffenen Gesichter derjenigen, die das Zeichen des Bundes empfingen, bewegten ihn tief. Ein kurzer Blick auf Olaf bestätigte ihm, dass dieser ähnlich empfand.

Nachdem etwa zwei Drittel der Waldmenschen mit dem Ohrring ausgestattet waren, begann die Musik. Es waren nur Perkussionsinstrumente, die da spielten: selbstgebaute Handtrommeln, die mit Tierhäuten überspannt waren und einen hohen Ton erzeugten. Große, ausgehöhlte Baumstämme, die den Bass lieferten. Ausgesuchte Hölzer, die einen scharfen Klang ergaben, wenn man sie zusammenschlug. Rasseln aller Art. Klatschende Hände. Bongos. Gemeinsam erzeugten sie einen wilden, freudigen Rhythmus, und es dauerte nicht lange, bis sich die Ersten im Takt der Musik bewegten; erst zögerlich, dann immer freier.

Jeder, der einen Bundesstein empfing, wurde von den Tanzenden mit Jubel empfangen und in den Tanz mit hineingezogen. Die Stimmung war überwältigend.

Nachdem die letzten Waldmenschen ihren Bundesstein bekommen hatten, stürzten sich auch die Ältesten mit ins Getümmel. Yannick sah sich nach Betty um und fand sie fast genau in der Mitte der Tanzfläche. Sie hüpfte auf und ab wie ein Gummiball, klatschte im Takt und strahlte vor Glück.

Ron saß mit einem Glas Sekt vor seinem Monitor und verfolgte die Waldparty mit glänzenden Augen. Auch er trug jetzt einen Ohrstecker.

„Na, zufrieden?", hörte er hinter sich die Stimme von Michael Konrad.

„Oh ja", sagte Ron. „Schau dir nur diese Freude an. Selbst diejenigen, die am Anfang dagegen waren, feiern mit. Ich glaube, wir sind auf einem guten Weg."

„Das wünsche ich dir", antwortete Michael. Ron entging der skeptische Unterton nicht.

Die Waldmenschen feierten bis tief in die Nacht. Entsprechend verlief der nächste Morgen im Dorf eher ruhig. Als Yannick aufstand, um Wasser zu holen, traf er nur wenige Menschen auf den Straßen. Alle aber trugen den Bundesstein. Er hätte es nicht für möglich gehalten, dass solch ein einfaches Zeichen ein so starkes Gefühl der Zusammengehörigkeit erzeugen kann. Ihr Miteinander hatte eine neue Qualität erreicht. Es war, als wetteiferten die Waldmenschen nun darum, wer von ihnen der Freundlichste und Zuvorkommendste sein konnte.

Der Ethikbot bekam in den ersten Tagen nichts zu tun, so dass Ron schon eine Funktionsstörung fürchtete. Aber das sollte sich bald ändern.

* * * *

Mirjam und Olaf saßen gerade in ihrer Hütte beim Essen, als sie jäh in ihrer Ruhe gestört wurden: Fred, einer von den Waldmenschen, die erst vor kurzem dazugekommen waren, stürzte atemlos herein. „Komm schnell!", rief er. „Am Dorfbrunnen gibt es eine Massenschlägerei!"

Olaf ließ alles stehen und liegen und rannte zum zentralen Platz hinüber. Dort waren etwa zwanzig Männer dabei, sich zu beschimpfen und aufeinander einzuschlagen.

„Sofort aufhören!", rief Olaf mit Donnerstimme. Augenblicklich ließen die Kontrahenten voneinander ab und starrten den Häuptling überrascht an.

„Wie könnt ihr so mit euren Brüdern umgehen? Was ist los mit euch?", fragte Olaf. Als Antwort erhob sich ein lautes Stimmengewirr. Alle redeten durcheinander und bezichtigen, soweit Olaf verstehen konnte, die jeweils anderen, Schuld an allem zu sein.

„Ruhe", brüllte er. Allmählich wurde er wütend. „Verflixt nochmal, sind wir hier im Kindergarten oder was?" Er deutete auf einen jungen Mann. „Du erzählst mir jetzt, was los war – und ihr anderen haltet die Klappe!" Er funkelte in die Runde.

Verschüchtert sah sich der Angesprochene um. „Es geht um das Wasser", sagte er schließlich. „Für unsere Tiere brauchen wir sauberes Wasser. Aber die hier", er zeigte auf einige Männer, die sich mittlerweile zu einer Gruppe zusammengezogen hatten und ihn feindselig anstarrten, „vergiften es mit ihrer Farbe."

Olaf nickte, dann wandte er sich an einen aus der anderen Gruppe. „Jetzt erzähle mir, wie du die Sache siehst!"

„Wir sind Färber. Für unser Handwerk brauchen wir nun mal viel Wasser. Wir müssen die Farben anrühren und die Stoffe auswaschen. Das alles muss zu einer bestimmten Zeit geschehen, sonst stimmt am Ende der Farbton nicht, und wir bleiben auf unserer Ware sitzen. Die Frauen sind da sehr anspruchsvoll. Das alles wissen diese Viehtreiber" – er spuckte das Wort geradezu aus – „ganz genau. Und trotzdem führen sie ihre Viecher immer gerade dann zur Tränke, wenn wir mitten in der Produktion stecken. Das machen sie mit Absicht!"

Wieder erhob sich ein vielstimmiges Protestgeschrei, wieder setzte sich Olaf mit seiner Stimme durch. Dann zeigte er mit einer großen Geste auf seinen Ohrstecker.

„Hat dieser Stein denn so schnell seine Bedeutung verloren?", fragte er in die Runde. Die Männer wichen seinem strengen Blick betreten aus. „Drei Tage lang hatten wir Frieden, ganze drei Tage lang – und nun das? Ich schäme mich für euch. Ihr solltet andere Wege finden, um eure Konflikte zu lösen. Heute Abend erwarte ich von jeder Gruppe einen Abgesandten in meiner Hütte, dann wollen wir darüber sprechen. Nun aber sollen erst die Färber so viel Wasser nehmen, wie sie brauchen, damit ihre Ware nicht verdirbt, und anschließend kann das Vieh getränkt werden. Außerdem sollen die Viehhalter den Färbern beim Wassertragen helfen und umgekehrt auch die Färber beim Viehtränken."

Die Mienen der Anwesenden verrieten wenig Begeisterung über diese Zumutung, aber niemand wagte, etwas dagegen zu sagen.

Olaf wandte sich um und ging zu seiner Hütte zurück.

„Saubere Lösung, Häuptling", sagte Yannick, der sich zu ihm gesellt hatte.

„Oh, hallo Yannick! Ich hatte dich gar nicht bemerkt."

„Es war nur eine Frage der Zeit, bis der Ballon platzt, oder?"

„Allerdings. Diese beiden Clans beharken sich schon länger. Ich habe das Gefühl, dass unser Dorf allmählich zu klein für die vielen Menschen wird. Diese Befreiungsaktion aus Ägypten hat uns einen ziemlichen Zuwachs beschert. Viele Gamer sind auf uns aufmerksam geworden. Manchmal weiß ich nicht, ob ich das so gut finden soll. Ich meine, es ist ja schön, dass es so viele gibt, die Interesse an unserem Lebensstil haben, aber es ist schwer, eine echte Gemeinschaft mit Leuten zu pflegen, die man kaum kennt. Verstehst du, was ich meine?"

„Klar. Das ist wie in einer Stadt. Je größer alles wird, desto anonymer wird es."

Nachdenklich gingen sie nebeneinanderher.

„Vielleicht sollten wir uns aufteilen", schlug Yannick nach einer Weile vor.

„Wie meinst du das?“

„Naja, wir haben doch noch unsere alte Fluchtsiedlung. Das ist auch ein schöner Platz zum Leben. Wenn nun einige von uns dorthin auswandern würden?“

Olaf schwieg nachdenklich.

„Die Idee finde ich gut“, sagte er dann. „Aber wir müssten regelmäßige Treffen veranstalten, damit die Verbindung erhalten bleibt. So ein- bis zweimal im Jahr.“

„Dann lass uns doch den Jahrestag des Bundesschlusses zum Festtag erheben, an dem alle Clans zusammenkommen und miteinander feiern!“, schlug Yannick vor.

„Das hört sich gut an. Die Frage ist nur, ob sich genügend Freiwillige für die Kolonie finden.“

„Also ich bin dabei! Natürlich muss ich das noch mit Betty besprechen, aber ich kann mir gut vorstellen, dass sie Lust hat, die neue Siedlung aufzubauen. Sie hat den Platz schließlich mit entdeckt und sich dort von Anfang an wohlgefühlt.“

„Das fände ich eine ausgezeichnete Lösung“, sagte Olaf. „Natürlich würde ich euch auch gerne hierbehalten, aber es wäre eine Beruhigung für mich, dich dort zu wissen. Vielleicht können dich auch einige von den Ältesten begleiten.“

Jede Idee hat ihre Zeit. Und für den Erfolg einer Idee ist der rechte Zeitpunkt mindestens so entscheidend wie deren Qualität – wenn nicht entscheidender. Olaf und Yannick hatten anscheinend den optimalen Zeitpunkt für ihr Vorhaben erwischt. Es gab so gut wie keinen Widerstand – im Gegenteil, nun äußerten viele Älteste, dass auch sie zunehmend die Größe ihres Dorfes als Problem empfunden, aber um des lieben Frieden willens nichts dazu gesagt hatten.

Als es an die konkrete Umsetzung ging, fanden sich rasch Freiwillige für das Projekt – ebenfalls ein untrügliches Zeichen dafür, dass der Moment gut gewählt war. Anders als erwartet, gingen jedoch keine ganzen Clans mit Yannick, sondern Umsiedler aus allen Familien und Berufen – was gut war, denn so konnte sich das neue Dorf in absehbarer Zeit selbst versorgen.

Bevor sie aufbrachen, wurde ausgiebig Abschied gefeiert, und wieder war etwas von der Harmonie und Brüderlichkeit zu spüren, die Yannick beim Bundesschluss so genossen hatte.

Auf dem Höhepunkt des Abschiedsfestes verkündete Olaf, dass ihr Dorf nun, da es nicht mehr die einzige Siedlung der Waldmenschen sei, einen Namen brauche, und schlug „Salem" vor, was übersetzt soviel wie „Frieden" bedeutet. Ein donnernder Applaus ersetzte eine Abstimmung.

Schwer bepackt machten sich die Umsiedler auf den Weg. Diesmal brauchten sie sich keine Mühe zu geben, ihre Spuren zu verwischen, und anders als beim letzten Mal wirkten sie nicht bedrückt und ängstlich, sondern waren voller gespannter Erwartungen. Während der ganzen Wanderung hörte man aufgeregtes, fröhliches Geschnatter. Die Überquerung des Baches sorgte für lautes Gejohle, vor allem, als Yannick von einem bemoosten Felsen abglitt und beinahe ins Wasser gefallen wäre.

Doch als sie endlich den Platz erreichten, an dem sie einst die Siedlung errichtet hatten, hielten sie wie auf Kommando inne und schwiegen betroffen. Von den Hütten stand keine mehr, es gab nur noch hässliche kohlenschwarze Überreste, zwischen denen Unkraut wucherte. Das Gebiet sah alles andere als einladend aus.

Yannick brach das Schweigen. „Was habt ihr denn erwartet?", fragte er die Umstehenden. „Ein gemachtes Nest? Wir haben eine Menge Arbeit vor uns, so viel dürfte jedem klar sein. Immerhin gibt es hier eine Höhle, in der wir fürs Erste übernachten können. Dorthin bringen wir erstmal unsere Vorräte, und dann setzen wir uns zusammen und besprechen den Wiederaufbau."

Als Yannick ein knappes Jahr später aus seiner Hütte trat und den Blick über das Dorf schweifen ließ, das sich vertrauensvoll an den Berg schmiegte, kam es ihm so vor, als wäre inzwischen ein Vielfaches dieser Zeit vergangen. Hatten sie das alles wirklich in nur zwölf Monaten aufgebaut?

Versonnen schlenderte er im frischen Licht des Morgens über die Hauptstraße. Zu dieser frühen Stunde waren nur wenige unterwegs; diejenigen, denen er begegnete, grüßten ihn freundlich. Das Miteinander in „Hoffnungsberg“, wie sie ihre Siedlung genannt hatten, war großartig.

Nun stand das erste Bundesfest bevor. Yannick hatte beschlossen, einige Tage früher nach Salem zu gehen, denn er war seit ihrem Auszug nicht mehr dort gewesen und wollte ein wenig Zeit zum Austausch mit Olaf haben, bevor der ganze Trubel losging. So machte er sich mit Betty auf den Weg.

Das, was bei ihrer Ankunft kaum mehr als ein Trampelpfad gewesen war, sah mittlerweile schon wie ein richtiger Verkehrsweg aus. Tagtäglich wurden hier Waren und Nachrichten zwischen Salem und Hoffnungsberg hin und her transportiert. Bislang hatte allerdings die Zeit gefehlt, eine Brücke über den Bach zu errichten. Man behalf sich mit flachen Felsen, über die man einigermaßen trocken das Gewässer überqueren konnte, jedenfalls, solange es kein Hochwasser führte. Heute war der Wasserstand niedrig.

Als Betty und Yannick hinübergingen, sahen sie sich an. Sie wussten beide, dass der andere gerade daran dachte, wie sie bei ihrer Flucht vor Hassan nach einer guten Möglichkeit der Überquerung gesucht hatten. Das schien nun eine Ewigkeit her zu sein.

Der ausgetretene Weg brachte sie sicher durch den Wald, und bereits eine gute Stunde später erreichten sie die ersten Häuser. Salem hatte sich erkennbar weiterentwickelt. Wie ein Baum wächst, indem er jedes Jahr einen neuen Ring ausbildet, so hatten sich auch hier neue Siedlungen wie Ringe um den Kern der Stadt gelegt.

Neugierig bogen Betty und Yannick von der Hauptstraße in eine der Seitengassen ab und spazierten zwischen den fremdartigen Hütten entlang. Sie waren länger als gewöhnlich und hatten flache Dächer statt des üblichen Satteldaches, was sie eckiger wirken ließ und ihnen eine gewisse Ähnlichkeit mit den Lehmhütten gab, die den Waldmenschen in Theben als Unterkunft gedient hatten.

Betty und Yannick folgten der Gasse tiefer in das Viertel hinein. Hinter einer Biegung öffnete sich der Weg zu einer Art Marktplatz, an dessen Rand ein Versammlungshaus stand. Wummernde Bässe drangen heraus. Yannick war überrascht – es gab bei den Waldmenschen keinen Strom und somit auch keine elektrische Musik.

„Das muss ich mir ansehen!", flüsterte er Betty zu. Sie nickte. Gemeinsam näherten sie sich dem großen Bau. Die Bässe waren jetzt im Bauch zu spüren.

Sie erreichten den Eingang des Saales und spähten vorsichtig hinein. Niemand nahm Notiz von ihnen. Die Musik dröhnte mit ohrenbetäubender Lautstärke. Das schien die Menschen jedoch nicht zu stören, die dem harten Rhythmus mit ekstatischen Bewegungen folgten. Ihr Anblick erinnerte an alte Indianerfilme, in denen die Rothäute mit wildem Geschrei um ihre Gefangenen herumhüpften, die sie an den Marterpfahl gefesselt hatten – nur dass hier kein Pfahl in der Mitte stand, sondern ein Podest mit einem golden glänzenden Würfel darauf. Er hatte die Größe einer Getränkekiste. An den Seiten konnte Yannick regelmäßig angeordnete Löcher erkennen – die Lautsprecher, aus denen die Musik kam. Darüber wand sich eine große Kobra, die in das Gehäuse eingraviert war. Exakt so sah die Tätowierung auf Lutz' Arm aus.

Yannick spürte, wie der Zorn in ihm hochkochte. Er stürmte in den Saal hinein und drängte sich durch die Tänzer hindurch. Obwohl er dabei etliche von ihnen unsanft anrempelte, reagierten sie nicht auf ihn. Sie wirkten wie weggetreten, eingefangen von der Magie dieser eigenartigen Rhythmen.

Als er näher herankam, erkannte Yannick Bedienelemente auf der oberen Seite des Würfels. Er drängte sich zum Podest und drückte aufs Geratewohl einen der Knöpfe hinunter. Augenblicklich hörte die Musik auf. Die Tänzer hüpften noch ein paar Schritte weiter, dann hielten sie inne und glotzten ihn an wie eine Herde junger Kühe.

„Was geht hier vor?", brüllte Yannick.

„Und du bist ...?“, sagte ein junger, stämmiger Mann mit kurzgeschorenem Haar. Er schob sich durch die Menge auf ihn zu. Anstelle des Bundessteines trug er eine kleine silberne Schlange im Ohr. Jemand trat zu ihm und flüsterte ihm etwas ins Ohr, wobei er immer wieder auf den Eindringling deutete.

„Soso, Yannick, der große Retter und Befreier, wie nett, dass du uns mit deiner Anwesenheit beehrst!“, sagte der Wortführer höhnisch.

Sein mächtiger Bizeps spannte sich unter dem Hemdsärmel. *Ein Bodybuilder*, dachte Yannick und fühlte plötzlich die Gefahr, in der er sich befand. Wenn dieser Typ auf ihn losging, hatte er ihm nicht das Geringste entgegenzusetzen. Selbst, wenn er wie durch ein Wunder mit ihm fertig werden sollte, waren da noch die vielen anderen im Saal, die ebenfalls nicht gerade schwächlich wirkten. Er blickte sich um. Die meisten trugen den Bundesstein, manche hatten gar keinen Ohrring, bei einigen wenigen entdeckte er ebenfalls eine kleine Schlange.

„Ihr tragt das Zeichen des Bundes!“, rief er in die Menge. „Ihr habt Treue geschworen – Ron Schäfer und euren Volksgenossen. Und trotzdem tanzt ihr hier um das Symbol unseres Erzfeindes herum!“ Er deutete auf die Kobra. „Ich fass es einfach nicht!“

„Nun mach mal halblang“, erwiderte der Kurzgeschorene. „Was heißt hier ‚Symbol des Erzfeindes‘? Die Schlange ist das Stadtwappen von Theben, nichts weiter. Und seit wann ist ein bisschen Spaß verboten? Wir tanzen doch nur, was soll daran schlimm sein? Sonst ist in diesem Kaff ja nichts los. Verglichen mit Theben, meine ich.“

Zustimmendes Gemurmel erhob sich.

„Es ist noch keine zwei Jahre her, dass unser Volk dort in Gefangenschaft war. Ich habe mein Leben riskiert, um uns da rauszubringen – und ihr tut, als wäre das alles nie passiert!“

„Jetzt nerv uns nicht mit diesen alten Geschichten! Das sind doch Ammenmärchen! Jeder weiß, dass sich unsere Leute verzockt hatten. Die waren verschuldet bis über beide Ohren! Und dann wollten sie abhauen. Aber jetzt tun sie so, als wäre Pharao der Böse ...“

Yannick sah ihn sprachlos an.

„Und so schlecht war die Zeit dort ja nun auch wieder nicht. Ich meine, hier versauert man doch. Alleine das Essen – jeden Tag dasselbe. In Theben gibt es Fleisch, Zwiebeln und Knoblauch, verschiedenes Gemüse und jeden Tag frisches, knuspriges Brot ..."

Er ist ein Bot, dachte Yannick. So konnte nur ein Bot über das Essen in X-World reden. Allerdings wusste er noch nicht, ob ihn diese Erkenntnis weiterbrachte.

„In Theben gibt es ein Nachtleben mit Angeboten, von denen man hier nur träumen kann. Diskotheken, Kneipen, Männerhäuser ..."

„Männerhäuser?", echote Yannick verständnislos. Er hatte diesen Ausdruck noch nie gehört.

„Na, Häuser mit Angeboten speziell für einsame Männer. Frauen haben da keinen Zutritt. Außer die, die dort arbeiten. Kapiert?" Er grinste anzüglich. „Nicht besonders helle unser Yannick, was?"

„Sag mir eins", gab Yannick zurück, „warum bist du hier, wenn du Theben doch so toll findest?"

„Na, ganz einfach, um den armen gelangweilten Waldmenschen auch mal ein bisschen Unterhaltung zu gönnen. Ich versorge sie mit Musik und den neuesten Infos aus Theben. Und nun würden wir gerne weiterfeiern, wenn du nichts dagegen hast."

Er schob sich auf Yannick zu, der sich für einen geordneten Rückzug entschied.

„Ich werde die Sache vor den Ältestenrat bringen!", rief er beim Hinausgehen. „Ich dulde nicht, dass Lutz auf diese Weise unsere Jugend beeinflusst!"

Weil er dem Würfel schon den Rücken gekehrt hatte, konnte er nicht mehr sehen, dass die Augen der Kobra kurz aufglommen und dann wieder verloschen.

Bald darauf erreichten sie Olafs Haus.

Es war im vergangenen Jahr erstaunlich gewachsen – die ehemals einfache Behausung hatte sich zum Palast entwickelt. Hinter einer umlaufenden Mauer lag ein Verbund verschiedener Hütten, von denen manche sogar über ein zweites Stockwerk verfügten. Der Eingang war mit kunstvollen Schnitzereien verziert und wurde von zwei tönernen Löwen bewacht.

Betty staunte über das Anwesen, aber Yannick nahm es nicht wirklich wahr. Er war immer noch aufgebracht. Kaum dass er seinen alten Freund herzlich begrüßt hatte, erzählte er ihm von der Begebenheit.

„Ich würde sagen, dass du großes Glück gehabt hast, Yannick", erwiderte dieser mit ernster Miene.

„Glück, ich? Wieso?"

„Weil diese Leute für ihre Gewalttätigkeit berüchtigt sind. Wahrscheinlich hat sie nur deine Berühmtheit davon abgehalten, dich zusammenzuschlagen. Wir haben schon länger Ärger mit ihnen, aber bislang keine Lösung gefunden. Schließlich wollen wir miteinander reden und keinen Bürgerkrieg riskieren."

Yannick starrte ihn an.

„Unkraut muss man beizeiten ausreißen", sagte er gepresst. „Sonst setzt es sich fest, und man wird es nie mehr los."

„Jetzt übertreibst du aber! Auch sie sind deine Bundesbrüder – jedenfalls die meisten davon. Du hast nicht das Recht, sie zu verurteilen!"

„Das sehe ich anders! Wer Lutz auch nur einen Fußbreit Raum gibt, der ist zum Diener des Feindes geworden und muss bekämpft werden. Ich verlange, dass die Angelegenheit morgen im Rat besprochen wird!"

„Wie du willst. Du wirst feststellen, dass die Ansichten zu diesem Thema sehr unterschiedlich sind. Bisher ist es uns nicht gelungen, uns auf ein gemeinsames Konzept zu einigen."

„Und solange wächst das Treiben munter weiter!", sagte Yannick bitter.

„Aber sie tanzen doch nur!"

„Das glaube ich nicht. Ich wette mit dir, dass es darunter auch etliche gibt, die heimlich nach Theben reisen."

„Dies ist eine freie Stadt, sie können kommen und gehen, wie immer sie wollen!"

„Natürlich. Doch wenn sie dabei auf irgendeine Weise wieder in die Abhängigkeit von Lutz geraten, gefährden sie unser ganzes Volk!"

„Yannick, du siehst Gespenster! Wie soll denn sowas geschehen?"

„Ich weiß es nicht. Aber ich möchte auch nicht so lange warten, bis ich vor unabänderlichen Tatsachen stehe."

„Lass es dabei bewenden. Wir besprechen die Sache morgen im Rat. Und nun wollen wir etwas essen, einverstanden?"

Er nahm eine kleine Glocke und läutete damit nach seiner Dienerin. Yannick war überrascht – zum einen darüber, dass Olaf Dienstboten beschäftigte, zum anderen, wie schnell sie nach dem Läuten zur Stelle war. So, als hätte sie hinter der Tür gestanden und gelauscht.

Als die Zeit zum Schlafen kam, führte die Dienerin Yannick und Betty in das Gästezimmer, das für sie vorbereitet war. Von der ursprünglichen Einfachheit der Waldhütten war hier nichts mehr zu spüren. In der Mitte des Raumes stand ein gewaltiges Himmelbett; die Wände waren mit kostbaren Stoffen geschmückt. Auf dem Boden lag ein großer Teppich, der so weich war, dass Yannick gut auch darauf hätte übernachten können. Er war hundemüde. Die Wanderung und die Aufregung um die Tänzer hatten ihn ausgelaugt. Achtlos ließ er seine Kleider fallen, schlüpfte unter die Bettdecke, gab Betty einen Kuss, drehte sich auf die Seite und schlief sofort ein.

****

„Lutz hat es mir eben nochmal bestätigt. Dieser Typ ist gefährlich. Wir müssen ihn aus dem Weg räumen."

Der Bodybuildertyp mit den kurzen Haaren sah mit ernster Miene in die Runde. Seine Freunde nannten ihn meist „Ritz" – ein Spitzname, der schon so alt war, dass kaum noch jemand wusste, wie er zustande gekommen war. Die meisten nahmen an, dass er sich auf seine herausragenden Fähigkeiten mit dem Messer bezog.

Andere glaubten zu wissen, dass er mit seinem Traum, ein Hotel zu eröffnen, in Zusammenhang stand. Beide Parteien irrten, denn es handelte sich einfach um die Kurzform seines ungeliebten Vornamens „Moritz".

„Bislang hat der Rat uns in Ruhe gelassen. Wir müssen dafür sorgen, dass es so bleibt. Dieser Yannick hat einen ziemlichen Einfluss. Wenn er den Ältesten auf der Sitzung einredet, dass wir gefährlich sind, bekommen wir Druck. Und wir sind noch nicht gefestigt genug, als dass es uns nichts ausmachen würde."

„Was willst du tun?"

Ritz streckte seinen Zeigefinger aus und fuhr sich damit über die Kehle.

„Und du glaubst, das funktioniert? Der Verdacht fällt doch zuerst auf uns!"

„Das ist egal – jedenfalls, solange sie uns nichts beweisen können. Olaf wird nie zulassen, dass uns jemand aufgrund eines bloßen Verdachts etwas tut. Er glaubt an Gesetz und Gerechtigkeit."

Die Runde lachte höhnisch, und so war es beschlossene Sache.

* * * *

Die Farbe des Himmels verriet, dass es noch gut zwei Stunden bis zum Sonnenaufgang dauern würde. Die Stadt lag im tiefen Schlaf, als vier schwarz vermummte Gestalten an Olafs Haus heranschlichen. Geräuschlos erreichten sie den Hintereingang, der direkt in die Küche führte. Offensichtlich kannten sie sich hier gut aus. Einer von ihnen kratzte leise an der Tür.

Nur wenige Sekunden später wurde sie von innen entriegelt. Die vier Schatten glitten hinein und folgten der Hausdienerin, die wortlos voranging, bis sie vor dem Gästezimmer stand. Sie öffnete die Tür, ließ die Männer eintreten und blieb selbst auf dem Flur stehen, wo sie wartete, bis die schwarzen Gestalten nach einiger Zeit zurückkehrten. Sie sah sie fragend an, die Männer nickten und verschwanden auf dem gleichen Weg, auf dem sie gekommen waren.

****

Als Yannick einige Stunden später erwachte, war um ihn herum nichts als Schwärze. Irritiert schloss er die Augen wieder und öffnete sie erneut. Ein Panikgefühl schoss ihm durch die Adern. War er blind geworden?

Er hob die Hände, um sich die Augen zu reiben, und fühlte einen kugelförmigen Widerstand. Ach ja, der Cyberhelm. Er griff danach und zog ihn sich vom Kopf. Erleichtert stellte er fest, dass er nun wieder tadellos sehen konnte. Was war los? Wieso war er ausgeloggt bei X-World?

Vielleicht ein kurzer Stromausfall in der Nacht, überlegte er. Er blickte zum Rechner hinüber, hörte ein leises Lüftergeräusch. Müsste der nach einem Stromausfall nicht aus sein? Oder war er so eingestellt, dass er danach wieder selbstständig hochfuhr? Yannick wusste es nicht genau. Egal. Reboot tut gut. Er initiierte einen Neustart, setzte den Helm wieder auf, startete X-World und loggte sich ein. Der gewohnte rote Vorhang erschien vor seinen Augen.

„Herzlich willkommen bei X-World", las er. „Benötigen Sie eine Einführung?"

Genervt langte Yannick nach dem „Nein"-Knopf. Er suchte nach dem Menüpunkt „Spiel fortsetzen", aber der Eintrag war grau und ließ sich nicht auswählen. Was war hier los?

Seufzend wählte er „Neues Spiel starten" aus und gab als Usernamen „Yannick" ein. „Dieser Name ist nicht verfügbar", lautete die Antwort und änderte sich auch nicht, als Yannick einen Schwall Schimpfworte ausstieß.

Wütend nahm er den Helm ab, schleuderte die Handschuhe in die Ecke und zog sein Smartphone aus der Tasche. Er googelte nach der Nummer der X-World-Hotline und stellte die Verbindung her.

„Herzlich willkommen bei der Hotline von X-World! Wenn Sie Fragen zur Technik haben, drücken sie die Eins. Bei Fragen zur Abrechnung …"

Gefühlte Stunden später hatte Yannick endlich Kontakt zu einer Mitarbeiterin.

„Guten Tag, wie kann ich Ihnen helfen?"

„Ich kann mich plötzlich nicht mehr ins Spiel einloggen."

„Ihren Usernamen und Ihre Kundennummer bitte!"

Natürlich wusste Yannick seine Kundennummer nicht, aber nach einigem Hin und Her bekam er seine Auskunft auch so.

„Es tut mir leid, Herr Adams, aber Ihr Spiel wurde heute Nacht beendet."

„Warum das denn?"

„So wie es aussieht, sind Sie gestorben."

„Aber wie kann das sein? Ich habe doch geschlafen!"

„Das kann ich Ihnen leider nicht sagen."

„Und was ist mit Betty?"

„Es tut mir leid, über andere Spieler darf ich prinzipiell keine Auskunft geben."

„Sie ist ein Bot ..."

„Es tut mir leid. Ich darf Ihnen ausschließlich Angaben über Ihre eigene Person machen."

„Aber ich muss zurück in das Spiel!"

„Das ist leider unmöglich. Sie können gerne ein neues Spiel beginnen, aber das findet dann automatisch auf einem anderen Server statt. Wenn Sie im richtigen Leben versterben, gibt es ja auch keinen Weg zurück."

„Herzlichen Dank!", sagte Yannick bitter und beendete die Verbindung.

Wie konnte das sein? Wer konnte ihm helfen? Was war mit Betty?

Vielleicht könnte er jemanden anrufen, am besten einen der Waldmenschen, und ihn fragen, was los war ...

Er dachte eine Weile über diese Idee nach, bis ihm allmählich klar wurde, dass er nicht einen einzigen Mitspieler im *Real Life* kannte. Es gab niemanden, den er anrufen und fragen konnte.

Und egal, ob Betty noch lebte oder nicht – er würde sie niemals wiedersehen können, weil er nicht mehr auf diesen Server kam. Es sei denn, Ron ...

Er schüttelte den Kopf. Ron würde ihm mit Sicherheit nicht dabei helfen. Vermutlich wäre er froh, dass die Sache mit Betty endlich zu Ende war. Schließlich hatte er sie sogar löschen wollen. Yannick seufzte. X-World ohne Betty erschien ihm komplett sinnlos.

Er schälte sich aus den Resten der Ausrüstung und ging ins Badezimmer. Aus dem Spiegel schaute ihn ein übernächtigtes, eingefallenes Gesicht mit tiefen Augenringen entgegen. Der übliche Anblick. Yannick achtete nicht weiter darauf und putzte sich die Zähne. Dann stellte er sich unter die Dusche und genoss das heiße Wasser, das seinen Rücken herablief.

Er fühlte sich leer, doch irgendwie auch befreit. Er war traurig, aber das war nicht diese totale Verzweiflung, die ihn damals beinahe in den Tod hatte springen lassen. Erfrischt trocknete er sich ab und beschloss, irgendwo in der Stadt einen Kaffee zu trinken.

Dritter Teil

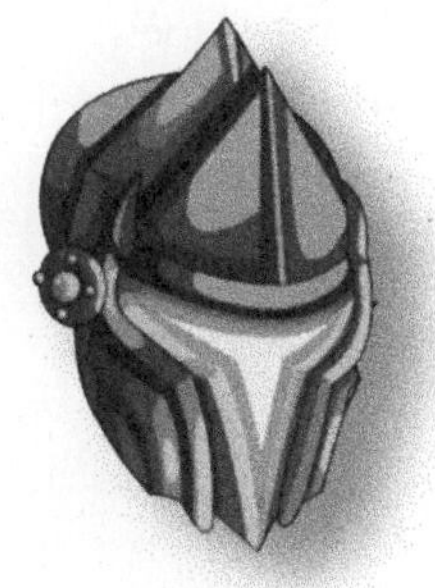

18. JONTE KOMMT INS SPIEL

Nun wird er schon bald dreizehn Jahre alt, überlegte Ron. *Mit dreizehn habe ich zum ersten Mal ein Mädchen geküsst ...*

Er hatte keine Ahnung, wie es Jonte in dieser Beziehung erging. Woher denn auch? Sie sahen sich ja praktisch nie – es gab nur ab und zu mal ein Gespräch über Skype. Meistens Sonntagnachmittag. Heute war es wieder so weit. Ron blickte auf die Uhr und stellte die Verbindung her. Kurz darauf erschien Jontes blonder Kopf auf dem Bildschirm.

„Hallo Papa!", sagte er fröhlich.

Ron lächelte. „Hallo Jonte", sagte er. „Ich freue mich, dich zu sehen. Gerade habe ich überlegt, was du dir wohl zum Geburtstag wünschen könntest."

„Papa, das weißt du", sagte Jonte trocken.

„Jaja, du willst ins Spiel, aber das ist nicht so einfach ..."

„Und wieso nicht? ALLE in meiner Klasse spielen X-World. Nur ich nicht. Dabei ist das eigentlich meine Welt. Weißt du noch?"

Natürlich. Wie hätte Ron jenes gemeinsame Wochenende vergessen können ... Wie lange war das jetzt her? Sieben, acht Jahre?

„Diese Welt ist ein gefährlicher Ort. Wenn die falschen Leute herausfinden, wer du bist ..."

„Papa, es ist nur ein Computerspiel. Was soll da denn schon passieren? Hier ist es so öde. Ich möchte mich doch nur mit Simon und ein paar anderen Kumpels treffen. Ach, bitte."

Er sah ihn aus seinen strahlend blauen Augen treuherzig an. Rons Widerstand kam ins Wanken. Hauptsächlich war es wegen Lisa, dass er sich Jontes Wunsch bislang verweigert hatte. Die Altersgrenze für

X-World lag bei zwölf Jahren. Jugendliche unter achtzehn bekamen automatisch Avatare zugewiesen, die sie als minderjährig erkennbar machten. So war ein gewisser Jugendschutz gewährleistet. Natürlich gab es auch immer wieder Kids, die die Sicherungssysteme austricksten und im Spiel als Erwachsene erschienen, aber da hatte er bei Jonte eigentlich keine Befürchtungen.

Ron überlegte. Wenn sein Sohn bei den Waldmenschen unterkäme, befände er sich in guter Gesellschaft. Außerdem könnte er ihn dann im Blick behalten. Allerdings wäre seine Ex-Frau davon bestimmt nicht begeistert.

„Ich weiß nicht", sagte er nachdenklich. „Deine Mutter würde mich wahrscheinlich umbringen ..."

Aus unerfindlichen Gründen nahm Jonte diese Aussage als ein Ja. „Du schenkst mir also ein Cyberkit?", jubelte er. Ron war sprachlos.

„Das mit Mama bekommen wir schon hin. Ich werde ihr versprechen, dass ich auf jeden Fall pünktlich meine Hausaufgaben erledigen werde – übrigens, habe ich dir schon erzählt, dass ich in der letzten Mathearbeit eine Zwei hatte? Es gab nur drei Zweien, und eine davon hatte ich!", verkündete er stolz.

Sie unterhielten sich noch eine ganze Weile. Jonte plauderte munter über die Schule und seinen Fußballverein. Auf X-World kam er nicht wieder zu sprechen. Für ihn stand es fest: Sein Papa würde ihm zum dreizehnten Geburtstag ein Cyberkit schenken. Ron brachte es nicht übers Herz, seinen Sohn zu enttäuschen. Wie er es Lisa beibringen sollte, wusste er aber auch noch nicht.

* * * *

„Wie kannst du es wagen?" Lisas Stimme zitterte vor Wut. Unwillkürlich hielt Ron das Telefon ein Stück vom Ohr weg. „Jonte hat mir eben freudestrahlend erzählt, dass er von dir dieses Cyberzeug zum Geburtstag bekommt. Stimmt das?"

„Jaa, also eigentlich, naja ... ja."

„Also wirklich, Ron. Du weißt genau, wie ich über dieses Spiel denke. Du hättest es wenigstens vorher mit mir besprechen können."

Nein, hätte ich nicht. Ich wollte ja, aber ich wusste nicht, wie ...

Stattdessen sagte er: „Komm schon Lisa, Jonte wünscht es sich so sehr!"

„Was spielt denn das für eine Rolle? Kinder wünschen sich viele Dinge, die nicht gut für sie sind. Darum ist es die Aufgabe ihrer Eltern, eine Auswahl zu treffen. Ich möchte nicht, dass Jonte unter schlechten Einfluss gerät."

„Ich doch auch nicht!", versicherte Ron, der eine Chance witterte. „Deshalb soll er ja auch nicht irgendwo nach X-World gehen. Ich habe dir doch von meinem Projekt erzählt, von den Waldmenschen. Erinnerst du dich?"

„Ja, du hast davon erzählt", gestand Lisa widerstrebend ein.

„Diese Leute gibt es immer noch, es ist sogar eine große Bewegung daraus entstanden."

„Tatsächlich?" Lisa machte keine Anstalten, ihren Sarkasmus zu unterdrücken.

„Ja, mittlerweile gibt es viele kleine Dörfer im Wald – ich möchte Jonte in einem davon unterbringen. Die Einflüsse dort sind bestimmt besser als die in Berlin."

„Ach, was weißt du denn schon! Ich bleibe dabei – es ist unfair und gemein, mich derartig vor vollendete Tatsachen zu stellen. Wenn ich Jonte die Sache jetzt verbiete, dann bin ich die Böse. Also bleibt mir nichts anderes übrig, als gute Miene zu einem Spiel zu machen, das mir ganz und gar nicht gefällt. Aber eins sage ich dir – wenn der Junge weiter so in der Schule nachlässt, ist es vorbei mit dem Computer."

„Aber er hat doch gerade erst eine Zwei in Mathe geschrieben! Er war ganz stolz darauf."

„Das ist ja auch schön. Aber von der Fünf in Englisch hat er dir offensichtlich nichts erzählt."

„Nein", gab Ron zu. Er atmete tief durch. „Hör mal Lisa, es tut mir leid. Ich wollte dich nicht hintergehen. Aber – ich habe es einfach nicht übers Herz gebracht, es dem Jungen abzuschlagen."

„Ich weiß, was du meinst", sagte Lisa. „Aber richtig war es trotzdem nicht."

Und damit legte sie auf.

****

Es war ein wunderschöner Morgen. Die frühen Sonnenstrahlen ließen die Blätter der mächtigen Bäume in herrlich frischem Grün aufleuchten. Unzählige Vögel zwitscherten um die Wette, und die Luft war so rein, wie sie es nur um diese Uhrzeit ist. Die meisten Bewohner von Norddorf schliefen noch, doch an einigen Stellen regte sich bereits Leben. Der Schornstein der Bäckerei stieß gemächliche Rauchwolken aus, die anzeigten, dass hier bald frische Brote erhältlich sein würden. Auf dem Weg, der zum Bach führte, war eine einzelne junge Frau unterwegs. Sie trug ein großes Gefäß bei sich.

Michael Konrad saß auf einem Felsen am Ufer und blickte ihr entgegen.

„Guten Morgen, Mareike!", sagte er freundlich, als die junge Frau herankam. Die Angesprochene zuckte zusammen.

„Ich habe dich gar nicht gesehen!", erklärte sie und setzte ihr Tongefäß auf dem Weg ab. Dann sah sie den Mann nachdenklich an. „Woher kennst du mich? Soweit ich weiß, sind wir uns noch nie begegnet."

„Das ist eine lange Geschichte", sagte Michael fröhlich. „Normalerweise gehöre ich auch nicht in diese Welt. Ich bin nur hier, weil Ron mich geschickt hat, um dir eine Botschaft zu überbringen."

Mareike machte große Augen.

Sie ist ein hübsches Mädchen, dachte Michael. *Wie sie wohl im richtigen Leben aussieht?* Hier hatte sie kupferrote Haare und grüne Augen.

„Der Schöpfer?", fragte sie ungläubig. „Wieso sollte der mich kennen? Wahrscheinlich haben Sie sich geirrt."

Sie ging zum Bach hinunter und begann, Wasser zu schöpfen. Ihre Körpersprache brachte zum Ausdruck, dass für sie das Gespräch hiermit beendet war.

Au Mann, das muss aber auch wie der blödeste Anmachspruch der Welt klingen, dachte Michael. „Ron hat einen Sohn, Jonte, und er bittet dich, ihn aufzunehmen, wenn er in diese Welt kommt."

Mareike richtete sich auf und musterte ihn prüfend.

„Das passt mir eigentlich nicht so gut", sagte sie dann. „Mein Freund und ich sind erst seit kurzer Zeit zusammen, und ich weiß nicht, was er dazu sagen würde. Ich fürchte, er wäre nicht so begeistert davon."

„Ron macht sich Sorgen. Er fürchtet, dass seinem Sohn Schaden drohen könnte, wenn Lutz von dessen Anwesenheit erfährt. Darum hat er Norddorf ausgesucht. Es ist klein, und es kommen nur selten Fremde her. Außerdem will er sicherstellen, dass Jonte unter einem guten Einfluss steht. Darum hat er dich auserwählt. Du bist schon seit zwei Jahren im Spiel, aber dein Ethikbot hat bisher nicht einmal reagieren müssen."

Mareike wurde rot. „Naja, vielleicht gab es nur nicht die richtige Gelegenheit", murmelte sie bescheiden.

Michael schüttelte den Kopf. „Ron glaubt, dass du ein guter Mensch bist, und er möchte dir seinen einzigen Sohn anvertrauen. Das ist eine große Ehre."

Mareike nickte. „Das ist mir klar", sagte sie. „Aber ich weiß nicht, ob ich das kann. Ich mag gerne Kinder, das ist es nicht – aber der Sohn des Schöpfers –, die Nummer ist mir ein bisschen zu groß. Was ist, wenn ich etwas falsch mache?"

„Du wirst nichts falsch machen", beruhigte sie Michael. „Und wenn doch – niemand ist perfekt. Ron wird von dir nichts Unmögliches erwarten. Nur dass du ein Auge auf den Jungen hast. Bitte hilf uns."

Mareike ließ sich Zeit mit ihrer Antwort. Gedankenverloren wickelte sie eine kupferrote Haarsträhne um den Zeigefinger. Endlich nickte sie. „Na gut. Du kannst Ron ausrichten, dass ich sein Vertrauen sehr zu schätzen weiß. Aber bitte gib mir einen Tag, um mit meinem Freund darüber zu sprechen!"

Michael strahlte. „In Ordnung! Wir treffen uns morgen früh wieder hier", sagte er fröhlich und verblasste.

****

Ron balancierte das sperrige Paket über die abgenutzten hölzernen Stufen. Der Geruch von Scheuermitteln hing in der Luft. Ab dem zweiten Stockwerk spürte er, wie sein Atem schneller ging, dabei hatte er erst den halben Weg hinter sich.

Er blieb einen Moment stehen, setzte den Karton ab und sah sich um. An der Tür zu seiner Linken erkannte er einen kleinen runden Türspion; direkt darunter war ein dunkelblaues Emailleschild angeschraubt, auf dem in altertümlichen weißen Buchstaben der Namen „Krause" stand.

Rechts von ihm lehnte ein improvisiertes Regal an der Wand, das von Schuhen und Stiefeln überquoll. Die meisten davon gehörten Kindern. Die Tür daneben war verkratzt und ohne Namensschild.

Seufzend nahm Ron seine Last wieder auf und setzte den Aufstieg fort. Er konnte nicht verstehen, warum Lisa immer noch in diesem Altbau wohnte. Wenn es wenigstens einen Fahrstuhl gäbe!

Die Vorfreude auf die Reaktion seines Sohnes trieb ihn weiter. Ron hatte ihn oft genug mit Dingen beschenkt, die auf Lisas Vorschlägen beruhten und häufig sogar von ihr besorgt worden waren. Zwar hatte sich Jonte jedes Mal darüber gefreut, doch Ron war sich damit stets wie ein Betrüger vorgekommen. Aber diesmal war es anders. Diesmal hatte er alles selbst vorbereitet, und er war sich hundertprozentig sicher, dass er mit seiner Sache richtig lag.

Endlich erreichte er den vierten Stock. Die Tür war angelehnt. Als er sie mit dem Fuß aufstieß, stürmte ein drahtiger blonder Junge auf ihn zu.

„Papa!", rief er und warf Ron fast um.

„Hey, mal langsam!", lachte er. Vorsichtig setzte er das Paket ab. Dann nahm er seinen Sohn in den Arm. Er reichte ihm bis knapp unters Kinn.

„Herzlichen Glückwunsch, mein Großer!", sagte er und drückte ihn an sich. Mehr konnte er nicht hervorbringen. Die Rührung schlug ihm auf die Stimme.

Lisa kam aus der Küche und lächelte, als sie die Umarmung sah.

„Hallo Ron!“, sagte sie nach einer Weile.

„Hallo Lisa!“, Ron räusperte sich. „Danke, dass ich kommen durfte.“

„Ich freue mich, dass du da bist.“

Sie schauten sich verlegen an.

Schließlich durchbrach Jonte das Schweigen. „Los kommt, Mama, Papa, lasst uns Kaffee trinken!“

„Sollen wir denn nicht auf die anderen Gäste warten?“, fragte Ron irritiert.

„Es gibt keine anderen Gäste“, klärte Lisa ihn auf. „Er wollte nur dich dabeihaben.“

„Und dich auch“, sagte Jonte, indem er seiner Mutter einen flüchtigen Kuss auf die Wange gab.

Es wurde ein fröhliches, unbeschwertes Kaffeetrinken. Lisa hatte eine leckere Geburtstagstorte gebacken, und Ron genoss das Beisammensein in vollen Zügen.

Endlich fragte Jonte: „Mama, können wir jetzt Bescherung machen?“

Ron lächelte. Er hatte schon darauf gewartet. Lisa nickte.

„Aber erst wird der Tisch abgeräumt!“

Jonte stapelte eifrig die Teller übereinander und brachte sie in die Küche. Ron folgte ihm mit dem Kuchen. Während sie ihr Werk vollendeten, baute Lisa verschiedene Päckchen im Nebenzimmer auf. Ron stellte seins daneben. Dann begann der Junge mit dem Auspacken.

Lisas Eltern hatten ihm ein schwarzes T-Shirt mit einem Tigerkopf geschenkt. Von seiner Mutter bekam er ein Paar Rollerblades – inclusive Hand- und Knieschützer. Dann war Ron an der Reihe. Als Erstes zog er einen Umschlag aus der Tasche.

„Das hier soll ich dir von Dr. Fleischmann geben.“

Jonte riss ihn auf. Er förderte eine kleine graue Plastikkarte zutage, dazu einen Brief, mit Füllfeder auf handgeschöpftem Büttenpapier geschrieben.

Lieber Jonte, ich gratuliere Dir herzlich zu Deinem 13. Geburtstag. Als kleines Geschenk sende ich Dir einen Platinum-Account für die X-World. Dein Vater hat angedeutet, dass Du Dich darüber freuen würdest.

Mit herzlichen Grüßen,
Dein Adoptiv-Großvater
Dr. Gerhardt Fleischmann

Jonte strahlte. „Das ist aber nett!", sagte er. Seine Augen wanderten hinüber zu dem großen Paket, das Ron angeschleppt hatte.

„Darf ich?"

Ron nickte lächelnd.

Jonte entfernte vorsichtig das Geschenkpapier und öffnete den Karton.

„Wow!", sagte er, als er den Inhalt sah. „Ich hatte gedacht, ich bekomme einen CS 4, aber das ist ja ein CSK!"

„Und was heißt das auf Deutsch?", fragte Lisa lächelnd. Ron spürte, dass sie sich aufrichtig Mühe gab, ihr Unbehagen zu verbergen.

„Cybersuitkit!", übersetzte Jonte. „Nicht nur ein Helm und ein paar Handschuhe sondern ein ganzer Anzug! Das ist der Hammer! Aber Papa, war das denn nicht viel zu teuer?"

„Naja, ich bekomme natürlich einen Firmenrabatt", wehrte Ron bescheiden ab und hoffte inständig, dass Lisa nicht weiter nachfragen würde. Sie wollte nicht, dass Jonte zu teure Geschenke bekam.

„Mit dem neuen Helm hat man jetzt sogar Geruch und Geschmack", wechselte er vorsichtig das Thema.

„Wirklich? Wie soll das denn gehen?", fragte Lisa ungläubig.

„Im Helm sitzen Teslaspulen, die den olfaktorischen Cortex stimulieren und ..."

„Darf ich ihn gleich ausprobieren?", unterbrach Jonte.

„Klar, warum nicht!", sagte Ron – „das heißt, wenn deine Mutter nichts dagegen hat", fügte er mit einem entschuldigenden Blick auf Lisa hinzu.

Sie lächelte tapfer. „Na dann mal los!", sagte sie.

Jonte verschwand im Badezimmer und kam bald darauf in einem enganliegenden schwarzglänzenden Anzug zurück.

„Das sieht ja aus wie beim Ballett", kommentierte Lisa, aber die Männer ignorierten diese Bemerkung. Ron verband die Steuerbox mit seinem Laptop, anschließend aktivierte er die Übertragungseinheit des Anzugs. Er nickte befriedigt, als die blaue LED aufleuchtete.

„Alles klar?", fragte er. Jonte nickte, streifte die Handschuhe über und setzte sich auf den Fernsehsessel. Dann griff er zum Cyberhelm und setzte ihn auf. Ron startete das Programm.

Lisa sah nachdenklich zu, wie sich ihr Sohn in einer anderen Welt bewegte, wie er den Kopf drehte und die Hände hob, wie seine Füße in der Luft zu wandern begannen.

„Ein bisschen unheimlich finde ich das schon", raunte sie Ron zu.

„Ja, es ist merkwürdig, wenn man dabei zusieht, aber es fühlt sich genial an, wenn man es selbst spielt. Vielleicht solltest du es mal ausprobieren."

„So weit kommt es noch!", protestierte Lisa.

„Ich dachte nur, dann würdest du dir vielleicht weniger Sorgen machen", bemerkte Ron. „Ich habe übrigens dafür gesorgt, dass Jonte im Spiel von zwei wirklich netten Menschen betreut wird."

„Danke", sagte Lisa, und es klang kein bisschen ironisch. „Magst du noch etwas trinken? Vielleicht ein Glas Sekt auf das Geburtstagskind?"

„Ja gerne!", antwortete Ron, obwohl er sich nicht allzu viel aus Sekt machte.

„Dann lass uns nach nebenan gehen. Es scheint mir, dass Jonte im Moment ohnehin beschäftigt ist."

* * * *

Jonte blickte sich um. Das Wochenende, an dem er mit seinem Vater die Testversion ausprobiert hatte, lag viele Jahre zurück; damals war er gerade mal fünf gewesen, und er konnte sich nur noch dunkel an drei Dinge erinnern: an einen weißen Strand, einen Spielfreund namens Alf und einen großen Tiger, den man streicheln konnte.

Nichts davon passte zu der Umgebung, in der er sich nun wiederfand. Er stand auf einem befestigten Sandweg, der mitten durch einen Wald hindurchführte. Mächtige Laubbäume wölbten ihr Blätterdach über ihm. Dazwischen sah er Lichtungen, die mit Blaubeerbüschen bedeckt waren. Ein Schmetterling flatterte vorbei und landete auf einer königsblauen Glockenblume, die am Wegrand wuchs. Es roch nach Sommer.

Jonte lauschte. Er hörte Vogelgezwitscher, das leichte Wehen des Windes und in der Ferne das Plätschern eines Baches. Anscheinend führte der Weg zum Wasser.

Als er sich umwandte, entdeckte er eine Hütte, die vielleicht 50 Meter von ihm entfernt lag. Neugierig ging er darauf zu und gelangte an einen brusthohen geflochtenen Holzzaun. Der sollte wohl die Waldtiere vom Garten abhalten.

Jonte streckte seine Hand aus und untersuchte den Zaun. Solch eine Konstruktion hatte er noch nie gesehen. Er bestand aus nicht allzu dicken senkrechten Pfählen, die etwa eine Ellenlänge voneinander entfernt standen. Dazwischen wanden sich waagerechte dünne Zweige wie ein Netzwerk hin und her. Eine einfache und wirkungsvolle Methode, befand der Junge beeindruckt. Alles, was man für solch eine Absperrung brauchte, konnte man im Wald finden. Er spähte hinüber und sah sorgsam angelegte Kräuterbeete. Offensichtlich half der Zaun nicht allzu viel, denn eines der Beete war ganz zerwühlt.

Plötzlich öffnete sich die Eingangstür. Er zuckte unwillkürlich zusammen. Eine junge rothaarige Frau kam heraus. Sie hatte klare grüne Augen. Jonte betrachtete sie fasziniert.

„Hallo", sagte sie, „bist du Jonte?"

„Ja!", antwortete er. „Woher weißt du das?"

„Du bist uns angekündigt worden. Hier ist jetzt dein Zuhause. Komm ruhig näher! Ich bin Mareike."

Sie drehte sich um und rief etwas in das Haus hinein. Kurz darauf erschien ein junger Mann und stellte sich neben sie. Er trug eine blaue Arbeitsschürze und hatte so kurz geschnittene Haare, dass es wie eine Glatze wirkte. In seinem linken Ohr glänzte ein breiter goldener Ring.

„Ich heiße Jupp!", sagte er. „Schön, dass du da bist. Nun komm erst mal rein."

Etwas schüchtern trat Jonte in das Halbdunkel der Hütte und blickte sich verstohlen um. Als Erstes fiel ihm der große Tisch in der Mitte des Raumes auf. Daran konnten mindestens zehn Personen Platz finden. An den langen Seiten standen einfache Bänke, an den Stirnseiten gab es bequeme Stühle mit Armlehnen.

In der rechten Ecke des Raumes befand sich ein großer Kamin, in dem jedoch kein Feuer brannte. Es war ja auch nicht kalt. Links schien es in die Küche zu gehen. Jonte erkannte durch die halbgeöffnete Tür einen Herd.

„Hier ist unser Wohnzimmer", sagte Jupp. „Hier wird gegessen und geredet. Dort geht es in die Küche und dort zu deinem Zimmer! Komm mit, ich zeige dir alles."

Er tauschte einen verschwörerischen Blick mit Mareike aus, die unmerklich nickte. Dann führte er Jonte durch eine Tür, die auf der entfernten linken Ecke des Raumes lag. Sie öffnete sich auf einen finsteren Gang. Jonte konnte eine Treppe erkennen.

„Dort geht es zum Dachboden!", erklärte Jupp. „Da oben ist hauptsächlich Lagerraum. Hier links ist das Bad, dahinter liegt unser Schlafzimmer, und da rechts geht es in die Werkstatt. Dein Zimmer ist dort vorn." Sie gingen an der Treppe vorbei, direkt auf eine Tür zu, die Jonte wegen der Dunkelheit im ersten Moment nicht gesehen hatte.

Das Zimmer war von bescheidener Größe, aber der Junge mochte es auf Anhieb. Es gab darin ein Bett, auf dem ein weiches Fell lag, einen kleinen Tisch, der unter dem Fenster stand, und einen geräumigen Schrank.

„Gefällt es dir?", fragte Jupp. Jonte nickte stumm.

„Die Möbel habe ich alle selbst gebaut!", verkündete Jupp stolz. „Du wirst bei mir in die Lehre gehen. Dann zeige ich dir, wie man so etwas macht."

„Ich?", fragte Jonte zweifelnd. „Ich weiß nicht, ob ich das kann ..."

„Na, wenn du es schon könntest, dann brauchtest du es ja nicht mehr zu lernen, oder? Keine Angst, wir bekommen das schon hin. Und auf diese Weise trägst du das Deine zum Lebensunterhalt bei. Wir haben es nämlich nicht so reichlich, weißt du?"

„Vielleicht könnte ich meinen Vater fragen, ob er etwas Geld ..."

„Nein!" Jupp schnitt ihm das Wort ab. „Das ist nett gemeint, aber ich will keine Almosen. Ein Mann sollte von seiner Hände Arbeit leben können. Es reicht mir, wenn du bei uns mithilfst. Einverstanden?"

Jonte nickte. „Ich will sehr gerne lernen, wie man Möbel baut", sagte er eifrig. „Ich habe halt sowas noch nie gemacht. Außer einmal ein Vogelhaus, das wir in der Schule gebastelt haben. Aber das ist nicht besonders gut geworden. Mir hat ja auch keiner gezeigt, wie ich es machen muss."

Jupp legte dem Jungen seine Hand auf die Schulter.

„Ich freue mich auf unsere Zusammenarbeit, mein Sohn", sagte er. „Und nun komm, wir haben noch eine Überraschung für dich!"

Sie gingen zurück in das Wohnzimmer. Auf dem Esstisch lagen jetzt zwei Pakete – ein langes dünnes und ein kürzeres dickes. Als Geschenkpapier dienten große Tücher, die von Schnüren zusammengehalten wurden.

„Soweit wir wissen, hast du heute Geburtstag!", lachte Mareike.

„Ja, das stimmt!", sagte Jonte verlegen. „Ich bin dreizehn geworden."

„Ein wichtiges Alter, in dem viele wichtige Dinge passieren", meinte Jupp versonnen.

„Pack mal aus!"

Jonte nestelte an den Knoten herum. Endlich bekam er sie auf. In dem langen Paket befand sich ein merkwürdig geformtes Stück Holz. Ratlos drehte Jonte es in der Hand hin und her. Es erinnerte entfernt an einen Wanderstab.

„Pack das andere Päckchen aus, dann weißt du mehr!", riet Mareike ihm.

Jonte machte sich über die Knoten her. Kurz darauf hielt er einen Pfeil in der Hand – an der Vorderseite war er mit einer Eisenspitze versehen, am Ende klebten drei große weiße Federn. Insgesamt zwölf Pfeile lagen in dem Paket, dazu eine lange, gedrehte Schnur.

„Das ist ein Bogen!", rief Jonte erstaunt. Dann befühlte er die Pfeilspitze. Sie war kalt und spitz. „Aber ist das nicht viel zu gefährlich?"

„Sicher ist das gefährlich!", meinte Jupp fröhlich. „Wenn man richtig damit umzugehen weiß, ist er eine tödliche Waffe. Gefällt er dir? Es ist Tradition bei den Waldmenschen, dass sich jeder Mann im Bogenschießen übt, damit er im Ernstfall sein Dorf und seine Familie verteidigen kann."

Jonte schluckte. Es war ein komisches Gefühl, als Mann bezeichnet zu werden. Eigentlich fühlte er sich eher als Junge. Und er war sich sicher, dass seine Mutter es überhaupt nicht gut finden würde, wenn er mit solch gefährlichen Geschossen hantierte. Aber er fand es klasse.

„Können wir ihn gleich mal ausprobieren?", fragte er mit leuchtenden Augen. Mareike und Jupp sahen sich an.

„Ich glaube, damit warten wir lieber bis zum nächsten Mal", sagte Mareike dann. „Heute ist dein Geburtstag, und es ist wohl besser, wenn du nicht zu lange hierbleibst. Wir wollen ja nicht, dass jemand böse auf dich wird."

Jonte nickte. „Du hast recht. Ich sollte jetzt gehen. Aber morgen komme ich wieder!"

„Wir freuen uns auf dich!"

Jonte sah das junge Pärchen dankbar an. „Ihr seid tolle Eltern", sagte er. „Danke, dass ich zu euch kommen durfte!"

Dann stapfte er in sein Zimmer, legte sich auf das große Bett mit dem Fellüberwurf und nahm den Cyberhelm ab.

Jonte brauchte einen Moment, um in die reale Welt zurückzufinden. Er starrte an die stuckverzierte Zimmerdecke und hörte auf die Geräusche um sich herum. Aus der Küche drangen Wortfetzen einer angeregten Unterhaltung. Seine Mutter lachte. Wie schön, dass seine Eltern zusammen in einem Zimmer saßen, ohne sich zu streiten!

Jonte begann sich umständlich aus dem Cyberzeug zu schälen. Als er damit fertig war, trug er nur noch eine Unterhose. Er ging leise ins Badezimmer und zog sich an. Er trödelte extra lange, um das Gespräch in der Küche nicht zu stören. Wer weiß, was daraus alles werden konnte!

Dann hörte er Schritte, die sich zum Wohnzimmer bewegten. „Jonte?"

„Hier bin ich!"

„Das ist ja schön, dass du dich schon wieder abgestöpselt hast, ohne dass ich erst etwas sagen musste! Wie war's denn?"

„Ach, ganz o.k."

Lisa lächelte. „Dein Papa will mit uns eine Pizza essen gehen."

„Super Idee!"

* * * *

„Und dann habe ich einen Bogen geschenkt bekommen, und echte Pfeile mit einer Eisenspitze dran!" Jonte sprudelte förmlich über. Die große Pause war gar nicht lang genug, um alles zu erzählen, was er bei seinem ersten Besuch in X-World erlebt hatte. „Es ist echt schade, dass du nicht auch da bist!"

Sein Freund Simon verdrehte die Augen. „Ich würde ja gerne", sagte er und kickte eine leere Plastikflasche zur Seite, „aber meine Eltern stellen sich quer. ‚So viel Geld für ein Computerspiel haben wir nicht', sagen sie. Und an mein Sparbuch darf ich nicht ran. Das soll ich für meinen Führerschein sparen. Echt blöd."

Simon und Jonte kannten sich seit der ersten Klasse und waren die allerbesten Kumpel. In der Schule waren sie praktisch unzertrennlich, und auch in ihrer Freizeit hingen sie meist zusammen.

Der Schulgong ertönte. „Haben wir jetzt Mathe oder Bio?", fragte Simon.

„Mathe. Hast du die Hausaufgaben gemacht?"

„Ne, habe ich nicht hinbekommen – und du?"

„Ich brauchte nicht, wegen Geburtstag."

Die Stunde zog sich in die Länge. Quadratische Gleichungen – Jonte fand alles ziemlich logisch und verstand nicht, weswegen Herr Wiese darüber so viele Worte verlieren musste. Aber er besaß die nervige Angewohnheit, jede Frage eines Schülers mit einem Stegreif-Referat von mindestens zehn Minuten Dauer zu beantworten, selbst wenn es ein einfaches Ja oder Nein auch getan hätte. Ihm schien, der Mann hörte einfach nicht richtig zu.

Jontes Gedanken wanderten zu X-World. Wieder sah er den herrlichen Wald vor sich. Er stellte sich vor, wie schön es wäre, wenn er dort mit Simon zusammen etwas unternehmen könnte. Und während der Mathelehrer die Hausaufgaben an die Tafel schrieb, kam ihm plötzlich eine Idee.

Es war schon 15.30 Uhr, als Jonte endlich müde und hungrig die ausgetretenen Stufen zu seiner Wohnung emporstapfte. Auf dem Küchentisch lag ein Zettel für ihn: *„Lieber Jonte, ich habe heute noch Konferenz und komme erst gegen 19.00 Uhr nach Hause. Dein Essen steht in der Mikrowelle. Küsschen, Mama."*

Normalerweise war Jonte von solchen Botschaften enttäuscht. Er mochte es nicht, alleine zu essen. Heute aber passte es ihm ganz gut. Er schaltete die Mikrowelle ein und begann mit den Hausaufgaben. Als das Essen warm war, hatte er Mathe fertig. Englisch erledigte er, während er aß. Die anderen Fächer konnten warten – alles in allem war das heute seine persönliche Bestzeit. Er stellte seinen schmutzigen Teller in den Geschirrspüler, ließ die Schulbücher demonstrativ auf dem Küchentisch liegen und verzog sich in sein Zimmer.

Das Anlegen des Cyberanzuges ging nun schon deutlich schneller als beim ersten Mal. Einstöpseln, Programm starten, Handschuhe an,

Helm auf – eine Geste in der Luft, mit der er den virtuellen Button „Fortsetzen" drückte ...

... und er fand sich auf einem weichen Fell wieder. Es war gerade früher Nachmittag in X-World. Die Sonne schien freundlich durch das kleine Fenster. Aus der Werkstatt, die neben seinem Zimmer lag, drang ungleichmäßiges Hämmern und Sägen.

Jonte stand auf und folgte den Geräuschen. Sein X-World-Vater war gerade dabei, eine dicke Holzbohle zu zersägen. Hinter ihm lehnte ein gut zwei Meter hohes „X" an der Wand, daneben lag ein fast fertiges „W" auf dem Boden. Anscheinend war der Balken, an dem er gerade arbeitete, der letzte Strich des Buchstabens.

Der Tischler sah auf. „Hallo Jonte!", sagte er.

„Hallo Pa ... – äh, hallo Jupp", stotterte der Junge. „Entschuldigung", fügte er verlegen hinzu.

„Kein Problem – ich höre auf beide Anreden!", grinste der Mann.

„Ehrlich gesagt, gefällt es mir sogar", fügte er nach einer Weile hinzu. „Hier bin ich ja auch so etwas wie dein Papa."

„Was machst du denn da?", fragte Jonte, um das Thema zu wechseln.

„Eine Auftragsarbeit aus der Stadt. Das ist für die neue Arena." Er legte die Säge beiseite.

„Komm, fass mal mit an", sagte er. Gemeinsam trugen sie den Balken zu dem Buchstabenfragment. Er passte haargenau. „Halt ihn gut fest, damit er nicht verrutscht, wenn ich ihn festnagle!"

Jonte presste das Holz auf die vorgesehene Stelle und sah aufmerksam zu, wie sein Vater die Nägel hineintrieb. Jeder Hammerschlag saß. Dann stemmten sie das „W" zusammen hoch und lehnten es gegen die Wand. Jupp betrachtete sein Werk kritisch. Schließlich nickte er zufrieden.

„Das war ziemlich knifflig", sagte er. „Wenn die Winkel nicht ganz genau stimmen, ist der Buchstabe am Ende krumm und schief. Und das mit dem primitiven Werkzeug hier ..."

Er klopfte sich die Sägespäne von den Armen, band die Schreinerschürze ab und hängte sie an einen kunstvoll geschnitzten Haken.

„Wie sieht's aus, wollen wir Bogenschießen?"

„Ja, gerne!"

„Dann hol deine Sachen. Ich habe sie in deinen Schrank gelegt. Wir treffen uns hinter dem Haus."

Jonte stürmte los. Als er die Wiese erreichte, hatte Jupp bereits eine Zielscheibe aufgebaut. Er griff nach Jontes Bogen und spannte die Sehne darauf.

„Ich zeige es dir einmal", sagte er. Er nahm einen Pfeil und legte ihn vor sich ins Gras. Die Spitze zeigte in die Richtung der Scheibe.

„Man stellt sich so hin, dass beide Fußspitzen am Pfeil liegen, die Füße etwas auseinander", erläuterte er. „Den Bogen greifst du genau in der Mitte, steckst einen Pfeil auf die Sehne, ziehst ihn bis zur Wange, zählst bis drei und löst dann den Schuss."

Das Geschoss flitschte los. Es blieb in der Mitte der Scheibe stecken. „Jetzt du!"

Jonte nahm den Bogen, legte einen Pfeil ein und zog. Er peilte die Scheibe an, ließ los – und der Pfeil flog eine Handbreit über das Ziel hinweg in die Wiese.

Ängstlich sah er sich nach Jupp um, doch der lächelte ihm zu. „Das war schon ganz gut", sagte er. „Die Richtung hat genau gepasst, der Pfeil war nur etwas zu hoch. Gleich noch mal."

Es war nicht der leiseste Spott in seiner Stimme. Das tat gut, denn in der Schule fing Jonte sich ständig dumme Bemerkungen ein. Er konnte nicht besonders gut werfen. In der letzten Sportstunde hatte er 23 Versuche gebraucht, ehe er den blöden Basketball endlich in den Korb bekommen hatte – mit hochrotem Kopf, begleitet vom Gejohle und den bissigen Kommentaren seiner Mitschüler, die jeden Wurf im Chor mitgezählt hatten. Jonte hasste Schulsport.

Er nahm einen weiteren Pfeil aus dem Köcher, steckte ihn auf die Sehne, zog die Hand zur Wange und ließ los. Das Geschoss schlug in den oberen linken Rand der Scheibe ein.

„Siehst du!", lobte Jupp. „Versuch mal, die Hand in Richtung Ohr zu bewegen, wenn du die Sehne loslässt, nicht vom Gesicht wegziehen!"

Der nächste Schuss saß deutlich besser.

Sie trainierten eine gute Stunde lang, und am Ende traf Jonte mit seinen zwölf Pfeilen jedes Mal die Scheibe, zwei davon saßen sogar genau in der Mitte. Er war stolz auf sich.

Jupp strahlte. Er legte dem Jungen den Arm um die Schulter, während sie gemeinsam zurück ins Haus gingen. Fröhlich fachsimpelten sie über das Bogenschießen. Dabei bemerkten sie weder die Augen, die sie aus dem Gebüsch aufmerksam verfolgten, noch den Schatten, der sich anschließend lautlos entfernte.

„Du glaubst es nicht!" Simons Stimme am Telefon klang aufgeregt. „Ich habe einen Brief bekommen, rate mal von wem!"

„Keine Ahnung, von deiner Oma?"

„Nein von der ‚Prometheus Software AG'. Und hier steht, dass du mich als möglichen Interessenten für X-World angegeben hast."

„Ja, war das verkehrt? Du hast doch Interesse an dem Spiel?"

„Jonte, ich habe einen CSK gewonnen!"

„Nein!"

„Doch! Und außerdem noch einen kostenlosen Premiumaccount für ein Jahr." Simons Stimme wurde nachdenklich. „Glaubst du, dass das ein Fake sein könnte? Du weißt schon, wie bei diesen Popups im Internet, die behaupten, man hätte sonst was gewonnen, und am Ende stimmt das gar nicht."

„Das kann ich mir nicht vorstellen."

Jonte war froh, dass Simon sein breites Grinsen nicht sehen konnte und feierte im Stillen seinen Adoptiv-Großvater. Dem hatte er nämlich von seinem Freund erzählt und wie schön es doch wäre, wenn sie beide zusammen ins Spiel könnten, aber dass er sich leider kein Cyberzeug leisten könne. Jonte war hundertprozentig davon überzeugt, dass die Idee mit dem Preisausschreiben von Gerhardt Fleischmann stammte.

„Bei diesen Fake-Sachen muss man doch meistens irgendwelche Gebühren bezahlen, damit man seinen angeblichen Preis auch bekommt. Steht davon irgendwas in dem Schreiben?"

Jonte hörte es rascheln.

„Nein, davon steht hier nichts. ‚Ihr Gewinn wird Ihnen in den nächsten Tagen zugestellt', heißt es da."

„Super, dann sind wir demnächst zusammen in X-World. Das wird sensationell!"

Eine bessere Werbung, als Simon sie in den nächsten Tagen veranstaltete, hätte PSA sich nicht wünschen können. In der Schule, Zuhause und auf Facebook gab es für ihn nur noch ein Thema: sein unverhoffter Gewinn, und dass er bald zum erlauchten Kreis der X-World-Spieler gehören würde.

Endlich war es so weit. Ein Paketdienst brachte einen mächtigen Karton. Simon rief Jonte an und machte sich ans Auspacken.

Als Jonte kurz darauf eintraf, saß sein Freund in Unterhose auf dem Bett und plagte sich mit dem Cybersuit. Um ihn herum ein Gewirr von Kabeln und Verpackungsresten.

„So wird das nie was!", lachte Jonte. „Das ist verkehrt herum."

Gemeinsam ordneten sie die Anzugteile und Anschlüsse.

„Hast du das Spiel schon installiert?"

„Klar, gleich als Erstes."

Jonte verband die kleine schwarze Box mit Simons Laptop. „Dann kann es ja losgehen!", sagte er. „Ich fahre jetzt nach Hause. Wir treffen uns in zehn Minuten in X-World."

Während Jonte sich einloggte, wurde ihm sein Denkfehler bewusst: Er hatte keine Ahnung, auf welchem Server und in welchem Teil von X-World Simon gelandet war. Hoffentlich hatte er wenigstens daran gedacht, bei seiner Anmeldung die Option „Waldmensch" auszuwählen. Dann müsste er ja irgendwo in diesem Gebiet auftauchen. Allerdings gab es mittlerweile über hundert Dörfer der Waldmenschen.

Jonte schwang die Beine über die Bettkante. Vielleicht wusste Jupp, was er tun könnte, um seinen Freund zu finden. Er ging hinüber in die Werkstatt, doch die war leer. Auch Mareike konnte er nirgendwo entdecken. Okay. Dann musste er eben auf eigene Faust los. Vielleicht hatte er ja Glück. Er verließ das Haus. An der Sandstraße blickte er unschlüssig nach rechts und links.

Rechts geht's zum Bach, überlegte er, *also kommt man in der anderen Richtung wohl ins Dorf.* Er ging los.

Nach ein paar Minuten tauchte links von ihm ein Gebäude auf – eine Töpferei, wie es aussah, denn der Weg zum Haus war von kleinen Pfählen gesäumt, an denen die unterschiedlichsten Keramiken befestigt waren. Die Tür stand offen.

Jonte ging darauf zu und trat ein.

Der Raum war ungefähr so groß wie das Esszimmer von Jupp und Mareike. An den Wänden hingen Regale, auf denen sich Teller, Schüsseln, Becher und Vasen türmten. In der Mitte ein großer Tisch, der mit einem Durcheinander von Farben, Pinseln und halbfertigen Werkstücken bedeckt war. Eine Frau mittleren Alters saß in der Ecke an einer Töpferscheibe, wo sie damit beschäftigt war, eine Schale zu formen. Sie blickte kurz auf und nickte freundlich, als sie den Besucher bemerkte, aber ließ sich in ihrer Arbeit nicht weiter stören.

Jonte trat näher und sah fasziniert zu. Während die Töpferin die Scheibe mit den Füßen in Schwung hielt, brachten ihre Hände den nassen Lehm in die gewünschte Form. Es wirkte sehr einfach und elegant, aber das lag wohl vor allem an der Übung, über die diese Frau verfügte.

„Hallo", sagte sie, als die Schale fertig war. „Was kann ich für dich tun?"

„Hallo, mein Name ist Jonte, ich wohne im Nachbarhaus und ..."

„Jonte! Wie schön. Mareike hat mir erzählt, dass sie Nachwuchs bekommt! Ich bin Martha, und wie du siehst, sorge ich für das Geschirr, von dem die Leute essen. Soll ich dir alles zeigen?"

„Ein anderes Mal vielleicht ... Ich bin auf der Suche nach einem Freund, der heute neu in X-World angekommen ist – hast du eine Idee, wie ich ihn finden kann?"

„Puh, das ist schwierig“, sagte Martha und griff nach einem neuen Lehmklumpen. „Ist er denn hier in Norddorf?“

„Ja, wenn ich das wüsste ...“, sagte Jonte traurig.

„Dann ist es wie mit der Nadel im Heuhaufen. Du könntest es in der Bäckerei versuchen. Wenn einer die neuesten Nachrichten kennt, dann Conny Bäcker. Einfach die Straße ein kleines Stück weitergehen, bis du auf der rechten Seite ein Haus siehst. Man kann es gar nicht verfehlen. Richte deiner Mutter einen schönen Gruß von mir aus!“

Sie wandte ihre Aufmerksamkeit wieder der Töpferscheibe zu.

Jonte dankte und zog weiter.

Die Bäckersfrau sah genauso aus, wie er sie sich vorgestellt hatte: Sie trug eine weiße Schürze, war schon etwas älter, von kräftiger Statur und hatte ein freundliches Gesicht.

Auch sie war hocherfreut, Jonte kennenzulernen, von dem sie schon so viel gehört hatte, aber von weiterem Nachwuchs im Dorf war ihr nichts bekannt. Sie wolle sich mal umhören.

Betrübt ging Jonte aus dem Laden. Die freundliche Frau hatte ihm eine Brezel geschenkt, an der er nachdenklich herumknabberte. Es blieb ihm jetzt wohl nichts anderes übrig, als bis morgen zu warten, dann konnte Simon ihm in der Schule erzählen, wo er gelandet war. Hoffentlich nicht allzu weit weg, sonst wäre das Ganze witzlos. Gedankenverloren zog er mit seinem Fuß Striche auf dem Sandweg, als plötzlich eine verschwommene Erinnerung in ihm aufstieg.

Er blickte sich um. Niemand war zu sehen. Dann steckte er seine Brezel zwischen die Zähne, legte die Hände zusammen und führte sie anschließend in einer Geste zur Seite, als wolle er Holz tragen. Nichts passierte. Er probierte es noch einmal – mit dem gleichen Resultat. Enttäuscht ging er weiter. Plötzlich rauschte es in seinen Ohren.

„Hallo Jonte, hier ist Michael, kann ich etwas für dich tun?“

„Hallo Michael!“, sagte Jonte. „Ist mein Papa da?“

„Nein, im Moment nicht, aber er hat mich gebeten, diese Leitung zu überwachen, falls du dich melden solltest.“

„Kannst du mir vielleicht sagen, wo Simon gelandet ist?“

„Unser Preisausschreiben-Gewinner?“ Michael lachte. „Klar. Den haben wir zu den Fischern gesteckt. Im Norden liegt ein großer See. Dort solltest du ihn finden.“

„Super, danke schön!“

„Kein Problem.“ Die Leitung knackte. Michael hatte die Verbindung beendet.

Das war ja einfach! Die Direktleitung, die sein Vater damals bei seinem ersten Besuch in X-World für ihn eingerichtet hatte, funktionierte also immer noch. Aber wo war hier Norden?

Jonte suchte nach der Sonne, die zwischen den Bäumen hindurchblinzelte. Sie bereitete sich allmählich auf ihren Untergang vor. Demnach stand sie jetzt im – Osten oder Westen? Mist.

Er überlegte. Norden war da, wo die Sonne nie hinkam. Und sie bewegte sich immer von links nach rechts über den Himmel. Folglich musste Norden rechts von dem Punkt sein, an dem sie demnächst untergehen wollte. Er drehte sich um. Also wieder zur Bäckerei. Neben der Backstube hatte er einen Weg gesehen, der in diese Richtung führte. Der musste es sein.

Er lief zurück und fand die Abzweigung, an die er sich erinnert hatte. Siegessicher folgte er dem Weg, der ihn anfangs auch in die richtige Richtung brachte, doch nach einiger Zeit wich er immer mehr nach rechts ab. Schließlich hatte Jonte die untergehende Sonne im Rücken. Au Mann, das war jetzt definitiv verkehrt! Warum gab es hier denn keinen Stadtplan und keine Straßenschilder?

Jonte überlegte kurz, ob er umkehren sollte, doch dann beschloss er, noch eine Weile weiterzugehen. Er vermutete, dass er irgendwann auf den Bach stoßen würde. Vielleicht gab es dort einen Pfad, über den man am Ufer entlang zum See kam.

Die Strecke begann leicht anzusteigen. Etwa fünf Minuten später erreichte er eine Gabelung. Nach rechts führte der Weg hinunter zu einem Gebäude, das direkt an einem kleinen Wasserlauf stand. Vielleicht eine Mühle. Der linke Weg zog sich weiter in Richtung Norden. Jonte hielt sich links und wanderte den Hügel auf der anderen

Seite wieder hinunter. Es schloss sich ein Waldstück an, in dem die Bäume so dicht standen, dass sie wie ein Tunnel wirkten, dann ging es um eine Biegung herum, und Bingo! Endlich erstreckte sich vor ihm in der Ferne ein großer See.

Jonte konnte kleine Hütten erkennen, die am Uferrand lagen, sowie einige Fischerboote, die auf den Wellen schaukelten. Aufgeregt begann er zu laufen – und bekam plötzlich einen unsanften Stoß in die Seite. Er strauchelte. Etwas packte ihn an der Schulter. Dann wurde es schwarz vor seinen Augen.

Er riss sich den Cyberhelm vom Kopf und starrte in das Gesicht seiner Mutter, die die Steuerungsbox in ihrer Hand hielt. Sie hatte sie aus dem Rechner gezogen.

„Ich habe dich schon dreimal zum Essen gerufen", sagte sie.

Jonte explodierte. „Bist du jetzt völlig bescheuert oder was?", schrie er sie an. „Du kannst doch nicht einfach das Spiel unterbrechen! Ich liege da mitten im Wald und ..."

Lisas Gesicht wurde bleich. „So redest du nicht mit deiner Mutter", sagte sie eisig. „Du hast einen Monat Computerverbot."

Am nächsten Tag in der Schule überschlug sich Simons Stimme vor Begeisterung. „Es ist sooo toll, so realistisch!", schwärmte er. „Und ich bin bei einer wirklich coolen Familie gelandet. Sie sind arme Fischer, aber total nett. Jan und Sabine heißen sie. Und sie haben noch einen Sohn, der ist also praktisch mein Bruder, und der heißt Andreas. Ich habe mir immer einen Bruder gewünscht ..."

Simon stockte, als er Jontes versteinertes Gesicht bemerkte.

„Hey, Jonte, was ist mit dir?"

Jonte erzählte ihm, was passiert war. Tränen standen in seinen Augen. „Einen ganzen Monat Computerverbot, stell' dir das mal vor! Gerade jetzt, wo du auch online bist. Hör mal, du musst mir unbedingt einen Gefallen tun. Mein Avatar liegt auf dem Weg zu eurer Siedlung, mitten im Wald. Du musst ihn da wegholen! Sonst bin ich tot, bevor ich wieder ins Spiel komme. Hoffentlich hat ihn nicht schon irgendein Tier angefressen ..."

„Klar Mann, ich kümmere mich darum! Ehrenwort!"

In diesem Augenblick betrat Herr Wiese die Klasse, und die Mathestunde begann.

Am nächsten Morgen kam Simon zehn Minuten zu spät zur ersten Stunde. Er sah sehr müde aus.

„Wie sieht's aus, hast du mich gefunden?", fragte Jonte ungeduldig, nachdem es endlich zur Pause geklingelt hatte. Simon schüttelte müde den Kopf. „Nein, keine Chance. Wir haben den ganzen Weg abgesucht, auch das Waldstück drum herum. Nichts zu finden. Und danach waren wir noch die halbe Nacht fischen. Ich bin total erledigt. Es gibt nur eine Möglichkeit: Du musst online gehen, dann weißt du, ob du noch lebst oder nicht."

„Meine Mutter bringt mich um, wenn sie das mitbekommt."

„Dann darf sie es eben nicht merken!"

Jonte biss sich auf die Lippe. Die Sache gefiel ihm nicht.

Während der Biostunde, in der Frau Münzinger vergeblich versuchte, ihre Klasse für Farne und Moose zu begeistern, dachte er die Sache noch einmal durch. Er fand es völlig überzogen, wie seine Mutter reagiert hatte, aber er wollte sie trotzdem nicht hintergehen. Das widerstrebte ihm. Also musste er entweder abwarten, bis die vier Wochen um waren, oder versuchen, mit ihr zu reden. Er seufzte. Gewöhnlich brachte das nicht viel. Wenn sie sich etwas in den Kopf gesetzt hatte, dann blieb sie auch dabei. „Konsequenz" nannte sie das. Verhielt er sich jedoch so, dann bezeichnete sie ihn als „starrköpfig". Na ja. So wie es aussah, blieb ihm nichts anderes übrig, als es wenigstens zu probieren. Vielleicht konnte er sie dazu bringen, dass er zumindest mal nachsehen durfte, ob sein Avatar noch am Leben war.

In der Pause knuffte Simon ihn in die Seite. „Komm doch heute Nachmittag zu mir und log dich einfach dort ein", sagte er.

Jonte wurde wütend. „Wie oft muss ich dir noch erklären, dass ich das so nicht will!", blaffte er ihn an. „Lass mich endlich in Ruhe damit!"

„Ja, ja, ist ja schon gut!", brummte Simon und verzog sich. Für den Rest des Schultages redeten sie nicht mehr miteinander.

Die Gelegenheit kam beim gemeinsamen Abendessen. Wie üblich erkundigte sich seine Mutter nach der Schule und wie Jontes Tag sonst so gelaufen sei. Er erzählte ein bisschen und lenkte das Thema dann auf Simon und darauf, wie sich beide auf ihre gemeinsamen Abenteuer in X-World gefreut hatten. Er merkte, wie seine Mutter unwillig wurde.

Mit Engelszungen erklärte er ihr das Spiel, lobte Mareike und Jupp – doch auch wieder nicht zu sehr, um sie nicht eifersüchtig zu machen – und kam schließlich auf den Punkt: „Ich möchte dich nicht hintergehen, Mama. Aber jetzt liegt meine Spielerfigur irgendwo allein im Wald, und wenn sie da stirbt, dann komme ich auf einen anderen Server und kann nicht mehr mit Simon zusammen sein. Bitte. Nur einmal nachsehen."

Seine Mutter schwieg nachdenklich.

Das Telefon klingelte. Lisa nahm das Gespräch entgegen. Jonte hörte schon an ihrem Tonfall, dass es länger dauern würde. Irgendeine Schulsache. Soweit er es mitbekam, beschwerte sich eine Mutter darüber, dass ihre Tochter eine zu schlechte Note bekommen hatte. Mist. Meistens war seine Mutter nach solchen Gesprächen ziemlich mies gelaunt.

Missmutig räumte er den Tisch ab. Dann schlurfte er in sein Zimmer und ließ sich auf das Bett fallen. Etwas drückte unter seinem Rücken. Es war Joey, der Stofftiger, den sein Papa ihm mal geschenkt hatte. Jonte schlang seine Arme um das Tier und seufzte. An solchen Tagen fehlte Papa ihm besonders.

Prinzipien können ganz schön lästig sein, dachte er. Er wusste selbst nicht, warum er nicht einfach den leichteren Weg gegangen war. Heimlich bei Simon online gehen und fertig. Dann wüsste er jetzt Bescheid, und sein Freund wäre nicht auch noch sauer auf ihn. Blöd. Aber so war er nun einmal. Wenn er eine Sache für falsch hielt, dann ließ er sich auch nicht darauf ein – genauso, wie er sich umgekehrt nicht von etwas abbringen ließ, was er gut und richtig fand. Egal, welche Konsequenzen es nach sich zog.

So wie damals, als er dem Neuen beigestanden hatte, den keiner leiden mochte und der ständig gemobbt wurde. Beinahe wäre er dadurch selbst zum Außenseiter geworden. Aber in solchen Momenten interessierte ihn das nicht. Es war falsch, den Neuen zu mobben, und fertig.

War das jetzt Konsequenz oder Starrköpfigkeit oder einfach Dummheit?

Draußen gingen die Straßenlaternen an.

Es klopfte an der Tür. Seine Mutter kam herein und setzte sich zu ihm auf das Bett.

„Jonte, ich fürchte, dass du schon Anzeichen von Abhängigkeit zeigst", sagte sie. Er starrte aus dem Fenster und antwortete nicht.

„Aber ich finde es großartig von dir, dass du mich nicht hintergehen willst, sondern das Gespräch suchst. Darum möchte ich dir auch entgegenkommen. Allerdings fände ich es übertrieben, dich jetzt gleich wieder ins Spiel zu lassen. Das mit deiner Spielerfigur wird schon nicht so schlimm sein, wie du denkst. Ich verkürze die Strafe auf zwei Wochen. Vorausgesetzt natürlich, dass du dich in der Zwischenzeit anständig benimmst."

„Danke Mama", zwang Jonte sich zu sagen. Er kämpfte seine Enttäuschung nieder. „Und es tut mir leid, was ich zu dir gesagt habe."

„Ist schon gut", sagte seine Mutter und ging hinaus.

Der nächste Tag begann mit Englisch in der ersten Stunde. Simon fehlte heute. Jonte vertrieb sich die Zeit damit, die letzte Seite seines Heftes vollzukritzeln, zu dösen und von Norddorf zu träumen. Kurz vor Beginn der zweiten Stunde tauchte Simon doch noch auf. Er wirkte völlig übernächtigt.

„Wo kommst du denn her?", fragte Jonte, als sein Freund sich neben ihm auf den Stuhl fallen ließ.

„Hab verpennt. Wir waren fischen und außerdem ..." Er winkte ab. „Ach, das interessiert dich ja doch nicht. Nachher bekommst du noch Ärger mit deiner Mami."

Empört setzte Jonte zu einer Entgegnung an, aber er kam nicht dazu, sie auszusprechen. Frau Wiemer betrat das Klassenzimmer mit einem Stapel Hefte unter dem Arm.

„Oh nein", flüsterte Simon, „ein Test. Warum kann sie den nicht eine Woche vorher ankündigen wie alle anderen auch?"

Jonte schwieg und kämpfte sich verbissen durch den Fragebogen. Bewusst drehte er sein Heft dabei so, dass Simon nicht abschreiben konnte.

Eine gefühlte Ewigkeit später war der Schultag endlich vorbei. Jonte trottete zu den Fahrradständern. Er war allein. Mittwochs hatte Simon noch einen Förderkurs. Vielleicht war das im Moment auch ganz gut so.

Jonte stellte die Schultasche neben seinem Rad ab. Dann schloss er das Bügelschloss auf, befestigte es am Rahmen und machte sich daran, die Tasche auf dem Gepäckträger zu verstauen. Als er den Kopf hob, zuckte er zusammen. Zwei Jungen kamen mit grimmigen Gesichtern auf ihn zu. Der eine war dunkelhaarig und gut einen Kopf größer als er. An seinem Kinn spross der erste Flaum. Er trug eine Lederjacke, hatte die Daumen lässig in seinen Gürtel gesteckt. Der andere war blond, hatte ein teigiges Gesicht und wog mindestens 150 Kilo. Er trug eine Tüte mit Kartoffelchips bei sich, in die er immer wieder hineinlangte. Jonte erkannte die beiden, auch wenn sie sich noch nie begegnet waren. Zwinker und Klops. Berüchtigte Schlägertypen von der Schule, an der seine Mutter unterrichtete. Sein Herzschlag beschleunigte sich.

„Na sieh mal einer an, die Visage kenn ick doch", sagte der Dunkelhaarige. Sein Augenlid zuckte. „Du bist der Sohn von dieser Schäfer-Schlampe!"

Er blickte sich prüfend um, dann holte er eine Packung Camel aus seiner Jackentasche. Er fummelte die letzte Zigarette heraus, steckte sie sich zwischen die Lippen und nuschelte: „Haste mal Feuer?"

Jonte schüttelte stumm den Kopf.

„Na, det hätte mir auch jewundert." Er trat noch einen Schritt näher, zog ein Feuerzeug aus der Tasche, zündete die Zigarette an und blies Jonte den Rauch ins Gesicht.

„Oooh, hoffentlich riecht das deine Mami nicht, sonst kriegste am Ende noch Schimpfe!" Sein fetter Kumpel wieherte vor Vergnügen und schob sich eine Handvoll Chips in den Mund.

Jonte sah sich um, aber es gab keine Fluchtmöglichkeit. Wieder blies der andere ihm eine Rauchwolke ins Gesicht.

„Deine Scheiß-Mutter will, dass ich die Schulordnung abschreibe. Ich habe eine bessere Idee. Das wirst du für mich erledigen!"

„Keine gute Idee", sagte Jonte, ohne nachzudenken. „Sie kennt meine Handschrift. Das würde sie sofort merken."

Das Zwinkern wurde heftiger.

„Du bist ja ein richtiger kleiner Schlauberger!", sagte er mit einem Seitenblick zu Klops, der zu kichern anfing, als wäre das ein guter Witz gewesen. Zwinker knüllte seine leere Zigarettenschachtel zusammen und warf sie Jonte vor die Füße.

„Ups, nun ist mir das schon wieder passiert!" Er äffte eine weibliche Stimme nach: „Müll auf den Schulhof werfen ist verboten. Wer Müll auf den Schulhof wirft, muss die Schulordnung abschreiben!"

Ein tiefer Zug an der Zigarette. Wieder hatte Jonte Rauch im Gesicht.

„Heb das auf!", befahl Zwinker.

In Jontes Kopf arbeitete es. Gegen die beiden hatte er keine Chance. Zwinker wirke durchtrainiert und schnell. Unter den Fettmassen seines Kumpels begraben zu werden war auch keine angenehme Vorstellung. Andererseits war dies eine schreiende Ungerechtigkeit. Es war einfach nicht fair, so behandelt zu werden.

„Ich habe gesagt, du sollst die Schachtel aufheben", drohte Zwinker. Er packte Jonte an der Jacke.

„Mach es doch selber", murmelte er. Mit aller Kraft kämpfte er seine Tränen nieder.

„Was hast du gesagt?“ Zwinker riss Jonte an der Jacke zu sich heran. Eine Naht platzte auf.

„Schon gut, lass mich los, ich mache es ja.“

Der Angreifer gab ihn frei. Jonte bückte sich nach der Schachtel.

„Na also, geht doch“, kommentierte Zwinker. Dabei stieß er ihm mit aller Gewalt das Knie in die Rippen. Jonte fiel zu Boden, schrie auf und krümmte sich vor Schmerz.

„Da kommen welche, lass uns abhauen!“ Die Stimme klang undeutlich, Klops hatte den Mund voller Chips.

„Kein Wort zu deiner Mutter, sonst mach ich dich kalt.“ Zwinker zog laut die Nase hoch und rotzte den Glibber auf Jontes Haare.

„Man sieht sich, Schäfer“, zischte er, warf die brennende Zigarette auf ihn, drehte sich um und schlenderte seelenruhig davon.

Jonte rappelte sich auf. Nun gelang es ihm nicht mehr, die Tränen zurückzuhalten. Er weinte vor Scham und vor Schmerz und vor Wut. Der halb abgerissene Kragen seiner Jacke lag schlaff auf seiner Schulter. Jonte überlegte, was er seiner Mutter erzählen sollte. Er hasste es, sie zu belügen, aber diesmal sah er keine andere Möglichkeit.

Die zwei Wochen Computerverbot zogen sich endlos in die Länge. Simon trug mit den Geschichten, die er ihm aus dem Spiel erzählte, nicht gerade dazu bei, seine Ungeduld zu mildern.

Endlich war es so weit. Lisa gab Jonte die kleine Blackbox wieder, die sie einbehalten hatte. Mit bangem Herzen verzog er sich in sein Zimmer, legte den Cyberanzug an und ging online.

„Bitte ...“, flüsterte er.

Ein Fenster poppte auf, das er noch nie gesehen hatte. *„Sie haben Ihre letzte Sitzung verlassen, ohne sich abzumelden. Bitte loggen Sie sich immer ordnungsgemäß aus X-World aus. Ansonsten müssen Sie mit Datenverlusten rechnen.“*

War das jetzt ein gutes oder ein schlechtes Zeichen?

Jonte berührte den OK-Button – und fand sich auf einem weichen Fell wieder. Er lag auf seinem Bett! Hastig stand er auf und ging nach nebenan. Seine X-World-Eltern saßen am Tisch.

„Hallo Jonte!", sagte Mareike. „Du warst aber lange weg!"

„Ja", antwortete er. „Ich hatte ein bisschen Ärger zuhause. Computerverbot ... Wie bin ich hierhergekommen?"

„Ich habe dich getragen", antwortete Jupp, als wäre es die selbstverständlichste Sache der Welt. „Martha war hier und hat von deinem Besuch berichtet. Als du dann nicht nach Hause kamst, habe ich mich auf die Suche gemacht. Die Bäckersfrau hatte gesehen, dass du in Richtung Fischerdorf gegangen warst, darum war es nicht so schwer, dich zu finden. Du hast Glück gehabt. Solche Situationen sind nicht ungefährlich. Einer aus dem Nachbardorf ist mal umgekippt, und ehe sie ihn gefunden hatten, waren die Krähen schon bei ihm. Das war kein schöner Anblick. Und auch die Füchse langen gerne mal zu. Aber an dir war keine Spur zu sehen, obwohl du bestimmt etliche Stunden da gelegen hast. Merkwürdig. Als hätte jemand bei dir Wache gehalten ... Ich bin jedenfalls froh, dass wir dich wiederhaben!"

„Ich auch!", sagte Jonte. „Ich auch!"

„Übrigens kommst du gerade rechtzeitig für das große Jahresfest!", sagte Mareike. „In zwei Tagen brechen wir auf nach Salem."

„Das große Jahresfest?", fragte Jonte verwirrt. Er war sich nicht sicher, ob er davon schon mal gehört hatte.

„Ja", sagte Mareike. „Einmal im Jahr reisen alle Waldmenschen in die Hauptstadt, um den Tag ihrer Befreiung zu feiern. Es herrscht eine tolle Stimmung, und man trifft Leute, die man ewig nicht gesehen hat."

„Und außerdem tritt der Hohe Rat zusammen und bespricht wichtige Angelegenheiten", sagte Jupp. „Meinst du, dass du mitkommen kannst?"

„Ich glaube schon", sagte Jonte. „Morgen fangen die Osterferien an, und ich fahre zu meinem Vater. Der sieht das mit dem Spiel nicht ganz so eng wie Mama."

* * * *

Es war ein anstrengender Fußmarsch, und Jonte hoffte, dass es nicht mehr lange dauern würde. Seine Beine schmerzten. Die letzten Kilometer hatten sie unaufhörlich bergauf geführt. Endlich erreichten sie den Gipfel des Gebirgszugs und legten eine kleine Pause ein. Jonte blickte staunend auf ein Meer von Häusern hinab, das das Tal überflutet und den umgebenden Wald zurückgedrängt hatte.

„Das ist Salem, unsere Hauptstadt", sagte Jupp stolz.

„Und das ...", er deutete auf eine Siedlung, die sich ein wenig abseits an den Fuß des Berges schmiegte, „ist Apfeltal. Dort werden wir übernachten. Wie du siehst, liegt es nicht weit von Salem entfernt. Man ist in einer halben Stunde da."

Er lächelte, als er sah, wie überwältigt Jonte von dem Anblick war.

„Du solltest in drei Wochen nochmal wiederkommen, wenn die Apfelbäume blühen. Dann ist es traumhaft schön hier! Siehst du die Hütte dort drüben, wo der Bach eine Biegung macht? Da wohnt meine Schwester. Schaffst du es noch bis dahin?"

Anstatt auf eine Antwort zu warten, schlug er Jonte freundschaftlich auf die Schulter. Sie luden sich ihre Rucksäcke auf und machten sich an den Abstieg.

Anna und ihr Mann Lars nahmen die Ankömmlinge herzlich auf. Sie umarmten Jonte, als würden sie ihn schon ein Leben lang kennen, und baten die Reisenden dann in ihren Speiseraum, wo sie bereits ein gedeckter Tisch erwartete.

Jonte sah sich verstohlen um. Der Raum wirkte etwas kleiner als ihrer in Norddorf. An den Wänden hingen Gemälde, die das Tal zur Zeit der Apfelblüte in den unterschiedlichsten Ansichten darstellten. Der große Tisch in der Mitte schien ein Zwillingsbruder ihres eigenen Esstisches zu sein – Jonte nahm an, dass Jupp ihn gebaut hatte, mochte aber nicht danach fragen.

Sie setzten sich und ließen sich bewirten. Allmählich wich seine Erschöpfung. Nach dem Essen begannen die Erwachsenen, über

Leute zu reden, die Jonte nicht kannte, und das Zuhören wurde ihm schnell langweilig. So ging er hinaus, um die Gegend zu erkunden.

Es war wirklich schön hier. Überall standen Apfelbäume, denen das Tal seinen Namen verdankte. Die Knospen begannen schon zu schwellen. Es konnte nicht mehr lange dauern, bis die ganze Gegend ein einziges Blütenmeer sein würde.

Jonte folgte dem Sandweg, der parallel zum Bachufer verlief und ihn an einigen Häusern vorbeibrachte, die dem von Anna und Lars zum Verwechseln ähnelten. Dann knickte der Weg unvermittelt ab und führte über eine schmale Brücke ins Dorfzentrum hinein.

Das Dorf quoll über vor Wanderern, die zum Jahresfest wollten. Geschäftstüchtige Händler hatten kleine Stände aufgebaut, an denen es gekühlten Apfelwein zu kaufen gab – eine Spezialität dieser Gegend. Die erschöpften Reisenden griffen gerne zu, dankbar für diese Erfrischung kurz vor dem Ziel. Man alberte herum, lachte und tauschte die neuesten Nachrichten aus.

Jonte mischte sich unter die Leute, ließ sich einfach treiben. Er genoss die entspannte Stimmung, das Stimmengewirr und die fröhlichen Gesichter um ihn herum. Auf einmal wurde ihm klar, dass diese zahllosen Menschen eines gemeinsam hatten: Sie standen hinter der Idee seines Vaters. Alle hier waren auf dem Weg zum großen Jahresfest, um ihre Gemeinschaft zu feiern. Sie alle hatten sich dazu verpflichtet, Gutes zu tun, ließen sich bereitwillig von einem Ethikbot überprüfen, gehörten bewusst zum Volk der Waldmenschen, von dem auch er ein Teil war. Ihn durchflutete eine Welle des Glücks. Dies war so viel mehr als ein Spiel.

Plötzlich riss ein dumpfer Schrei ihn aus seinen Überlegungen. Jonte fuhr herum und versuchte zu erkennen, wo das Geräusch hergekommen war. Schließlich sah er es: Ein älterer Mann torkelte über die Straße. Seine ohnehin fleckigen Kleider waren zerrissen, die Haare strähnig und verklebt. Er schwitzte. Unvermittelt brüllte er wie ein Stier, senkte den Kopf und rannte damit gegen einen der Verkaufsstände, der prompt zusammenbrach und den Alten unter sich begrub. Einen Moment blieb er reglos darunter liegen, dann befreite er sich fluchend aus den Trümmern. Sein Kopf blutete aus mehreren kleinen Platzwunden, die er sich bei dem Zusammenstoß zugezogen hatte, aber das schien er nicht zu bemerken. Die Menschen in seiner Nähe drängten sich ängstlich von ihm weg, andere schoben sich heran, weil sie sehen wollten, was da vor sich ging. Im Endeffekt entstand ein großer Kreis, so wie er sich bei Prügeleien auf dem Schulhof bildet.

Jonte stand wie festgenagelt da. Er merkte gar nicht, dass er sich in der Mitte des Kreises befand, stattdessen starrte er nur den unheimlichen Mann an. Anfangs hatte er ihn für einen Betrunkenen gehalten, aber dieser Kerl war nicht betrunken, es war etwas anderes.

Der Unheimliche kam jetzt auf ihn zu. Blut lief ihm über Stirn und Wangen. Er blieb stehen, dabei wischte er sich mit einer fahrigen Bewegung durch das Gesicht. Es entstand eine rotgraue Mischung aus Schweiß, Blut und Straßenstaub, die ihn noch gefährlicher wirken ließ. An seinem Mund bildeten sich Schaumbläschen. Der Mann sah Jonte an, bewegte die Lippen, versuchte etwas zu sagen, dann fuhr er plötzlich herum und ging mit einem irren Gebrüll auf die Schaulustigen los, die schreiend zur Seite stoben.

Wieder blieb er stehen, hielt mitten in seiner Bewegung inne, so als hätte er plötzlich vergessen, was er eigentlich tun wollte. Er begann zu torkeln. Es sah aus, als versuchten seine Beine in unterschiedliche Richtungen zu laufen. Nach einigen unbeholfenen Drehungen bewegte er sich erneut auf Jonte zu, der immer noch wie angewurzelt auf seinem Platz stand. Der Junge war angewidert und fasziniert zugleich, verspürte Angst und gleichzeitig Mitleid mit diesem Mann. Schließlich standen sie sich gegenüber, nur eine Armeslänge voneinander entfernt.

„Du!", brüllte der Alte mit einer furchtbaren Stimme, die unmöglich seine eigene sein konnte. „Du! Ich kenne dich! Du bist Jonte, der Sohn des Schöpfers! Was willst du hier? Dich mach ich fertig!"

Dann griff er sich an die Kehle, als wollte er sich selbst erwürgen. Es war, als kämpften zwei Wesen in seinem Körper um die Vorherrschaft. Der Mann fiel hin, wälzte sich hin und her. Wieder richtete er seinen Blick auf Jonte.

„Lauf!", sagte er plötzlich mit einer ganz anderen Stimme. „Ich weiß nicht, wie lange ich ihn noch bändigen kann!"

Jonte wich einige Schritte zurück, dann drehte er sich um, bahnte sich einen Weg durch die Menschenmenge und rannte, so schnell er konnte, zurück in sein Quartier.

Die Erwachsenen, die immer noch in ihr Gespräch vertieft waren, schreckten hoch, als der Junge heftig atmend und mit kreidebleichem Gesicht in den Speiseraum stürzte.

„Was ist passiert?", fragte Mareike mit besorgter Miene.

Jonte berichtete mit knappen Worten, während er gleichzeitig nach Luft schnappte.

„Das war ein Besessener", sagte Jupp schließlich. „Sie treten in letzter Zeit wieder häufiger auf. Einige von Lutz' Freunden machen sich einen Spaß daraus, fremde Accounts zu hacken und die Kontrolle über deren Avatars zu übernehmen. Auf diese Weise können sie sogar Verbrechen verüben, ohne selbst dafür belangt zu werden."

„Kann man denn gar nichts tun, um ihnen zu helfen?", fragte Jonte.

„Nein, gar nichts. Leider. Wenn der Zugang erst einmal gehackt ist, bekommt man den Eindringling nicht mehr weg. Darum nehmen sich die meisten Befallenen nach einiger Zeit das Leben. Einen Freund von mir hat es mal erwischt. Er war es irgendwann leid, ständig einen Kampf zu führen, den man nicht gewinnen kann."

Jonte schwieg betroffen.

Jupp sah zu Mareike hinüber, dann wieder zu Jonte. „Es gefällt mir gar nicht, dass sie jetzt von dir wissen", fügte er hinzu. „Wir hatten gehofft, dass deine Anwesenheit im Spiel geheim bleibt. Man weiß nie, was dieses Gesindel im Schilde führt. Es ist wohl besser, wenn du erst mal im Haus bleibst."

Jonte nickte. Für heute hatte er wirklich genug erlebt. Er ließ sich seine Kammer zeigen und ging schlafen.

Als er am nächsten Morgen erwachte, fand er die Erwachsenen bereits beim Frühstück.

„Heute besuchen wir eine Sitzung des Hohen Rats!", sagte Jupp feierlich.

„Dürfen wir denn da einfach so hingehen?", fragte Jonte.

„Ja. Die Zusammenkünfte sind öffentlich. Man hat sogar Tribünen errichtet, damit jeder, der möchte, zuhören kann."

„Du wirst es vielleicht langweilig finden", fügte er nach einer kurzen Pause hinzu, „aber ich meine, dass man es wenigstens einmal gesehen haben muss. Dort schlägt das Herz unserer Gemeinschaft. Der Rat fällt alle wichtigen Entscheidungen. Und wenn er gar nicht weiter weiß, dann nimmt Olaf, der Oberste, Kontakt mit deinem Vater auf und bittet ihn um Weisung."

Jonte fühlte, wie ihn eine Welle des Stolzes durchströmte. Sein Vater!

„Nach dem Vorfall von gestern halte ich es für besser, wenn du in meiner Nähe bleibst", sagte Jupp mit ernster Miene. Jonte nickte. Der Schreck saß ihm immer noch in den Knochen.

Sie machten sich zu viert auf den Weg in die Stadt. Lars war nicht mitgekommen, weil er noch einiges im Haus zu erledigen hatte. Mareike und Anna wollten zu den Basaren, und so trennten sich ihre Wege nach einer halben Stunde.

Jonte blieb dicht bei Jupp und schob sich mit ihm durch die Straßen, die immer voller wurden, je näher sie dem Versammlungsgebäude kamen.

„Das Schöne am Jahresfest ist, dass jeder sein Möglichstes tut, um dabei zu sein", sagte Jupp und legte Jonte die Hand auf die Schulter. „Viele nehmen im echten Leben extra Urlaub dafür. Einfach toll, dieses Gefühl der Verbundenheit!"

Jonte verstand, was er meinte. Er konnte es spüren.

Sie betraten einen weitläufigen Platz. Vor ihnen ragte ein hohes Gebäude aus weißem Marmor auf. „Unser Versammlungshaus", erklärte Jupp. „Früher war das mal ein einfacher Holzbau, aber man hat ihn erweitert, damit mehr Menschen hineinpassen. Du wirst sehen."

Sie passierten ein Tor, an dem Soldaten Wache standen. Mit geübten Handgriffen tasteten sie die Besucher nach Waffen ab.

„Die Ratsmitglieder gehen durch diese Tür." Jupp zeigte nach vorn.

„Die Zuschauer können dort hinten hineingehen. Ich glaube, wir haben Glück. Heute Morgen ist hier noch nicht viel los."

Sie stiegen eine lange, flache Treppe hinauf und erreichten eine Galerie, von der aus man auf die Ratsversammlung hinabschauen konnte. Jonte spähte über die Brüstung. Er sah einen mächtigen Präsidiumstisch, hinter dem fünf Leute saßen, ein Rednerpult, das gerade leer war, und etwa siebzig Abgeordnete an kreisförmig angeordneten Tischen. Alles wirkte sehr bedeutsam. Eine Gruppe fiel ihm besonders auf; deren Mitglieder waren mit einem schwarzen Umhang bekleidet und trugen ein großes goldenes „R" auf dem Herzen. Einer von ihnen erhob sich soeben und trat an das Rednerpult.

Die Debatte wurde direkt auf die Audioeinheit des Cyberhelms übertragen – man konnte alles so klar hören, als stünde man unmittelbar neben den Sprechern. Soweit Jonte begriff, ging es gerade um die Handelsbeziehungen nach Theben.

Der Redner war absolut dagegen. Er fürchtete, dass daraus ein schlechter Einfluss auf die Jugend entstehen könnte, und bezog sich dabei mehrfach auf ein Regelwerk namens „Codex Silvanus".

„Was sind das für merkwürdige Leute?", erkundigte sich Jonte im Flüsterton.

„Sie nennen sich ‚Ronaldisten'", raunte Jupp zurück. „Keiner kennt Rons Gesetzbuch besser als sie."

Jonte war beeindruckt. Zwar fand er deren Verkleidung etwas seltsam und kannte sonst niemanden, der seinen Vater „Ronald" nannte, aber diese Leute schienen doch treue Unterstützer seiner Idee zu sein und sich dafür einzusetzen, dass sein Willen befolgt wurde.

Eine Abgeordnete aus dem Westen meldete sich zu Wort. Sie vertrat eine entgegengesetzte Ansicht. Die Wirtschaft brauche den Außenmarkt, führte sie an, zudem könne man nicht so tun, als lebe man auf einer Insel. Die Befürchtung, durch bloßen Handel die Jugend zu verderben, hielt sie für absurd. Ron wolle, dass von den Waldmenschen positive Impulse auf den Rest der Welt ausgingen – das könne jedoch nicht geschehen, wenn sie sich isolierten.

Jonte war verwirrt, denn auch diese Argumente leuchteten ihm ein.

Gespannt verfolgte er das weitere Hin und Her der Debatte. Schließlich verkündigte der Versammlungsleiter, dass er in dieser Frage die Meinung von Ron einholen wolle – doch zu Jontes Überraschung stimmten die Ronaldisten dagegen. Ihrer Meinung nach sei die Rechtslage eindeutig, und man brauche den Schöpfer nicht mit diesem Thema zu behelligen. Bestimmt habe er wichtigere Dinge zu tun. Der Vorsitzende verkündete den Beginn der Mittagspause, woraufhin die Menschen aus dem Gebäude strömten.

„Was hältst du von diesen Ronaldisten?", fragte Jonte. „Ich habe den Eindruck, dass sie es wirklich ernst meinen."

„Ehrlich gesagt, mag ich sie nicht besonders", antwortete Jupp. „Es sind sicherlich auch ein paar gute Leute dabei, doch die meisten wirken ziemlich arrogant. Ihre Gesetzeskenntnis ist praktisch unschlagbar, das muss man ihnen lassen, aber ich glaube, dass sie sich die Sachen gerne so zurechtlegen, wie es ihnen gerade passt."

„Wo finde ich diesen ‚Codex Silvanum'?", fragte Jonte.

Jupp lachte. „Es gibt einen in jedem Haushalt", sagte er. „Aber ich kenne niemanden, der ihn auch gelesen hat."

Als sie an diesem Abend nach Hause kamen, fragte Jonte nach einem Exemplar des Buches. Lars grinste, sagte aber nichts. Dann ging er in ein Nebenzimmer. Es dauerte eine ganze Weile, bis er mit einem dicken Wälzer zurückkam, der aussah wie neu.

„Hier, viel Spaß damit!", sagte er und reichte es ihm mit einem Augenzwinkern. Anscheinend fand er es völlig abwegig, sich mit diesem Buch zu beschäftigen. Aber seitdem Jonte wusste, dass es von seinem Vater stammte, brannte er darauf, es kennenzulernen.

Er verzog sich in seine Kammer und begann zu lesen.

Es war tatsächlich eine ziemlich trockene Lektüre. Seitenweise Vorschriften und Rechtsbeispiele. Doch je länger er darin las, desto deutlicher spürte er die Gegenwart seines Vaters in diesen Seiten. Er fühlte dessen Fürsorge für sein Volk, sein Bemühen, alles so zu regeln, dass es ihnen gut ging und sie ein sicheres Leben führen konnten. Selig lächelnd schlief er beim Lesen ein.

Am nächsten Morgen wanderten Jupp und Jonte wieder nach Salem. Die Frauen blieben diesmal zuhause, weil sie Vorbereitungen für das Festmahl am Abend treffen wollten. Lars hatte verkündet, ihnen dabei helfen zu wollen (was von den Frauen mit skeptischen Blicken quittiert wurde). Jupp bekam eine Einkaufsliste mit, und sie machten sich auf den Weg zum Basar.

Jonte war tief beeindruckt. So etwas hatte er noch nie gesehen. Dicht an dicht drängten sich garagengroße Geschäfte, die vor Waren überquollen. Es gab keine erkennbare Ordnung darin, Schmuckläden wechselten sich ab mit Gemüsehändlern, daneben gab es Teppichverkäufer, Keramikhandlungen, kleine Metzgereien, Stände mit Süßigkeiten und Imbissbuden. Fliegende Händler versuchten, sich gegenseitig mit ihren Rufen zu übertönen; sie warben mit lautstarken Stimmen für die Qualität ihrer Artikel und ihre einmalig günstigen Preise.

Die vielen Besucher, die wegen der Festtage angereist waren, quetschten sich fröhlich schwatzend durch die schmalen Gassen – man wurde von einem beständigen Strom aneinandergedrängter Leiber vorangeschoben. Mehrfach wählte Jupp eine der zahllosen kleinen Abzweigungen, bis Jonte zu fürchten begann, aus diesem Labyrinth nie wieder herauszufinden. Anscheinend spürte sein Ziehvater das, denn er lächelte ihm aufmunternd zu.

„In dieser Gasse arbeiten hauptsächlich Apfeltaler“, erklärte er. „Darum kaufe ich am liebsten hier.“

Ein freundlicher Gemüsehändler lud sie auf ein Gläschen Tee ein. Offensichtlich kannte er Jupp und auch dessen Heimatdorf, denn er wollte wissen, wie es der Bäckersfrau ginge und ob der Müller es immer noch so schlimm mit dem Rücken habe und hundert ähnliche Dinge mehr. Jupp gab ihm bereitwillig Auskunft.

Jonte hatte kein Interesse am Dorfklatsch. Er sah sich in dem kleinen Laden um und betrachtete eingehend die Zwiebeln, Gurken und Äpfel, die der Inhaber zu hübschen Pyramiden aufgeschichtet hatte. Nach einer Weile stupste Jupp ihn an. „Es ist sicher langweilig für dich. Warum schaust du dich nicht ein bisschen in der Stadt um? Wir treffen uns dann zum Mittagessen."

Jonte blickte ihn angstvoll an. „Hier finde ich mich doch niemals zurecht!"

Jupp lachte. „Es ist nicht so schlimm, wie es wirkt", erklärte er. Er griff in seine Hemdtasche und zog einen zerknitterten Stadtplan hervor – mehr eine grobe Skizze, die jemand auf ein Stück Papier gezeichnet hatte. „Das hier könnte dir weiterhelfen. Falls du dich verläufst, fragst du dich einfach durch. Wir treffen uns um zwölf Uhr vor dem Versammlungsgebäude. Das kennt jeder." Er schlug Jonte aufmunternd auf die Schulter. „Du schaffst das. Der Mensch wächst mit seinen Herausforderungen."

Dann wandte er sich wieder dem Gemüsehändler zu. Jonte stand unschlüssig an der Ladentür und sah abwechselnd auf das bunte Treiben in der Gasse, den Stadtplan in seiner Hand und die beiden Männer, die so vertieft in ihr Gespräch waren, dass sie seine Existenz vollkommen vergessen zu haben schienen. Schließlich gab er sich einen Ruck und trat hinaus in den Strom der Menschen.

Da er kein bestimmtes Ziel hatte, ließ er sich einfach treiben. Er kam an einem Waffenladen vorbei, wo er fasziniert die Äxte, Schwerter und Bögen betrachtete, die dort angeboten wurden. Doch als der Verkäufer ihn ansprach, zog er es vor weiterzugehen. Dafür betrat er wenig später einen Laden, der mit Taschen und Koffern aller Art angefüllt war, und kaufte sich einen Rucksack. Das Bezahlen war praktisch geregelt – nachdem man über den Preis einig geworden war, reichte man sich einfach die Hand, und der Betrag wurde von einem Konto auf das andere übertragen.

Er war ganz gut bei Kasse – Gerhardt Fleischmann hatte stillschweigend hundert Silberlinge für ihn eingezahlt. Sein Adoptiv-Großvater konnte wirklich großzügig sein. Jonte hingegen war eher sparsam veranlagt – dieser Rucksack war das Erste, das er sich in X-World kaufte. Darum hätte er den von den Silberlingen, die jeder Waldmensch täglich erhielt, leicht selbst bezahlen können.

Allmählich wich seine Anspannung, und er begann, die Freiheit zu genießen. Er steckte den Stadtplan, den er bis dahin ängstlich umklammert hatte, in die Tasche und vertraute sich dem Menschenstrom an. Gelegentlich bog Jonte auf gut Glück mal rechts und mal links ab und kam sich dabei vor wie der Entdecker einer fremden Welt.

Unversehens erreichte er das Ende des Basars. Die Läden hörten auf, dafür reihte sich nun Bar an Bar; die meisten waren rot beleuchtet und mit eindeutigen Bildern versehen. Jonte spürte eine merkwürdige Mischung aus Neugier und Ekel, als er langsam auf diese Häuser zuging. Schließlich blieb er abrupt stehen, drehte um und eilte zurück. Nein, das hier war nichts für ihn.

„Hey, wohin so eilig?", hörte er eine Stimme. Jonte blieb stehen und blickte sich um. Ein junger Mann, sportlich, mit gut geschnittenem Anzug, lächelte ihn an.

„Du solltest dir unsere Angebote wenigstens mal anschauen. Ich kenne ein Männerhaus gleich in der Nähe, das ist der Hammer. Die Frauen dort musst du gesehen haben. Da platzt dir der Cyberanzug, das verspreche ich dir!"

„Nein danke, ich bin nicht interessiert!", sagte Jonte und wollte weitergehen. Der junge Mann hielt ihn an der Schulter fest. Sein Griff war nur leicht, aber verriet dennoch Kraft.

„Nun warte doch mal!", sagte er immer noch lächelnd. „Bist du vielleicht schwul? Das wäre auch kein Problem, wir haben Angebote für jeden Geschmack."

„Nein", sagte Jonte und sah ihn mit festem Blick an. Sein Gegenüber hatte dunkle braune Augen, die merkwürdig kalt wirkten.

„Ich bin nicht schwul. Ich bin an deinen Angeboten lediglich nicht interessiert, das ist alles."

„Ach so!", der Mann lachte. „Du bist noch Jungfrau, stimmt's?"

Jonte spürte, dass er rot wurd. Konnte man das seinem Avatar ansehen?

„Na aber, da bist du bei uns doch genau richtig. Wir haben erfahrene Frauen, die dich in die Kunst der Liebe einführen. Sie bringen dir alles bei, was du wissen musst, um ein guter Liebhaber zu werden. Wie klingt das?"

Jonte merkte, wie sein Penis anschwoll. Zugleich nahm seine Abscheu zu. Das hier fühlte sich definitiv nicht richtig an.

„Ich will es aber nicht auf diese Weise erleben", sagte er entschlossen.

„Komm schon, hast du denn keine männlichen Bedürfnisse?" lockte der Fremde.

„Natürlich habe ich die!", bekannte Jonte. „Aber ich will mich nicht von ihnen beherrschen lassen. Und ich will schon gar nicht andere Menschen dazu benutzen, um sie zu befriedigen!"

Der Mann lachte spöttisch. „Hat dir das deine Mutti beigebracht? Glaub mir, die Mädels hier tun das gern. Und außerdem ist doch alles nur virtuell!"

Allmählich wurde Jonte wütend.

„Welchen Teil des Wortes ‚Nein' hast du nicht verstanden?", blaffte er den Fremden an. „Ich will diese Art von Sex nicht. Ich finde das widerlich. Basta."

Er drehte sich um und ging weg. Der Mann folgte ihm.

„Hey, warte mal!", sagte er.

Jonte ging einfach weiter.

„Du hast Mumm, das gefällt mir."

Der Junge ignorierte ihn.

„Nein wirklich. Leute wie du können es weit bringen in dieser Stadt. Träumst du nicht auch manchmal von Ruhm und Ehre?"

Der Mann machte mehrere schnelle Schritte und stand plötzlich direkt vor Jonte, so dass dieser stehenbleiben musste. Er wich zurück.

„Wovon redest du?“, fragte er verwirrt.

„Von der Arena. Vom Schwertkampf Mann gegen Mann. Von Abenteuern und vom Jubel der Massen. Du könntest ein Star werden!“

Jonte starrte ihn an. Woher kannte dieser Mensch seine Träume? Plötzlich sah er sich selbst in der Arena mit einem blutigen Schwert in der Hand, um ihn herum lagen die Leichen dreier Feinde, während die Menge aufgeregt „Jonte, Jonte“ skandierte ...

„Ein Freund von mir ist Leiter der besten Schwertkampfschule hier am Ort. Du hast Talent, das sieht man gleich. Er kann dich ausbilden, und wenn dein Vater dann noch den einen oder anderen Hack laufen lässt, bist du ganz schnell ein gefeierter Champion.“

Jonte stutzte. Dieser Typ wusste, wer er war! Das Bild, das vor seinem geistigen Auge aufgestiegen war, zerplatzte wie eine Seifenblase. Plötzlich erkannte er die Falle.

„Das ist nicht mein Weg“, sagte er knapp, während in ihm zugleich eine bohrende Frage zum Leben erwachte: *Was war dann sein Weg?*

„Ich glaube, du bist nur zu feige!“, höhnte der Mann, aber das konnte Jonte nicht treffen.

„Lieber feige als dumm!“, gab er zurück, schob den Fremden beiseite und ging wieder auf den Basar zu. Der Mann packte Jonte an seinem Rucksack.

„Warum rennst du denn andauernd weg?“, fragte er. „Du fliehst gerade vor der Chance deines Lebens! Ich kann dich reich machen. Reich und mächtig. Du könntest der König von X-World werden. Schließ dich uns an. Bestimmt hast du schon mal von mir gehört. Meine Name ist Lutz Singer. Und ich kontrolliere praktisch alles hier.“ Er machte eine ausladende Handbewegung.

Jonte starrte ihn an.

„Na, was ist? Kein Interesse daran, auf die Siegerstraße zu kommen? Reich und mächtig zu werden?“

„Nein“, sagte Jonte.

„Nein? Was kann ein Mensch denn sonst noch wollen?“, fragte Lutz irritiert.

„Ich will einfach ein guter Mensch sein."

„Ein guter Mensch? Was meinst du damit?"

„Ich arbeite daran, das herauszufinden. Aber so viel weiß ich schon jetzt: An deinen Angeboten bin ich nicht interessiert. Lass mich in Ruhe."

Damit ging er weg. Und diesmal folgte Lutz ihm nicht mehr.

* * * *

Als Jupp und Jonte wieder in ihrem Quartier ankamen, erkannten sie den Speiseraum kaum wieder. Die Frauen hatten – ob nun mit der Hilfe von Lars oder allein – ganze Arbeit geleistet. Der Tisch war liebevoll gedeckt, Blumensträuße und schöne Tücher verliehen dem Raum ein festliches Aussehen. Zehn Teller standen auf der Tafel.

„Wir erwarten noch einige Gäste – aber heute Abend bist du die Hauptperson!", sagte Jupp und lachte.

„Ich, wieso das denn?", fragte Jonte irritiert.

„Weil du der Jüngste bist. Und dem Jüngsten in der Runde fällt eine wichtige Aufgabe zu. Du wirst schon sehen."

Jonte wollte mehr wissen, aber Jupp tat weiterhin geheimnisvoll. „Warte es ab!", sagte er nur. Irgendwann gab Jonte auf.

Als es zu dämmern begann, hörten sie plötzlich ein eigenartiges Geräusch.

„Die Widderhörner!", rief Lars. „Kommt schnell hinaus!"

Ein dumpfes Trompeten wehte von der nahen Stadt herüber. Ihm antworteten ähnliche Klänge, diesmal von weiter westlich. Schließlich ertönte ein Horn irgendwo in der näheren Umgebung.

Jonte bekam eine Gänsehaut. Eine feierliche Stimmung erfasste ihn.

„Es ist so weit", sagte Jupp. „Das große Fest hat begonnen. Überall sitzen nun die Menschen in ihren Familien zusammen und zelebrieren ein besonderes Mahl. Und jetzt, mein Sohn, hast du deinen großen Auftritt!"

Er lächelte ihn liebevoll an.

„Was muss ich denn tun?"

„Ach, es ist eigentlich ganz leicht", erklärte Mareike. „Wenn wir am Tisch sitzen, fragst du: ‚Was ist denn das Besondere an diesem Abend?' Kriegst du das hin?"

„Mehr nicht?", fragte Jonte. Es klang enttäuscht.

Mareike lachte ihr helles Lachen. „Nein", sagte sie. „Mehr nicht. Aber es ist eine große Ehre, und ohne diese Frage kann das Fest nicht beginnen."

Bald darauf saßen sie an dem schön gedeckten Tisch. Es herrschte eine feierliche Stille. Jonte merkte, wie sich alle Augen auf ihn richteten, und obwohl er nur diesen einfachen Satz zu sagen hatte, bekam er Lampenfieber. Jupp nickte ihm freundlich zu.

Jonte sah in die Runde. Sollte er aufstehen? Plötzlich spürte er einen Kloß im Hals. Er räusperte sich, dann fragte er: „Was feiern wir heute? Was ist das Besondere an diesem Abend?"

Jupp erhob sich. „Wir feiern die Befreiung aus der Sklaverei", begann er. „Wir feiern den Sieg des Lichtes über die Finsternis, der Gerechtigkeit über die Ungerechtigkeit, der Freiheit über die Gefangenschaft."

Er legte eine bedeutungsvolle Pause ein und nickte Mareike zu, die daraufhin eine Kerze anzündete. Dann fuhr er fort: „Einst waren unsere Vorfahren Sklaven in Theben. Sie mussten als Gefangene des Pharao hart arbeiten und wurden geschlagen und misshandelt. Sie aßen das Brot der Knechtschaft."

Bei diesen Worten nahm er einen ägyptischen Brotfladen, der unter einer Serviette verborgen vor ihm auf dem Tisch lag, und zerbrach ihn. Er reichte jedem ein Stück, dann aßen alle, verzogen das Gesicht und sagten „Puh!". Jonte wunderte sich, denn er fand an diesem Brot nichts auszusetzen, aber er tat es den anderen gleich und sagte ebenfalls laut „Puh!".

„Ja, diese Gefangenschaft war eine harte Prüfung", fuhr Jupp fort. „Aber eines Tages schickte Ron seinem Volk einen Befreier mit Namen Yannick. Der Pharao aber weigerte sich, die Waldmenschen freizugeben. Er plusterte sich auf und forderte Ron zum Kampf heraus."

Bei diesen Worten zog Jupp eine Schüssel hervor, die ebenfalls unter einer Stoffserviette verborgen gewesen war, und gab sie herum. Jeder griff hinein. „Popcorn?“, fragte Jonte überrascht, als er den Inhalt der Schüssel erkannte.

„Bei uns heißt es Narrenkorn“, erläuterte Anna. „Es ist aufgeblasen, aber es steckt nicht viel dahinter. So wie bei dem Pharao damals.“

Jonte lachte und stopfte sich eine Handvoll davon in den Mund. Er liebte das Zeug.

„Ron aber ließ durch Yannick ein Wunder nach dem anderen geschehen. Und am Ende gab es ein gewaltiges Feuerwerk ...“

Plötzlich knallte und blitzte es. Jonte schreckte zusammen. Jupp hatte ein Tischfeuerwerk gezündet und grinste verschmitzt wie ein Schuljunge.

„Diesen Teil hast du aber dazuerfunden!“, beschwerte sich Mareike lächelnd.

„Eigentlich steht der Ablauf für diesen Teil des Abends genau fest“, erklärte sie. „Aber Jupp schafft es jedes Jahr, eine neue Überraschung einzubauen.“

Jupp grinste und wurde dann wieder ernst. „Wir waren wie Schafe unter den Wölfen“, sagte er. „Doch am Ende konnten wir feiern. Nun sind wir freie Menschen und werden es bleiben. Wir sind niemandes Sklave, und keiner soll je unser Sklave sein.“

Die Gäste applaudierten, und wie jedes Jahr gab es nun ein Stück gebratenes Lamm und einen Becher Rotwein für jeden.

Jonte war tief berührt. „Und das machen alle Waldmenschen so?“, fragte er.

„Ja!“, sagte Mareike. „In allen Häusern essen die Menschen heute Abend die gleichen Speisen zur Erinnerung an unsere Befreiung und den Neuanfang, den dein Vater uns geschenkt hat. Nur das mit dem Feuerwerk ist die Spezialität deines anderen Vaters.“

Ihr antwortete ein fröhliches Gelächter aus der Runde, und Jonte war wieder einmal sehr stolz darauf, ein Waldmensch zu sein.

19 DIE VORKOMMNISSE IN NORDDORF

Am nächsten Tag traten sie den Heimweg an. Der erste Teil der Wanderung verflog schnell; Mareike, Jupp und Jonte besprachen so angeregt die Ereignisse der letzten Tage, dass sie kaum auf den Weg achteten. Doch allmählich machte sich die Anstrengung bemerkbar. Die Gespräche verstummten, und Jonte spürte einen zunehmenden Schmerz in seinen Beinen. Als sie endlich zu Hause ankamen, wurde es bereits dunkel. Erschöpft betraten sie die Hütte und stellten ihre Rucksäcke ab. Plötzlich verzog Mareike das Gesicht und zupfte Jupp am Ärmel.

„Jemand ist hier gewesen", flüsterte sie. „Ich weiß genau, dass ich die Küchentür geschlossen hatte."

Er sah sie ernst an und legte den Zeigefinger auf die Lippen. Auf Zehenspitzen schlich er zur Küche und spähte hinein.

„Nichts zu sehen", sagte er. Dann ging er behutsam hinüber in die Werkstatt, jedes Geräusch sorgsam vermeidend. Kurz darauf kam er kreidebleich zurück.

„Sämtliche Beitel fehlen!", keuchte er und ließ sich auf seinen Stuhl sinken. „Wie soll ich ohne Werkzeug meine Aufträge ausführen?" Mit einem Mal schien alle Kraft von ihm gewichen zu sein.

„Wir müssen die Polizei rufen!", schlug Jonte vor. Jupp hob mühsam den Kopf und sah ihn an. „Es gibt keine Polizei in dieser Welt", sagte er. „Wir haben sie noch nie gebraucht. Die Menschen, die hier leben, bestehlen sich nicht. Darum sind unsere Türen auch nicht verschlossen."

„Was machen wir jetzt?", fragte Mareike.

„Ich weiß es nicht", sagte Jupp tonlos. „Ich gehe erst mal ins Bett. Morgen fällt mir bestimmt etwas ein." Er stand mühsam auf. Seine

Bewegungen, die sonst so dynamisch und federnd waren, wirkten wie die eines alten, müden Mannes. Er schlurfte in Richtung Schlafzimmertür.

Mareike und Jonte sahen sich besorgt an. Im selben Moment klopfte es an der Haustür, und noch bevor irgendjemand reagieren konnte, stürmte Martha hinein.

„Ich bin ruiniert!", stieß sie hervor und brach in Tränen aus.

Mareike stand auf und nahm sie fürsorglich in den Arm. „Nun setz dich doch erst mal", sagte sie nach einer Weile. „Was ist denn passiert?"

„All mein Geschirr ist kaputt!", jammerte die Töpferin. „Ich komme gerade aus Salem zurück, gehe in meine Hütte und sehe, dass jemand den Ausstellungsraum verwüstet hat. Ich bin ruiniert! Was mache ich nur?"

„Das darf nicht wahr sein!", sagte Jupp. „Und mir hat man mein Werkzeug gestohlen. Solche Dinge hat es hier noch nie gegeben."

„Wie kann jemand nur so etwas tun?", fragte Mareike fassungslos. Auch ihr standen die Tränen in den Augen.

„Ein Waldmensch war es sicher nicht", brummte Jupp.

Martha sah ihn an. „Da wäre ich nicht so sicher", sagte sie. „Ich wüsste schon ein paar Leute, denen ich das zutrauen würde."

Sie sah zu Mareike hinüber. „Du weißt, wen ich meine."

Mareike schüttelte den Kopf. „Martha, so etwas darfst du nicht sagen. Du kannst doch nicht einfach jemanden beschuldigen."

Die Töpferin warf ihr einen zornigen Blick zu. „Dieser Morten ist mir schon lange unheimlich. Wie der immer herumschleicht und den Leuten in die Fenster schaut ..."

Jupp stellte sich hinter seine Frau. „Martha, es reicht. Solange du keine Beweise hast, darfst du so nicht reden."

„Pah, ich sage, was ich denke!", blaffte sie ihn an und rauschte zur Haustür hinaus.

„Glaubst du wirklich, dieser Morten könnte etwas damit zu tun haben?", fragte Mareike nach einer Weile.

„Vielleicht, vielleicht auch nicht", gab Jupp zurück. „Ich gehe jetzt ins Bett. Morgen sieht die Welt schon anders aus."

Am nächsten Tag war die Stimmung immer noch gedrückt. Jonte machte sich davon und schlug den Weg zur Fischersiedlung ein. Er musste unbedingt Simon treffen. Sie hatten sich seit dem letzten Schultag nicht mehr gesehen – das war fast eine Woche her.

Er wanderte die Hauptstraße hinauf, bog an der Bäckerei ab, und folgte dem mittlerweile vertrauten Weg nach Norden, als er plötzlich ein leises Jammern hörte. Es schien aus der Backstube zu kommen. Jonte blieb stehen, lauschte eine Weile; dann beschloss er, der Sache nachzugehen. Vorsichtig lugte er um die Ecke. Bodo Bäcker, wie er von allen im Dorf genannt wurde, saß neben einem Sack Mehl und schimpfte und jammerte.

„Was hast du?", fragte Jonte zaghaft. Der Bäcker wandte sich um. „Wer bist du? Was willst du hier? Scher dich aus meiner Backstube!"

„Ich bin Jonte, und ich habe dich weinen gehört. Haben sie dir auch so übel mitgespielt?"

„Wieso *auch*?" Der rundliche Mann sah ihn verwirrt an.

„Meinem Vater haben sie gestern Nacht das Handwerkszeug gestohlen und der Töpferin das Geschirr zerschlagen."

„Nun, das hier muss heute Nacht passiert sein", sagte der Bäcker. „Irgendjemand hat Asche unter mein Mehl gemischt. Ich kann alles wegwerfen. Und wenn sich das rumspricht, bin ich ruiniert!"

„Keine Sorge", versprach Jonte, „von mir erfährt keiner was."

Der Bäcker sah ihn an. „Kein Wort, zu niemandem. Auch nicht zu deinen Eltern!", schärfte er ihm ein. Jonte nickte.

„Ich muss das hier jetzt verschwinden lassen. Gut, dass meine Frau noch nicht wieder da ist. Sie ist bei einer Freundin in Salem geblieben und kommt erst morgen wieder. Einen hysterischen Anfall würde sie bekommen. Ganz bestimmt."

Er wandte sich wieder seinem Mehl zu.

„Oh nein, oh nein", jammerte er. Jonte zog es vor, zu verschwinden.

Auf dem Weg zu Simon begannen seine Gedanken zu kreisen. Wer konnte so etwas tun? Wer hätte etwas davon? Wer war dieser Morten, von dem die Töpferin gesprochen hatte?

Jonte fand seinen Freund am See sitzen, damit beschäftigt, ein großes Fischernetz von Algen zu reinigen.

„Hallo Simon!"

„Jonte!" Simon sprang auf und nahm seinen Freund ungestüm in den Arm.

„Aufhören, ich bekomme ja keine Luft mehr!", lachte er und sie ließen sich auf den weichen Sand fallen.

„Du könntest mir helfen", schlug Simon vor.

„Klar, was muss ich tun?"

„Es ist ganz leicht. Einfach nur dieses Algen-Tang-Zeugs aus dem Netz pulen. Aber vorsichtig, damit die Maschen nicht zerreißen."

„Ist gut."

Während sie gemeinsam das Geflecht bearbeiteten, erzählte Jonte von seiner Reise nach Salem und den Vorkommnissen der letzten Zeit. Die Bäckerei erwähnte er nicht.

„Ich kenne Morten", sagte Simon, nachdem Jonte seine Erzählung beendet hatte.

„Er ist ein Tagelöhner und wohnt drüben bei den Höfen. Manchmal hilft er hier aus. Ein merkwürdiger Typ, aber warum sollte er sowas tun? Vor allem wäre er dann schon längst pleite."

Jonte sah seinen Freund verständnislos an.

„Na, der Ethikbot!", erläuterte Simon. „Der hat mir gestern zwei Silberlinge abgeknöpft, nur weil ich Andreas verprügelt habe. Was meinst du, wie teuer das erst wird, jemandem die Einrichtung zu zerlegen!"

Jonte schwieg nachdenklich.

„Wir müssen etwas unternehmen", sagte er. „Unser Dorf ist in Gefahr. Wenn es so weitergeht, werden die Menschen sich gegenseitig an den Kragen gehen, weil jeder jeden verdächtigt."

Simon sah ihn zweifelnd an. „Na, ich weiß nicht. Was können wir denn schon tun? Ich finde, wir sollten uns aus der Sache raushalten.

Was geht uns das an?"

„Hallo? Das ist unser Dorf! Wir sind Waldmenschen! Dies ist die Welt, die *mein Vater* gemacht hat. Ich finde, das geht uns sehr wohl etwas an!"

„Ja, ja, ist schon gut!" Simon hob entschuldigend die Hände. „Und was schlägst du vor?"

„Wir legen uns auf die Lauer. Vielleicht gelingt es uns, den Täter zu fassen."

„Wie willst du das anstellen?"

„Gegenüber von der Bäckerei steht eine große Esche. Wenn wir da hochklettern, können wir fast das ganze Dorf übersehen. Ich könnte mir gut vorstellen, dass der Kaufmann oder die Schneiderei als Nächstes dran sind."

„Das passt. Heute Nacht fahren wir nicht raus. Jan hat das Boot mit Teer behandelt, und das muss bis morgen trocknen."

Als es zu dämmern begann, machten sich die beiden Jungen auf den Weg.

Um von niemandem gesehen zu werden, bogen sie kurz vor der Bäckerei auf einen Trampelpfad ab, der hinter der Backstube vorbeiführte. Unbemerkt kamen sie an die Querstraße, blieben einen Moment im Schatten stehen und lauschten. Alles war ruhig. Sie huschten über den Weg und erreichten kurz darauf den großen Baum, von dem Jonte gesprochen hatte.

Mittlerweile war es Nacht geworden. Am Himmel leuchtete ein wunderschönes Sternenzelt. Die Jungen stiegen auf den Baum und machten es sich jeder auf einer Astgabel bequem – Jonte mit Blick nach Norden; Simon behielt den Süden im Auge.

„Bald müsste der Mond aufgehen", flüsterte er. „Dann kann man auch etwas mehr erkennen!"

Den Rest der Nacht schwiegen sie. Jonte kämpfte gegen den Schlaf. Da unten passierte rein gar nichts. Außer ein paar Kaninchen, die nach Futter suchten, und zwei Rehböcken, die sich einen kleinen Kampf lieferten, gab es nichts zu sehen. Endlich begann der Morgen zu dämmern. Die Vögel stimmten ein lautstarkes Morgenkonzert an, und es wurde lausig kalt.

„Ich glaube, das war's für heute!", sagte Jonte. „Ich denke nicht, dass jetzt noch etwas passiert." Er klang enttäuscht.

„Immerhin haben wir es versucht", gab Simon gähnend zurück. Sie kletterten den Baum hinunter.

„Versuchen wir noch ein paar Stunden Schlaf zu bekommen!", sagte Jonte. „Ich schaue heute Nachmittag bei dir vorbei."

„Ist gut!", gab Simon zurück. Sie stießen die Fäuste zusammen, wie sie es immer taten, und jeder von ihnen machte sich auf den Heimweg.

Als Jonte nach einer ausgiebigen Schlafpause an Simons See auftauchte, herrschte dort helle Aufregung.

„Jemand hat heute Nacht Löcher in unsere Boote geschlagen", berichtete Simon grimmig. „Wir waren an der falschen Stelle. Aber wir haben eine Spur. Andreas hat einen Stiefel gefunden. Er gehört Morten. Die Männer haben sich gerade auf den Weg gemacht, um ihn zu besuchen."

„Aber das ist doch unlogisch. Wie kann jemand seinen Stiefel verlieren, ohne es zu bemerken? Glauben die wirklich, dass dieser Morten mit nur einem Stiefel nach Hause gegangen ist?"

„Ich weiß nicht, was ich glauben soll. Die Leute sind ziemlich aufgebracht."

„Wir müssen sie aufhalten!"

„Viel Spaß dabei ..."

„Simon, wir müssen was tun! Die werden ihn lynchen oder so."

„Gut möglich ..." Simon zuckte mit den Schultern. „Ich meine, das ist doch schon komisch mit seinem Stiefel, oder? Wie soll der hierhergekommen sein? Kannst du mir das vielleicht erklären?"

„Vielleicht hat ihn jemand absichtlich hier deponiert, um den Verdacht von sich abzulenken", sagte Jonte.

Sein Freund sah ihn irritiert an. „Das wäre natürlich möglich ...", gab er zögernd zu.

„Simon, weißt du, wo Morten wohnt?"

„Ja, aber ..."

„Dann lass uns dahin. Vielleicht können wir noch etwas retten."

Sie rannten los. Es war ganz schön weit, und Jonte hatte heftige Seitenstiche, als sie endlich in der Tagelöhnersiedlung ankamen. Keuchend sah er sich um.

Mehrere ärmliche Hütten waren in Hufeisenform um einen kleinen Platz angeordnet, der wohl ursprünglich als ein gemeinsam genutzter Garten geplant gewesen war, aber jetzt völlig heruntergekommen wirkte. Das Gras stand kniehoch, war durchsetzt mit Brennnesseln und Dornen und wurde von den Stiefeln der aufgebrachten Dorfbewohner niedergetrampelt, die sich vor den Hütten zusammengerottet hatten. Jonte erkannte einige Fischer, aber auch andere Leute, die er noch nie gesehen hatte.

„Morten, ich sag's zum letzten Mal, komm raus, oder wir kommen rein!", brüllte einer.

„Ja, ja, is' ja gut!", antwortete eine verschlafene Stimme aus dem Inneren der Hütte.

Eine klapprige Tür ging quietschend auf, und ein alter, zerzauster Mann schlurfte heraus. Offensichtlich kam er direkt aus dem Bett. Er trug ein altes Hemd und eine schmutzige, zerrissene Hose, die von breiten Hosenträgern gehalten wurde.

„Was is'n?", fragte er und blinzelte in die Sonne. „Was wollt ihr'n alle hier?"

„Kennst du den?", fragte der Wortführer und schwenkte den gefundenen Stiefel vor Simons Nase.

„Ja klar, das is' mein Stiefel. Is' mir vor 'n paar Tagen geklaut wor'n. Hast du 'n annern auch?"

Der aufgebrachte Mann ging auf die Frage nicht weiter ein.

„Diesen Stiefel haben wir heute Morgen zwischen unseren Booten gefunden!", sagte er mit drohendem Unterton.

Morten wich zurück. „Is' nich' wahr", sagte er. „Wie soll er 'n dahin gekomm' sein?"

„Das wollen wir von dir wissen!“, rief der zornige Fischer. „Und vielleicht kannst du uns dann auch erklären, wer unsere Boote zerstört hat!“

„Und wer meine Teller zerschlagen hat!“, kreischte eine Frau.

Jonte sah erstaunt zu ihr hinüber. Er hatte Martha gar nicht bemerkt.

„Und wer dem Tischler das Werkzeug gestohlen und dem Bäcker das Mehl verdorben hat!“, fügte sie mit schriller Stimme hinzu.

„Was denkt ihr ’n von mir?“, rief der Tagelöhner verzweifelt. „Wieso sollt’ ich ’n sowas tun?“

„Weil du neidisch bist!“, keifte die Töpferin.

Die Menge stimmte ihr murmelnd zu und setzte sich wie auf ein geheimes Kommando in Bewegung. Schritt für Schritt schoben sich die Menschen auf Morten zu. Panik erschien in seinen Augen.

Jonte stürmte los. Mit einem Satz stand er neben dem verdutzten Alten.

„Halt!“, rief er. „Was habt ihr vor? Dieser Mann ist unschuldig!“

„Du hast hier gar nichts zu sagen!“, schrie die Töpferin.

Jonte ignorierte sie. „Wir sind Waldmenschen, keine Wilden!“, rief er der Menge zu. „Unser Gesetzbuch sagt, dass niemand verurteilt werden darf, wenn es nicht mindestens zwei Zeugen gibt, die gegen ihn aussagen. Also, wer hat etwas gesehen?“

Die Menge starrte ihn verblüfft an. Gemurmel erhob sich, und einen Augenblick lang fürchtete Jonte, dass sie gleich auch auf ihn losgehen wollte. Doch dann ließ der Wortführer den Stiefel des Tagelöhners fallen und wandte sich wortlos zum Gehen.

„Was soll das, ihr *wisst* doch, dass er es war!“, kreischte die Töpferin, aber niemand hörte mehr auf sie. Während die Menschen an ihr vorbeiströmten, warf sie Jonte einen bitterbösen Blick zu. Dann wandte auch sie sich um und ging.

Zurück blieben nur Jonte, Simon und der alte Mann, der abwechselnd auf die Jungen und seinen Stiefel glotzte.

„Ich hab’s wirklich nich’ getan“, murmelte er.

Jonte nickte. „Das weiß ich“, sagte er.

Morten bückte sich und hob seinen Stiefel auf.

„Danke, Jungs!", murmelte er. Dann verschwand er in seiner Hütte.

Simon blickte ihm nach.

„Und nun?", fragte er.

„Ich muss mit meinem Vater reden", murmelte Jonte und verzog sich in einsames Gelände. Er setzte sich auf einen großen Stein, legte die Handflächen aneinander und führte anschließend die Arme nach vorn, als wolle er einen Stapel Zweige tragen. Es knackte kurz, dann hörte er die Stimme von Ron.

„Hallo Jonte! Geht's dir gut?"

„Hallo Papa! Ja, mir geht's ganz gut. Wo bist du? Ich höre so komische Hintergrundgeräusche."

„Ich sitze in der Bahn. Muss zum Auswärtstermin. Was kann ich für dich tun?"

„Papa, hier im Dorf passieren merkwürdige Geschichten."

„Was für Geschichten?" Rons Stimme klang besorgt.

„Hier werden Sachen zerstört und geklaut und so. Vorhin hätten die Waldmenschen beinahe jemanden gelyncht."

„Das darf nicht wahr sein!"

„Doch, leider. Aber ich habe eine Idee. Wir wissen ja, wo und auch ungefähr wann etwas passiert ist. Zum Beispiel wurden gestern Nacht am See die Fischerboote demoliert. Es gibt doch sicher Aufzeichnungen. Kann man nicht einfach mal nachschauen, wer um diese Zeit dort gewesen ist? Bitte!"

Ron schwieg einen Moment, dann sagte er: „Die Idee ist gut, aber leider verstößt sie gegen die Regeln. So gerne ich dir auch helfen würde, ich fürchte, das kann ich nicht tun. Du musst dich auf deinen Verstand verlassen."

Jonte schluckte seine Enttäuschung hinunter.

„Okay, wenn du's sagst", meinte er dann. „Schade. Aber es war nett, mit dir zu sprechen. Hab dich lieb, Papa!"

„Ich dich auch, mein Junge!"

Dann endete die Verbindung.

Jonte blieb noch einen Moment auf dem Felsen sitzen und dachte nach. Je länger er überlegte, desto wahrscheinlicher erschien es ihm, dass ein Außenstehender dahinterstecken musste. Zum einen traute er es keinem Waldmenschen zu, sich so gegen die Gemeinschaft zu stellen, zum anderen hatte Simon recht: Der Ethikbot würde dazu führen, dass er Unsummen an Schulden anhäufte. Wahrscheinlich also schlich sich nachts jemand ins Dorf, verübte seine Schandtaten und verschwand dann wieder.

Jonte stand auf, klopfte ein paar trockene Zweige vom Hosenbein und ging zurück zu Simon, der ungeduldig auf ihn wartete.

„Was hat er gesagt?", fragte er aufgeregt.

„Dass er uns leider nicht helfen kann, ohne gegen die Regeln zu verstoßen. Wir sollen uns auf unseren Verstand verlassen."

„Oh", machte Simon und sah in diesem Moment so dämlich aus, dass Jonte schallend lachen musste.

„Was ist denn?", fragte er gekränkt.

„Nichts, ist schon gut", prustete Jonte. Dann fing er sich wieder. „Wir brauchen mehr Leute. Ich bin fest davon überzeugt, dass der oder die Übeltäter keine Waldmenschen sind. Folglich schleichen sie sich nachts ins Dorf. Wenn wir also die Straßen bewachen, die ins Dorf führen, haben wir eine gute Chance, sie zu stellen. Zum Glück gibt es nur drei: eine im Norden und zwei im Süden."

Simon hatte ihm aufmerksam zugehört. „Andreas macht sicher mit", sagte er.

„Ausgezeichnete Idee. Aber wir brauchen mindestens noch drei Leute. Es wäre zu gefährlich, sich allein auf die Lauer zu legen."

„Ich könnte Jan und Sabine fragen."

„Und ich frage Jupp. Er ist bestimmt dabei."

Als der Abend hereinbrach, bezogen alle ihre Posten.

Jupp und Jonte übernahmen die Straße nach Südosten, die an ihrem Haus vorbeiführte. Jan und Sabine bewachten die Nordstraße, und Simon wanderte mit Andreas zum Südwestende des Dorfes, wo sie Position auf einer alten Eiche bezogen. Es wurde für alle eine lange, langweilige Nacht. Absolut nichts passierte. Es war schwer wachzubleiben, ohne sich zu unterhalten oder sonstige Geräusche zu machen.

Jonte beobachtete, wie der Mond über ihnen hinwegzog und schließlich tief im Westen versank, während der Osthimmel allmählich aufhellte. Die ersten Vögel begannen zu singen, und nach und nach verblassten die Sterne. Plötzlich stieß Jupp ihm in die Rippen.

„Sieh mal dort!", rief er und deutete aufgeregt nach Norden. Ein schwarzer Rauchfaden stieg zum Himmel auf. „Das muss die Mühle sein! Los, komm mit!"

Sie rannten an der Töpferei vorbei, bogen an der Bäckerei rechts ab und keuchten den kleinen Hügel hinauf. Jonte musste stehenbleiben. Er rang nach Luft. Mittlerweile war aus dem schmalen Rauchfaden eine dicke schwarze Wolke geworden.

„Ich komme gleich nach", keuchte er. „Lauf schon mal vor!"

Jupp nickte und sprintete weiter. Jonte versuchte zu laufen, aber es ging nicht. Er beschloss, zügig zu gehen, bis er wieder genug Luft hatte. Als er die Abzweigung erreichte, kam ihm Martha entgegen – mit rauchgeschwärztem Gesicht und zerstrubbeltem Haar, an dem kleine Reste von Heu klebten.

„Was machst du denn hier?", fragte er entgeistert.

„Die Mühle brennt!", rief sie. „Ich hole Hilfe."

Dann rannte sie an ihm vorbei.

Als Jonte die Brandstelle erreichte, war schon alles zu spät.

Wenigstens war dem Müller und seiner Familie nichts passiert. Sein Sohn und er rannten zwischen der Mühle und dem Bach hin und her, um Wasser in die lodernden Flammen zu schütten. Die Müllersfrau und ihre Tochter kümmerten sich derweil um die geretteten Tiere: zwei Ziegen, ein Hund, ein kleiner Esel und ein Pferd.

Jonte stieg an den Bach hinunter und half Jupp, die Eimer zu befüllen.

Vergiss es, das bringt nichts mehr, dachte er, doch er verstand, dass man nicht tatenlos dabei zusehen konnte, wie das eigene Zuhause abbrannte.

Schon bald taten ihm die Arme weh von der ungewohnten Arbeit – immerhin schien es ihm, als würde ihr Einsatz allmählich etwas bewirken. Zunehmend mischte sich weißer Dampf in den schwarzen Rauch. Dann kam weitere Hilfe – Männer und Frauen aus Norddorf strömten herbei und halfen bei der Brandbekämpfung. Dies war die Geburtsstunde der ersten virtuellen freiwilligen Feuerwehr der Welt.

Die Löscharbeiten dauerten bis mittags. Der Stall brannte völlig nieder – allem Anschein nach war hier das Feuer ausgebrochen. Die Mühle wurde schwer beschädigt, aber wie der Müller dankbar feststellte, war es immerhin gelungen, den größten Teil der Mechanik zu retten. Das Wohnhaus schließlich, das ein kleines Stück von der Mühle entfernt lag, hatte nur wenig abbekommen.

Wenig später saßen Jupp, Jonte, Mareike und Martha um den großen Tisch im Speiseraum beisammen und ließen sich eine kräftige Suppe schmecken.

„Ich konnte nicht schlafen, darum bin ich spazieren gegangen", berichtete Martha. „Ich liebe die Zeit kurz vor Sonnenaufgang. Ich stehe also auf dem kleinen Hügel und sehe plötzlich eine kleine Rauchwolke hinten bei der Mühle. Nanu, denke ich, die Müllers sind aber früh zu Gange heute! Dann sehe ich, dass der Rauch nicht aus dem Schornstein, sondern aus dem Stall kommt. Also bin ich hin und hab die Familie aus dem Schlaf getrommelt."

„Du hast ihnen das Leben gerettet, Martha!", sagte Mareike und drückte die Hand der Nachbarin.

„Ja, das habe ich wohl", murmelte sie.

Irgendetwas stimmt hier nicht, dachte Jonte.

„Hast du auch die Tiere befreit?", fragte er und versuchte, seine Stimme so beiläufig wie möglich klingen zu lassen.

„Was?"

„Die Ziegen und das Pferd aus dem Stall, hast du sie rausgelassen?"

„Nein, ich bin gleich losgerannt ins Dorf und habe Hilfe geholt. Warum fragst du?"

„Ach nichts, ich freue mich nur, dass den Tieren nichts passiert ist, wo doch der Brand anscheinend im Stall angefangen hat."

„Ja, das ist wirklich Glück. Da muss die Müllerin wohl sehr schnell reagiert haben."

Nervös strich Martha sich durch die Haare und stand dann vom Tisch auf.

„Danke für die leckere Suppe, ihr Lieben, ich denke, ich werde jetzt mal in die Waagerechte gehen."

„Schlaf gut, du Heldin!" Jupp lächelte ihr zu. „Wie legen uns auch ein wenig aufs Ohr."

Martha ging zur Tür, dann blieb sie plötzlich stehen und drehte sich nochmal um.

„Ach ja, was ich euch die ganze Zeit schon fragen wollte: Wie kam es eigentlich, dass ihr so plötzlich da wart?", fragte sie.

Jonte versteifte sich. Diese Frage hatte er befürchtet. Aber wenn man dieser Frau von den nächtlichen Observierungen erzählte, konnte man die Pläne auch gleich am schwarzen Brett veröffentlichen.

„Zufall", antwortete Jupp. „Auch ich war früh wach und sah plötzlich im Norden Rauch aufsteigen. Dann habe ich mir Jonte gegriffen und bin losgerannt."

„Gut, dass ihr so schnell helfen konntet", sagte Martha. Es klang aufrichtig.

„Ja, wirklich!", bekräftigte Jupp. „Schlaf gut."

„Du auch!"

Jonte legte sich auf sein Bett und kuschelte sich in das weiche Fell.

Dann nahm er den Cyberhelm ab, zog den Anzug aus, putzte sich rasch die Zähne und krabbelte in sein reales Bett. Er hatte keine Ahnung, wie spät es jetzt war; die Zeitunterschiede zwischen X-World und RL brachten ihn umso mehr durcheinander, je länger er online war.

Aber egal. Er hatte Ferien und war jetzt bei seinem Vater – oder, besser gesagt, in dessen Frankfurter Wohnung, ganz in der Nähe von

PSA. Ron hatte mal wieder viel zu tun, und Jonte konnte schlafen oder online gehen, wann immer er wollte.

Hundemüde und hellwach zugleich wälzte er sich in seinem Bett hin und her. Irgendetwas stimmte nicht. Aber was?

Er war sich ziemlich sicher, dass Martha gelogen hatte. Oder lag er falsch, und es war wirklich nur ein dummer Zufall gewesen, dass sie so früh an der Mühle war?

Wie kam das Heu in ihr Haar?

Hatte er sich vielleicht getäuscht? Immerhin hatte er sie nur kurz gesehen. Nein, er hatte das Heu ganz deutlich erkannt ...

Doch wieso sollte sie so etwas tun ...

Dass derselbe Täter hinter all diesen Ereignissen steckte, war doch wohl klar, und ihr hatte er auch übel mitgespielt ... All das gute Geschirr ist ihr zerschlagen worden ...

Die Arme, wie konnte er sie nur verdächtigen ...

Jonte glitt allmählich ins Reich der Träume hinüber.

Dann durchfuhr ihn ein Gedanke, und plötzlich saß er kerzengerade im Bett.

Woher wusste sie von dem Mehl?

An Schlaf war nicht mehr zu denken. Mit fliegenden Fingern legte Jonte sein Cyberkit an. Kaum online, sprang er aus dem Bett und machte sich auf den Weg zur Fischersiedlung. Er musste unbedingt mit Simon reden. Kurz hinter der Bäckerei traf er ihn.

„Hallo Jonte!“, sagte Simon. „Ich war gerade auf dem Weg zu dir. Schlimm, das mit der Mühle, oder? Wehe, wenn wir den Kerl in die Finger kriegen, der das auf dem Gewissen hat.“

„Ich glaube, ich weiß, wer es war.“

„Du *weißt*, wer es war? Wer denn?“

Jonte erzählte ihm von seinem Verdacht. „Sicher, es sind nur Indizien“, schloss er, „einzeln betrachtet, könnte alles Zufall sein, aber so viele Zufälle auf einem Haufen ...“

„Und was hast du jetzt vor?“

„Wir besuchen Martha und reden mit ihr. Dann sehen wir weiter.“

Sie brauchten nicht lange bis zur Töpferei. Die Tür stand offen, und sie traten in das Halbdunkel des Ladens. Er wirkte merkwürdig leer. Martha saß an ihrer Töpferscheibe.

„Hallo Jonte", sagte sie tonlos, „ich habe mit deinem Besuch gerechnet."

Er ging auf sie zu, sah sie an.

„Warum hast du das getan?", fragte er.

Seine Stimme klang warm und war voller Anteilnahme. Keine Anklage, kein Zorn schwang darin mit. Eher eine gewisse Traurigkeit. Martha blickte ihn an. Tränen liefen ihr über die Wangen.

„Ich musste es tun", sagte sie leise, fast flehend. Jonte schwieg. Auch Martha sagte nichts. Ihre Finger zerkneteten den Tonklumpen, den sie in den Händen hielt.

Schließlich begann sie zu sprechen.

„Vor zwei Jahren ist mein Brennofen kaputtgegangen. Ich musste mir in der Stadt Geld für einen neuen leihen. Eine Zeitlang lief alles ganz gut, aber dann ging mein Umsatz immer weiter zurück. Die Menschen haben kaum noch etwas gekauft. Ich habe gespart, wo ich konnte, und trotzdem hatte ich nicht mehr genug, um die Raten zu bezahlen. Darum bin ich zum Geldverleiher, um ihn zu bitten, meine Zahlung zu stunden. Er war zwar nicht sonderlich begeistert davon, aber er ließ doch mit sich reden. Zwei Monate später, als ich ihn noch einmal um Aufschub bitten musste, wurde er richtig böse. Er nannte mich unzuverlässig und verschwendungssüchtig und hat daraufhin meinen Kredit an Hassan verkauft. Ich wusste gar nicht, dass so etwas geht!"

Sie schniefte und wischte sich mit dem Handrücken die Tränen ab. Sie merkte nicht, dass sie dabei die Tonreste von ihren Fingern durch das ganze Gesicht verteilte.

„Vor ein paar Wochen hat mich dann ein junger Mann besucht. Sportlicher Typ, dunkle Augen. Ich hatte ihn noch nie zuvor gesehen. Er hat mich auf meine Schulden angesprochen und gesagt, dass ich massiven Ärger bekommen würde, wenn ich noch einmal in Verzug geriete – und zwar in beiden Welten, weil die X-World-Schulden auch in der realen Welt einklagbar seien. Er wusste alles von mir – wie ich heiße, wo ich wohne, wo ich gearbeitet habe – echt gruselig! Schließlich hat er mir ein Angebot gemacht. Ich sollte für ihn Aufträge erledigen, um damit meine Schulden abzuarbeiten."

Martha sah Jonte an. Ihre Augen waren voller Schmerz. „Was hätte ich denn tun sollen? Ich hatte doch keine Wahl! Am Anfang waren es nur Kleinigkeiten. Als ersten Job sollte ich der dicken Kaufmannsfrau die frisch gewaschene Wäsche von der Leine reißen und in den Dreck schmeißen."

Sie grinste. „Das hat sogar noch Spaß gemacht."

Sofort wurde sie wieder ernst. „Dann wurden die Aufträge schlimmer und schlimmer. Wenn ich mich dagegen gesträubt habe, hat der Mann mir damit gedroht, dass er den anderen verraten würde, was ich bereits angestellt hatte. Ich wusste keinen Ausweg mehr, also habe ich getan, was er verlangt hat. Jonte, glaub mir, ich habe mich dafür gehasst, dass ich deinem Vater das Werkzeug gestohlen habe. Deine Eltern sind so liebe Menschen!"

„Und was ist mit dem Ethikbot?", fragte Simon. „Die Strafen müssten dich doch noch weiter in die Pleite getrieben haben."

Sie blickte ihn an, als bemerke sie jetzt erst, dass außer Jonte noch jemand im Raum war.

„Ich habe für jeden Auftrag das Doppelte von dem bekommen, was der Ethikbot berechnet", antwortete sie. „Auf diese Weise habe ich umso mehr verdient, je schlimmer meine Taten waren. Aber ich kann so nicht weitermachen!"

Sie sah wieder zu Jonte hinüber. „Als du mich gestern nach den Tieren im Stall gefragt hast, wusste ich, dass du Verdacht geschöpft hast. Ich habe mich geschämt, aber irgendwie war ich auch erleichtert. Nur habe ich keine Ahnung, wie es jetzt weitergehen soll."

„Wie hoch sind deine Schulden noch?"

Martha machte eine Geste in der Luft und bekam kurz einen abwesenden Blick. „379 Silberlinge", sagte sie. „Von dem, was ich zurzeit verdiene, kann ich höchstens zwei oder drei Silberlinge im Monat zurückzahlen. Das reicht nicht einmal für die Zinsen."

Sie seufzte. „Und in der realen Welt sieht es leider auch nicht viel besser aus."

Jonte überlegte kurz.

„Gib mir deine Hand!", sagte er. Sie zögerte, sah plötzlich, wie schmutzig ihre Hände waren.

„Was hast du vor?", fragte sie unsicher.

Jonte antwortete nicht. Er trat einen Schritt vor, ergriff ihre Hand und sagte: „Martha, deine Schulden sind dir erlassen. Du bist kein schlechter Mensch."

Die Töpferin starrte ihn an.

„Ich, ich – kann es nicht fassen!", stammelte sie. „Das kann ich doch nicht annehmen ..."

Dann stand sie auf und nahm Jonte in den Arm. „So etwas hat noch niemand für mich getan. Du bist ein ganz besonderer Mensch."

„Das bist du auch!", antwortete Jonte. „Aber um eins möchte ich dich noch bitten."

„Alles was du willst!", sagte sie hastig.

„Geh zu den Leuten, die du geschädigt hast, und erzähle ihnen, was passiert ist."

„Das kann ich nicht!"

„Du kannst und du musst. Es ist die einzige Möglichkeit, wieder Frieden ins Dorf zu bringen. Und nur so verliert Lutz seine Macht über dich. Sonst wird er wieder versuchen, dich unter Druck zu setzen."

Martha schwieg eine Weile, dann nickte sie.

„Du hast recht", sagte sie mit gepresster Stimme. „Aber es ist mir so unglaublich peinlich ..."

„Nur um sicherzustellen, dass ich alles richtig verstanden habe", sagte Simon, nachdem sie die Töpferei verlassen hatten. „Du lässt diese Frau nicht nur laufen, sondern übernimmst obendrein auch noch alle ihre Schulden?"

„Genau", antwortete Jonte.

„Ich fass es einfach nicht! Wie kannst du das tun, nach allem, was sie uns angetan hat?"

„Du hast es doch gehört. Sie war nur ein Werkzeug. Unser eigentlicher Gegner heißt Lutz. Jetzt kann er ihr nichts mehr anhaben, weil sie keine Schulden mehr bei ihm hat und Licht in ihre dunklen Geheimnisse bringt."

„Ja, aber – woher hast du überhaupt so viel Geld, um ihre Schulden zu bezahlen?"

Jonte schwieg.

„Du hast es nicht, stimmt's?" Simon trat Jonte in den Weg und packte ihn an der Schulter. „Du hast selbst Schulden gemacht, um diese Frau zu entlasten? Warum?"

„Weil es das Richtige war", sagte Jonte trotzig und entwand sich seinem Griff. „Ich bekomme das schon irgendwie hin."

„Ja, und bis dahin kannst du absolut nichts kaufen, das weißt du doch!"

„Ich brauche nicht viel", sagte Jonte. „Und außerdem könnte ich einen Ferienjob annehmen."

„Du bist verrückt, weißt du das?"

20. RON IM FERNSEHEN

„Herzlich willkommen bei einer neuen Ausgabe von ‚Talk mit Salome'!"

Die Moderatorin Salome Engelhardt ließ ihr professionelles Lächeln in die Kameras blitzen.

„Schön, dass Sie wieder dabei sind! Ich darf ihnen heute einen ganz besonderen Gast vorstellen. Es hat uns viel Überredungskunst gekostet, diesen scheuen Vogel zu seinem ersten Auftritt im deutschen Fernsehen zu bewegen. Begrüßen Sie mit mir Ron Schäfer, den Designer des populärsten Computerspiels aller Zeiten: ‚X-World'!"

Die Leuchtschrift „Applaus" schaltete sich ein, und das Studiopublikum klatschte begeistert in die Hände. Ron war nervös. Die Scheinwerfer waren ihm zu hell. Er rutschte auf seinem Stuhl hin und her, nestelte an der ungewohnten Krawatte herum und hatte vergessen, in welche Kamera er schauen sollte. Unsicher huschten seine wasserblauen Augen von einer zur anderen, bis er das aufgeregte Winken der Regieassistenz bemerkte. Er lächelte dankbar.

„Herr Schäfer, danke, dass Sie gekommen sind. Möchten Sie vielleicht jemanden grüßen?"

„Ja gern, mein Team von PSA – und meinen Sohn Jonte – und meine – hm – Frau Lisa", stotterte Ron. Er kam sich vor wie ein Idiot.

Salome Engelhardt lächelte ihn freundlich an.

„Bestimmt sitzen die alle jetzt am Fernsehgerät und schauen Ihnen zu?"

Ron nickte.

„Herr Schäfer, vor kurzem durften Sie den milliardsten Spieler in ihrer Online-Welt begrüßen. Das ist absoluter Rekord. Was sagen Sie dazu?"

Ron spürte, wie seine Handflächen feucht und sein Mund trocken wurde. Am liebsten wäre er jetzt auf irgendeiner einsamen Insel. Nur er und sein Laptop. Er räusperte sich.

„Oh, das freut mich natürlich", krächzte er.

Dann sah er die berühmte Moderatorin an. Sie wirkte enttäuscht. Hatte er etwas Falsches gesagt?

„Eine Umfrage hat ergeben, dass Sie mittlerweile bekannter sind als der Innenminister."

Ron überlegte kurz, aber der Name des Innenministers fiel ihm nicht ein. Er las kaum Zeitung.

„Ist das so?", sagte er und lächelte verlegen.

Salome Engelhardt schoss ihre nächste Frage ab.

„Es gibt jetzt sogar Armbanduhren, die zwei Zeiten anzeigen – die Ortszeit und die aktuelle X-World-Zeit."

Ron grinste. Er hatte solch eine Uhr zum Geburtstag bekommen.

„Eine sinnvolle Erfindung", antwortete er und hielt sein Handgelenk in die Kamera. Das Publikum lachte, und Ron merkte, dass seine Aufregung ein wenig nachließ.

„Sie haben mir erzählt, dass X-World für Sie mehr ist als nur ein Spiel", sagte die Moderatorin und machte eine einladende Geste.

Ach so, das, ja. Seine große Idee. Sie war im Laufe der Zeit etwas verblasst, fand Ron.

Um der netten Moderatorin einen Gefallen zu tun, sagte er: „X-World verbindet die Menschen miteinander – auf ganz neue Art und völlig anders als Skype oder Facebook es können."

Irritiert schaute er hinüber zur Regieassistentin, die energisch den Kopf schüttelte. Was hatte sie bloß? Ach ja. Ihm fiel das Vorgespräch ein. Keine Produktnamen. Egal. Passiert ist passiert. Da mussten sie jetzt durch.

„Ich kenne einige Firmen – aber ich will hier keine Namen nennen" – die Zuschauer im Studio kicherten –, „große Firmen, die internationale Meetings in X-World abhalten. Im Gegensatz zu den üblichen Videokonferenzen ist hier auch der kleine Schwatz am Rande möglich, man kann zusammen was trinken gehen und in

Ruhe seine Millionendeals aushandeln, fast so, als wäre man persönlich zum Konferenzort hingeflogen. Das spart Zeit und Energie. Aber was mir viel wichtiger ist, sind die persönlichen Freundschaften, die durch X-World zustandekommen. Vor ein paar Monaten hatten wir sogar eine Trauung. Ein Paar, das sich bei den Waldmenschen kennengelernt hat, wollte unbedingt seine Hochzeit im Versammlungshaus feiern. Stellen Sie sich das vor: eine virtuelle Hochzeitsfeier!" Er strahlte.

Salome Engelhardt lächelte ihn an. „Diese Waldmenschen liegen Ihnen besonders am Herzen, nicht wahr?"

„Ja", nickte Ron. Allmählich wurde er warm. „Das ist mein auserwähltes Volk. Wissen Sie, als ich das Spiel entworfen habe, faszinierte mich der Gedanke, eine perfekte Welt zu schaffen. Es geschieht so viel Böses um uns herum, und ich bin davon überzeugt, dass das auch mit der Umgebung zu tun hat, in der die Menschen leben."

Er entdeckte das Wasser auf dem Tisch vor sich und trank dankbar einen großen Schluck.

„Das müssen Sie uns näher erläutern", sagte die Moderatorin freundlich.

„Ich denke zum Beispiel an die heruntergekommenen Gebiete in manchen Städten. Müll auf den Straßen, Graffitis überall an den Wänden, zerbrochene Fensterscheiben – ist es ein Wunder, wenn Jugendliche in diesen Vierteln straffällig werden? Ändern Sie die Umgebung, und Sie ändern die Menschen. Das war mein Plan."

„Das klingt mir fast ein wenig zu einfach."

„Es gibt genügend Untersuchungen, die meine These belegen. Beispielsweise hat man in einem Heim für schwer erziehbare Jugendliche eine messbare Verbesserung des Verhaltens erzielt, indem man zum Essen Tischdecken auf die Tische gelegt hat. Es klingt banal, aber schon diese einfache Veränderung der Umgebung sorgte für einen Fortschritt in der inneren Welt. Umgekehrt führt eine heruntergekommene Umgebung dazu, dass die Menschen noch achtloser damit umgehen. Am Anfang steht die zerbrochene Fensterscheibe, die nicht ersetzt wird, am Ende die Verwahrlosung des ganzen Viertels."

„Und haben Sie bei Ihrem Volk, diesen Waldmenschen, erlebt, dass Ihre Theorie funktioniert?"

„Oh ja, das sind wirklich besondere Menschen", sagte Ron ausweichend.

Ihm fiel die letzte Versammlung ein, bei der zwei junge Männer aufeinander losgegangen waren, weil sie in dasselbe Mädchen verliebt waren. Beide hatten ein Messer bei sich gehabt. Glücklicherweise hatten die Ältesten das Schlimmste verhindern können. *Nicht gerade ein gutes Beispiel für die Wirksamkeit meiner Theorie*, dachte Ron. Und wenn es tatsächlich stimmte, dass etliche Einwohner wieder den EL angenommen hatten, nachdem er so viel investiert hatte, um sie davon zu befreien ...

„Danach hatte ich nicht gefragt", riss ihn die Stimme der Moderatorin aus seinen Gedanken. „Glauben Sie immer noch, dass Sie mit X-World das Gute im Menschen wecken können?"

„Ja, klar!" Er spürte selbst, dass er wenig überzeugend klang.

„Und mehr als das", fügte er hastig hinzu, „ich glaube, dass sich auf diese Weise auch die reale Welt verbessern lässt."

„Wie meinen Sie das?"

„Nun, Hirnforschungen haben gezeigt, dass Handlungen die Struktur unseres Gehirns prägen. Wenn man sich häufig auf eine bestimmte Weise verhält, dann bilden sich zwischen den Neuronen im Kopf regelrechte Straßen, die dafür sorgen, dass diese Verhaltensmuster auch zukünftig bevorzugt angewandt werden. Dabei ist es egal, ob die Handlungen virtuell oder real geschehen. Wer sich also in einer virtuellen Welt regelmäßig für das Gute entscheidet, wird dies auch im täglichen Leben tun."

„Und umgekehrt", merkte die Moderatorin an.

„Wie bitte?"

„Wer online beispielsweise viel Gewalt anwendet, bildet ebenso Muster in seinem Gehirn und neigt dann auch im Alltag eher zur Gewalt. Ist es das, was Sie meinen?"

„Ja, das trifft es“, bestätigte Ron verunsichert.

Salome Engelhardt lächelte in die Kamera.

„Ich denke, es wird Zeit für unseren Überraschungsgast – und passend zum heutigen Thema zeigen wir Ihnen nun ein Interview, das wir von einigen Tagen direkt in X-World aufgenommen haben.“

Sie nickte der Technik zu. Ron konnte die Einblendung auf einem Monitor verfolgen. Der altmodische Theatervorhang aus der Startsequenz wurde kurz gezeigt, dann folgte ein Schnitt auf einen jungen Mann und eine Frau, die unverkennbare Ähnlichkeiten mit Salome Engelhardt hatte – nur dass sie etwa zehn Jahre jünger wirkte. Die beiden saßen an einem groben Holztisch. Im Hintergrund brannte ein Kaminfeuer.

„Leon, wie lange spielst du dieses Spiel schon?“

„Etwa ein Jahr.“

„Und wie lange bist du täglich online?“

„Ach, das hängt davon ab, was sonst so anliegt, ich würde sagen, etwa vier bis sechs Stunden.“

„Dann macht dir das Spielen offensichtlich Spaß.“

„In letzter Zeit nicht mehr.“

„Kannst du uns sagen, warum?“

Der Junge sah sich nervös um.

„Und ich bin wirklich nicht zu erkennen?“, fragte er ängstlich.

„Nein“, beruhigte sie ihn. „Unsere Techniker haben deine Stimme und dein Aussehen vollkommen verändert. Du brauchst keine Angst zu haben.“

„Ich bin da in so 'ne Sache reingeraten“, bekannte er. „In der Stadt gibt es – naja, so spezielle Läden. ‚Männerhäuser‘ heißen die hier.“

„Bordelle?“, fragte die Moderatorin seelenruhig.

„Ja, so kann man es nennen.“

„Wie alt bist du in Wirklichkeit?“

„Das möchte ich lieber nicht sagen“, bekannte der junge Mann, der auf dem Video wie Mitte zwanzig wirkte.

„Aber unter 18?“

„Ja.“

„Gut, und weiter?"

„Vor einiger Zeit habe ich mir ein Zusatzprogramm installiert. EL heißt das. Es ist ganz praktisch, man kann sein Konto damit verwalten und auch Spiele spielen und Freunde finden und chatten und so."

Er machte eine Pause.

„Man bekommt sogar ein Startkapital. Bei mir waren es zehn Silberlinge. Aber die sind schnell draufgegangen. Ich war neugierig – auf diese Lokale hier. EL hat mir ständig Werbung dafür gezeigt."

„Und so hast du Schulden gemacht?"

„Ja. Ich habe mir zuerst nicht viel dabei gedacht, es war ja alles nur virtuell. Aber irgendwann kamen ein paar Typen und drohten mir, wenn ich das Geld nicht zurückzahlen würde, dann würden sie einen Brief an meine Eltern schicken ..."

„Und das wolltest du nicht."

Er sah sie entsetzt an. „Natürlich nicht! Meine Mutter hätte mich umgebracht!"

„Und was ist dann passiert?"

„Einer von diesen Männern hat mir einen Job angeboten. Er hat gesagt, sie hätten Kunden mit speziellen Vorlieben ..."

„Sexueller Art?"

„Weiß nicht, eher brutaler Art. Das sind Leute, die Bock darauf haben, andere zusammenzuschlagen. Dafür gibt es dann Schmerzpunkte."

„Schmerzpunkte?"

„Ja. Je nachdem, wie viel man einstecken kann, bekommt man Punkte, die in Silberlinge umgewandelt werden können."

„Habe ich das jetzt richtig verstanden: Du lässt dich verprügeln, um damit deine Schulden abzuzahlen?"

„So ähnlich, ja." Der Junge schluckte. „Der Cybersuit hat einen Begrenzer, dadurch tut es nicht ganz so weh, als wenn es wirklich passieren würde. Aber manchmal hatte ich hinterher ganz schön viele blaue Flecke."

Der Bildschirm wurde dunkel. Im Studio herrschte betroffenes Schweigen. Die Bildregie zeigte jetzt Rons Gesicht in Großaufnahme. In seinen Augen schimmerte es feucht.

„Das habe ich nicht gewusst“, flüsterte er.

Die Moderatorin setzte unbarmherzig nach.

„Herr Schäfer, soweit ich weiß, haben Sie auch einen Sohn, der ungefähr in diesem Alter ist?“

„Ja, Jonte ist 15.“

„Was würden Sie sagen, wenn er an der Stelle dieses Jungen wäre, wenn er sich in virtuellen Bordellen herumtriebe und sich für Geld zusammenschlagen ließe?“

„Ich wusste nichts von diesen Sachen“, wiederholte Ron. Das Ganze kam ihm wie ein Albtraum vor.

„Ach tatsächlich?“, höhnte die Moderatorin. „Korrigieren Sie mich, wenn ich falsch liege, aber nach unseren Recherchen ist der Erfinder der Schmerzpunkte und des EL ein gewisser Lutz Singer. Und der war lange Jahre Ihr Assistent, stimmt das so weit?“

„Ja, aber ...“

„Und außerdem liegen uns Informationen vor, wonach Herr Singer für das Betreiben des EL eine offizielle Genehmigung Ihrer Firma besitzt.“

Ron hielt es nicht mehr aus.

„Ich habe mit alldem nichts zu tun!“, rief er, sprang auf und rannte aus dem Studio. Die Moderatorin sah ihm verblüfft nach. Dann wandte sie sich an das Publikum.

„Meine Damen und Herren, wir möchten uns bei Ihnen für das unschöne Ende dieses Interviews entschuldigen“, sagte sie und lächelte betrübt in die Kamera. „Wir weisen jedoch ausdrücklich darauf hin, dass alle Sachverhalte gründlich recherchiert sind. Wie wir leider erleben mussten, hatte Herr Schäfer dem ja auch inhaltlich nichts entgegenzusetzen.

Trotz des unbestrittenen Erfolgs von X-World dürfen wir unsere Augen nicht vor deren Schattenseiten verschließen, und wir fordern insbesondere die Eltern auf, darauf zu achten, was ihre Kinder in dieser virtuellen Welt tun. Wie Herr Schäfer richtig ausgeführt hat, beeinflussen auch virtuelle Erlebnisse die Entwicklung ihrer Psyche. Wir dürfen nicht zulassen, dass die Gesundheit unserer Kinder auf dem Altar kommerzieller Interessen geopfert wird.

Und nun begrüßen Sie mit mir unseren nächsten Gast im Studio, den berühmten Schlagersänger und Entertainer ..."

* * * *

Die Reaktionen auf Rons verkorksten Auftritt waren sehr unterschiedlich. Die Menschen, die ihn gut kannten, bedauerten ihn. Ihrer Meinung nach hatte er es nicht verdient, so vorgeführt zu werden. Zu ihnen gehörte zu Rons Erleichterung auch Lisa, die es trotz all ihrer Kritik an Computerspielen im Allgemeinen und X-World im Besonderen extrem unfair fand, Ron für die Machenschaften seines rachsüchtigen Ex-Assistenten verantwortlich zu machen. Sie fand es absurd, ihm zu unterstellen, dass er mit Lutz geheime Geschäftsbeziehungen pflege, schließlich hatte sie das Drama zwischen den beiden Männern von Anfang an miterlebt.

Alles in allem blieb jedoch die Gruppe derjenigen, die zu Ron standen, sehr überschaubar. Weitaus größer war die Fraktion derer, die ihn anfeindeten. Hierzu zählten leider auch die meisten seiner ehemaligen Fans. In der Vergangenheit hatten sie ihm ungefragt Kultstatus verliehen – als Schöpfer von X-World, als genialem Programmierer, als Guru für alle Fragen des Lebens. Nun aber schlug ihre Verehrung in blanken Hass um.

Forenbeiträge wie: „Du bisst ein tottaler Feiklinck", waren noch die harmlosesten. Die Leute waren enttäuscht darüber, dass ihr Held so eine schlechte Figur in der Talkshow gemacht hatte, dass er nicht als der geistreiche, wortgewandte, strahlende Erfolgsmensch rübergekommen ist, der er in ihrer Fantasie gewesen war. Man empörte sich über sein feiges Weglaufen aus der laufenden Sendung, und vor allem waren die Fans entsetzt über die Enthüllung der dunklen Machenschaften ihres Idols. Mehr als einmal kam es vor, dass Ron auf offener Straße angepöbelt und bedroht wurde. Wochenlang ging er kaum noch aus dem Haus.

Auch Lutz war wenig erbaut von dieser Talkshow, wenn auch aus anderen Gründen. Es gefiel ihm nicht, dass sein neuestes Geschäftsmodell auf diese Weise an das Licht der Öffentlichkeit gelangt war, denn er und seine teilweise sehr prominenten Kunden schätzten Diskretion. Allerdings stellte sich schon bald heraus, dass er sich kaum eine bessere Werbung hätte wünschen können. Plötzlich standen die Interessenten Schlange bei ihm – und zwar sowohl für die Täter- als auch für die Opferseite.

Das Modell war einfach: Die Peiniger zahlten einen Festpreis dafür, dass sie ihre perversen Fantasien ausleben konnten, und die Opfer erhielten für die zugefügten Misshandlungen „Schmerzpunkte", deren Wert abhängig von der Anzahl der zahlenden Zuschauer war.

„Je größer der Kuchen, desto größer die Stücke", pflegte Lutz zu sagen. Seine Einnahmen vervielfachten sich binnen kürzester Zeit.

Jonte hatte unter dem plötzlichen Imageverlust seines Vaters schwer zu leiden – sowohl in der Schule, als auch online. Auf Facebook gab es gleich mehrere Gruppen, die ihn zur Zielscheibe auserkoren hatten. Glücklicherweise bekam er davon nicht viel mit, denn er war nicht auf Facebook. Seine Mutter hielt nichts davon, und er wollte ihre Toleranzbereitschaft nicht unnötig austesten.

Das bewahrte ihn aber nicht davor, dass seine Schulkollegen sich lautstark darüber austauschten – vornehmlich, wenn Jonte in der Nähe war. Wenigstens Simon stand treu zu ihm und zettelte so manche Rauferei an, um die Ehre seines Freundes zu verteidigen.

Nach ein paar Wochen hatte sich die Situation endlich wieder einigermaßen beruhigt. Die Aufmerksamkeit der Mitschüler wandte sich anderen Dingen zu, und Jonte spürte, wie die Anspannung allmählich von ihm wich – doch dann wurde er wieder auf unliebsame Weise an den Vorfall erinnert.

Es war Donnerstag, und sie hatten eine Stunde früher Schulschluss als gewöhnlich. Herr Wiese war krank. Simon und Jonte schlenderten zu den Fahrradständern und sprachen über die jüngsten Ereignisse in Norddorf, als plötzlich Zwinker und Kloß auftauchten.

„Na, wenn ham wir denn da?", dröhnte der Dunkelhaarige.

„Hallo Timo", sagte Simon.

„Ihr kennt euch?", fragte Jonte irritiert.

„Ja, wir haben mal zusammen Fußball gespielt", sagte Simon ohne allzu viel Begeisterung. „Bis er wegen eines Fouls lebenslang gesperrt wurde."

„Der Schiri war 'ne Lusche", sagte Timo verächtlich. Sein Augenlid zuckte. „Hat jede Kleinigkeit gepfiffen. Fußball ist schließlich kein Ballett."

„Kein Grund, ihn zusammenzuschlagen", murmelte Simon.

Zwinker wandte sich Jonte zu und versetzte ihm einen leichten Stoß vor die Brust.

„Dein Vater ist voll der Looser", sagte er. „Kein Wunder, dass du so 'n Spacken bist."

„Hey, hey, lass deine Finger von meinem Kumpel!", rief Simon und wollte dazwischengehen. Klops packte ihn von hinten und hielt ihn mit erstaunlicher Kraft fest. Einige Schüler wurden auf die Situation aufmerksam und scharten sich um die vier herum. Sie zückten ihre Handys. Zwinker winkte in die Kameras.

„Hallo Fans! Jetzt möchte ich euch ein kleines Kunststück vorführen, das ich Jonte Schäfer beigebracht habe."

Er zog ein schmuddeliges Papiertaschentuch aus seiner Lederjacke, schnäuzte hinein, zerknüllte es und warf es auf den Schulhof. „Los, aufheben!", kommandierte er.

Jonte konnte nicht fassen, dass sich diese Szene wiederholte. Wieder und wieder war er sie im Geiste durchgegangen, hatte nach Lösungen gesucht, sich überlegt, wie er sie besser hätte meistern können. Finster starrte er seinen Widersacher an.

„Aufheben, habe ich gesagt, sonst mach ich's selbst und stopfe es anschließend deinem Kumpel ins Maul."

Jonte sah zu Simon herüber, der hilflos im Griff des Schwergewichtigen zappelte. Schließlich ging er in die Knie und griff mit zwei Fingern nach dem Taschentuch. Aus den Augenwinkeln sah er, wie Zwinker sein Gewicht verlagerte, um ihm wieder in die Rippen zu treten. Auf diesen Moment hatte Jonte gewartet. Mit aller Kraft stieß er sich vom Boden ab und rammte seinem Feind den Kopf ins Gesicht. Der hatte mit dem Angriff nicht gerechnet, taumelte zurück und hielt sich die Nase. Das Blut quoll zwischen seinen Fingern hervor.

„Dafür machte ich dich fertig“, stöhnte er und hatte plötzlich ein Butterflymesser in der Hand.

„Timo, nicht!“, rief Klops und deutete mit dem Kopf auf die laufenden Handykameras.

Zwinker fluchte, steckte das Messer wieder ein und machte sich davon.

Nach den Aufregungen in der Schule genoss Jonte die Beschaulichkeit von Norddorf. Martha hatte dafür gesorgt, dass das ganze Dorf über das sprach, was er für sie getan hatte – die einen mit Kopfschütteln, die anderen mit Zustimmung, aber alle mit großem Respekt. Immer wieder kam es vor, dass Menschen freiwillig einen Teil ihrer Ersparnisse an ihn übertrugen, so dass seine Schulden bald getilgt waren.

Jonte war überrascht und freute sich über diese unerwartete Solidarität seiner Stammesgenossen – doch zugleich bemerkte er fast täglich, wie die Leidenschaft der Waldmenschen für ihre ursprüngliche Idee nachließ. Waren sie einstmals stolz darauf gewesen, Rons persönliches Volk zu sein, so schienen sie sich mittlerweile dafür eher zu schämen. Sie waren dabei, ihre Identität zu verlieren, und wenn das geschah, würde Lutz nichts mehr daran hindern, dieser Welt endgültig seinen Stempel aufzudrücken.

Diese Beobachtung machte ihm zu schaffen, und er fand, dass man etwas dagegen unternehmen müsse. Allerdings fehlte ihm die zündende Idee. Wie konnte man sein Volk wieder ins Boot holen?

Tagelang grübelte er darüber nach, war kaum ansprechbar – dann endlich kam ihm die Erleuchtung, während er gerade ein paar Latten für Jupp zusammennagelte. Plötzlich war alles so sonnenklar, dass er sich wunderte, nicht schon früher darauf gekommen zu sein. Gern hätte er die Idee mit seinem X-World-Vater besprochen, aber der war nicht zu Hause. Aus irgendeinem Grund war er unterwegs nach Salem und wurde erst am nächsten Tag zurück erwartet.

Jonte legte den Hammer beiseite, hängte seine Schürze an den Haken und machte sich auf den Weg zu Simon.

„Wir gründen eine Armee", erklärte Jonte seinem Freund, nachdem er ihn endlich gefunden hatte. Simon ließ das Netz sinken, das er gerade zu flicken versuchte, und sah ihn mit großen Augen an.

„Es wird eine Armee des Lichts sein, die gegen die Finsternis ins Feld zieht", schwärmte Jonte.

Simon begann zu strahlen. „Cool", sagte er. „So mit Schwertern und so?"

Sein Freund schüttelte missbilligend den Kopf. „Nein, das würde nichts bringen. Lutz und seine Leute sind uns zahlenmäßig weit überlegen. Wenn wir mit Schwertern gegen sie vorgingen, dann würden sie uns plattmachen. Wir brauchen etwas Stärkeres als Schwerter."

„Laserwaffen?", fragte Simon begeistert.

Jonte verdrehte die Augen.

„Nein, was wir brauchen, ist eine neue Idee!", rief er enthusiastisch. „Gegen die Finsternis kann man nicht mit normalen Waffen kämpfen, das geht nur mit Licht und Wahrheit. Gewalt bedeutet gar nichts. Wenn einer den anderen im Kampf besiegt, dann heißt das noch lange nicht, dass er auch auf der Seite der Wahrheit steht. Nur dass er stärker ist."

Simon runzelte die Stirn. „Wie passt es dann dazu, dass du Zwinker die Nase eingeschlagen hast? Das war übrigens ziemlich cool ..."

„Naja, im ersten Moment fand ich es auch gut, aber das Problem hat es nicht wirklich gelöst."

„Mir hat's gefallen", beharrte Simon. „Und der wird auch so schnell nichts Schlechtes mehr über Ron sagen."

„Meinst du?", sagte Jonte, „Ich fürchte, er wird eher auf Rache sinnen und mir irgendwann wieder auflauern. Und selbst wenn du recht hättest und er sich nicht mehr trauen würde, irgendwelchen Stuss über meinen Vater zu labern wäre es trotzdem noch kein Sieg."

„Wieso das denn nicht?"

„Ein Sieg wäre es erst, wenn er sein Denken ändern würde. Wenn er wirklich begreifen würde, dass es Mist ist, was er da redet."

„Na, bei dem kannst du darauf lange warten ...", witzelte Simon.

Jonte nickte ernsthaft. „Ich weiß, das ist ein Problem. Dummheit ist schwieriger zu bekämpfen als Bosheit."

Simon schwieg. Hinter seiner Stirn schien es zu arbeiten.

„Also, was hast du denn jetzt vor?", fragte er dann.

„Ganz genau kann ich es noch nicht sagen Aber so, wie ich es einschätze, wird unsere stärkste Waffe das Wort sein."

„Du meinst, wir sollen mit den Leuten reden? Vorträge halten und so? Das kann ich nicht!"

„Es geht nicht nur um reden, sondern auch um das, was wir tun. Eigentlich sogar hauptsächlich um das, was wir tun. Wenn wir das Böse in dieser Welt besiegen wollen, dann müssen wir erstmal das Böse in uns selbst bekämpfen", sagte Jonte nachdenklich.

Simon schüttelte traurig den Kopf. „Noch mehr Regeln ... Ich komme doch schon jetzt nicht klar mit dem Ethikbot."

„Nein es geht nicht um Regeln", entgegnete Jonte entschieden. „Das ist der falsche Weg. Papa hat es gut gemeint, aber die Leute fragen nur noch nach dem, was sie *nicht* tun sollen. Sie denken, alles wäre in Ordnung, solange sich der Ethikbot nicht meldet. Ich finde es aber viel wichtiger zu fragen, was wir tun sollen."

„Das Gute nämlich!", triumphierte Simon.

„Genau." Jonte dachte einen Moment nach. „Zuerst müssen wir uns Verbündete suchen!", sagte er.

„Das wird wohl nicht so einfach", entgegnete Simon.

„Wieso nicht?", fragte Jonte. „Kannst du dir etwas Schöneres und Sinnvolleres vorstellen, als für das Gute zu kämpfen?"

„Am PC sitzen und zocken?", grinste Simon, aber Jonte blieb ernst.

„Und was zockst du, wenn du nicht gerade in X-World bist?"

„Na ja, so dies und das ..."

„Lass mich raten. Du kämpfst gegen böse Gegner."

„Ja klar!"

„So wie die meisten eben. Die richtige Energie steckt also schon in ihnen drin. Wir müssen sie nur sinnvoll nutzen!"

Simon sah ihn an – halb bewundernd, halb zweifelnd. Dann fragte er: „Woher hast du nur solche Gedanken?"

Jonte zuckte mit der Schulter. „Wieso? Ich finde das alles total logisch."

Auf dem Weg nach Hause kamen Jonte bereits die ersten Zweifel.

Bin ich vielleicht größenwahnsinnig geworden? Wie soll ich denn die Waldmenschen wieder auf Kurs bringen und das Böse zurückdrängen, wo Papa das doch in all den Jahren nicht geschafft hat? Und überhaupt – besitzt dieser Lutz denn tatsächlich so viel Macht, wie es mir vorkommt, oder sehe ich bloß Gespenster?

Jonte beschloss, sich über diese Punkte erst einmal klar zu werden, bevor er andere Menschen hineinzog. Das Gespräch mit Simon hatte ihm gezeigt, dass seine Idee noch nicht so durchdacht war, wie er geglaubt hatte. Wie gut, dass er einen Freund hatte, dem man auch mal unfertige Gedanken präsentieren konnte, ohne Gefahr zu laufen, dafür ausgelacht zu werden!

Mareike arbeitete im Garten, als Jonte ihr Haus erreichte. Sie sah besorgt aus, fand er.

„Hallo Mareike", sagte er. „Ist irgendetwas? Du wirkst so ernst!"

„Ach, es ist nichts. Ich warte nur auf Jupp. Er hätte längst wieder zuhause sein sollen."

„Was wollte er denn eigentlich in Salem?", fragte Jonte, um irgendetwas zu sagen.

„Ich weiß es nicht genau. Er hat mir nur gesagt, dass er etwas für einen Freund tun müsse. Aber sein Werkzeug hat er nicht mitgenommen."

Mareike bückte sich und pflückte ein paar Kräuter. In diesem Moment rumpelte ein Pferdegespann heran, wurde langsamer und hielt schließlich vor dem Haus. Es war ein Planwagen, auf dessen Verdeck vier große rote Buchstaben gepinselt waren: XWTV.

Jonte und Mareike sahen sich verwundert an. Dieses Fahrzeug war ihnen fremd.

Zwei Männer sprangen vom Kutschbock und machten sich an der Rückseite des Wagens zu schaffen. Sie öffneten eine Klappe, dann zogen sie eine Trage heraus, auf der anscheinend ein Mensch lag. Mit geübten Handgriffen hoben sie die Krankentrage an und kamen damit auf das Haus zu. Mareike erstarrte.

„Guten Tag", sagte einer der Männer. „Hier ist doch das Haus von Jupp, dem Tischler aus Norddorf?"

„Ja", sagte Jonte. „Was ist mit ihm?"

„Das erzählt er Ihnen am besten selbst. Wir haben nur den Auftrag, ihn nach Hause zu bringen." Er wechselte einen kurzen Blick mit seinem Kollegen.

„Wo sollen wir ihn hinlegen? Wir müssen die Trage nämlich wieder mitnehmen. Das werden Sie sicher verstehen."

Mareike erwachte aus ihrer Erstarrung. „Folgen Sie mir bitte!", sagte sie und ging den Männern voraus. Als sie Jupp an Jonte vorbeitrugen, lächelte er ihm mühsam zu.

„Hallo mein Sohn!", sagte er mit schwacher Stimme.

Sein Gesicht sah furchtbar aus. Das linke Auge war zugeschwollen, die Nase hatte eine unnatürliche Krümmung, und auf der rechten Wange prangte ein dicker Bluterguss. Mehr konnte Jonte nicht sehen, weil der Rest von Jupps Körper unter einer Decke lag. Doch schon dieser Anblick reichte aus, um ihn zu schockieren.

Was war passiert? Hatte man ihn überfallen, oder war er in eine Schlägerei geraten?

Er stolperte hinter der Trage her. Sie erreichten das Schlafzimmer, wo Jonte fassungslos zusah, wie die Männer seinen Vater in das Bett hievten. Jupp ließ alles wie willenlos über sich ergehen. Seine Hand fiel schlaf hinunter, aber er schien es nicht zu merken. Einer der Arbeiter griff danach und legte sie neben ihm auf das Laken.

„Seine Wirbelsäule ist verletzt", kommentierte er. „Er hat kein Gefühl mehr in seinen Gliedmaßen." Er sah in die versteinerten Gesichter von Mareike und Jonte.

„Es tut mir leid", sagte er leise. Dann packten sein Kollege und er die Trage und verließen grußlos das Haus.

„Was ist passiert?", flüsterte Mareike, als die Männer gegangen waren. Ihr liefen die Tränen übers Gesicht.

„Es tut mir leid", sagte Jupp. Es war fast ein Flüstern. „Ich hätte nicht gedacht, dass es so schlimm werden würde."

„Schlimm? Was denn?"

„Ich habe mich für Anna und Lars als Löser zur Verfügung gestellt. Lars hat Mist gebaut. Die beiden waren finanziell eh am Limit. Sie hätten das Haus verloren und alles, was sie besitzen, und wären trotzdem noch hoch verschuldet gewesen."

„Was ist ein Löser?", fragte Jonte, der hoffte, dass seine Frage nicht unpassend war.

„Ein Löser ist jemand, der die Schulden eines anderen übernimmt und ihn so davon befreit", erklärte Jupp. „Schwierig wird es, wenn der Löser selbst kein Geld hat, so wie ich. Dann bleibt ihm nur der Weg in die Arena." Er stockte. Das Reden strengte ihn sichtlich an.

„In der Arena gibt es zwei Möglichkeiten – entweder jemand tritt für sich selbst an, dann kann er Schmerzpunkte sammeln und sie sich anschließend ausbezahlen lassen. Wie viel er dafür bekommt, hängt von der Anzahl der Zuschauer ab.

Man kann aber auch als Löser antreten. Dann steht der Einsatz von vornherein fest – nämlich die Schulden derjenigen, für die er eintritt. Je nachdem, wie hoch sie sind, liegt die Entscheidung beim Spielleiter, ob er den Deal annimmt oder nicht. Löserkämpfe sind sehr beliebt, weil hier das Opfer den Kampf nicht abbrechen darf.

Passiert es dennoch, verfällt der Gewinn. Darum machen sich viele Peiniger einen Sport daraus, die Opfer zum Abbruch zu bringen. Das ist ein zusätzlicher Kick für sie."

„Das ist abscheulich!", sagte Mareike.

„Ja, das ist es", stimmte Jupp ihr zu. „Aber die Leute mögen es, sonst wäre damit kein Geschäft zu machen!"

„Und wie soll es nun mit uns weitergehen?", fragte Mareike.

„Ich weiß es auch nicht", sagte Jupp. „Ich hätte nie im Leben geglaubt, dass es so enden würde. Ich dachte, so ein Paar blaue Flecken stecke ich leicht weg, und meine Schwester hat ihre Zukunft wieder. Aber dass es so kommen würde ..."

Mareike sah ihn an. „Vielleicht haben wir ja Glück, und dein Rücken heilt wieder", sagte sie leise.

Jupp schüttelte den Kopf. „Leider muss ich dich enttäuschen. Die Ärzte haben gesagt, dass das völlig unmöglich ist."

Nach einer Weile fügte er hinzu: „Vielleicht sollte ich diese Welt verlassen. Ich möchte dir nicht zur Last fallen. Du bist so eine schöne Frau, du findest bestimmt einen Mann, der dich gut versorgt. Aber wenn ich bleibe, gehen wir beide unter."

„Nein, das darfst du nicht tun!", rief Mareike. „Versprich mir, dass du das nicht tun wirst! Wir finden schon einen Weg, du wirst sehen!"

Jonte rannte aus dem Schlafzimmer. Die Tränen schossen ihm aus den Augen. Das durfte einfach nicht sein! So viel Macht durfte das Böse nicht haben! Er legte die Hände zusammen und führte sie anschließend zur Seite, als würde er etwas tragen.

„Hallo Jonte!", hörte er die Stimme seines Vaters.

„Hallo Papa!", antwortete Jonte. Dann schwieg er. Er versuchte seine Gedanken zu sammeln, sie in Worte zu fassen, aber es gelang ihm einfach nicht. Er war wie gelähmt von Trauer und Wut.

„Ist etwas nicht in Ordnung?", fragte Ron besorgt.

„Gar nichts ist in Ordnung!", rief Jonte. Mit einem Mal sprudelte es aus ihm heraus. Ron hörte schweigend zu, bis Jonte geendet hatte. Endlich sagte er: „Es ist noch viel schlimmer, als ich gedacht hatte. Was ist nur aus meiner Welt geworden!" Seine Stimme klang bitter.

Zögernd erzählte Jonte von seiner Idee.

„Eine Armee willst du gründen? Und du meinst, dass das funktioniert?"

„Ich weiß es nicht. Aber ich will es wenigstens versuchen. Es ist auf jeden Fall besser, als gar nichts zu tun."

„Du hast recht. Natürlich werde ich dir helfen, wo ich kann."

„Papa, kannst du nicht auch etwas für Jupp tun?"

* * * *

Lutz fuhr den Laptop hoch und loggte sich in seinen Bankaccount ein. Aufmerksam studierte er die Zahlenreihen und stellte zufrieden fest, dass die Einkünfte aus der Arena mittlerweile die aus den Handelsgeschäften in X-World übertrafen. Allerdings musste er sich erst noch an den Gedanken gewöhnen, dass die Millionen auf seinem Konto ehrlich erworbenes Geld waren. Er brauchte sich keine Scheingeschäfte mehr auszudenken, um den Einnahmen einen legalen Anstrich zu verpassen.

Eigentlich könnte ich die Kneipe schließen, überlegte er. *Auf die paar Kröten, die dabei herausspringen, bin ich nicht mehr angewiesen.*

Andererseits hing er an dem Laden. Zudem versah Tanja ihren Job so umsichtig, dass er praktisch keine Arbeit damit hatte. Also warum etwas verändern? Es konnte ebenso gut alles weiterlaufen wie bisher. Er jedenfalls wollte sich nun verstärkt seiner eigentlichen Lebensaufgabe widmen.

Lutz nahm einige Dartpfeile und warf sie auf eine Zielscheibe, in deren Mitte er ein Foto von Ron befestigt hatte. *Was würde ihm wohl am meisten wehtun?*, fragte er sich, während sein erster Pfeil Rons rechtes Auge traf.

Die öffentliche Demütigung in der Talkshow war schon mal nicht schlecht gewesen, auch wenn es ihn selbst in Mitleidenschaft gezogen hatte. Der nächste Pfeil steckte im linken Ohrläppchen.

Lutz' rechtlich abgesicherte Machtposition in X-World war ihrem Schöpfer bestimmt auch ein Dorn im Auge. Eine Spitze bohrte sich in den Adamsapfel.

Aber um ihn richtig leiden zu sehen, muss ich an seinen Sohn herankommen, diesen Jonte. Zack, der Pfeil saß zwischen den Augenbrauen. Ziemlich schlaues Kerlchen, wie sich gezeigt hatte. Aus der Verführungsnummer war jedenfalls nichts geworden.

Der letzte Pfeil ging fehl. Er schlug knapp neben dem Wangenknochen ein. Lutz fluchte. Er ging zur Dartscheibe, hielt sie mit einer Hand fest und zog mit der anderen die Pfeile heraus.

Er würde Jonte erwischen, irgendwie würde er ihn in die Finger bekommen, und das würde Ron den Rest geben. Lutz zog eine Pfeilspitze quer über die Kehle auf dem Foto, so dass ein langer Riss entstand. Dann holte er ein Glas aus dem Schrank und genehmigte sich einen doppelten Whisky.

* * * *

Als Jonte wieder in das Schlafzimmer kam, fand er Mareike regungslos am Bett sitzen.

„Ich habe mit meinem Vater gesprochen", sagte er. „Er wird Jupp wieder gesund machen!"

Mareike drehte sich um und sah ihn an. Ihre Augen waren voller Tränen.

„Das ist lieb von dir", sagte sie. „Aber es wird nicht funktionieren."

„Doch, natürlich", sagte Jonte. „Mein Vater hat diese Welt geschaffen. Er kann solche Dinge tun. Der Vertrag erlaubt es, wenn er von einem Spieler darum gebeten wird."

„Daran zweifle ich auch nicht, lieber Jonte. Es ist nur so, dass du zu spät kommst. Jupp ist nicht mehr bei uns."

„Nein!", schrie Jonte. Er stürzte ans Bett. Es war leer.

Der Junge vergrub sein Gesicht in den Kissen und weinte bitterlich. Mareike legte ihm still die Hand auf den Rücken. Jonte weinte und weinte; Trauer und Zorn wühlten seine Seele auf. Es tat gut, alles herauszulassen; gut war es auch, dabei die Berührung seiner Mutter zu spüren, die ihm diesen Ausbruch erlaubte und ihn nicht mit voreiligem Trost zu ersticken suchte.

Irgendwann versiegten die Tränen. Jonte stand auf, wischte sich über das Gesicht, berührte Mareike dankbar an der Schulter und verschwand wortlos in der Werkstatt. Dort band er sich seine Schürze um. Er kramte ein schönes Brett aus dem Holzvorrat heraus, nahm die große Säge, teilte es in zwei Hälften. Anschließend arbeitete er mit dem Beitel sorgfältig Ausklinkungen heraus, so wie es sein Vater ihm beigebracht hatte. Die Teile fügten sich zu einem perfekten Kreuz zusammen. Jonte nickte zufrieden. Dann schnitzte er mit kunstvollen Buchstaben das Wort „Jupp" in den Querbalken. Als er fertig war, betrachtete er sein Werk kritisch, schliff noch ein paar Ecken ab und brachte es zu seiner Mutter.

„Ich weiß, dass es hier keine Friedhöfe gibt", sagte er, „aber ich finde, wir sollten dies zur Erinnerung aufstellen. Was meinst du?"

Mareike nickte langsam und betrachtete das Kreuz von allen Seiten. „Jupp wäre stolz auf dich", sagte sie dann. „Das ist eine saubere Arbeit. Lass es uns hinten im Garten aufstellen. Ich werde Rosen drum herum pflanzen."

Nachdem die Erinnerungsstätte angelegt war, machte Jonte sich auf den Weg.

21. DIE ARMEE DES LICHTES

Jonte fand seinen Freund wie üblich am Ufer des Sees, wo er mal wieder damit beschäftigt war, ein Netz zu säubern.

„Simon, es geht los", sagte er. „Unsere Armee zieht in den Kampf. Heute. Jetzt."

Simon sah ihn verwundert an.

„Jupp ist tot", fügte Jonte leise hinzu. „Er ist als Löser für einen Freund eingetreten. Sie haben ihn in der Arena gefoltert. Heute Morgen ist er gestorben."

„Au Mann", sagte Simon. „Das tut mir echt leid für dich. Er war ein toller Mensch."

Jonte nickte. „Das war er. Und sein Tod wird gerächt werden. Kommst du mit?"

Simon schüttelte den Kopf.

„Es ist grad schlecht, weißt du? Ich würde ja gern mitkommen, aber ich werde hier dringend gebraucht. Die Reparatur der Boote hat eine Menge Geld gekostet, und in den letzten Tagen haben wir kaum etwas gefangen. Jan braucht jetzt jede Unterstützung, die er kriegen kann. Ich darf ihn nicht im Stich lassen."

Jonte nickte. „Das verstehe ich", sagte er nachdenklich. „Warte einen Moment."

Er verzog sich an einen ruhigen Ort, wo er die Verbindung zu seinem Vater herstellte.

Mit entschlossenem Gesicht kam er zu Simon zurück. „Trommle deine Leute zusammen", befahl er.

Sein Freund sah überrascht aus. „Was hast du vor?"

„Wir machen eine kleine Angeltour!"

„Bist du blöd? Fische fängt man nachts und nicht tagsüber. Am Tag sehen sie unsere Schatten und verstecken sich."

„Vertrau mir."

Simon wand sich. „Na gut", sagte er widerstrebend. „Ich schau mal, was sich machen lässt. Du wartest am besten hier."

Es dauerte eine ganze Weile, dann kam er mit seinem Bruder Andreas und einem anderen jungen Mann zurück, den Jonte noch nie gesehen hatte.

„Das ist Jonathan", sagte Simon. „Andreas kennst du ja schon. Sonst war leider niemand zu Hause."

Jonathan gab Jonte die Hand und lächelte schüchtern. Sein stattlicher Avatar machte es schwer, dessen Alter zu schätzen, aber Jonte hatte den Eindruck, dass er noch sehr jung war.

Gemeinsam schoben sie das schwere Holzboot ins Wasser. Simon setzte das Segel. Andreas übernahm das Steuerruder – sie verstanden sich ohne Worte, waren augenscheinlich ein eingespieltes Team. Schweigend warteten die vier Jungen ab, bis sie die Mitte des Sees erreicht hatten, dann legte Jonte wieder seine Hände zusammen und führte die Arme in der bekannten Geste nach vorn. Er hörte das vertraute Knacken, das die bestehende Verbindung anzeigte, aber er sagte nichts.

Ron sprang auf, drückte eine Taste, die ihm die Szene auf den Hauptmonitor an der Wand des Kontrollraums holte. Er konnte nun alles sehen, was Jonte sah.

„Michael, gibt es einen Fischschwarm in der Gegend?", fragte er.

Der Assistent blickte ihn durch seine John-Lennon-Brille an. „Dir ist klar, dass wir dabei sind, den ersten Hack seit acht Jahren laufen zu lassen? Lutz hat sich bisher brav an unseren Vertrag gehalten. Das sollten wir besser auch tun."

„Ich halte mich an den Vertrag", gab Ron heftig zurück. „Ich darf eingreifen, wenn ich von einem Spieler ausdrücklich darum gebeten werde. Und das hat Jonte getan."

Michael Konrad wandte sich seufzend wieder seinem Rechner zu.

Auf dem Bildschirm erschienen ein paar kräftige Fische. Mit der Maus legte er einen Rahmen um sie, dann bearbeitete er die Tastatur. Mit jedem Tastendruck verdoppelte sich die Anzahl der Tiere. Im Nu hatte er einen gewaltigen Schwarm beisammen. Er zoomte aus der Ansicht heraus, bis er die Umrisse des Sees überblicken konnte. Ein kleiner roter Kreis markierte den Standort der Fische.

„Sag ihnen, sie sollen sich westlich halten", rief er Ron zu.

Ron sagte es Jonte, und Jonte gab es an Andreas weiter: „Nach Westen, bitte!"

Andreas und Simon sahen sich verdutzt an.

„Bist du sicher?", fragte Simon schließlich. „In der Gegend fängt man keine Fische. Es ist zu flach dort."

Jonte lächelte nur.

„Okay, was soll's", knurrte Simon, „diese Aktion ist sowieso komplett verrückt, da kommt es auf ein bisschen mehr Wahnsinn auch nicht an. Andreas, tu, was er sagt."

Er blickte verdrießlich auf die Netze. „Ich hatte sie ja auch gerade sauber", grummelte er vor sich hin.

Hätte er stattdessen auf den Grund des Sees sehen können, wäre ihm der ungewöhnlich große Schwarm stattlicher Fische aufgefallen, der in einiger Entfernung vor dem Abhang eines unterseeischen Berghangs stand.

„Halt, genau hier müsst ihr die Netze auswerfen. Auf der rechten Seite bitte!", kommandierte Jonte nach ein paar Minuten. Die drei Fischer sahen sich amüsiert an, taten aber, was er ihnen gesagt hatte.

Gewichte rauschten in die Tiefe und schreckten den Fischschwarm auf. Prompt traten die Tiere die Flucht an, schwammen nach Westen, kamen wegen der Felswand nicht weiter, drehten um – und landeten in der Falle.

„Ich glaube, wir haben was!", rief Jonathan, der mit aller Kraft am Netz zog. „Boah, ist das schwer, packt mal mit an!"

„Vielleicht verhaken sich die Maschen aber auch nur an den Felsen", sagte Simon verächtlich. „Hier wird es nämlich ziemlich flach. Deswegen fischt an dieser Stelle sonst niemand", fügte er mit einem verärgerten Seitenblick auf Jonte hinzu. „Man macht sich hier sein Geschirr kaputt."

Er schob Jonathan zur Seite. „Lass mich mal", sagte er und begann zu ziehen. Zentimeterweise hob sich das Netz. Simon spürte die Bewegungen der gefangenen Tiere.

„Das gibt's doch nicht", presste er hervor. „Los, helft mal mit! Wir haben tatsächlich was gefangen!"

Das Boot bekam gefährliche Schlagseite, als sich das prall gefüllte Fangnetz aus dem Wasser hob. Simon begann zu fürchten, dass die Maschen im letzten Moment reißen könnten. Unter Einsatz all ihrer Kräfte hievten sie das Fischernetz über die Bordwand und öffneten es. Ein gewaltiger Strom silbrig schimmernder Leiber rauschte auf die Planken. Betreten schauten die Jungen auf den Berg zappelnder Fische, der vor ihren Füßen lag.

„Wahnsinn", kommentierte Simon.

„So viel haben wir noch nie gefangen", flüsterte Andreas.

„Dafür hätten wir sonst mindestens einen Monat gebraucht", ergänzte Jonathan.

Wie auf Kommando blickten die drei zu Jonte.

„Und, was ist", fragte er, „kommt ihr jetzt mit mir?"

Jonte und seine kleine Truppe erreichten den Nachbarort Finkenwald am frühen Abend. Die Feldarbeiter kehrten gerade von ihrem Tagewerk heim und trafen sich auf dem Dorfplatz, wo der Gastwirt seine Tische unter der großen Linde aufgestellt hatte. Allmählich füllten sich die Plätze. Die dralle Serviererin eilte umher, um die durstigen Männer mit frischgezapftem kühlem Bier zu versorgen. Im Vorbeihuschen parierte sie mühelos diverse anzügliche Bemerkungen und wich zugleich geschickt den zudringlichen Händen derer aus, die glaubten, auf diese Weise bei der Kellnerin landen zu können.

Am Rand des Dorfplatzes packte eine Gemüsehändlerin ihre Sachen zusammen. Ihr missmutiger Gesichtsausdruck verriet, dass sie mit dem Umsatz des Tages nicht zufrieden war. Wenige Schritte von ihr entfernt standen einige Frauen, die eigentlich schon längst mit den Einkäufen zu Hause sein wollten. Sie hatten die Taschen vor sich auf das Pflaster gestellt und tauschten die letzten Neuigkeiten aus. Ein paar Kinder spielten Fangen. Schreiend und lachend umkreisten sie die muffige Händlerin.

Jonte stellte sich mitten auf den Platz und begann mit lauter Stimme zu reden.

„Waldmenschen von Finkenwald, ich grüße euch."

Neugierig drehten sich die Köpfe in seine Richtung. Die Gespräche verstummten abrupt. Sogar die Kinder hörten auf zu toben und kamen vorsichtig näher. Als er sich ihrer Aufmerksamkeit sicher war, fuhr Jonte fort:

„Könnt ihr euch eine Welt vorstellen, in der niemand dem anderen etwas Böses tut?

Eine Welt, in der jeder für den anderen da ist und sich dafür einsetzt, dass es seinen Mitmenschen gutgeht?

Diese Vision hatte mein Vater, als er X-World erschaffen hat. Wir, die Waldmenschen, spielen dabei eine besondere Rolle. Wir sind sein Volk, und er ist unser Vater. Er wacht über uns, und er will, dass die ganze Welt von unserer Gemeinschaft lernt."

Jonte hielt inne und sah sich um.

„Ihr wisst aber auch, dass die Macht des Bösen zugenommen hat. In manchen Dörfern sind schlimme Dinge passiert. Aber ich sage euch: Es bricht eine neue Zeit an. Darum haben wir die Armee des Lichts gegründet. Wir werden das Böse besiegen. Doch dafür brauchen wir eure Unterstützung. Wir können nur gewinnen, wenn wir zusammenhalten. Darum rufen wir euch zu: Wendet euch entschieden von allem Bösen ab und tut das Gute. Wenn ihr anderen Menschen schadet, dann ist das nicht nur eure Privatsache. Es geht nicht nur darum, dass euch der Ethikbot ein paar Silberlinge abzieht. Sondern, wenn ihr Böses tut, dann gebt ihr dem Feind Raum und seid feige Verräter an unserer guten Sache!"

Die Reaktionen auf diese kleine Rede fielen sehr unterschiedlich aus. Einige wenige applaudierten, andere nickten stumm und nahmen dann übergangslos den Faden ihrer Gespräche wieder auf. Etliche aber begannen, Jonte und seine Begleiter anzupöbeln.

„Was willst du denn hier?"

„Du hast uns gar nichts zu sagen!"

„Verschwinde aus unserem Dorf!"

„Ron kann uns gestohlen bleiben, wir brauchen ihn nicht!"

Einer warf sogar mit Steinen nach Jonte, doch er verfehlte ihn um viele Meter.

„Denkt über meine Worte nach!", rief Jonte. „Es wird der Tag kommen, an dem man euch fragen wird, auf welcher Seite ihr steht!" Dann verließ er mit seinen Freunden das Dorf.

„Na, das ist ja wohl nicht so gut gelaufen", sagte Simon enttäuscht.

„Was hast du denn erwartet?", fragte Jonte. „Wir haben sie zumindest zum Nachdenken gebracht. Bestimmt werden wir in den nächsten Tagen Dorfgespräch sein – das ist doch schon mal ein Anfang. Unser erstes Ziel ist es, die Leute aus ihrer Gedankenlosigkeit zu reißen. Wenn sie sich über uns ärgern, heißt es jedenfalls, dass wir sie berührt haben."

„Und außerdem waren die meisten von denen, die gar nicht reagiert haben, Bots", ergänzte Jonathan eifrig. „Ich kenne viele von ihnen, weil ich mit meinem Onkel schon öfter in Finkenwald gewesen bin. Bots kann man in dieser Hinsicht völlig vergessen."

„Das stimmt", bestätigte Jonte. „Bots haben keinerlei Verständnis für Dinge, die über diese Welt hinausreichen. Sie können nichts dafür. Sie sind so gemacht."

Eine Weile gingen sie schweigend nebeneinanderher. Dann sagte Jonte: „Ich denke, es wird Zeit, dass wir uns Gedanken über ein Nachtlager machen."

„Ich habe eine Idee!", sagte Jonathan eifrig. Er hüpfte vor Aufregung, was so gar nicht zu seinem erwachsen wirkenden Avatar passte. „Nicht weit von hier ist eine Stelle, wo wir früher immer gespielt haben, wenn ich zu Besuch in Finkenwald war. Vielleicht steht sogar noch die Hütte da, die mein Onkel damals für uns gebaut hat."

„Super, Jonathan, dann führe uns doch dort hin!", sagte Jonte lächelnd. Er mochte den Jungen, der jetzt eifrig vorauslief und die Gruppe über einen Trampelpfad vom Hauptweg wegbrachte. Sie umrundeten einen schroffen, moosbewachsenen Felsen, zwängten sich durch einige dicht zusammenstehende junge Buchen und gelangten schließlich auf eine Lichtung. Sie maß etwa dreißig Schritte im Durchmesser. In der Mitte befand sich eine Feuerstelle, umgeben von sorgfältig angeordneten Steinen. Am Rand stand eine hölzerne Schutzhütte, die auf solide Handwerkskunst ihres Erbauers schließen ließ.

Die vier Freunde richteten sich häuslich ein. Bald brannte ein Feuer; darüber hing an einer Kette ein Topf mit einer guten Suppe.

Während sie aßen, knackte es plötzlich im Gebüsch.

Simon fuhr hoch, griff sich einen Knüppel und rannte in die Richtung, aus der das Geräusch gekommen war. „Wer ist da?", brüllte er. „Komm raus, du Feigling, oder ich verpass' dir eine!"

Er lauschte. Als nichts passierte, rief er noch einmal.

„Schon gut, schon gut!", sagte eine Stimme, die von der gegenüberliegenden Seite der Lichtung kam. „Ich bin unbewaffnet und tue euch nichts!"

Ein junger Mann mit schwarzen Haaren und dunkelbraunen Augen trat hervor. Kurz oberhalb des rechten Mundwinkels hatte er ein dunkles Muttermal. Jonte bemerkte die kräftigen Oberarme des Besuchers und war sich nicht sicher, wie eine Auseinandersetzung mit Simon ausgegangen wäre, auch wenn dieser mit einem Knüppel bewaffnet war.

„Guten Abend", sagte er ruhig. „Was verschafft uns die Ehre deines Besuches?"

„Guten Abend!", antwortete der Schwarzhaarige. „Bitte verzeiht mir, dass ich hier so einfach hineinplatze. Ich wollte euch nicht erschrecken. Mein Name ist Silvan, und ich war so beeindruckt von deinem Auftritt auf unserem Dorfplatz, dass ich mich gern eurer Truppe anschließen würde. Du hast mir aus der Seele gesprochen. Es ist eine Schande, was aus den Waldmenschen geworden ist. Sie sind nicht mehr das, was sie sein sollten ..."

Ein tiefes Grollen unterbrach seinen Redefluss. Dort, wo Simon eben noch das Gebüsch angeschrien hatte, stand plötzlich ein ausgewachsener Tiger. Er riss das Maul auf und bleckte seine gewaltigen Zähne. Ein ohrenbetäubendes Brüllen durchschnitt die abendliche Stille. Die Jungen wichen zurück. Simon hob den Knüppel und stellte sich vor seinen Freund.

„Keine Angst, Jonte", rief er mit vor Angst bebender Stimme, „ich werde dich beschützen!"

Jonte legte ihm die Hand auf die Schulter. „Ich weiß das zu schätzen, Simon, wirklich, aber es wird nicht nötig sein."

Dann ging er auf das große Tier zu. Seine Freunde hielten den Atem an.

„Hallo Joey!" Er schlang seine Arme um den Hals des Tigers. „Wie schön, dich zu sehen!" Die Raubkatze rieb ihre Ohren vertraulich an Jontes Kopf. Sie ließ ein Geräusch ertönen, das an das Schnurren einer Katze erinnerte, aber mehrere Oktaven tiefer und wesentlich lauter war. Dann machte sie einen Schritt auf die anderen Jungen zu, die mit offenen Mündern das Schauspiel verfolgten. Wieder riss der Tiger sein Maul auf und brüllte.

„Na, Joey, was soll denn das?", tadelte ihn Jonte. Es klang, als spräche er mit einem kleinen Hund. „Das sind doch meine Freunde!"

Er packte den gewaltigen Kopf des Tieres und drehte ihn zu sich hin. „Ich glaube, du gehst besser. Du machst den Menschen Angst. Ich möchte nicht, dass jemand aus lauter Furcht auf dich schießt. Verstehst du mich?"

Der Tiger sah ihm einen Augenblick lang aufmerksam in die Augen, dann wandte er sich ab und verschwand zwischen den Bäumen.

„Ich bin beeindruckt", sagte Silvan. „Du hast ja noch mehr drauf, als ich gedacht hatte. Das war echt der Hammer!"

Allmählich erwachten auch die anderen Jungen aus ihrer Erstarrung. Sie begannen, Jonte mit Fragen zu bombardieren – doch er schwieg eisern. Irgendwann gaben sie auf.

Jonte starrte nachdenklich ins Feuer. Er hatte die Anwesenheit des Tigers schon seit Tagen gespürt, hatte auch gelegentlich seine

Spuren gesehen und sie schnell verwischt, bevor sie ein anderer entdecken konnte. Warum war Joey gerade jetzt aus seiner Deckung gekommen? War es Zufall? Oder wollte er ihn vor irgendetwas warnen? Waren vielleicht Männer aus Finkenwald hinter ihnen her, um sie zu überfallen? Je mehr er darüber nachdachte, desto wahrscheinlicher erschien ihm dieser Gedanke. Schließlich fasste er einen Entschluss.

„Wir ziehen weiter", sagte er.

Die anderen protestierten. „Warum? Es ist doch schön hier, und es ist mitten in der Nacht ..."

Aber Jonte blieb unerbittlich. So packten sie ihre Sachen zusammen und marschierten durch die Dunkelheit.

Als der Morgen anbrach, erreichten sie das nächste Dorf.

„Osterholz", erläuterte Silvan. „Viele von uns kommen regelmäßig zum Wochenmarkt hierher. Dies ist übrigens das östlichste der Waldmenschendörfer. Es durchbricht teilweise sogar schon den Waldrand. Dadurch kommen auch immer mal wieder *Fremde* vorbei." Er spuckte das Wort geradezu aus. „Händler aus den östlichen Provinzen. Nicht die besten Einflüsse, wenn ihr mich fragt."

Wie Jonte bald feststellte, war Osterholz überraschend groß, es erinnerte eher an eine kleine Stadt als an ein Dorf. Stattliche Häuser säumten die kunstvoll gepflasterte Straße, die in den Ort hineinführte. Die meisten Fensterläden waren geschlossen, alles war noch still. Die Pflasterstraße bog zwei Mal um die Ecke, dann mündete sie auf einen Marktplatz.

Trotz der frühen Stunde liefen hier schon etliche Menschen herum – hauptsächlich Händler, die damit beschäftigt waren, ihre Stände zu errichten und sich um die besten Plätze zu zanken.

„Ich besorge uns etwas zum Frühstück!", rief Silvan. Ohne eine Antwort abzuwarten, verschwand er zwischen den Häusern. Jonte und seine Freunde setzten sich derweil auf den Rand eines prächtigen Brunnens, der mitten auf dem Platz stand. Von hier aus konnten sie den Aufbauarbeiten zusehen. Bald darauf kehrte Silvan zurück, und die Jungen fielen über die frischgebackenen Brötchen her.

„Was werden wir hier machen?“, fragte Simon mit vollem Mund. „Hältst du eine Rede auf dem Marktplatz?“

„Nein“, antwortete Jonte. „Jedenfalls nicht gleich. Erstmal sehen wir uns in Ruhe alles an. Und morgen gehen wir ins Versammlungshaus – ich nehme an, dass es hier eins gibt?“, fragte er zu Silvan gewandt, der eifrig nickte.

„Wenn ihr wollt, kann ich euch ein bisschen herumführen!“, erbot sich dieser. „Ich kenne mich in Osterholz ganz gut aus.“ Jonte nickte dankbar. „Ja, bitte tu das!“

Während ihres kleinen Frühstücks füllte sich der Marktplatz zusehends. Ein Trupp Händler in fremdländisch wirkenden Kleidern baute Stände mit Gewürzen, Tüchern und Kunstgegenständen auf. Bauersfrauen aus der Umgebung stellten ihre Karren in Position. Sie verkauften Kohl und Kartoffeln direkt von der Ladefläche. Die ersten Kunden trafen ein, und das Stimmengewirr auf dem Markt schwoll an.

„Wir kommen nachher wieder hierher zurück“, sagte Silvan. „Schauen wir uns erstmal den Rest der Stadt an.“

Er führte sie durch die Handwerkerviertel, zeigte ihnen das Versammlungshaus und die vornehmere Gegend der Reichen. Schließlich brachte er sie zum Osttor der Stadt, über dem sich ein kleiner Turm erhob. Von hier aus hatte man einen guten Überblick. Es war deutlich zu sehen, dass Osterholz aus dem Wald in die umgebende Steppe hinausragte. Offensichtlich war es den Waldmenschen gelungen, einige Flächen urbar zu machen, denn vor dem Stadttor breiteten sich weitgestreckte grüne Felder aus.

„Was hältst du davon, Jonte?“, fragte Silvan. Seine Stimme bekam einen lauernden Unterton. „Sollten die Waldmenschen nicht lieber im Wald leben, wie es ihr Name sagt? Ich denke, dass Ron uns den Wald zum Schutz gegeben hat.“

„Du hast recht, so war es gedacht“, antwortete Jonte. „Doch er wollte auch, dass die anderen Menschen in dieser Welt unser Leben sehen und davon profitieren. Das setzt aber voraus, dass wir in Kontakt mit ihnen treten.“

Silvan sah ihn düster an, sagte jedoch nichts.

Er führte die Gruppe zurück zum Marktplatz, der mittlerweile von Menschen wimmelte. Die Freunde ließen sich im Strom der Besucher treiben und bestaunten die vielfältigen Auslagen.

Jonathan war besonders begeistert von einem Stand, an dem lebendige Hühnerküken in hölzernen Käfigen angeboten wurden. Fasziniert beobachtete er die kleinen flauschig-gelben, piepsenden Geschöpfe und war nicht zum Weitergehen zu bewegen. Jonte lächelte. Er fand es schön, wenn jemand sich für einfache Dinge begeistern konnte.

Plötzlich merkte er, wie die Stimmung auf dem Platz umschlug. Die heitere Geschäftigkeit der Menschen wandelte sich in Angst. Einige schrien. Jonte spürte, wie die Masse mit aller Gewalt in eine Richtung drängte.

„Was ist los?“, rief er Andreas zu, der der Größte von ihnen war.

„Keine Ahnung“, gab dieser zurück und reckte sich, so hoch er konnte. „Irgendetwas ist da vorn passiert. Vielleicht eine Schlägerei – aber ich kann nichts Genaues erkennen!“

Jonte hörte einen wütenden Schrei, dem das Geräusch von zerberstendem Holz folgte. Ein gewaltiger Schreck durchfuhr ihn. Plötzlich stand ihm seine Begegnung mit dem Besessenen wieder vor Augen. So etwas wie in Apfeltal wollte er nicht noch einmal erleben. Instinktiv suchte er nach einem Fluchtweg, doch dann hielt er inne.

Was bist du denn für ein Kämpfer, der sich aus dem Staub macht, wenn es ernst wird?, schalt er sich. Er stellte die Verbindung zu seinem Vater her. „Ich glaube, ich brauche gleich deine Hilfe“, flüsterte er.

„Alles klar“, antwortete Ron. „Ich bin bei dir.“

Jonte kämpfte sich gegen den Strom durch die Menge. Die Schreie wurden lauter. Sie jagten dem Jungen einen Schauer nach dem anderen über den Rücken. So schrie kein Mensch – aber auch kein Tier. Es klang unheimlich.

Dann hörte der Gegendruck der Masse plötzlich auf. Jonte stand am Rand einer menschenleeren Zone, die wie das Auge eines Wirbelsturms wirkte. Sie wurde von Schaulustigen umgrenzt, deren Neugier stärker war als ihre Angst. Nun konnte er die Ursache der

Aufregung sehen: Es handelte sich um einen jungen, bärtigen Mann, der überraschend schmächtig wirkte. Seine Kleider waren zerrissen. Brüllend wehrte er sich gegen den Strick, mit dem zwei kräftige Männer versuchten, ihn zu fesseln. Sie hatten ihm schon eine Schlaufe um den Hals geworfen, aber sie ließ sich nicht zuziehen, so dass sie das Seil ständig auf Spannung halten mussten, damit der Besessene es nicht abstreifen konnte.

In einem bizarren Tanz kreisten sie umeinander, wobei sie immer wieder in die Luft sprangen, um den Trümmern zweier Marktstände auszuweichen. Endlich schienen die Fänger einzusehen, dass sie auf diese Weise nicht weiterkamen. Sie verständigten sich mit einem Blick und wechselten die Strategie. Einer von ihnen übernahm nun das Seil allein, während der andere, ein breitschultriger Glatzkopf mit Stiernacken, versuchte, den jungen Mann von hinten zu erwischen. Unter anderen Umständen wäre es ein ungleicher Kampf gewesen, doch der Schmächtige verfügte über ungewöhnliche Kräfte.

Mit einem lauten Brüllen riss er so heftig an dem Strick, dass sein Bewacher das Gleichgewicht verlor. Er krachte in einen Obststand. Die improvisierte Ladentheke brach unter dem Aufprall zusammen, woraufhin eine ganze Wagenladung Äpfel herabrauschte, die den Gestürzten unter sich begrub.

Der Gefangene befreite sich aus der lästigen Schlinge, packte den zweiten Angreifer, der ihn von hinten umklammerte, und warf ihn mit einem eleganten Hüftwurf zu Boden. Der Stiernacken klatschte auf die Erde, prallte mit dem Kopf auf einen Balken und blieb regungslos liegen. Die Menge stöhnte auf.

Der Besessene machte ein paar unsichere Schritte, dann fiel sein Blick auf Jonte, der einfach stehenblieb, während die Menschen hinter ihm ängstlich zurückwichen.

„Du!“, grunzte der junge Mann, während er auf Jonte zuwankte.

„Halt!“, befahl Jonte mit einer solchen Autorität, dass der Mann verblüfft stehenblieb.

Er glotzte einen Moment lang ratlos umher, dann verzog er das Gesicht und begann hämisch zu lachen.

„Jonte Schäfer!", grölte er. „Wie schön, dass du hier bist. Ich werde dir sämtliche Knochen brechen!"

„Das wirst du nicht", entgegnete Jonte ruhig. „Sondern du wirst diesen armen Mann in Ruhe lassen." Er trat einen Schritt näher und sah dem Bärtigen konzentriert in die Augen.

„Kannst du mich hören?", fragte er.

„Ja, ich kann dich hören", antwortete der Mann. Seine Stimme klang plötzlich verändert. „Aber ich weiß nicht, was ich tun soll, ich wollte das alles nicht ..."

Dann verdunkelte sich sein Gesicht wieder. Unvermittelt kreischte er: „Was soll das, was versuchst du hier?"

In Jontes Ohren knackte es. „Alles klar, wir haben seine IP", hörte er die Stimme seines Vaters. Jonte nickte unmerklich. Selbstbewusst trat er auf den Mann zu, der jetzt furchtsam vor ihm zurückwich.

„Ich befehle dir, dass du diesen Menschen verlässt. Du hast einen fremden Account gehackt, und ich entziehe dir hiermit deinen eigenen. Für dich ist das Spiel zu Ende!"

Der Schmächtige fiel zu Boden, wo er unkontrolliert zu zucken begann. Jonte beugte sich über ihn und legte ihm vorsichtig die Hand auf die Schulter.

„Alles klar?", fragte er fürsorglich.

Der Mann wurde ruhiger, sein Körper entspannte sich.

„Ja", antwortete er. „Ich glaube, er ist weg."

Er setzte sich auf. „Du glaubst gar nicht, wie dankbar ich dir bin", sagte er. „Das ging schon seit Wochen so."

„Wie heißt du?", fragte Jonte.

„Thomas. Die meisten sagen einfach Tom zu mir."

„Willst du dich uns anschließen, Tom?"

Der Bärtige sah ihn an. „Ich habe zwar keine Ahnung, was ihr für ein Haufen seid, aber nach der Aktion eben vertraue ich dir blind. Ich bin dabei."

Jonte lächelte ihn an. „Gut", sagte er. „Willkommen in der Armee des Lichts. Ich denke, wir haben soeben unsere erste Schlacht gewonnen."

Der Vorfall war natürlich Tagesgespräch in Osterholz, und als Jonte am nächsten Morgen mit seinen Freunden das Versammlungshaus betrat, begegneten ihnen ehrfürchtige Blicke.

Der Versammlungsraum erwies sich als ein zweckmäßiger Holzbau mit einer weiß getünchten, tonnenförmigen Decke. Der Fußboden bestand aus einfachen Brettern. Fast 300 Menschen konnten hier Platz finden, doch die meisten Stühle waren leer. Nur etwa 20 Personen waren anwesend.

Der Versammlungsleiter eröffnete das Treffen. Seine abgelesenen Begrüßungsworte wirkten lustlos. Nach den üblichen Formalien fragte er traditionsgemäß: „Ist heute jemand unter uns, der das Wort an die Versammlung richten möchte?" Wie es schien, rechnete er nicht mit einer Antwort, denn er schaute kaum auf und hätte Jontes hochgereckte Hand fast übersehen. Erst, als sich leises Gemurmel erhob, bemerkte er die Wortmeldung.

„Ja, äh, wie schön, dann erteile ich jetzt unserem jungen Besucher das Wort", nuschelte er. Er schien wenig erfreut.

Jonte ging nach vorn, blickte von einem zum anderen, lächelte den Anwesenden zu.

„Liebe Schwestern und Brüder", begann er, „mein Name ist Jonte. Jonte Schäfer. Ich lebe in Norddorf." Ein allgemeines Getuschel antwortete ihm.

„Ja, eure Vermutung stimmt." Jonte erhob seine Stimme, um sich gegen die Geräuschkulisse durchzusetzen. „Ich bin der Sohn von Ron, der diese Welt erschaffen hat. Das was hier gestern passiert ist – alleine hätte ich das nie geschafft. Papa hat mir geholfen. Äh ..." Er räusperte sich.

„Mein Vater – und euer Vater. Ich bin hier, um euch daran zu erinnern, dass ihr einen Bund mit ihm geschlossen habt. Ihr sollt wissen, dass er ihn sehr ernst nimmt. Er wünscht sich ein Volk, in dem es gerecht zugeht. Ein Volk, in dem sich die Menschen gegenseitig unterstützen und dem Bösen keine Chance geben."

Jonte sah aufmerksam in jedes einzelne Gesicht, dann fuhr er fort: „Also – wenn ihr Kaufleute seid, dann übervorteilt eure

Kunden nicht. Mein Vater hasst es, wenn mit der Waage getrickst wird."

Einige Besucher wurden unruhig. Anscheinend fühlten sie sich angesprochen.

„Er will nicht, dass ihr euch untereinander betrügt und bestehlt. Jedes Mal, wenn ihr das tut, gebt ihr Lutz Macht über euch. Mein Vater will, dass ihr im Licht lebt und so die Finsternis besiegt. Außerdem ermahnt doch eure Schwestern und Brüder, wieder zur Versammlung zu kommen. Nur so kann eure Gemeinschaft wachsen."

Gemurmel erhob sich. Jonte hob die Hand und fuhr fort: „Es beginnt eine neue Zeit. Wir sind die Armee des Lichts. Wir führen den Kampf gegen das Böse, und wir werden siegen. Aber wir brauchen dazu eure Unterstützung. Wer das Böse nicht in seinem eigenen Leben bekämpft, der schwächt das ganze Volk. Wer nicht hinter uns steht, der kämpft gegen uns. Entscheidet euch, zu welcher Seite ihr gehören wollt!"

Jonte deutete eine Verbeugung an, dann ging er zurück auf seinen Platz. Simon knuffte ihn freundschaftlich in die Seite. „Das war gut", flüsterte er ihm zu.

Jonte sah ihn abwesend an. Er fühlte sich ausgepowert wie nach einem Langstreckenlauf. Vom Rest der Veranstaltung bekam er nicht mehr viel mit. Immer wieder ging er im Geist seine kleine Rede durch. Hatte er alles gesagt, was zu sagen war? Ob die Menschen sein Anliegen verstanden hatten?

Als die Versammlung endlich zu Ende war, kam ein älterer Mann auf Jonte und seine Freunde zu.

„Ich danke dir für deine Rede", sagte er. „Ich weiß, dass sich manche darüber ärgern werden, aber mir hast du aus dem Herzen gesprochen. Die Waldmenschen sind schon lange nicht mehr das, was sie mal waren. Ich wünsche euch viel Erfolg bei eurer Mission!" Dann klopfte er Jonte auf die Schulter und schlenderte davon.

„Was jetzt?", fragte Simon. „Gehen wir in den nächsten Ort?"

„Nein, heute nicht mehr", entschied Jonte. „Am Versammlungstag soll man sich ausruhen. Wir suchen uns ein nettes Plätzchen für die Nacht, und morgen decken wir uns erstmal mit Proviant ein, bevor wir weiterziehen."

Sie bummelten durch die Stadt, die wegen des Ruhetages sehr schläfrig wirkte. Die Läden waren geschlossen, die Handwerker ließen ihre Arbeit ruhen; lediglich einige Spaziergänger schlenderten durch die Straßen. Mehrere Ronaldisten standen mit ihren typischen schwarzen Umhängen vor einem Haus und waren in ein Gespräch vertieft. Jonte grüßte sie freundlich, aber sie beachteten ihn nicht.

„Warum sind sie nicht zur Versammlung gekommen?", fragte Jonte sich laut.

„Weil sie sich für etwas Besseres halten", knurrte Silvan. „Diese Typen haben ihre eigenen Versammlungen, wusstest du das nicht?"

Jonte schüttelte unwillig den Kopf. „Nein", sagte er, „das wusste ich nicht, und das gefällt mir auch nicht. Mein Vater hat die Waldmenschen zur Einheit berufen, nicht zur Bildung von Grüppchen. Man sollte mit ihnen reden. Vielleicht liegt da nur ein Missverständnis vor, das sich mit einem Gespräch aus der Welt schaffen lässt."

Silvan lachte. „Na, wenn du meinst ... Ich wünsche dir viel Erfolg dabei", sagte er spöttisch. Jonte sah ihn gekränkt an und wollte gerade zu einer Erwiderung ansetzen, als plötzlich entfernte Hilfeschreie ertönten. Die Jungen sahen einander kurz an und liefen los.

In einem Hinterhof fanden sie ein älteres Ehepaar, das laut jammernd am Rand eines Loches stand. Aus der Tiefe drangen die Schreie eines Esels empor. „Bitte helft uns", rief die Frau, als sie Jonte und seine Leute kommen sah. „Unser Emil ist in diese alte Zisterne gestürzt. Er ist alles, was wir haben – wir brauchen ihn doch, um unser Gemüse zum Markt zu bringen!"

Vorsichtig trat Jonte an das Loch heran und spähte hinein. Die Grube war gut drei Meter tief. Anscheinend hatte sich der kleine Esel nicht schwer verletzt, was wohl der Schlammschicht am Grund zu verdanken war, die seinen Fall gedämpft hatte. Nervös stapfte er von einem Bein aufs andere. Dabei schrie er unentwegt.

„Wie sollen wir ihn denn jemals hier herausbekommen?", fragte der Mann verzweifelt. „Emil kann doch keine Leiter raufklettern!"

„Man bräuchte einen Kran ...", sagte Jonte nachdenklich.

„Ich weiß, wo einer steht!", rief Jonathan aufgeregt. „Gestern, als Silvan uns die Stadt gezeigt hat, sind wir an einer Baustelle vorbeigekommen!"

Jonte wusste, was er meinte. Sie hatten eine Weile gebraucht, um Jonathan zum Weitergehen zu bewegen, denn der war von der Maschine völlig fasziniert gewesen.

„Weißt du den Weg dorthin?", fragte er Silvan.

„Ich glaube schon. Folgt mir."

„Wir sind gleich wieder da!", beruhigte Jonte die alten Leute. Dann liefen sie davon. Als sie an der Gruppe Ronaldisten vorbeikamen, rief er ihnen im Vorbeilaufen zu: „Dahinten ist ein Esel in eine Grube gefallen. Ihr könntet euch um die Besitzer kümmern!"

Die Angesprochenen sahen nur kurz auf, dann unterhielten sie sich weiter, als wäre nichts gewesen.

Zwei Straßen weiter lag die Baustelle, die Jonathan in Erinnerung behalten hatte. Dort fanden sie den Kran. Es war natürlich keine moderne Maschine, doch sie erfüllte ihren Zweck. Das Gerät bestand aus zwei langen Balken, die an ihrer Spitze miteinander verbunden waren. Zwischen ihnen war ein Rundholz so befestigt, dass das Ganze dem Buchstaben „A" ähnelte. Dieses gut drei Meter lange „A" stand auf seinen Füßen und neigte sich nach vorn – umfallen konnte es nicht, dafür sorgten kräftige Stricke, die es in Position hielten. Knapp unterhalb der Spitze hing ein Seil mit einem Kranhaken, das an dem starren Ende eines Flaschenzugs befestigt war. Ein weiteres Seil lief über die Rollen des Flaschenzugs auf eine Winde – dem Mittelbalken des „A" –, mittels derer man den Haken herauf- und herunterkurbeln konnte. Die korrekte Bezeichnung dieser Erfindung, die schon in der Antike verwendet wurde und erstaunliche Gewichte bewegen kann, lautet eigentlich „Trispastos", aber die Waldmenschen nannten sie schlicht „Kran".

Die Jungen verloren keine Zeit. Vorsichtig lösten sie die Halteseile, woraufhin die schweren Holzbalken zu Boden sanken. Mit vereinten Kräften schleppten sie sie durch die Straßen, gefolgt von Jonathan, der die Seile sowie einen Vorschlaghammer trug. Keuchend und schwitzend erreichten sie endlich ihr Ziel. Mittlerweile war der Besitzer auf einer Leiter in die Grube hinabgestiegen, wo er beruhigend auf das Tier einredete – was es jedoch nicht daran hinderte, weiterhin nach Leibeskräften zu schreien.

Am Kranhaken hing ein breites Lederband, das die Arbeiter dazu benutzt hatten, Felsen zu bewegen. „Kannst du deinem Esel den Ledergurt unter dem Bauch hindurchziehen?", rief Jonte in das Loch hinab. „Angenehm wird es sicher nicht für ihn, aber damit hätten wir eine Chance, ihn herauszuheben."

Der Mann nickte.

„Ja", brüllte er gegen den lärmenden Esel an. „Emil ist es gewohnt, Kutschengeschirr zu tragen. Lasst es herunter!"

„Einen Moment noch!", rief Jonte.

Silvan trieb gerade den letzten Pflock in die Erde. Sie legten die Halteseile an, brachten den Trispastos in Position und begannen den Kranhaken abzusenken. Im gleichen Moment betraten die Ronaldisten den Hof.

„Halt!", rief einer von ihnen, „was geht hier vor? Arbeit am Versammlungstag ist verboten! Im Codex heißt es, dass wir diesen Tag ehren sollen, indem wir keine Arbeit tun. Ihr aber tragt schwere Lasten und entweiht die Stille durch Hammerschläge. Wir werden euch vor den Stadtrat bringen!"

„Dies ist ein Notfall!", wandte Simon ein, der an der Winde stand.

„Ausnahmen müssen vom Bürgermeister genehmigt werden!", gab der Wortführer ungerührt zurück.

„Aber bis dahin ist mein Esel tot!", sagte der ältere Mann verzweifelt.

„Das ist dann eben Pech", gab einer der Ronaldisten zurück. Sein Abzeichen funkelte in der Sonne. „Wir müssen das Gesetz befolgen, egal was es uns kostet. Ihr solltet stolz darauf sein, dieses Opfer bringen zu dürfen!"

Jonte hatte die Auseinandersetzung schweigend mit angehört. Doch jetzt reichte es ihm.

„Was seid ihr nur für Menschen!", fuhr er die Umhangträger an. „Wenn es euer Esel wäre, dann würdet ihr ganz anders reden. Natürlich ist der Versammlungstag heilig. Natürlich soll alle Arbeit ruhen. Aber dieser Tag sollte ein *Geschenk* meines Vaters sein und keine Last! Wir brauchen hier tatkräftige Hilfe und keine Belehrungen. Los, macht, dass ihr wegkommt!"

Der Wortführer der Ronaldisten sah Jonte irritiert an. Sein Blick wanderte weiter zu Silvan, der immer noch den schweren Hammer in seiner Hand hielt und aussah, als wollte er jeden Moment damit auf ihn losgehen. Dann sah der Gesetzeskundige zu Tom herüber und erbleichte.

„Was, was macht der denn hier?", stotterte er und wich ängstlich zurück. Tom grinste und gab mit verstellter Stimme einen unheimlichen Laut von sich. Er verzog sein Gesicht zu einer Grimasse und torkelte einen Schritt auf die erschrockenen Ronaldisten zu.

„Die Sache wird noch ein Nachspiel haben!", rief der Anführer. Dann folgte er eilig seinen Kollegen, die bereits das Weite gesucht hatten.

„Wir sollten uns beeilen!", sagte Silvan düster.

„Ja", sagte Jonte, „der arme Esel ist schon ganz verstört."

Das war es aber nicht, was sein Freund gemeint hatte.

Die Rettungsaktion verlief reibungslos. Der verdutzte Esel hörte auf zu schreien, als er vom Kran in die Höhe gehoben wurde. Vielleicht bekam er auch einfach keine Luft mehr. Als das Tier über der Grube schwebte, schleppten Tom und Andreas lange Bohlen heran, womit sie das Loch bedeckten. Anschließend senkten sie den Esel vorsichtig ab. Der war offensichtlich dankbar, wieder festen Boden unter den Hufen zu haben. Willig ließ er sich von seiner Besitzerin wegführen.

„Das wäre geschafft! Klarer Lichtsieg", sagte Jonte, nachdem die Dankeshymnen der Eselsbesitzer abgeklungen waren. „Nun lasst uns schnell den Kran zurückbringen, bevor noch jemand auf die Idee kommt, dass wir ihn stehlen wollten."

Sie waren völlig erledigt, als sie mit ihrer Last endlich die Baustelle erreichten. Das Gewicht des Gerätes schien sich unterwegs verdoppelt zu haben. Sie gönnten sich eine kurze Pause, dann begannen sie, den Trispastos wieder so aufzubauen, wie er zuvor gestanden hatte. Weit kamen sie nicht mit ihrer Arbeit, denn plötzlich tauchte eine Gruppe Uniformierter auf. Sie trugen lange Spieße bei sich.

„Die Stadtwache", erläuterte Silvan, während der Anführer auf sie zukam. Mit ihm waren es fünfzehn Soldaten.

„Ich verhafte euch wegen Verstoßes gegen das Gesetz zum Schutz des Versammlungstages", sagte der Hauptmann und schaute sie finster an.

„Was soll das denn für ein Gesetz sein?", erkundigte sich Jonte. „Im Codex Silvanum sind keine Haftstrafen vorgesehen."

„Es ist ein Gesetz unserer Stadt", erklärte der Uniformierte steif. „Ihr werdet inhaftiert und morgen dem Bevollmächtigten des Stadtrates vorgeführt. Folgt ihr uns freiwillig, oder müssen wir Gewalt anwenden?"

„Uns bleibt ja wohl nichts anderes übrig", antwortete Jonte und gab seinen Gefährten einen Wink. Der Anführer der Stadtwache nickte zustimmend, als hätte er nichts anderes erwartet. Er erteilte seinen Leuten einen Befehl. Die Soldaten rückten vor, fesselten die sechs Freunde mit Ketten paarweise aneinander, nahmen sie in ihre Mitte und marschierten los.

„Ist das nicht ein bisschen übertrieben?", fragte Jonte den Hauptmann, der unmittelbar vor ihnen ging. „Ihr behandelt uns, als wären wir gewalttätige Kriminelle. Dabei haben wir lediglich einer armen Familie geholfen, ihren verunglückten Esel zu bergen."

„Ich tue nur meine Pflicht", gab der Angesprochene mürrisch zurück.

„Uns wurde gemeldet, dass ihr gefährlich seid", erklärte der Soldat neben Jonte. Er hatte blonde Haare und trug einen kleinen Schnurrbart. „Aber ehrlich gesagt, seht ihr nicht danach aus."

„Ruhe im Glied!", schnauzte ihn der Hauptmann an, woraufhin der Rest des Marsches schweigend verlief. Jonte erkannte eine der Straßen wieder, durch die sie kamen: Sie liefen auf das Osttor zu. Wie sich herausstellen sollte, gab es dort nicht nur einen Wachturm, sondern auch Verliese.

Die Gefährten wurden eine Treppe hinuntergeführt und in einen Raum gesperrt, in dem gut zwanzig Personen Platz gehabt hätten. Knapp unterhalb der Decke befanden sich drei vergitterte Fensterchen, durch die ein wenig Licht drang. Auf dem Boden lag frisches Stroh – das war aber auch schon der einzige Luxus, der den Gefangenen zugestanden wurde. Es gab weder einen Tisch noch Pritschen.

Die Tür bestand aus einem schmiedeisernen Gitter, so dass die Wache den Raum jederzeit überschauen konnte. Der Hauptmann legte den Riegel vor und ließ die Wachmannschaft abtreten.

„Wir sehen uns dann morgen", sagte er beinahe fröhlich. Er schien erleichtert, dass sein Auftrag so problemlos verlaufen war. Jonte fragte sich, was ihm die Ronaldisten wohl erzählt haben mochten, denn dass diese hinter ihrer Verhaftung steckten, lag auf der Hand.

Dann fiel ihm seine erste Begegnung mit Tom wieder ein. Vermutlich waren es Angehörige der Stadtwache gewesen, die versucht hatten, ihn auf dem Marktplatz zu bändigen. Kein Wunder, dass diese Leute übervorsichtig mit ihnen waren.

Plötzlich sprang Simon an die Gittertür, packte sie mit beiden Händen und rüttelte daran. „Weißt du überhaupt, mit wem du es zu tun hast?", ereiferte er sich. „Wir sind die Armee des Lichts! Das hier ist Jonte, der Sohn des Schöpfers!"

Der Hauptmann grinste ihn überheblich an. „Dummes Zeug", sagte er verächtlich. „Es gibt keinen Schöpfer."

Simon schwieg verblüfft.

„Was glaubst du denn, wo diese Welt herkommt?", assistierte Andreas über Simons Schulter hinweg. Der Hauptmann verschränkte seine Arme vor der Brust und legte seinen Kopf etwas schief.

„Das ist doch logisch", sagte er. „Es gibt nichts außerhalb dieser Welt, also muss sie aus sich selbst heraus entstanden sein."

„Wie soll das denn funktionieren?“, fragte Simon.

„Durch Zufall, was weiß ich“, brummte der Wachsoldat abweisend. Offensichtlich hatte er keine Lust mehr, dieses Gespräch fortzusetzen. „Unsere Wissenschaftler werden es schon noch herausfinden. Ich bin jedenfalls immer ganz gut klargekommen, ohne an einen Schöpfer zu glauben. Aber wer's braucht ...“, er zuckte mit den Achseln und ging davon.

Simon war fassungslos. Er schaute Jonte hilflos an. „Das gibt es doch nicht!“, sagte er. „Hat der vergessen, dass er einen Cyberhelm aufhat, oder was?“

„Der hat keinen Helm auf. Er ist ein Bot!“, antwortete Jonte.

„Glaubst du?“, Simon sah ihn erstaunt an. Dann schüttelte er missmutig den Kopf.

„Mist, ich falle auf diese Typen immer wieder herein. Sie sind aber auch täuschend echt gemacht.“

„Ja, mein Papi hat's echt drauf“, sagte Jonte stolz und begann einen Teil des Strohs zu einem kleinen Haufen zusammenzuschieben.

„Was machen wir denn jetzt?“, fragte Jonathan mit banger Stimme.

„Schlafen“, sagte Jonte. „Wir können im Moment sowieso nichts anderes tun. Zumindest brauchen wir uns keine Gedanken mehr darüber machen, wo wir die Nacht verbringen werden. Dafür ist jetzt gesorgt. Morgen sehen wir weiter.“ Dann streckte er sich seelenruhig aus und schloss die Augen.

Seine Freunde folgten seinem Beispiel. Bald war die Zelle von friedlichem Schnarchen erfüllt.

Graues Morgenlicht sickerte durch die winzigen Fenster, als die Gefährten unsanft geweckt wurden. Ein Aufseher zog seinen Knüppel geräuschvoll über das Gitter der Tür.

„Hoch mit euch!“, brüllte er.

Verschlafen rappelten sich die Jungen hoch.

„Ihr werdet heute dem Bevollmächtigten des Stadtrates vorgeführt“, informierte er sie. „Aber zuvor muss ich eines wissen – ist wirklich der Sohn des Schöpfers unter euch?“

„Ja, ich bin Jonte."

Der Wärter starrte ihn an. „Wie kommt es, dass ihr hier seid, und was hat es mit dieser Armee des Lichts auf sich, von der du da geredet hast?" Jonte erkannte ihn an seinem Schnurrbart. Es war der Soldat, der während des Marsches vom Hauptmann angeraunzt worden war, weil er unerlaubt mit ihnen gesprochen hatte.

„Wir kämpfen gegen das Böse", sagte Jonte. „Dieses Volk hat sich von seinem Schöpfer abgewandt. Wir wollen es zurück auf den richtigen Weg bringen. Wir glauben daran, dass es einen Unterschied macht, wenn sich Menschen für das Licht anstatt für die Finsternis entscheiden."

„Daran glaube ich auch", sagte der Soldat und schob den Riegel zurück. „Darum lasse ich euch jetzt frei. Ihr habt etwa eine Stunde Vorsprung."

„Und was wird aus dir?", fragt Jonte.

„Ach, macht euch keine Sorgen um mich. Mir fällt schon was ein."

„Ich habe eine bessere Idee", sagte Jonte. „Du kommst mit uns."

Der Soldat runzelte die Stirn. „Du kennst mich nicht", sagte er, „sonst würdest du das nicht vorschlagen. Ich passe in keine Armee des Lichts."

Jonte sah ihn an, sagte aber nichts.

„Als Soldat der Stadtwache darf man nicht zimperlich sein", fuhr der Uniformierte nach einer kurzen Pause fort. „Es gibt da so einige Taten in meiner Vergangenheit, auf die ich absolut nicht stolz bin."

„Deine Vergangenheit interessiert mich nicht halb so sehr wie deine Zukunft", entgegnete Jonte. „Die entscheidende Frage ist: Willst du zukünftig für das Gute eintreten und das Böse bekämpfen?"

„Oh ja!"

„Dann sei willkommen bei uns. Wie heißt du?"

„Jakob."

„Schön, Jakob. Das hier sind Simon und Andreas, Jonathan, Silvan und Tom. Lass uns gehen!"

Sie entkamen unbehelligt aus dem Gebäude und marschierten in Richtung Westen, auf den Bergrücken zu.

In den folgenden Tagen besuchten sie viele Dörfer, und Jonte entwickelte zunehmend Übung darin, die Menschen für ihre Sache zu begeistern. Die „Armee des Lichts" war offensichtlich Gesprächsthema unter den Waldmenschen, denn sobald sie irgendwo auf einen Marktplatz kamen, strömten die Leute von allen Seiten herbei und lauschten ehrfürchtig dem, was der Sohn des Schöpfers zu sagen hatte. Manche wollten sich ihrer kleinen Armee anschließen und mit ihnen gehen, aber er ließ es nicht zu.

„Ihr seid in unserer Armee willkommen", sagte er zu ihnen, „aber eure Aufgabe besteht fürs Erste darin, den Kampf vor Ort zu führen. Bleibt in euren Dörfern und setzt euch für das Gute ein, egal was die anderen dazu sagen. Tut das, was richtig ist. Kümmert euch um die Schwachen, dann wird mein Vater seine Freude an euch haben."

Eines Tages erreichten sie Klein-Seedorf, das nicht weit von Groß-Seedorf gelegen war. Andreas und Simon fühlten sich gleich heimisch, denn die meisten Einwohner lebten vom Fischfang. Sie trafen auf einen alten Mann, der sich mit einer schweren Fischkiste abplagte. Simon sprang ihm bei und nahm ihm die Last ab.

„Wo musst du hin?", fragte er. „Ich trage deine Kiste für dich!"

Der Alte sah ihn verwundert an.

„Warum tust du das?", fragte er halb misstrauisch, halb erfreut, „so etwas hat noch nie jemand für mich getan – und ich habe kein Geld, um dich für deine Dienste zu bezahlen!"

Simon lachte und erzählte von ihrer Mission. Der Fischer hörte aufmerksam zu.

„Hört mal", sagte er schließlich, „warum bleibst du mit deinen Freunden nicht einfach ein paar Tage bei mir? Meine Hütte ist zwar nicht groß, aber wenn wir ein wenig zusammenrücken, wird der Platz schon reichen. Unser Dorf kann ein bisschen Licht gut gebrauchen. In der letzten Zeit hat sich die Dunkelheit hier ganz schön breitgemacht."

„Wie meinst du das?", fragte Simon.

„Nun, es sind merkwürdige Dinge vorgekommen – bislang war es immer sehr friedlich bei uns, und plötzlich wurden Sachen gestohlen oder zerstört ..."

Der alte Mann schüttelte traurig den Kopf.

„Jetzt verdächtigt jeder jeden. Früher war unser Dorf für seine gute Gemeinschaft berühmt. ‚Die Klein-Seedorfer halten zusammen wie Pech und Schwefel', hieß es. Davon ist aber nicht mehr viel zu spüren."

Die Gefährten sahen sich betroffen an.

„Ich fürchte, ich weiß, was da passiert ist", sagte Simon und erzählte ihm, was sich in Norddorf zugetragen hatte. Der alte Fischer hörte aufmerksam zu.

„Wie böse muss jemand sein, um so etwas zu tun?", fragte er schließlich. „Und das Schlimme ist: Aus den anderen Dörfern in der Gegend hört man mittlerweile ganz ähnliche Geschichten. Bislang habe ich das für Zufall gehalten ..."

Jonte erhob sich schweigend und zog sich dezent zurück. Seine Freunde wussten, was das zu bedeuten hatte und machten keine Anstalten, ihm zu folgen.

„Hallo Papa", sagte Jonte, nachdem die Verbindung stand.

„Hallo Jonte. Schön, von dir zu hören. Wie geht es dir und deinen Freunden?" Ron sah lächelnd auf den Hauptmonitor im Kontrollraum. Er zeigte Jonte in Großaufnahme.

„Ganz gut eigentlich, aber hier gibt es merkwürdige Probleme. Es scheint so, als würde in fast allen Dörfern der Gegend das gleiche passieren wie damals in Norddorf. Du weißt schon: Diebstähle, Sachbeschädigungen – das volle Programm."

„Oh nein", Rons Stimme klang entsetzt. „Ich hatte schon so etwas befürchtet – aber leider kann ich nichts dagegen tun."

„Warum nicht?"

„Es war eine Entscheidung des Vorstandes – genauer gesagt, von Gerhardt Fleischmann. Wir hatten einige Kunden, die ihre Rechnungen nicht bezahlt haben. Egal, wie viele Mahnungen sie bekamen und was wir ihnen auch androhten. Daraufhin hat der Vorstand beschlossen, diese Schulden zu verkaufen."

„So etwas geht?"

„Ja, das ist im Geschäftsleben durchaus üblich. Auf diese Weise kommen sogenannte Inkassounternehmen ins Spiel, die sich auf solche Fälle spezialisiert haben. Der Gläubiger bekommt wenigstens einen Teil seines Geldes zurück und ist den Ärger los. Die Inkassobüros wiederum haben – nun ja, eine gewisse Übung darin, Außenstände einzutreiben. Natürlich zuzüglich Zinsen und Gebühren, die oft wesentlich höher sind als die ursprüngliche Summe."

Jonte schwieg eine Weile. Er hatte von diesen Dingen noch nie gehört. Schließlich kam ihm ein schrecklicher Gedanke. Er fragte: „Papa? Wer hat die Schulden gekauft?"

„Genau da liegt das Problem. Die Firma heißt Cyberinkasso Berlin und gehört, wie ich erst vor kurzem herausgefunden habe, einem Freund von Lutz Singer."

„Das heißt, alle, die Schulden haben, haben sie jetzt bei ihm?"

„Sozusagen."

„Aber es ist deine Welt, warum hast du das nicht verhindert?"

„Das konnte ich nicht. Wenn der Vorstand etwas beschließt, dann muss ich mich daran halten. Das sind nun mal die Bedingungen."

„Aber wir wissen, wozu Lutz fähig ist. Die armen Leute!"

Ron schwieg einen Augenblick. Dann sagte er: „Es tut mir leid, aber die Lage ist sogar noch schlimmer."

„Noch schlimmer? Wie denn?"

„Wir haben es mit einem Softwarefehler zu tun oder mit einem von seinen Hacks, Genaueres weiß ich noch nicht. Jedenfalls hat ‚Cyberinkasso Berlin' seit dieser Vereinbarung vollen Zugriff auf die Datenbanken des Ethik-Bots."

„Und das heißt was?"

„Das heißt, dass Lutz über jedes Vergehen Bescheid weiß, das sich ein Waldmensch zuschulden kommen lässt – sogar dann, wenn dessen Konto noch weit im Plus ist."

„Das ist ja furchtbar! Er wird versuchen, die Leute zu erpressen!"

„Ja, das befürchte ich auch."

„Kann man nichts dagegen tun?"

„Ich fürchte nicht. Mein Team arbeitet seit einer Woche unter Hochdruck an dem Problem, aber wir können das Leck in der Datenbank einfach nicht in den Griff bekommen, ohne das gesamte Spiel lahmzulegen. Es tut mir leid. Ich hätte gern bessere Nachrichten für dich gehabt."

Jonte beendete die Verbindung. Er war wie erstarrt. Das durfte doch alles nicht wahr sein! Ihre ganzen Bemühungen waren ein Witz verglichen mit der Macht, die dieser Hacker nun in seinen Händen hielt. Von wegen „Armee des Lichts" – während sie sich mit albernen Kinderträumen befassten, baute Lutz ungehindert sein Imperium aus. Es musste etwas geschehen, und zwar bald, sonst ...

Ein Schrei riss ihn aus seinen Gedanken.

„Jonte, Jonte, komm schnell!"

Simon kam angerannt. „Es ist ein schrecklicher Unfall passiert. Du musst helfen!"

So schnell sie konnten, liefen sie zum Dorfplatz. Ein junger Mann lag blutüberströmt am Boden. Eine Heilerin beugte sich über ihn.

„Er ist von einem Wagen überfahren worden", berichtete Simon. „Die Pferde sind durchgegangen, und er hat versucht, sich ihnen in den Weg zu stellen. Sie haben ihn einfach umgerannt, und die schwere Kutsche hat ihn voll erwischt."

Die Heilerin zuckte hilflos mit den Schultern. „Ich kann nichts mehr für ihn tun", sagte sie leise. „Seine Verletzungen sind zu schwer. Nehmt Abschied!"

„Nein!"

Jonte stürzte zu dem Verletzten und legte ihm seine Hände auf. „Ich will, dass du wieder gesund wirst und dass deine Wunden heilen. Jetzt!"

In diesem Moment blickte auf einem der Monitore im Kontrollraum ein Wert auf. Erst färbte die Zahl sich gelb, dann rot.

„Was ist das?“, rief Michael Konrad. „Ron, hier stimmt etwas nicht mit der Lebensenergie von Jonte!“

„Ich sehe es!“, gab Ron zurück. „Aber ich kann nichts tun!“

Sie starrten auf den rapide fallenden Wert. 50. 30. 10. 5.

„Gleich ist es vorbei“, flüsterte Michael.

In diesem Moment hörten sie Jontes schwache Stimme. Mit letzter Kraft presste er die Worte „Papa, bitte hilf mir!“ hervor.

„Zeit für ein Wunder!“, rief Ron und ließ die Finger über die Tastatur fliegen. Sofort hörte Jontes Energie auf zu sinken. Einen kleinen Moment später stieg der Wert wieder an.

„Er hat seine Energie auf den Verletzten übertragen, seht nur!“, sagte Kathrin und ließ dessen Daten auf dem Monitor erscheinen. „So, wie es aussieht, hat er ihm das Leben gerettet.“

„Und wäre selbst beinahe dabei draufgegangen“, knurrte Ron. „Vollständige Wiederherstellung einleiten!“

„Aber ...“, wandte Michael Konrad ein.

„Komm schon, wir dürfen das, mein Sohn hat mich doch darum gebeten, oder?“, beharrte Ron.

Statt einer Antwort beugte Michael sich vor und gab einen Befehl ein. Augenblicklich richtete sich der Verletzte auf.

„Was ist hier los?“, fragte er. „Warum bin ich voller Blut? Und was steht ihr hier alle herum?“

Verwirrt sah er auf die Leute, die ihn fassungslos anstarrten und dann zu jubeln begannen. „Ein Wunder, ein Wunder“, riefen sie immer wieder und umarmten erst den Verletzten, dann Jonte und schließlich jeden, den sie erreichen konnten.

Plötzlich stand Silvan vor Jonte.

„Du überrascht mich immer wieder“, sagte er und schlug ihm auf die Schulter. „Danke, dass ich in deinem Team sein darf!“

Jonte las eine Verehrung in seinen Augen, die ihn überraschte.

„Ich hatte richtig Angst, dass dir etwas passieren könnte!“, sagte Jonathan, als sie auf dem Weg zurück zur Fischerhütte waren. „Es sah so aus, als würdest du jeden Moment ohnmächtig werden!“

Simon nickte. „Ja, und dann hast du deinen Vater gerufen. Schwupp – hat sich der Mann wieder bewegt, und du warst auch wieder der Alte. Schon beneidenswert, wie du mit Ron reden kannst. Ich meine, wir Normalsterblichen müssen uns so durchs Leben schlagen, aber du kannst jederzeit Papa fragen, und der hilft dir dann."

Jonte sah ihn fassungslos an.

„Aber das könnt ihr doch auch!", sagte er. „Jeder Waldmensch hat das Recht, eine Nachricht an Ron zu senden, wusstet ihr das nicht?"

„Nein, und wir würden uns auch nie anmaßen, das zu tun", sagte Thomas empört.

Die anderen pflichteten ihm bei.

„Das mag sich zwar bescheiden anhören, aber für mich klingt es einfach nur dumm", befand Jonte. „Wenn ihr meinem Vater eine Bitte sendet, dann gebt ihr ihm die Möglichkeit, euch zu helfen. Ihr kennt doch die Regeln! Er wird euch nicht jeden blöden Wunsch erfüllen, aber er wird sie alle hören, das garantiere ich euch."

„Und wenn er gerade mal nicht da ist?", fragte Thomas.

„Dann wird eure Nachricht als Voicemail aufgezeichnet. Er hört sie später ab. Habt Vertrauen, das ist ganz wichtig!"

Während sie weitergingen, begann Jonte zu grübeln. Ihm war, als hätte er einen wichtigen Gedanken gehabt, ihn aber sofort wieder vergessen.

Der alte Fischer begrüßte sie fröhlich. „Na, ihr Helden!", sagte er. „Das sind ja tolle Geschichten, die man da von euch hört!"

Simon sah ihn stirnrunzelnd an. „Du weißt schon alles?", fragte er.

„Klar!", erwiderte der Alte lächelnd. „In diesem Dorf sprechen sich die Dinge schnell herum, vor allem, wenn man Trude als Nachbarin hat. Mitunter verbreitet sie die Neuigkeiten schon, bevor sie überhaupt passiert sind!"

Alle lachten. Dann wurde der Fischer ernst.

„Wie ich höre, wärst du bei dieser Aktion beinahe selbst draufgegangen, mein Junge", sagte er zu Jonte. „War das so?"

Jonte zögerte. Alle sahen ihn an.

„Gewissermaßen ...", sagte er ausweichend.

„Warum hast du das getan?", fragte der Fischer ruhig. „Du kanntest den Verletzten doch gar nicht. Hätte gut sein können, dass er der größte Lump des Dorfes gewesen wäre und es gar nicht besser verdient hat!"

Überrascht sahen die Gefährten, dass ihrem Anführer die Tränen über die Wangen liefen. Er ließ ihnen einfach freien Lauf, versuchte nicht, sie zu verbergen oder wegzuwischen. „Vor ein paar Monaten ist mein Ziehvater gestorben", sagte Jonte. „Ich kam zu spät, um ihn zu retten. Das soll mir nie wieder passieren."

„Verstehe", sagte der Fischer. „War es auch ein Unfall?"

„Nein, ganz und gar nicht. Es war Mord. Jupp hatte sich als Löser zur Verfügung gestellt, und sie haben ihn erschlagen. Halbtot brachten sie ihn nach Hause. Am nächsten Tag war es vorbei mit ihm."

„Er muss ein besonderer Mensch gewesen sein", bemerkte der Alte. „Eine größere Liebe kann man gar nicht haben, als sein Leben für seine Freunde zu geben."

Jonte sah ihn an. Natürlich. Das war die Lösung.

* * * *

Ron ließ sich durch die Fußgängerzone treiben, ohne recht zu merken, wo er hinlief. Er fand es schön, mal wieder in Berlin zu sein. Zudem freute er sich auf die Begegnung mit Lisa. Sie waren für heute Abend verabredet, und am Telefon hatte sie so geklungen, als würde sie sich ebenfalls freuen. Das war keineswegs selbstverständlich.

„Haben Sie ein paar Minuten Zeit, um über die Ewigkeit nachzudenken?"

Ein junges dunkelhaariges Mädchen riss Ron aus seinen Gedanken. Sie lächelte ihn freundlich an, während sie ihm ein buntes Heftchen entgegenhielt.

Sie war hübsch, und er war einem Gespräch mit ihr nicht abgeneigt, aber er verabscheute diese religiösen Typen. Warum meinten die immer, mit ihrem kruden Zeug die ganze Welt beglücken zu müssen? Sollten sie doch glauben, was sie wollten, aber ihn damit in

Ruhe lassen. In solchen Momenten verwünschte er seine gute Erziehung, die ihn davon abhielt, einfach wortlos weiterzugehen.

Er blieb stehen, überlegte, was er antworten sollte. Früher lautete seine Standardantwort in solchen Situationen: „Nein danke, ich bin Softwareingenieur und für religiöse Dinge nicht zu haben." Aber das hatte meist zeitraubende Diskussionen nach sich gezogen.

Irgendwann war er dann auf die Idee gekommen, seine indischen Erfahrungen ins Spiel zu bringen. „Ich glaube an Lord Ganesha. Wissen Sie, der mit dem Elefantenrüssel. Ist auch nicht anders als ihr Kram." Meist verblüffte das die Traktateverteiler so sehr, dass sie nichts zu erwidern wussten. Auf diese Weise waren die Gespräche angenehm schnell vorbei.

Doch diesmal funktionierte das nicht. Das Mädchen hob lediglich erstaunt die Augenbrauen: „Das ist ja interessant. Davon habe ich noch nie gehört. Erzählen sie mir mehr darüber!"

Nun war Ron der Verblüffte. Stotternd berichtete er von seiner Indienreise und davon, wie dieser Gott ihm in allen Autos begegnet war. Er sei dafür zuständig, Hindernisse aus dem Weg zu räumen. Sogar die Programmierer hätten ihre eigene Version Ganeshas verehrt ...

Als er geendet hatte, sagte das Mädchen: „Also glauben Sie selbst nicht wirklich daran?"

Ron schüttelte den Kopf, ein wenig verschämt, bei einer Lüge ertappt worden zu sein.

„Nein", rettete er sich auf seine alte Position. „In Wirklichkeit glaube ich an gar nichts. Ich bin Softwareentwickler und gewohnt, mit meinem Verstand zu arbeiten. Für mich gibt es nur eins oder null, wahr oder falsch. Gott passt da nicht hinein."

„Glauben Sie, dass ich dumm bin?"

Ron war perplex. „Nein, äh, ich weiß nicht, wir kennen uns ja gar nicht ..." Er fand keine Worte. Irgendwie hatte ihn die junge Frau wieder auf dem falschen Fuß erwischt.

Sie lächelte ihn weiterhin freundlich an. „Ich finde, dass Verstand und Glaube zusammengehören", erklärte sie. „Verstand ohne Glauben ist blind – und Glaube ohne Verstand wird fanatisch. Viele große Denker waren überzeugte Christen!"

„Das mag ja sein", gab Ron zu, „aber mir sind solche Menschen noch nicht begegnet." Seine Gedanken wanderten in die Vergangenheit. „Damals im Konfirmandenunterricht hat mich die Sache wirklich interessiert", sagte er nach einer nachdenklichen Pause, „darum habe ich auch sehr viel gefragt, aber der Pastor konnte mir nicht weiterhelfen. Er war ein freundlicher Mensch, doch ständig bekam ich von ihm zu hören: ‚Das kann man nicht erklären, das muss man einfach glauben.' Diese ganze Kiste mit Kreuz und Erlösung und so. Ich konnte es einfach nicht verstehen. Daraus habe ich irgendwann den Schluss gezogen: Entweder denken oder glauben. Beides zusammen geht nicht. Und ich habe mich für das Denken entschieden. Ich will wirklich nicht behaupten, dass die Gläubigen alle dumm sind – aber ich selbst habe es nie auf die Reihe bekommen."

Seine Gesprächspartnerin nickte verständnisvoll. „Ich verstehe, was Sie meinen", sagte sie. „Und trotzdem finde ich, dass Sie die Sache verkehrt angehen. Stellen Sie sich ein schönes Essen vor."

Ron musste unwillkürlich an den Abend denken, an dem er mit Lisa in diesem Edelrestaurant gewesen war. Die Speisen hatten wie ein Gemälde ausgesehen.

„Können Ihre Augen Ihnen sagen, ob das Essen schmeckt?"

„Natürlich nicht", sagte Ron. „Ich muss es erst probieren."

„Genau", sagte das Mädchen. „Mit dem Glauben ist es ähnlich. Der Verstand ist nicht das richtige Organ, um Gott zu begegnen. Er ist beteiligt, wie auch die Augen bei einem guten Essen beteiligt sind, aber das Eigentliche passiert hier." Sie legte ihre Hand auf ihr Herz.

Schöne Brüste, dachte Ron versonnen und wurde rot, als er merkte, dass seine Aufmerksamkeit abgeglitten war.

„Aber wo ist denn nun der große Unterschied zu Lord Ganesha?", fragte er ein wenig trotzig. „Die Leute glauben an ihn, weil es ihnen ein gutes Gefühl gibt. Der eine glaubt halt dies, der andere das, und manche glauben eben an gar nichts."

„Der große Unterschied ist, dass Jesus keine Erfindung der Menschen ist. Er hat wirklich gelebt."

Ron schwieg nachdenklich.

„Das hört sich ja alles ganz nett an", sagte er schließlich, „aber ich brauche etwas Greifbares. Nachvollziehbare Ergebnisse. Eins und null."

„Dann beten Sie", sagte das Mädchen ruhig. „Bitten Sie Gott, dass er Ihnen begegnet, und warten Sie ab, was passiert."

„Ich glaube nicht, dass ich das kann."

„Darf ich für Sie beten?"

„Meinetwegen."

„Wie heißen Sie?"

„Ron Schäfer."

„Angenehm. Ich heiße Christiane."

Sie reichte ihm die Hand. Ihr Händedruck war fest. Dann senkte sie den Kopf und begann laut zu beten: „Vater im Himmel, ich danke dir für dieses Gespräch mit Ron. Danke, dass du ihn kennst und liebst. Ich bitte dich, dass du ihm begegnest, und dass du dich ihm auf eine Weise zeigst, mit der er etwas anfangen kann. Amen."

„Amen", sagte Ron verlegen.

„Danke für dieses Gespräch. Vielleicht sehen wir uns ja einmal wieder."

„Ja, vielleicht."

Ihre Wege trennten sich.

Christiane hatte vergessen, Ron das Heftchen mit auf den Weg zu geben.

* * * *

Jonte stieg von seinem Fahrrad und schloss es vor dem Bit & Bytes sorgfältig ab. Er betrat die Kneipe, ließ seinen Blick kurz über die Menschen hinter den Bildschirmen schweifen, dann marschierte er zielstrebig zum Tresen. Eine Frau mit streichholzkurzen schwarz-roten Haaren und einem langen, dünnen kobaltblauen Zopf sah ihm entgegen.

„Hallo Kleiner“, sagte sie freundlich, obwohl Jonte bestimmt einen halben Kopf größer war als sie, „was kann ich für dich tun?“

„Ich möchte zu Lutz Singer“, erklärte er ohne Umschweife.

„So, so“, sagte Tanja. Sie verschränkte die Arme vor der Brust. „Du denkst also, dass du hier einfach so hereinspazieren kannst und mir nichts, dir nichts zu Herrn Singer vorgelassen wirst? Er ist sehr beschäftigt, weißt du?“

Jonte ließ sich nicht einschüchtern. „Fragen Sie ihn einfach, ob er ein paar Minuten Zeit für mich hat. Mein Name ist Jonte Schäfer.“

Die Frau hinter dem Tresen erstarrte. „Du bist der Sohn von Ron?“ Es klang fast ein wenig ehrfürchtig. Jonte nickte.

„Warte einen Moment.“ Sie verschwand hinter einer Tür mit der Aufschrift „Staff only“. Gesprächsfetzen drangen herüber. Anscheinend telefonierte sie.

Dann kehrte Tanja zurück, blickte sich prüfend im Lokal um. „Komm mit!“

Jonte folgte ihr durch den Hinterausgang hinaus auf einen schmuddeligen Hofplatz. Zwischen rissigen Betonplatten wuchsen Gras und Löwenzahn. Ein unangenehmer Geruch stieg aus einem Verschlag mit überfüllten Müllcontainern. Daneben parkte ein wuchtiges Motorrad, dessen Hinterrad auf einen LKW gepasst hätte.

Tanja blieb vor einer Tür stehen, die ziemlich neu aussah, sah nach oben und winkte kurz, woraufhin ein Türsummer ertönte. Jonte sah sich neugierig um, aber er konnte keine Kamera entdecken. Ein kurzer Flur führte in ein linoleumbelegtes Treppenhaus. Sie stiegen zwei Stockwerke hinauf.

Die Haustür war nur angelehnt. Tanja drückte sie auf, dann rief sie in den dunklen Korridor hinein: „Lutz, er ist jetzt hier!“

Mit einem geflüsterten „Viel Glück, Kleiner!“ trippelte sie die Treppe wieder hinunter.

Jonte sah ihr verunsichert hinterher. Was hatte das zu bedeuten?

Licht flammte auf. „Willkommen in meiner bescheidenen Hütte!“, dröhnte eine tiefe Stimme. Deren Besitzer sah aus, als käme er direkt von einem Motorradtreffen. Er trug schwarze Lederhosen und ein schwarzes T-Shirt mit HarleyDavidson-Logo, das über seinem Bauch ziemlich stramm saß. Er hatte knapp schulterlanges schwarzes Haar und einen dünnen, zotteligen Bart, der sein Doppelkinn eher betonte als verdeckte. Sein linkes Ohrläppchen war von einem Tunnelohrring durchbohrt, durch den Jontes Daumen bequem hindurchgepasst hätte.

„Ich bin Lutz, aber das weißt du ja schon längst. Komm rein."

Jonte hatte erwartet, dass das Wohnzimmer mit Computern vollgestopft sein würde, wie er es von seinem Vater kannte, aber es gab hier nur einen großen Flachbildfernseher an der Wand, der irgendeine Fußballübertragung zeigte. Immerhin stand ein aufgeklappter Laptop auf dem gläsernen Couchtisch.

„Setz dich doch!", sagte Lutz, auf das schwarze Ledersofa weisend. „Möchtest du eine Cola?"

„Nein danke", antwortete Jonte. Er stockte einen Moment, als er das Terrarium an der gegenüberliegenden Wand entdeckte, in dem sich eine schwarz-goldene Königsphyton räkelte. „Wenn es Ihnen recht ist, möchte ich lieber gleich das Geschäftliche ansprechen."

„Das gefällt mir", lachte Lutz. „Keine Zeit verplempern, immer schnell zum Wesentlichen kommen!"

Er wurde ernst, sein Gesichtsausdruck bekam etwas Bedrohliches. „Was für ein Geschäft willst du mir vorschlagen?"

„Ich möchte Löser werden", sagte Jonte fest.

„Aber dafür bräuchtest du mich doch nicht persönlich aufzusuchen. Komm in mein Büro in Salem, unterschreibe die entsprechenden Verträge, und der Spaß kann beginnen!"

„Nein, das würde nicht funktionieren", sagte Jonte. „Der Vertrag, den ich mit Ihnen schließen möchte, ist ziemlich speziell."

„So, woran hattest du denn gedacht?", fragte Lutz mit plötzlich erwachtem Interesse.

„Vorweg: Jeder weiß, wie sehr Sie meinen Vater hassen", sagte Jonte.

„Ja, und?"

„Es ist also davon auszugehen, dass es Ihnen einiges wert sein dürfte, seinen Sohn in der Arena zu sehen."

„Junge, du redest, als sprächen wir über jemand anderen! Aber gut, weiter."

„Zudem ist zu erwarten, dass der Name Jonte Schäfer für eine hohe Einschaltquote sorgt. Es ist also auch mit einer guten Einnahme zu rechnen."

„Meinetwegen. Komm zur Sache."

„Ich will Löser sein für alle Waldmenschen, und zwar für Gegenwart und Zukunft."

„Vergiss es", sagte Lutz. „Das ist mir die Sache nicht wert. Es würde das Ende meiner Geschäfte bedeuten."

Jonte überlegte. „Na schön", sagte er. „Dann werde ich Löser für alle, die zur Armee des Lichts gehören. Für Gegenwart und Zukunft."

Lutz lachte spöttisch. „Was für eine Armee?"

„Die Armee des Lichts", sagte Jonte ernsthaft. „Wir kämpfen für das Gute und bringen Licht in die Finsternis der Welt."

„Ah so", sagte Lutz. Er versuchte, seine Stimme gelangweilt klingen zu lassen. „Und wie groß ist diese Supermacht?"

„Zusammen mit denen, die den Kampf in ihren Dörfern führen, sind wir momentan etwa siebzig. Aber es werden jeden Tag mehr."

Lutz grinste. „Also schön", sagte er. „Du kennst die Regeln?"

„So ungefähr."

„Das, was du vorhast, geht nur ohne Limit. Das heißt, es gibt keine Grenzen. Die Peiniger dürfen mit dir machen, was sie wollen, und solange sie es wollen. Der Begrenzer im Anzug wird abgeschaltet. Wenn du vorher abbrichst, verlierst du alles. Das Spiel endet mit deinem Tod. Mit anderen Worten: Du hast selbst nichts davon. Willst du das wirklich tun?"

Jonte nickte.

„Junge, glaub mir, du hast keine Ahnung, worauf du dich da einlässt. Du bist entweder unglaublich dumm oder unglaublich mutig", stellte Lutz fest. „Vielleicht auch beides. Weiß dein Vater, dass du hier bist?"

„Spielt das eine Rolle?“, fragte Jonte.

„Eigentlich nicht. Also, die Sache läuft so ab: Den Zeitpunkt bestimme ich. Und auch deinen Gegner.“ Ein diabolisches Grinsen zog über sein Gesicht.

„Einverstanden“, sagte Jonte. „Ich hätte aber gern einen schriftlichen Vertrag.“

„Meinetwegen“, antwortete Lutz. „Es dauert nur einen Moment.“ Er begann auf seinem Laptop herumzutippen. Eine der Mannschaften im Fernsehen schoss ein Tor. Die Fans jubelten und sangen.

Lutz verschwand im Nebenzimmer. Kurz darauf kehrte er mit zwei bedruckten Blättern zurück.

„Hier, bitte. Alle Vereinbarungen sind schriftlich festgehalten. Du musst nur noch unterschreiben.“ Er legte Jonte die Papiere vor. Der sah sich nach einem Stift um.

„Mit deinem Blut!“, sagte Lutz. Jonte runzelte die Stirn.

„War nur ein Scherz!“ er reichte ihm einen Kugelschreiber. Jonte unterschrieb beide Exemplare, steckte eines ein und ging.

Wie ein Scherz hatte die Bemerkung nicht geklungen. Jonte spürte, wie die Angst mit eiskalten Fingern nach seinem Herzen griff.

Nachdenklich ging er die Treppe hinunter, öffnete die Tür und fand sich auf dem kleinen Innenhof wieder. Er hatte keine Lust, durch den Kneipenraum zurückzugehen, darum wählte er den Torweg, der ihn direkt vom Hinterhof auf die Straße brachte. Dort wäre er beinahe mit einem jungen Mann in Lederjacke zusammengestoßen.

„Nun sieh mal einer an, wen haben wir denn da?“, dröhnte der, wobei er ihn in den Torweg zurückdrängte. Sein Augenlid zuckte. „Was machst du in dieser Gegend?“

„Ich habe jemanden besucht“, sagte Jonte, während er Schritt für Schritt zurückwich. Als sie den Innenhof erreichten, blieb er stehen.

„So, so, deinen großen Bruder vielleicht?“, fragte Zwinker mit einer Mischung von Neugier und Verunsicherung. Immer wieder drehte er sich nach Klops um, doch der war heute ausnahmsweise nicht dabei.

„Schon möglich."

Zwinker inspizierte den Hof. Sein Blick fiel auf die rabenschwarze Harley.

„B-LS 666", las er das Kennzeichen vor. „S - für Schäfer", stellte er fest. „Wie heißt dein Bruder denn mit Vornamen? Looser? Lusche?" Er trat näher an das Motorrad heran und hatte plötzlich wieder das Butterflymesser in der Hand.

„LS steht für ‚lass sein'", gab Jonte zurück.

„Oder was?"

„Oder es wird dir leidtun."

Zwinker lachte gekünstelt. Er wirkte verunsichert und begann, sich mit dem Messer die Fingernägel zu reinigen.

„Vielleicht steht das ‚S' ja auch für schwul", überlegte er laut und sah Jonte herausfordernd an.

Jonte hielt dem Blick stand. „Und wenn es so wäre? Wenn er mit einem anderen Mann zusammenleben würde? Was wäre so schlimm daran?"

Das Augenlid zuckte heftiger. „Was daran schlimm ist? Diese Homos sind eine Schande für jeden anständigen Deutschen!"

Wieder blickte er sich um. Es schien ihn zu irritieren, dass er Klops nicht bei sich hatte.

Du bist eine Schande für die Deutschen, dachte Jonte. Laut sagte er: „Harley-Fahrer lieben ihre Maschinen. Bitte lass deine Finger davon."

Zwinker schnaubte verächtlich. „Dafür kann ich leider keine Garantie übernehmen!", sagte er. Dann zog er geräuschvoll die Nase hoch, spuckte auf den Boden und schlurfte davon.

Jonte schwang sich auf sein Fahrrad. Als er nach Hause kam, ging er sofort online. Er hatte sich vorgenommen, vorerst niemandem von seinem Deal zu erzählen. Allerdings merkte er schon bald, wie sehr ihm die Unsicherheit zu schaffen machte. Im Nachhinein bereute er, dass er Lutz zugestanden hatte, den Zeitpunkt zu bestimmen. Es wäre ihm leichter gefallen, einem bestimmten Termin entgegenzuwarten, als mit dieser ständigen Anspannung zu leben.

So beschloss er, das Beste daraus zu machen und die ihm verbleibende Zeit klug zu nutzen. Zum einen wollte er so viele Mitglieder wie möglich für die Armee des Lichtes werben, zum anderen seine Gefährten darauf vorbereiten, später auch ohne ihn in Rons Sinne zu handeln.

Zu diesem Zweck teilte er sie nun häufiger in Zweiergruppen auf und schickte sie in unterschiedliche Dörfer, wo sie den Menschen von ihrer Idee erzählen sollten. Diese Vorgehensweise diente beiden Zielen zugleich.

Ihre Anhängerschaft wuchs beständig. Bald schon kam es überall, wo Jonte auftauchte, innerhalb kürzester Zeit zu einem Menschenauflauf. Seine anfängliche Begeisterung darüber legte sich jedoch schnell, als er merkte, dass die meisten davon lediglich Schaulustige waren, die verlegen zur Seite blickten, wenn er sie aufforderte, sich der Bewegung anzuschließen. Lange dachte er über dieses Problem nach.

Eines Tages beobachteten sie auf ihrer Wanderung einen Bauern, der gerade Getreide säte. Er hatte ein großes Tuch umgebunden, das mit Saatgut gefüllt war, ging über seinen Acker und streute mit ruhigen Bewegungen die Körner aus. Dieser Anblick brachte Jonte auf eine Idee.

„Dieser Bauer und seine Saat erinnert mich an die Leute, die uns begegnen", sagte er zu seinen Gefährten. „Seht mal, manche Körner fallen auf den Weg. Dort können sie aber nicht keimen, weil es zu hart und trocken ist. Es dauert nicht lange, dann kommen die Vögel und fressen sie auf. So ist das mit den Menschen, die uns nur aus Neugierde zuhören, aber bei denen sich nichts tut."

„So wie die Bots", warf Simon ein.

„Ja, auch die Bots, aber nicht nur sie", antwortete Jonte traurig. Dann hob er die Hand und deutete auf den hinteren Teil des Ackers. „Dahinten fallen Körner auf felsige Stellen. Dort gibt es zwar ein wenig lockere Erde, aber es ist nur eine dünne Schicht. Die Saat hat es dort schön warm, sie keimt schnell auf und wächst im Rekordtempo – aber nach einiger Zeit geht die Pflanze wieder ein, weil sie sich nicht vernünftig einwurzeln konnte."

„Solche Typen kenne ich", sagte Thomas. „Sie schreien gleich ‚Hurra, super, ich bin dabei', aber nach ein paar Wochen haben sie das Interesse verloren. Ihnen fehlt das Durchhaltevermögen."

„Ja", ergänzte Simon, „wenn ihre Freunde über uns lästern, dann wenden sie sich ganz schnell von uns ab, damit es sie nicht auch trifft."

Jonte nickte zustimmend. „Dann haben wir noch die Körner am Feldrand", fuhr er fort. „Sie wachsen anfangs gut, aber das Unkraut neben ihnen wächst noch besser. Wenn man es nicht ausreißt, dann überwuchert es das Getreide und erstickt es am Ende. Das sind diejenigen, die sich nicht ganz für unsere Sache entscheiden. Sie wollen zwar zu uns gehören, aber nebenher betreiben sie noch hundert andere Dinge. Irgendwann wächst ihnen alles über den Kopf, und sie verlieren den Anschluss."

Er kickte einen Stein weg und sah ihm nach, wie er über den Acker trudelte.

„Aber zum Glück gibt es noch die vielen Körner, die auf gutes Land fallen und dort hundertfach Frucht bringen."

Er trat einen weiteren Stein weg.

„Wenn uns nur genug Zeit bis zur Ernte bleibt!" Er seufzte leise. Jonathan sah ihn an.

„Was hast du, Jonte?", fragte er, „bist du traurig?"

„Manchmal. Ein bisschen", antwortete Jonte. Er überlegte, ob jetzt ein guter Zeitpunkt wäre, seinen Gefährten von dem Vertrag mit Lutz zu erzählen.

Doch schon kamen ihnen wieder Leute entgegen und begannen, sie auszufragen über die „Armee des Lichts" und über die Wunder, von denen sie gehört hatten.

„Wir brauchen eine kleine Auszeit", sagte Jonte, als sie schließlich weiterzogen. „Ich denke, wir gehen ein Stück hinaus in die Steppe, dort sind wir ungestört."

Sie schlugen den Weg zum nahe gelegenen Waldrand ein und erreichten bald die unwirtliche Grassteppe, die die Heimat der Waldmenschen umgab. Am Fuße eines Hügels, der sich, eine gute Stunde entfernt unvermittelt aus der Steppe erhob, machten sie Rast.

Andreas und Silvan begannen, das Nachtlager vorzubereiten, während Jonathan wieselflink den Hügel erklomm, „um Ausschau zu halten", wie er es nannte. Silvan brummte etwas Unverständliches, das wie „mach dich lieber nützlich" klang, aber er legte nicht viel Nachdruck in seine Worte. Er hatte den Jungen ebenso ins Herz geschlossen wie die anderen Gefährten und gewährte ihm praktisch Narrenfreiheit.

Sie waren gerade damit beschäftigt, eine einigermaßen ebene Fläche von Steinen zu befreien und eine Feuerstelle anzulegen, als Jonathan laut rufend vom Berg heruntergelaufen kam.

„Sie kommen! Viele Leute sind auf dem Weg hierher!" Aufgeregt zupfte er Jonte am Ärmel.

„Wer kommt?", fragte er irritiert zurück.

„Komm mit, ich zeige es dir!", rief Jonathan aufgeregt und rannte den Berg wieder hinauf. Jonte folgte ihm, so gut er konnte.

„Langsam Jonathan", stöhnte er, „ich bin doch keine Bergziege!"

Als sie oben angelangt waren, sah Jonte sie. Es mussten Hunderte sein, die da zu ihrem Hügel strömten.

„Das gibt es doch nicht!", entfuhr es ihm. „Ich hatte mir die Zeit mit euch anders vorgestellt."

„Sollen wir ihnen entgegenlaufen und sie wegschicken?", fragte Jonathan eifrig.

„Nein, wenn sie sich so viel Mühe machen herzukommen, sollten wir sie nicht enttäuschen. Hol die anderen!"

Jonathan nickte. Leichtfüßig eilte er den Abhang hinunter. Als er bald darauf mit den Gefährten im Schlepptau erneut die Spitze erreichte, waren die ersten Besucher bereits am Hügel angekommen.

Jonte ging ihnen ein Stück entgegen. Auf halber Höhe ragte ein großer, flacher Felsen aus dem Hang. Darauf stellte er sich und winkte den Menschen zu. Dann begann er zu reden.

„Ich bin beeindruckt von eurem Einsatz“, sagte er. „Ihr habt eine lange, beschwerliche Wanderung in Kauf genommen. Das zeugt von eurer guten Gesinnung. Wer in der Armee des Lichts kämpfen will, dem darf kein Weg zu weit sein, wenn er damit dem Guten und der Wahrheit dienen kann. Ihr sollt nicht meinen, dass es schon ausreicht, sich an das Gesetz zu halten. Manche Leute befolgen die Gesetze peinlich genau und sind dennoch Typen, die man nicht zum Freund haben möchte.“

Die Menge, die immer noch anwuchs, johlte, denn sie verstand sehr wohl die Anspielung auf die ungeliebten Ronaldisten.

„Die Gesetze, die mein Vater euch gegeben hat, sind gut und wichtig. Ihr könnt sie mit den Leitplanken an einer Autobahn vergleichen. Es ist sehr hilfreich, dass es sie gibt, weil sie die Menschen vor den schlimmsten Schäden bewahren, aber man ist nicht schon dadurch ein guter Autofahrer, dass man die Leitplanken nicht berührt. Es geht um sehr viel mehr als um Gesetzestreue. Es geht darum, dass wir lernen, einander aufrichtig zu lieben, denn wenn man liebt, macht man nichts falsch. Wer einen anderen wirklich liebt, der will sein Bestes. Stellt euch eine Gemeinschaft von Menschen vor, die füreinander nur das Beste wollen, dann bekommt ihr eine Ahnung davon, welche Vision mein Vater hatte, als er diese Welt erschuf.“

Jonte redete und redete. Die Worte strömten ihm nur so zu, und die Menschen sogen sie auf wie ausgedörrtes Land den lange ersehnten Regen. Es war eine faszinierende Situation, so ganz anders als bei ihren Besuchen in den Dörfern, bei denen sie hauptsächlich von Schaulustigen umringt waren, die sich nur wenig aus dem machten, was er zu sagen hatte.

Plötzlich fiel ihm auf, wie spät es mittlerweile geworden war. Die Sonne strebte bereits dem Horizont zu. Im gleichen Moment tippte Silvan ihm an die Schulter. „Es wird bald dunkel, schick die Leute weg, damit sie noch rechtzeitig zum Abendbrot nach Hause kommen!“

Jonte sah ihn an. Er hatte nun so viel über die Pläne seines Vaters gesprochen, dass seine Augen vor Begeisterung glänzten. „Dies ist ein heiliger Moment!", widersprach er. „Es wäre zu schade, ihn zu beenden. Gebt ihr ihnen was zu essen!"

Er fuhr mit seiner Rede fort. Silvan sah ihn düster an, dann packte er Jakob am Ärmel. „Los, lass uns Inventur machen!"

Zehn Minuten später kamen die beiden wieder bei Jonte an. „Andreas hat für uns einen Korb mit Pizzabrötchen dabei. Außerdem noch ein paar Äpfel", erläuterte Silvan. „Ich fürchte, damit kommen wir nicht weit."

„Oh doch, das reicht!", entgegnete Jonte fröhlich. „Sagt den Leuten, dass es gleich Essen gibt. Sie sollen sich schon mal einen Platz suchen."

Silvan schüttelte den Kopf. Schulterzuckend gab er die Anweisung weiter.

Als die Menschen sich gelagert hatten und ihn erwartungsvoll ansahen, hob Jonte den Picknickkorb hoch. Mit feierlicher Stimme sagte er: „Vater, ich danke dir für diesen besonderen Tag. Danke für die tolle Vision, die du mit dieser Welt hast. Du siehst diese vielen hungrigen Leute, die hergekommen sind, um von dir und deinen Plänen zu hören. Bitte sorg doch dafür, dass sie alle satt werden!"

Dann holte er das erste Pizzabrötchen aus dem Korb, brach es in zwei Teile und reichte die Stücke an seine Gefährten weiter, damit sie sie an die hungrigen Menschen austeilten.

„Nicht so schnell, nicht so schnell", murmelte Ron im Kontrollraum, während seine Finger über die Tastatur glitten. Auf dem Bildschirm vor ihm erschien das Innere des Picknickkorbes. Er markierte die Brötchen und die Äpfel mit der Maus, drückte „Strg+C", anschließend „Strg+V".

Der Inhalt des Korbes verdoppelte sich.

Jonte griff hinein, holte Pizzabrötchen und Äpfel hinaus, verteilte sie.

„Strg+V". Der Korb war wieder voll. Die Augen der Gefährten wurden immer größer. Brötchen um Brötchen, Apfel um Apfel beförderte Jonte aus seinem Zauberkorb. Alle wurden satt.

Wie viele es genau waren, darüber gingen die Meinungen später auseinander. Jonathan hatte 1280 gezählt, Silvan meinte, es waren weniger als tausend, Simon kam gar auf 2500. Jemand, der selbst nicht dabei war, aber später über dieses Ereignis berichtete, hat dann diese Ergebnisse kurzerhand addiert.

Aber letztlich waren die Zahlen auch nicht das Entscheidende an diesem Abend. Nicht einmal die wunderbare Vermehrung von Lebensmitteln war das eigentlich Wichtige – entscheidend und unvergesslich war die einzigartige Atmosphäre von Liebe und Brüderlichkeit, die dort in der unwirtlichen Steppe geherrscht hatte. Sie hat den Menschen deutlicher gemacht, worin der Traum von Jonte und seinem Vater bestand, als noch so viele Worte es hätten tun können.

Als sie mit dem Essen fertig waren, rief Jonte: „Das war ein Zeichen dafür, dass mein Vater es gut mit euch meint. Ihr seid sein Volk, und er sorgt für euch!“ Ein vielstimmiger Jubel war die Antwort.

Dann stand plötzlich einer aus der Menge auf und brüllte: „Wir wollen dich zum König, Jonte! Keiner kennt Ron so gut wie du!“

Einige applaudierten spontan, ein anderer begann zu skandieren: „Kö-nig Jon-te, Kö-nig Jon-te!“ Nach und nach fielen alle Anwesenden in den Schlachtruf ein.

Jonte war perplex. Er musste an die unheimliche Begegnung am Rande des Basars denken. Wenn er mächtig und berühmt werden wollte, dann wäre jetzt seine Stunde gekommen. Doch das war nun einmal nicht sein Ziel. Energisch drehte er sich um und zog sich auf die andere Seite des Hügels zurück. Die Menge tobte noch eine ganze Weile lang; aber als sie sahen, dass Jonte nicht wieder auftauchte, beruhigten sich die Leute wieder. Sie waren müde vom Essen und von der Wanderung in die Steppe.

Die Nacht brach herein, es war eine angenehm warme Sommernacht. Eine schmale Mondsichel fügte sich bescheiden in die Muster der hell glänzenden Sterne ein, ohne sie zu überstrahlen. Die Menschen wickelten sich in ihre Mäntel, suchten sich eine halbwegs bequeme Stelle im Gras und besprachen vor dem Einschlafen noch einmal die Ereignisse des Tages.

So auch die Gefährten auf der anderen Seite des Hügels. Sie waren erfüllt und begeistert. Jonathan plapperte wie ein Wasserfall. Nur Silvan konnte sich nicht mitfreuen.

„Warum hast du dich nicht zum König machen lassen?", murrte er.

„Und dann?", gab Jonte zurück.

„Dann wären wir gegen Theben marschiert und hätten Lutz endgültig plattgemacht. Auf diese Weise hätten wir ein für alle Mal Ruhe vor seinen negativen Einflüssen. Mensch, Jonte, überleg doch mal. Du kannst klonen, das haben wir heute gesehen. Warum klonst du keine Soldaten anstelle von Pizzabrötchen und Äpfeln? Dann hätte unsere Armee wirklich ihren Namen verdient."

Jakob nickte zustimmend. „Keine schlechte Idee. Wenn der Pharao, alias Lutz Singer, sein Land verliert, ist er erstmal weg vom Fenster. Dann kann er wieder damit anfangen, Hütten zu bauen, anstatt sich in die Stadt zu schleichen und die Leute zu verführen."

Jonte sah seine Mitstreiter traurig an. „Ich dachte, wenigstens ihr hättet es begriffen", sagte er. „Diese Form der Macht bringt nichts. Wir brauchen keine immer noch größeren Kampfverbände, wir brauchen veränderte Herzen!"

Die Gefährten sahen sich betroffen an. Sie begriffen es tatsächlich nicht. Aber niemand traute sich, das Thema noch mal anzuschneiden.

Bald darauf nahte das Jahresfest. Wer es irgendwie einrichten konnte, machte sich auf den Weg nach Salem. Im ganzen Gebiet der Waldmenschen herrschte eine fröhliche, erwartungsvolle Stimmung. Auch Jonte und seine Freunde reihten sich in den Strom der Pilger ein. Obwohl es für sie einen Umweg bedeutete, wählte er den Weg über Apfeltal, um Anna und Lars zu besuchen.

Sie wurden herzlich empfangen. Bei Apfelwein und Pfannkuchen, die Anna schnell gezaubert hatte, tauschten sie die letzten Neuigkeiten aus. Es dauerte nicht lange, bis das Gespräch auf Jupps Tod kam. Anna begann zu weinen und hörte nicht wieder auf.

„Warum hat er das nur getan", schluchzte sie, „ich fühle mich so schuldig!"

Jonte griff nach ihrer Hand. „Niemand hat gewollt, dass Jupp bei dieser Sache stirbt", sagte er. „Bitte glaub mir, er fehlt mir jeden Tag. Aber sag mir: Was würde ihn wohl mehr freuen – dass du andauernd um ihn weinst und dich schuldig fühlst, oder dass du die Freiheit dankbar annimmst, die er euch verschafft hat, und das Beste daraus machst?"

Anna sah ihn erstaunt an. „So habe ich das noch nie gesehen", flüsterte sie. „Du hast recht." Sie trocknete sich die Tränen ab, schnäuzte sich, versuchte ein tapferes Lächeln. „Bleibt ihr über die Festtage bei uns?", fragte sie.

„Das ist lieb gemeint, aber diesmal nicht", antwortete Jonte. „Wir werden im Stadtpark übernachten, es ist ja warm genug."

„Wie ihr wollt. Pass auf dich auf, Jonte. Ich hab so ein komisches Gefühl."

„Mach ich."

Auch ihm war nicht wohl bei dieser Reise in die Hauptstadt, aber er sagte nichts davon.

Wie immer am Jahresfest quoll Salem über vor Besuchern. Es war die Zeit des Wiedersehens, die Zeit der spontanen Feste und die Zeit der großen Umsätze. Jonte war froh, mit seinen Freunden in der Menge verschwinden zu können; er hatte die Nase voll von den großen Auftritten. Doch plötzlich rief jemand „Hey, ist das nicht Jonte Schäfer?"

Wie ein Lauffeuer drang die Nachricht durch die Menge. Ehe er sich's versah, bildete sich ein Spalier für ihn und seine Gefährten. Wieder rief jemand „Kö-nig Jon-te, Kö-nig Jon-te!" Nach kurzer Zeit nahmen die anderen Festbesucher den Ruf auf. Es schien Jonte, als würde ganz Salem einstimmen.

Er sah sich um. Seine Freunde gingen mit stolz geschwellter Brust hinter ihm her. Wenn er der König sein sollte, dann waren sie ja wohl so etwas wie seine Minister.

Was sollte er tun? Er wollte kein König sein. Das war nicht sein Weg. Andererseits sah er keine Möglichkeit, wie er diese Huldigungen verhindern konnte. Schließlich tröstete er sich mit dem Gedanken, dass die Leute im Grunde genommen ihre Verehrung für seinen Vater zum Ausdruck brachten – auch wenn es ihnen selbst nicht klar war. Schließlich tat er nichts anderes, als immer wieder auf ihn zu verweisen. Ergeben hob er die Hand und winkte der jubelnden Menge zu.

Als sie das Stadtzentrum erreichten, war der Spuk ebenso schnell vorbei, wie er begonnen hatte. Die Sprechgesänge verstummten. Bald wurden sie von den Rufen der Marktschreier abgelöst. Jonte und seine Freunde mischten sich unter das Volk, während Simon und Andreas sich daranmachten, alles Notwendige für das traditionelle Festessen einzukaufen.

Silvan zog Jonte am Ärmel und nahm ihn beiseite. „Allem Anschein nach akzeptierst du allmählich, dass die Leute dich als König wollen", begann er.

Jonte wehrte ab. „Da täuscht du dich aber gewaltig. Ich habe nur gute Miene zum bösen Spiel gemacht. In Wirklichkeit galt die Verehrung meinem Vater."

„Jonte, dieses Volk braucht einen König!"

„Es hat einen König. Er heißt Ron Schäfer."

„Dann sage ich es anders. Es braucht einen Anführer, der mit ihm gegen die Truppen des Bösen marschiert und sie ein für alle Mal vernichtet."

„Das habe ich vor."

„Meine Güte, ich spreche nicht von deinem Pfadfinderquatsch, sondern von richtigen Soldaten!"

„Silvan, kannst du es nicht verstehen oder willst du es nicht? Das ist weder der Weg meines Vaters, noch ist es mein Weg. Lass mich damit in Ruhe!"

Jonte drehte sich um und ging weg. Silvan starrte ihm finster hinterher. Er schäumte vor Wut. Jakob, der die Auseinandersetzung von weitem beobachtet hatte, kam heran, legte ihm freundschaftlich die Hand auf die Schulter. „Was ist passiert?"

„Er kapiert einfach nicht, welche Möglichkeiten sich da auftun! Jakob, unser Volk hat eine einmalige Chance, sich von diesem ägyptischen Pack zu befreien. Jonte könnte sich an Ron wenden, und der würde ihm problemlos eine Million Soldaten schicken, um in X-World endlich reinen Tisch zu machen."

„Tja, aber wie es aussieht, kannst du ihn nicht dazu zwingen."

Silvans Gesicht wurde zur Grimasse. „Das werden wir ja sehen", knurrte er.

Es grenzte an ein Wunder, dass es ihnen in der überfüllten Stadt gelungen war, einen Gastraum aufzutreiben, in dem sie ungestört das traditionelle Festmahl miteinander feiern konnten. Jonathan erhielt die Aufgabe, die entscheidende Frage zu stellen, mit der das Fest eingeleitet wurde: „Was ist denn das Besondere an diesem Abend?"

Jonte übernahm die Rolle des Erzählers. Seine Gedanken kehrten unwillkürlich zu dem Abend vor drei Jahren zurück, als er diese Zeremonie zum ersten Mal erlebt hatte, und er bemühte sich, seinen Part so würdig wie möglich zu erfüllen. Als er mit dem traditionellen Teil fertig war, sagte er: „Mein X-World-Vater Jupp hatte die Angewohnheit, jedes Jahr etwas zur Zeremonie hinzuzufügen. Bei unserem letzten Mahl hat er heimlich ein Tischfeuerwerk gezündet. Meine Tante hat sich fast zu Tode erschreckt! Darum möchte ich heute auch etwas ergänzen. Es könnte sein, dass ich nicht mehr lange bei euch bin. Darum bitte ich euch: Wenn ihr in Zukunft zusammenkommt, dann nehmt ein Brot wie dieses hier und teilt es unter euch. Immer wenn ihr davon esst, denkt daran: Jonte war wirklich da. Er war nicht bloß ein Traum, sondern so real wie dieses Brot. Und dann trinkt Wein, wie diesen hier, und denkt daran: Er hat sein Blut vergossen, damit ihr frei sein sollt."

Die Gefährten starrten ihn entgeistert an. „Spinnst du?", fragte Simon in seiner einfühlsamen Art. „Was soll denn das? Was redest du da von Blut vergießen und weggehen?"

Jonte gab ihm keine Antwort. „Kommt, lasst uns im Park weiterfeiern", sagte er.

22. LUTZ GEWINNT

Der Salemer Stadtpark wimmelte von Pilgern, die sich allerorts in Grüppchen gelagert hatten. Viele schliefen schon, als Jonte und seine Freunde eintrafen. Thomas führte sie zielsicher zu einer abgelegenen Stelle, die er am Nachmittag entdeckt hatte. Es war eine kleine Wiese, die gut versteckt hinter einem Rhododendrongebüsch lag und genügend Platz für die Gefährten bot. Dort richteten sie sich für die Nacht ein. Plötzlich fragte jemand: „Wo ist eigentlich Silvan?"

„Der ist nochmal zurückgegangen", erklärte Jakob. „Er hat was im Gastraum liegen lassen und kommt gleich nach."

Beruhigt legten sich die Jungen ins hohe Gras. Schon bald waren gleichmäßige Atemgeräusche und kleine Schnarcher zu hören. Nur Jonte wälzte sich unruhig von einer Seite auf die andere.

Er hatte das sichere Gefühl, dass Lutz schon sehr bald seinen Teil der Abmachung einfordern würde, und ihm graute davor. Er fühlte sich nicht wie ein Held. Er hatte Angst vor den Schmerzen, die ihn erwarteten. Was zum Teufel hatte ihn bloß geritten, sich auf solch einen Deal einzulassen? Damals schien es eine großartige Idee gewesen zu sein, aber je näher der Zeitpunkt kam, desto verrückter und bedrohlicher erschien ihm das Ganze.

Er stand auf, ging ein paar Schritte umher, dann versuchte er, eine Verbindung zu seinem Vater herzustellen. Routiniert vollführte er die entsprechende Geste, es knackte kurz, aber nur die Mailbox meldete sich. Resigniert beendete der Junge die Verbindung wieder.

Plötzlich musste er an Jupp denken, an seinen zerschundenen Körper, seine Wunden, seine leblosen Arme. Bei der Vorstellung überlief es ihn heiß und kalt. Was, wenn er versagte, wenn er diese Schmerzen nicht aushalten konnte und in der Arena um Abbruch bettelte?

Er hätte heulen können. Noch nie hatte er sich so unendlich schwach und einsam gefühlt. Betrübt blickte er auf seine schlafenden Freunde. Am liebsten würde er sich ausloggen und davonlaufen. Doch dann hätte Lutz gewonnen. Die große Idee seines Vaters wäre endgültig gescheitert. Das durfte nicht geschehen, dafür war sie zu kostbar.

Jonte seufzte ergeben. Es gab wesentlich schlechtere Gründe zu leiden, als sich für eine große Idee zu opfern. Er würde versuchen, in der Arena nicht an seine Schmerzen zu denken, sondern an die Mitglieder der Armee des Lichts, denen er durch sein Opfer die Freiheit schenkte. Irgendwie sollte es schon gehen.

Er legte sich wieder hin und versuchte zu entspannen. Es hatte keinen Sinn, sich mit Gedanken zu quälen. Er konnte an dem, was passieren musste, ohnehin nichts ändern.

Jonte war fast eingeschlafen, als Silvan zurückkehrte. Er war nicht allein: Ihm folgte eine Gruppe Soldaten. Die Gefährten sprangen auf und blickten den Ankömmlingen ungläubig entgegen. Silvan ging auf Jonte zu, blieb direkt vor ihm stehen und sagte übertrieben laut: „Hallo Jonte, da bin ich wieder!"

Dann zog er ihn an sich, als wollte er ihn umarmen. Dabei zischte er ihm ins Ohr: „Das ist deine Chance. Nun kannst du zeigen was dein Papa drauf hat!"

„Du hast ja keine Ahnung, worum es hier wirklich geht", gab Jonte zurück. Damit stieß er ihn weg.

Der Hauptmann der Wache trat auf Jonte zu. „Du bist festgenommen."

„Warum?"

„Wegen Hochverrats. Komm jetzt!"

Einer der Soldaten stellte sich neben seinen Hauptmann.

„Was machen wir mit denen?", fragte er, dabei deutete er auf Jontes Gefährten.

Als Thomas diese Geste bemerkte, zögerte er nicht. So schnell er konnte, floh er in die Dunkelheit. Die anderen tauschten einen kurzen Blick, dann taten sie es ihm gleich.

„Feiges Pack", sagte Silvan verächtlich. Jonte sah ihn bitter an, erwiderte aber nichts.

Dann setzte sich der Trupp in Bewegung. Sie brachten ihn in ein Haus, in dem sich anscheinend das Hauptquartier der Salemer Stadtwache befand. Dort warfen sie ihn ins Verlies. Es war ein finsteres, muffiges Loch.

Diesmal wird mir wohl niemand hier heraushelfen, dachte Jonte missmutig. Er streckte sich auf dem strohbedeckten Fußboden aus. Immer wieder kreisten seine Gedanken um die Festnahme. *Hochverrat? Wie kommen die bloß darauf?*

Er musste wohl darüber eingeschlafen sein, denn er schreckte aus unruhigen Träumen auf, als es an der Kerkertür schepperte. Zwei Wachen traten ein. Sie packten ihn unter den Armen und schleppten ihn kommentarlos in einen kleinen Saal.

Mehrere Ronaldisten mit schwarzen Umhängen saßen ihm gegenüber an einem Tisch. Die stilisierten „R"s auf ihren goldenen Broschen funkelten im Kerzenschein. Jonte blickte sich um. Für ihn war kein Stuhl vorgesehen.

„Du bist des Hochverrats angeklagt", sagte ein finster blickender Mann an der Mitte des Tisches. „Gibst du zu, dass du König der Waldmenschen werden wolltest, obwohl dieses Amt Ronald allein zusteht?"

„Nein!", sagte Jonte. „Warum sollte ich so etwas tun?"

„Lüge!", zischte einer von der linken Ecke des Tisches. „Ich habe mit eigenen Ohren gehört, wie die Menschen dir zugejubelt haben und dich zum König machen wollten. Außerdem habe ich gesehen, dass du ihnen zugewunken hast!"

„Das stimmt", sagte Jonte. „Aber ich konnte nichts für ihre Rufe und wusste auch nicht, wie ich mich dagegen wehren sollte."

„Nun", sagte ein anderer, der von Jonte aus gesehen rechts saß, „in dubio pro reo. Eure Beweise reichen nicht aus, verehrter Kollege."

„Das ist noch nicht alles", versetzte der Angesprochene. „In Osterholz wurde der Angeklagte bereits inhaftiert, weil er gegen das Arbeitsverbot am Versammlungstag verstoßen hat. Dort ist er aus der Haft entflohen."

„Stimmt das?", fragte der Ronaldist zur Rechten, der anscheinend die Rolle des Verteidigers innehatte.

„Es stimmt, dass man meine Freunde und mich ins Gefängnis geworfen hat", antwortete Jonte. „Unser Vergehen bestand darin, das wir einem armen Ehepaar beigestanden haben, deren Esel in einen Brunnen gefallen war."

„Am Versammlungstag!", ergänzte der Ankläger.

„Ja, am Versammlungstag", antwortete Jonte trotzig. „Und ich würde es immer wieder tun. Mein Vater hat seinem Volk diesen Tag als Geschenk gegeben, nicht als Belastung. Er ist als ein Tag des Aufatmens gedacht, nicht als ein Tag der zusätzlichen Vorschriften."

„Moment", sagte der Ankläger gefährlich freundlich. „Nur damit ich dich richtig verstehe – wer ist der, den du als deinen Vater bezeichnest?"

„Ron Schäfer", sagte Jonte.

„Da habt ihr's", triumphierte der Befrager und blickte sich in der Runde um. „Er behauptet, Ronalds Sohn zu sein, und beansprucht das Recht für sich, über dem Gesetz zu stehen. Das ist Hochverrat."

Der Verteidiger schüttelte müde den Kopf. „Dagegen kann ich nichts mehr tun, mein Junge", sagte er traurig. „Du hast dich in deinen eigenen Worten gefangen."

„Aber wieso denn?", protestierte Jonte. „Ron Schäfer ist doch mein Vater!"

„Das ist unmöglich", sagte der Vorsitzende, der in der Mitte des Tisches saß. „Unsere Gelehrten sind sich in dieser Frage einig: Ronald Schäfer kann unmöglich verheiratet sein oder Kinder haben, er lebt nur für seine geliebten Waldmenschen."

„Dann bestellt euren Gelehrten, dass sie auf dem Holzweg sind!", rief Jonte. „Ich bin der Beweis!"

Der Vorsitzende sah ihn nur mitleidig an. „Abführen!“, sagte er zum Hauptmann der Wache.

„Moment mal!“, rief Jonte, dem eine Idee kam. „Mein Vater hat sogar im Fernsehen von mir gesprochen. Die Sendung habt ihr bestimmt gesehen, und sonst kann man sie im Internet finden ...“

„Wenn wir alles glauben würden, was im Fernsehen gezeigt wird, wäre unsere Gruppe wie ein Blatt auf den Wellen. Wir halten uns ausschließlich an die Wahrheit – an den Codex Silvanum und die Auslegung unserer Gelehrten. Das reicht uns“, entgegnete der Vorsitzende ungerührt.

Die Ronaldisten trommelten als Zeichen ihrer Zustimmung mit den Knöcheln auf die Tischplatte. Auf ein Zeichen des Vorsitzenden rührten sich die Wachen, die bis dahin wie versteinert rechts und links von Jonte gestanden hatten. Sie packten den fassungslosen Jungen, zerrten ihn aus dem Sitzungssaal hinaus und führten ihn einen langen, dunklen Gang entlang, zurück in seine ungemütliche Unterkunft. Sie stießen Jonte hinein.

„Hallo“, sagte eine Stimme, als die Tür ins Schloss gefallen war. Jonte blinzelte, aber er konnte in der Dunkelheit nichts erkennen.

„Mein Name ist Julian“, fuhr die Stimme fort. „Raubüberfall. Und du?“

„Ich heiße Jonte. Hochverrat“, antwortete er, während er sich etwas Stroh zu einem Lager zusammenscharrte.

„Nicht schlecht“, sagte der schwarze Schatten, der sich allmählich aus der Finsternis herausbildete. „Wir beide werden uns prima in der Arena machen.“

„In der Arena?“

„Ja, weißt du das nicht? Diese feinen Herren hier vollstrecken ihre Urteile nicht selbst. Sie reichen die Verurteilten an X-World-TV weiter. Dort braucht man ständig neue Opfer. Die Zuschauer mögen es gern blutig. Aber vielleicht hast du ja Glück. Zum Jahresfest wird immer einer der Gefangenen freigelassen.“

„Ich werde es wohl nicht sein“, fügte er nach einer Pause hinzu. „Ich habe die Tochter des Bürgermeisters überfallen. Das kommt nicht so gut an bei den Leuten. Deine Chancen sind deutlich besser. Wie man hört, hast du sogar Tote auferweckt."

„Der Mann war nicht tot. Nur fast", sagte Jonte bescheiden.

„Einerlei. So etwas mag das Volk. Wer will schon einem armen Schlucker helfen."

„Warum hast du das gemacht?"

„Weil ich nicht mehr weiterwusste. Keine Arbeit, kein Geld, Schulden ... Die Sache war nicht großartig geplant, weißt du? Ich habe nur den kostbaren Schmuck gesehen, den das Mädchen trug, und gedacht, von dem, was der wert ist, könnte meine Familie locker einen ganzen Monat leben. Ehe ich mich recht besinnen konnte, habe ich ihr schon ein Messer an den Hals gehalten. Echt blöd."

„Bereust du, was du getan hast?"

Julian lachte bitter. „Und ob. Ich bin eigentlich ein ehrlicher Mensch. Keine Ahnung, was mich da geritten hat."

„Gib mir deine Hand."

„Was?"

„Gib mir deine Hand!"

Der Mitgefangene steckte ihm kopfschüttelnd seine Hand entgegen, Jonte nahm sie und aktivierte das Übertragungsmenü.

„Was tust du da?", fragte Julian verwundert.

„Ich habe dir soeben deine Schulden abgenommen", sagte Jonte. „Jetzt müssen sie dich freigeben."

„Warum hast du das getan?"

„Weil es das Richtige ist", sagte Jonte. „Außerdem kommt es bei dem, was auf mich zukommt, ohnehin nicht mehr darauf an."

* * * *

Als Ron erwachte, brauchte er einen Moment, um sich zu orientieren. Er hatte so tief geschlafen, dass er vergessen hatte, wo er sich befand. Irritiert folgten seine Augen dem zarten Streifenmuster auf der Tapete. Die Umgebung kam ihm bekannt und doch seltsam fremd vor. Endlich fiel es ihm wieder ein: Er war in dieser Ferienwohnung im Allgäu, wo er sich ein paar Tage erholen wollte.

Er stand auf, putzte sich die Zähne, duschte ausgiebig und schaltete die Kaffeemaschine ein. Dann griff er nach seinem Tablet und ließ sich auf einem Küchenstuhl nieder. Auf dem Bildschirm erschien ein kleiner krähender Hahn – das Logo von „X-World-Aktuell", einem freien Nachrichtendienst, der von einem Fanclub des Spiels betrieben wurde. Lukas Herold, der Verantwortliche, war gelernter Journalist und gestaltete die Website sehr professionell. Sie erfreute sich so großer Beliebtheit, dass PSA regelmäßig mit dem Dienst zusammenarbeitete, wenn es Nachrichten für die Spielergemeinde zu verkünden gab.

Als Ron die Schlagzeile las, setzte sein Herzschlag eine Sekunde lang aus. In dicken Lettern stand dort: „Heute 15.00 Uhr auf XW-TV: Jonte Schäfer in der Arena!"

Beinahe wäre ihm das Gerät aus der Hand gerutscht. Im letzten Moment griff Ron zu und legte es auf dem Küchentisch ab. Hektisch langte er nach seinem Mobiltelefon. Er stellte die Verbindung zu Michael Konrad her.

„Michael, hast du das mit Jonte gelesen? Was ist los bei euch? Kaum lässt man euch ein paar Tage allein ..."

„Ich konnte nichts machen!", sagte Michael. „Die Ronaldisten haben ihn gefangen genommen. Er wurde wegen Hochverrats verurteilt. Alles entsprach zumindest dem Anschein nach geltendem Recht."

„Aber es ist absurd!"

„Natürlich ist es das. Aber mir sind die Hände gebunden."

„Michael, es geht um meinen Sohn!"

„Es tut mir leid", sagte Michael Konrad. „Vielleicht kann Gerhardt Fleischmann was tun."

Ron legte wortlos auf. Mit zitternden Händen rief er die Kontaktdaten des Firmenchefs auf und wählte dessen Privatnummer. Nach fünf endlosen Sekunden knackte es im Hörer.

„Fleischmann"

„Hallo, hier ist Ron Schäfer. Es ist etwas Furchtbares passiert. Jonte soll in die Arena ..."

Mit knappen Worten schilderte er, was er wusste.

„Das ist natürlich furchtbar, und ich kann mir vorstellen, wie Ihnen zumute ist – aber ich fürchte, ich kann Ihnen nicht helfen."

„Wie bitte?"

„Solange kein geltendes Recht verletzt wird, muss auch ich mich an die Verträge halten. Ich darf in das laufende Spiel nicht eingreifen. Es tut mir wirklich, wirklich leid. Sie wissen, wie sehr der Junge mir am Herzen liegt."

Wieder legte Ron wortlos auf und checkte im Geist seine Optionen. Hier konnte er praktisch nichts tun. Er musste nach Frankfurt – und zwar so schnell wie möglich.

****

Simon zog die Kapuze tief ins Gesicht und mischte sich unter die Leute, die in Richtung Stadion strebten. Es waren Hunderte. Allmählich begann er zu fürchten, dass er keinen Platz mehr bekommen könnte. Dabei hatte er noch jede Menge Zeit: Der Schatten der prächtig verzierten Sonnenuhr zeigte Mittag an. In drei Stunden erst würden sie Jonte in die Arena führen. Simon wusste nicht, wo seine Gefährten waren; nach dem nächtlichen Überfall im Park war jeder von ihnen nur darauf bedacht gewesen, seine eigene Haut zu retten. Er selbst hatte sich nach kurzem Lauf unter ein Gebüsch fallen lassen und war dann in einem Bogen zurückgeschlichen, um zu beobachten, was mit seinem Freund geschah. Viel hatte es nicht zu sehen gegeben: Jonte hatte sich ohne Widerstand abführen lassen, wurde aus dem Park gebracht, dann die Hauptstraße hinauf und schließlich ins Hauptquartier der Stadtwache geführt. Simon war wenige Minuten später auf der anderen Straßenseite vorbeigeschlendert, aber hatte es wegen der Wachen an der Tür nicht gewagt stehenzubleiben.

Nun wollte er wenigstens jetzt in Jontes Nähe sein. Ihm graute, wenn er an das dachte, was bald geschehen würde. Er selbst hatte sich die Übertragungen nie angeschaut, aber einige aus seiner Klasse taten es mit Vorliebe. Am nächsten Tag unterhielten sie sich dann genüsslich über eingeschlagene Zähne, ausgestochene Augen oder abgeschnittene Finger. Soweit Simon mitbekommen hatte, gab es unterschiedliche Folterer mit unterschiedlichen Vorlieben. Ihm schauderte. Wie konnte man sich solche Dinge anschauen oder gar Spaß daran haben, anderen so etwas anzutun? Anscheinend ging es dabei um sehr viel Geld.

Er reihte sich in die Schlange an einem der Kassenhäuschen ein und hoffte inständig, den Eintritt bezahlen zu können. Er wusste nicht genau, wie viel es kosten würde – die Preise änderten sich je nach Attraktion, also würde es heute wohl besonders teuer sein. Egal. Es musste irgendwie gehen.

Ein Fernsehteam von X-World-Aktuell lief herum und interviewte einzelne Besucher. Die Kamera wirkte seltsam deplatziert in dieser altertümlichen Welt, aber niemand störte sich daran. Im Gegenteil, immer wieder drängten sich Leute in die Nähe der blonden Reporterin in der Hoffnung, mit aufs Bild zu kommen oder gar befragt zu werden.

Simon achtete nicht weiter darauf. Vor seinen Augen liefen wieder und wieder die Ereignisse der vergangenen Nacht ab. Warum hatte Silvan das getan? Und warum schien Jonte davon so wenig überrascht gewesen zu sein? Diese Ankündigung beim Festessen – als wenn er geahnt hatte, was auf ihn zukommt. Aber wenn er es vorher gewusst hat, warum hat er dann nichts dagegen unternommen, sondern ist einfach in die Falle gelaufen? Simon schüttelte den Kopf. Für ihn reimte sich das alles nicht zusammen.

Kleine Trupps der Stadtwache strichen zwischen den Warteschlangen hindurch. Aufmerksam beobachteten sie die Besucher. Wahrscheinlich fürchteten sie, dass Jontes Anhänger einen Aufstand anzetteln könnten. Simon zog die Kapuze noch tiefer ins Gesicht. Bestimmt stand er auf der Fahndungsliste.

Quälend langsam schob sich die Schlange in Richtung Kassenhäuschen. Aus der Arena kamen undeutliche Ansagen, spärlicher

Applaus war zu hören. Irgendwelche armen Menschen wurden gerade im Vorprogramm zusammengeschlagen.

Simon erging sich in Tagträumen. Er sah vor seinem geistigen Auge, wie Jonte in die Arena geführt wurde. Dann stellte er sich vor, wie er von seinem Platz hochschnellte. Mit dem donnernden Ruf: „Lasst ihn los, er ist mein Freund!“, rannte er die Stufen hinunter. Die Wachen, die sich ihm entgegenstellten, fegte er beiseite wie ein Footballspieler. Mit einem Satz war er in der Arena, entriss dem wartenden Folterknecht die Peitsche und gab sie dem Peiniger selbst zu spüren. Der brach winselnd zusammen. Die Menge tobte. Jetzt wandte er sich den Soldaten zu, die Jonte in ihrer Mitte hielten. Abermals rief er: „Er gehört zu mir, lasst ihn los!“ Mit schreckgeweiteten Augen starrten ihn die erprobten Kämpfer an. Aber gegen seinen gefürchteten Fußtritt zum Kopf waren sie machtlos. Ein lauter Kampfschrei ...

Jemand berührte ihn an der Schulter. Simon fuhr herum und sah geradewegs in ein Kameraobjektiv. Licht aus einem Handscheinwerfer umflutete ihn. Ein Mikrofon streckte sich ihm entgegen.

„Was erwartest du von der Show heute Nachmittag?“

Die gut aussehende Reporterin lächelte ihn erwartungsvoll an. Simon wusste nicht, was er sagen sollte. „Ähm – ich glaube – das dürfte wohl ziemlich grausam werden ...“, stotterte er.

„Das klingt, als wärst du kein Fan von Blut und Gewalt“, stellte die Interviewerin fest. „Demnach bist du ein Freund von Jonte Schäfer?“

„Äh, nein!“, stammelte Simon mit einem Seitenblick auf die Stadtwachen. „Ich bin ihm noch nie begegnet!“

Das blonde Mädchen beugte sich vor und schob Simons Kapuze zurück. „So ist es besser“, sagte sie. „Unsere Zuschauer wollen doch gerne sehen, wer da zu ihnen spricht.“

Sie schaute ihn einen Moment lang an. „Ich habe dich schon mal gesehen“, sagte sie nachdenklich, „du warst einer von denen, die mit Jonte umhergezogen sind, oder nicht?“

„Nein!“, protestierte Simon und spürte, wie er rot wurde. „Du musst mich mit jemandem verwechseln. Ich kenne ihn nicht!“

„Doch", beharrte sie und ließ das Mikrofon wie einen Zeigestock in seine Richtung wippen. „Ich bin ganz sicher. Vor ein paar Wochen haben wir einen Bericht über seine ‚Armee des Lichts' gedreht. Du warst der Typ, der neben Jonte hergelaufen ist."

„Nein, ich schwöre!", beteuerte Simon. Schweiß stand auf seiner Stirn. „Für so einen Kinderkram habe ich gar keine Zeit. Du meinst eindeutig jemand anders!"

Die Reporterin sah ihn verächtlich an. „Na, dann tut es mir leid. Ich bitte um Entschuldigung", sagte sie und drehte sich abrupt um. Ihr Team folgte ihr. Simon starrte auf den krähenden Hahn, dem Logo von „XW-Aktuell", das auf den Rücken ihrer schwarzen Jacken prangte. Er fühlte sich unsagbar elend. Ohne lange zu überlegen, gab er seinen Platz in der Schlange auf. So unauffällig wie möglich entfernte er sich aus der Sichtweite der Stadtwachen. Dann begann er zu laufen. Er rannte und rannte, bis er den Stadtpark erreichte. Dort warf er sich aufs Gras und ließ seinen Tränen ungehindert ihren Lauf.

* * * *

Jonte wurde in einen kleinen Raum gebracht, wo man ihn für den Auftritt vorbereitete. Sie zogen ihm eine Art Kinderschlafanzug an und setzten ihm eine goldene Krone aus Pappe auf. Er sah unglaublich albern damit aus, doch Jonte wehrte sich nicht dagegen. Es hätte ohnehin keinen Sinn gehabt.

Lutz spielt das Spiel gut, dachte er. *Er versucht jetzt alles, um mich so lächerlich wie möglich erscheinen zu lassen, weil er denkt, dass er auf diese Weise die Menschen davon abhalten kann, sich der Armee des Lichts anzuschließen. Aber es wird ihm nichts nützen. Die Waldmenschen werden das Manöver durchschauen.*

Es würde jetzt hart werden, aber am Ende wäre er der Sieger.

Er vollzog die Kommunikationsgeste, obwohl er wusste, dass sein Vater im Urlaub war. Michael meldete sich. „Hallo Jonte, wie geht es dir?"

„Ich habe Angst", bekannte er.

„Das kann ich gut verstehen. Ich wünschte, wir könnten etwas für dich tun. Aber du weißt, dass die Regeln es uns verbieten, dir zu helfen."

Jonte nickte. „Ja, das ist mir klar", sagte er. „Ich muss mit der Sache alleine fertig werden. Und wenn ich aufgebe, dann ist alles verloren. Aber es tut mir gut zu wissen, dass du da bist. Bitte grüße meinen Vater von mir. Es ist wohl besser, wenn er das hier nicht mitbekommt."

„Das werde ich tun, Jonte. Alles Gute."

„Danke!"

Jonte ließ die Verbindung offen. Er setzte sich auf den einzigen Stuhl in dem kahlen Raum und starrte sein Spiegelbild an. Diese Pappkrone sah furchtbar blöd aus – doch es war das Recht des Veranstalters, das Opfer so zurechtzumachen, wie es ihm gefiel.

* * * *

Ron saß am Steuer eines Audi A6 – dem schnellsten Leihwagen, den er in der Eile bekommen konnte – und raste die A3 hinauf in Richtung Frankfurt. Es herrschte ziemlich viel Verkehr auf der Autobahn, dennoch kam er ganz gut voran. An Würzburg war er schon vorbei. Noch 100 Kilometer. Er blickte auf die Uhr. 14:17. Ein holländischer Lastwagen scherte vor ihm aus. Ron trat fluchend auf die Bremse. Ungeduldig klebte er am Heck des Ungetüms und wartete, bis es sich an seinem Kollegen, einem silbernen Tankwagen, vorbeigeschoben hatte. Dann trat Ron das Gas durch. Das Auto machte einen Satz nach vorn.

Was wollte er eigentlich tun, wenn er wieder in der Zentrale war? Es gab keinen Weg, das zu verhindern, was auf Jonte zukam. Gegen eine Anklage wegen Hochverrats konnte man nichts ausrichten. Das hatte Lutz genial eingefädelt. Aber wenigstens wollte Ron dabei sein.

Er fuhr rechts an einem betagten blauen Golf vorbei, der mit 130 auf der linken Spur unterwegs war. Normalerweise war er eher ein bedächtiger Autofahrer, der unterwegs gern seinen Gedanken nachhing. Aber heute war alles anders.

****

An der Wand von Jontes Garderobe leuchtete ein Bildschirm auf, was in dieser Welt ebenso ungewöhnlich war wie die Fernsehkameras von X-World-TV. Er zeigte eine Live-Übertragung des laufenden Vorprogramms. Der Anblick war furchtbar. Ein Hüne mit einer Ledermaske schwang eine siebenfache Lederpeitsche. An jedem der sieben Enden hingen kleine scharfe Metallstücke. Damit jagte der Peiniger einen schmächtigen Mann kreuz und quer durch die Arena. Anfangs schlug er bewusst daneben. Dann zog er seinem Opfer die grausame Waffe quer über den Rücken. Die Schneiden zerrissen das Gewand und die darunterliegende Haut. Der Mann fiel hin, doch der Hüne packte zu und riss ihn an den Haaren wieder hoch. Das Publikum tobte. Ein Zähler am unteren Bildrand zeigte die aktuellen Schmerzpunkte an, ein weiterer, rückwärts laufender, die noch verbleibende Zeit. Offensichtlich sollte diese Runde 10 Minuten dauern.

Jonte wandte sich ab. Er begriff, dass diese Bilder dazu dienen sollten, ihn vorab zu zermürben. Dafür waren sie in der Tat gut geeignet. Allein das Zuhören quälte ihn – das Geräusch der Schläge, das Johlen des Publikums, die Schmerzensschreie des Opfers. Endlich ein Gong. Die Runde war vorbei.

Jonte sah zu, wie der schmächtige Mann auf einer Trage vom Platz gebracht wurde, und musste erneut an seinen Vater denken. An Jupp, den begabten Handwerker, der nicht mehr in der Lage gewesen war, seine Arme zu bewegen. Wer dachte sich nur solche Spiele aus?

Ein Hahnenschrei ertönte. X-World-Aktuell wurde eingeblendet, um die Umbaupause zu überbrücken. Aufnahmen der Zuschauermassen, die ins Stadion strömten. Einzelne Interviews, in denen sehr unterschiedliche Meinungen vertreten wurden. Manche bedauerten Jonte. Sie zweifelten die Berechtigung seiner Anklage an, andere fanden die Bestrafung gerecht und freuten sich auf das bevorstehende Spektakel.

Plötzlich erschien ein vertrautes Gesicht auf dem Bildschirm. Simon. Ungläubig verfolgte Jonte, wie sein bester Freund behauptete, ihn nicht zu kennen. Er konnte die Stadtwachen nicht sehen, die Simon gefürchtet hatte, aber er hörte die Fragen der Reporterin, die immer bohrender wurden, und erlebte mit, wie der Freund dreimal vehement bestritt, dass er zu ihm gehörte.

Jonte schlug die Hände vor das Gesicht. Das durfte nicht wahr sein! Wenn sogar Simon von ihm abfiel, was konnte er dann von den anderen noch erwarten? Allmählich begann er, am Erfolg seines Plans zu zweifeln. Doch nun gab es kein Zurück mehr.

* * * *

14:43 Uhr. Die blauleuchtenden Ziffern der Digitaluhr arbeiteten sich unermüdlich vorwärts. Baustelle. Der Verkehr wurde heruntergebremst und teilweise auf die Gegenfahrbahn gelenkt. Noch 47 km bis Frankfurt. Ein roter Seat Ibiza mit einer schwergewichtigen Frau am Steuer nahm es mit der Geschwindigkeitsbegrenzung sehr genau. Ron fuhr so dicht an sie heran, als wolle er ihr Auto mit seiner Stoßstange anschieben, aber die Frau ließ sich nicht beirren. Sie wurde sogar noch langsamer.

Seufzend vergrößerte Ron den Abstand wieder. Er zwang sich zur Ruhe. „Ob du dich aufregst oder nicht – es wird dich keine Minute früher ans Ziel bringen“, sagte er sich.

Gerne hätte er jetzt einen Raketenwerfer im Kühlergrill gehabt.

* * * *

Als sie Jonte endlich holten, fühlte er sich fast erleichtert. Alles war besser als dieses Warten. Sie legten ihm noch einen albernen Supermann-Umhang an, der in seiner Lächerlichkeit perfekt zu dem Kinderschlafanzug und der Pappkrone passte. Dann sperrten sie ihn zu seiner Überraschung in einen großen Käfig.

Zwei Menschen, die wie Ronaldisten gekleidet waren, schoben den Käfig in die Arena, vorbei an einer Gruppe von Leuten, die unablässig „Heil Jonte“ riefen. Dabei reckten sie den linken Arm in die Höhe. Das Publikum applaudierte und lachte.

Jonte sah sich um. Die Anlage erinnerte an ein antikes griechisches Theater. Die Grundfläche war rund, mit einem Durchmesser von gut 20 Metern. Rings herum erhoben sich die Zuschauerbänke. In der Mitte des Kreises standen vier hölzerne Buchstaben: „XWTV“. Er erkannte sie. Beim „W“ hatte er mitgeholfen.

Absicht oder Zufall – die Erinnerung an Jupp trieb ihm die Tränen in die Augen. Energisch unterdrückte er sie. *Was auch passiert*, ermahnte er sich, *du wirst nicht weinen.*

Plötzlich erschütterte ein tiefes Grollen die Arena. Ein gewaltiger Tiger kam mit großen Sprüngen hereingelaufen. Die Zuschauer raunten. Er blickte sich um, riss das Maul auf, brüllte. Dann lief er zum Käfig, in dem Jonte saß, und drückte seinen Kopf dagegen. Jonte streckte seine Hände durch die Gitterstäbe. Er tätschelte das Tier. „Joey“, flüsterte er, „was machst du denn hier?“

Im selben Moment zuckte er zusammen, denn sein Flüstern hallte durch die ganze Arena. Offensichtlich wurde jedes Wort, das er sagte, aufgenommen und verstärkt.

Der Tiger wandte den Kopf, tänzelte ein paar Schritte zur Seite, fauchte. Ein kräftiger Mann mit Ledermaske hatte die Arena betreten. In der Hand trug er einen Speer. Brüllend ging Joey auf ihn los. Sein gewaltiges Gebiss glänzte in der Sonne. Mächtige Muskeln spannten sich unter dem gestreiften Fell. In diesem Moment warf sich der Kämpfer nach vorn und trieb dem Tier den Speer in das geöffnete Maul. Blut schoss hervor. Der Tiger krümmte sich, brach zusammen, zuckte einige Male und verblasste dann.

Der Mann hob triumphierend seine Arme.

Das Publikum tobte. Jonte war wie erstarrt. „Joey“, flüsterte er. Eine Träne lief ihm über die Wange.

* * * *

15.07 Uhr. Ein schwarzer Audi A6 bog mit quietschenden Reifen auf den Parkplatz neben dem Firmensitz von PSA ein. Ron sprang aus dem Auto, rannte auf den Haupteingang zu. Als er die kleine Lobby erreichte, drückte er auf den Fahrstuhlknopf. Einen Moment wartete er ungeduldig darauf, dass sich die Türen der Kabine öffneten. Nichts geschah.

Der Programmierer wirbelte herum, riss die Tür zum Treppenhaus auf und hetzte die Stufen hinauf. Anfangs nahm er immer zwei auf einmal, dann merkte er, wie seine Muskeln rebellierten. Daraufhin lief er die Stufen einzeln, wobei er sich zwang, sein Tempo beizubehalten.

Keuchend und nassgeschwitzt erreichte er endlich den fünften Stock. Er stürmte durch die Glastür mit dem Firmenlogo. Sein Weg führte ihn direkt in sein Büro. Jetzt wusste er, was er tun konnte.

* * * *

Der Peiniger riss die Käfigtür auf. Mit einer schnellen Bewegung bekam er Jonte an seinem Umhang zu fassen. Hilflos stolperte der Junge rückwärts hinter ihm her, nach einigen Schritten fiel er zu Boden.

„Och, haddu Aua demacht?" höhnte der Mann. Das Publikum lachte schallend. „Davon gibt es hier noch jede Menge mehr!", verkündete er, indem er Jonte mit voller Kraft ins Gesicht schlug. Schmerz durchzuckte ihn. Er fühlte, wie ihm das Blut durchs Gesicht lief.

Der Peiniger packte ihn bei den Haaren, riss ihn hoch. Jonte sah die dunkle Ledermaske – plötzlich wusste er, wem die Augen dahinter gehörten.

„Lutz", flüsterte er.

„Erraten!", brüllte dieser. „Und du glaubst nicht, was ich dir Schönes mitgebracht habe!" Er winkte mit dem Kopf in Richtung der Buchstaben. Jonte sah hinüber. Am Fuß des „X" lagen ein schwerer Hammer und vier lange Nägel.

„Dort wirst du heute enden!“, zischte Lutz. „Aber vorher wollen wir noch ein bisschen Spaß haben!“

Er zog das Knie hoch und rammte es Jonte mit Wucht in den Unterleib. Stöhnend brach der Junge zusammen.

* * * **

„Du willlst *was?*“, fragte Michael Konrad. Er sah ungläubig zu Ron hinüber, der im Cyberanzug vor ihm stand, den Helm unter den Arm geklemmt wie ein Astronaut vor dem Start.

„Du hast mich ganz genau verstanden“, sagte Ron ungeduldig. „Ich will Jontes Sitzung übernehmen, und zwar sofort.“

„Aber das ist gegen die Regeln“, wandte Michael halbherzig ein.

„Das ist es nicht. Genauer gesagt, gibt es keine Regel, die sich mit dem Übernehmen von Sitzungen befasst. Lutz kann sich ja wohl nicht beschweren – seine Leute waren die Ersten, die das gemacht haben.“

„Also schön. Klink dich ein!“

Ron legte sich auf einen der Liegesessel. Während Michael sich am Rechner zu schaffen machte, setzte er den Helm auf. Bereits wenige Tastendrücke später befand er sich in der Arena und wurde mit einem Faustschlag begrüßt, der ihn von den Füßen holte. Ron spuckte Blut. Er hätte nie gedacht, dass es in seiner virtuellen Welt möglich war, jemandem solche Schmerzen zuzufügen.

„Na, kannst du noch?“, keuchte der Peiniger, der offensichtlich selbst die Grenze seiner Kondition erreicht hatte. „Bist du bereit fürs Finale?“

Er nickte seinen uniformierten Helfern zu, die bis dahin unbeweglich am Rand gestanden hatten, woraufhin sie sich prompt in Bewegung setzten. Zu zweit legten sie das große „X“ auf den staubigen Grund der Arena. Ron kassierte derweil weitere Hiebe. Einer traf seinen Magen und raubte ihm den Atem; der zweite seine Kinnspitze. Er fiel benommen zu Boden.

Die Helfer packten ihn, zwangen ihn auf den Buchstaben. Während sie Hände und Füße festhielten, griff sich Lutz einen großen Nagel, den er mit mächtigen Hammerschlägen durch Rons rechte Hand trieb. Ron brüllte vor Schmerz. Er wollte sich wegdrehen, aber die Helfer pressten ihn mit aller Kraft auf das Holz. Dann drang der Nagel in die andere Hand. Die Welt begann, vor seinen Augen zu verschwimmen.

„Na, wie gefällt es dir, ein Löser zu sein? Bist doch wohl eher ein Looser", höhnte Lutz. „Und wie lange, glaubst du, wird deine niedliche kleine ‚Armee des Lichts' noch ohne dich existieren? Spätestens nächste Woche werde ich sie erledigt haben. Du hast ganz umsonst gelitten. Aber was soll's, mir war es ein Vergnügen!"

Mit diesen Worten wandte er sich dem rechten Fuß zu und nagelte ihn fest. Wellen des Schmerzes brandeten durch Rons Bewusstsein. Machtlos bekam er mit, wie Lutz ihm anschließend die Beine auseinanderdrückte, um den letzten Nagel durch den linken Fuß zu treiben.

„Aufrichten!", befahl Lutz. Er sammelte die Pappkrone aus dem Staub, drückte sie ihm auf den Schädel. Mit routinierten Handgriffen brachten die Helfer das X zurück in die senkrechte Position. Ron hing am Holz und keuchte. Er hatte das Gefühl, ersticken zu müssen. Schließlich wurde es schwarz um ihn.

Die Zuschauer erhoben sich auf ihren Sitzen, johlten und stampften. Sie hatten eine aufregende Show erlebt. Der Mann mit der Maske verbeugte sich, während sein Opfer hinter ihm allmählich verblasste, bis er endlich ganz verschwand. Lutz war zufrieden. Er war sich sicher, dass Ron jeden Moment dieser Veranstaltung mitverfolgt hatte. Endlich war seine Rache vollendet.

* * * *

Nachdem die Anzeige seines Cyberhelms erloschen war, nahm Jonte ihn vorsichtig ab. Er rang nach Luft. Alles tat ihm weh. Einen Augenblick lang blieb er bewegungslos liegen, während die Veranstaltung vor seinem geistigen Auge noch einmal ablief. Wieder sah er die Faustschläge auf sich zukommen, hörte die Zuschauer johlen und applaudieren. Schließlich richtete Jonte sich mühsam auf, schälte sich aus dem Anzug, schlurfte ins Bad.

Als er in den Spiegel blickte, erschrak er: Auf seiner linken Wange prangte ein faustgroßer Bluterguss. Er nahm einen Seifenlappen, tränkte ihn mit kaltem Wasser und kühlte die Stelle.

Meine Mutter wird mich umbringen, wenn sie das sieht, dachte er. Dann musste er grinsen. Zwei Mal umgebracht werden an einem Tag – das dürfte Rekord sein. Aber ist er denn wirklich getötet worden? Der letzte Schlag unter die Gürtellinie war schmerzhaft gewesen – ihm tat immer noch alles weh – doch hatte er ausgereicht, um ihn virtuell zu töten? Aber wenn nicht, wieso war dann das Bild schwarz geworden?

Er ging in die Küche, um sich einen Toast zu machen. Je länger er darüber nachdachte, desto merkwürdiger erschien ihm das Ganze. Was war wirklich passiert?

Um das herauszufinden wäre es wohl das Einfachste, sich wieder in das Spiel einzuloggen. Wenn er tot war, müsste sein Account gesperrt sein. Aber allein der Gedanke, sich wieder in den Anzug zu zwängen, ließ ihn aufstöhnen. Er fühlte sich, als wäre er eine Treppe hinuntergefallen und anschließend von einem Lastwagen überfahren worden.

Schließlich holte er seinen Laptop in die Küche und rief die Seite von X-World-Aktuell auf. Als er das Titelbild sah, fiel er fast vom Stuhl: Es zeigte ihn, in diesem albernen Kinder-Königs-Schlafanzug, mit der schief sitzenden Pappkrone auf dem Kopf, das Gesicht blutig und zerschlagen. Seine Hände und Füße waren an dem hölzernen „X" festgenagelt, das Jupp eigenhändig gebaut hatte. Über dem Bild verkündeten fette rote Lettern: „Jonte Schäfer stirbt in der Arena."

Warum konnte er sich nicht daran erinnern, wie er an dieses „X" gekommen war? War er denn die ganze letzte Zeit bewusstlos gewesen? Er überflog den Artikel. Der Verfasser bezweifelte, dass Jonte zurecht wegen Hochverrats verurteilt worden sei, was ihn jedoch nicht davon abhielt, den Auftritt in der Arena in allen Details zu schildern. Am Ende seiner blutrünstigen Schilderung schrieb er: *„Mit dem Ausruf: ‚Ich tue das für euch!' verblasste Rons Sohn schließlich. Es bleibt unklar, wen er mit seinen letzten Worten gemeint hat."*

Jonte schüttelte den Kopf. Das alles ergab keinen Sinn.

* * * *

Simon irrte durch die Straßen von Salem und wusste nicht, wo er hingehen sollte. Er war ein Verräter, das hatte nun jeder mitbekommen. Er hasste sich für seine Feigheit. „Soldat des Lichts" – pah. Wenn es drauf ankam, dann kniff er. Solche Freunde braucht kein Mensch.

Aber was sollte er jetzt tun? Vielleicht war es das Beste, wenn er wieder fischen ging. Das konnte er wenigstens. Er beschloss, erst einmal in den Stadtpark zurückzukehren und die Sachen zu holen, die er auf der Flucht liegen gelassen hatte.

Seine Füße fanden den Weg von allein, während seine Gedanken sich unablässig mit dem befassten, was an diesem Ort geschehen war – kaum zu glauben, dass all das erst einen Tag zurück lag!

Als er die verborgene Lichtung hinter den Rhododendren erreichte, hörte er gedämpfte Stimmen. Vorsichtig blickte er durch die Zweige. Dort saßen Andreas, Jonathan, Jakob und Thomas. Simon drehte sich um. Er wollte weglaufen, doch Andreas hatte ihn schon entdeckt.

„Halt, warte!", rief er. Er sprang auf. Mit drei Sätzen war er bei ihm und umarmte ihn. „Ich habe alles gesehen", sagte er. „Ich stand in der Schlange daneben, nur ein paar Meter hinter dir. Die Stadtwache war überall. Du hattest keine andere Chance."

„Aber – ich habe ihn verraten!", stieß Simon bitter hervor, während seine Augen sich mit Tränen füllten.

„Ich weiß", antwortete Andreas. „Komm mit!"

Er zog den widerstrebenden Freund hinter sich her auf die Lichtung. Die Gefährten nahmen ihn nacheinander stumm in den Arm.

„Und was machen wir jetzt?“, fragte Jonathan, nachdem sie eine Weile wortlos im Kreis gesessen hatten.

„Fischen gehen“, sagte Simon. „Oder hat jemand eine bessere Idee?“

„Aber was wird aus unserer Armee?“, fragte Jakob.

„Die geht in die Geschichtsbücher ein“, antwortete Simon bissig. „Unter der Überschrift: ‚Netter Versuch‘.“

„Das kann doch nicht alles gewesen sein!“, sagte Jonathan. Er klang verzweifelt.

„Doch, das war alles. Jonte ist tot, seine Armee ist geflohen und hat sich als ein Haufen von Feiglingen und Verrätern erwiesen“, sagte Thomas bitter. „Und damit meine ich nicht nur dich, Simon“, fügte er hinzu. „Ich hätte genauso gehandelt.“

„Also dann, lass uns gehen“, sagte Andreas. „Habt ihr Lust, fischen zu lernen?“

„Ja“, sagte Jonathan treuherzig. „Ich mag zwar keinen Fisch, aber ich finde, dass wir zusammenbleiben sollten.“

* * * *

Ein Poltern im Treppenhaus ließ Jonte aufschrecken. Mühsam rappelte er sich hoch. So schnell es seine schmerzenden Knochen erlaubten, humpelte er zur Tür und öffnete. Seine Mutter stand davor, neben ihr ein großer Koffer. Sie hielt einen Rucksack in den Händen, worin sie nach dem Haustürschlüssel kramte. Als sie ihren Sohn sah, zuckte sie zusammen.

„Junge, was ist denn mit dir passiert?“

„Nicht weiter wild, Mama. Ich habe einen Fußball abbekommen. Das hat zwar ziemlich wehgetan, aber dadurch habe ich ein wichtiges Tor verhindert“, sagte er stolz. Lisa sah ihn skeptisch an.

„Komm doch erst mal rein. Du siehst müde aus. Ich habe dir Kaffee gekocht. Möchtest du einen?“

„Das klingt großartig.“

Sie stellte den Trolley vor die Garderobe, hängte ihren Mantel auf und ließ sich in einen Sessel fallen.

„Ich bin hundemüde", stöhnte sie. „Diese Klassenfahrt war unglaublich anstrengend. Dabei waren die beiden größten Chaoten noch nicht einmal dabei."

„Zwinker und Klops?"

„Jonte, du weißt, wie ich über Spitznamen denke", sagte Lisa streng. „Aber ja, Timo und Gerrit sind zuhause geblieben."

„Warum?"

„Sie liegen im Krankenhaus. Wahrscheinlich ein Verkehrsunfall." Sie zögerte. „Es kursieren die wildesten Gerüchte darüber. Angeblich sollen sie ein Motorrad beschädigt haben und anschließend in eine Schlägerei mit einer Rockerbande verwickelt worden sein. Aber das kann ich kaum glauben. So dumm sind nicht einmal sie."

Jonte musste sich ein Grinsen verkneifen und legte seine Hände vors Gesicht. Seine Mutter sah ihn besorgt an.

„Hast du Schmerzen? Bist du damit beim Arzt gewesen?"

„Nein Mama, es ist nur eine Prellung. Ich habe sie gleich gekühlt. Mach dir keine Sorgen. Wann wollen wir los?"

„Los? Wohin?"

„Zum Bahnhof, Mama. Ich fahre heute doch zu Papa, hast du das vergessen?"

Lisa nickte matt. „Natürlich. Entschuldige Jonte, ich bin total erledigt."

„Kein Problem. Ich kann auch den Bus nehmen."

„Würdest du das tun? Ich weiß, ich sollte dich begleiten, schließlich haben wir uns die ganze Woche nicht gesehen ..."

„Schon gut, Mama."

Jonte beugte sich vor und drückte ihr einen Kuss auf die Wange. Seine Rippen gaben einen glühenden Schmerz ab. Gerade noch rechtzeitig konnte er ein Stöhnen unterdrücken.

„Schlaf dich erstmal aus. Wir sehen uns ja bald wieder."

Kurz darauf saß Jonte im ICE nach Frankfurt, blickte aus dem Fenster und sah zu, wie die Welt an ihm vorbeiraste. Er machte sich

Sorgen. Er konnte seinen Vater weder in der Firma noch auf dem Handy erreichen. Seiner Mutter hatte er vorsichtshalber nichts davon erzählt, sonst hätte sie ihn wohlmöglich zu Hause behalten, doch nun bekam er allmählich Angst vor seiner eigenen Courage. Würde ihn jemand vom Bahnhof abholen? Er hatte einen Schlüssel von der Wohnung, notfalls könnte er mit dem Bus dorthin kommen, aber wie sollte es dann weitergehen? Warum hatte sein Vater das Handy ausgeschaltet, was er sonst nie tat?

Frankfurt Hauptbahnhof.

Jonte nahm seinen Rucksack, wobei er tapfer den Schmerz in den Rippen ignorierte, kletterte aus dem Zug und sah sich um – es wimmelte von hastenden Menschen. Seinen Vater konnte er nirgends entdecken. *Dann eben Plan B.* Er schlug den Weg zur Bushaltestelle ein.

Plötzlich rief ihn jemand. Er fuhr herum. Ein Mann mit streichholzkurzen Haaren und John-Lennon-Brille wedelte aufgeregt mit den Armen.

„Michael!", jubelte Jonte, dann rannte er auf ihn zu. Nach einigen Schritten blieb er stehen und hielt sich die Seite. Der hochgewachsene Programmierer betrachtete ihn aufmerksam.

„Junge, du hast aber ganz schön was abbekommen!"

„Ja, ich weiß", sagte Jonte ungeduldig. „Wo ist mein Vater?"

„Im Krankenhaus."

Jonte wurde blass. „Ist was passiert?"

Michael nickte. „Dasselbe, was dir passiert ist. Ron hat deine Sitzung übernommen. Dabei hat er sich ein paar hübsche Prellungen eingefangen und die linke Hand gebrochen. Sonst ist alles ganz geblieben."

„Können wir ihn besuchen?"

„Natürlich. Ich komme gerade von ihm. Aber er soll jetzt gleich zum Röntgen. Das kann dauern, im Krankenhaus ist Hochbetrieb. Die Motorradsaison hat angefangen."

Jonte sah ihn entgeistert an. Michael hob entschuldigend die Hände. „Das ist kein dummer Witz, die Ärzte haben es selbst gesagt!"

„Na dann ... Können wir solange in die Firma fahren? Ich würde gern nachsehen, was aus meinen Freunden geworden ist."

Michael nickte. „Verstehe. Kein Problem. Komm mit."

Er führte Jonte zu einem abenteuerlich geparkten Smart mit PSA-Logo.

„Wie konnte Papa denn so einfach meine Sitzung übernehmen?", fragte Jonte nach einer Weile.

„Im Grunde ist es das gleiche Prinzip wie bei den Besessenen", erklärte Michael. „Aber weil wir unmittelbaren Zugriff auf die Server haben, können wir den User komplett rauskicken, anstatt den Account nur zu überlagern."

„Aber ist das nicht illegal?" Einen schrecklichen Moment lang befiel Jonte die Angst, dass alle Anstrengungen vergeblich und sein Löservertrag nun ungültig sein konnte.

„Darüber kann man sich streiten. Ron steht auf dem Standpunkt, dass die Spielregeln zu diesem Thema nichts aussagen, weshalb es auch nicht illegal sein kann. Fakt ist, dass Lutz mit diesen Sachen angefangen hat. Deshalb wird er wohl kaum dagegen vorgehen können."

Jonte nickte beruhigt.

Sie erreichten den Kontrollraum. Kathrin, die gerade Schicht hatte, saß mit konzentriertem Gesicht vor den Monitoren. Als sie Jonte erblickte, lächelte sie ihm freundlich zu.

„Hallo Jonte! Schön, dass du wieder bei uns bist." Sie ließ ihre Augen über die Prellung in seinem Gesicht schweifen.

„Was machen deine Verletzungen? Du musstest ja ganz schön was einstecken."

„Ach, es geht", wiegelte Jonte ab. Er beeilte sich, das Thema zu wechseln. Die Sache war ihm aus verschiedenen Gründen peinlich. „Weißt du, wo meine Gefährten sind?"

„Klar." Kathrin bearbeitete ihre Tastatur. Auf einem der Monitore erschienen Simon, Andreas, Jonathan und Thomas.

„Jakob muss da auch irgendwo sein", erläuterte sie. „Silvan habe ich verloren. Ich fürchte, er hat das Spiel verlassen."

Jonte hörte eine Weile zu. Die Gefährten sprachen noch immer über ihre Zukunft. Wie es aussah, planten sie, gemeinsam eine Firma zu gründen und sich im Fischgewerbe selbstständig zu machen.

„Wie kann ich mit ihnen sprechen?", fragte Jonte.

„Tut mir leid", antwortete Michael, „das geht nicht. Das wäre definitiv ein verbotener Eingriff ins Spiel."

„Aber ich muss mit ihnen reden. Du hörst doch, sie sind dabei, alles aufzugeben!"

„Trotzdem. Es geht nicht." Michael blickte ihn traurig an. „So gern ich dir helfen würde. Wirklich."

Er warf einen Blick auf die großen Wanduhren. Es waren fünf. Die linke zeigte die Ortszeit an, die rechte die aktuelle X-World-Zeit, dazwischen hingen Uhren für Mumbai, Melbourne und New York, die Orte, an denen die wichtigsten Geschäftspartner saßen.

„Ich denke, dass wir jetzt zu Ron fahren können."

Jonte nickte. Während der ganzen Fahrt starrte er aus dem Fenster. Er sprach kein Wort. Michael sah hin und wieder zu ihm hinüber, aber ließ ihn in Ruhe.

Das Krankenhaus roch, wie Krankenhäuser nunmal riechen, nach Sauberkeit und Desinfektionsmitteln, was den darunterliegenden Geruch von Angst und Krankheit nicht ganz verdecken konnte.

Die Klinik war überfüllt; Schwestern hasteten vorbei; manche Patientenbetten standen auf den Gängen. Jonte fragte sich, ob die Kranken darin nur auf den Transport irgendwohin warteten oder dort auch schlafen mussten. Endlich erreichten sie Rons Station, gingen zur Nummer 314, klopften leise und öffneten die Tür.

Ein Vierbettzimmer, sonnengelb gestrichen. Zwei Betten waren zerwühlt, aber leer; im dritten lag ein alter Mann mit zerfurchtem Gesicht und einem Schlauch in der Armbeuge. Er hatte die Augen geschlossen und schnarchte leise.

Ron saß aufrecht, an ein Kissen gelehnt. Sein Kopf war verbunden, der linke Arm steckte in einer Schlinge. Er blinzelte mit seinen wasserblauen Augen zu Jonte und Michael hinüber. Die Brille lag auf dem Nachttisch.

„Hallo, schön, dass ihr da seid, ich habe schon auf euch gewartet!"

Jonte trat schüchtern an sein Bett. „Hallo Papa!"

Ron streichelte ihm mit der rechten Hand vorsichtig übers Gesicht. „Hallo mein Sohn. Du hast ja auch ganz schön eingesteckt. Gut, dass wir uns die Ladung geteilt haben, was?"

Jonte nickte stumm.

„Ist sonst alles okay mit dir?"

„Papa, ich muss dringend Kontakt zu meinen Gefährten aufnehmen. Sonst ist alles umsonst gewesen."

„Er wollte mit ihnen sprechen, aber ich habe es ihm nicht erlaubt", erläuterte Michael. „Es hätte gegen die Regeln verstoßen."

„Das stimmt", bestätigte Ron. „Allerdings sehe ich keinen Grund, weswegen du nicht ins Spiel zurückkehren solltest – zumindest für eine kurze Zeit."

„Das geht nicht, ich bin dort gestorben!", wandte Jonte ein.

„Nein, genau genommen bin ich gestorben", korrigierte Ron.

Michael stöhnte auf. „Du glaubst doch wohl nicht, dass du damit durchkommst!"

„Wie gesagt, für eine kurze Zeit sollte es gehen. Solange er sich nicht öffentlich zeigt und Lutz nichts davon erfährt ..."

Jonte strahlte bei dem Gedanken. „Wann?", fragte er.

„Morgen werde ich aus dem Krankenhaus entlassen. Ich wäre gern bei deinem Comeback dabei – es ist nicht so ganz einfach, wir müssen ein wenig mit den Backups tricksen ..."

Michael schüttelte den Kopf, sagte aber nichts.

„Da wäre noch etwas ...", begann Jonte verlegen. „Ich weiß nicht, ob das so funktionieren kann, aber ich hätte da eine Idee für eine Erweiterung."

In knappen Sätzen erläuterte er seinen Einfall. Ron hörte konzentriert zu. Am Ende nickte er begeistert. „Das ist genial, mein Sohn", sagte er. „Ich krieg das hin. Gib mir bitte mal meinen Collegeblock und einen Stift!"

Er zeigte zu seinem Nachttisch herüber. Michael zog die Schublade auf und gab ihm das Gewünschte. „Deinen Laptop habe ich auch mitgebracht!", bemerkte er.

„Super, danke", antwortete Ron zerstreut. Er hatte bereits begonnen, den Kugelschreiber über das Papier sausen zu lassen.

Michael und Jonte sahen einander an. Jeder Kommentar war überflüssig, sie wussten beide, dass ein weiteres Gespräch mit Ron schwierig werden würde.

„Wir holen dich dann morgen ab!", beendete Michael den kurzen Besuch.

„Ja, ich werde hier sein. Danke schön!", sagte Ron, während er stirnrunzelnd einen Teil dessen wieder durchstrich, was er soeben zu Papier gebracht hatte.

****

Es war früher Morgen in X-World. Die aufgehende Sonne färbte den Horizont rot-gold und vermehrte ihr Licht in wunderbaren Spiegelungen auf dem Wasser des Norddorfer Sees.

Ein einsames Fischerboot segelte dorthin zurück, von wo es etliche Stunden zuvor aufgebrochen war. An Bord befanden sich fünf junge Männer, die missmutig ihren mickrigen Fang anstarrten.

„Zum Leben zu wenig, zum Sterben zu viel", maulte Andreas.

Plötzlich rief Jonathan: „Seht mal, dort drüben am Ufer! Ich glaube, das ist Jonte!"

Die anderen wiesen ihn zurecht. „Hör auf zu spinnen, das kann nicht sein."

Kurz darauf sagte Andreas: „Ich werd verrückt. Er hat recht!"

Dann hörten sie ein lautes Platschen. Sie fuhren herum. Simeon war ins Wasser gesprungen. Zügig kraulte er Richtung Ufer. Die Jungen konnten ihm nicht folgen – in diesem Bereich gab es zu viele Felsen und Sandbänke. So steuerten sie das Boot erst zu dem kleinen Fischerhafen, holten die Segel ein und vertäuten es, bevor sie sich auf den Weg zu Jonte machten. Sie fanden ihn vertieft ins Gespräch mit Simon.

„Wie schön, euch zu sehen!", begrüßte er sie.

„Wie hast du das gemacht?", fragte Thomas skeptisch.

„Ach, mein Vater hat Sachen drauf, da kann man nur staunen. Ich weiß aber nicht, wie lange ich bei euch bleiben kann. Auf jeden Fall nur für eine kurze Zeit, so viel steht fest. Bis dahin gibt es noch eine Menge zu bereden."

Die Gefährten setzten sich in den Sand und blickten Jonte aufmerksam an.

„Zuerst müsst ihr wissen, dass mein Gang in die Arena geplant war. Die Anklage wegen Hochverrats hatte damit wenig zu tun, ebenso der Verrat durch Silvan. In Wirklichkeit ging es um einen Vertrag, den ich mit Lutz geschlossen habe."

„Du hast einen Vertrag mit Lutz geschlossen?", fragte Jonathan halb ungläubig, halb staunend.

„Ja genau. Ich habe mich als Löser zur Verfügung gestellt für alle Angehörigen der Armee des Lichts – für Gegenwart und Zukunft. Das heißt also, dass jeder, der sich uns anschließt, von seinen Schulden frei wird. Lutz hat keine Macht mehr über ihn. Natürlich wird er alles versuchen, um die Armee zu zerschlagen, deshalb ist es wichtig, dass ihr keine Zeit verliert. Geht hin und ladet alle Leute ein, die ihr finden könnt. Erklärt ihren, worum es uns geht, dann installiert bei den Freiwilligen die neue Game Extension."

„Eine neue Erweiterung?"

„Ja, mein Vater hat sie letzte Nacht entwickelt. Sie heißt G.E.I.S.T. – das ist die Abkürzung für ‚Game Extension Integrated Spiritual Terminal'."

„Und wie installiert man die?", fragte Simon beeindruckt.

„Mit Wasser. Ihr müsst die Menschen dreimal komplett untertauchen. Beim ersten Mal wird die bestehende Verbindung zum Ethikbot unterbrochen. Das zweite Mal führt zu einem Reset des bestehenden Kontos. Und beim dritten Untertauchen wird die Game Extension eingerichtet."

„Und wozu soll das gut sein?“, fragte Thomas.

„Die Extension ermöglicht eine unmittelbare Verbindung zur Kommandozentrale. Auf diese Weise könnt ihr also auch dann noch zu mir Kontakt aufnehmen, wenn ich nicht mehr im Spiel bin. Aber es ist schwer zu erklären, am besten zeige ich es euch einfach. Simon, bist du bereit?“

„Klar, wenn du mich noch dabeihaben willst ...“

„Ich dachte, das hätten wir geklärt“, sagte Jonte ernst. „Die vergangenen Taten eines Menschen sind nicht so wichtig wie seine zukünftigen. Vergebung ist eine der wichtigsten Grundsätze unserer Armee. Wir müssen sie aber auch annehmen. Wer voller Selbstmitleid an seinen Fehlern kleben bleibt, kann nicht voranmarschieren.“

Simon wurde rot. „Schon gut“, sagte er. „Ich fühle mich geehrt, dass ich als Erster die neue Erweiterung empfangen darf!“

Jonte watete in den See.

„Dann komm“, rief er, als er bis zur Hüfte im Wasser stand. Simon ging zu ihm, und Jonte tauchte ihn dreimal in die Fluten.

„Hallo Simon, willkommen im Club!“ – Rons Stimme war deutlich zu hören.

„Das gibt's doch nicht!“, sagte Simon. Verwirrt blickte er sich um.

„Doch, es funktioniert alles ganz genauso, wie es geplant war“, sagte Ron fröhlich. „Jetzt sind die anderen dran!“

Feierlich tauchten Simon und Jonte die übrigen Gefährten unter.

Als sich ihre Begeisterung über die neue Wahrnehmung gelegt hatte, sagte Ron – und alle konnten ihn hören: „Es wird Zeit, dass Jonte geht. Je länger er bei euch ist, desto größer ist die Gefahr, dass Lutz dahinterkommt und uns Ärger macht.“

Die Gefährten sahen sich betrübt an. Jonte munterte sie auf: „Nun macht nicht solch ein Gesicht. Ihr wisst, ich bin auch in Zukunft bei euch, auch wenn ihr mich nicht sehen könnt.“

Dann trat er einen Schritt zurück. In Sekundenschnelle verblasste er vor ihren Augen. Zugleich verlor er an Form. Schon bald glich er einer riesigen Seifenblase, die sich allmählich von der Erde löste und unaufhaltsam in den herrlichen Sommerhimmel davonschwebte.

Die Gefährten sahen ihr nach, bis sich das Gebilde im tiefen Blau verloren hatte.

Es war Simon, der schließlich das feierliche Schweigen brach: „Kommt, Freunde, wir haben eine Mission zu erfüllen!"

EPILOG

Ron verstand es nicht.

Er sprang auf, ging ruhelos in seinem Arbeitszimmer auf und ab. Warum war er bloß so unruhig? Er hatte allen Grund, dankbar und zufrieden zu sein: Er war gesund; um Geld brauchte er sich nie wieder Sorgen zu machen, und in X-World lief alles bestens. Die Idee seines Sohnes funktionierte deutlich besser als sein Ansatz mit den Ethikbots. Das gab er gerne zu, denn es erfüllte ihn mit väterlichem Stolz.

Sogar die Liebe zwischen ihm und Lisa war neu erblüht – vor kurzem hatten sie beschlossen, wieder zusammenzuziehen und es noch einmal miteinander zu versuchen. Alles war gut – dennoch erfüllte ihn eine undefinierbare innere Leere. Was fehlte denn noch? Vielleicht brauchte er einfach Urlaub. Tapetenwechsel. Eine längere Pause.

Er zog sich seine Jacke über und schickte sich an, einen Spaziergang zu machen. Vielleicht brachte ihn das auf andere Gedanken.

Ziellos wanderte er durch Berlin. Der Regen der letzten Tage hatte sich verzogen. Etliche Menschen taten es ihm gleich und nutzten das schöne Wetter, um an die Luft zu kommen. Ron ließ sich auf eine Bank fallen, beobachtete die Leute, die an ihm vorüberzogen. Ob sie glücklich waren? Ob sie ein erfülltes Leben hatten? Ob sie X-World spielten?

„Hallo Ron!" Er schreckte hoch. Er brauchte einen Moment, um den jungen, sportlichen Mann im Anzug zu erkennen, der da vor ihm stand.

„Hallo Yannick! Was ist mit deinen Haaren passiert?"

Der junge Mann strich sich lachend über seine gutaussehende Kurzhaarfrisur.

„Ach, irgendwann war es an der Zeit, etwas Neues auszuprobieren. Wie geht es dir? Was macht X-World?"

„Bestens, alles bestens", log Ron. „Und selbst?"

„Ich kann nicht klagen. Ich habe praktisch ein runderneuertes Leben."

„Wie meinst du das?"

„Ach, das ist eine lange Geschichte ..."

„Ich habe Zeit."

„Na ja, nachdem ich in X-World ermordet worden war und es keine Chance mehr für mich gab, Betty wiederzusehen, hatte ich plötzlich keine Lust mehr zum Spielen. Kurz darauf traf ich Christiane – sie hat in der Fußgängerzone fromme Traktate verteilt."

„Die kenne ich!", sagte Ron verblüfft. „Wir hatten mal ein sehr angeregtes Gespräch über Lord Ganesha."

„Na ja, und dieses Mädchen ist nun meine Frau."

„Ach!"

„Ja. Und weißt du, was die Krönung ist? Ihr Vater ist Henoch."

„Wer?"

„Der erste Leiter der Waldmenschen. Er hat sich damals aus dem Spiel verabschiedet, weil er sich in einer christlichen Gemeinde engagiert hatte und seine Zeit nicht mit Computerspielen vergeuden wollte."

„Etwa eine von diesen Sekten?"

„Nein", sagte Yannick entschieden. „Das hatte ich auch erst befürchtet, aber die sind dort alle schwer in Ordnung. Christiane bat mich, beim Lobpreisteam zu helfen, weil sie jemanden für den Computer brauchten ..."

„Beim was?"

„Beim Lobpreisteam. Sie haben dort mehrere Bands, die moderne christliche Musik spielen. Und sie suchten jemanden, der sich darum kümmert, dass die Liedertexte per Beamer an die Wand geworfen werden. Das habe ich dann gemacht. Erst war ich nur dabei, weil Christiane mir gefallen hat, aber irgendwann fingen die Lieder und Predigten an, mich anzurühren – schließlich bin ich Christ geworden."

„Was warst du denn vorher?“

„Na ja, ich war getauft und konfirmiert, aber mir hatte niemand erzählt, dass man Jesus persönlich kennenlernen kann.“

Ron spürte eine seltsame Mischung aus Abwehr und Interesse in sich aufsteigen. Instinktiv wechselte er das Thema.

„Wie kommt es, dass du jetzt einen Schlips trägst?“

„Das hängt mit meiner neuen Arbeitsstelle zusammen. Henoch – eigentlich heißt er Manfred – hat eine eigene Firma. Die ist in letzter Zeit ziemlich gewachsen, und als er jemanden brauchte, der sich um den ganzen IT-Kram kümmert, hat er mich gefragt, ob ich dazu bereit wäre. Und ob du's glaubst oder nicht, ich bin jetzt verheiratet und werde bald Vater. Ron, Jesus hat mich zu einem neuen Menschen gemacht!“

Der Programmierer sah ihn nachdenklich an. Plötzlich fühlte er eine tiefe Sehnsucht. Er schüttelte den Kopf. Sein Leben lang hatte er sich mit gutem Grund gegen diese religiösen Dinge gewehrt.

„Ich verstehe dich nicht“, sagte er schließlich. „Du bist doch auch so ein nüchterner Computer-Typ wie ich. Wie kannst du deinen Verstand einfach abschalten und an fromme Märchen glauben?“

Yannick hielt seinem Blick stand. „Du hörst dich an wie ein Bot! Glaubst du wirklich, dass das, was wir mit X-World erlebt haben, Zufall gewesen ist?“, erwiderte er. Er zog ein kleines Büchlein aus seiner Anzugtasche. „Lies das mal. Du wirst feststellen, dass sich Glaube und Verstand ganz gut ergänzen.“

Er sah auf die Uhr. „Ich muss weiter. Vielleicht sehen wir uns wieder. Ich werde für dich beten.“

Ron starrte ihm hinterher. Erst wollte er das Büchlein in den Papierkorb werfen, aber dann steckte er es doch in die Tasche.

Zuhause warf er sich aufs Bett und las es von Anfang bis Ende durch. Immer wieder kam ihm Yannicks Bemerkung in den Sinn: „Glaubst du, dass es Zufall war, was wir mit X-World erlebt haben?“

Aber wenn es kein Zufall gewesen sein sollte, was war es dann? Sollte er wirklich annehmen, dass es einen Gott gab, der seine Geschicke lenkte, so wie er die seiner Online-Welt? Angenommen, das stimmte, was folgte dann daraus? Was hätte dieser Gedanke für Auswirkungen auf ihn und sein Leben?

Mit steifen Gliedern stand Ron auf, um sich einen Collegeblock zu holen. Er konnte am besten denken, wenn er Papier und Stift in der Hand hielt. Er schlug das Heft auf, blickte auf die unberührte erste Seite. Dann begann er, die Löcher am Rand des Blocks mit symmetrischen Mustern zu versehen, während seine Gedanken das Problem von allen Seiten umschwärmten.

Allmählich bekam er Klarheit. Inmitten von Ranken und geometrischen Mustern erschienen große Blockbuchstaben. Sie formten das Wort „Quellcode?“.

Das war der Punkt! Ron rückte seine Brille zurecht. Es war ihm alles zu glatt. Die Gespräche mit Christiane und Yannick, dieses Büchlein, das er ihm gegeben hatte – alles lief darauf hinaus, dass jemand ihn von irgendetwas überzeugen wollte. Wie ein Verkäufer, wie eine Werbebroschüre. Möglicherweise hatten sie ja Recht mit dem, was sie sagten. Doch Ron war Programmierer. Er musste sich seine eigene Meinung bilden. Und dazu brauchte er den Quellcode.

Entschlossen stand er auf und holte die altehrwürdige Familienbibel mit Goldschnitt aus dem Regal. Ihr Ledereinband verströmte einen leicht muffigen Geruch. Schon als Kind hatte er sich vorgenommen, sie irgendwann einmal zu lesen, doch dazu war es nie gekommen. Ein feierliches Gefühl überkam ihn, als er das Buch öffnete. Einige Seiten klebten leicht zusammen.

Er schlug das erste Kapitel auf, begann zu lesen – und je weiter er kam, desto mehr verstand er.

ENDE